关 怀 现 实 , 沟 通 学 术 与 大 众

葛剑雄文集

(8)

何以中国

葛剑雄 著

广东人民出版社
·广州·

图书在版编目（CIP）数据

何以中国 / 葛剑雄著. -- 广州：广东人民出版社，2025. 3 (2025. 7重印). -- (万有引力书系). -- ISBN 978-7-218-18288-9

Ⅰ. I267

中国国家版本馆CIP数据核字第20243AG664号

GE JIANXIONG WENJI ⑧ HEYI ZHONGGUO
葛剑雄文集⑧　何以中国
葛剑雄　著

版权所有　翻印必究

出 版 人：肖风华

策　　划：肖风华　向继东
责任编辑：钱　丰　梁欣彤　龚文豪
营销编辑：黄　屏　常同同
责任技编：吴彦斌

出版发行：广东人民出版社
地　　址：广州市越秀区大沙头四马路10号（邮政编码：510199）
电　　话：（020）85716809（总编室）
传　　真：（020）83289585
网　　址：http://www.gdpph.com
印　　刷：广州市岭美文化科技有限公司
开　　本：787毫米×1092毫米　1/16
印　　张：33.25　　　字　　数：472千
版　　次：2025年3月第1版
印　　次：2025年7月第2次印刷
审 图 号：GS（2024）4646号
定　　价：118.00元

如发现印装质量问题，影响阅读，请与出版社（020-85716849）联系调换。
售书热线：（020）87716172

葛剑雄

复旦大学文科特聘资深教授、中国历史地理研究所博士生导师

香港中文大学（深圳）图书馆馆长、人文学院兼职教授

中央文史研究馆馆员

上海市文史研究馆馆员

《中华人民共和国国家历史地图集》第二、三册执行主编

2015 年后著作

《葛剑雄写史：中国历史的十九个片断》，上海人民出版社，2015 年
《近忧远虑》，华夏出版社，2015 年
《葛剑雄演讲录二集》，三晋出版社，2015 年
《四极日记》，复旦大学出版社，2016 年
《行万里路：葛剑雄旅行自选集》，商务印书馆，2016 年
《那一刻谁影响了历史》，华东师范大学出版社，2016 年
《悠悠我思》，香港城市大学出版社，2017 年
《悠悠长水——谭其骧传》（精简版），文汇出版社，2018 年
《中国的教育问题还是教育的中国问题》，学林出版社、上海人民出版社，2018 年
《天人之际》，九州出版社，2018 年
《古今之变》，九州出版社，2018 年
《天地史谭》，上海辞书出版社，2018 年
《读万卷书：葛剑雄自选集》，鹭江出版社，2018 年
《也是读书》，鹭江出版社，2018 年
《海纳百川：上海源》，学林出版社，2019 年
《极简上海史》，上海人民出版社，2019 年
《黄河与中华文明》，中华书局，2020 年
《唯有人文足千秋》，陕西人民出版社，2021 年
《御风万里：非洲八国日记》，山东画报出版社，2021 年
《不变与万变：葛剑雄说国史》，岳麓书社，2021 年
《葛剑雄写史：中国历史的二十个片断》，上海书店出版社，2022 年
《葛剑雄说城》，河北教育出版社，2022 年
《复旦大学历史地理学术经典·葛剑雄卷》，上海教育出版社，2022 年
《中国人口三千年》，北京日报出版社，2024 年
《往思录》，上海财经大学出版社，2024 年
《四海之内：中国历史四十讲》，人民文学出版社，2024 年
A Concise History of China's Population, Routledge, Taylor & Francis Group, 2024
《中华大典·历史地理典·政区分典》（主编），西泠印社出版社，2017 年
《中华大典·历史地理典·山川分典》（主编），西泠印社出版社，2017 年
《中华大典·交通运输典》（主编），上海交通大学出版社，2017 年

选编小记

2015年，在我年满70岁前，承蒙广东人民出版社厚爱，出版了七卷《葛剑雄文集》。在我八十初度前，广东人民出版社再续前缘，慨允我续编两卷，自不胜感激！

这两卷收录的范围主要是七卷《文集》出版后发表的文章，也包括个别因某些原因未发表过的文章。

本书是《葛剑雄文集》的第八卷，由两部分组成。

第一部分是以往10年间发表的文章，除大多数序跋类文章编入第九卷外，其他大致按内容编为《天时地利人和》《古今丝路》《滔滔黄河》《浩浩长江》《大运河　好江南》《历史：传统与现实》《旧史新义》《阅读中国》《文化何以自信》9组。

第二部分《秦、两汉时代：中央集权统一帝国的巩固和延续（前221—220年）》，是当年我参与姜义华先生主编的"面向21世纪课程教材"《中国通史教程》项目承担编写的《秦、两汉时代》，编为刘泽华主编的第一卷《先秦两汉时期》第四章《秦、两汉时代——中央集权统一帝国的巩固和延续》（复旦大学出版社2005年版）。但其中第四节《秦汉时期的思想文化》中第一至第五小节是由其他人撰写的，自不宜收入个人文集，故已从略。

《何以中国》一文是为《品读中国：风物与人文》一书（科学出版社2023年版）写的总序，曾发表于《光明日报》。因其主题与内容适足以涵盖本书，即冠于全书，作为《代前言》，并以此篇名为本卷书名。

2024年9月于香港中文大学（深圳）图书馆

目 录

何以中国

003　何以中国（代前言）

天时地利人和
017　历史地理环境与中华文明
028　地理环境对中国古代文化和经济的影响
045　人类文明发展的主线和历史地理学的使命
055　河流与人类文明

古今丝路
071　丝绸之路的历史地理背景
086　丝绸之路与西南历史交通地理
101　《南方丝绸之路研究丛书》序
105　海上丝绸之路和海洋利益共同体
120　海洋文化与未来发展

滔滔黄河
127　黄河：中华民族的魂，中华民族的根
131　中华文明中的黄河"几"字弯

155	《黄河·山水的记忆》序
158	《黄河·往日的记忆》序
161	《黄河·我们的记忆》序

浩浩长江

163	《长江》序
166	《三江源·历史跫音》序
171	《三峡·山水的记忆》序
174	《三峡·往日的记忆》序
177	《三峡·我们的记忆》序
180	黄河长江交相辉映　中华文明永葆青春

大运河　好江南

186	运河概说
199	中国历史地理中的运河
207	大运河历史与大运河文化带建设刍议
213	运河与江苏文化
216	从"苏松常太"到"沪苏锡常"
221	从吴淞江到苏州河
228	天堂杭州
239	中华文明中的江南文化

历史：传统与现实

243	中国历史的传统及其现实意义
259	是公众引领史学，还是史学引领公众
263	科技新进展与历史研究
268	百年文人与近代中国
	——《百年文人：清晰或模糊的背影》序
277	由地理读历史
	——《三国地理》序

旧史新义

- 282 "书同文，车同轨"的历史意义
- 288 厓山之后
- 295 宝船远航
  ——郑和究竟为何下西洋

阅读中国

- 301 《天下泰山》序
- 305 《天下泰山》分篇引言
- 307 "山水中国·湖泊系列"丛书序
- 313 《路桥上的中国》序
- 317 《广西历史地理研究丛书》总序
- 322 《名家人文地理》丛书序
- 325 《江南景观史》序
- 328 《绍兴市志（1979—2010）》序
- 335 《贵阳市白云区志（2001—2015）》序
- 338 《常州历史地理图志》序
- 342 《笕桥镇志》序
- 345 《南浔古今地图集》序
- 348 《桃花溪村志》序

文化何以自信

- 353 文化自信与文明互鉴
- 358 经济全球化与文化多元化应该并行不悖
- 361 文明互鉴　美美与共
- 363 传统文化的现代转换
  ——以孝道为例
- 370 读书是个性化的事情
  ——《同舟共进》访谈

秦、两汉时代：中央集权统一帝国的巩固和延续
（前 221—220 年）

385	第一章　统一帝国的建立和延续
385	第一节　"二世而亡"的秦朝
385	一、第一个中央集权帝国
388	二、秦始皇之死——危机的爆发
389	三、陈胜、吴广起义和秦朝的灭亡
390	第二节　从群雄逐鹿到西汉的建立和巩固
390	一、楚汉之争和西汉的建立
392	二、强本弱末和消灭异姓诸侯
393	三、吕后专权始末
393	四、吴楚七国之乱的平定和"推恩"的实施
394	第三节　国力恢复、极盛和中兴
395	一、"文景之治"
397	二、极盛的汉帝国
397	三、危机和中兴
398	第四节　王莽代汉与改制的失败
399	一、走向崩溃的西汉
399	二、王莽代汉
400	三、托古改制的失败
402	第五节　东汉的建立
402	一、赤眉、绿林起义和新朝覆灭
403	二、刘秀的崛起和东汉的建立
404	第六节　东汉的兴衰
404	一、豪强地主势力的膨胀
405	二、外戚与宦官交替擅权
406	三、清议之风与党锢之祸
407	四、黄巾起义

- 408　　　　　五、曹操的崛起和三国鼎立的形成
- 410　第二章　中央集权制度的确立与多民族统一帝国的形成
- 410　第一节　中央集权政治体制确立
- 410　　　　　一、帝制的确立和巩固
- 414　　　　　二、中央政权
- 417　　　　　三、地方政权
- 419　第二节　主要制度
- 419　　　　　一、监察和选举
- 424　　　　　二、法律与刑罚
- 426　　　　　三、兵役和国防
- 428　　　　　四、赋税和财政
- 433　　　　　五、土地制度
- 435　　　　　六、交通运输和驿传
- 437　第三节　疆域的扩大和多民族国家的形成
- 437　　　　　一、秦汉与匈奴的战争
- 440　　　　　二、西域都护府的建立与"三通三绝"
- 442　　　　　三、对百越的征服
- 444　　　　　四、对西南夷地区的统治
- 446　　　　　五、朝鲜四郡的设置与东北诸族
- 447　　　　　六、羌人的反抗与内迁
- 448　　　　　七、秦汉的极盛疆域
- 449　　　　　八、少数民族的内迁和民族融合
- 450　第四节　秦汉帝国与世界
- 450　　　　　一、张骞通西域和甘英出使
- 451　　　　　二、丝绸之路的开通
- 453　　　　　三、海上交通
- 455　第三章　以华夏为中心的社会物质文明
- 455　第一节　自然环境
- 455　　　　　一、由暖变寒的气候

457		二、自然灾害及其影响
458		三、黄河的决溢改道
459		四、植被的变迁
461	第二节	人口
461		一、缓慢增长和急剧下降：人口数量的变化
463		二、大规模的移民和人口再分布
466		三、高出生率、高死亡率和低增长率：人口再生产的特点
469	第三节	农牧业和水利
469		一、农具的改进和耕种技术的提高
471		二、农田水利
474		三、畜牧业的消长
475	第四节	手工业和商业
475		一、手工业
479		二、商业
481	第五节	区域特点
481		一、首都和政治中心
484		二、经济、文化发达地区及其中心
486		三、城市和乡村
489		四、地理区域
492	第六节	社会阶层
492		一、诸侯王、列侯、宗室
493		二、官吏、豪强、大族
495		三、商人、手工业主
496		四、农民（编户民、佃客、佣工）
498		五、奴婢、刑徒
499	第七节	社会生活和风尚
500		一、居住
501		二、饮食

503		三、服饰
505		四、出行
506		五、婚丧习俗
509		六、祭祀、信仰、宗教
512	第八节	科学技术
512		一、天文、历法、数学、地学
515		二、医学
516		三、物理学、化学

何以中国

何以中国（代前言）①

1963年8月，陕西省宝鸡县（今宝鸡市陈仓区）东北郊贾村出土的一件青铜器，后被命名为"何尊"。1975年，考古学家发现在何尊底部铸有一篇122字的铭文，其中有"宅兹中国"一句。何尊铸造于周成王初年，约公元前11世纪后期，距今已有三千余年，这是迄今为止发现的最早的"中国"两字。

铭文中有这样一段话："唯武王既克大邑商，则廷告于天，曰：余其宅兹中国，自之乂民。"大意是说，周武王在攻克了商朝的王都后，举行隆重的仪式向上天报告：我现在在中国安家（建都）了，统治民众。显然，"中国"就是指周武王的王都。

为什么周武王的王都可以称为"中国"呢？这还得从五千年的中华文明史说起。

一、"中国"的由来

5800年前，文明曙光在中华大地出现。距今5500年到3500年在今浙江余杭良渚、山西襄汾陶寺、陕西神木石峁、河南偃师二里头等四处形成都邑性遗址，在黄河流域、长江流域、辽河流域形成其他中心性遗址。距今5100年到4300年，一些社会发展较快的地区相继出现了早

---

① 此文同为《品读中国：风物与人文》（科学出版社2023年版）一书的总序。

期国家，跨入了文明阶段。距今4300年至4100年，长江中下游的区域文明相对衰落，中原地区持续崛起，在汇聚吸收各地先进文化因素的基础上，政治、经济、文化持续发展，为进入王朝文明奠定了基础。夏朝建立后，经过约二百年的发展，在河南偃师二里头建造了同时期全国范围内规模最大的都邑，在中原各地形成不少人口集中的聚邑。

这些都邑和聚邑，被称为"国"（國）。"國"是一个象形字①，中间的"口"代表人、人群，下面的一横代表一片土地。由于这片土地是这群人生活和生产的基础，必须有人拿着戈守卫着。为安全起见，周围还要建一圈墙——外面的一个大"囗"。何尊中那个"國"字的写法还没有外面这个大"囗"。这样的国当时已有很多，所以有了"万国"的说法。"万"不是一个确切的数字，而是一个形容词，"万国"形容国之多。相传大禹在涂山（一般认为在今安徽蚌埠市禹会区淮河东岸）大会诸侯，"执玉帛者万国"。到夏朝，尽管国的数量仍不可能达到万，但肯定会比大禹时代有所增加。

商朝的统治范围和影响所及比夏朝更大，国的数量应该更多。随着国家形态的形成和强化，以及行政中心功能的完善，商王的驻地由不断迁移转变为长期稳定，成为最大、最重要的国。盘庚迁殷后的二百多年间，商朝的首都一直在殷（今河南安阳殷都区）。殷虽然也是"万国"之一，但其地位与重要性已远在其他任何国之上，因而被称为"中国"。"中"本来是商人制作的一面特殊的大旗的名称，用作集合部众。每次召集时部众都会围绕聚集在这面大旗"中"的周围，时间久了，"中"就衍生出"中心""中央""最重要的"等含义。中国，就是万国的中心、中央，万国中最重要的一个国，也就是何尊铭文中的"大邑商"。所以周武王在攻克商朝的首都"大邑商"后，可以向上天报告，"余其宅兹中国"。不言而喻，到了周朝，周朝的首都——原来的宗周和新建的成周——就是中国，其地位高于万国，也高于所有诸侯国的都城。直到东周初，"中国"还是周天子所在的周朝首都的专名，

---

① 古文字学者一般认为这是会意字，但我以为作象形解释更合理。

诸侯国的都城只能称"都"。

进入春秋时代，周天子的权威逐渐丧失，"天下共主"的地位名存实亡。强大的诸侯在"尊王攘夷"的旗号下相互争夺兼并，对因灾祸而亡的小国不再兴灭继绝，而是直接吞并。春秋时有名有氏的国还有1000多个，到了战国时已经只剩下秦、楚、齐、燕、韩、赵、魏七国和若干个附庸小国。周天子的实际地位已经降到了与附庸小国相当的程度，他的首都已不如七国中稍大一点的都城。七国中的任何一国都比他拥有更大的土地、更强的实力。"中国"早已不是周天子的专属，诸侯国，特别是地处中原的诸侯国，都已将自己的都城或自己统治的国当作中国。中国还被称为"赤县神州"，或称为"神州"。到公元前221年秦始皇灭六国，实现统一，他的首都咸阳当然稳居中国的地位，而六国的首都和疆域也都成了他的统治范围，各自的"中国"概念也得以延续，所以整个秦始皇的统治区都成了中国。秦始皇二十八年（公元前219年）的琅邪台刻石中称："六合之内，皇帝之土，西涉流沙，南尽北户，东有东海，北过大夏。"这一广阔的疆域都成了中国。

但秦朝的存在时间太短，这个"中国"概念尚未普及，在西汉前期还与传统的、狭义的"中国"概念并存。狭义的"中国"相当于中原地区，如司马迁在《史记·货殖列传》中所说"皆中国人民所喜好"，"中国人民"即指中原的居民。一方面，"中国"就是汉朝的代名词，尤其是对外而言，如在汉宣帝议定匈奴呼韩邪单于的朝见仪式时，萧望之提出的原则是"使于中国不为叛臣"。另一方面，在汉朝内部，"中国"的定义还不一致，如对边疆新设置郡县的地区，当地民众已经认同中国，但此前已经设置郡县内的民众还不将这些地方当作中国。汉朝疆域内一些尚未设置郡县的区域和非华夏的部族聚居区，也往往被认为不属于中国。

此后建立的中原王朝，东汉、晋、隋、唐、宋、元、明、清，无不以中国自称，无不以中国为本朝国号的代名词。无论朝代如何更迭，皇帝如何易姓，中国的名称始终延续，从未间断。在分裂时期，分裂的双方和各方，只要有统一的愿望，或者为了取得合法性，都会以中国自居，而不承认对方为中国。但当统一恢复，双方或多方都成了下一朝修正史的对象，即都被承认为中国。非华夏族一旦建立政权，统治了华夏，或者入主中原，或者统一了全国，也必定会以中国自居，如西晋、十六国时期匈奴建的汉、前赵、夏、北凉，巴氏建的成汉，羯人建的后赵，慕容鲜卑建的前燕、后燕、西燕、南燕，氐人建的前秦、后凉，羌人建的后秦，乞伏鲜卑建的西秦，秃发鲜卑建的南凉；南北朝时期拓跋鲜卑建的北魏、东魏、西魏；以及后来的南诏，大长和，大理，渤海，契丹建的辽朝，党项建的西夏，女真建的金朝。就连藩属国朝鲜、越南、琉球，也要强调自己属于中国，是中国的一部分。

清乾隆二十四年（1759年）平定天山南北，实现了空前的统一，疆域北至唐努乌梁海（今俄罗斯联邦图瓦共和国）、萨彦岭、额尔古纳河、外兴安岭，南至南海诸岛，西起巴尔喀什湖、帕米尔高原，东至库页岛，使中国的概念扩大到1300万平方千米的空间范围。但清朝的国号、正式名称还是"大清""大清国"，清朝与外国签订的条约，除《尼布楚条约》因没有中文文本（是满、俄、拉丁三种文本）而使用"中国"一词外，其他全部称"大清国"。"中国"一词还有两种用法，有时是指清朝全部疆域，有时仅指直隶、江苏、安徽、山西、山东、河南、陕西、甘肃、浙江、江西、湖北、湖南、四川、福建、广东、广西、云南、贵州十八省，而不包括满洲（东北）、新疆、乌里雅苏台（今蒙古国大部，俄罗斯、哈萨克斯坦、中国新疆各一小部分地区）、青海、西藏等。

1912年中华民国成立，在多数场合即称"中国"。从此，"中国"成为我们国家的正式名称，其空间范围覆盖我国的全部领土。中华人民共和国成立后，"中国"作为国号和国名的概念和涵义延续至今。

二、中华民族的形成

五千多年来，中华民族就在这片土地上形成、发展成为今天以汉族为主体的56个民族的大家庭。

五千多年前散居各地的部落，在生存的过程中逐渐结成部落联盟，以迁移来规避和抵御天灾人祸。经过无数次的试错，其中一支较大的部落联盟迁入当时最适宜的生存环境——黄河中下游地区。经过在夏朝数百年的聚居，形成了部族集合体——夏人。由于聚居区域还比较分散，部族间的交往也不可能频繁，他们并没有完全融合为一个种族，因而被称为"诸夏"。

商人来自诸夏聚居区之外，尽管他们在军事上征服了夏人，并建立了商朝，但始终无法改变诸夏在人口数量上和文化上的优势。商朝期间，尽管主流文化已经是夏、商文化融合的产物，但人口的主体仍为夏人。商被灭后，残余的商人被强制迁移和监控，散处的商人成了诸夏的一部分。

周人虽是灭商的主力，但直到周朝建立，周人在总人口中还居少数。周朝分封的范围几乎都是诸夏的聚居区，被封的诸侯与他们的宗族、部属、军士、仆从在封邑也往往居少数。因而除了在关中周人的旧地，占人口大部分的诸侯国的民众仍为诸夏，仍以诸夏自居。到周平王东迁时，经过近三百年的融合，江淮以北的诸侯国范围内的民众都已成了诸夏、夏人。

华，本义是花，引申为美丽、典雅、高尚，由赞扬夏人服饰之"华"扩展为形容夏人之"华"，如今日之称"美丽中国"。诸夏、夏人乐意接受，并逐渐以此自称"华夏"。以后，华夏亦被简称为"夏"或"华"。

华夏以外的部族、种族还有很多，到东周时，被泛称为胡、戎、狄、夷、蛮等，并根据分布区域、方位、特征被细化为林胡、山戎、北戎、伊洛之戎、赤狄、长狄、东夷、淮夷等，或者还保留各自的名称，如彭戏氏、白翟、楼烦、屠何、东莱等。随着华夏人口的增加和农业区的扩展，一部分非华夏部族由牧业、狩猎或采集转化为农耕，并与华夏融合，一部分迁往北方。到秦始皇统一六国时，长城之内的黄河流域，基本上已没有聚居的非华夏部族。

秦汉期间，华夏人口从中原迁入河套地区、阴山南麓、长江两岸、巴蜀、岭南、辽东、朝鲜。在两汉之际、东汉末年至三国期间、西晋永嘉之乱后至南北朝后期、安史之乱至唐朝末年、靖康之乱至宋元之际，一次次大规模的人口南迁使华夏人口遍布于南方各地。在这一过程中，南方的三苗、百越（如山越、瓯越、闽越、于越、骆越等）、巴、氐、蛮、滇、僰、爨、僚、俚、僮等，大部分逐渐融入华夏，一部分退居山区或边僻地区，形成或组合为不同的少数民族。

从秦朝到明朝，一部分华夏人口主动或被动迁入匈奴、乌桓、鲜卑、朝鲜、高句丽、突厥、吐蕃、南诏、回鹘、契丹、渤海、党项、大理、蒙古、女真、满族的聚居区，在与这些民族融合的同时，传播了华夏的制度、礼仪、文化、技艺、习俗、器物等，扩大了中华文明的影响范围，促进了中华民族大家庭的逐渐形成。到了近代，成百万上千万的内地移民闯关东，走西口，渡台湾，迁新疆，开发和巩固了祖国的边疆，也继续与当地的少数民族融合。

历代王朝的疆域内，特别是中原地区，一直在大量吸收境外或周边区域的非华夏移民。匈奴、东瓯、闽越、南越、乌桓、鲜卑、西域诸族、昭武九姓、突厥、粟特、吐谷浑、吐蕃、党项、高丽、新罗、百济、契丹、奚、女真、蒙古等先后迁入，这些民族的整体或大部分人口最终融合于中华民族之中。

魏晋南北朝期间，面对大量迁入的非华夏种族和已经认同华夏的非华夏人口，华夏的主体更强调自己属于"中国"的华夏，即"中华"。以后，中华与华夏并称，"华"成为中华与华夏的简称，也可以是中国的简称。

在不同的朝代，特别是历年长久的统一王朝，该朝疆域内的华夏和非华夏人口，均可以国号冠名相称，如汉（大汉）人、唐（大唐）人、明（大明）人、清（大清）人，并会在朝代以后长期沿用，如汉以后至南北朝都有"汉人"之称，此后往往以"汉"称华夏，以区别于非华夏的"胡"。在清朝，内地十八省纳入编户的人口都称为汉人，以"满汉"象征全国人民。而"唐人"一直用至近代，尤其是在海外华人中。

清朝末年筹办宪政，提出"五族"的概念，即满、汉、蒙、藏、回。中华民国建立时，定五色旗为国旗，象征汉、满、蒙、藏、回五族共和。

中华人民共和国成立后，形成以汉族为主体的，共有56个民族的中华民族大家庭。

三、中华文明的演进过程

五千多年来，中华文明在这片土地上形成和发展。

五千多年前，在中华大地形成了裴李岗文化、仰韶文化、良渚文化、红山文化、马家窑文化、大汶口文化、龙山文化等众多的文明雏形，考古学家形象地比喻为满天星斗。中华文明的起源和早期发展阶段呈现多元格局，在长期交流互动中相互促进、取长补短、兼收并蓄，最终融汇凝聚出以二里头文化为代表的文明核心，开启了夏、商、周三代文明，这绝不是偶然的。

首先是气候条件。据竺可桢等人的研究，当时黄河中下游地区的年平均气温要比现在高2℃左右，气候温暖湿润，降水量充沛，是东亚大陆上最适宜人类生存的地方。不仅生活、生产用水得到保障，而且大多数地方的农作物不需要人工灌溉。而长江流域的气候过于湿热，降水过多，蒙古高原和东北的气候寒冷、干燥，都不利于人类的生存和文明雏形的成长。

其次，黄河中下游地区主要是黄土高原和黄土冲积形成的平原，土壤疏松，大多属稀树草原地貌。在只有石器或简单的木制农具的情况下，这种土地上面的植被容易清除，便于开垦成农田，进行耕种。其他地方如茂密的原始森林，在铁制工具产生和普及之前就很难有效清除，黏性板结或砂石过多的土壤也无法得到开垦。

黄河中下游的土地面积大，是当时北半球最大的宜农地，比西亚、北非的肥沃新月带的总面积还大。尤其是在小麦被引种后，可以生产出足够的粮食，促使阶层分化和统治者、贵族、士人、军队、祭祀人员、巫师、史官（由巫师分化）、工匠等专业人员的扩大，也较快地增加了人口和劳动力。统治者控制了较多粮食，促成了"公天下"的禅让制度向"家天下"的世袭制的转化。到西汉末年，在6000余万总人口中，黄河中下游地区占60%以上。

连成一片、中间没有完全封闭的地理障碍的土地，便于大面积开垦和耕作，便于新作物如小麦的推广，便于统治者、管理者组织生产、流通和分配，也便于人口的扩散、迁徙和重新定居。在没有机械或动力交通工具的条件下，这一区域群体内部和群体之间的交流比较方便，活动半径容易扩大，交往的次数趋于频繁，会在较大范围内形成通用的表达方式，密切人际关系。由于人员和物资流动成本较低，强大的部落在联合或吞并其他部落后控制或管理的范围较大，形成更大的部落或部落联盟，最终发展为酋邦或早期国家，由诸夏建成夏朝。这样的环境也使地域性的神灵逐渐被大范围、普遍性的神所取代，进而形成统一的最高神——天，"天下"也成为已知和未知的地域范围的代名词。"天"和"天下"的概念进而催生出"大一统"的观念，之后的统一就是以这片土地为基础，并且不断扩大。

战国时，随着统治范围的扩大，一些诸侯国开始在新扩展的疆域内设置行政机构，划定行政区域。"先天下之忧而忧"的敏感士人已经在规划统一后的蓝图——将中国划分为九个州并确定九州的名称。为了使自己的规划能为未来的君主所采用，他们将这个宏伟的方案托名于大禹，记录于《尚书·禹贡》，九州因而又被称为"禹贡九州"。尽管九州从未成为事实，但从此成为中国的代名词，而"州"也被采用为行政区域或监察区域的通名，沿用至今。九州的具体名称也一直被行政区域所采用，今天还是一些政区的专名。公元前221年，秦始皇普遍推行郡县制度，由中央集权对全国实行分层级、分区域的统一行政管理。清朝又在牧业地区和边疆地区建立了相应的行政机构和行政区域，政区制度最终覆盖到全部疆域。两千多年来，尽管具体的层级和区域有所不同，但与中央集权制度相适应的政区制度一直没有实质性变化。

春秋战国时的黄河流域是文化最发达的地区。儒家学说的创始人孔子是鲁国曲阜（今山东曲阜）人，他曾周游列国，晚年回到曲阜，致力于儒家典籍的整理和教学，他的众多学生主要来自鲁、卫、齐、宋等国，他的主要传承人孟子、曾子等也都在这一带，齐鲁地区是儒家文化的中心。战国时百家争鸣，几种主要学派的创始人和主要传播地区也集中在黄河流域。墨家的创始人墨子（墨翟），道家的创始人老子，道家学派代表人物庄子、杨朱、宋钘、尹文、田骈，儒家代表人物荀子（荀况），从道家分化出来的法家慎到、商鞅、韩非等，以及其他各家的代表人物，都不出黄河流域的范围。

秦汉时，黄河中游已是名副其实的全国性政治中心，其影响远及亚洲腹地。黄河下游是全国的经济中心，是最主要的农业区、手工业区和商业区，黄河流域的优势地位由于政治中心的存在而进一步加强。两汉时期见于记载的各类知识分子、各种书籍、各个学派、私家教授、官方选拔的博士和孝廉等的分布，绝大多数跨黄河流域，"关东出相，关西出将"的说法反映了当时人才的分布高度集中的实际状况。

从 590 年隋朝统一至 755 年安史之乱爆发，黄河流域又经历了一个繁荣时期。隋唐先后在长安和洛阳建都，关中平原和伊洛平原再次成为全国的政治中心。唐朝的开疆拓土和富裕强盛还使长安的影响远及西亚、朝鲜、日本，成为当时世界上最大、最繁荣的城市。

随着气候逐渐变冷，黄河流域变得越来越寒冷、干燥，黄河中游的降水量减少，降水主要集中在每年夏秋之交。强烈的冲刷和下蚀造成黄土高原和黄河中游严重的水土流失，并因大量人口迁入产生不合理的农业开发而加剧。大量泥沙流入黄河，使这条原来被称为"河"或"大河"的河在春秋时已有了"浊河"的称号，到公元前 3 世纪末的西汉初就有了"黄河"的名称。在晋陕峡谷中汹涌奔流的河水挟带着巨量泥沙，在进入开阔平缓的下游河道时沉积下来，使河床不断淤高，成为高于两岸地表的"悬河"。直到 20 世纪末，每年流入黄河的泥沙还有 16 亿吨，其中 4 亿吨就沉积在下游河道。在河南开封一带，河床高出两岸地表 8—10 米，而最高河段的河床高出两岸地表 20 米。这高悬于地表上面的黄河水就靠两道堤坝约束，在水位突破堤坝平面或堤坝出现泄漏垮塌时就会造成决溢。由于太行山、伏牛山、大别山以东没有山岭阻隔，决溢极易引起河水改道。在世界大河中，黄河在历史上改道最频繁，幅度最大，最北可在今天津入海，最南可夺淮河入海，甚至流入长江。每次决溢改道都会造成当地民众生命财产的巨大损失，还会毁坏农田，淤塞湖沼，形成流沙，给环境留下难以消除的危害。

黄河中下游地区长期是政治中心所在，无论是内部叛乱，还是外部入侵，无论是农民起义，还是军阀混战，凡是要夺取政权，建立新朝，入主中原，都必然以中原为主要战场，以首都为最终夺取目标。在战乱中，争斗各方往往置黄河的工程维护和抗灾救灾于不顾，甚至以水代兵，人为造成决溢改道，如南宋建炎二年（1128年）杜充曾试图决黄河阻挡金兵，造成首次黄河改道夺淮。

中原的战乱驱使本地人口外迁。由于游牧民族的入侵一般自北而南，中原政权在无法生存时也选择南迁，历史上出现过多次大规模的人口南迁。战乱和自然灾害造成的死亡、人口外迁使黄河流域受到毁灭性的破坏。如元朝时，黄河流域的人口损失近80%，长期无法恢复。

黄河流域不可避免地衰落了。到宋代，全国的经济重心已经转移到南方；明清时南方的文化水平，无论是整体还是个人，都全面超过北方。政治中心虽还留在黄河流域，但为保证首都和边防的粮食供应，不得不采取特别措施，付出巨大代价。

气候变冷使长江流域逐渐变得温暖湿润，四季分明，适合粮食和各种经济作物的栽种，成为宜居的乐土。铁制农具和工具的普及使更多土地得到开垦，环境得到改善，水利设施得以建设和维护。大量南迁人口不仅补充了充足的劳动力，而且带来了相对先进的文化、制度、技术、工具、器物，还包括一批各方面的优秀人才。他们在长江流域多样的自然环境和丰富的景观中，创造出大量新的精神财富和物质财富。

西周时的长江下游，当地人"断发文身"。公元前2世纪的西汉初期，在中原人的眼中，"江南（主要指今江西、湖南的长江以南）卑湿，丈夫早夭"，是"饭稻羹鱼"的落后生活方式。但随着一次次人口南迁，华夏文明在南方传播扩大，4世纪中叶王羲之在今绍兴创作并书写了《兰亭序》；5世纪初谢灵运开创了山水诗；6世纪初产生了"暮春三月，江南草长，杂花生树，群莺乱飞"的名句；9世纪前期流传着白居易的"江南好""能不忆江南"；唐末的韦庄更演绎为"人人尽说江南好"；至迟在12世纪形成"上有天堂，下有苏杭"的民谚。

一万年前就出现在长江流域的稻作文化，在有利的气候、充足的劳力的条件下逐渐形成自江淮至岭南和海南岛的稻作农业区，成为中国主要的粮食生产地。唐朝后期，首都长安已完全仰赖江淮漕运。北宋时开封的供应几乎全部来自江南。北宋末年有了"苏常熟，天下足"的说法，明朝中期它被"湖广熟，天下足"所取代，说明长江中游已成为全国商品粮的基地，而长江下游已转化为商业、手工业的发达地区。明清时，松江（指松江府，大致即除崇明岛外的今上海市辖境）"衣被天下"。明朝"苏松赋税甲天下"，苏州、松江两府的赋税收入成为朝廷重要的经济支撑。从南宋到明代，江西一直是全国的文化重镇。明清的江浙被称为人文渊薮，科举之盛甲于天下，苏州状元更居榜首。

因为有了长江，中华文明在整体上从未有过退步。自黄河流域开始衰落，长江流域即补充替代。随着长江流域兴起，中华文明顿开新篇，浩荡蓬勃，一往无前。

淮河、秦岭、白龙江是中国自然地理的南北分界线，以此划分北方、南方。由于黄河流域、长江流域在开发和发展上的时间差异和程度上的差异，这条分界线正好与人文地理的分界线即经济、文化、社会、民俗等方面的分界线一致。中国历来表现为南北差异，唐以前北方在经济、文化各方面都处于优势，人口占总数的大部分。但唐以后，南方在经济、文化各方面渐占优势，人口也占了总数的大部分，并保持至今。

到了近代，新的科学、文化、产业、技术、商品自海上传入，沿海渐趋发达，香港、广州、汕头、厦门、福州、温州、宁波、上海、南通、连云港、青岛、威海、烟台、天津、大连成为通商口岸、交通枢纽、大中型城市。黄河下游已不具通航功能，沿河地带未受其惠。长江则全河畅通，轮船溯江而上，自上海至镇江、南京、芜湖、安庆、九江、汉口（武汉）、沙市、宜昌、万县（今重庆万州区）、重庆、宜宾，沿江城市得以跻身发达地区。中国的经济、文化由南北差异演变为东西差异。

四、长城的修筑与交通的拓展

战国后期，中原残存的零星牧业部族已远迁北方，在河西走廊、蒙古高原、辽河上游、大兴安岭西南形成以匈奴、东胡为主的牧业民族分布区。秦、赵、燕三国先后在自己的北部边疆筑起长城，抵御匈奴的侵扰。秦始皇在三国长城的基础上，筑成东起辽东（今朝鲜半岛西北）、西至临洮（今甘肃岷县）的长城。唐朝以前各朝始终无法有效控制牧业地区，汉、北魏、北齐、北周、隋都曾在北边与牧业民族接界地区修筑长城。明朝为了防御鞑靼、瓦剌的侵扰，自洪武至万历期间，前后修筑长城 18 次，东起山海关，西至嘉峪关，称为"边墙"。宣化、大同二镇之南，直隶与山西界上并筑有内长城，称为"次边"。总长约 6700 千米。清朝统一了长城内外，长城已失去军事价值。康熙皇帝认为，蒙古就是大清的长城，下令停修长城。长城完成了它的历史使命，成为珍贵的文物和文化遗产，长城所凝聚的精神象征将与中华文明、中华民族永存。

中原王朝与牧业民族之间的交流并未因长城的存在而中断。长城上建的关隘大多处于交通路线，在双方休战阶段，在和平时期，这些关隘成为开放的口岸、人员交流和商品交易的场所，长城沿线的城市也因此而成为区域经济中心。如阳关、玉门关、敦煌成为丝绸之路的重要节点，杀虎口是走西口的主要出发点，古北口是通往蒙古和东北的枢纽，大同成为繁荣的商业和服务业城市。

历代长城都处于中原王朝的边缘，也是当时农业区的边缘。长城的修筑也固定了农业区的范围，长城成为当时的农牧业分界线。随着生产力的发展和人口的增加，只要有可能，农业区就会突破这条界线，向北扩展。特别是在长城废弛或长城内外统一的阶段，如在唐后期至五代，大批中原移民北迁，或被契丹掳掠，在内蒙古和辽河上游开垦出大片农田。而在 19 世纪 60 年代东北、内蒙古放垦后，经上千万移民的开发，农业区扩大至东北的松辽平原、阴山山脉以南、河套地区和鄂尔多斯高原。

中国人口的绝大部分分布在农业区，这次农业区的大规模扩展，到 20 世纪前期形成了东南部人口稠密地区。1935 年地理学家胡焕庸划定了瑷珲—腾冲线（又称"胡焕庸线"），即在此线东南约占总面积 36% 的国土上分布的人口约占总数的 96%，而其西北部分约占总面积 64% 的国土上的人口仅占总数的 4%。

"周道如砥，其直如矢"，周朝已有了专门负责修筑和维护道路的机构，道路的好坏成为官员政绩和诸侯治乱的指标。春秋战国时期，中原的道路四通八达，小河上架起桥梁，大河边设立渡船，井陉、崤山的险道凿通，秦岭巴山间架设千里栈道，蜀道虽难也已通行。由于车、马是当时主要的陆路交通工具，绝大多数道路都可供车马行驶。

公元前 221 年秦朝的统一使原来各国间的道路连成一体，为了适应中央集权制度的需要，又修通了由首都咸阳出发连接全国大多数郡治的驰道。秦始皇巡游从咸阳出发，涉及今陕西、甘肃、河南、山东、江苏、浙江、安徽、江西、湖北、湖南，他经过的道路都按最高标准修筑维护。

西汉末年的疆域东至于海，西至巴尔喀什湖、帕米尔高原，北至阴山、辽河下游，南至今越南南部，全国的道路系统从首都长安连接各郡治。张骞第二次通西域，使汉朝境内的道路与西域的道路连接，形成丝绸之路。西域都护府管辖今新疆和相邻的中亚约 200 万平方千米的范围内数十个政权，由首都长安和都护府治所（乌垒城，今新疆轮台县东北野云沟）至各国的道路都有精确的里程记录。唐朝时，从长安出发的道路，最北曾到达蒙古高原以北的安格拉河，最南到达今越南中部，最西到达阿姆河流域，最东到达朝鲜半岛南部。18 世纪中叶清朝完成统一，全国的道路网北起唐努乌梁海、外兴安岭，南至海南岛南端，东起库页岛，西至巴尔喀什湖、帕米尔高原。

在遍及全国的交通运输路线中，水路占重要地位，特别是在南方的货物运输中。黄河、长江、淮河、珠江、海河水系的干流和支流,洞庭湖、鄱阳湖、太湖等湖泊,南方密集的水网,构成了畅通便捷的航道。但主要的大河都是东西向的,南北之间无法沟通。河流的上游之间大多隔着分水岭。早在公元前486年,吴国就开通邗沟,沟通长江和淮河。秦始皇令史禄在湘江和漓江上游开通灵渠,连接了长江和珠江两大水系。605年,隋炀帝开凿由洛阳向东穿越黄河、连通淮河的通济渠,经过整治的邗沟通达江都(今江苏扬州)。为便利军事运输,在608年开凿了由洛阳北通涿郡(治所在今北京市西城区)的永济渠。610年,又重浚加宽了自京口(今江苏镇江)至余杭(今浙江杭州)的江南河。至此,自洛阳的水运东北可达涿郡,东南可达余杭。

历代中原王朝都在黄河流域建都,但在西汉建都长安时,就不得不依靠漕运从关东输入粮食,弥补关中产粮的不足。唐朝后期,长安的粮食和物资供应已经完全依靠江淮漕运,沟通江淮的运河成为朝廷的生命线。北宋定都于军事上无险可守的开封,就是为了能就近通过汴渠沟通江淮,保证首都的粮食和物资的供给。到元朝定都大都(今北京),已完全离不开江南的粮食,因此修浚利用一部分隋唐以来原有运河和某些天然河道,又在山东开凿济州河、会通河,在今北京城区与通州间开凿通惠河,形成一条由北京直达杭州的大运河。元、明、清三代能在北京建都,京杭大运河的开通是一个不可或缺的基本条件。没有大运河就没有那时北京的首都地位,就没有国家的统一和稳定。

这就是中国,五千多年来中华民族创造文明、缔造历史的大舞台。

这就是中国,中华民族自立自强、生生不息的家园。

这就是中国,我们美丽、光荣、伟大的祖国。

天时地利人和

历史地理环境与中华文明[①]

　　对"地理环境"的定义,我采用《中国大百科全书·地理学》的说法:"生物,特别是人类赖以生存和发展的地球表层。"具体来说,"地理环境可分为自然环境(或自然地理环境)、经济环境(或经济地理环境)和社会文化环境。"

　　上述三种环境各以某种特定的实体为中心,由具有一定地域关系的各种事物的条件和姿态所构成。这三种地理环境之间在地域上和结构上又是互相重叠、互相联系的,从而构成统一的整体地理环境。

　　但我认为,经济环境和社会文化环境可合称为人文环境(或人文地理环境),因为无论是经济还是社会文化,都是人类活动的产物,都是人类在特定的空间中的活动所形成的地理环境。

　　历史地理环境就是历史时期的地理环境,就中华文明的研究而言,大致是从 6000 年前到当代之前。

　　对于地理环境对人类社会的作用和影响,我曾在《全面正确地认识地理环境对历史和文化的影响》一文(载《复旦学报(社会科学版)》1992 年第 6 期)中作过几点概括:

　　1. 为人类的产生、生存、发展、消亡或离开这个环境提供了

[①] 本文原刊于《江汉论坛》2023 年第 2 期。

物质基础。

2. 决定了这个环境中的一切生物（包括人类）及其活动（包括人类社会），都不可避免地有一个产生、发展以至消亡的过程。

3. 在这个环境中的一切物质和由物质产生的能量既不能增加，也不会减少，只能是各种形式的转化或传递，除非来自这一环境之外（例如其他星球）或者离开了这一环境。

4. 人类的一切活动必须顺应这一环境的内在规律，在此前提下，利用这一环境，根据自己的需要进行、加速、延缓或制止物质的某些转化和能量的某些传递。

针对某些机械的、绝对的"决定论"，我指出以上第2点中的"决定"：

1. 它并没有规定人类从产生到消亡的具体过程、方式和时间。

2. 它也没有确定物质和能量的转化和传递的具体过程、方式和时间。

3. 人类只要不违背它的内在规律，完全可以根据自己的需要利用这一环境，实现对自身有利的物质转化和能量传递。

这就可以合理地解释，为什么在大致相同的地理环境中，不同的人类群体在相同的时间范围内可以创造出不同的文明。

我认为，历史地理环境对中华文明的影响，主要表现为以下四个方面：

一、黄河中下游地区成为中华文明的主要发祥地，在中原地区形成更为成熟的文明形态，成为中华文明的核心与引领者

距今5800年至4000年，在黄河流域的山西襄汾陶寺遗址、陕西神木的石峁遗址，长江流域的浙江余杭良渚遗址，辽河流域的牛河梁遗址

等都已经出现了文明起源的迹象。各地还存在众多的文化遗址，用考古学家的话来形容，就像满天星斗。但只有在中原地区的这些文明的源头延续并发展下来，汇聚为中华文明的主体和核心，根本原因还是黄河中下游地区适宜的地理环境。

首先是气候条件。据竺可桢等人的研究，当时黄河中下游地区的年平均气温要比现在高2℃左右，气候温暖湿润，降水量充沛，是东亚大陆上最适宜人类生存的地方。不仅生活、生产用水得到保障，而且大多数地方的农作物不需要人工灌溉。直到商朝中晚期，商朝的都城、今河南安阳一带还生活着亚洲野象，说明当地的气候与今天云南西双版纳一带相似。而长江流域的气候过于湿热，降水过多，蒙古高原和东北的气候寒冷和干燥，都不利于人类的生存和文明雏形的成长。

其次是土壤肥沃，地势平坦。黄河中下游地区主要是黄土高原和黄土冲积形成的平原，土壤疏松，大多属稀树草原地貌。在只有石器或简单的木制农具的情况下，这样的土地上面的植被容易清除，容易开垦成农田，并且容易耕种。其他地方茂密的原始森林，在铁制工具产生和普及之前就很难有效地清除，黏性板结或砂石过多的土壤也无法得到开垦。

黄河中下游地区土地面积大，是当时北半球最大的宜农地，比西亚、北非的肥沃新月带的总面积还大。尤其是在小麦被引种后，可以生产出足够的粮食促使阶层分化和统治者、贵族、士人、军队、祭祀人员、巫师、史官（由巫师分化）、工匠等专业人员的扩大，也较快地增加了人口和劳动力。统治者控制了较多粮食，促成了"公天下"的禅让制度向"家天下"的世袭制的转化。到公元初的西汉末年，在6000余万总人口中，黄河中下游地区占60%以上。

土地连成一片，中间没有完全封闭的地理障碍。这样的土地便于大面积的开垦和耕作，便于新作物如小麦的推广，便于统治者、管理者组织生产、流通和分配，也便于人口的扩散、迁徙和重新定居。在没有机械或动力交通工具的条件下，群体内部和群体之间的交流比较容易，活动半径容易扩大，交往的次数会趋于频繁，会在较大范围内形成通用的表达方式,密切人际关系。由于人流、物流的成本较低,强大的部落在联合或吞并其他部落后,控制或管理的范围较大,并能形成更大的部落或部落联盟,最终发展为酋邦或早期国家,诸夏建成夏朝绝非偶然。这样的环境也使地域性的神灵逐渐被大范围、普遍性的神所取代,进而形成统一的最高神——天,"天下"也成为已知和未知的地域范围的代名词。"天"和"天下"的概念进而催生出"大一统"的观念,以后的统一就是以这片土地为基础,并且不断扩大。

在早期中华文明中发挥重要作用的小麦及其栽培技术,绵羊、黄牛、马及其饲养技术,青铜及其冶炼技术,都是由西亚、中亚逐步传入的,大多首先传至黄河上游。黄河中下游地区得天独厚,首先获益。经过模仿、学习、吸收、改造、优化,这些作物和家畜成为本土的主要产品,奠定了华夏各族的物质基础。青铜器由工具和武器转化为礼器,成为礼乐制度的重要组成部分。

但黄河中下游地区的地理环境也存在一个不利因素。例如,地球上适合被人类驯化为粮食作物的品种只有十几个,大多数生长在地中海周围地区和具有地中海气候的肥沃新月地带。正因为如此,产于当地的野生小麦在一万年前就被驯化,六七千年前就在巴比伦大量栽种。而黄河流域不属地中海气候,本地能被驯化的野生作物只有粟、大豆,因而黄河流域的农业开发晚于两河流域。

二、长江、黄河都是中华民族的母亲河,中华文明在黄河流域和长江流域交相辉映,长盛不衰

在世界最长的 10 条大河中,只有中国能完整地拥有两条——长江和黄河。

随着气候逐渐变冷,黄河流域变得越来越寒冷、干燥,黄河中游的降水量减少,但集中在每年夏秋之交,强烈的冲刷和下蚀造成严重的水土流失,并因大量人口迁入造成不合理的农业开发而加剧。大量泥沙流入黄河,使这条原来被称为"河"或"大河"的河在春秋时已有了"浊

河"的称号，到公元前3世纪末的西汉初就有了"黄河"的名称。在晋陕峡谷中汹涌奔流的河水挟带着巨量泥沙，在进入开阔平缓的下游河道时沉积下来，使河床不断淤高，成为高于两岸地表的"悬河"。直到20世纪末，每年流入黄河的泥沙还有16亿吨，其中4亿吨就沉积在下游河道。在河南开封一带，河床高出两岸地表8—10米，而最高河段的河床高出两岸地表20米。这高悬于地表上面的黄河水就靠两道堤坝约束，在水位突破堤坝平面或堤坝出现泄漏垮塌时就会造成决溢。由于太行山、伏牛山、大别山以东没有山岭阻隔，决溢极易引起河水改道。在世界大河中，黄河在历史上改道最频繁，幅度最大，最北可在今天津入海，最南可夺淮河入海，甚至流入长江。每次决溢改道都会造成生命财产的巨大损失，还会毁坏农田，淤塞湖沼，形成流沙，给环境留下难以消除的危害。

黄河中下游地区长期是政治中心所在，自夏、商、周以降，统一王朝和中原政权无不建都于此。因此，无论是内部叛乱，还是外部入侵，无论是农民起义，还是军阀混战，凡是要夺取政权，建立新朝，入主中原，都必然以中原为主要战场，而首都是最终夺取目标。在战乱中，争斗各方都会置黄河的工程维护和抗灾救灾于不顾，甚至以水代兵，造成人为的决溢改道，如南宋初年杜充曾试图决黄河阻挡金兵，造成首次黄河改道夺淮。

中原的战乱驱使本地人口外迁。由于游牧民族的入侵一般自北而南，中原政权在无法生存时也选择南迁，历史上出现过多次大规模的人口南迁。战乱和自然灾害造成的死亡、人口外迁使黄河流域受到毁灭性的破坏。如元朝时，黄河流域的人口损失近80%，长期无法恢复。

黄河流域不可避免地衰落了。到宋代，全国的经济重心已经转移到南方；明清时南方的文化水平，无论是整体还是个人，都全面超过北方。政治中心虽还留在黄河流域，但为保证首都和边防的粮食供应，不得不采取特别措施，付出巨大代价。

气候变冷使长江流域逐渐变得温暖湿润，四季分明，适合粮食和各种经济作物的栽种，成为宜居的乐土。铁制农具和工具的普及使更多土地得到开垦，环境得到改善，水利设施得以建设和维护。大量南迁人口不仅补充了充足的劳动力，而且带来了相对先进的文化、制度、技术、工具、器物，还包括一批天才与各方面的杰出人物。他们在长江流域多样的自然环境和丰富的景观中，创造出大量新的精神财富和物质财富。

西周时的长江下游，当地人"断发文身"。公元前2世纪的西汉初期，在中原人的眼中，"江南（主要指今江西、湖南等地）卑湿，丈夫早夭"，是"饭稻羹鱼"的生活方式。到4世纪中叶王羲之在今绍兴创作并书写了《兰亭序》；5世纪初谢灵运创作了山水诗；6世纪初出现了"暮春三月，江南草长，杂花生树，群莺乱飞"的名句；9世纪前期流传着白居易的"江南好""能不忆江南"；唐末的韦庄更演绎为"人人尽说江南好"。至迟在12世纪形成"上有天堂，下有苏杭"的民谚。

唐朝后期，首都长安已完全仰赖江淮漕运。北宋时开封的供应几乎全部来自江南。北宋末年有了"苏常熟，天下足"的说法，明朝中期为"湖广熟，天下足"所取代，说明长江中游已成为全国商品粮的基地，而长江下游已转化为商业、手工业的发达地区。明清时，松江（指松江府，大致即除崇明岛外的今上海市辖境）"衣被天下"。明朝"苏松赋税甲天下"，苏州、松江两府的赋税收入成为朝廷重要的经济支撑。从南宋到明代，江西一直是全国的文化重镇。明清的江浙被称为人文渊薮，科举之盛甲于天下，苏州状元更居榜首。

要是中国只有黄河，中华文明的衰落不可避免。但因为有了长江，自黄河流域开始出现衰象，即由长江流域补充替代，在整体上从未有过退步。随着长江流域兴起，中华文明顿开新篇，浩荡蓬勃，一往无前。

到了近代，新的科学、文化、产业、技术、商品自海上传入，沿海渐趋发达。黄河下游已不具通航功能，沿河地带未受其惠。长江则全河畅通，轮船溯江而上，自上海至镇江、南京、芜湖、安庆、九江、汉口（武汉）、沙市、宜昌、万县（今重庆万州区）、重庆、宜宾，沿江城市得以跻身发达地区。

今天，黄河已保持70多年安流。实施水土保持，退耕还林、还草、还荒,经过小流域治理,流入黄河的泥沙量大大减少。小浪底水库的建成和运行,使治河先贤"束水攻沙"的理念得到实施,取得显著成效。流入黄河的泥沙不会再增加,悬河不会再加高,沉积在河床的淤沙已在逐渐减少,河清有日。沿河建成的几十座大型水利工程,不仅能保证黄河安流,还发挥了发电、灌溉、防洪、防凌和环保的综合效应,造福人民。在未来的发展中,黄河流域的自然资源和人文资源,特别是历史人文资源,必将发挥更大的作用。

长江、黄河两大流域交相辉映,并驾齐驱,无疑将使中华文明提升到新的高度。

三、中华文明远离其他重大文明,在古代存在着难以逾越的地理障碍。这使中华文明始终未受到外来文明的破坏、冲击和影响,保持着独立、延续的发展,但也缺乏与外界了解、交流、学习的机会,缺乏对外的影响力

人类创造的重大文明中,只有中华文明处于东亚大陆,远离两河流域和地中海周围的巴比伦、希腊、罗马、埃及等文明,不仅相距遥远,还隔着高山大洋、荒原沙漠等地理障碍。就是与距离最近的印度文明,也隔着青藏高原、横断山脉。工业革命以前,在缺少机械动力交通工具的条件下,这些地理障碍无法克服,人流、物流的成本极其高昂,风险极大。

无论是公元前 6 世纪的波斯大帝还是公元前 4 世纪的亚历山大大帝,都没能越过帕米尔高原、开伯尔山口这些地理障碍。中亚帝国的创建者帖木儿,即使没有在 1405 年东征明朝时病死,也未必能穿越高峰峡谷、戈壁荒原。近代以前,中华文明从未受到来自西方的军事威胁或战争波及。

而在中华文明圈内部,虽然有北方游牧民族的入侵,甚至会入主中原,但由于华夏族(汉族)在人口、经济、文化各方面的绝对优势,军事上的征服者最终都成为文化上的被征服者,连这些进入中原的少数民族本身也难以避免被融合的命运。

佛教始终是以和平的、不依靠任何武力或经济压力的方式传入中国。即使如此，还出现了三次出于皇帝旨意的灭佛运动。这就导致佛教形成完全服从皇权、自觉适应中国的特点，完成中国化的过程，成为中华文明的一部分。曾经依靠武力或政治、经济压力推行的宗教对中国鞭长莫及，伊斯兰教到12世纪才推进到新疆。外来文化更没有被强制推广的机会，无论是物质还是精神，即使有机会进入中国，也只能通过展示，供中国人自由选择。

但另一方面，中华文明与其他文明之间都没有相互了解的机会，不可能进行比较、交流，更不会有彼此学习、相互借鉴的自觉性和积极性。对历经长途、长期、辗转传播，偶然进入的外来文化，只是被动接受，而无法主动选择。外界的文明很难在中国产生明显的影响，同样，中华文明被外界所知甚少，难以对其他文明产生显著的影响。

正因为如此，中国历史从来没有出现真正的开放。一直被认为最开放的唐朝，其实也是"开而不放"。唐朝对外界的确是相当开放的，首都长安的居民中外族、外国人为数甚多。在洛阳、扬州、广州、泉州、明州（今浙江宁波）等城市也有不少外族、外国人定居和来往。但唐朝一般不允许本国人出境，除了出征、外交、取经等少数人外，见于记载的外出人物屈指可数。对外贸易几乎为阿拉伯人、波斯人、粟特人、回鹘人等"胡商"所垄断，找不到"唐商"在境外从事贸易的确切记录。

即使是唐朝，对自己的文化也是"传而不播"。即可以向外来的求学者传授，却从来没有派人出国传播，更没有在外界办过一所"孔子学院"。像朝鲜、日本的学者、留学生、僧人、工匠，都是主动来唐朝学习的。鉴真和尚也是在日本方面多次请求下，才涉险东渡弘法，并非政府派遣或批准。

四、古代中国很少对外侵略扩张，开疆拓土大多是反击入侵的延伸，而一旦国力衰退，往往撤退放弃

中国最早的统一是以黄河中下游地区即中原为基础的。早在公元

前 11 世纪，商王、周王居住的城市就被称为中国，周公所建洛邑（今河南洛阳）也被称为中国，号称"天下之中"，周王成为天下共主。天下的四周被认定为四海，春秋时代就有了四海之内的概念。随着统一范围的扩大和地理知识的增加，天下的概念也延伸到所有已知的土地。中国的概念逐步扩大为中原王朝的直接统治区，周边则仍然属于戎狄蛮夷地区。尽管"普天之下，莫非王土"，戎、狄、蛮、夷地区也应该属于"王土"，但由于他们尚未开化，这些地方还不是华夏"声教所及"，不配也不宜当作中国，不值得进行直接统治。对这些人口和土地是否需要或可能接纳，要根据他们的开化程度决定。否则，即使已经实施了武力镇压或军事管制，还是会将他们当作化外之民，不会在那里设置政区，或等同于正式行政区划——中国。

黄河中下游地区有充足的可供农业开发的土地，能够生产出足够的粮食和生活资料，满足不断增长的人口的需求。局部地区因自然灾害或人口压力造成的供应不足，可以通过在朝廷统一调度下的相互调剂得到解决，或依靠多年的储备得到缓解。当黄河流域因天灾人祸陷于衰败时，长江流域的开发及时弥补了供应不足，并且逐渐发展成主要的商品粮供应地。长江流域的开发还提供了更多的经济作物产品，生产出更丰富的生活用品和商品。明清时期，开发的范围扩大到岭南、海南岛、西南山区，在明末传入的美洲作物如红薯（番薯）、玉米、土豆（马铃薯）、花生、辣椒、烟叶等使山地甚至陡坡地也能开发利用，不仅提供更多的粮食，还提高经济效益，改善民众生活。19 世纪 50 年代中国人口达到创纪录的 4.3 亿，这些人口都是靠本国生产的粮食和物资供养的。19 世纪 60 年代东北陆续开禁放垦，内蒙古也对内地汉民开放，对西北边疆的移民进行鼓励和资助。这些新开垦区的粮食和物资的产量，足以支撑中国持续增长的人口。如到 20 世纪 30 年代，东北三省的人口已经达到 3000 万，但东北生产的粮食和大豆还可以大量输出。

中国的统治者早就形成"天朝无所不有，无须仰赖外人"的观念，一向认为中国没有对外贸易的需求。直到清乾隆五十八年（1793 年），乾隆皇帝给英国国王的敕书中还自以为"天朝德威远被，万国来王，种种贵重之物，梯航毕集，无所不有"。因为统治者需要的奢侈品或国家需要的特殊用品、物资，可以通过接受朝贡的途径获得，无非是"薄来厚往"，多给超值的"回赐"而已。

由于早就形成了境外、海外都是蛮荒之地，外族、外国都是未开化的蛮夷这样的观念，古代中国不仅没有向外开拓的需求和动力，连对外界的好奇心也逐渐丧失，缺乏了解外界的兴趣。不了解其他文明的实际状况和先进程度，缺乏参照和对比，直到鸦片战争前，中国始终陶醉在天朝大国的迷梦中，既没有对外交流的愿望，更找不到对外开拓的理由。

早在西汉中期，秦始皇、汉武帝的开疆拓土就受到质疑和批评，因为他们新开拓的部分土地不能开垦为农地，不适合农业生产，却因征发农业劳动力从军或驻守边疆而造成已有耕地的荒废，影响农业生产。汉朝的军队曾不止一次深入匈奴地区，进入蒙古高原，但都没有长期占领，不久就退回长城以内，主要原因还是那里不能辟为农田，从内地运输粮食成本极高，无法维持常驻的军人和行政人员。由此形成的观念，是疆域的范围应该限于宜农土地，其他土地应该留给从事牧业、狩猎、采集或刀耕火种的戎、狄、蛮、夷。

对照西汉的疆域和清朝的极盛疆域，两者相差主要是三块——蒙古高原、青藏高原和东北地区，都是当时条件下无法进行农业生产的土地，而不是因为西汉没有占领的能力。相反，对适合农业生产的地方，如朝鲜半岛、今越南，西汉的疆域还超出了清朝的范围。所以真正能够将农业区和牧业区统一起来的，倒是牧业民族建立的政权，中国极盛疆域的形成由清朝实现绝非偶然。

历史上几次重大的开拓，基本是反击入侵的延续，而不是出于对外扩张的目的。而且一旦国势衰退，就会主动放弃。如汉武帝用兵大宛，虽出于掠夺天马的目的，但到神爵二年（公元前60年）汉宣帝设置西域都护府，主要还是出于维护交通线、保证屯戍供应和监护西域地区的考虑。新莽期间一度撤销，东汉国力衰退，西域"三通三绝"，只能量力而行。以后各朝对西域亦不是志在必得，如明朝初年只在哈密一带建立卫所，嘉靖后已退至嘉峪关，至清乾隆二十五年（1760年）才完全收复。唐朝反击东突厥的入侵，灭东突厥后占据蒙古高原及其以北地区，但不久就允许突厥人返回旧地，导致后突厥复国。唐高宗灭西突厥，加上波斯王子归降，唐朝的疆域扩展到咸海之滨的阿姆河、锡尔河流域。但仅仅几年，在阿拉伯东扩后就节节后退，唐天宝十四载（755年）的怛罗斯之战后退至葱岭，安史之乱后更已退至陇山。

地理环境对中国古代文化和经济的影响[①]

各位下午好，很高兴有这个机会给各位贡献一点我学习和研究的体会。我自己的专业是历史地理，很多人误以为历史地理就是历史和地理，其实历史地理用英文讲是 historical geography，那就是历史时期的地理。

地理对各位都有影响，比如现在自贸区要开张了，那么自贸区的范围有多大，将来要扩展的话扩展到哪里。又如，最近大家都关心全球变暖，包括发生的灾害会有什么影响，这个大家都是极为关注的。但是我们历史地理主要研究的不是今天的地理，而是过去的地理，特别是过去比较久的地理。那么要理解中国的历史和中国的文化，你就不得不用当时的地理条件来看。比如郑和下西洋，那个时候如果有了轮船，那就不是这样的情况了；又如有的人不明白中国古代为什么粮食都要通过运河运，不能通过海上运吗？要知道那个时候没有天气预报，台风来了还不知道的，你在海上谁能保证不出风险？另外，那个时候没有电报，比如这艘船离开上海了，从此下落不明，到底到哪去了？被劫走了还是运到自己家乡去了，是没法联系的，到底什么时候到天津都不知道。如果不从这些地方来考虑的话，你就不能理解当初历史为什么这样发展，而不是那样发展，也不能理解我们当初的文化

[①] 2013年9月28日下午，参加上海市金融发展服务中心、上海财经大学金融家俱乐部第46期主题沙龙暨"文化与新领导力"系列沙龙（第三期）时的发言。

取向为什么是这样的。我们现在老是讲中国历史上怎么了不起，但是中国人当时有几个关心世界？中国有几个人跑到外面去？没有的，除了玄奘取经、鉴真和尚弘扬佛法，其他没有什么人到外面去的。为什么北欧的人那么早就跑到南极去呢？北极比较近，到南极去干吗呢？他追求的是什么呢？如果是殖民到那里是要黄金要奴隶，那么他明明知道南极什么东西都没有，他跑去干什么呢？所以你要理解他，必须知道他当时所处的地理环境。

要理解中国古代的经济、文化、商业，必须把它放在中国当时的地理条件下，你才能够真正地理解。我的老师谭其骧先生早就说过这样的话：历史等于是一场戏剧在演出，地理就是演戏的舞台，离开了这个舞台，这个戏怎么演？舞台不同，当然演的效果也就不同了。所以承蒙邀请我来讲，我就马上想到这个专业能够贡献给大家的恐怕还是这一方面，即到底历史上的地理环境对我们中国的文化、中国的经济（包括商业、贸易、金融）产生过什么影响。只有了解了这些，我们今天才能够主动地去运用地理环境里面积极的因素，规避那些可能因为地理环境的制约所形成的风险。

地理环境对历史作用的两种论点

地理环境到底对历史起什么作用呢？以前有两种论点争论不休。一种是地理环境决定论，即什么事情地理环境都决定了，孙悟空翻跟斗，再了不起也翻不出如来佛的手掌心。人不能脱离自然环境、地理环境来创造新的文化、新的制度。还有一种观点认为，革命可以改变一切，地理环境变化是缓慢的，革命一下子就可以把这些制度改变，所以革命才是决定性的。如果从纯学术上判断，不能否定地理环境的作用。马克思去世以后，恩格斯在他墓前发表了著名的《在马克思墓前的讲话》。他讲到马克思有两个伟大的贡献：一个是剩余价值理论，一个是历史唯物主义。用非常浅显的话来讲就是，人首先必须解决衣食住行问题，然后才能从事艺术、政治、宗教、科学这些活动，也就是我们讲的这些文化。思想观念从哪里来的呢？实际上是人们在长期的生产和生活的过程中形成、积累、提炼出来的。那么人的生产和生活靠什么呢？当然离不开这个地理环境了，所以在马克思以前的黑格尔就讲过很多地理环境对人类发展的影响。马克思也说过资本主义不可能产生在热带，热带气候条件太好了，生活太简单了，所以用不到积累、用不到交易，温带情况复杂，同时也有可能做成交易。这不是地理环境起作用吗？而且明显起到了决定性的作用。

历史事实证明，也不能绝对说地理环境就具有决定作用。我们分析历史上两个地方，它们的地理环境差不多，但是发展出来的文化和经济都不同。比如，有人已经分析徽商和晋商。徽州人为什么做生意呢？因为山多地少，本地靠农业没有办法维持。晋商为什么做生意？因为山西穷，只能做买卖。表面看很对，仔细想想是有问题的。中国山多地少，人均耕地很少的地方很多，为什么别的地方不出徽商、不出晋商呢？同样人多地少的地方，比如说湖南西部，山都是石灰岩，地下水都保不住，都是溶洞，可耕地很少，当地人就没有经商；又如淮北，虽地不少，但土很薄，农业生产也不能养活，他们也没做生意；再如绍兴也是耕地很少，他们找到的出路也不是经商。

地理条件是必然因素还是或然因素？

所以说，很多地理条件还不是决定性的，如果我们把决定因素称为必然，那么很多因素往往起到或然的作用。地少人多时，什么是必然的呢？就是找到土地以外的资源来寻求谋生的手段，这是绝对的。今天也是这样，这个地方养不活人，怎么办？办工业、办产业，或者到外面去，如果死守在这里必然饿死。至于采取什么手段就不一定了。如果这样来看，地理环境到底决定了哪里？决定到什么程度？为什么在地理环境上，就是没有分清楚什么是必然的、什么是或然的因素？使或然的因素转化为必然，那还需要看更大的地理环境，比如看全国的、看全球的，而不是局限于一个局部环境。

另外，还要从不同的阶段、不同的生产条件来看。比如，有些资源在农业社会是毫无用处的，是负能量，但是到工业社会，它就成为正能量，成为真正的资源。只有工业社会发展到一定的阶段，有些地理环境方面的资源才能起作用，在古代是没用的。比如说海，中国历史上，海有什么作用呢？产出盐、鱼和水产品，没有现在的海洋通向文明。在中国的古代，穷的地方就在海边和深山，苏东坡到海南岛边上就是到了天涯，天涯海角、穷途末路，哪有什么希望？他的希望就是回大陆，虽然岭南的荔枝他很欣赏，但是一旦得到朝廷的赦免，他就赶快回来，但不久就病逝于常州，这是在当时的条件下的情况。现在我们讲西北资源丰富，但是在工业化以前，到那里干什么？塔克拉玛干沙漠33万平方千米，世界上第二大流动沙漠，人进去不能生存，热得不得了。那么在发现石油、天然气以前，它到底有什么作用呢？的确是没有。我们年轻的时候中国的钢铁基地有几个地方，如鞍钢、攀钢、包钢。在总结包钢的特点的时候，那时讲储量很丰富，但铁矿石杂质太多，分离很困难，现在才知道杂质是稀土，是宝贝。本来要丢弃的东西，是一个起负作用的东西，现在不得了。这些东西在古代，在一个农业社会，一点用都没有，甚至起坏作用。因此，同样的地理环境在不同的生产条件下起的作用是不同的。

我们现在知道处理领土争端在国际法上主要有两个原则：第一个是谁先发现这个地方，谁先命名的，这点我们有天然优势；第二个是必须要在这个地方实施连续的、有效的行政管辖，这个就难倒我们了。在没有轮船的情况下，如果想出去到1000千米外没有人的岛上建一个政府，去管谁？古代没有轮船、没有军舰、没有机械化、没有交通工具、没有无线电通信设备，怎么可能到那里去实施有效的行政管辖？我们真正第一次到岛上宣示主权是在清朝末年，法国人要占这些岛，而当时清朝已经有了军舰，两广总督才派水师提督去巡海，并且在岛上竖碑。在同样的地理条件下，没有轮船，这个障碍是不能克服的。抗战胜利以后，那个时候国民政府已经有几艘军舰了，所以派太平舰到了南沙群岛的主岛，并且把这个岛命名为太平岛，另一艘永兴号到了西沙群岛主岛，命名为永兴岛,一直到现在。同样我们的永暑礁,露出水面的地方有限,当联合国说西太平洋缺少观察站,我们就赶快申报了,如果不这样做,你怎么去观察呢?现在这块地方是我们的,周围一圈12海里就是我们的领海,再往外就是专属经济区。你说地理条件改变了?没有改变。

所以我们讲地理环境决定不决定还不是绝对的,要看你有没有这个手段,当然首先有没有这个意志,把这些或然的条件变成必然,或者通过你的努力把必然的条件规避成为或然。因为在不同的生产方式、不同的科学技术水平、不同的管理模式下,这些因素是可以转化的。这是我想首先说明的第一点。

地中海带来的希望

看地理环境、地理条件的影响,不仅要看到微观的,还要看到宏观的。比如我刚才讲到,从黑格尔、布罗代尔,到马克思,到其他学者,都曾经谈到地理环境的影响,特别是海洋对人类发展的影响。但是我们一直不明白,为什么西方人对海洋那么重视,而对我们中国人而言,为什么海洋没有起到什么积极作用呢?你说中国没有海吗?到现在中国有约18 000千米的大陆海岸线,我们面临的是最大的太平洋,还有渤海湾。为什么西方人到海边就看到了希望,看到了未来,而中国一流的学者到了海边就到了"天涯海角",感到穷途末路了呢?所以我们不能只注意人跟海这样微观的关系,还要宏观地来看。宏观来看就明白了,是因为欧洲南面有一个地中海。地球上只有一个地中海,再也找不到第二个地中海这样的海洋条件了。首先地中海是基本封闭的内海,一边是直布罗陀海峡,一边是博斯普鲁斯海峡、达达尼尔海峡,苏伊士运河没有开通之前,整个海就是封闭在里面的,世界上有没有这样大的封闭海?没有啊。其次,海里面有亚平宁半岛、巴尔干半岛,还有西西里岛、克里特岛、马耳他岛、科西嘉岛,周围有很多岛,很多半岛,所以在地中海里你可以很方便地从这一端到那一端,即使走偏了也可以到其他岛。我曾经在直布罗陀海峡隐隐约约看到过欧洲。你到伊斯坦布尔去,亚洲、欧洲就隔着 1000 多米的海峡，上面有几座桥，下面还有隧道。再次，人类的主要文明就集中在这里，南面北非一带的埃及，东面两河平原的巴比伦，再上面是希腊、小亚细亚。这个小亚细亚我们不重视，但他们的文明发源很早，我们中国的文字甲骨文距今 3600 多年历史，再往前现在没有找到，找到几个符号看来又不是文字，而那边的文字一般都是七八千年前，最早的 10 000 年前。再过去是罗马，都是在航程可见的范围里，可以说群星璀璨。罗马帝国最强盛的时候，它就可以从欧洲很容易地进入北非，现在 Africa 这个名字就开始于罗马人设的 Africa 省。我在北非，从直布罗陀海峡开始一直走到苏伊士运河，沿途看到很多保存非常完整的罗马的、希腊的建筑，利比亚保留很多，包括它的首都的黎波里，城里有很多罗马的建筑。意大利右边是希腊，我们知道希腊这个地方是山多耕地少，所以它很自然地向非洲扩张。北非突尼斯那里有很大的希腊神庙，利比亚也有，有的是仅次于希腊的，怎么来的？没有办法，没有地方发展了，据说神启示他们要往南迁，就渡海到北非了，第一次没有找到东西，第二次找到泉水了，命名为阿波罗泉，一个城市形成了。

中国沿海带来的"穷途末路"

我们比较中国，中国唯一的比较具备地中海特点的只有一个地方——渤海湾，所以历史上山东人到朝鲜很容易。比如东汉的时候有一个治理黄河的水利学家叫王景，王景的祖上就是因为山东发生动乱，渡海到了今天的韩国，之后又从陆路迁回来了。以前孔子说过"道不行，乘桴浮于海"，意思是如果我的道在这里实施不了，就坐小船到海外去。他老人家为什么这么开放？因为山东到海对面比到内地还方便，再延伸出去是日本。日本很多人都说自己是徐福的后代，当时徐福骗秦始皇说到外面可以找到长生不老的药，其实他是准备到外面自己干一番事业，带了 500 个童男童女，还带上各种各样的工艺师，装了满满的一些大船，就走了，到了一个有平原广泽的地方——日本。所以有人认为神武天皇最早就是徐福。日本徐福的墓有一二十个。当然这是一种文化概念。但是离开这个圈再远了，有这个条件吗？甚至连台湾岛都不容易去。很多人不理解，我们能到日本，怎么到台湾那么难？不要忘记，古代船的行驶是要依靠洋流和风向的，台湾海峡很难通过。中国到日本倒是比较方便，而且到日本一般都从两个地方出海，要么宁波，要么福州，因为正好顺着洋流和风向。到台湾岛是比较晚的，而且是要冒险的，一直到清初，私渡客要签生死合同才可以去。西方的航海家到了台湾岛也认为台湾海峡是不容易通过的，这个就是地理环境。

在东亚，中国、日本、朝鲜半岛是同样的文化圈，日本、朝鲜半岛在当时航程所及的范围里找不到比中国更发达、更先进的地方，所以中国对他们有很大的吸引力。日本在历史上跟西方人没有交流，完全是汉化、唐化，凡是中国有的它都学，中国自己改了它还不改。所以现在到日本去，日本很多名词、很多制度来源于唐朝。比如说日本的中央政府叫什么省，文部省、厚生省等，这个是唐朝的制度，唐朝是三省六部，他们就学了这个，到现在也没有改。日本以前的古都完全是拿长安、洛阳的图纸照搬。今天到京都，有很多地名都带有"洛"，京都的西面是洛西，南面叫洛南，我问他们为什么，他们说这是洛阳，完全是照着洛阳。为什么？这个文化圈里找不到更先进的。日本的文字制定的时候本来都用汉字，它自己的文字是假名，片假名、平假名分别根据楷书的偏旁和行书的偏旁演变而来。所以，日本的语言更多的发音不是跟普通话相同，而是跟中国南方方言的发音相同，因为唐朝以后北方人大量南迁，他们把当时的话保留下来了，北方又不断有外面的人来，普通话已经吸收了很多的外来成分，所以闽南话跟日语更接近，上海话也有接近的地方，这就说明有这个渊源。朝鲜半岛有很多也是这样，因为原来朝鲜半岛全部是用汉字的，但是跟他们话的发音又不同，所以老百姓很苦，要记住两个。到了世宗大王的时候，他想到用注音的办法，所以一开始朝鲜半岛的文字是为了解决大家看见字念不出来的问题，让他们加上注音，元音辅音拼在一起就念出来了。海洋对东亚起作用，主要是东海和渤海，而且影响范围就这么大。

琉球也处于这个影响圈里，因为到琉球的船大都从福建出发。再远行吗？你能越过太平洋吗？现在有的人总认为对中国的肯定太少了，中国人发现的美洲，还有的人说白令海峡在 10 000 多年前曾经都结了冰，所以中国人就可以走过冰桥到北美，这当然还没有被证实，就算被证实又怎么样呢？请问他们去了之后回来过没有？这个证据是找不到的。既然没有回来，跟我们飞出太阳系是一样的，有交流吗？即使我们老祖宗是到了美洲，但是他们没有回来，一直到现在也没有认这个亲，这怎么叫交流呢？往美洲是这样，南亚这个方向历史上也是这样，大规模的交流不存在，而且更大的问题是，往南基本上都是热带丛林，历史上根本没有开发，所以在这种情况下，你想想看，在中国沿海的人怎么会产生一种到海外的愿望呢？海外对他们来讲意味着翻船，意味着灾难，意味着比他们更落后、更野蛮。比如台湾一开始都不敢去，清朝初年去的人还再三讲，不能进入生番的地方，因为台湾的生番是要吃人的。吃人当然不一定，但是把人头砍下来作为祭品确实是有的，杀人祭神是有的。

至于外面的资源也对中国没有什么吸引力，因为对一般的老百姓来讲最主要是吃饭，所以海洋对他们来说是鱼盐之利。鱼还有问题，当时没有保鲜条件，所以我们小时候吃海鱼的是穷人，咸得不得了，现在已经有冰冻了，以前都做成咸鱼。为什么地中海的这些观念适应不了中国？根本条件是不能只看到海的本身，大家知道海水、海洋只是一个载体，文明流通通过这个海才决定了文明的源头在哪里，文明的传播在哪里，离开这些点，海洋只有物质条件，这个物质条件起不了这样的作用。你说中国海边上的人，他一辈子从来没有见过外国人，从来没有听到一句外地的话，他的心胸能开阔吗？人流落到海边就等于没有出路，所以这是一个要注意的。就是我们不能只看微观的地理，要更加宏观地来看。今天也是这样，海只是提供给你一个航运的条件、人员物资交流的条件，如果外面没有人来，没有物资交流，还是起不了作用。改革开放以前，一开始西方对我们实施封锁政策，像上海，船都没有了，后来我们自己闭关自守，今天上海市的辖境是靠海的，但上海的港口在黄浦江上，是河港，真正的海在外面，这些地方开放了没有？没有开放。

中国的人文地理环境

这就牵涉第二个问题，我们要注意到自然地理条件，还应该注意到人文地理条件，同样的自然条件可以有不同的人文条件。

比如说中国历来是不重视对外经济交往、文化交流的，中国古代一直没有外交部，因为中国人的观念是"普天之下，莫非王土"，中国的政治中心就应该是天下的中心，没有世界观念的。"世界"这两个字出现在翻译佛经的时候，佛教讲不同的界，有佛住的界，有人住的界，人住的界就叫"世界"，这样才有了世界这个词，但是中国一直不承认什么世界。一直到跟英国人打交道，还说我是天下的共主，你不过是蛮夷小邦，一开始认为中心以外是没有人的，后来发现是有人的，但他们是蛮夷，跟他们不能用我们的礼教，他们还没有开化。外国人跑到中国来是因为太穷，开始是给点钱打发他，没有想到他比你强。清朝有理藩院，就相当于我们现在的国家民族事务委员会，是处理少数民族问题的，但是从来没有外交部。鸦片战争以后，清朝虽然打了败仗，但是还是认为英法是蛮夷，将英国人称为英夷，法国人称为法夷。到了第二次鸦片战争，不平等条约里加了一条，今后不得以"夷人"称英法，我称你大清，你要称我大英国、大法国。因为打了败仗，所以在条约里写了下来。但是外国人说，你总得有衙门跟他打交道，那时谁都怕跟洋人打交道，甚至有人认为洋人有邪气，与他打交道要中邪的，好几次冲突是洋人要见皇帝不让见，要见官员不让见，你不让见，我就武力过来。但总得有个衙门管理，后来没有办法，成立了一个衙门，开始还想称为筹办夷务衙门（还是"夷"），正式设立时才叫总理各国事务衙门。这个衙门很奇怪，它的功能相当于现在很多部门，比如搞电报、邮电，造铁路，派留学生，翻译，凡是涉及洋人和洋务的，全部由这个衙门管，而且总理各国事务。洋人说这是什么话，哪有这样的事情，所以到了八国联军进北京最后签订《辛丑条约》时就规定，清朝必须成立外务部，居六部之首。清朝没有办法，接受了，这样总理各国事务衙门才改为外务部，以后改名为外交部。

中国的外贸

外贸部也是没有的，中国人没有外贸的概念。大家很奇怪，从地理条件来看，到汉朝的时候外国的珍珠这些东西都进来了，之后是东南亚的香料，特别是郑和下西洋以后。中国人也需要外面的东西，以前我们讲农业社会这些东西不需要，有钱人、统治者总需要吧，那为什么没有外贸的概念呢？这个就不能用自然地理条件来解释了，只能用人文地理条件。因为中国统治者的概念是，我是天下的主人，我如果需要你的东西，怎么能买呢？你应该贡献上来，我接受你是瞧得起你，所以中国历来只有所谓朝贡，没有外贸。日本到中国要朝贡，朝鲜半岛要朝贡，英国要朝贡，你不朝贡我就不要。一方面中国地大物博，另一方面根据儒家思想，让大家安贫乐道，男耕女织。比如说西方的老花镜传到中国来，皇帝很关心，清朝皇帝赏赐给大臣一副老花镜，回来一戴了不得。还有自鸣钟、怀表，甚至在清朝的皇宫已经有自己生产的怀表和自鸣钟，那为什么不想到贸易呢？你来要朝贡，朝贡的对象一部分像越南、朝鲜、缅甸，这些真的是中国的藩属，他们自己知道要贡。但是日本不是中国的藩属，他们为什么要贡呢？俄罗斯为什么要贡呢？还有另一条，既然我是天下的主人，我是天朝，你是小邦；我是华夏，你是蛮夷；我是富国，你是穷国。你既然贡了，我就要给你赏赐，这个赏赐必定要加多少倍，这叫作薄来厚往。所以你只要打着朝贡的旗号，我要求来朝贡、来磕头，把东西贡出来，你不要担心，赏赐给你的钱物比它超过多少倍，比民间做买卖还合算。当初朱元璋跟日本说，现在有倭寇来骚扰我们，停止它的朝贡，但日本一定要来朝贡。你说三年一来，它说不行，一年一次；你说来200个人，它要求来300个；你答应来300

个，船上多 100 个。什么道理呢？这个大买卖比做生意好得多。他进来，一到中国境内吃喝全包，另外把贡品交上来，给他的钱比市场上还多。如果皇帝高兴，要叫他到北京去一次，沿途因外国使者经过，张灯结彩欢迎，到了那里磕了头又有赏赐，临走不论买多少东西都可免税，何乐而不为呢？所以日本的朝贡积极性高得不得了，东京的博物馆里现在还有明朝皇帝赐给的诏书。

比如乾隆后期，210 多年前，英国当时已经是工业革命以后，要开拓外贸，但是清朝从"四口通商"变到"一口通商"，必须在广州城外面做买卖。英国人希望能够打开这个局面，这就要谈，派代表来见皇帝。清朝不同意，表示要谈贸易去广州谈，跟两广总督谈，跑到北京干什么？后来说我们不是来谈贸易，因为知道你们皇上八十大寿，我们国王派我们来贺寿，这样才同意英国的船一路开到天津。后来英国人鸦片战争打定海的时候对地形那么熟悉，都是在那时候就勘探好了。来了就谈，英国人派代表在北京，开始根本没有办法，为争一个事情：见皇上要跪下来磕头，三跪九叩。英国人不肯，说见我们国王只跪一条腿。还有需要国书的，清朝官员一看就麻烦了，原文是："奉上帝之命，统治英伦三岛的国王向中国皇帝表示兄弟般的敬意。"谁跟你兄弟？这个好办，翻译成中文：管理英伦三岛头目某某恭请大皇帝圣安。反正乾隆也不会看英文和拉丁文，这个好办。但是磕头怎么办呢？开始就跟乾隆说，英国人路上感冒了，然后做他工作让他一定要磕头。英国人也坏，他提出来我可以磕头，把英国国王的画像挂在这里，你们也派一个跟我一样等级的大臣，对他三跪九叩，我也给你们的皇帝三跪九叩。清朝官员又去骗乾隆，英国人的腿不大会弯的，现在在训练他跪下来磕头，练好了就来见你。最后瞒不过去了，只能安排见乾隆。现在就有两种版本：英国人的记录说，他见乾隆皇帝时半跪一条腿，鞠了个躬，乾隆很高兴，叫他起来，就过去了；清朝的记录说，一进去，腿自然跪下，磕的头还不止九个。我们也没有办法去查，到底谁说的是真话，因为死无对证。就算他真的跪了磕了头，难道就证明英国是中国的属国了吗？也不能证明这一点。最后谈下来，乾隆给英国国王发了一个诏书，你说要派人驻在我们天朝，没有这个惯例，想学我们的礼仪制度吗？你们是学不会的，你们学会也没用，是不适合你们的。至于你要来朝贡，你这次亲眼看到了，天朝无所不有，而且皇帝根本不喜欢那些看起来奇奇怪怪的东西，就算我要，天下都是我的，人家巴不得翻山越岭送过来。这次你带的这些礼品，看在你们国王一片诚心，不远万里，我就破例收下了，以后不要来这一套。就这样回答人家。所以在这种观念下怎么用得上外贸？他是不计较真正的经济效益，要的只是维持这样一个体系。大家讲唐朝、宋朝外贸很发达，但是这个外贸全是外国人做的，中国人是不做的。比如唐朝时阿拉伯人大量到唐，海上交通很发达，阿拉伯的侨民在广州形成自己的社区，称为蕃坊，蕃长就是外国人做的。但是中国几乎没有人出去，偶然有人好玩坐了个商船出去，回来就可以写本书，因为其他人从来没见过。唐朝、宋朝一直满足于收外国商人的税，而想不到自己也应该去贸易，因为中国历来把商业看成是末业，以前不是以土地获利的都是末业。而且要防止"刁民"出海，说不定将来跟外国人勾结，所以中国人是不允许随便出境的，即便唐朝、汉朝，你别以为开放，很多历史都是人想象出来的。严禁本国人到外地去，连玄奘偷渡出去，也被军官抓住了，还好军官是信佛的，再悄悄把他放出去，否则的话他就是偷渡客，至少要被赶回去。从外面回来了才名声大振，才欢迎他回来。汉朝的时候，匈奴人提出，既然我们跟你这么友好，是一家人了，你怎么关口还把得那么严？汉朝解释说那个关口不是防你们的，而是防我们自己人逃出去的。就是这个道理，本国人历来是不能自由出去的，一直到近代，那些"猪仔"为什么都走私出去呢，因为按照法律是出不去的。清朝甚至下过这样的命令：在海外的华侨限时回来，不回来的就不再承认他们是中国人，就是不孝不忠，永远开除国籍。所以一直到外国侨民出了事，清朝的官员说这些人怎么是我们的人呢？他都跑到外面去就不要我们保护了。他们是这个观念。

  一直到近代，为什么有了洋行？都是洋人开的商行。中国人自己开始是没有的，最多到洋行做买办，后来才知道这个很挣钱，中国人自己才开始做外贸。我们现在想中国古代怎么怎么发达，你可以说什么都发达，但是中国自己几乎没有外贸。什么时候开始比较兴盛了呢，从沿海一些商人走私开始。官方是不让做贸易的，其中最厉害的就是明朝的福建。福建山多地少，八山一水一分田，老百姓早就遇到了土地不足、资源不足的问题。有些人可能不相信，南宋时福建已经开始自发地控制人口，因为土地不能再增加，你再有多少钱也买不到地，如果一个财主家里有很多土地，他多养几个儿子，儿子一代从地主变为富农，孙子一代就变成贫下中农。怎么控制呢？很简单，杀婴。婴儿生下来就弄死，所以福建在南宋的时候富人家只保留两男一女，一般人家一男一女就够了。这么紧张为什么不到外面去做买卖呢？宋朝的时候外面还没有来做买卖的，来做买卖的阿拉伯人都集中在泉州，其他地方还做不到。但是到了明朝中期就不同了，西班牙人、葡萄牙人、荷兰人、日本人都在沿海想做买卖，而台湾岛、澎湖岛都是他们的基地，再远一点菲律宾吕宋岛这些地方都是他们的基地。这个诱惑对福建人就很大，一方面自己没有办法过日子，另一方面做生意利润那么大。中国的茶叶如果通过广东的商行，广东的商人能够挣到20%不到，但是卖给外国的船，利润是100%，甚至百分之几百。由于有这种诱惑，而明朝的政策又是"片板不许下海"，于是就开始走私。福建的地方官对走私也支持，甚至辟出一个港口来，因为福建官员的奖金和津贴都是靠走私商人发的。明朝的工资很低，衙门很多开销都是商人资助的。等到朝廷镇压就没有办法了，就赶他们走，所以一些走私商人在台湾岛建立了基地，在日本也建。这就是很多人文地理条件决定的。

中国的商业

还有个问题，照道理，中国这么大的面积，商业应该是发达的，为什么中国的商业一直不发达？一个原因是中国的耕地尽管很紧张，但是总体上还是够了，可以养活人口，就不会想到外面做生意。但是不到远的，近的商业也可以做啊，为什么中国商业一直不发达呢？以前我认为没有讲出个道道来，从自然地理讲不通。为什么春秋战国时期的商业已经很发达了，为什么司马迁很重视商业，但是后面 2000 年都在倒退呢？其实有一点，这就是人文地理，就是中国的制度。中国从来没有真正的私有财产制度。中国的统治者，从皇帝到县官，甚至到保长、甲长，都可以通过权力，而不是通过货币获得他所需要的物资。要商人干什么？皇帝难道会出钱去买？买也是装装样子而已。《卖炭翁》里面讲"一车炭，千余斤，宫使驱将惜不得"，留下"半匹红纱一丈绫"，这些东西扔下就拿着走了。这还算给你一些东西了，其他都是贡献的，都是可以凭权力占用的，所以没有商业对他们来讲不会造成丝毫生活的困难。只有从制度上解释，不能仅仅从地理环境上解释，是解释不通的。

徽商和晋商

现在讲到徽商、晋商，有的只是简单从自然环境、交通来看，其实徽商、晋商能够兴盛，靠的恰恰是人文地理因素。原来有一个秘密大家都不去探究它：明朝初年，为了解决边疆地区的粮食供应，明朝要对付蒙古人，蒙古人逃到北面，明朝造了长城。长城要去守，所以明朝形成九边，沿长城从山海关开始到嘉峪关，有九个边（军区），几十万人驻在那里，还有高级将领，将领还有家人，还要享受，所以粮食的需求很大，物资的需求很大。那怎么来解决这个问题呢？明朝有人出了高招，说靠政府花钱解决不了，要动员民间，当时就颁布了法律叫开中法，规定商人和老百姓只要把一定数量的粮食输送到那几个边区，就根据你能够提供的粮食的数额给你一张盐引，就是食盐的专卖许可证。比如我把二十石粮食运到那里了，给我一张许可证，凭这个可以经营十石食盐，食盐都是国家专卖的，利润不得了。徽商、晋商就捷足先登，把粮食运到那里，买下了盐引，之后形成垄断了，他们就地收购粮食，粮食交到那里，盐引就便宜了。晋商占了个便宜，因为运城这一带就有大盐池，山西本身的盐就吃不完，现在有了这个许可证了，他就一直在经营盐业。徽商也动了这个脑筋，也拿到了盐引。徽商主要的据点是扬州。徽商和晋商都不是在家乡发财的，徽商跑到扬州，这里沿海就经营食盐，沿着运河卖各种东西，所以就变成长江三角洲都是徽商。主要是靠盐，这个就是当时的人文地理，等到后来清朝道光年间废除这个制度，徽商、晋商就衰落了。

后期的晋商靠什么呢？靠票号。清朝中期以后，社会治安不稳，大笔的银子要远距离输送是很危险的。晋商在老家经营盐业，储备了粮食走西口，卖到蒙古、俄罗斯，把中国的商品运出去。还有很大一宗是茶叶，然后买了俄罗斯的皮毛卖到北京。这个过程中的银子需要拿回老家，有的要藏在地窖，有的要用来做买卖。大批的银子来来去去不方便，这就想出来办法，我何必用银子呢，你要银子1000两，我这里给你个票，拿这个银票，到我老家拿1000两，不就解决了吗？你在那里开了票，到我这里拿，就避免大量银子的流通。当然你得给我付服务费，风险越大付的费越多。到后来最盛的时候，又是依靠政府。清朝户部衙门要从北京把大量银子拨到各地，原来都是军队护送，护送的费用很贵，而且弄得不好都被偷掉。没有办法，干脆包给票号，在北京把银子交给票商，凭票号开的银票到各地同一家票号兑付。左宗棠收复新疆，开销几千万两的银子，挣钱的是两批人，一批是他的供货商胡雪岩，另一批就是兑付商山西票号，它赚的是兑付的手续费。当然左宗棠给的手续费最高，因为风险最大、路最远。这不仅是中国的自然地理环境，也是人文环境，即当时是白银大量流通。

我们知道宋朝的时候就有票子了，元朝的时候是大元宝钞，明朝的时候也是宝钞，上面盖了官印，伪造杀头。那为什么不流通呢？没有信誉，大家还是相信白银。如果纸币流通，票号就都关门了。果然后来山西票商衰落了，关键就是他没有及时地把票号转化为银行，票号只有兑付功能，对于不需要异地取款的，哪怕我再有钱也不会把我的银子跟你的票号打交道。另外，当时没有电报，所以每一个地方都要用大量的钱作为储备金，不像现在银行储备金多少就行了。我今天在北京开了张票，10 000两银子，他到山西拿不到10 000两银子不是亏掉了吗，但是保持这10 000两银子，肯定是知道我家乡藏着20 000两，才会开这10 000两的票，万一报信的人来不及筹集，我这个票号马上就完了。所以它的钱不能像银行那样放款拿利息，相当一部分要做流通。银行一起来，它不转化肯定斗不过银行，而且银行当时已经出现了纸币、汇票，本身不是真的白银在流通，这才是票号没落的基础。有了铁路，有了公路，票号应该继续焕发新生。江浙其他的钱庄很快转化为银行，所以以后"北四行""南四行"里面很多都是江浙的商人做的，他们成为第一代金融家。山西只有个别的像孔祥熙家的票号马上转为银行，大多数票号彻底没落了。

上海、广州的发展

对于这些原因我们不能简单地只看到自然条件，也要看到人文地理条件。上海自然地理优势其实从古到今都有的，但是为什么在开埠以前上海不可能成为中国最繁荣的城市呢？因为原来上海虽然靠海，有商船，但主要是内贸（比如说东北的大豆运过来），所以清朝就有江海关，但是它没有外贸，很多物资集散不会到上海来。等到上海开埠，一有了外贸，很多优势就出来了，什么优势呢？江海之汇。上海连着世界第三、中国第一的大河长江，长江流域这个腹地是任何沿海港口都比不过的，以前上海出口，有两样世界上排到了第一的物资——猪鬃和桐油。以前世界上，包括英国的王宫里面用的刷子，最好的就是用中国的猪鬃生产的。猪鬃产自哪里？四川。沿长江收购的猪鬃集中在上海，一下子上海成为一个重要之地，这个靠的就是外贸。长江流域油桐树炼的油当时是全世界所有的防腐剂的原料，船的甲板上涂的都是中国生产的桐油。要没有外贸，上海能起这个作用吗？所以上海只有在外贸情况下才能起到这个作用。

到了今天，你看为什么广州要做泛珠三角，因为广州跟上海比最大的一个问题就是没有一个大的腹地，珠江没有像长江沿江有这么成片的平原，而是马上进入山区，而且珠江也没有长江辐射面那么大，所以现在把它们连起来没有用。而且贵州、云南的货物为什么走水路呢？现在走铁路的话到广西就出口了，甚至直接走越南、走缅甸。现在全世界外贸 70% 的物资还是海运，一旦有海，外贸港口这个价值才能提升，没有外贸，上海有什么用？只有内贸的话，上海是没有那么多优势的。

所以有些事情我希望大家通过了解中国古代地理环境对我们的经济文化起什么作用，在今后判断现实的地理环境的时候，能够用更加宏观、更加理性、更加客观的标准来对待，这样才能够对我们的事业有正面影响。谢谢各位。

人类文明发展的主线和历史地理学的使命[1]

文明是指一个较大的人类群体，在特定的时间和空间范围内所创造的物质财富和精神财富的总和。

中华文明就是中华民族在以往五千多年间在世界上创造的物质财富和精神财富的总和。

人类处于地球表层极其复杂多样的环境中，人类文明和人类历史的发展是各种因素综合作用的结果。但从人类产生至今，一直到可以预见的未来，始终贯穿着两条主线：一是人类与自然的互动和协调，即人类不自觉的或自觉的适应地理环境。一是人类不断克服自身的生物性、兽性，形成人性，并逐步确立人类共同的精神标准和价值观念。

一

人类在非洲产生后相当长的阶段内，都不具备生产能力，只能靠采集，以后加上狩猎为生。自然界的野生植物、动物尽管非常丰富多样，但可供原始人采集并用于维持生存的种类和数量还是有限的。特别是在同一个空间范围内，当人类的需要量超过了它们正常的繁殖更新量时，这些人就生存不下去，他们会本能地扩大采集范围。一旦在新的区域内生存下来，就不再迁回原地。但总有些人具有更强的好奇心，对外界和

---

[1] 本文原刊于《历史地理研究》2024年第2期。

新事物的好奇，促使他们会在食物并未采尽时就走向新的不同的区域，或暂时定居，或继续前行。他们或许会因为采集不到足于维生的食物而灭绝，或许就此完成了一次新的迁徙。

人类就是这样走出非洲，并最终走到地球上大多数适合人类生存的地方。但这一过程极其漫长，而且最终能走到新的定居地的人或许只是少数。由于那时的人完全不了解外界的环境，再次向外走的时候往往没有选择的余地，只是一次次的试错，无数支迁徙人群会以灭绝告终。有幸迁入一些自然条件相对优越的地方的人，则获得了更好的繁衍条件，并逐渐进入文明。

在东非以外，包括今天中国境内，也发现了几十万年至一二百万年前的人类化石。但迄今为止，还没有找到这些古人延续下来的证据，他们也应该像那些没有走出非洲的人那样，在试错中失败而导致灭绝。

如果今后的科学研究证明，人类的发源地不止非洲一处，如包括中国境内的古人类的发源地，那么起源于那些地方的人的迁徙和扩散过程大致相同。

据此推测，在银河系或宇宙的其他空间，在理论上完全应该存在着类似地球的星体，在这些星体上同样的过程已经无数次地发生于过去和现在，也将发生于未来。

孕育了早期文明的地方，如两河流域的美索不达米亚平原、爱琴海周围、希腊沿海平原、地中海中的岛屿、尼罗河三角洲、黄河中下游地区等，都具有较好的自然条件。如地球上可能被人类驯化为粮食作物的20余个品种，大多数生长在地中海式气候带，环地中海地带的人最早驯化成小麦、豌豆、橄榄等优质作物，生产出充足的食物，为人口聚集和阶层分化提供了稳定的物质基础。又如黄河中下游地区属黄土高原和黄土冲积形成的平原，土壤疏松，原始植被易于清除，五六千年前气候温暖，降水充足，形成大面积的农田，文明曙光在这一带发展成华夏文明的核心绝非偶然。

因各种原因而迁入自然条件较差地区的人群，不得不选择游牧、狩猎、饲养、采集等生产方式，一般难以产生充足的稳定的食物供应，人口数量有限且分散，阶层分化出现得较晚，且层次简单，一直无法形成城市或行政中心。等到它们发展到足以改变生产方式，或有能力采用定居农业时，近处的宜农地域早已被其他人群占有。在从事不同产业的人群交错分布的地区，由于农耕人群有更强的生产和生存能力，其他生产方式的人群往往会被压缩到自然条件更差的空间，或者不得不外迁，或者被并入农耕人群。例如先秦时在黄河中下游地区还有不少以牧业为主的戎、狄部族，到公元前221年秦始皇统一，在长城以内已不存在聚居的牧业部族。

在总生产力相当低而管理成本相对高的条件下，统治阶层要维持自己的权力、地位和利益，必定会采用专制的办法，早期的政治实体、酋邦、国家基本都采用专制政治体制，并先后转为世袭制。但由于不同的地理环境，专制集权的程度不一，统一的范围各异。如中华文明，形成于黄河中下游地区，以黄土高原和黄土冲积平原为基础，基本都属宜农地区，面积大，中间没有明显的地理障碍，便于统治管理，行政成本低，因而很早就产生了大一统的观念和理论，并在公元前221年由秦始皇首先实现，建立了中央集权的专制政治体制，延续到20世纪初的清朝末年。但在希腊半岛，由于仅在沿海有狭窄的平原，其他都是山岭、峡谷、山地，交通不便，对异地的统治管理行政成本太高，因而形成一个个独立的城邦，整个半岛从来没有出现如秦朝那样的中央集权专制政权。即使是在国力最强盛时，也只是主要城邦间的松散联合。上埃及与下埃及之间，只是联合，而不是中国式的中央集权。波斯帝国、亚历山大帝国、罗马帝国、拜占庭帝国、奥斯曼帝国，没有一个产生过"大一统"思想和理论，没有一个建立过真正意义的中央集权政权。

游牧部族一般只能生产出勉强维持生存的食物，一旦出现不利的气候条件，往往只能选择迁徙。由于他们掌握的地理信息有限，迁徙大多是盲目的，因此其中一部分会以部族的灭绝或被其他部族吞并而告终。在迁徙遇到人为阻力时，他们别无选择，只能以武力对抗，结果可能获得依靠生产无法获得的食物、物资和财富。这无疑会诱发他们本来就难免的贪欲、野心、兽性，转而以掠夺、杀戮为手段取得更有利的生存条件。在耕地不足、气候不利或遭遇天灾人祸时，农业部族也不得不部分或全部迁徙。他们的最终命运，取决于能否获得足够的土地和包括人文和自然两方面资源的基本的生存条件。

而像古代中国这样拥有辽阔的疆域和足够的农田、能够生产出足够食物和物资供养自己的人口的国家，在不利的气候条件或异常灾害面前，具有充分的回旋余地，通过内部的人口迁移和资源配置就能得到解决，如人口从北方迁往南方，从平原进入谷地、山区，由黄河流域转移到长江流域，开发尚未开发的区域。所以，从西汉至明朝，尽管经常拥有足够的军事控制能力，却始终没有在蒙古高原、青藏高原和东北地区设置正式的郡县（州县）制度。开疆拓土或坚守边界，更多是出于国家安全的考虑，或者是反击入侵的结果。对新获得的疆土仅实施军事监护和象征性的行政管理，一旦国力衰退或鞭长莫及，就会轻易放弃。甚至不屑、不愿获得新的疆土，如果管理成本太高，或当地抗拒的压力太大，最终还会弃守。

有人将不同群体、不同民族、不同国家、不同文明之间的差异和特点归结于血统、基因，甚至认为存在优劣之分。但遗传学研究已经证明，人类出自同一个祖先，同一种基因，至多几个祖先、几种基因。今天的不同人种、不同遗传基因是同一祖先的后裔散布到地球各地后长期演变的结果。而导致这些演变发生的主要原因，是各地不同的地理环境，而不是当初已经存在的遗传基因差异。

另一方面，地理环境对人类活动和人类文明的制约作用并不反映在对人类生活、生产、生存方式的具体内容和程度的决定，而是规定了特定条件下的上限和下限。在这一范围，人类可具有相对无限的创造力和发展空间。例如，在一个物质条件完全相同的空间范围内，不同的生活、生产、生存方式，不同的工具、技术、科学，不同的价值观念、意识形态、政治制度，所产生的物质成果和对自然环境的影响可以有极其悬殊的差异。至于某些精神财富，则完全取决于个人。思想家只要能维持生存，就能产生意识、观念、思想。同样生存条件下的不同思想家的精神产物可以千差万别，一位天才思想家的精神产物可以超过无数平庸人物的总和，甚至达到空前绝后。

物质财富可以积累和继承，尽管不可避免地会不断受到人为和自然的损毁，但总的趋势是越来越丰富多样。工具、技术、生产力总是越来越先进高效，并因科学研究成果的应用而发生突变和飞跃，产生的物质财富甚至可能有几何级数的倍增。对任何一种文明，就物质财富而言，总是后超乎前，今胜于昔。

随着生产力的发展，特别是在工业化以后，一些人陶醉于科学技术的长足进步和物质财富的迅速增加，一度产生人定胜天的观念，提出过"征服自然"的号召，造成某些资源的枯竭，某些物种的灭绝，并对局部区域的环境造成难以消除的污染和不可修复的破坏。殖民主义、帝国主义、垄断资本推波助澜，加剧环境恶化，引发社会危机。一方面，技术的进步和科学的发展达到空前的高度；另一方面，人类与自然的和谐共生共存也受到严峻的考验。

二

人类历史的另一条主线，是人类不断克服自身的生物性、兽性，具有人性并不断完善的过程。

当人类的祖先还在非洲以及走出非洲的过程，绝大多数人都还只有生物性、兽性，与其他动物还没有明显的区别。他们行动、发声、觅食、饮食、性欲、避热、御寒、集群、互助、争斗、交配、生殖、育雏、喜好、厌弃、病痛、死亡、迁徙等行为，大致与其他动物无异。与此同时，其中个别人或少数人，由于超常的生理发育，或脑功能的进化，或迄今我们还无法理解的原因，产生了或增强了好奇心、同情心、厌恶心、羞辱感、舒适感、美好感、荣耀感、模仿力、判断力、思维力、表达力、感染力、想象力、号召力、表达欲，并且不断克服自身的动物性、野性、兽性。但多数人不具备他们这样的能力，而且不认同他们的行为方式和表达出来的感情，视他们为异类，甚至加以驱逐或杀害。但其中有的人依靠自己的体力和智力，成为部落的首领，通过暴力强制或劝导示范，使部落成员接受他的生活方式、是非标准、行为规范，增强了部落成员的人性。这一过程是漫长的、曲折的、反复的，但最终结果是，一些部落形成了比较共同的人性，并结为更大的部落联盟或部族，并进而形成酋邦、政治实体、早期国家。

早期人类面对变幻莫测又威力无穷的自然界和无法对抗的敌对群体，无不寄希望于神灵、祖先，产生广泛的自然崇拜、泛神崇拜，形成越来越隆重丰盛的祭祀。由于他们所崇拜和祈求的是拟人化的神灵，所以就按自己的标准和理想来准备祭享用品和殉葬品——动物、植物、鲜血、器官、心脏、头颅、奴隶、俘虏、美女、异人，殉葬的人和各种珍贵的物品。中国秦汉时的观念是"视死如生"，所以皇帝的陪葬品应包括他生前所需要的一切。随着人类自身的物质需求、审美标准和价值观念的变化，才逐步改为食物、果品、鲜花和精心制作的祭祀器物，伴随以音乐、舞蹈和隆重的仪式，殉葬品也逐渐以俑、器物、模型、图画、象征性器物所替代。

由于种种原因，包括迄今我们还不能了解的原因，在特定的区域（一种说法是在亚美尼亚一带）人类产生了语言，随着人口的迁徙而形成不同的语系和更多的不同语言。有了语言，杰出的、先知先觉的人，无论是要强制推行还是教化感化，都有了更有效的手段。一万年以来，地球上先后产生了不同的文字。文字的使用和传播，使人类的思想和精神生活得到记录和推广，也使人的生活方式、行为规范、好恶程度、是非标准、价值观念等得到准确的记录和表达，又通过家庭家族的权威和政权的权力，逐步形成规则、惯例、法令、制度、法律。文字记载使人与神的沟通更加便利，使人的祈求更加直接而具体，也由此分化出历史记载和专职人员。

统治者和统治阶层，因其拥有丰厚的物资条件和强大的行政权力，可以有效地推行他们认可的人性，尽管他们自己未必真正实行。一方面他们可以通过家庭、学校、社会的各种途径进行教化，另一方面也会用规则、法律的惩处以至严刑峻法加以强化和强制。在宗教盛行后，统治者还会借助于宗教。只要他们想推行的"人性"得到宗教信仰的肯定，被列入信仰的范围，或被解释为信仰的表现，统治者不需要任何行政成本，就能达到最大的效益，但统治者实际推行的非人性、愚昧、野蛮、暴虐、奴役、专制、集权，也在这种政教合一的条件下被推向极致。

虽然宗教本身是创造者本身的人性的理想化、完美化和神秘化的产物，但一旦形成宗教信仰，信众就丧失了本来的人性，而必须完全接受神、上帝、主赐予的"人性"，方能救赎自己与生俱来的罪愆。宗教领袖、神职人员，假神的名义，或者依照他们自己对神谕的理解，推行他们的"人性"。任何宗教信仰本质上都是排他的，在未形成世俗的世界秩序和国际条约之前，宗教之间不可避免存在难以调和的冲突，引发出持久的、激烈的宗教战争。政教合一、宗教战争，曾经使欧洲相关宗教信仰地区经历了人类历史上最黑暗的时代。所以现代社会都必须实行政教分离，在保证宗教信仰的同时，宗教不得干预政治、教育、科学、学术和世俗社会、公共事务。

在生存资源有限、人类的生存能力不可能及时提高的条件下，群体之间为了争夺生存资源的斗争和战争不可避免。无论战争的胜负，都可能激发人本来就有的动物性、兽性，使有些个体或群体以掠夺侵略代替生产，甚至以杀戮为乐趣。一旦兽性强的人掌握了权力，或者成了大群体的首领，更会不顾后果地、持续地发动战争。另一方面，人性的张扬也使有些个体或群体以正义的战争守卫自己的财物，维护自己的权益，以战止战。当他们拥有足够的实力时，还会用人性规范战争，并感化或强制对手遵守这些规则。如中国春秋时代的宋襄公，在敌强我弱的情况下还坚持不攻击正在渡河、未布好阵势的敌军和头发斑白的中老年人，在兵败身伤时仍然坚持。希腊、罗马时代就形成一些决斗、战争的规范，中世纪后欧洲逐渐产生规范战争行为、战场救护、善待战俘、保护平民的国际条约。

生产力和科学技术的进步，武器和战争手段的发展，人口的增加，使掌握国家权力的战争狂人具有无限的杀伤力，他们的兽性的膨胀会给全人类带来浩劫。但人性也凝聚着另一些人类群体、民族、国家，为了自己的利益、尊严、独立、自由、民主进行并坚持正义的战争。在第二次世界大战中，大多数国家和人民结成同盟，打败了侵略者，消灭了法西斯，建立联合国，确立了国际关系的准则，制定了相关的国际法。但时至今日，一些人的兽性依然得不到抑制，膨胀为侵略、掠夺、反人类行为、恐怖活动，并因最先进的武器和战争手段给全人类带来巨大的灾难。

人类的精神活动对物质条件的依赖性很低。一位天才、一位杰出人物，只要他（或她）尚未进入脑死亡，就能有思维，就能保持和提升人性，就能创造精神财富。当然这一切必须被记录，被传播，才具有社会意义和实际意义。另一方面，迄今为止的脑科学研究并未发现，精神、思想可以随着基因而遗传，人脑的机能始终在进化和优化。所以人类的精神境界、人性的高度，并不一定随着时间和物质基础同步提升。某位天才、杰出人物曾经创造的精神境界、达到的人性高度和纯度，或许永远不可能被复制和超越。

人性不是自然的产物，也不是具体的地理环境的产物。生存在同样的地理环境中的人，只有极个别的人才会产生人性或张扬、提升、纯化人性。人性也不是自然进化的结果，否则，人类出现到现在已有二百多万年了，为什么在同一个地球表层没有其他生物也进化为人，并具有人性呢？长期流行一种说法——劳动创造世界，但劳动只能创造物质世界，却不能创造精神世界。还有种说法——劳动使人类进化，实际上，单纯的劳动至多只能促使人类身体的进化，却不能产生人性，更不能促使人性的提升。某些动物也能劳动，甚至能制造工具，但它们并没有产生人性，更没有进化为人类。

也正因为迄今为止的脑科学研究成果还无法对人类精神活动的原理作出合理的、令人信服的解释，所以尽管大多数科学研究的成果有利于人性的彰显，另一部分成果却起着相反的作用。科学与人性、人文、人类之间始终存在，并且会不断产生矛盾、失衡和冲突。科学研究的结论认为可以做或应该做的事，从某一阶段或某种特定的人性出发，往往是不能做或不应该做。

任何一种人类文明的形成和发展、兴盛和衰落，当然离不开基本的物质财富。但在这一群体获得了生存的手段，摆脱了物质匮乏状态，特别是进入富裕社会后，文明的命运就取决于精神财富，取决于人性。人类的未来，人类命运共同体的精神基础，就是《中国共产党章程》中所提出的"和平、发展、公平、正义、民主、自由的全人类共同价值"——全人类人性的升华和结晶。

三

人类和人类文明在地球表层产生和发展，地球表层是人类历史的舞台。另一方面，地球表层本身就是人类和人类文明的物质基础和构成部分，所以人类文明史也应该包括地球表层在不同时期的状况和演变过程，这正是古地理学和历史地理学的研究对象和学科使命。历史地理学主要研究和重构人类历史时期的地理现象，更多依赖于当时保留下来的信息和文字记载。解析或复原这些信息可以解决重要的定性或定量问题，如通过碳14测定可以比较精确地确定具体年代，通过遗址的发掘和研究可以确定古城的位置和内部布局，通过器物及其残留物的鉴定可以确定文化类型，但如果没有文字，就无法最终确定具体的名称、时刻、过程和内容。例如，尽管考古学者基本可以确定山西襄汾的陶寺遗址就是"尧都"，却只能公布为"非常可能就是传说中的尧都"，原因就是还找不到文字证据。因此对有文字记载的文明或历史阶段，历史地理学可以比古地理学和考古地理学发挥更大的、往往是决定性的作用。

就人类文明的第一条主线而言，同时期的地理环境是人类文明的物质基础，也是人类创造物质财富的前提，始终起着制约作用，相当大程度上起着决定性的作用。只有正确地复原或重构特定时期的地理环境，包括自然的、人文的各种要素，才能真正了解、估量、证实、评价这些物质财富，以及它们对人类和人类社会的意义。

就人类文明的另一条主线而言，人性本身虽然并不依赖于地理环境，但人性的具体化和实践还是离不开物质条件，同样与地理环境密切相关。任何观念、思想、信仰的实施都需要最低限度的物质基础，虽然高度发达的物质财富不能自然形成高度发达的人性，但"和平、发展、公平、正义、民主、自由的全人类共同价值"只有在物质财富高度发达的条件下才有可能在全世界实现。

历史地理学研究和重构历史时期的自然和人文地理环境，是认识人类文明这两条主线的必要条件，也是厘清两者关系和区别的可行途径。如果仅仅有第一条主线，在大致相同的地理环境内只能产生和发展出同样的文明，但历史事实并非如此，其主要的原因就在于不同人类群体中产生的人性以及人性的发展并不与地理环境一致，可能有很大的差异，甚至迥然不同。所以一方面，通过历史地理的研究，确定特定的地理环境可能对人类文明产生什么影响，留下什么后果；另一方面，考察实际状况，可以了解实际产生了什么影响，留下了什么后果。两者之间的差异恰恰反映了两条主线之间互动或矛盾——有时是正叠加，有时却是负抵消。例如在宣泄洪水时，正常的选择就是"以邻为壑"——往低处、开阔处、对自己危害少处引导——完全符合人与自然环境的调适。但如果从不同的人性出发，或者会为了不给"邻"造成不利影响而"以己为壑"，或者会利用洪水加重对"邻"的祸害，或者会先与"邻"谈判确定"壑"的范围和程度。在人类文明的早期，主要是第一条主线的作用，历史地理学的研究对象主要是自然地理。随着文明的进步与发展，第二条主线的作用越来越加强，不仅产生了越来越多的人文地理要素，就是自然地理要素也很少不受人类活动和人性的影响。

人类文明的未来依然是两条主线交织，由于人性的不可知性，所以无法以现有的科学知识和原理作出预测，但历史地理学的研究成果还是可以提供有益的经验。例如，面对全球变暖的趋势，科技界的主导性判断是人为因素所致，但这无法解释人类文明史上更大幅度的变暖和变冷的根本原因。在中华五千年文明史上，曾经不止一次出现过的变暖或变冷，都大于有器测以来的纪录，也高于对这次全球变暖幅度的预测。而当时的人为因素比现在小得多，甚至可以忽略不计。对于器测时代以前的气候变迁，现代气象学和相关学科还无计可施，基于中华文明丰富的文献记载和遗址遗物，历史地理的研究方法或许能另辟蹊径，取得突破。

对人类文明的未来，历史地理学将承担新的使命。

河流与人类文明[①]

在探索文明的源流时，谁也不能无视河流的作用。这种作用在人类文明之初，往往是决定性的、无可替代的。尼罗河、幼发拉底河、底格里斯河、恒河、黄河、长江，都孕育过伟大的文明，都是今天世界文明的重要源头。

河流是人类文明起源不可或缺的条件，但并不意味着每一条河流必定会孕育出一种文明，更不意味着河流越长、水量越大、流域越大，所孕育出的文明就越伟大。

就河流的长度而言，在世界排名前十的河流尼罗河、亚马孙河、长江、密西西比河、叶尼塞河、黄河、鄂毕—额尔齐斯河、澜沧江—湄公河、巴拉那—拉普拉塔河、刚果河之中，与古代世界最发达的几种文明联系在一起的，只有尼罗河、长江、黄河，而孕育了美索不达米亚文明的幼发拉底河和底格里斯河，孕育了印度文明的恒河都不在其内，更不用说罗马文明发源地的台伯河，希腊半岛和西西里岛上那些更小的河。

亚马孙河是世界上第二长河，流量最大，达每秒21.9万立方米，比尼罗河、长江和密西西比河三条大河的总流量还大几倍，大约相当于7条长江的流量，占世界河流总流量的20%。它的流域面积约为700万平方千米，占南美洲总面积的40%，有超过1.5万条支流。但在世界文明史上并没有与之相称的地位，连与它距离最近的印第安三大古老文明

---

① 本文原刊于《民俗研究》2021年第6期。

也没有处在其流域范围内。

那么,河流与人类文明之间究竟存在着什么关系呢?河流究竟是怎样孕育某一种文明的呢?

一、河流与人类文明的关系

每一种文明都是某一个特定的人类群体在一个特定的时间和空间范围内所创造的物质财富和精神财富的总和。

对任何一种文明来说,精神财富具有更重大的意义,特别是发展到高级阶段。但在文明产生和形成的过程中,尤其在文明的初级阶段,物质财富起着更重要的甚至是决定性的作用。或者说人类只有首先创造出必要的、足够的物质财富,才能利用物质财富所提供的条件,在此基础上创造精神财富。正如恩格斯在马克思墓前的演说中所指出的:"马克思发现了人类历史的发展规律,即历来为繁茂芜杂的意识形态所掩盖着的一个简单事实:人们首先必须吃、喝、住、穿,然后才能从事政治、科学、艺术、宗教等等。"[①]而人们要生存,要解决基本的吃、喝、住、穿,水是不可或缺的。

从最早的人开始,要生存就需要基本的水量,如果不能摄入最低限度的水量,生命就无法维持。在尚未具备生产能力时,人只能通过采集或狩猎获得植物、动物或某些天然物质为自己提供食物。这些动物、植物的生存同样离不开水。所以一个人类群体维持生存所需要的水量,远远超过他们自己的饮水量,更多的是这些动物、植物所需要的水量。正因为如此,最早的人群不得不走出非洲,走出东非大裂谷这个人类最主要的发祥地。如果人类还有其他起源,那里形成的人与水的关系也并无二致,因为他们也早已走出了自己的发祥地,决定因素也是水。

人类获得水的途径很多:(1)直接利用雨、雪、雹等天然降水;

[①] 中共中央马克思恩格斯列宁斯大林著作编译局编译:《马克思恩格斯选集》第三卷,人民出版社,2012年版,第1002页。

（2）利用冰、积雪融化的水；（3）提取地下水；（4）利用天然水体如河、湖、沼泽、湿地、瀑、泉；（5）淡化海水、咸水；（6）采集某些动物、植物体内的水。在完全不具备生产能力或生产力低下的情况下，第5种途径基本不存在，只适用于非常特殊情况下的少数人，第1、2种途径受到时间、季节和距离的限制。提取地下水需要工具，还要消耗能量，如打井、开引水沟、积水、汲水、运水，所以在水量和适用范围上都有很大局限。第4种途径即利用天然水体的水是最普遍、最有效、最便利的办法，而其中的河流具有最大的优势。一条水量充足、径流较长、流域面积较大的河流，就能满足一个较大的人类群体对水的需求。当然，一个同等水量的湖泊也可以满足同样数量人口对水的需求，但在其他方面的作用就无法与河流相比。

但人类的生存和发展不能仅仅依靠水，即使是简单的吃、喝、住、穿，也还得依赖其他条件。所以人们对河流的要求或选择，也不会仅仅看其水量。

首先是气候。在尚未能用人工手段有效地保暖、防寒、去湿时，人的生存环境，如气温、湿度、风力、降水量等都不能超出人体适应的上限和下限。在地球上，寒带和热带都不合适，只有温带。所以处于寒带和热带的河流，或者一条大河流经寒带和热带的河段对人类的早期起不了什么作用，更不可能孕育文明。黄河、长江、幼发拉底河、底格里斯河都处在北温带，尼罗河的中下游也都在北温带，恒河入海口以上也都在北回归线以北。就是在温带，其中一些气候条件恶劣的地方也不适合早期人类的生存，在那些地方的河流同样起不了积极作用。

其次是地形、地貌。海拔太高的地方空气稀薄，含氧量低，不适合人类生存。一些大河的源头和上游往往都在海拔三四千米的高原高山，早期人类不可能选择这样的环境。即使有些人因为偶然因素在那里生活，也不可能产生充足的物质财富。直到今天，中国人口的绝大部分还是生活在海拔1000—2000米的第二级阶梯和海拔低于1000米的第三级阶梯，已经发现的古代文化遗址绝大多数分布在第二、三级阶梯。一条大河对早期人类起最大作用的一般不是它处在高海拔地区的上游，而是中游、下游。中华文明的摇篮产生在黄河中下游地区绝不是偶然的。流经沙漠、岩溶地貌、过于茂密的丛林、崎岖险峻的山区的河流或河段，一般也不会被早期人类所选择。

再次是土地等初级资源，特别是土地。人类踏进文明门槛的前提是能够生产养活自己的食物，但无论是从事农业还是牧业，都需要一定量的土地，而牧业比农业需要更大面积的土地。并不是所有的土地都适宜农业或牧业生产，尤其是在只有简单的生产工具的条件下，对土地的要求更高。沙漠固然无法辟为农田，就是黏性土壤、盐碱土壤、贫瘠土壤也无法为早期人类所开发利用。在没有金属工具的条件下，高大茂密的植被无法清除，它们所占据的土地也不能被用作农耕。世界第一长河尼罗河有很长的河段流经沙漠，两岸很大范围内都没有宜农地，连牧地都极其稀缺。我曾经从阿斯旺溯尼罗河而上，到达苏丹的瓦迪哈勒法，再穿过努比亚沙漠，到达青尼罗河与白尼罗河相交的喀土穆，长500千米的纳赛尔水库两边全是裸露的岩石，瓦迪哈勒法以上大多是沙漠直逼河岸，或者仅沿河有小片不毛之地，所以古埃及的农业区集中在尼罗河三角洲和卢克索一带。黄河的中下游流经黄土高原和由黄土冲积形成的平原，土壤疏松，地势平坦，连成一片，一般没有原始森林和茂密的植被，在四五千年前时气候温暖，降水充足，是最适宜的农业区。

我们不妨在全球范围作一比较。南半球的温带区域面积有限，宜农土地更少。人类进入北美大陆的时间较晚，加上那里狩猎资源丰富，早期人类对农业的需求不大。北非与阿拉伯半岛大多是干旱的沙漠，不适合早期农业。欧洲的温带区大部分是海洋，陆地所处纬度较高，热量条件不如中纬度地区。在中国以外，早期农业集中在西亚那片狭窄的新月形地带，以后才影响到尼罗河流域、恒河—印度河流域和欧洲。而黄河中下游这片黄土高原和黄土冲积平原面积最大，开发利用的条件相对最好。

最后是河水被利用的条件。在完全依靠人工取水或灌溉的情况下，河水能否被有效利用往往取决于流经地区的一些自然因素，如有没有稳定而高差小的河岸，流量是否稳定并在安全的范围内，河水离需水区域的距离，用水区域的蒸发量和渗漏量，等等。最理想的条件就是能够实现天然的自流灌溉，或者利用比较简单的工程、花费不多的人力就能做到自流灌溉。如在岷江分水的都江堰，引泾水注洛水的郑国渠，固然是华夏先民的杰作，但河流本身的天然优势无疑是基本条件。古罗马人不得不耗费巨大的人力物力，修建长达数十千米的石砌暗渠、明渠和渡槽，正是因为河水被利用的条件不利。而这样巨大的工程，在人类的早期和文明之初是无法完成的。

一条河流的水量固然不是文明产生和发展的唯一条件，水量的多寡也并不与文明的高度成比例关系，但水量本身依然是一项重要因素。在某种生活、生产、生存方式下，一个特定的人类群体的最低需水量必须得到保证，否则这些人中的一部分只能迁离，或者从其他河流找到新的水源来弥补不足。台伯河有限的水量远远满足不了古罗马人的最低需水量，他们在不断寻找新水源的同时，持续地迁往他乡，迁出亚平宁半岛，扩散到环地中海地区。随着人口的增加，希腊半岛、西西里岛等岛屿上短促而水量有限的河流无法维持他们的最低需求，促使他们跨越地中海向北非扩展。有些文明的萌芽还来不及成长就夭折，当地河流水量的不足往往是致命的原因。一般情况下，同样面积的土地，农业比牧业可以提供更多的食物，养活更多的人口，产生更多的物质和精神财富。但只有供水充足的土地才能开发农业，农田转变为牧地不会有什么困难，而牧地很难转变为农地，供水量是一个致命的障碍。

但如果水量过多，特别是在中游、下游短时间内或突然间的增加，往往会造成河水暴涨，泛滥成灾。很多民族都保留着对古代洪水的传说或记忆，都有各自的治水英雄或神灵，就是先民曾遭受特大洪水危害的反映。其中还包括水量的季节性、阶段性差异造成某一时段的水量剧增与另一时段的水量枯竭的交替。但在适当的条件下，这类周期性的变化也被人类所利用，成为一种特殊的优势。古埃及人就是利用尼罗河三角洲每年泛滥留下的肥沃淤泥开发出发达的农业，为埃及文明奠定稳定的物质基础，支撑了绵延数千年的埃及、迦太基、希腊、罗马、拜占庭、伊斯兰文明，也以此克服了平时经常性的缺水和缺乏耕地的困难。但黄河中下游地区降水的季节性差异太大，加上黄土高原和黄土冲积平原的特殊地貌，极端情况往往造成洪水泛滥，并引起决溢改道和局部断流。

一条大河与其他大河、其他文明区的距离，也是一个起着经常性作用的因素。如果与另一条大河的距离较近，中间没有太大的地理障碍，就便于两个流域之间的来往、交流和互补，也可能引起不同利益集团间的竞争和冲突。

黄河和长江是地球上两条靠得最近的大河，黄河流域和长江流域在很多地段是直接相接的，它们的不少支流之间就隔着一道分水岭。多条运河的开凿和交通路线的开通，更使两个流域连成一体。更幸运的是，从公元前221年开始的大多数年代，两个流域处于同一个中央集权政权的统治之下，使中国成为世界上唯一的完整拥有两条大河的国家。在两个流域产生的文明萌芽相互呼应，汇聚到当时自然条件更优越的黄河流域，形成早期的中华文明，以后又扩散到长江流域。黄河流域的人口一次次大量迁入长江流域，为长江流域的开发提供了人力和人才资源。当长江流域获得了更有利的自然条件、经济文化的发展后来居上时，又反哺黄河流域，帮助它重建和复兴。

幼发拉底、底格里斯两河流域与尼罗河流域、小亚细亚、爱琴海、希腊、罗马的距离，以及它们彼此之间的距离不是太远，两河流域的早期农业带动了尼罗河流域、环地中海地区的农业开发，美索不达米亚文明与埃及、希腊、罗马等文明之间有密切、频繁、有效的交流、传播、传承和相互影响。印第安的印加文明、玛雅文明和阿兹特克文明产生在南美洲西部、中安第斯山区，影响范围北起哥伦比亚南部的安卡斯马约河，南至智利中部的马乌莱河，与世界上其他文明完全为大洋所隔。到目前为止，还找不到它们与外界文明有交流和影响的可靠证据。被外界发现时，它们都已成为废墟陈迹。

黄河、长江远离其他主要文明，中间还隔着在古代难以逾越的地理障碍。与距离相对最近的印度文明之间，也隔着帕米尔高原、戈壁荒漠、青藏高原、喜马拉雅山脉、横断山脉、印度洋和南中国海，无论是陆路还是海路都极其艰难。少数印度和西域高僧前赴后继，经过几百年时间才将佛教传入中国，法显、宋云、玄奘等历尽千辛万苦才从印度取回真经。藏传佛教只传到青藏高原，到明朝中期才再传至青海、内外蒙古，南传佛教只传到云南边境，而印度教的影响只到达越南南部。另一方面，中华文明基本上没有主动与印度文明交流，更没有积极传播，对印度文明的影响微乎其微。

这样的地理环境，使中华文明在大航海和工业化之前，一直没有受到来自西方其他文明的武力入侵和经济、文化、宗教方面的压力。波斯帝国只到达帕米尔高原，亚历山大止步于开伯尔山口，阿拉伯帝国与唐朝只在中亚偶然遭遇一次交战，帖木儿还来不及入侵明朝就已身亡。伊斯兰教的东扩止于新疆，基督教只在唐朝有过短时间、小范围的传播，十字军东征从未以中国为目标。直到16世纪后期利玛窦在明朝传播天主教时，还不得不擅自修改罗马教廷的仪规，允许中国士人保留传统习俗。佛教被中国接受，也是以本土化和拥护皇权为前提的。粟特、回鹘、阿拉伯、波斯等"商胡"在中国的商业活动，也必须遵守中国的法律，尊重中国的风俗习惯，有时还必须接受"朝贡"的名义。所以中华文明得以延续地、独立地发展，没有被外来因素所干扰或中断。中国人可以从容、自主地选择接受外来的文化，并且一般都限于物质方面，在精神方面不会受到外来的强力影响。但是另一方面，也使中国长期脱离外界的文明，根本不了解其他文明的实际，缺少摩擦、碰撞、挑战、竞争、交流的对象，更不会主动走出去介绍、推广、传播自己的文化。即使在相对最开放的唐朝，实际也是"开而不放，传而不播"，即允许外国人进来，却不许本国人出去；可以向主动来学习的人"传"，却不会主动走出去"播"，甚至也不向国内的"蛮夷"传播。

河流的出口或终点在哪里也是一项重要因素，在某种条件下甚至是决定性的。内陆河与入海的河不同，同样是入海的河，入不同的海又会有完全不同的作用。尼罗河的出口是地中海，黄河、长江的出口是太平洋。地中海有三项特点是其他任何海洋所不具备的：它是一个基本封闭的内陆海；中间有大量半岛、岛屿；周围集中了人类主要的文明，巴比伦、亚述、埃及、希腊、罗马等多种文明交相辉映。在没有机器动力和导航设备的条件下，在这样的海中航行是最安全有效的，就近可以与其他文明交流或冲突。而在古代，太平洋是无法自主自如航行的。在中国航程所及的范围内不存在其他文明，在自己的文明圈中也属于边缘。正因为如此，同样是出海口和海洋，古埃及人、希腊人、罗马人、腓尼基人将其看成为财富、机遇、希望、未来，古代中国人却将其当作天涯海角、穷途末路，将"海澨"（海滨）与"山陬"（深山）一样看成天下最穷困的地方。印加文明的地域内也有安卡斯马约河和马乌莱河，它们的出海口也在太平洋，显然也没有为印加文明提供发展为海洋文明的条件。

河流不仅为人类提供了生活和生产所必需的水源和物资，而且也是人类迁移的主要通道。高山密林往往能将人类阻隔，但河流却能穿越峡谷或荒漠进入另一个谷地，为人们找到新的开拓空间。特别是在生产力低下、地理知识贫乏的年代，要在榛莽未辟、禽兽出没或荒无人烟、寸草不生的陆地上作长途迁移是相当困难的，顺河流而下却要方便得多，并且不会迷失方向，便于保持与原地的联系，是人类拓展生存空间最有效的手段。溯流而上也不失为一种可行的选择，往往是一个群体、一种文明从下游向中游、上游延伸的主要途径。汇入海洋的河流为人类提供了更加广阔的天地，在内海和近海地区更是如此。非洲的东非大裂谷是公认的人类主要发祥地，在那里形成和繁衍的人类之所以能走出非洲，分布到世界大多数地方，一个重要的因素就是尼罗河的存在。基本南北向的尼罗河受地球引力的影响较小，河流顺直，水势平缓，成为早期人类外迁的天然途径。由尼罗河进入地中海后，又能在较短的距离内到达沿岸各地，再迁往欧洲、亚洲其他地方。中国历史上一次次大规模的人口南迁，利用黄河的支流进入淮河流域、长江流域，一直是移民的主要交通路线。

河流的交通运输功能支撑着文明的生存和发展。一个大的文明区域的内部必定需要大量的人流和物流，而一条大河所能提供的水运方式是最便捷和廉价的。直到今天，水运的优势还是难以替代。在古代，在工业化以前，内河运输往往是一个国家、一个地区唯一有效的手段。古埃及所建的金字塔、神庙、方尖碑的材料,是产于阿斯旺一带的花岗岩,要是没有顺流而下的尼罗河水运,这一切就都不可能发生。北非的古希腊、古罗马建筑大量采用希腊、罗马产的大理石,要不是采于沿海地带,也得依靠河流的运输连接海运。西汉选择在关中的长安建都,但关中本地产的粮食供养不了首都地区的人口,必须从当时主要的粮食产地——太行山以东的关东地区运输,只能利用黄河溯流而上,穿越三门峡天险,再进入黄河的支流渭河运到长安。尽管要耗费巨大的人力物力,运费高昂,但这是当时唯一的选择。一旦关中的粮食需求超出了黄河水运的能力,隋朝和唐朝的皇帝就不得不带领文武百官和百姓迁到洛阳"就食"(就近接受食物救济),最终导致长安首都地位的丧失和首都的东移。长江及其支流更加优越的水运条件,也是长江流域的经济逐渐超过黄河流域的重要原因。徽商成功的因素之一,就是巧妙地运用了水运。他们将产于徽州价廉而质重的石材、木材装上船,从新安江、富春江、钱塘江顺流而下,再通过江南发达的水系,直接运到最近的市场,又从江南采购价高而质轻的绸布、百货、工艺品等溯流而上运回徽州,实现商品利润的最大化。

  同一条河流水系间的便捷水运,也为区域内的人员来往提供了条件。"朝辞白帝彩云间,千里江陵一日还",在现代交通工具产生之前,长江水运是无可替代的。以尼罗河谷地为基础的上埃及与以尼罗河三角洲为基础的下埃及并不连接,上埃及和下埃及的统一,纸莎草与莲花的交接,完全依靠尼罗河这根纽带。中国自秦汉以降实行中央集权制度,政令的上通下达,公务人员的南来北往,军队和重要物资的调度,重要信息的传递,都是维持国家统一、政府正常运作和社会基本秩序的根本措施,所以要以很大的人力物力设置和维护庞大的驿递、调度和运输系统。其中依托水运,特别是依托同一条河流或水系的水运部分,都是最廉价和高效的。同一个流域内的统一,其基础更加稳固。即使出现短时间的分裂,统一也能较快恢复。

  要共享一条大河的利益,要进行大范围的灌溉和大规模的农业生产,要防止和抗御大河不可避免的水旱灾害,要建设和维护大型水利工程，都需要氏族、部落、小群体之间的协调和联合，也需要日常的组织和运作，催生出统一国家和集权政权。古埃及的自然条件，决定了它的农业生产离不开人工灌溉。在尼罗河泛滥时，人们要疏通渠道，排除积水；而干旱无雨季节，又要从尼罗河引水灌溉。这样巨大的工程，绝非一家一户所能承担。因此早期就出现了联合，氏族联合为公社，公社又结合为四十多个州。虽然州之间发生过频繁的争夺和激烈的战争，但在公元前 4000 年左右最终形成上埃及、下埃及两个王国。春秋战国时期，黄河下游还存在上百个大小诸侯国。面对黄河的漫流、泛滥、改道，小国无能为力，大国以邻为壑。以后，较大的国筑起堤防，但在灾害面前往往顾此失彼，更不可能共同修建水利工程，共享灌溉之利。秦汉的统一使整个黄河流域处于同一个中央集权的统治之下，黄河中下游地区成为国家的主体和核心部分，从此对黄河的利用由各级政府实施和管理，同时也能举全国之力修建和维护水利和防灾工程。正因为如此，历朝历代在不得已时会放弃部分边疆，或割让缘边土地求和，但不会容忍黄河中下游地区的分裂割据。一旦出现这样的情况，总会不惜代价恢复统一，或者由下一个政权实现再统一。

河流对文明的作用不仅表现在物质方面，也显示于精神方面。

我们说"一方水土养一方人"，水的作用重于土。所谓"同饮一江水"，就是一个人类群体长期生活在同一条河畔、同一个流域，形成了相同的生活方式、协调的生产方式与和谐的生存方式，也会形成诸多共同的文化要素，进而形成共同的文化心态。语言是人际交流最重要的工具。在人口迁移或再分布的过程中，在地理障碍的影响下，原来使用同一种语言的人，由于分散在不同的小区域，没有交流和共同生活的机会，原来在语言上的微小差别演变为不同的方言。但在同一个流域，甚至在一条大河或其支流的不同流域，由于人际交流相对密切，即使相隔距离较远，也能保持同一方言。早在公元前 2 世纪，人们就注意到了"百里不同风，千里不同俗"的现象，即一种"风"（流行，时尚）一般只存在于一个较小的范围，多变，差异性大；而"俗"（稳定的习惯、传统）可以在一个大得多的范围内出现、形成、积淀、传承、长期延续。在丘陵山区、高原山谷、零散的平原和盆地，一般只能形成"百里"尺度的"风"区，大河流域则不难构成"千里"尺度的"俗"区。在秦汉统一以后，黄河中下游地区就以其"天下之中"的核心地位形成华夏文化圈中公认的"中原"，成为中华文明的基地。

像黄河、长江这样长达数千千米的大河，从源头到出海口，有多种多样的地形地貌，如雪峰、冰川、高原、峻岭、悬崖、峭壁、隘口、洞穴、湖泊、沼泽、湿地、峡谷、深沟、瀑布、激流、石林、土林、荒漠、沙漠、森林、草原、平原、沃野，栖息有各种飞禽走兽，生长各类奇花异草，构成色彩斑斓、赏心悦目、俊秀雄奇、千姿百态、惊心动魄、磅礴浩荡的景观，不仅是丰富的旅游资源，而且是深厚的精神源泉。诗人抒发出激情，画家描绘着美景，哲学家在沉思中期待顿悟，艺术家在探索中寻找灵感，政治家在谋划大局，军事家在观察险要。芸芸众生日出而作，日入而息；英雄豪杰叱咤风云，惊天动地。一些特殊的景观或环境，会唤醒人性中的真、善、美，升华为对自然、对人类、对民族、对国家的情感、信念、信仰。经过杰出人物的阐发和推广，形成价值观念、传统文化和坚定的信念。它们本身，也因凝聚了历史，经历了沧桑，而演变为一种文化符号、精神象征、时代烙印与历史记忆。一条大河就是一首激情澎湃的颂歌，一篇气势恢宏的史诗，一部波澜壮阔的历史，一个天翻地覆的时代。

二、人类与河流的互动

人地关系的理论和实践经验告诉我们，在人类早期，在文明初期，地理环境的作用往往是决定性的、本质性的。当时的人，没有办法突破地理环境的限制。但一个长期使人困惑的问题是，既然如此，为什么在大致相同的地理环境中会生产不同的文化？一条大致相同的河流为什么会孕育出不同的文明？在自然条件大致相同的流域为什么会出现不同类型的文化？

这里需要弄清一个基本的概念：地理环境的"决定"决定了什么？

决定到什么程度？

其实，"决定"是极限，是一个上限或下限，超过或突破当然不可能，但如果是在这个极限之内，人就有相对无限的创造力和发展空间。如约旦河的供水量是有极限的，开发粗放的耗水农业只能维持有限的农田。以色列人用暗渠管道取代明渠水沟，以喷灌取代漫灌，同样的水量就可以灌溉更多的农田；当他们用滴灌取代喷灌时，灌溉面积又扩大了。随着节水和栽培技术的不断进步，在农产品更加优质高产的同时，离供水极限反而更远了。而且，人可以通过利用新的可利用资源，发现新的地理空间来突破这个极限。台伯河的供水量很有限，满足不了古罗马城不断增加的人口的需求。但罗马人找到了另外的水源，并建成长距离的水渠渡槽将水引入罗马城内。台伯河的供水量决定了罗马城人口的上限，但并没有决定罗马城里的人不能从其他水源获得供水。希腊半岛上的水、土地和其他资源限制了古希腊人的发展，与希腊半岛相同地理条件的地方的确从来没有产生过一个如此发达的文明，如果希腊人固守半岛，那么即使将资源用到极致，也不可能使自己的文明达到如此高的水平，对世界产生如此大的影响。但希腊人早就扩散到周围的岛屿，并且越过地中海进入北非，渡过爱琴海到达小亚细亚，这才创造出希腊文明的奇迹。

河流孕育了人类文明，人类与河流互动。人类与河流不同形式或程度的互动，自然会在同样的地理环境下形成不同的文化，不同程度地塑造文明形态。

在人类早期和生产力落后的情况下，任何一个群体都不可能掌握全面的、准确的地理信息，对自己所处的地理环境也不可能完全出于自觉的、自主的、理性的选择。任何一种文明都不是事先规划好的、完全有意识发展的结果。因此，人类与河流的互动往往起着很大的作用。具体表现在：

1. 偶然性或偶然事件

当气候普遍变冷时，绝大多数群体都向南迁徙，但有个别群体迷失方向，往北迁徙。等到他们意识到越来越冷时已经来不及再往南走了。有的群体死亡灭绝，但有的群体偶然发现冰雪层可以隔绝冷空气，在冰洞雪屋中找到栖身地。通过猎取驯鹿，捕杀鲸鱼，以鹿皮、鱼皮取暖，以鹿肉、鲸肉为生。这支部族因此免于灭绝，并且从此在北极圈内生存繁衍。

在考察古格王国遗址时，我一直在思考一个问题：为什么当年古格人要选择在海拔4000多米、地形崎岖、资源匮乏的地方建都？其实再往南几十千米，就是喜马拉雅山南麓，气候温和、雨量丰富、植被茂盛，而且在9世纪后相当长的年代里这一带并没有被其他人占据，迁入定居不会有什么阻力。原来这支吐蕃人是在政敌追杀下从前藏长途跋涉、历尽艰辛迁来的，好不容易在象雄国的边缘地带落脚，而这一带正好有深厚的黄土堆积和水源，或者他们根本不知道不远的喜马拉雅山南麓的情况，或者来不及作全面的了解和比较。而一旦在这里建都，这种出于偶然性的选择就成了必然。

历史的进程、人类与自然的关系的确存在必然规律，但这只能体现在长时段、宏观意义上。而在这些规律允许的范围内，往往是偶然性因素产生的结果，河流与人类的关系同样如此。

2. 自然环境的变迁

河流所处的自然环境本身是在不断变化的，有其自身的规律。人类早期不可能了解这些规律，甚至连规律这样的概念也未必有。即使到今天，尽管已经有了很多科学的探索手段，人类对自然规律的了解还相当有限。但人类活动如果正好顺应了变化，就能获得意想不到的结果，或许正好奠定了某种文明的基础。

五六千年前，中国正经历一个气候温暖的阶段，黄河中下游地区的年平均气温估计比今天要高2—3℃，气候温暖，降水量充足。加上原始植被未受到破坏，土壤保持着长期积累下来的肥力。黄土高原上水土流失轻微，自然堆积形成的大原保持完好。而长江流域气温偏高，降水量大，沼泽湿地普遍，地面积水过多，形成湿热的气候，传染病流行，难以消除。加上原始植被高大茂密，土壤黏结，土地难以开发利用。海平面也不稳定，沿海地带受到海平面升高的威胁。迁入黄河中下游地区的先民，幸运地在这个黄金时代迎来了文明的曙光，大量土地的开垦和耕种，生产出足够的粮食，使一部分人得以专门从事统治、管理、防卫、建筑、祭祀、制作玉器等特殊工艺品，形成以陶寺为代表的都城。有利的自然环境使这些早期文明得以延续发展，并吸引了周边其他群体的聚集，不断壮大，形成核心。聚居于长江下游良渚的先民就没有那么幸运。尽管良渚文化的年代不比陶寺晚，水平不比陶寺低，范围不比陶寺小，可以说各方面都有过之而无不及，却没有延续发展下来。一般推测，是气候变迁导致的不利环境，使良渚人的后裔不得不迁离或分散。

一条大河本身具备的优势，在有利的自然环境下能产生倍增效应。而在不利的自然环境中，如异常气候、地震、瘟疫等非河流本身产生的灾害，非但不可能发挥本身的优势，优势还可能变为劣势。早期的人类和文明的萌芽经不起这样的打击，有的就此灭绝，有的不得不迁离，有的出现倒退。

3. 杰出人物的作用

在一定数量的人群中都会有相对能干优秀的人，数量巨大的群体中必定存在着天才。杰出的天才本来就可遇不可求，这样的天才能够有脱颖而出的机会，并且能掌握权力，成为领袖，概率就更低了。在同样的自然环境中，在同样一条大河流域里，一个群体有没有产生天才，这个天才能否成为领袖并充分发挥作用，这个文明的进程和结果就完全不同。

在人类早期，一个人有体力、武力上的优势比较容易被发现，一般都有机会得到应用。但一个人的智力优势就未必能被发现，被发现后的结果很难预料，有可能被当作妖魔、异类而招来杀身之祸。很多群体产生领袖的方式是通过占卜、抓阄，或由巫师祭司转达神的意旨，或者通过格斗，或极端的测验，天才很难有脱颖而出的机会。实行世袭制的话，非其家族的天才自然没有机会。就是在实行禅让制、举荐制的群体中，即使过程和标准完全公正，也取决于候选人已经取得的政绩或声望，而天才未必具备积累的条件。根据尧、舜、禹禅让的传说，我们完全可以合理推理：如果舜被他的父母蒙上恶名，他就不可能成为尧的继承人；如果禹没有主持治水的机会，他也不会得到舜的禅让。无须推理的事实是，伯益已经获得推举，却被禹的儿子启以强力剥夺。

成为领袖的杰出人物能否充分发挥作用，还取决于本人的各种因素，如健康状况、性格性情、兴趣爱好、家庭生活、价值取向、宗教信仰等。如果亚历山大大帝在幼年就夭折，尼罗河流域未必会被希腊征服。如果他不是在33岁暴卒，印度河流域的文明类型可能会不同。但无论如何，尼罗河流域和印度河流域的自然环境并没有发生多大变化。

4. 生产方式的选择

一条河流所提供的水量、土地和基本资源为不同的生产方式准备了条件，但在大多数情况下，人类并非没有选择的余地。只适合放牧的土地一般很难改成农田，但适合农业的土地也可进行牧业生产。但同样的土地，不同产业能创造的物质财富是不同的，甚至相差悬殊。间接形成的精神财富也不会相同。同样是农业，不同的作物，不同的品种，不同的耕作方式，不同的生产工具，不同的灌溉系统，创造的财富也会不同。同样有出海口的河流，开放外贸与禁止外贸，自由贸易与朝贡贸易，对经济和社会的影响也会有强烈的反差。正确的选择可以实现人类与河流的和谐共生，利益最大化；错误的选择不仅使人类得不偿失，还会伤害河流。但这种选择大多是随机的、非理性的、不得已的，人类往往只能将生存的需求放在首位，或者先考虑本群体的眼前利益。

三四千年前，黄河中下游的土地和环境宜农宜牧，农业、牧业并存。但随着以农耕为主的华夏人口的增加和农田的扩展，牧业区日渐缩小，以牧业为主的戎、狄、胡人不得不北迁。到西汉末年，黄河中下游的土地基本都已开发为农田，阴山山脉以南已经鲜有成片牧区了。黄河中下游的农业生产供养了6000万总人口的70%，也支撑着汉朝强盛的国力。但中游的开发加剧了黄土高原的水土流失，造成下游的泥沙淤积，引发河水泛滥决口和多次改道。东汉以后，中游地区受战乱影响，农业凋敝，人口减少，牧业人口逐渐增多，原来的农田或者因弃耕而荒废，或者变成牧地。水土流失因此而减少，黄河下游出现了持久的安流。这些变化的主要原因自然不在黄河本身。

5. 制度的选择

制度的选择同样如此。在不同的地理环境中，不同的社会制度、政治制度能找到最合适的物质基础，发挥最大的功能。但实际上，制度的选择也并非理性的、自然的、自主的结果。一个政权在其依靠武力夺取的土地上实行什么制度，首先考虑的不是这种制度是否适合当地的地理环境，而是保证自己的安全和占有，使自身利益最大化。希腊半岛的地理环境固然适合分散的城邦制，但异族入侵后并不会顾及地理条件而延续城邦制。任何一种政治制度的统治范围，任何一个政权的疆域，都有一个相对合理的空间，地理环境，包括河流能提供的条件，应该是其中的主要条件。但历来的统治者都不愿意或不可能守住这个空间，强者要尽量突破扩张，弱者不得不部分放弃甚至完全丧失。

6. 外部因素

系统内的规律、规则，只适用于系统内部。一条河流与人类共生的关系，只是建立在本身的空间之内，依赖于自身的条件，应对外来因素、处理与相邻空间的关系的能力是有限的。一旦出现不可知、不可控、强大的外来因素，无论是人类还是河流，都无法应对，更难以控制。蛮族入侵使欧洲退回黑暗、野蛮时代，在台伯河、莱茵河、多瑙河与它们的流域上找不到原因，也不是罗马人所能阻挡抗拒。同样蒙古军队的西征和四大汗国的建立，阿姆河、幼发拉底河、底格里斯河、伏尔加河及其流域本身并没有发生什么变化，但欧亚大陆居民却遭遇了史无前例的巨变。13世纪的黄河中下游地区人口锐减70%，是中国人口史上空前绝后的灾难，难道能在黄河找到原因吗？

古今丝路

丝绸之路的历史地理背景[①]

"一带一路"的全称是丝绸之路经济带和 21 世纪海上丝绸之路。无论"一带"还是"一路",都离不开"丝绸之路"这个概念。因此,正确了解丝绸之路的历史事实,正确理解丝绸之路在中国史和世界史中的地位,对于我们正确理解"一带一路"倡议的历史背景和现实意义至关重要。

一、李希霍芬定义的"丝绸之路"完全是由古代西亚、中亚各族各国由西向东开辟的

原始的、狭义的丝绸之路,是德国地理学家李希霍芬在 1877 年提出的,指公元前 2 世纪形成的从中国的古都洛阳、长安连接中亚今乌兹别克斯坦的撒马尔罕的交通路线。那么这条丝绸之路是谁开辟的呢?我们以前理所当然地认为,既然这条丝绸之路是从中国出发的,那当然是古代中国人开辟的。近年来出现了一种新提法,称古代的各族各国人民共同开辟了丝绸之路。但历史事实是,这"古代各族各国人民"中是不包括古代中国或华夏各族的,也就是说,这条交通路线完全是由西方向东方开拓的,是欧洲、西亚、中亚的各族各国人民向中国

[①] 本文原刊于《西北工业大学学报(社会科学版)》2020 年第 1 期。

开辟的。

"中华文明探源工程"的结论[1]已经说明，中国古代的小麦、黄牛、绵羊、马、青铜都来自西亚、中亚，是距今4000年前后传入中国的。这一漫长的传播过程足以证明，从西亚经中亚进入中原地区的交通路线已经形成。而且传播的过程是由西向东的，如青铜，最先传入中国的证据发现于新疆西部，越往东时间越晚。所以这条道路只能是由西向东开拓的，其动力和需求来自西亚、中亚，而不是东方的中原地区。

我们还可以找到更多证据。在今河南安阳发现的商王后妇好墓中出土的大量玉器都是用和田青玉制作的，妇好死于3200多年前，说明当时已经有人将产于新疆和田昆仑山中的玉石运到中原，走的正是这条交通路线。妇好墓因年代明确，墓中的玉器证据确凿。商周传世的玉器基本都属和田玉，都应是沿着这条路输入中原的。

在新疆古墓中发现过约3000年前的欧洲白种人的尸体，近年来在甘肃西部发现的公元前的遗骸也被鉴定出欧洲人的基因，说明当时已存在自欧洲到达今新疆东部甚至更东的交通路线。

公元前6世纪的波斯帝国已经扩展到帕米尔高原，给今天的塔吉克人留下了波斯语。公元前4世纪，来自希腊的亚历山大建立的横跨欧亚的帝国已经接近开伯尔山口，也是由西向东扩展的。他们在开拓的过程中都很重视筑路，并有很强的修建和维护道路的能力，以波斯帝国为例，"修建了从帝国的四个首都通向各地的驿道。在帝国的西部，有一条从古都苏撒（Susa）直达小亚细亚以弗所城（Ephesus）的'御道'，长达两千四百千米，每二十公里设一驿站及商馆，亦有旅舍供过往客商留宿。驿站特备快马，专差传送公文，急件可逢站换骑，日夜兼程，整个路程七日到达"[2]。

公元前221年秦始皇统一六国建立的秦朝，其西部边界只到达临洮（今甘肃岷县），直到公元前2世纪汉武帝才控制河西走廊。而在此前的

---

[1] 据国务院新闻办2018年5月28日在北京发布，并参照首席专家王巍相关介绍。
[2] 转引自张国刚：《"丝绸之路"与中国式"全球化"》，《读书》2018年第12期。

公元前174年，原来处于祁连山西段的月氏人西迁至妫水（今阿姆河）流域今阿富汗及其以西地，乌孙人西迁至伊犁河流域今哈萨克斯坦东部和我国新疆西部[①]，说明那时由河西走廊往西的交通路线已不止一条。大量论著的研究结论说明，在公元前2世纪前，河西走廊以西今新疆和中亚已经发生过多次较大规模的人口迁移，存在着多条交通路线。

公元前139年，张骞第一次出使西域，就找了一位匈奴向导，不仅从长安出发到匈奴控制区，从大宛往康居、从康居往大月氏也是依靠当地的向导和现成的道路[②]，说明匈奴人中已经有熟悉西域的交通路线、富有经验和生存能力的旅行者。值得注意的是，规模更大的第二次出使，张骞率领的使团有300人，但并没有专门的筑路修路人员。第二次出使时还给300名随员各配了2匹马，携带了价值数千万上亿的丝绸和金币。有了第一次出使经验的张骞完全了解西域的交通路线和路况，才会作这样的部署。张骞第二次出使归来时，带来了一批来自西域各国的使者，此后汉武帝几乎每年都要派遣10多个使团，遍历西域各国，出现了"使者相望于道"的盛况。但在此前匈奴已经"役属"西域各国多年，连接各国间的道路显然早已存在。如汉武帝派往大宛国都城贵山城（今乌兹别克斯坦卡散赛）去索取天马的使者，当然也是有现成的道路可循。所以，史书上记录的"张骞凿空"（张骞通西域）并不是说张骞开凿了通向西域的道路，而是他第一次出使西域带回的地理信息促使汉武帝由河西走廊的西端向西域开拓经营，他的第二次出使西域使汉武帝的意图得到实施，汉朝最终在公元前60年设置西域都护府，控制了今新疆和相邻的中亚地区，使汉朝的疆域与西域连成一片。

《汉书·西域传》记载："自玉门、阳关出西域有两道。从鄯善傍南

[①] 有关月氏、乌孙的迁徙，见司马迁：《史记》卷123《大宛列传》，中华书局1959年版；班固：《汉书》卷96《西域传》，中华书局1962年版。并见相关西文论著。

[②]《史记》卷123《大宛列传》："使月氏，与堂邑氏胡奴甘父俱出陇西。""骞因与其属亡乡月氏，西走数十日至大宛。""大宛以为然，遣骞，为发导绎，抵康居，康居传致大月氏。"

山北,波河西行至莎车,为南道;南道西逾葱岭则出大月氏、安息。自车师前王廷随北山,波河西行至疏勒,为北道;北道西逾葱岭则出大宛、康居、奄蔡焉。"对西域都护府所属的各国,都记载了它们去阳关(今甘肃敦煌市西)、长安和都护治所的距离。对不属都护的罽宾国、乌弋山离国、安息国、大月氏国、康居国等也记载了与长安、都护治所间的距离。其中对罽宾国遥远的道路的艰险有详细的描述:"又历大头痛、小头痛之山,赤土、身热之阪,令人身热无色、头痛呕吐,驴畜尽然。又有三池、盘石阪,道狭者尺六七寸,长者径三十里,临峥嵘不测之深,行者骑步相持,绳索相引,二千余里乃到县度。"以西汉控制西域的时间和投入的人力物力,绝无可能新筑成这样的道路系统,显然都是利用旧有,说明这些道路在此前已经存在,自然非汉人所筑。

二、为什么古代中国不可能开辟丝绸之路

有人不赞成我的观点,认为古代中国人口众多,生产能力强,公元前3世纪就筑成长城,秦始皇已建成连接全国各地的驰道,何至于建不成丝绸之路?至少这条道路的东段即今中国境内这部分应该是由中原往外开辟的。还有人以《山海经》《穆天子传》的内容为证,说明先秦时代中原人对西方已掌握相当多的地理知识,周穆王西征还有具体路线,为什么当时不具有向外开辟道路的可能?

这些即使都是事实,时间也比由西向东的开辟要晚。何况地理知识既可自己外出了解,也可由外人带入,或向外来人了解而得。就像昆仑山的玉石,既可以由当地人向中原输送,也可以由中原人去那里采集或购买,关键是需要有其他证据支持才能做出判断。

开辟和维护丝绸之路需要投入大量人力物力和长时间的持续努力,不可能出自某些人一时的好奇或兴趣。尽管有部分天然的道路可以利用,但在几千千米长度中要翻越高山,渡过河流,穿行峡谷,通过森林,还是相当艰巨的工程。古代中国固然具有开辟长距离道路的能力,却始终没有开辟丝绸之路的需要。

无论中国的先民在何时以何种方式进入黄河中下游地区，一旦在那里定居，就获得了农业生产的最佳条件。由于黄土高原与黄土冲积形成的平原土壤疏松，天然植被稀少且容易清除，所以用简单的工具就能开发耕种。开发之初的黄土有足够的肥力，通过轮作更能持续保持较高的产量。三四千年前，黄河流域气温较高，降水充沛，利用黄河及其支流灌溉相当便利。当时黄土高原上水土流失影响轻微，大多是平坦的原地，太行山以东更是广阔的平原。① 这样的地形地貌不仅形成了成片的农业区，便于农业生产，也有利于中央集权制度的形成和延续。这片土地上生产的粮食和物资，足以供养当地的人口。在人口增加、黄河流域耕地不足时，一次次的人口南迁使长江流域、珠江流域和南方的丘陵山区先后得到开发，新作物的引进和推广解决了更多人口的粮食供应问题，东北的开发又养活了几千万人口。② 直到近代，中国的 5 亿多人口还完全是由本土生产的粮食供养的。这块土地上生产的经济作物、能采集到的动植物、能开采的矿物，经能工巧匠生产加工，完全可以满足国家所需的武器和军用物资、行政机构日常运作所需的器具和物资，以及统治者享用的各种器物和用品。加上根本不了解外界的情况，因而从未做过有实际意义的比较，古代中国人一直以为"天朝无所不有"，是天下最发达、最富裕、最文明的地方，中国"地大物博"的概念一直维持到当代。

早期黄河流域农业的开发不仅养活了更多的人口，并导致了农业人口更高的增长率，也加快了农业与牧业的分化。原来杂居于此的牧业人口或者转而从事农业，或者只能迁离，农牧业的界线由此而生，农业区的范围不断扩大，从事农业的夏人部族（诸夏）聚居于中原，自称为华

---

① 本文有关中国古代气候、植被和自然地理因素的论述，据中国科学院《中国自然地理》编辑委员会：《中国自然地理·历史自然地理》，科学出版社 1982 年版。

② 本文有关中国古代人口的增长、分布、迁移及相关因素的论述，据葛剑雄主编、葛剑雄著：《中国人口史》第 1 卷，复旦大学出版社 2002 年版；葛剑雄主编、葛剑雄著：《中国移民史》第 1 卷，福建人民出版社 1997 年版。

夏。牧业区处于西北地区、蒙古高原及其南部边缘，干旱高寒，牧民逐水草而居，生存不易，一旦遭遇天灾，往往会南下以劫掠为生。南方不少部族还处于"披发文身""刀耕火种"或采集狩猎的阶段。东部沿海还残留着夷人的部族。因此华夏将自己周边的牧业民族和非华夏部族称为东夷、西戎、北狄、南蛮，或者通称为夷狄、蛮夷、四夷（裔）。早在春秋时期，夷夏之间的差别已经被当作重要的原则，被称为"大防"，绝不允许混淆。孔子的"四海之内皆兄弟"只是指华夏之间，并不包括夷狄。夷狄中只有个别已经"向化"的人，即完全接受了华夏文化、完成了"由夷入夏"过程的人，才能变为华夏的一分子。自秦朝至清朝，即使在自己的统治范围内，凡是还没有被正式编入户籍并由正式行政区管辖的非华夏人口，如羁縻州府、土司辖境内的部族仍被当作蛮夷。至于外国人，除了朝鲜、越南等藩属外，更都是未开化的蛮夷，他们的地方都被当作蛮荒之地。

正因为如此，古代中国一直以"天下之中""天朝大国"自居，缺乏了解外界的兴趣和动力，更不愿甚至不敢外出，从未出现真正意义的旅行家、考察家、探险家，个别获此称号的人其实都另有使命或目的，如张骞负有政治、军事使命，法显、宋云、玄奘是为了求法取经。与马可·波罗、伊本·白图泰被并称为大旅行家的杜环，实际是唐朝军队的文书，公元751年随高仙芝出征石国（今乌兹别克斯坦塔什干一带）。唐军意外遭遇"黑衣大食"（阿拉伯阿拔斯王朝），怛罗斯（今哈萨克斯坦江布尔）一战全军覆没，高仙芝带少数人逃回，其他数万唐军被杀被俘，杜环作为俘虏被送往阿拉伯。他得到阿拉伯人的优待，居留12年，其间还能周游列国，到过北非今埃及与埃塞俄比亚北部，以后又乘阿拉伯的船回到广州，再返回家乡长安。他将自己的经历写成《经行记》[①]，正好他的族叔杜佑在编纂《通典》，收录了这篇文章，留下了千余字的珍贵史料。造就杜环这位大旅行家并使他的事迹得以流传的是一系列偶然因素，而不是他个人或社会的必然条件。

[①] 杜环著、张一纯笺注：《经行记笺注》，中华书局1963年版。

所以在古代中国找不到任何开辟和维持这条丝绸之路的理由，反观欧洲、西亚、中亚各国，其动因显而易见。如希腊境内多山，适合耕种的土地极其有限，人口增加后连水源也不足，面临地中海，附近岛屿星罗棋布，航海至北非相当方便，而从陆上扩展几无可能。正是本土资源不足，缺乏扩展余地，促使希腊在征服波斯后继续向东，要不是亚历山大英年遽逝，越过开伯尔山口是必然结果。

两河流域及以东的西亚、中亚大多是半干旱地区，有些地方更只是范围不大的绿洲，文明起源虽然很早，但天然资源并不丰富，能开发利用的土地也并不富余。这一方面促使当地政权不断向四周扩张，另一方面也促进了商业与贸易，以便使本地的产品得到更高的利润，并获取本地稀缺的物资。小麦、绵羊、黄牛、马、青铜等都是作为有利可图的商品，才一步步传至数千千米外的中国。驱动商人们不畏艰险，长途跋涉，甚至付出生命的代价，是高额利润或生存的需要，而不是什么抽象的和平友好。

三、中国并没有利用丝绸之路进行扩张

这条丝绸之路形成后，给中国与外界的联系，特别是与中亚、西亚的联系提供了很大的便利。但在丝绸源源不断地输出的同时，中国并未利用这条道路进行扩张。这倒不是由于古代中国的统治者爱好和平，维护国际秩序，要知道当时人的心目中还根本没有这样的观念，而是因为中国自身的原因，根本不需要扩张，或者认为没有必要通过扩张的方式就能达到自己的目的。

首先，"普天之下，莫非王土"，天下本来都是归我统治的，都是属于我的。而在还没有直接统治的地方，什么时候我需要用就用，需要去就去。而"中国"以外的地方都是蛮荒之地，那里的人还没有脱离野蛮，没有开化，与禽兽无异，这些地方怎么配成为"王土"？就是在王朝内部那些蛮夷聚居的地方，朝廷也长期不去治理，只通过羁縻机构、土司衙门管理，"因其旧俗"，让他们自生自灭。有时皇帝还会主动放弃

一些土地，赏赐给藩属国，美其名曰"守在四裔"——让四裔给我守边疆，减轻朝廷的负担。明太祖朱元璋就这样将朝鲜半岛铁岭以北三分之一以上的土地赐给了非常"恭顺"的李氏朝鲜，从此中朝才以鸭绿江、图们江为界。

其次，是否有资格成为"王土"的主要标准是该地是否适合农业生产。否则，即使出于安全的需要一时占据，最终还是要放弃的，因为"取之无所用，弃之不足惜"。例如汉武帝打败匈奴后扩展到河西走廊，超过了秦朝的边界，因河西走廊有绿洲和水源，适合农耕，就正式设置郡县，并且大规模移民加以充实。[①] 但汉军击败匈奴，深入漠北，据有蒙古高原，却在"封狼居胥山"（在狼居胥山举行隆重的祭祀仪式）后就退回汉地，因为皇帝从来没有动过直接统治这块无用之地的念头。公元89年，窦宪大破北匈奴，出塞三千余里，登燕然山（今蒙古国杭爱山），刻石纪功而还[②]。在汉宣帝时匈奴呼韩邪单于投降，要求"内附"，宣帝却不接受，将他的地位定为"天子不臣"（"位在诸侯之上"），支持、资助他回匈奴当名副其实的单于，规定"长城以北匈奴有之"，没有要长城以北的土地[③]。在汉武帝开疆拓土后，除了青藏高原、蒙古高原和东北大部分地区外，其他地方几乎都已设置郡县，就是以是否适合农业生产为标准的。这一格局往往只有在非华夏民族入主中原时才会有局部改变，直到清朝才被完全打破。

再者，中原王朝向西的扩张都是军事反击的结果，主要出于安全的考虑。从公元前60年西汉设置西域都护府开始，在玉门关、阳关以西都只设置监护性质的军事机构，原有的部族或政权只要愿意服从一般

[①] 本文有关中国历代疆域变迁的论述，据谭其骧主编：《中国历史地图集》（1—8册），地图出版社1982年版；参见葛剑雄：《中国历代疆域的变迁》，商务印书馆1997年版。

[②] 范晔：《后汉书》卷23《窦融传》附曾孙宪、卷89《南匈奴传》，中华书局1973年出版。据2017年8月14日《澎湃新闻》的《私家历史》报道，中蒙考察队专家已在蒙古国境内发现《封燕然山铭》石刻。

[③]《汉书》卷94《匈奴传》及相关纪、传。

都予保留，并不干涉它们的内部事务。在这些地方，除了必要的军事屯垦外，从未进行过开发性的移民，或设置正式的行政区划。由于路途遥远，驻守成本太高，平时只派驻最低限度的军队和行政人员。一旦国力衰落或财政困难，就会主动撤退。西汉末留驻西域都护府的不过数千人，至公元16年西域都护李崇退保龟兹（今新疆库车），以后就完全放弃了。东汉期间西域"三通三绝"，都护府、长史府撤销了三次。中原发生战乱时，设在西域的监护机构往往名存实亡，或者听任它自生自灭。唐朝灭西突厥后据有阿姆河、锡尔河流域，但能西达咸海之滨却是一位波斯王子归降所致，所以这一全盛疆域只维持了3年。这片辽阔疆域的实际统治者依然是当地的部族首领，只是它们的名称换成了唐朝封的羁縻都督。而在唐朝官员、诗人的心目中，"春风不度玉门关"，"西出阳关无故人"，玉门关、阳关以西是没有春天的苦寒绝境，是老朋友也找不到的异域，并非自己的家园。公元755年，安史之乱爆发，唐朝军队东撤，吐蕃据有西域，唐朝的边界退到了陇西。丝绸之路的历史给中国开了一个不小的玩笑，当年张骞从陇西出发开始了第一次通西域的行程，客观上导致丝绸之路的开始，差不多900年后唐朝又退到了当年张骞的出发地。从此朝廷再也管不到新疆，直到1759年才完全恢复。要说中国利用丝绸之路向西扩张，岂不是对历史的讽刺？

四、中国并没有从丝绸之路获得经济利益

李希霍芬命名丝绸之路的根据，是张骞出使西域使这条道路成为以丝绸贸易为主的商道，但从一开始张骞和汉朝就没有将丝绸当作商品。公元前119年张骞第二次出使时配备了300名随员，每人备两匹马，确实带了大量丝绸，与所带的金币合计价值达数千万上亿。张骞为什么会带那么多丝绸呢？自然与他第一次出使西域期间获得的信息和积累的经验有关，他了解到西域没有丝绸，而且考虑到在缺乏后勤保障的条件下长途跋涉，无论是一匹马还是一个人，有效的负载力是很有限的，所以只有像丝绸那样价值高、分量轻，经得起长途运输和长期储存的物品才

是最合适的。

但这些丝绸完全是免费赏赐给西域各国的礼品，不仅挣不到一个铜钱，连异常高的运费也是在汉朝的国库中开支的。每年要派出十几批使团，规模大的要数百上千人，还连续多年，累积起来运往西域的丝绸固然不少，但对汉朝而言只是加快了国库的空虚。一些别有用心的投机分子却从张骞因出使而功成名就和丝绸大量出口中看到了发财的机会，纷纷报名请求出使。好大喜功又苦于找不到那么多使者的汉武帝喜出望外，根本不考虑这些人的资质。这批货真价实的汉使从国库领走大批丝绸，到西域后却只将小部分作为赏赐礼品，大部分丝绸成了他们牟取私利的商品，客观上倒使大批丝绸提前进入西域的市场。

经过短期接触就要吸引西域各国派出使者去遥远的长安朝拜，对张骞和后继的使团来说并不容易。但这又是必须完成的政治任务，所以随同使团回到长安的西域使者中很可能有一些只是精明而胆大的商人。好在汉武帝只要能感受"万国来朝"的尊荣，绝不会要求主管部门认真核对来使的身份。这批西域商人在获得丰厚的赏赐品后，肯定不会全部上缴本国的统治者，而是像那些"汉使"一样用于个人经商牟利。汉地价廉物美的丝绸更激发起他们长途经商的热情，有些人从此成为往返于汉朝和西域的丝绸商人。

物以稀为贵和商人逐利的客观规律，使汉朝的丝绸很快在西域向西流通，最终进入罗马。罗马疆域辽阔，人口众多，经济繁荣，商业发达，再贵再多的丝绸也满足不了市场的需求，何况能进入罗马的丝绸毕竟数量有限！超高利润驱使一批商人不畏艰险，长途跋涉于这条丝绸之路，不少人甚至付出了生命的代价，后人在沿路发现的累累白骨见证了这一残酷的史实。

既然如此，作为丝绸原产地和输出地的汉朝、唐朝的商人，为什么不捷足先登呢？难道他们没有商业头脑，看不到商机，不想发财吗？当然不是，连那批应召的"汉使"都在西域当上了业余商人，翻阅司马迁《史记·货殖列传》更能见到一个个商业奇才。可是商人在社会上的整体地位是很低的，而且从秦始皇到汉高祖、汉武帝都将商人置于社会的底层，压制打击不遗余力。如秦朝规定商人的户口必须登记于商籍，而且子孙不得改变身份。正常征发兵役、劳役不足时，商人是仅次于罪犯的候补征发对象。汉高祖规定商人不得穿丝绸衣服，出行时不能乘车，还加征税收使他们经营困难。汉武帝将盐铁收归官营，断了一群大商人的生路，鼓励民众举报商人的财产并将部分没收的财产作为奖励（告缗），更直接掠夺商人长期积累的财富。汉朝实行严格的户籍管理，商人要离开本县外出经商，必须向县官申请，将自己的"名数"移到外出人员项内，才能获得证明其合法身份的文书，以备各地关津的检查。边疆地区更是严密防范，连合法在那里服役的士兵及其家属，都必须持有记录完整的文书，以便核查。在出土的居延汉简中可见到实例，在一支木简上写着户主某某，某郡某县某里人，几岁，身高几尺几寸，（肤色）黑色，或黄黑，有的还注明"多须"；接着是妻子及子女的姓名、年龄，包括婴幼儿在内。[1] 从汉朝至唐朝，出于军事或安全的原因，西部和北部边界都禁止本国人出境。即使是在边境安宁的阶段，也严格防范。西汉后期与匈奴和好，但在长城沿线各关隘的查禁丝毫没有放松。匈奴人很不理解，汉朝官员直截了当说明，这不是为了对付你们，而是为了防止我们自己的百姓偷渡[2]。玄奘西行取经，到瓜州边境时就无法出境，他求法心切，只能冒险偷渡，要不是遇到信佛的边防长官，后果不堪设想。

《史记》中记载了两例民间的商品输出，一是张骞在大夏见到由身毒（印度）转卖过去的蜀布和邛竹杖[3]，一是唐蒙在番禺（当时南越国都，今广州）吃到由蜀地经水路运来的枸酱。前一例显然是民间的贩

---

[1] 中国社会科学院考古研究所编：《居延汉简甲乙编》释文，中华书局1980年版。

[2]《汉书》卷94《匈奴传》：元帝时，呼韩邪单于上书："请罢边备塞吏卒，以休天子人民。"元帝答复："中国四方皆有关梁障塞，非独以备塞外也，亦以防中国奸邪放纵，出为寇害。"

[3]《史记》卷123《大宛列传》：骞曰："臣在大夏时，见邛竹杖、蜀布。问曰：'安得此？'大夏国人曰：'吾贾人往市之身毒。……'"

运,所以官方一无所知。后一例则完全属走私,因为事后唐蒙向在长安的蜀地商人打听,对方明确告诉他:枸酱是蜀地特产,大多是由当地人偷运出去卖给夜郎人了①。

古代中国的统治者一直没有对外贸易的概念,自然更没有这样的需求。因为一则天朝无所不有,无须仰赖外人;一则天下本来都是我的,即使在境外有我需要的东西,也不应该出钱去买,或用其他物资去交换,只要让对方进贡就是了。像汉武帝听说大宛有天马(汗血马),就派使者带了黄金去要求对方进贡。黄金不是用来买天马的,而是作为对进贡的赏赐。来自外国的商人只要打着"朝贡""进贡"的旗号,不仅通行无阻,吃喝全包,还能获得比商业利润高得多的"回赐"。因为天朝历来实行"薄来厚往"的原则,从不计较经济利益。就连外国商人购买中国商品出口,一般也免除税收。所以在这条丝绸之路上历来只有"胡商"或"商胡",连敦煌石窟中留下的壁画也是"胡商遇盗图"。

杨衒之的《洛阳伽蓝记》记录了北魏时期洛阳的商业盛况:

> 东夷来附者处扶桑馆,赐宅慕化里。西夷来附者处崦嵫馆,赐宅慕义里。自葱岭已西,至于大秦,百国千城,莫不欢附,商胡贩客,日奔塞下,所谓尽天地之区已。乐中国土风,因而宅者,不可胜数。是以附化之民,万有余家。门巷修整,阊阖填列,青槐荫陌,绿树垂庭,天下难得之货,咸悉在焉。②

所谓"附化之民"实际大多是来洛阳的境外客商,因为事业成功、获利丰厚而定居。而那些奔走在葱岭以西直到大秦(罗马),将"天下

---

① 《史记》卷116《西南夷列传》:"南越食(唐)蒙蜀枸酱,蒙问所从来,曰'道西北牂柯……'蒙归至长安,问蜀贾人,贾人曰:'独蜀出枸酱,多持窃出市夜郎……'"

② 杨衒之著、范祥雍校注:《洛阳伽蓝记校注》,上海古籍出版社1978年版,第160—161页。

难得之货"贩运到洛阳的,也都是"商胡贩客"。唐朝长安城中的商人几乎全属"胡商",特别是来自费尔干纳盆地的粟特人。但迄今为止还未发现中国商人出境经商或利用这条丝绸之路外出经商的记录,在"葱岭已西,至于大秦"的范围内也没有发现中国商人曾在那里活动的证据。

五、丝绸之路为文化传播提供了有效的途径,但古代中国也未加以利用,在外界的文化大量传入中国的同时,中国几乎没有主动传播自己的文化

在信息的远距离传播途径还不存在的古代,无论是物质文化还是精神文化的传播都离不开具体的物和人,而人是其中最活跃的载体,物也是靠人传输的。既然在丝绸之路上流动活动的人基本上都来自中国以外,传播的载体也只能依赖这些人。就是汉朝、唐朝控制着丝绸之路的阶段,在玉门关、阳关以西来往的人中也只有官员、使者、将士,他们都有各自的公务,对传播文化所起的作用微乎其微。

更重要的是,古代中国的统治者和知识分子从来没有对外传播文化的目的,缺乏这方面的动力,更不会有积极性。前面已经讲过,至迟在孔子的年代,中原的诸夏已经形成了"夷夏之辨"的观念,即将周边的"夷狄"与自己("华夏")严格区别开来,而"夷狄"虽也是人却没有开化,本质上与禽兽无异。所以华夏不必要也不可能教化他们,孔子的"有教无类"是不包括他们的。只有其中主动"向化"的人才有被教化的可能,才有接受文化传播的资格。等他们完全接受了华夏文化,才能完成"由夷入夏"的转化。

这种"夷夏之辨"的观念根深蒂固,直到鸦片战争后还是如此。甚至在被迫签订的条约中已承诺不能再称"英夷""法夷",官方在非正式场合照旧称外国人为"夷",民间则称之为"番鬼""洋鬼子"。而对国内少数民族的名称,直到中华人民共和国成立后才下了禁令,在出版物中不许再沿用反犬旁(犭),如獞、猺等字,一律要改为人字旁的僮、僚等，进而都改为壮、瑶等。晚清的知识分子面对外国一些明显优于中国的事物，在不得不承认的同时却千方百计在中国历史上寻找根据，以证明"中国古已有之"，甚至认为这是夷人窃取中国文明的结果。我20世纪40年代出生于传统文化发达却比较开放的浙江吴兴县南浔镇（今属湖州市），镇上出过不少学贯中西的学者，出过洋、留过学、见过外国世面的人也不少，但从小依然听到过种种丑化外国人、外国文化的说法。如中国人请外国人吃汤圆，外国人百思不得其解：中国人是怎么将馅放到米粉里面去的？还说外国字为什么都是弯弯曲曲的呢？因为孔子骑着一头毛驴到外国去，毛驴拉的屎留在地上。外国人认为这是圣人留下来的，肯定有讲究，所以他们写的字就模仿驴屎的样子，是弯弯曲曲的。

既然认为境内外的蛮夷还不配接受中国文化，当然就不会主动去传播。尽管丝绸之路提供了人员来往的便利，但中国历史上从来没有向外派过一位文化使者、教师，更没有在外国办过一所孔子学院。境外的汉字文化圈的基础是中国历代的藩属国，如朝鲜、越南、琉球等。日本已属外国，只是因为一批日本人诚心"向化"，主动来中国学习，才传授他们。

我们一直夸大了汉朝、唐朝的开放，凭想象将唐朝称为最开放的时代。其实汉唐的开放是相对于其他朝代的不开放或封闭而言，唐朝并没有摆脱"夷夏之辨"的局限，不存在真正开放的机制，是开而不放，传而不播。一方面，唐朝的大门的确开了，大明宫里出现"万国衣冠拜冕旒"的盛况，据说朝堂里突厥等外国人占了一半。长安城里也到处是胡人、胡商、胡姬，听的是胡乐，看的是胡舞，吃的是胡饼、胡瓜、胡豆、胡麻。[①]另一方面却从来没有放本国人外出，或允许本国人出国贸易、游历、考察、学习。迄今为止能查到的屈指可数的出国记录都是出

---

① 有关此方面的论著很多。参见向达：《唐代长安与西域文明》，生活·读书·新知三联书店1957年版；[美]谢弗著、吴玉贵译：《唐代的外来文明》，中国社会科学出版社1995年版。

于偶然或例外，如玄奘是为了取经，且属非法闯关；杜环是怛罗斯之战中阿拉伯军队的俘虏；近年在西安一块碑文中发现的那位到过大食（阿拉伯）的墓主是奉命出使的宦官。所谓传而不播，就是只向主动来唐朝学习且被认为具备资质的人教授语言文化，从不主动对外传播。

早在2世纪，中国已形成成熟的造纸技术。但由于一直没有对外传播，这项重要发明并未影响丝绸之路的另一端，西方仍沿用古埃及的纸莎草纸。直到公元751年的怛罗斯之战，阿拉伯人从唐朝军队的俘虏中发现一批造纸工匠，中国的造纸术才传到阿拉伯，取代了纸莎草造纸，以后又传到欧洲。

所以不要凭想象就认为，既然有了丝绸之路，那么古代中国的文化都已经通过这一道路系统传到了沿途或另一端。事实是通过丝绸之路传入中国的事物数以百计，而从中国传出去的数量很少，其中由中国主动外传的屈指可数。

现在我们应该明白，今天中国的"一带一路"倡议与历史上的丝绸之路没有直接关系，并非丝绸之路的延续或再造，而是史无前例、前无古人的伟大创新。丝绸之路出于外界的主动，中国只是被动地接受，有时甚至不愿意接受。而"一带一路"是出于中国的主动，只有获得外界的响应和合作才能成功。丝绸之路的利益主要为外界所得，贸易的利益主要为"胡商"所得，而"一带一路"的目标是形成利益共同体，进而建设人类命运共同体。古代中国受益于由丝绸之路传入的文化，通过"一带一路"中国乐意展示自己的文化，并根据外界的意愿和需要传播自己的文化。"一带一路"为文明互鉴提供了畅通的渠道和丰富的方式，必将超越丝绸之路，使人类臻于各美其美，美人之美，美美与共，天下大同的理想境界。

丝绸之路与西南历史交通地理[①]

丝绸之路谁开辟，何时开辟？

自 2013 年中央提出"一带一路"倡议以来，丝绸之路成为大家研究、议论、发挥、想象的热点。1877 年，德国地理学家李希霍芬第一次提出"丝绸之路"。1980 年，日本学者首先提出"海上丝绸之路"。今天我们的"一带一路"倡议，完全是一次伟大创新。它不是再造一条丝绸之路，或者丝绸之路的重建。简单说，"一带一路"只是借用了丝绸之路的名称。至于有没有历史上丝绸之路的资源，与能否建"一带一路"并没有直接的关系。所以，正确地了解历史，才能够恰当地把握未来。那么，丝绸之路到底是怎么形成的？是中国主动开辟的？还是外界要进来？是中国主动传播或推销，还是外界要把他们的文化、产品送进来？这就是主动和被动的区别。

李希霍芬命名的传统的丝绸之路主要是谁开辟的呢？我认为主要是从外界来的，即西方人向东方扩展、传播，是出于他们的主动，而不是出于古代中国中原人，黄河中下游地区的人的主动。

人类为什么要相互交通？为什么要开辟道路？我们现在都承认，人类早期不是在全球普遍分布的。遗传学家、科学家一般认为，今天世界上所有人都是首先在东非大裂谷产生，走出非洲，走到世界，这也包括

[①] 本文原刊于《思想战线》2019 年第 2 期。

我们中国人的祖先在内。一部分学者，包括中国的，特别有些人文学者不接受这一点，但他们也承认，人类虽然可能是多源的，但并不是在地球上普遍同时产生的。那么当时东非的人，或者当时地球上的其他起源地的人，为什么要走出去呢？首先是为了生存。早期的人还没有自主生产创造的能力，只能利用天然资源，捕捉或采集动植物来满足自身生存的需要。等人口增加到一定的程度，就造成原地天然资源的短缺。因此，只有往外迁移，等到能获取足够的资源再停下来。所以，离开原来的地区出去的绝大部分是为了生存，此后大多数移民也是为了求生。他们一开始只能利用天然的交通路线，等有了一定的生产能力，再加上需求更加迫切频繁，就逐步人工修通道路，架起桥梁，发明、制造各种交通工具。但是，从一开始，人就有智力、体力、体质各方面的差异，所以总有少数人、个别人并不是为了生存而走出去，而是出于个人的好奇心，这类人的迁移是无法用物质条件来解释的。好奇心和生存发展结合起来，就会产生各种迁移，形成一些主要的交通路线。

为什么说丝绸之路是先从西向东开辟的呢？可以举出好多例子证明，最早的交通是从西向东发展的。现在的河南安阳，也就是商朝后期的首都，发现过一个古墓。墓主是商朝的一个王后，叫妇好，死在3200多年前。在这个墓里发现的玉器，经鉴定是用和田青玉制造的，和田青玉产在新疆和田地区南面的昆仑山里。也就是说，在妇好死时的3200年前，甚至更早，已有人把产自昆仑山的玉石运到河南安阳。尽管我们不能肯定具体走什么路线，但从地理状况上判断，大致是沿河西走廊进入中原的，这与丝绸之路的方向完全一致。继续追溯还有更早的证据，"中华文明探源工程"最新发布的研究成果肯定，小麦、黄牛、绵羊、青铜都是从西亚、中亚传播进来的，时间都在三四千年前。怎样传过来的呢？当然需要有交通路线，需要有人。比如在新疆古墓中发现的3000多年前的尸体下面有当时留下的麦粒。是不是当时的中原人跑到外面去引进来的呢？不能绝对排除这个可能。但大量物品都来自西方，而这一阶段至今未发现有从中原外传的例子，那么基本上可以肯定是由西域、西方的人主动传播过来的，不是中原人去找的。在新疆古墓中还发现了近3000年前的欧洲白种人的尸体,但张骞通西域,也就是李希霍芬断定丝绸之路形成的时间已经到了公元前2世纪,即2100多年前。

还有,公元前334—前323年亚历山大帝国的建立。亚历山大打败波斯,并一直扩展到北印度,扩张到今天开伯尔山口,若不是他英年早逝,还会继续往前扩张。希腊的艺术已经传到了当时的印度,印度早期的艺术完全是希腊风格。波斯人也打到过中亚,也留下了人。所以,今天整个中亚绝大部分讲突厥语,但塔吉克人却讲波斯语,这就是波斯的征服留下的影响。这些都比公元前2世纪要早。

从中国方面来说,我们讲新疆自古以来就是中国的领土,标志就是公元前60年西汉已经管辖这个地方。尽管管辖还是很松散的,但这体现了国家主权。不过从时间上看,要晚于西方。而且中国在那里行使主权,实际上是断断续续的,基本上没有向那儿移民,也没有主动传播中国的文化。所以,尽管唐朝一度最远到达咸海之滨,控制过阿姆河、锡尔河流域,但在一般人心目中,这些地方并不是自己的家园。唐诗有一句"春风不度玉门关",玉门关在今天敦煌西。唐朝人到西域去,要么是犯罪被流放,要么是被派到那里做官,被派到的都怨声载道,连士兵都是轮流戍边。还有一句唐诗"西出阳关无故人",阳关也在今敦煌西。所以,我们不能回避这个历史事实,即在古代,是西方的人主动扩张、入侵,然后把他们的物质、文化、宗教传进来,而中国一直到公元前2世纪才有张骞通西域。张骞第一次出使西域,雇了胡人的向导,向导自然知道已经有路可往,可见胡人对这里的了解比汉人熟悉得多,匈奴人控制、了解西域也比汉朝人要早。

正因为如此,这条丝绸之路要到1877年由德国的地理学家李希霍芬来"发现"和命名,中国在以往2000多年是没有这个概念的。而且在李希霍芬以后的差不多100年中,丝绸之路基本上是一个学术界的概念,公众既不知道也不感兴趣。使丝绸之路为公众所关注,是日本人努力的结果。首先日本的专家学者对丝绸之路,对丝绸之路上的撒马尔罕、敦煌等地产生了强烈的兴趣,他们做了研究,还做了普及,如井上靖写了历史小说《敦煌》。日本的 NHK 电视台拍了长篇纪录片，大批专家学者、记者和普通旅客到了敦煌、撒马尔罕等地。在 20 世纪 80 年代，到敦煌的日本游客比中国游客还多。这样，才引起全世界公众的重视。至于"海上丝绸之路"这个名称，虽然以往的汉学家也有人提及，但直到 1980 年才由日本学者正式提出，并且还提过要重建"海上丝绸之路"。此后，日本人还通过联合国教科文组织大力推动，特别是在日本人当了总干事后，联合国教科文组织下面的世界遗产机构力推丝绸之路的考察、研究和申遗，组织过多次陆路、海路的大规模考察。其中一次，一批专家学者、媒体记者坐船从波斯湾出发，沿着印度洋海岸，再穿过马六甲海峡，最后到达福建的泉州，然后认定泉州是古代海上丝绸之路的出发地，在那里树了碑。

张骞第一次通西域是在公元前 139 年，但他出使不是为了经济发展或文化交流，更不是为了推销丝绸，汉武帝是让他去执行军事、政治的使命。这是因为汉朝经过几十年的恢复和发展，到汉武帝时已经有了足够的人力物力，汉武帝发起对匈奴的反击并取得了重大胜利。但匈奴是游牧民族，他们的军事手段是骑兵，突击性强，转移得快，汉朝守着漫长的边界，经常防不胜防，顾此失彼。所以当汉武帝从匈奴俘虏中了解到，几十年前曾经有月氏、乌孙两个部族聚居在祁连山西段，在匈奴的压迫打击下被迫西迁，就想派人去联络，促使他们迁回故地，以便"断匈奴右臂"，达到与他们两路夹击匈奴，置匈奴于死地的目的。

但月氏已迁至妫水（今阿姆河），乌孙已迁至今伊犁河流域，而汉朝的大臣没有人了解境外西域的情况，更没有人敢去，汉武帝只能公开招募。郎官张骞应募，被任命为特使。张骞历尽艰险，又逃脱了匈奴人的扣押，在十年后到达大夏，但花了一年时间，也没能说服月氏的首领返回故地。因为月氏人迁入并征服了大夏后，统治地方大，人口多，生活富裕，不想再迁回祁连山，也不愿冒向匈奴报仇和与匈奴对抗的风险，张骞不得不无功而返。尽管张骞没有完成使命，但是他详细地向汉武帝汇报了他在西域的见闻。汉武帝才第一次知道，原来西域不是蛮荒地方，而是有几十个国，大国有几十万户口，还有很发达的城市。西域的物产，像葡萄、汗血马等，都是汉朝没有的。汉武帝产生了巨大的兴趣，所以在夺取河西走廊，打开了通向西域的大门后，在公元前119年派张骞第二次出使西域，"赍金币帛直数千巨万"，带上价值数千万上亿的金币和帛（丝绸），作为礼品，赏赐给西域的国王、君主。条件是他们必须服从汉朝，必须派使者到长安来朝拜。果然一些国派使者随张骞使团到长安朝见汉武帝，此后汉武帝不断派使团出使西域，多的时候一年有十几批，形成"使者相望于道"的盛况。这些使团将大批丝绸带到西域，西域的葡萄等物产也被引进中原。

汉武帝知道大宛有天马，即汗血马，同样派使者去，带上黄金作为赏赐。可是大宛不愿意进贡天马，还认为汉朝那么远，奈何不得。汉武帝就出动十几万军队去打，但大宛坚持抵抗，汉军打了败仗。汉武帝更生气，下令封锁玉门关，不许军队退回，然后补充大量的马匹、物资与人力，最后大宛不得不投降，进贡天马。本来汉朝的疆域只到玉门关，离大宛所在的费尔干纳盆地还很远。为了进行这场战争，要保护运输路线，在玉门关以外建立兵站、烽火台，派人防守，还在今新疆轮台一带屯田。正是这些行动，才促使公元前60年建立西域都护府，控制了今新疆和相邻的中亚地区。

大量丝绸被输送到西域后，西域商人又把丝绸贩运到中亚、波斯，最后到了罗马，产生了持续的强烈需求。罗马帝国疆域辽阔，人口众多，经济繁荣，商业发达。罗马人看到了从来没有见过的丝绸，从皇帝到平民都将它看作地位、财富的象征，因而丝绸始终处于供不应求的状态，价格经常比黄金还贵。这就驱使着一批商人不惜以生命为代价，长途跋涉，维持着这条路线，源源不断地把中国的丝绸贩运出去。

那为什么中国人始终没有这样做呢？一方面，中国历来只有天下观念，在汉武帝以及之后的皇帝的观念里，天下都是我的，"普天之下，莫非王土"。既然这样，为什么不去统治本国以外的地方呢？因为那些地方都是蛮荒之地，那里的人还是蛮夷，不配做我的臣民。另一方面，在古代中国，黄河中下游地区非常适合农业生产，足以养活自己的人口，所以对外界没有需求。人类早期文明都不是产生在地理条件非常好的地方，地理条件太好，顺应自然，不需要创造与扩张。希腊人对外扩张，一个原因就是本身土地太少，到一定阶段，连水都不够，需要往外扩张。而中国恰恰相反，条件很好，已有的土地和资源足以养活自己的人口，不需要出去。时间一长，连了解外界的动力和兴趣都没有。中国历史上没有真正的探险家、旅行家。以前称张骞为探险家，但他是执行皇帝的使命，他两次出使后，再未出行。玄奘是为了取经，取经回来后，不仅不会再去，原来是连《大唐西域记》都不愿写，是唐太宗逼出来的。因唐朝正好要经营西域，所以让他把经历写出来，让大家知道。这样，他才口授，由他的学生记下来，才有了这本书。要不是唐太宗的命令，他连这个积极性都没有。那么，为什么缺少这种旅行家、探险家呢？

习近平主席在"'一带一路'高峰论坛"的主题报告上提到，古代世界的三大旅行家，是意大利的马可·波罗、阿拉伯的伊本·白图泰、唐朝的杜环，杜环还著有《经行记》。从事实看，杜环的确是旅行家。他在阿拉伯待了12年，周游阿拉伯各国、西亚、北非，然后坐阿拉伯人的船回到广州，再回到家乡。但是，我为什么又说中国古代没有旅行家呢？因为他是被俘到那里去的。公元751年，杜环跟着高仙芝打到怛罗斯，即今哈萨克斯坦的江布尔。高仙芝大败，全军覆没，除了他与少数人逃回来，其他人不是被俘，就是被杀。杜环是个战俘，因为他是部队的文书，有文化，阿拉伯人又优待俘虏，所以他在阿拉伯可以待上12年，周游列国，还到了北非。这是偶然的，被动的。

那么，中国的商人呢？难道没想到牟利吗？为什么都是域外商人到中国来买了丝绸运出去呢？有下面几个原因。

首先，中国古代没有正常的外贸，只接受"朝贡"。中国古代没有外贸的概念。第一，天朝无所不有，买你外国的东西干什么？第二，天下都是我的，你那里的东西也是我的。你认为我喜欢，应该主动贡献过来。一直到200多年前的18世纪末，英国使臣马嘎尔尼见乾隆皇帝，英国送的礼品只是外贸的样品，希望中国今后买它的东西。乾隆还认为这是向他朝贡，所以讲我们天朝什么都有，这次破例指示有关部门收下,以后就不要再来了。

那么人家为什么愿意朝贡呢?如明朝、清朝时日本人朝贡的频率非常高。什么原因呢?因为天朝是只算政治账,不算经济账的。如果同意你来朝贡,贡品只要验收合格,马上给你回赐。无论是钱、物,都大大超过市场的价格,以显示天朝的大度、富裕、文明。来的人吃喝全包,临走时不管买多少东西,一律免税。所以,我们经常看到的记载是,对方要求朝贡而不许,还有朝廷批准,而地方官请求取消或缩小规模。

其次,商人的社会地位低,商业不受重视。在儒家文化的观念中,农业是本,手工业是末,商业是末中之末,商业和流通对社会进步没有作用。古代将社会各阶层称为"士农工商",商是排在最后的。

再次,陆上边疆地区控制严密,百姓不能出境。中国历来对陆路边疆控制很严,百姓无法出境。玄奘当年取经,走到甘肃瓜州,因为没有批文,出不去,最后只好偷渡,被抓住以后,幸好那个边防长官自己信佛,所以才悄悄把他放出去。玄奘回国时,到了高昌(今新疆吐鲁番)就不敢回来,派人送信,请求唐太宗赦免他。

最后,经常实行海禁、"迁海",民间对海外的贸易长期被禁。明清两朝经常海禁,甚至"迁海",禁止民间商人出海贸易,民间只能走私甚至武装走私。宋朝时,北方有辽、金,宋朝为了发展经济,曾允许民间海上贸易,但是规定不许到朝鲜、日本去,仅限于沿海。我们现在讲宋朝泉州如何繁荣,有几十个国家来贸易。这都是人家来,宋朝从未主动出去。我们现在发现的沉船,感觉都是中国人的船。不是,这些船可能是在中国造的,装的中国货,但是船东、做贸易的都是外国人。比如,习近平主席在报告中提到的"黑石号"沉船,是20世纪在印度尼西亚发现并打捞成功的,里面的确都是唐朝的瓷器,还有唐朝的铜钱,但是这艘船是阿拉伯人的。他们在中国买了瓷器,应该还有丝绸、茶叶、工艺品等,以及在唐朝赚到的铜钱,准备再到南洋购买胡椒、香料,一起运回阿拉伯。现有的史料大多只能说明外国来贸易,并不能证明中国同时也出去做买卖。比如在我国新疆、中亚、西亚发现的瓷器、丝绸，时间都在张骞通西域以后，都不能证明是古代中国人自己输送出去的。通过这条路传播到中国来的物质和精神文化、具体的物品和抽象的概念，包括宗教，可举的例子数以百计。但是，中国传到外面去的极少，而且很多例子是出于对方的主动。中国历史上没有主动利用过丝绸之路，也很少从丝路贸易中获利。丝绸之路上主要是来自境外的商人。唐朝时是粟特人，即今天费尔干纳盆地这一带，哈萨克斯坦、乌兹别克斯坦这一带的人；还有波斯人、阿拉伯人，如前面讲到的"黑石号"沉船即是阿拉伯人的。元朝的青花瓷主要是出口，是阿拉伯人把这些运出去的。所以今天世界上收藏最高水准的青花瓷艺术品最多的地方，是在土耳其伊斯坦布尔的老皇宫博物馆、伊朗的国家博物馆。

西南历史交通的独特性

在与古代交通有关的史料和研究中，除丝绸之路外，有关西南古代对外交通的很少，但通过对这些史料的分析，恰恰能证明西南的情况与丝绸之路完全不同，是当地人主动的。如《史记·大宛列传》载：（张）骞曰："臣在大夏时，见邛竹杖、蜀布。问曰：'安得此？'大夏国人曰：'吾贾人往市之身毒。身毒在大夏东南可数千里。'"[1]《史记·西南夷列传》："及元狩元年，博望侯张骞使大夏来，言居大夏时见蜀布、邛竹杖，使问所从来，曰：'从东南身毒国，可数千里，得蜀贾人市。'或闻邛西可二千里有身毒国。"[2] 身毒就是今天的印度，从张骞得到的情况可知，身毒的商人是通过四川的商人买来商品的，再贩运到今阿富汗。当时四川的商人已经把这些并不是奢侈品的商品，主动出口到印度。这与丝绸之路上外国主动来买是完全不一样的，而且事实证明，这并不是孤立存在的。另一个例子：

---

[1]《史记》卷 123《大宛列传》。
[2]《史记》卷 116《西南夷列传》。

> 南越食（唐）蒙蜀枸酱，蒙问所从来，曰："道西北牂柯，牂柯江广数里，出番禺城下。"蒙归至长安，问蜀贾人，贾人曰："独蜀出枸酱，多持窃出市夜郎。夜郎者，临牂柯江，江广百余步，足以行船。……"①

商人偷偷把果酱运到夜郎（今贵州境内），夜郎又靠近牂柯江，经过珠江水系一直运到南越的都城番禺（今广州），作为食品来招待客人。这是自然形成的贸易，而且充分利用当地的水路条件。这些果酱要是走陆路的话运输成本会很高，时间也会很长，就成不了商品。利用水路则比较快，成本低廉，可以把这样一种并不是奢侈品，价值也未必高的商品运出去。这种主动的贸易行为，说明它是有利可图的。另外，蜀地的商人是偷运果酱卖到夜郎的，可见官方还是禁止这种贸易，商人因追逐利益而甘愿冒这种风险。

我们还可以看几个例子。《史记·货殖列传》载："巴蜀亦沃野，地饶卮、姜、丹沙、石、铜、铁、竹、木之器。南御滇僰，僰僮。西近邛笮，笮马、旄牛。"②"僮"有的解释为奴隶，比较普遍的解释应该是劳动力。这一带就是贵州、云南、四川的交界地区。"僮"可以提供劳动力。这些都说明这一带已经存在比较方便的交通路线，这些物资才可以采购、周转，劳动力才可以输出。考古发现石棺葬的葬式从西北一直到云南都有，就是通过白龙江流域进入川西高原，再向云贵高原传播的。像这些很普通的物资，包括劳动力都可以输出，证明这一带已经有了比较方便的、运输成本不太高的交通路线。

下面这个例子也很能说明问题：

> 蜀卓氏之先，赵人也，用铁冶富。秦破赵，迁卓氏。卓氏见虏略，独夫妻推辇，行诣迁处。诸迁虏少有余财，争与吏，求近

---

① 《史记》卷 116《西南夷列传》。
② 《史记》卷 129《货殖列传》。

处，处葭萌。唯卓氏曰："此地狭薄。吾闻汶山之下，沃野，下有蹲鸱，至死不饥。民工于市，易贾。"乃求远迁。致之临邛，大喜，即铁山鼓铸，运筹策，倾滇蜀之民，富至僮千人。田池射猎之乐，拟于人君。①

临邛有铁矿资源，卓氏利用铁矿资源炼铁，他还懂得管理和销售，结果他的产品行销滇蜀，最后达到雇佣上千人进行生产的规模。因为他富裕了，拥有园林、猎场，过着君主一般的奢华生活。卓氏致富，靠的是优质资源和丰富的廉价劳动力，但这一切能够得到开发利用，离不开便捷的交通路线和商业流通。

这个例子是在秦国末年，即公元前221年前后。尽管汉朝把行政区扩展到今天的云南要更晚，但从这条记录来看，在此之前已存在连接云南与四川的交通网络。交通路线的开辟和维持都需要利益驱动，这样的交通路线才有社会意义。丝绸之路为什么能够一直繁荣？是利益在背后驱动，但它的驱动力是外来的，不是内生的。中国一直到清朝晚期还不主动开放，一个原因就是认为自己完全可以自给自足，不需要依靠外面，也没有意识到自己的商品可以进行流通，应该到外面去贸易。但西南与中国大多数地方不同，是个异数。什么原因呢？这就是历史交通地理研究所要涉及的问题。

历史交通地理涉及的因素

交通地理不是简单研究交通路线，还要研究这些交通路线、交通工具、交通制度，它出现、发展或者消亡的原因，以及整个交通运输网络。

第一，交通工具，包括人力、畜力、车、船。交通工具是与特殊的地理环境相适应的，中国自古就有"南船北马"之说，南方河流多，水

---

① 《史记》卷129《货殖列传》。

量充足,航运方便,所以主要用船;北方没有河流,或者只有水量少的河、季节性的河,就用马。但是,在西南要考虑特殊需要的车船,一些特殊的交通工具,人力、畜力也是不同的。比如有些马适合骑、奔跑,有些马适合拉车,适合负载。人生活的环境不同,在交通运输上发挥的作用也不同。因此,历史交通地理就要研究当时的、当地的交通工具。

第二,交通设施,包括道路、桥梁、津渡、隧道等。交通设施是经过人工改造、制造的。比如道路,有天然的道路,但是,能够常年通行、满足较长距离通行的道路一般都需要加工或维护,行车的道路还需要人工开辟或利用天然地形改造。而且不同时期、不同的交通工具对道路的要求不同。要找古代的交通路线,就找现存最早的公路。因为最早的公路基本上是把原来的官道、大道改造一下拿来使用。在一定的生产力条件下,交通设施既要适合当时需求,也无法超出当时生产力所能提供的范围,如渡口、浮桥、隧道等。喜欢书法的都知道有一本字帖《石门颂》,所谓石门,是东汉在今天汉中附近山上开凿的一条隧道,这是我们找到有确切证据的中国第一条用于交通的人工隧道,现在已淹没在水库底下。除此之外,还有一些特殊的交通设施以及交通附属设施,比如道路桥梁旁边休息的地方、沿途的旅馆和餐饮。张骞第二次出使西域,因为要携带金币、帛(丝绸)等礼品,汉武帝给他派了300名随员,每个人准备2匹马。因为这条路沿途没有后勤保障,他们要带上自己生存、生活所必需的粮食、饲料、衣物、卧具、炊具等,有时连水都得带。在这种情况下,无论是人还是牲口,有效负载率,即能够携带的商品、物资量是很有限的。但是到了清朝,比如说林则徐从西安到伊犁一路都有驿站,几乎每天都是住旅馆,有吃饭、喝水、休息的地方,除了个人日常用品外不必自带什么东西。同样一条道路,在不同情况下,运输量就能大大提高。比如秦始皇要把粮食从今天的山东运到内蒙古河套,有效的运输率是六十分之一,60石粮食从山东运到目的地,只能留下1石,其他59石是背夫来回路上的食物。从这个角度看,在公元前2世纪或更早要把蜀地的布、竹杖、果酱运到远方,不仅仅要有交通路线，而且沿途已有了一些辅助设施。否则，一个人从四川出去贸易，沿途没有食宿供应，生活必需品得自己带，那他还能携带多少货物？这些货物的运费得多少？怎么还能卖到印度，印度再卖到今天阿富汗，而且还有利可图呢？

第三，交通路线，包括陆路、水路、海路，现存的、新辟的，天然的、人工的。西南地区要穿越横断山等山脉，到现在修路的难度都是很大的。可以想象，古代西南地区交通路线的开辟是何等艰险。在古代文献很少的情况下，有一个研究途径是比较好的，西南交通路线经过的很多地方，直到近代，甚至改革开放才开始开发的，一些古代的遗迹、遗址还保存得相对完整。通过实地考察，多少可以弥补文献的空白或不足。古代西南的交通路线研究，还应重视水路的复原。西南地区的河流流向正好与当地对外交通的方向一致，是重要的交通路线。

第四，交通制度与相关制度，包括驿、传、关、禁、税等。前面举过商品流通的例子，蜀地在长安的商人回答唐蒙时用了一个"窃"字。这就是说，按当时制度，枸酱作为蜀地的特产，不准销往属于境外的南越。中国历代都会在某些交通要道设关、禁、卡等，一方面是出于治安或军事的需要，另一方面是为了控制重要物资的流通，或者征收税费。至于驿、传，一般只供官用、公用，不供民用、商用，即使向民用、商用开放，也是以保证官用、公用为前提的。秦始皇时期就开始修连接首都至全国主要地点的驰道、驿道，陆续在各地设驿站。到了清朝，从北京出发的交通网已经辐射到全国各地，主要的干线上都有了驿站。大的驿站不但可以给过往的官员提供食宿，还可以提供车马等交通工具或者服务人员，甚至还发出差津贴。按照制度，这些驿站只能供过往官员、公差使用，并且按不同级别、身份、公务的性质配备不同的交通工具和生活待遇。本来这是国家治理、政令上通下达的保障措施，但在制度腐败的情况下，却会成为弊端，不仅加重财政负担，还影响行政效率。明朝徐霞客的旅行，就利用了明朝驿站制度的腐败。他不是官员，也没有科举身份，是没有资格享受驿站接待的，但凭着他的名气或关系却照样享受。以前我们说徐霞客旅行时都是自己走的，其实他经常住驿站，还要求驿站派轿子抬他，派民夫作向导。有时山路太险了，民夫不肯走，他还把人家绑起来鞭打，这些都记在他日记中。

现在有人研究大运河，和研究丝绸之路一样，完全是凭想象，说大运河是多么方便运输和人员来往。他不知道大运河首先要保证国家漕运，在没有完成粮食运输任务以前，是不许商人、私人的船使用运河的，运粮船夹带私货也犯法。所以好的交通制度会促进交通发展，有利于国计民生。而坏的制度或者腐败，非但影响交通，甚至导致国力衰弱。明朝的驿站制度，到了后期越来越腐败，耗费越来越大，成为国家的沉重负担，而正常的公务交通却无法保证。最后崇祯皇帝把驿站废除了，但此举又带来正常的出差、公文传递无法保障的麻烦；大批驿卒也被裁撤，其中就有后来的农民起义军领袖李自成。

交通制度的影响非常大，有些战争成败就出在交通的供应保障上。为什么西藏容易被帝国主义国家搞分裂，一个重要原因就是中央政府和西藏之间的联系，特别是人员往来非常困难。1951年毛主席派张经武将军作为中央代表去拉萨，怎么送他去成了大问题。因为，清末民国时期中央政府派人去西藏，最方便的路线是先到广州，坐船到香港，再坐船到新加坡，然后坐船穿过马六甲海峡，渡过印度洋到加尔各答，从加尔各答坐火车，再改坐汽车、骑马，才能到拉萨，这是最有保证的、安全的路线。而走其他路线很可能走不通，或者第二年都到不了，甚至人都下落不明。那时我们还没有飞西藏的民航，还得包印度的飞机，我国民航是20世纪60年代才开通到拉萨的航线。

第五，人流，包括本地居民、外来人员，日常经行，偶然经过，求生型迁移，发展型迁移，商贩，行政人员，军事人员，宗教徒，等等。不同的人流导致不同的结果，产生不同的影响。有时虽然是偶然的，但或许就能发现一条最好的交通路线。当初在向欧洲大陆发展受限的情况下，荷兰、葡萄牙、西班牙、英国，特别是前三国，迫切寻求对外发展扩张的新路线，涌现了哥伦布、达·伽马、麦哲伦等人。他们对人类的交通做出了巨大贡献，尽管其目的是殖民扩张。

第六，物流，包括商品（食物、日用品、奢侈品、原材料、特产）、行政调拨用品（贡品、军事用品、特殊用品）。历史地理要注意不同时间段的变化，比如，杨贵妃吃的荔枝，就有两种说法，一种是从岭南运过去，一种是从四川运过去。现代人也许觉得吃荔枝是很平常的事，可唐朝没有保鲜技术，没有快速运输，吃荔枝就成为一种超级奢侈，要动用很多人力物力的事。所以，同样的物流在不同的情况下是不一样的。又比如，行政调拨的贡品，有些贡品不是当地物产，当地为了完成这个任务，就要去外地采购。这是行政命令，不计代价的。这不是正常的物流，换成商人就不会这样做。还有军事用品，有时也是不惜代价。所以，这样的物流需要看清作用，有的代表了当时的正常流通，有的是不正常的，有的给本地带来利益，有的是给本地带来负担。

第七，起始地与腹地。有的交通线有腹地，有的没有腹地。比如翻过一座大山，要走 5 天，这条交通路线沿途所经就不能成为腹地。相反，如果穿越一个平原，哪怕这个平原上的线路只有 10 千米，这 10 千米的周边范围就很有可能成为物资流通的腹地。

第八，影响地与连接地。有的交通路线，从古代到今天，本身没有什么变化，但为何有时繁荣有时衰败，甚至废弃？这不是路本身的问题，而是路的连接点或腹地出现了变化。我们知道是秦始皇开辟灵渠，连接了湘江水系和漓江水系。但可能不知道的是，到了唐朝灵渠就已经基本废弃，甚至唐朝的史料已经讲不清楚灵渠到底是怎么来的。秦始皇修灵渠是为解决大军征服岭南的运粮问题。但是，从湘江水系溯流而上到达灵渠，在没有机械动力的情况下，是靠人力拉的。军队打仗的特殊情况下需要大量粮食，不得不这样做，可以不讲成本。正常情况下，湖南没有必要把粮食通过湘江溯流而上运到那里，而广西漓江流域也不需要由湖南运粮食过去。所以秦朝以后，这条历史上重要的、伟大的人工渠道逐渐废弃。

又如交通工具、交通路线。秦始皇统一后有一个重要的措施是"车同轨"。现在我们建设"一带一路"就遇到"车不同轨"的麻烦，苏联解体后独立的国家和蒙古使用宽轨，而中国、欧洲用标准轨，最早从重庆开出的"渝新欧"列车，经阿拉山口入中亚，最后到欧洲。列车从中国进入哈萨克斯坦,以及从白俄罗斯或其他在苏联解体后独立的国家进入欧洲要有两次变轨。这时只能将集装箱全部卸下再装上对方的列车。如果遇到集装箱不是一个规格,还得将箱内货物取出重新装箱,增加人力物力和时间;而且如果返程列车接不到货,就只能空车返回。

中国现在建设"一带一路",近期目标是形成"利益共同体",长期目标是建设"人类命运共同体"。在张骞通西域之前,为什么在没有官方批准或支持的情况下,四川人就能将蜀布、邛竹杖这些商品远销印度,并能继续销到大夏?就是因为四川人是主动的,但同时也得到了印度的配合和大夏的欢迎,实际上形成了一个利益共同体,三方面都有利可图。

西南历史交通地理研究意义很大,但难度不小。早期的文献资料不多,除了前面提到的几条,《华阳国志》还有一点,其他材料就比较晚。地方史、地方志中的材料都很晚,元朝以前的屈指可数,《蛮书》里面也有一些。弥补的办法是实地考察,通过科学手段,包括大数据处理、地理信息系统,还有根据现在的科学原理来复原、评估,尽管这样还可能留下一些空白,但都是很正常的。人类对历史的重构,包括历史地理的研究,不可能把所有空白都填补掉。

《南方丝绸之路研究丛书》① 序

早期人类不具备生产能力，只能收集利用力所能及的生活资源。在一个区域的资源耗尽或无法满足人口数量增加的需求时，只能以迁移为获得新资源或更多资源的主要手段。少数人与生俱来的好奇心也驱使他们并引导更多的人走得更远，自觉或不自觉地扩大了生存和发展的空间。人类正是这样，从东非等几个主要发源地扩散、迁移和分布到世界各地。

在这一漫长的岁月里，人类从利用天然条件到开辟交通路线，发明和制造交通工具和设施，逐步扩大交通运输的规模，提高交通运输的效率，保证了迁移过程中人流和物流需求，并将其应用于定居的群体之间。可以毫不夸张地说，人类的历史是从迁移开始的，而交通运输的条件不可或缺，经常起着不可替代的作用。

交通运输离不开陆上的道路和水上的航路。在一个四周开放、内部地形地貌变化不大的区域内，人们很容易利用天然条件开辟和维护道路，并且有多种选择。但在一个相对封闭、内部地形地貌复杂的区域内，一般不存在天然的交通条件，人们必须为开辟和维护道路付出巨大的代价，对道路的走向和状况往往无法做出自主选择。特别是在与外界存在难以逾越的地理障碍的情况下，能否建成并维护突破这类障碍的道路，就是一个地域生存与发展的决定性因素。

在探究中华文明能够长期延续、中国历史没有中断的原因时，地理

---

① 李昆声主编：《南方丝绸之路研究丛书》，安徽人民出版社，2022年版。

环境对古代人类的影响尚未受到应有的重视。实际上，在不具备机械交通手段的条件下，无论从哪一方向要突破中国与外界间的地理障碍——高山峻岭、戈壁荒漠、冰川冻土、青藏高原、横断山脉、热带丛林、深海大洋——都是相当艰难的，或者因代价太大而缺乏相应的利益驱动。正因为如此，连接中国与外界的道路对中国与世界的重要性不言而喻，也是"丝绸之路"一经李希霍芬发现和命名就备受重视的原因。到今天，丝绸之路已经成了古代中国与外界连接的道路的通名，而无论这条道路上的物流和人流是什么，都有了南方丝绸之路（或西南丝绸之路）、北方丝绸之路、草原丝绸之路、海上丝绸之路等几条得到广泛认同的主要交通路线。

李希霍芬将丝绸之路的形成时间确定在公元前2世纪，即张骞通西域时期，是因为张骞第二次出使将大批丝绸输送到西域，并且实际上开始了汉朝与西域间的丝绸贸易，但并不意味着这条道路是由张骞开通的，或者说在公元前2世纪之前不存在这条道路。张骞第一次出使就有胡人向导，从长安经匈奴到达大月氏走的都是现成的道路。考古学、人类学、生物学、地理学等大量研究成果证明，小麦栽培、黄牛和绵羊等家畜的饲养以及青铜冶炼技术等都源自西亚、中亚，逐渐向东传入黄河流域，证明这条道路早已存在。但迄今为止，我们还没有发现在公元前2世纪之前有过由中原向西域的主动传播，或有人从黄河流域向西开辟道路的证据。有人曾列举《山海经》《穆天子传》中的记载为证，但这些资料至多反映了中原人对西部某些地理知识的了解，却无法证明中原人的足迹已经涉及这些地方，更不能复原出一条由东向西的交通路线。

但《史记·大宛列传》的记载证明在公元前2世纪张骞通西域之前，西南就存在着一条从蜀（今四川）出发，经身毒（今印度）到达大夏（今阿富汗及其以西地）的交通路线：

（张）骞曰："臣在大夏时，见邛竹杖、蜀布。问曰：'安得此？'大夏国人曰：'吾贾人往市之身毒。身毒在大夏东南可数千里。'"①

值得注意的是，邛竹杖、蜀布并不是特别贵重的商品或稀有罕见的物品，要将这样的商品长途贩运，并且还有被再长途贩运的价值，只能证明这一条交通路线已经相当成熟有效，这些商品已具有一定规模。因此这条道路应该存在已久，早于公元前 2 世纪，开辟和维护的动力出于蜀地人商品输出的需要。

《史记·西南夷列传》中还记载了另一条路线：

> 南越食（唐）蒙蜀枸酱，蒙问所从来，曰："道西北牂柯，牂柯江广数里，出番禺城下。"蒙归至长安，问蜀贾人，贾人曰："独蜀出枸酱，多持窃出市夜郎。……"②

唐蒙在番禺（今广州）吃到的枸酱是蜀地的特产，它被运至夜郎（在今贵州），再通过珠江水系运到下游的番禺。同样值得注意的是，枸酱是用水果加工的，在没有现代保存技术和快速运输手段的条件下，却能保证食品美味安全，除了蜀人的制作和保存技术外，离不开水陆联运形成的便捷物流体系。这条路线显然也是蜀人主动开辟和维护的，时间也在公元前 2 世纪之前。

这两个例子可以证明，由李希霍芬发现并命名的这条典型的丝绸之路，尽管客观上是因公元前 2 世纪张骞通西域而实际形成的，却并非出于汉朝的主动，也不是更早的中原人开辟的，但今天被泛称为南方丝绸之路的由西南通向外界的交通路线，却是由本地人主动开辟的真正的贸易路线，时间也早于公元前 2 世纪。

对南方丝绸之路进行研究的意义不言而喻，但困难之大也在意料之中。这两段文字背后隐藏了太多的秘密，即使用现代科学技术与学术研

---

① 《史记》卷 123《大宛列传》。
② 《史记》卷 116《西南夷列传》。

究的成果也还难以解释。一条古老的交通路线的开辟和维护，涉及当时的自然地理和人文地理环境，还几乎涉及自然界和人类社会各个方面。但迄今为止，我们还没有发现当时当地人自己的任何文字记录和直接证据，也无法从这两段文字再往前追溯。而自然界留下的痕迹也相当有限，并且难以精确地定性或定量。即使在公元前2世纪后，或在文字记录产生后，仅仅根据直接和间接的史料也不足以复原南方丝绸之路及沿路地区的历史自然地理和人文地理的真相。而要全面深入研究这个重要的交通路线系统，就不仅要复原或重构这一路线系统本身，还要考察和研究它所连接和经过的空间和存在的时间，在此空间和时间范围内的自然、社会和人文状况，这一路线上的物流和人流的来源和去向，由此产生的直接和间接的影响。实际上，这需要对这一巨大的空间、漫长的时间做全面的历史和历史地理研究。

云南的几位学者就是这样做的，他们在老一代学者的基础上，孜孜不倦地探索了二三十年，由李昆声教授主编的这套《南方丝绸之路研究丛书》首批四卷就是已有成果的汇编。陆韧教授和朱映占、王万平、刘西诺、何兆阳、张晗等几位中青年学者分别对这一区域的历史地理、考古、民族、民俗做了扎实、细致、深入的考察、研究和论述，很大程度上弥补了文献资料和直接证据的不足，使这项研究达到新的高度。

总的来说，对南方丝绸之路的研究尚属开端，因此在这4本著作问世之际，我们有理由期待这套丛书有更多新著，更有理由期待几位作者的新成果。

2018年8月

海上丝绸之路和海洋利益共同体①

我今天讲的题目是"海上丝绸之路和海洋利益共同体"。我选择讲这个题目，通过这个题目来看中国与世界的关系，看这个变局我们中国应该怎么来应对。我想这个前提是我们应该了解真实的历史。

各位一定看到，中央提出"一带一路"倡议到现在，关于"一带"我们已经有不少研究、论证、方案，我们也有很多措施。但是关于"一路"，也就是"21世纪海上丝绸之路"，我们好像没有什么具体的举措。而且大家都觉得这个概念还比较模糊，到底是什么？我想主要是两个方面的原因：一个是我们并没有真正了解历史上海上丝绸之路的具体内容；另一个是我们关于海洋的很多观念并不符合我们面临的实际。

首先我们讲海洋。现在流行那么一种观念，海洋是人类文明的高级阶段，一度要把我们中国古代的文明看成黄色文明，把西方、欧美的文明说成海洋文明，是蓝色文明，好像黄色文明代表了落后，而海洋文明、蓝色文明代表了先进。其实这里我们忽略了一个问题：西方的海洋观念是在什么情况下、在什么地理背景下形成的呢？是在地中海、环地中海形成的海洋观念。但是在地中海、环地中海地带形成的海洋观念，是不是适合全球，适不适合中国，是不是能够放之四海而皆准？不是，因为地中海是一个非常特殊的海洋，也就是说它在地球上面是一个比较

---

① 2020年4月21日下午为上海财经大学商学院金融家俱乐部所作线上讲座的记录稿。

特殊的个案，是否有普遍性呢？我们可以做个比较。

地中海及其沿岸地区有什么特征呢？第一，地中海是一个基本封闭的内海，它周围都是陆地，封闭的。有两个很小的口子，一个是西面的直布罗陀海峡，一个是东面的土耳其那里的博斯普鲁斯海峡和达达尼尔海峡。除了这些海峡，当然还要加上人工开挖的苏伊士运河。地中海就是一个封闭的海，这是它一个特点。

第二个特点，在地中海中间还有众多岛屿、半岛和海湾。意大利亚平宁半岛就伸到地中海中间，还有巴尔干半岛、西西里岛、克里特岛、马耳他岛、科西嘉岛，以及希腊周围那些个岛，星罗棋布，而且形成了很多天然的海湾。这两个特点在古代非常重要，甚至是决定性的。我们知道工业化以前，还没有机器动力的船，也没有导航设备，在这么一个封闭的内海，而且中间又有那么多半岛、岛屿、海湾，所以古代航海在地中海是最安全、最有效的。你从上海出去就是太平洋，事实证明在工业化以前，在大航海以前，人类是没有办法自如来往于太平洋，来往于那些大海大洋的。但是地中海呢，因为周围都是封闭的，比较安全，就是出了什么事故，船还是可以就近靠岸或者到达彼岸，而且实际上在地中海航行没有必要从这头走到那头，中间有很多岛屿可以过渡，可以停泊，还有很多海湾可以临时停泊。为什么在古代地中海的航行那么发达，那是因为有这些条件。其他地方有这个条件吗？你看我们中国尽管有那么长的海岸线，有几个地方有这样的条件？唯一的一个地方就是渤海湾，相对比较接近这样的条件。

但是它还有第三个条件、第四个条件，这是其他海洋所不具备的。海上航线的绝对距离不远，因为可以通过一个个岛、半岛过渡。地中海周围是发达的多元的文明，群星灿烂，两河流域、埃及、希腊、罗马、小亚细亚的文明，都是人类灿烂的文明，可以说人类古代最发达的文明都集中在地中海的周围。我们讲的四大文明之一印度，它主要的人种是雅利安人，欧洲过来的。它的文明早期都是希腊过来的。只有美洲的玛雅文明，还有我们中国的中华文明，现在还没有找到直接从地中海那边传过来的证据，但是其他文明都集中在地中海周围，交相辉映，相互影响。这个特点是世界上其他任何海都没有的。

地中海周围经济文化发达的地方都集中在沿海，像埃及，它主要集中在尼罗河三角洲。我曾经从直布罗陀海峡沿着海岸一直走到埃及，我们发现稍微往内陆一点的地方就是沙漠，就是一片荒原。城市、橄榄树、农庄，都集中在地中海的沿岸。欧洲也是这样，像意大利、希腊，内陆往往就是山、高原、丘陵，或者荒山，少量平原都集中在沿海。

这些条件决定了在地中海沿岸线周围形成了一个非常发达的经济文化地带，这些地方从沿海到内陆距离不是很远，所以这个发达的地带也可以影响到内陆。当时海上绝对是最方便、有利的交通路线，比如从埃及到希腊、罗马，如果在陆地上走，不知道什么时候到得了，甚至根本不可能，在海上就很方便。不同的文明，不同的民族，不同的国家，无论是文明地进行交流，还是野蛮地进行战争征服，是经商还是掠夺，都可以通过海洋，海洋提供了最便利的条件。

地中海是一个独立的海洋单元，以它为基地，这里的文明与其他海洋的文明基本上是隔绝的。在大航海以前，欧洲的航行主要在地中海里。阿拉伯人、波斯人中世纪已经航海到亚洲来，而地中海文明基本上就在自己的小环境里。现在世界上主要的海洋观念，欧洲的海洋观，就是在地中海这样一个特殊的地理背景下形成的。所以他们认为海洋代表了文明，代表了希望，代表了财富，代表了开放。当年黑格尔认为海边的人一般都心胸开阔、目光远大，马克思也赞成这个观点。这个海是指什么海呢？地中海。如果是中国的海，在古代，在海边哪里接触得到外来文明呢？连外地人都见不到，那里的人能够心胸开阔吗？能够目光远大吗？海洋给地中海周围的人提供的条件，其他地方的海洋是没有的。我前面讲到中国唯一跟地中海有点相像的就是渤海湾，辽东和山东之间距离很近，有一定的封闭性。但是渤海湾周围有没有发达的文明呢？有没有对中国这一边的人产生吸引力呢？没有。长期以来在渤海湾，我们中国这一边是中国文明比较发达的地方，但是那一边呢？出了渤海湾，就是朝鲜半岛，如果再远一点到日本，长期总体上不如中国发达，所以中国对他们有吸引力，他们对中国这边没有什么吸引力。而地中海的互相吸引力是全方位的。

今天硬是把西方人在地中海这样特殊环境里形成的海洋观，随便用到世界各地，用到我们中国来，这是讲不通的。在地图上看看就更明白。把中国跟它对比，在周朝的时候，比较发达的地方集中在黄河中下游地区。而沿海呢？并没有什么太发达的文化或者比较强大的诸侯国。至于海外面呢？虽然中国海岸线很长，但是在当时航海可及的条件下，最多到日本，到朝鲜。再远呢？除非是偶然的机会。我们现在有些人老是说中国人几千年前到了美洲，但到目前为止没有找到很确切的证据。有的人说一万多年以前通过白令海峡，那时白令海峡结冰，人可以步行通过。一万多年前，我们五千年的文明产生了吗？这有什么意义呢？属于中国的文明史吗？一点关系都没有。而且这样的条件，等白令海峡的冰化了也就不存在了。就算几千年前到了美洲，请问这些人回来过吗？这叫交流吗？实际上中国的海岸线在大航海以前，在人类具备现代航海技术和条件以前，对远的地方是起不了作用的。

在中国周围能够相对自由往来的地方，有没有超过中国本身水平的发达文明呢？或者中国人有什么理由必须要去这些地方呢？没有。一直到大航海时代，到明朝中期的时候，还没有大的改变。到明朝中期，中国外面比较有影响的事，就是西方有些传教士来了，包括利玛窦，带进一些新的知识，跟中国不同的文化。以前包括佛教在内的外来文化都是通过陆路进来的，而他们是从海上过来的。其实当时还不是跨越大洋，是沿着海岸线航行，先到了澳门，从澳门再进入中国内地。在明治维新以前，日本、朝鲜对中国并不是很有吸引力的。总而言之，我们可以看到，认识海洋、海洋观念一定要从具体的背景出发，不能硬套西方流行的海洋观念，也不能把工业化以后、大航海以后，现代的海洋观念随便用在古代。

中国的历史，中国的古代文化，为什么是内聚性的发展呢？西方人比较早地产生海洋观念，但是中国的观念一直是中国为中心，是天圆地方这样的一个概念。历史上无论是曾经出现认识所在空间的所谓盖天说还是浑天说，基础都是天圆地方。浑天说是比较先进的，认为整个地球跟周围的结构就像个鸡蛋,蛋黄浮在那里,周围被水汽包围。可是这个说法没有进一步发展下去。而占压倒优势的还是认为上面是天,下面是地,海洋在地的周围,地是被海洋包围起来的,所以到了海边就穷尽了,是天涯了。为什么认为地是方的呢?中国人很早就有了方位感,定下来东、南、西、北四方。既然有四方,地肯定是方的,否则怎么可以从东过渡到南,怎么过渡呢?所以地肯定是方的。

因为有了这样的观念,人们长期认为中国的最高统治者就是天下的最高统治者。一直有句话,"普天之下,莫非王土",所有的土都是王的。秦始皇开始叫皇帝,普天之下都是皇帝的。在这个观念下,对境外那些地方,不是说你不该是皇帝的,而是说你们太野蛮落后,还不配皇帝管你们。这个观念长期影响了中国对外界的认识,中国认为自己是天下的中心、最发达的地方,在华夏的各族就属于"夏",而周围的人都是"夷"。这个观念从孔子的时代就很强调,强调"夷夏之辨",要分清楚是"夏"还是"夷"。不是两个平等的种族,一个文明,一个野蛮,这条界线必须分清。以后"华夏"概念扩大到所有华夏各族,包括被汉化了的非华夏族,"夷"的概念也扩大到中国以外绝大多数民族。当初英国、法国、美国侵略中国,进入中国的时候,尽管一再被他们打败,但是观念上这些人都是"夷"。第二次鸦片战争清朝又被打败了,与英国、法国签订的条约中居然还有这么一条:今后不能称英国、法国为英夷、法夷,要称大英国、大法国,对方称清朝为大清国,大家平等。因为清朝尽管一再被打败,但是观念上还是认为对方落后野蛮,属于"夷"。在国内也是这样,认为华夏各族是"华",少数民族是"夷",要等到他们开化了、进步了,才能够承认他们也是"华"的一部分。这个观念长期存在,跟所处的地理环境有关,与地中海环境不能比。如果"华夏"比较早就能够面对总体上与自己不相上下的文明,或者面对多元的外来文明,恐怕这个观念不一定能够长期延续下来。

古代中国人把海洋看成土地的边缘、尽头,到了海边就是穷途末路,就完了,不像地中海周围的人到了海边就看到了希望、财富。天涯海角,我们现在讲得很浪漫,其实古代的意思就是走到边缘了,到尽头了，当然不是好事。而陆地呢？陆地的中心，四海之内，天下之中，这才是最发达、最文明的地方。

海洋有什么用呢？在中国古代，特别是在工业化以前，海洋对中国人来讲只是鱼盐之利，海里产盐，可以打鱼，就这两样而已。这两样当然有它的局限性。盐虽然非常重要，是人不可或缺的，但是如果不考虑工业用盐，盐只作为生活用品的话，那盐的需要量就是一个常数，基本上与人口数量成正比，不可能也没有必要超量生产。那鱼呢？在还没有形成食物冷冻链的条件下，利用价值很低。以前我们在上海，咸鱼、海里的鱼都是最便宜的，一到差不多现在这个季节（春夏之交），到了下午，上海菜场上一毛钱、五分钱可以买一大堆小黄鱼，因为再不卖掉就臭了。古代更是这样，古语讲，"入芝兰之室，久而不闻其香"，"入鲍鱼之肆，久而不闻其臭"。鲍鱼是臭鱼的代表。《史记》记载，秦始皇是死在旅途的，当时为了安全，要保密，加紧往咸阳赶，回到首都才能公布消息。因为天气热，他的尸体发臭了。怎么继续保密呢？随行的大臣下令，每一辆车带上一筐咸鱼，咸鱼的臭味与尸体臭味混杂在一起。可见当时的咸鱼散发出尸臭味很正常，这样的鱼有多少利用价值？

中国古代对海洋不重视，是很正常的。海洋有什么用？第一，中国不需要远航，不能够远航。第二，海洋能提供的不过是鱼盐之利，而自己处于天下之中，有比较发达的农业，"天朝无所不有，无须仰赖外人"。的确在农业社会，中国的土地足够生产出养活自己人口的粮食和基本的物资，再加上传统的儒家文化提倡一种比较简单的生活，要讲艰苦朴素，以农为本，商业为末。这样就长期形成这种观念：天朝什么都有，不需要依靠外人。而且也不看重"奇技淫巧"，把工艺、技术，还有新的发明、科学，当作奇奇怪怪的小玩意，并不见得有利于人的身心健康，都不稀罕。这并不是归咎于哪一个人，而是在这样的环境下，是很正常的一种因果关系。中国的历史文化长期是内聚性发展的，譬如说佛教是外来的，好多物质、精神是外来的，但是主要是通过陆路来，而不是通过海上。不会因为有这些就提高人们对海洋的需求度，或者对海洋的重视。

比较了两种海洋观念，比较了中国与地中海周围那些民族、国家、文化、历史的背景以后，我们来看人类与海洋究竟是什么关系。海洋对人类究竟有什么意义？我想无非是这几个方面：第一是作为资源的海洋。刚才说中国古代认为海洋只有鱼盐之利，其实西方也一样，日本、朝鲜都一样，因为在工业化以前，海洋中人类所需要的资源还不能直接利用，都是工业化以后才能利用的。工业化以前只有鱼盐之利，北欧国家、地中海周围国家，当时能利用的也不过是鱼盐之利。但是工业化以后，到了现代，可以利用的东西就很多了。比如说同样是盐，以前只利用食盐，实际上工业用盐好多是从海水中获得的。到了近代，海底下的石油、天然气都能开采了，而且越采越深。现在人类在探索，中国已经在做试验，海洋有多金属结核（锰结核），未来好多金属可以在海洋中提炼。水把陆地上的金属成分长年累月带到海里，在海里富集结晶，这是今后可以利用的。最近这几年我国宣布在海里找到了可燃冰。当然陆地上也有，但是海洋里更多。而且就在广州附近的海里找到了比较有开采价值的可燃冰。现在科学家有个估计，地球上很多贵金属，将来几乎都可以在海里找到。一方面是长年累月水把陆地上这些东西带到海里，另一方面是海洋占了地球面积的大部分，很多资源还埋在海底下。

这些资源怎么利用呢？已经找到了多金属结核，为什么现在不利用它呢？这取决于成本。比如海洋的石油、天然气，到现在为止开采的成本还比陆地高得多。另外，勘探的过程要靠风险投资，现有的技术还不能百分之百有把握，风险很大，投入很高。所以工业化以后对海洋的利用虽然不限于鱼盐之利，但是取决于成本。如果海洋能够获得的资源陆地上也有，成本比它低，那么就没有必要先利用海洋的，除非有特殊的原因，比如出于战略考虑。

第二是作为航运介质的海洋。这一点起的作用更大更多。地中海早期的发达靠什么呢？不是鱼盐之利，也不是提前获得了海洋资源，而是通过海洋运载船舶。海洋只是一种介质、媒介，就像今天陆上运输离不开道路一样，海上运输就是离不开海洋。这取决于航海的目的、工具和代价。我们今天讲海上丝绸之路，主要的原因就是今天海运还是最便宜的。就是这个道理,没有其他什么道理。到现在为止,全世界贸易的货物,70%以上是通过海运的。现在集装箱船越造越大,就是因为成本低。但如果你没有航海的必要,没有海运的必要,海洋这个优势对你来讲就没有任何意义。中国古代需要外贸吗?"天朝无所不有,无须仰赖外人",当然就不需要海洋。对于阿拉伯人、波斯人、东南亚国家来说,需要到中国来贸易的,海洋就是必不可少的宝贵资源。

有人老是批评中国古代不重视海防,不守卫海洋,本身没有外来威胁,搞什么海防?西方也是这样的,西方为什么特别重视海防,它有来自海上的威胁。譬如布匿战争,腓尼基人跟罗马人隔着海打仗,最后罗马人跨过地中海把它灭了。在这个过程中双方当然要做海防。中国历史上到了明朝时候才开始受到日本海上的威胁,而且明朝中期那些"倭寇",其实基本上不是日本人打进来,而是明朝的武装走私集团雇佣了日本人来对付自己的政府。现在我们看到沿海的古代军事设施,就是明朝才开始建的。如果说海上根本没有威胁,造什么炮台?西方国家为什么重视航海,有它具体的目的。谁也不会做亏本买卖,航海能带来财富,能够便利贸易,才会发展。为什么航海?无论是军事上的还是经济上的,都要有一个正当的目的。还要看航海的工具、航海的代价。现在我们有一些特殊用途的船,造价很高,但是它是有价值的。譬如我们现在用的天然气,以前都是从管道进来的,但是管道建设成本很高,而且管道往往有它的局限。现在采用液化天然气,体积小了,通过特殊的船运输。这种船造价高,技术也比较复杂。为什么要采用这种方式?取决于工具和代价的性价比,算下来还是合算的。我们从航运的角度看海洋,不应该是盲目的。有些地方处在内陆,海运对它来讲并不便宜,就不要赶这个时髦。现在建海上丝绸之路,它也要建,那没有必要,用不到。从第二个目的来讲,就是要从实际需求出发,讲到底无非是在航海的目的、拥有的工具和付出的代价之间,找到一个平衡点。

我们今天讲"一带一路",到底货物该走陆路,还是该走海路。不要因为中央重视什么,就不顾自己的实际情况。明明在沿海,或者离沿海不远,或者算下来海运成本比陆路便宜得多,却非要舍近就远,舍廉就贵，一定要走陆路，一定要走中欧班列，把它作为一个政治工程来建。我知道好多列车现在都在亏本。相反地，海运的价格这几年一直在降，因为相对饱和。从海洋的航运角度讲，当然要尽量利用它好的性价比。这方面专家都在预测，未来海运在整个物流体系中的比重还会提高，也就是说将来更多的货物要走海上。而且从生态环境来讲，海运更加绿色，更加环保，有更多的发展余地。相反，陆上、航空，再要提高效率很困难，成本只会越来越高。比如说如果环保这条线收紧，碳排放限紧的话，欧洲不是提出进入的飞机要收碳税了吗？而海上的优势还会长期存在。至于说到利用海运作为军事手段，也要从实际出发，讲到底还是一个成本与收益的关系。有些军事手段在陆上发展更容易或者更有效，那就没有必要改到海上。海上、陆上、空中，各有自己的优势，各有自己适用的范围。

第三是作为文化传播的海洋，可以说是随着人流而改变的，到了现代社会，作用越来越小。今天海洋对传播文化基本上已没有作用了。我们一讲到建设海上丝绸之路，有些专家就提出要利用海上丝绸之路传播文化，我不知道他们有没有基本的常识。文化最主要通过人传播，特殊情况下可以通过物，现在还要通过海运吗？当初在还没有其他传播手段时，跨国之间只能通过海上联系，海上的确是传播文化的主要途径，有的甚至是唯一的途径。传播文化的是人，不是海洋。海洋的作用还是我前面讲的作用，不过是一个航运的介质，一个媒体，是因为人必须通过海上交流。民国时还没有跨洋的民航，中国到美国去留学的人，都是坐轮船走的，他们离得开海上吗？离不开。历史上文化的传播好多也通过海上，但不是说文化本身，而是说那些传播文化的人通过海上来交流。像当年到中国来的传教士，大多数都是海上来的。陆上来的也有，但是少数。佛教传入中国有一条路线也是海上。民国时上海引领中国时尚，美国有什么新的电影，英国有什么新的时尚，一个月以后就到上海了。为什么要一个月？因为那时候开始没有航空，无论是演员、书报杂志，还是一张唱片、一个电影胶片都要通过海上运来。像一些岛国，文化传播不通过海上怎么进去？但是当航空越来越发达，长距离的人员交流基本上都通过飞机，或者通过陆上的汽车、火车。特别是有了电视、电影，现在有了互联网，海洋对文化传播基本上已经没有作用了。

今天中国与外界进行文化交流，有几个人是坐着船走的？除非是比较近的距离，或特殊情况。我们承认历史上海洋对文化传播还是起过很大作用的，但是不要忘记，这也不是海洋本身或航海工具起的作用，而是利用它们的人起了作用。我们今天来看 21 世纪海上丝绸之路，就应该从这三个方面来看它的作用。

大家一定记得，国家三个部委发布"一带一路"的行动计划和路线图时，曾经说陆上是建设丝绸之路经济带，海上是建设 21 世纪海上丝绸之路，福建是它的出发地。看了这个提法，我就很怀疑，为什么要从福建出发呢？难道福建是最合适的地方吗？有一次我直接问一位领导，我说中国这么长的海岸线，为什么要以福建为出发地呢？为什么不能是上海、广州、深圳这些地方呢？从建设条件讲，福建无论是港口设施，还是跟其他地方的联系，即港口和它的腹地（没有大的腹地，它的目的地是哪里），有什么便利呢？如果是以台湾为目的地，台湾愿意不愿意？台湾的需求量有多大。台湾本身有高雄港，与福建有一种竞争的关系。有些目的是我们一厢情愿的，说福建要建海西经济区，与海东商量过没有？你建了他们就会过来吗？没有海东，有海西吗？结果怎么样？

那位领导没有直接回答我，但是他说了一句话，说中央对"一带一路"，并不是已经有了完整的计划，是要根据实际情况不断调整的。这话我听明白了，我想你们也能够听明白，这几年我们还提这个吗？不提了。海上丝绸之路该怎么建，另一方面到底是不是要限定一个出发地，或者重点出发地。根据前面我讲的这些，我想现在可以更加明白，海上丝绸之路主要的作用就在前面我讲的第二条，不过是利用了航海，海上丝绸之路的作用主要是航运，满足物流。从这个角度讲，我们今天讲海上丝绸之路并没有什么太直接的含义，简单一句话就是发展航运。而且它也有自己特定的适用范围，如果海运性价比比陆运高，就用海运。如果陆运，或者空运性价比比它高，就用陆运、空运，就是这么一个简单的事情。中国在这方面并没有什么历史性的优势，现在往往夸大历史上的所谓海上丝绸之路，甚至把这个发明权、主动权写成是中国的，这完全不符合历史事实，起了一种误导的作用。

历史上中国对海洋、航海没有什么需求，现在我们讲大航海前最发达的几个例子，唐朝、宋朝、元朝的泉州，有多少国家的船？船这么多，请问是中国主动出去，还是人家主动来的？我们查了史料，像唐朝后期，广州城里外国商人就超过十万。这个比例比今天广州的非洲人高得多，而且他们已经形成自己的社区。干什么的？做买卖。他们得利，通过海上。中国人有没有人出去？整个唐朝查不到什么人主动跑到海外去做买卖，因为唐朝没有这个需求。扬州、泉州的阿拉伯人、波斯人都是来做买卖的，是因为做买卖才长期待下来的，待下来以后还是做买卖。唐朝长安城里做买卖的人，那些商人就来自今天的费尔干纳盆地，今天哈萨克斯坦、乌兹别克斯坦那一代的人，因为他们陆路来方便。宋朝为了增加财政收入，容许百姓在海上贸易，但是严格规定只限于国内，不能跟朝鲜、日本做买卖，而且基本是沿海的贸易，不是什么外贸。因为认为没有必要做外贸，所以限制。元朝短时间内曾经开放真正的外贸。为什么元朝会这样做呢？蒙古人除了建元朝以外，还建了其他四大汗国，统治者都是叔侄、堂兄弟，都是一个家族的。今天中亚、西亚、东欧这些地方来往的话，海上方便。在自己的族群、友好政权之间做买卖，才有这个可能，但开放时间不是很长。

我们长期以来存在误解，现在讲的海上丝绸之路，中国古代根本没有这个概念。海上丝绸之路的概念是在 1980 年由日本学者正式提出的。如果一定要根据以什么物流为主来命名的话，古代也不应该简单叫丝绸之路，还应该是瓷器之路、茶叶之路。日本曾经提出要重建海上丝绸之路，不是为中国，而是自己有这个需求。到了 20 世纪六七十年代，日本经济已经很发达，但是日本的主要资源，包括石油、天然气，包括工业化所需要的 90% 以上的资源，都来自海外，都要通过海运，所以要借助历史上的这个概念。我们现在讲的海上丝绸之路，首先是在日本专家学者重视下，通过联合国教科文组织，组织了考察团，从波斯湾沿着印度洋一路过来，最后到了泉州，然后由这批专家、学者、媒体记者认定泉州是古代海上丝绸之路出发地。这个过程很清楚，你到泉州去，那个地方还竖了一块碑，当时参加的专家学者都签了名，里面好几个是日本人。联合国教科文组织有一段时间是日本人担任总干事，陆上、海上丝绸之路的申遗都是联合国教科文组织大力推动倡导的，现在还在推动海上丝绸之路申遗。不同的是，他们认为应该由沿海这些国家一起申遗，而不是由中国单独申遗，因为他们认为海上丝绸之路主要部分不在中国，中国不过是出发地，也是个终点。但是我们到现在还在自娱自乐，认为中国古代多发达，好像海上丝绸之路完全是我们主动的。

国家的中华文明探源工程已经公布了初步结论，其中有一条是，中国古代的小麦、黄牛、绵羊、青铜都是外来的，都是差不多四千年前从两河流域传播过来的。两河流域制成青铜比我们早，青铜是从那里传过来的。要说有一条丝绸之路，不是四千年、五千年前中国人有这个需求，而是外界要来推销这些商品，要传播，通过贸易、传播获得利益，是他们首先主动往东扩展的。我们以前讲张骞通西域，不是说张骞开通了到西域的路，而是张骞因为要执行外交、军事、政治的使命，要到那边去。张骞去了回来，把西域的情况报给汉武帝，使汉武帝产生了向西扩张的愿望，以后汉朝势力才扩展出去，不是说张骞修了路。从一个细节就看清楚，张骞第一次出使西域时带了一个匈奴人，干什么？当向导。而张骞带了一百多个人，有没有筑路工？不需要筑路，路早就存在了，否则哪需要什么向导呢？张骞是依靠向导，利用现成的路，经过匈奴又到了今天中亚、西亚，今天的阿富汗和伊朗一带。我们长期不从历史事实出发，用现在的概念自娱自乐，夸大了古代的开放发达。人的开放观念不是天然的，是周围环境造成的，无论是海上、陆上，古代中国都没有这样一个开放的观念。

正因为这样，我认为我们今天讲海上丝绸之路也好，讲未来也好，实际上应该是在讲一个利益共同体的概念，是怎么样通过海上丝绸之路形成一个利益共同体。如果做到这一点了，那么海上丝绸之路建设才算是成功了。从这个角度讲，我们应该从海洋的资源出发，合作研究，共享成果，共同开发，协商互利。海上丝绸之路如果只是航运，不过就是起到一个介质、媒体、物流的作用。如果真正形成利益共同体的话，主要就是海洋的资源怎么利用的问题。现在还可以加上一个，海洋的环境怎么样共同保护，这也是一个利益共同体基本的需求。

讲到建设利益共同体，就要处理好几个关系。海洋资源的利用，如果只是科学技术上的，那没有问题。大家合作研究，关键涉及利益。现在海上的一些油气资源，包括海洋的渔业资源，之所以没有办法有效地利用，就是因为存在利益之争，包括具体的经济利益，也包括国家利益。因为只要有国家，就总是国家利益至上，没有哪一个国家会首先考虑别国利益的，总是要追求国家利益的最大化。我们设身处地想想，如果对方国家领导人主动考虑你，那对方就是卖国了。所以国家跟国家之间出现利益之争，这很正常，而且是个永恒的主题，除非国家消亡了。国家消亡了，还有地域之争，也是出于利益。

对待利益之争最好的办法，就是协调好国家利益最大化与利益共享，这就是中央提出的"利益共同体"的概念。中国面临的海洋，如果要建设利益共同体的话，不是科学技术上的难题，而是利益。正是在这一带，利益共同体的建设有很大的障碍。一个是领土之争，比如钓鱼岛，科学家早就预测这一带可能有很大的油气田，现在主权都有争议。我们跟南海周边国家，如越南、菲律宾，都有争议，跟文莱、马来西亚、印度尼西亚也有争议。在争议的情况下，很多事情就不能做了。比如当初跟越南、菲律宾初步达成一个协议，就是大家联合开发。大家知道，邓小平在接见菲律宾总统阿基诺夫人时提这个话，"搁置争议、共同开发"。但到现在都没有做成。一方面我们坚决维护国家的主权，国家主权是不能放弃的；但是另一方面怎么掌握这个度，在主权争议没有解决的情况下，有没有可能合作。

北海油田发现以后，也曾经面临这个问题，离北海油田最近的几个国家有英国、荷兰、丹麦、挪威。北海并没有明确划定领海、公海，也有争议。最后他们达成的协议是共同开发，合理分配利益。挪威本来是北欧最穷的国家，因为从北海油田的开发中获得了利益，成为世界上人均最富的国家，长期都是每年人均 8 万美元。如果当初继续争议下去，或者诉诸武力，或者没有办法结成利益共同体而不开发，会有这个结果吗？有人说开发完了怎么办，开发完了还有什么争议呢？更没有争议了。海洋建设利益共同体，这个问题是一定要处理好的。两种倾向都要防止。一种倾向就是有人出卖国家利益。当年中国跟韩国谈判渔业协定时，就出了内奸，主持谈判的家伙最后被判刑，公布的理由是经济犯罪，据我所知就是被对方收买了。另外一种倾向是，讲国家利益最大化，超出了合适的度。利都让你得了，对方怎么会跟你合作呢？但是如果没有这样的利益共同体，不达到一个平衡，很多海洋资源是没有办法利用的。我们还是应该认真学习邓小平处理这些问题的基本思路，他的出发点，还有他睿智地掌握着这个度。要知道我们现在享有的成果，已经是能够争取到的比较好的结果。我们的最终目标是要建设"人类命运共同体"，如果没有共同的利益，怎么会有共同的命运呢？

第三方面，海洋文化。如果我们不是简单地把海上航运理解为海洋文化，那海洋文化这个概念就比较大了。应该承认像地中海周围那些地区，一些岛屿，一些海洋工业比较发达的地方，或者沿岸的海洋，滨海地区，以及受海洋影响为主的地区，存在海洋文化。在某一种文化中，海洋的因素起着重要的甚至是决定性的作用，这种文化可以称为海洋文化。现在讲海上丝绸之路的文化交流，不是说仅仅通过人利用海上的交通路线去传播我们的文化，或者简单的人际文化交流，而是在发展海上丝绸之路过程中，去认识、领略真正的海洋文化，或者通过海上丝绸之路传播我们的海洋文化。我们的海洋文化不是指古代，而是指今天。比如我们上海跟内陆比起来，在海洋文化上面当然有自己的特色，但还不是很强，因为长期以来海洋并不是上海文化中的主要因素。对海洋文化的交流与传播，我们不应一味强调自己的，而应该像习近平主席所讲的"文明互鉴"，像费孝通先生生前所讲的，"各美其美，美人之美"。比如太平洋上的一些岛国，那里的文化应该属于海洋文化，是不是就认为它只是代表一些落后的，或者我们接受不了的文化呢？对我们传统文化中在海洋文化方面的一些优势，我们要有自信，是"各美其美"。在文化交流传播中，还要"美人之美"。不同的文明不存在绝对的先进落后，更没有本质上的优和劣，各有特点。未来我们还是要秉持这样的原则，不同的文明之间应该互相欣赏，互相借鉴。

在这样的前提下，我们有可能对未来的海洋提出这样的愿景：未来的海洋、海上丝绸之路、海洋文化，应该是合作、友谊、和平。人类命运共同体的基础，就是海洋利益共同体。在新冠疫情期间，大家注意到，中日韩三国领导人已经不止一次进行协商。我们之间有共同的利益，譬如说有些地方为什么要让日本人、韩国人回来？相互之间都有产业，这些人员对我们恢复生产往往是必不可少的。我们一些芯片、半导体元件，主要是从韩国、日本进来的，如果它们疫情太严重，影响生产，对我们有什么好处？反过来也是一样。我们这三个以海为邻的国家，应该逐步向利益共同体发展。

正确认识古代的海上丝绸之路，认识不同国家、不同民族、不同地区的海洋观念，从历史事实出发，做出正确的评价，未来通过21世纪海上丝绸之路的建设，逐步与周边、与世界各国结成利益共同体，海洋文明才能提升到更高的阶段。未来的海洋将有可能成为合作、友谊、和平的海洋，将为人类命运共同体的建设做出更大的贡献。

海洋文化与未来发展[①]

海洋占地球表层面积的71%，是人类重要的生存空间。随着陆地资源渐趋不足以至枯竭，人类在未来对海洋的依赖性会更大。中国拥有18 400千米的陆地海岸线和14 247千米的岛屿岸线，总长超过32 600千米。中国管辖的海洋，包括领海和专属经济区，共约470万平方千米。海洋对中国的未来至关重要，海洋文化在中华文明中应该有相应的地位。

一、什么是海洋文化

迄今为止，人类社会对"文化"有数以百计的定义，对"海洋文化"也是如此。

我认为，恩格斯对马克思主义的唯物史观的概括，应该是我们定义"文化"的理论根据。恩格斯在《在马克思墓前的讲话》中指出："马克思发现了人类历史的发展规律，即历来为繁芜丛杂的意识形态所掩盖着的一个简单事实：人们首先必须吃、喝、住、穿，然后才能从事政治、科学、艺术、宗教等等；所以，直接的物质的生活资料的生产，从而一个民族或一个时代的一定的经济发展阶段，便构成基础，人们的国家设

[①] 2023年10月12日上午为第十七届海洋文化论坛围绕"海洋文明与未来发展"主题所作演讲的记录稿。

施、法的观点、艺术以至宗教观念,就是从这个基础上发展起来的,因而,也必须由这个基础来解释,而不是像过去那样做得相反。"[1]

所以,"文化"就是一个特定的人类群体,在一个特定的时间和空间范围内,在长期的生活、生产、生存过程中形成的生活和生产方式、行为规范、价值观念、意识形态、崇拜信仰等,以及由此产生的物质和精神产品。就一个较大的人类群体、一段较长的时间、一个较广的空间而言,也可将由此产生的物质和精神财富的总和称为文明。

那么,"海洋文化"就是在"海洋"这个特定的空间产生的文化。也就是说,产生海洋文化的物质基础是具体的海洋,包括海洋中的一切产物和海洋本身。一般来说,海洋文化形成后会存在于滨海及近海区域,也会随着特定的人或物的流动传播到其他区域,甚至远离海洋的内陆。但无论如何,海洋文化的源头和直接产生地只能是海洋。一个较大的人类群体,在一段较长的时间,以海洋为主产生的物质和精神财富的总和可以称为海洋文明。

海洋本身不会自然产生文化或文明,至今人类尚未进入或很少涉足的海洋不存在任何文化,就像地球上从未有人类活动的荒原空地一样。只有人与海洋发生关系,利用海洋提供的物质条件,才可能产生文化和文明。

海洋中的物质绝大多数产生得比人类还早,某种程度上说,人类还是海洋的产物。但人类的不同阶段、不同的生产力,利用海洋产物的能力不同。直到今天,人类能够利用的海洋物质还是其中极小部分。对中国先民而言,海洋只有"鱼盐之利"。盐虽然是人的生活必需品,但需求量有限,只能随人口数量的增长而按比例增加。在出产岩盐、井盐的地方,即使离海不远,海盐也可能被替代。至于鱼和其他海产品则由于在食物冷冻链形成之前,对海鱼和其他海产品的利用率很低,一般限于海滨、近海地区和岛屿,参与和影响的人口数量有限。工业化以后,人

---

[1] 中共中央马克思恩格斯列宁斯大林著作编译局编译:《马克思恩格斯选集》第三卷,人民出版社,2012年版,第1002页。

类对海洋资源有了更广泛的需求，利用能力也不断提高，工业用盐、石油、天然气等得到开采，发展成为对人类举足轻重的产业。未来还可能扩大到锰结核、可燃冰等物质的开采和利用，一旦可控核聚变成功，海水就是人类取之不尽、用之不竭的能量源泉。随着海水淡化成本的不断降低，海水已经成为一些缺水地区的主要水源。海水养殖为人类按需提供鱼类和海产。海洋的波浪、潮汐、温差已被用于发电，或当作能源。食物冷冻链、渔业加工船、远洋和深海捕捞技术使人类收获更多、质量更高的海产品，海洋有望成为人类未来主要的动物蛋白来源。

海洋作为一种载体，使人类获得"舟楫之利"。人类充分利用海洋作为交通运输的载体，交通工具和航海技术的进步是前提。从独木舟到小木船、桨划船、帆船、机器动力船、核动力船，从小客船到大型客船、远洋客船、豪华游艇、大型邮船，从小货船到散货船、滚装船、集装箱船、大型和超大型集装箱船、油船、液化天然气船、各类特种运输船和工程船，从凭经验航海到指南针导航、灯塔航标引航、"牵星过洋"、雷达导航、自动驾驶到卫星导航，从木战船到火攻船、炮船、各类水面战舰、潜艇、航母，再到核动力潜艇。海洋航行曾经是地中海沿岸、跨洋、洲际人流的主要途径，至今还承担着全球外贸货物70%以上的运量。

但是，人类对海洋的利用程度更取决于自己的需求和意愿，并非住在海边就必定要靠海为生，必须到海上航行，肯定要加强海上防卫。维京人生活的地方靠近北极圈，天气寒冷，近半年日照时间很短，无法靠农业生产生存，更难积累财富，而在他们航程所及有劫掠的对象——修道院、城堡、城市和在那里积累的财富。生存的需求和致富的欲望又促使维京人不断改进航海工具，提高航海能力，将航程和活动范围扩大到地中海、里海和北美洲，纯粹的劫掠演变为战争入侵和占领，劫掠偷盗又增加了交换贸易，延续数百年的海盗与海上活动形成了影响深远的维京文化。

处于滨海地带的长江三角洲从秦汉以降气候变得温暖湿润，有充足的可耕地和丰富的淡水鱼类水产，除了食盐外对海洋毫无依赖。春秋时吴国曾利用海洋的"舟楫之便"将军队运往山东半岛，但以后再无这样的需要，所以已经具有的造船能力和航海技术因长期无用武之地而荒废失传。在当时人的知识范围之内或技术条件之下，海外没有任何具有吸引力又能够到达的目标，也不存在来自海外的威胁，自然不必祈求海神的庇佑。倒是境内的长江水面开阔、波涛汹涌，被旅人视为畏途，因而伍子胥被当成保护神受到祭祀。到了南宋，江南已被称为人间天堂，文化发达，却与海洋文化无缘。

二、不同的海洋产生不同的海洋文化

地球上的海洋处于不同的地带，有不同的地形地貌，有不同的自然和人文环境，依托海洋产生的文化自然也千差万别。

现在讲海洋文化、海洋意识、海洋观念、海权学说，往往会以欧洲学者的论述为准，但欧洲学者大多以地中海为标准，地中海是海洋中一个特例。

地中海是一个几乎完全封闭的内陆海，除了东西狭窄的海峡——直布罗陀海峡、博斯普鲁斯海峡和达达尼尔海峡。地中海中有众多大大小小的岛屿，海岸线曲折，随处都有天然的港湾港口，在任何地方都能到达不太远的彼岸。地中海处于北温带，气候温暖，终年不冻，没有热带风暴。在没有机械动力和导航设备的古代，在地中海的航行是最安全高效的。而地中海沿岸却往往受山岭、沙漠的阻挡，陆路交通困难，航海是最便捷甚或唯一的选择。地中海沿岸平原不大，可耕地有限，多数地方是山地、沙漠，内向发展没有余地，只能依靠海洋或向海外发展。而地中海周围集中了人类最发达的古代文明，巴比伦、爱琴海、埃及、希腊、罗马、波斯、迦太基，群星灿烂，交相辉映。无论对哪一种文明，地中海和彼岸都具有强大的吸引力，也是必然的发展空间。海上和海外是它们的利益和希望所在，也是主要的军事威胁所在，所以无不具有强烈的海权意识，将维护海防和发展海上军事实力置于首位。在地中海地区，海洋等于资源、财富、希望、未来，意味着开放、远见、坚毅、包容。因此，生活在海滨的人有更多的机会接触了解外界，获得新知和机遇，长期积累，形成见多识广、心胸开阔、目光远大的风尚和特色。当地中海周围的资源、市场和土地满足不了需要时，当地人很自然运用已有的航海技术向更远的海外探索寻求，导致新航路和新大陆的发现，开拓了新的海外市场和殖民地。

地球上找不到第二个地中海，自然不会产生第二个地中海文化。中国的渤海湾与地中海有一定的相似，所以在古代航海相对发达，从山东半岛通过海路到达辽东半岛比走陆路方便，驶往朝鲜半岛和日本也比较便捷。孔子曾说："道不行，乘桴浮于海。"证明2500多年前，山东人已将向海外寻求发展作为一种谋生或寻求机遇的手段。"乘桴"就能到达海外目的地，说明航海技术已经成熟，航海比较安全。但渤海湾周围和附近没有其他发达的文明和有吸引力的市场、资源、文化，不能形成航海的驱动力和吸引力。孔子只是将"浮于海"当作不得已的选项，实际上最终也没有去海外。只有在山东半岛、辽东半岛无法生存的难民、灾民、贫民才不得不出海避难或谋生。齐国对海洋的需求只是"鱼盐之利"，而这些在近海或滩涂就能获得，自然没有必要进入远海深海。由于一直没有来自海上的军事威胁，尽管齐国具有与诸侯争霸的实力，却没有必要加强海上的防御和建立海军，也不可能产生什么海权意识。中国有土地和资源足以支撑整个农业经济，供养4亿多人口，直到20世纪初，一直以"天朝大国""地大物博"自居，认为"天朝无所不有，无须仰赖外人"，而外界都是蛮荒之地，都是未开化的蛮夷，所以一直缺乏对外探索的兴趣和动力，更不会利用航海进行探险、扩张、殖民。

与地中海周围区域以地中海为中心完全不同，中国以陆地为天下，以中原为"天下之中"，以"四海"为边缘，文明程度与离"天下之中"的距离成反比，"海澨"（海滨）与"山陬"（深山）同样被视为最贫困落后的地方，天涯海角意味着穷途末路，生存空间的边缘和尽头。古代中国滨海的居民，绝大多数人从来没有出过海，也没有接受过来自海外的见闻和知识，享受过一件海外商品，更没有见过一个海外来客，甚至连外乡人都没有见到过一个，怎么可能形成见多识广、心胸开阔、目光远大的风尚和特色？

三、不同时代有不同的海洋文化

产生海洋文化的物质基础是具体的海洋，包括海洋中的一切产物和海洋本身，这一基础会随着时间的变化而变化。而与这一基础发生关系而形成海洋文化的人，也是随着时间而不断更新的。因此不同时代有不同的海洋文化，以往的海洋文化有的已不复存在，有的已失去存在的价值，有的已是传统文化，而未来的海洋文化有待形成。

例如，在没有现代化导航设备、没有天气预报、没有机器动力船的条件下，海上航行风险最大，船毁、货损、人亡的概率极高。人们完全不可能有自信，只能祈求神灵的庇佑和解救，所以普遍存在海神崇拜和信仰，产生了丰富的海洋文化和相应的礼仪、记录、诗歌、音乐、舞蹈和各种艺术品。在西方的海船上，船艏或船尾必定会竖一尊海神（一般都是女神）像。我在智利聂鲁达故居中曾见到他收藏的数百具形态各异的海神雕像。中国的海船上一般都会供奉观世音菩萨。出海或远航前往往要举行隆重的仪式，预备丰盛的祭品，祈风求潮，求海神降伏暴风狂潮。宋代后福建形成的妈祖崇拜就是普遍祈求海神庇佑的产物，并且随着福建人移居而传播到台湾。由于台湾靠海谋生的人更多，这种海神文化在台湾愈益光大，长盛不衰。他们长期依靠罗盘和测量星座位置导航，积累了丰富的"牵星过洋"的经验，形成独特的"更路簿""海路图"。渔民则凭经验探测、把握鱼汛，追逐鱼群，区别鱼种，判断海产的丰歉，确定应对方法，口耳相传，世代遵循。

到了今天，完善的导航引航设施、全球卫星导航系统、中长期和即时天气预报得到普遍应用，船舶的安全性、可靠性得到保障，海损、海难的概率已经很低，并且有全覆盖的保险。渔船普遍用上了灯光、声呐、围网、钓机、冷冻链，还建立了大规模工业化养殖、深海养殖。传统的海洋文化已经失去了继续存在的物质条件和精神基础，谁还会为航海安全祈求海神？谁还会在航海时再查"更路簿"，捕鱼时只采用祖传经验？就是宗教信徒、妈祖的信徒，会不根据导航，不听天气预报，不使用现代化设备吗？海神像及各种祭祀仪式、航海中各种传统活动已经变成博物馆中的展品和非物质文化遗产，甚至一种娱乐活动。难道我们还要发展这样的海洋文化？即使想发展也没有可能，除非全面倒退到古代的物质条件。

又如，古代航海和海事风险最大，生活条件最差，环境最孤独，对航海者的体质和心理要求最高，由此产生的记录航海者的经历，反映他们情感心态的文学、艺术作品有鲜明的特色和强烈的感染力。公元97年，汉朝西域都护班超派出的使者甘英到达条支海滨（今波斯湾），准备渡海去大秦（罗马帝国）。安息国的船员对他说："海面非常辽阔，遇到顺风也要3个月时间才能渡过，如果遇到逆风就得两年，所以入海的人要备足3年的粮食。而且在海上航行很容易患思乡病，经常有人死在海上。"就此吓退了甘英。那个一辈子准时点燃灯塔的守塔人在退休的前一夜，因为读了一篇思乡的小说而失职。航海家的传记、探险家的记录激发了多少青年"乘长风破万里浪"，向往"直挂云帆济沧海"，甚至不惜以海洋为生命的归宿。但今天，民航早已取代长途海上航运，用作旅游的豪华邮轮已成浮动的五星级酒店和娱乐场所。那年我乘俄罗斯的"50年胜利号"核动力破冰船到达北极点，只感受到新奇和舒适。就是经常长期远航的海员，一般也能有正常的休假。近年来已普遍使用卫星传输和即时视频，在船上随时可保持与家人的通信联系。海上勘探和采集油气都用了大型钻井平台，生活设施齐全，在陆上建有生活基地，往返有直升机接送。大多数灯塔已成为旅游景观或文物，少数还在使用的早已实现自动化、智能化，守塔人这个职业已不复存在。今天的海上探险活动，一般也都用上了现代化装备，并且有完善的救援措施。除非写成新闻报道，或创作出科幻小说，有关的记录和报道能有一些人看就不错了，怎么可能像以往的作品那样震撼人心？

所以今天我们要谈建设和发展海洋文化，首先要了解未来海洋文化存在的物质条件和精神基础是什么，才能做出理性的判断，确定可行的目标。

滔滔黄河

黄河：中华民族的魂，中华民族的根[①]

几千年前，在中华大地形成了裴李岗文化、仰韶文化、良渚文化、红山文化、马家窑文化、大汶口文化、龙山文化等众多的文明雏形，考古学家将此形象地比喻为满天星斗。其中，能延续并发展成为中华文明主体的都集中在黄河中下游地区，这绝不是偶然的。

黄河是中华民族的母亲河。

黄河中下游绝大部分地区属于黄土高原和黄土冲积平原，地形平坦，土壤疏松，大多为稀树草原地貌，是早期农业开发极其有利的条件。在尚未拥有金属农具的条件下，先民用简单的石器、木器就能完成开垦荒地、平整土地、松土、播种、覆土、除草、排水、收获等。

黄土高原和黄土冲积平原地处北温带，总体上适合人类的生活、生产和生存。五千年前，这一带的气候正经历一个温暖期，距今三千年前后有过一个短暂的寒冷期，然后又重新进入温暖期，直到公元前1世纪才转入持续的寒冷。因此在五千多年前，这一带气候温暖，降水充沛，农作物能获得更多热量和水分，物种丰富，成为当时东亚大陆最适宜的成片农业区。

这片当时北半球面积最大的宜农土地，足以满足不断扩大的农业生产和持续增长的人口的需要。这片土地中间没有太大的地理障碍，函谷

[①] 本文原刊于《中国民族博览》2022年第7期。

关、太行山以东更是连成一片的大平原。黄河及其支流、独立入海的河流、与河流相通的湖泊，形成天然的水上交通网。交通便利，人流、物流和行政管理的成本较低。这样的地理环境，使一些杰出人物萌发统一的理念，逐步形成大一统观念，并由政治家付诸现实。"中国"的概念由此产生。

中华文明的起源和早期发展阶段呈现多元格局，并在长期交流互动中相互促进、取长补短、兼收并蓄，最终融汇凝聚出以二里头文化为代表的文明核心，开启了夏、商、周三代文明。黄河文明是早期中华文明的核心和基础，黄河中下游地区是中华文明的摇篮，黄河是中华民族的母亲河。

黄河是中华民族的魂。

中国历史上的统一时期，政治中心都在黄河流域（包括历史时期黄河改道形成的流域）。宋代以前，全国的经济中心和大多数区域经济中心都处于黄河流域。春秋战国时的黄河流域是文化最发达的地区。儒家学说的创始人孔子是鲁国曲阜（今山东曲阜市）人，他曾周游列国，晚年回到曲阜，致力于儒家典籍的整理和教学，他的众多学生主要来自鲁、卫、齐、宋等国，他的主要传承人孟子、曾子等也都在这一带。齐鲁地区是儒家文化的中心。战国时百家争鸣，几种主要学派的创始人和主要传播地区也集中在黄河流域。墨家的创始人墨子（墨翟），道家的创始人老子，道家学派代表人物庄子、杨朱、宋钘、尹文、田骈，儒家代表人物荀子（荀况），从道家分化出来的法家慎到、商鞅、韩非等，战国中期产生的黄老学派，以及其他各家的代表人物，都不出黄河流域的范围。

秦汉时代，黄河中游已是名副其实的全国性政治中心，其影响还远及亚洲腹地。黄河下游是全国的经济中心，是最主要的农业区、手工业区和商业区，黄河流域的优势地位由于政治中心的存在而更为加强。两汉时期见于记载的各类知识分子、各种书籍、各个学派、私家教授、官方选拔的博士和孝廉等的分布，绝大多数跨黄河流域，"关东出相，关西出将"的说法反映了当时人才的分布高度集中的实际状况。

从590年隋朝统一至755年安史之乱爆发，黄河流域又经历一个繁荣时期。隋唐先后在长安和洛阳建都，关中平原和伊洛平原再次成为全国的政治中心。唐朝的开疆拓土和富裕强盛还使长安的影响远及西亚、朝鲜、日本，成为当时世界上最大、最繁荣的城市。尽管长江流域和其他地区已有了很大的发展，但黄河流域在农业、手工业、商业以及国家财政收入中还占着更多的份额。唐朝这一阶段的诗人和进士主要分布在黄河流域，显示出文化重心所在。

从河源到出海口，中华各族人民在黄河流域生活、生产、生存。他们或农，或牧，或工，或商，或狩，或采；或住通都大邑，或居茅屋土房，或凿窑洞，或栖帐篷，或依山傍水，或逐水草而居。他们的方言、饮食、服饰、民居、婚丧节庆、崇拜信仰，形成丰富多彩的地域文化。

总之，中华文明的源头就是黄河文明，就是中华民族的先人在黄河流域创造的。中华民族早期主要的生活方式、生产方式、行为规范、审美情趣、礼乐仪式、伦理道德、价值观念、意识形态、思想流派、文学艺术、崇拜信仰等，都是在黄河流域形成的，或者是以黄河流域所形成的为主体、为规范，然后才传播到其他地区。

黄河，不愧为中华民族的魂。

大量历史事实证明，黄河曾经哺育了华夏民族的主体，曾经哺育了中华民族的大部分先民，她的儿女子孙遍布于中华大地，并已走向世界各地。

夏朝的建立和长期存在形成了由各个部族融合而成的夏人，又称诸夏。在商、周时代，人口的主体是夏、诸夏，他们被美誉为华夏（华的本义是花，象征美丽、高尚、伟大），以后常被简称为夏或华。华夏聚居于黄河流域，通过周朝的分封和迁移，扩散到更大的地域范围，并不断融合残留的戎、狄、蛮、夷人口。到秦始皇统一六国时，长城之内的黄河流域，非华夏族都已被融合在华夏之中。

秦汉期间，华夏人口从中原迁入河套地区、阴山南麓、河西走廊、长江两岸、巴蜀岭南、辽东朝鲜。在两汉之际、东汉末年至三国期间、西晋永嘉之乱后至南北朝后期、安史之乱至唐朝末年、靖康之乱至宋元之际，一次次大规模的人口南迁使华夏人口遍布于南方各地。一部分人口主动或被动迁入匈奴、乌桓、鲜卑、突厥、吐蕃、南诏、回鹘、契丹、渤海、党项、女真、蒙古、满族的聚居区，在与这些民族融合的同时，传播了华夏的制度、礼仪、文化、技艺、习俗、器物，扩大了中华文明的影响范围，促进了中华民族大家庭的逐渐形成。到了近代，成百万上千万的内地移民闯关东，走西口，渡台湾，迁新疆，开发和巩固了祖国的边疆。至20世纪初，从黄河流域迁出的人口与他们的后裔，已经遍布中国大地。

在向各地输出移民的同时，黄河流域也在大量吸收其他地区的移民，特别是来自周边地区的非华夏移民。匈奴、东瓯、闽越、乌桓、鲜卑、西域诸族、昭武九姓、突厥、粟特、吐谷浑、吐蕃、党项、契丹、奚、女真、蒙古等先后迁入黄河流域，这些民族的整体或大部分人口在这里融合于中华民族的主体之中。

尽管今天全国各地的汉族人口并非都来自黄河流域，在南方一些地区和边疆地区其实是世代土生土长的人口占了多数，但绝大多数汉族家族，甚至一些少数民族家族都将中原视为祖先的根基所在。显然，他们所认同的不仅是血统之根，更是文化之根，而这个根就在黄河之滨、黄河流域。

黄河，不愧为中华民族的根。

中华文明中的黄河"几"字弯[①]

各位，我今天就中华文明中的黄河"几"字弯给大家汇报一点我自己研究学习的体会。

首先，我想讲一讲，河流跟人类文明究竟有什么关系？"几"字弯是黄河中间的一段，那黄河为什么对我们中华民族、对中华文明有那么大的影响？我们如果做一个世界性的课题，就不难发现，不是所有的大河都能孕育出重大文明的。亚马孙河够大了吧，你说现在有什么重大文明在亚马孙河？没有，对吧。那为什么黄河、长江就成为我们中华文化的发祥地呢？另一方面，人类历史上的重大文明中并不都是由大河形成，比如说希腊，没有什么大河，半岛上的河流都很短小。又比如罗马，罗马的河很短的，整个亚平宁半岛很狭长，它有什么大河流？所以我们讲大河流的确是孕育、滋养人类文明的基本条件，但不是绝对的。海洋、高原、岛屿甚至内陆都可以产生文明，但是比较而言，依靠着大河而产生的人类的文明往往可以扩大到很大的范围、持续很长的时间，长盛不衰，对人类产生重大影响。那么这是哪些因素导致的呢？其实不是整个河流，而是取决于以下几个方面。

第一，河流在什么地方。河流位置，一般来讲在温带的河流起的作用比较大，在热带不行，在寒带也不行。而黄河呢？都在温带。第二，

[①] 2020 年 9 月 14 日上午为内蒙古出版集团主办的"亮丽北疆"讲坛所作讲座的记录稿。

河流的地势和走向。比方说中国的大河都是东西走向，世界上的大河也基本都是东西走向。尼罗河就很特殊，是南北走向的，两岸基本上都是沙漠和裸露的岩石，没有多少土地，而且它的整条河流都比较平缓，没有地球自转的优势。而黄河、长江都是东西向的。这与地势也有关，如果这个地势比较平缓，水流动太慢的话，那么在古代就很难利用它做自流灌溉，有一定坡度的话，就比较有利。第三就是河流的水量，如果水量太少，那么在一定时候它就满足不了文明进展的需要。你看，约旦河水量很少，所以当年以色列人要走出去，缘由并不是局限于人类之间本身的争夺，而是自然条件。又比如说两河流域巴比伦产生的文明，从目前已有的证据看，比中国早，而且比中国早期更发达，但是从本质上讲，它是半干旱地区，到一定阶段水量就不够了。所以文明到一定阶段本身没有支撑的话，就会促使文明向外发展。而黄河有充足的水量，可以供养黄河流域的人口。还有河流的出口、河流与海洋的关系，这也很重要。有些内陆河最后是消失在陆地的。就人口来讲，就缺少一个对外联系的渠道，但是有的河口就连接着海洋，就通过海洋联系到外界，那么依托这条河流的文明，它不仅具有开发性，而且可以更多地利用外来优势。比如到了近代，上海的优势在于长江跟太平洋相连，这也是一个重要的因素。

四五千年前，黄河流域的气温比现在高，所以黄河流域有气候温暖、降水充沛的特点，对文明的形成具有很大的优势。黄河流域这片土地的面积要超过尼罗河三角洲，黄河流域的土地是黄土高原和黄土冲积平原，土壤疏松，要知道这个优点在人类早期是不可替代的，比如借助石器、木器，甚至手工就可以加以开发。要是黏土就很难得到开发。而且因为是黄土高原和黄土冲积形成平原，所以上面没有茂密的森林。对这一点是有分歧的，有些人认为黄土高原当时有茂密的森林。而事实证明，即使今天，残留的森林都是长在没有被黄土所覆盖的区域，真正被黄土所盖住的地方是不可能长出茂密的森林来的，只有一些稀树草原。这样一个地方，在古代是一个非常大的优势：在没有金属工具的情况下，茂密的森林是没有办法清除变成农田的。

相反，稀树草原的地貌是很容易得到开发的。所以这个优势保证了中华文明从一开始就能够发展农业，有非常多面积大的耕地，有利于养活更多的人口。同时，地形平坦，中间没有大的地理障碍，有利于形成大一统观念。同时一条河流还应当考虑它支流的情况，像黄河大的支流都成为早期文明孕育的地方，有的支流的条件比干流还好，特别是在土地利用开发这些方面。正因为这样，黄河流域成为中华民族的发祥地不是偶然的。现在考古学家已经发现，在我们国内早期文明有一种说法叫"满天星斗"，但这个"满天星斗"最终还是汇合到黄河中下游来。所以刚才我讲的这些条件我们就可以归纳为黄土高原和黄土冲积平原这些条件，黄河中下游是北半球亚欧非最大的宜农地。早期气候温暖、降水充沛，而且它的自然资源充足，像土地、自然资源可以维持当时人们的生存和发展。它到中国其他流域没有重大的地理障碍，所以发展到一定阶段，很自然地扩展到长江流域、淮河流域，中间虽然有秦岭，但并不是绝对的地理障碍。世界上的很多文明因为它自己面积有限，而且中间有地理障碍而发展不下去。

另外还有一个条件，大概4000年前，从西亚的巴比伦、从中亚就传进了新的作物和技术，像中国的小麦、黄牛、绵羊、马都是外来的。人类最早学会驯马、养马的是高加索人，就是今天的格鲁吉亚、俄罗斯南部的地方。从那里驯马成功以后，人工饲养的马才分两路传入中原。一路经过阿尔泰山直接传入蒙古高原，另一路通过河西走廊传到中原。又比如青铜，以前我们讲中国商朝、周朝的青铜器不提它从哪里来的，现在"中华文明探源工程"研究的结果已经正式发布了，这些时代的青铜是外来的，从巴比伦那里传过来。青铜不是天然的，青铜是铜和锡的合金，是人工冶炼出来的。现在考古学家把在中国境内发现的青铜器，分别鉴定其年代，然后标在一张中国地图上面。那么年代最久的青铜器在哪里呢？在新疆西部。然后越到东部越到中原时间越晚。那么黄河流域呢，外来的品种、外来的技术被本土化。所以我们现在讲夏朝的兴起，就正好跟小麦的传入是密切相关的。大禹的后人掌握了这个新的品种，栽培成功后它成为一种主要的粮食作物。因为种小麦比种中国本土产品需要更多的技术、更大规模的管理，也就促使政权向一个比较统一的管理形态发展。

又比如说战车，传说黄帝造车。当然，我们也不排除这种可能性，但是现在已经发现商朝的战车与巴比伦留下的战车几乎一模一样，而巴比伦的时间比商朝早得多。所以商朝为什么兴盛并打败夏朝呢？有一个很大的原因就是商人已经会制造战车了。所以马克思主义一直强调，毛泽东主席在他的《矛盾论》中也讲得很清楚，外因通过内因而起作用，内因是根本原因。黄河流域这么好的内因基础加上外面传播来的先进的技术，所以黄河流域的有利条件不仅是河流本身，还要从黄河文化与整个人类文明的关系上面看，及时接受外来的先进事物。所以我们要看黄河"几"字弯，首先要对黄河的情况有一个基本的了解。还有一个特点，整个黄河流域是远离世界其他文明的。到了秦朝、汉朝这个时候，在地球另一端，罗马文明、罗马帝国的兴起几乎是同步的。有不少学者都想研究罗马与秦朝、汉朝的关系，但到目前为止，我们还没有发现双方有什么具体的交流跟联系。就像我前面讲的，对这些作物到底怎么传播也还不了解。而且可以肯定，西方发生的事它要传播，往往具有偶然性，还是非常缓慢的。

这是什么原因呢？很简单，地理环境。你看我们现在讲的丝绸之路，中间很多地方还是有很大的地理障碍的。正因为这样，中华文明基本上是独立发展起来的，不受到外界的干扰。所以我们现在讲中华文明是现在世界上唯一的连续发展的文明，这不仅仅是因为我们自己特别强大，还应该承认客观上基本没有受到外来的威胁。罗马帝国后来怎么衰亡的呢？匈奴西迁、蛮族入侵等一系列事件导致罗马帝国的灭亡。再看中国，从来没有外来的强大势力来影响中国。公元前6世纪波斯帝国建立，扩展到帕米尔高原，所以现在那里的塔吉克人还有阿富汗人的语言都是波斯语。公元前4世纪亚历山大帝国横跨欧亚非，但亚历山大大帝也只到了阿富汗。所以中国历来一直独立发展。到近代西方，从海上强制打开中国大门。所以等到鸦片战争之后，西方人来到中国，我们还不知道人家发展到什么程度，不知道希腊、罗马、埃及这些古代文明，都以为他们来不是要钱就是要地，都以为他们是野蛮的，还是这种观念。当年林则徐是比较关注外界信息的，他做钦差大臣到了广东，就派人到澳门去买外国的报纸、外国的书翻译。但是历史的局限性导致当时很多概念是错误的。所以等到道光皇帝下命令，要他筹备对抗英国的侵略，他认真研究后给道光皇帝写了个奏章，里面讲到对付英国侵略的办法：我们发现英国人的腿是弯不过来的，所以准备了长竹竿，先把英国人撂翻在地，他们肯定就爬不起来了。今天我们听听好像是笑话，但白纸黑字留下的答案就是这么写的，这还是比较起来最了解外国情况的人，所以对这个条件，我们看到远离世界其他文明，一方面保证我们不受到外来的侵略，可以自主地选择；但是另一方面，缺点也是很明显的，就是我们长期对外界不了解，也不能够积极汲取人家的智慧。应该看到地理环境提供给中华民族的的确主要是优点，但是我们也要看到这个局限。

那么具体地讲，黄河"几"字弯它有什么特点呢？我想简单地说，第一，它处于黄河上中游相交的地方，一般地说，像黄河这样的大河，特别上游，是从高原上始发的，比较适合文明发展的是中游跟下游，包括它的土地资源各方面条件。"几"字弯正好是处于上游跟中游相交的地方，地理上划分上中游的界线就在内蒙古托克托县的河口，这是地理上的位置，为什么定在这一点呢？那当然是根据各方面特别是自然条件综合得出来的，这个点也就是我们今天讲的"几"字弯的中界，所以这个"几"字弯一部分是属于黄河上游，一部分是属于中游。

第二个特点，长期以来，这是农牧相交的地方。我们以前老是辩论，到底长城是不是农牧分界线，农牧分界线到底在哪里，其实界线是受到自然人文多方面条件影响的。但是不管什么条件，也得正好是相交，界线有的时候向北移动，有的时候向南移动，这中间除了季风、降水这些条件以外，也跟人口有关，比如说，南面的人口增加了，他们需要寻找新的生存空间，那么可能原来不太适合开发的地方，也去开发了。相反地，如果南面出现社会动乱，人口减少，那界线就会向南移动。随着生产技术的进步，有些原来不能利用的地方也可以开辟，比如说在明朝末年到清朝初年，来自美洲的新的作物引入中国来了，那么原来一些不太适合农业生产的地方，因为有了这些作物就变成农田。对我们内蒙古影响最大的就是土豆，对西南地区影响比较大的除了土豆以外还有玉米、红薯、辣椒，这些东西中国本来都没有的，都是从美洲引种进来的。你看内蒙古很多地方要种小麦、种水稻，包括"几"字弯这一带可能不合适。所以这个界线不是绝对的。但是如果过头了，那么也会造成社会的诸多损失，比如我们一度大办农业，把不适合开辟农地的草原都去开发，最后造成土地退化、沙化，得不偿失。那如果牧业过度地向南扩展，当然牧业的适应性比较强，但是问题是，农田减少之后，总的人口供养也会减少，所以这个特点经常还是此消彼长，交替界线不断在这一带移动。

也是因为农业民族和牧业民族相交，这个地带，我想它也是华夏与其他民族相交的地方。今天我们讲的华夏最早是指由夏朝留下的这些人，是商朝对这批夏朝人的总称，因为夏朝不止一个民系，所以称诸夏，多种夏人。怎么会称呼华夏的呢？华的原意就是花，是美丽，就像我们今天讲的，美丽中国，美丽的夏人，华夏，就这么个意思。所以很形象。我们的思维方式跟古人都一样，我们现在都叫美丽，当时也是这样。到后来华单独用了，就把华夏叫华人，以强调跟其他人不同。由于华夏在总体上的确比其他民族人口多，比较发达，所以早在春秋的时候，已经开始瞧不起其他民族，称之为蛮、夷、戎、狄，都是不太好的字。所以我们看华夏与其他民族相交的这个历史，一方面是争夺生存空间、不断冲突的过程，但是，同时也是不断交流以至融合的过程。

还要讲一下我们对历史的观点，今天我们研究历史，正义的、非正义的，作贡献的、犯罪的都研究，但是我们今天讲历史、宣传历史，应该有所选择，因为历史本身绝对不可能是完全如实记录的。历史本身，无论是古代那些历史，还是今天我们编的历史，都是后人对已经发生的人跟事有意识的、有选择的记录。

我们今天讲华夏跟其他民族比较，我们怎么选择？作为研究人员，不能回避在这个过程中民族之间冲突以至于仇杀的历史，但是我们讲历史，讲"几"字弯的历史，讲中华民族的历史，那我们要有所选择，我们应该着重讲或只讲其中积极的部分。我们反对有些人现在把各个民族的历史冲突挖掘出来去宣传、去编故事，我们现在讲的应该是积极的方面，应该是对整个中华民族、对整个人类都是有积极意义的，民族之间的交流融合，民族之间相互的关怀共处，应该从这些方面来讲。

"几"字弯同时也是中央王朝和边疆政权相交的地方，我们看从秦汉的统一到中原王朝强盛的时候，边界可以推到阴山—大青山。到中原王朝衰落的时候，它的边界就后退，边疆政权、民族政权就往南扩展，甚至少数民族可以入主中原，成为中原的主人或者统一整个中国。那么他们的统一从什么地方开始呢？往往就是从"几"字弯这一带往南推进。那么到中原王朝特别强盛的时候，它甚至可以越过阴山，推进到蒙古高原，甚至西伯利亚。但是我们可以发现在这个时候，阴山北面往往不像南面一样建立行政区，因为那些地方平时没有固定的人口，直到清朝在蒙古地区建立盟旗制度才解决了这个矛盾。它不是像内地一样，建立县，建立府，建立省，而是一个一个的旗，然后根据这些旗每年的活动，建立盟。这个盟旗制度是从清朝开始的，在这以前怎么统治管理整个地方的？所以大量的冲突情况发生在"几"字弯这一带，经常是中原王朝跟边疆之间。有的时候这里就是边疆，有的时候往北推，有的时候往南推，这个叫相交。

同时这个"几"字弯地区也是人口迁移、人类文化传播的集散地，内地的人、黄河南边的人，继续往北迁移，往往首先要在"几"字弯这里站住脚跟，要在东河就是包头这一带站稳脚跟，然后才可以扩展到蒙古，以至于到俄罗斯。从秦汉开始，中原向北方的移民往往要在"几"字弯这一带先开发落脚，然后才有可能再扩散，所以中原的文化、华夏文化对外传播，以及外来文化传入中原，也往往把这一带作为集散地。这些特点我觉得就体现在"几"字弯它本身文化形态的多样、民族的多元，以及它对整个黄河流域、对中华文明能够产生一些独特的作用。

我自己了解的情况很有限，研究范围也比较窄，下面只能举几个比较突出的例子，跟大家来交流一下，看看这些特点是怎么体现在具体的事例里面的。

我举的第一个例子是历史上很有名的胡服骑射，它就是在这一带交流的情况。刚才讲到马传入中国以后，在蒙古高原，在这里以北的那些民族，是把马用来骑的，很自然就产生了骑兵，再加上他们早期的射箭技术，所以北方的胡人主要的战争手段是骑兵加上射箭。但马传到中原，人们学会的是用马来拉车，不是用来骑的，当然也就没有骑兵。大家一定注意到孔子教学生有六门主干课程叫"六艺"，其中有一门"御"。御，就是赶车、赶马车。因为当时对有学问、为贵族服务或者自己本身寄希望于要成为贵族的人来讲，对士人来讲，这是一项基本的技能，比我们今天考驾照还重要。孔子本身就是赶马车的一把好手，史书上有记载。赶马车非常重要，因为士人要周游列国、要出行，出去要赶马车，要会这个技术，要为贵族服务，甚至要为周天子服务。贵族出行要坐马车，天子出来要六匹马拉车，你要把这六匹马调教好，使他既保持尊严又保证安全，这赶马车技术就很高。那么打仗呢，中原是用战车，不是步兵，也不是骑兵。就是将领站在车上，前面有人给他赶着马，他拿着长的武器打，下面步兵是保护这个马、保护这个车的，这就是车战。所以我们看春秋、战国初年的时候，都是讲兵车。兵车的战斗力受到道路、受到御手赶马的影响。没有好的道路、没有现成的道路，兵车没办法，骑兵可以过去的地方，兵车是不能过去的，还有转弯行动都不是很灵活，所以战斗力是有限的。但是中原人还不知道马是用来骑或者射箭的。等到战国初年赵武灵王开疆辟土，往北扩展，扩展到河套，他亲自到前方考察，就看到胡人骑兵射箭，机动性强，突击性强，对道路的要求低，再加上射箭延伸了打击半径。所以赵武灵王觉得这是很好的，他回国以后就在赵国推行骑射。那么骑射就要改变衣服，为什么还要改成胡服呢？因为胡人为了适应在马上的生活和战争，他们的衣服已经是窄袖紧身，有的还通过皮制衣作防御；而中原华夏宽袍大袖，上衣下裳，男人也是穿的连衣裙，下面不穿长裤，那么你说这一身服装作战怎么骑马？没有办法骑的。赵武灵王下令，现在开始，要穿胡人的服装。他推行骑马射箭比较容易，推行胡服很难。他没有办法，找他的叔父，请帮他个忙，说你明天上朝换一身胡服带个头，那么大家才能改变。结果被拒绝——其他事可以依你的，这个服装是老祖宗传下来的，不改。所以这个变革受到了很大的阻力，之后赵武灵王只能妥协，战士推行胡服，其他人还照样穿原来的服饰。这个推广使赵国的兵力战斗力大大加强，其他诸侯国看到了骑马射箭的优势，不久之后，兵车就被淘汰了。到了战国后期，主要的战斗力就是骑兵。一直到1949年开国大典进行阅兵的时候还是有骑兵部队。当然，随着武器的发展，现在骑兵已经退出了战斗系列，成了礼仪性的。但是这个过程对中国的历史、对中国部队的战斗能力的发展起了一个飞跃性的作用，而这恰恰是华夏跟胡人学来的，就在"几"字弯周围。赵武灵王就是到了河套亲眼看到了胡人的骑射，然后才学习，学习之后强大，使赵国进一步向北推进，后来他把中山国灭了。

第二个例子就是汉朝跟匈奴曾经有一个和平相处、互相帮助的阶段，现在讲汉匈关系往往只是讲汉武帝几次打败匈奴，讲卫青、霍去病，特别是霍去病怎么勇敢。不错，但是这只是历史的一面，历史上还有另一面，那就是出于汉朝的主动，所以跟匈奴曾经有60多年和平相处的阶段。汉武帝虽然几次打败过匈奴，但始终没有完全解决问题，因为匈奴是一个游牧民族，主要的兵力是骑兵，汉朝守着漫长的边界，经常是刚打败匈奴，突然匈奴又到了哪个地方侵扰掠夺。大家不要把长城高估了，如果没有部队驻守的话，最多延缓时间。明朝以前好多段长城都是土垒的，这个东西如果没有防守的话，北方的民族过来最多延缓一定时间，把它挖掉再过去还是一样的，所以汉朝经常防不胜防。当年张骞通西域不是为了做买卖或者和平友好交流，是汉武帝希望他找到已经西迁到今天阿富汗的月氏、迁到今天哈萨克斯坦的乌孙，希望把他们找回来，他们从西面，汉朝在东面，两路夹攻匈奴。但是到了汉宣帝的时候，蒙古高原发生持续的自然灾害，匈奴自己内乱，匈奴主要的一支呼韩邪单于，走投无路便要投降汉朝，这个时候汉朝内部大多数人认为天赐良机，应该趁机把这个匈奴给灭了。还有一些人认为匈奴跟我们不是一家人，他们投降我们不接受，让他们自己在内乱中消亡。但是汉宣帝有自己的主意，认为不仅应该接受，还应该帮助他们生存下去，这样才能够维持汉朝和匈奴之间的和平，才是有利于汉朝长治久安的。所以他就临时提供粮食物资援助他们，帮他们生存。呼韩邪单于提出来要到长安去朝拜，用什么礼仪呢？他接受了汉朝的封号，当然是臣子，皇帝应该要求他以臣子礼见。给他多高礼节呢？一个投降的匈奴首领不能给他级别高的，但是汉宣帝居然规定他"不臣"，不是自己的臣子，给他的地位是在诸侯之上仅次于皇帝。皇帝下面本来是诸侯的王，他自己的王子是封为王的，汉宣帝现在把来投降的单于，放在诸侯之上仅次于皇帝，几乎是给他平等的地位。朝见以后不是把他当人质留下来，而是送回去，派军队护送他。因为当时匈奴内乱，没有保护他站不住脚。还不断地供应他粮食物资，因为汉宣帝认识到这个民族不是汉朝可以轻易统治的，帮助他能够自立存在，跟汉朝保持友好关系，这样对大家都有好处。这个见解我认为在历代统治者中，最明智，非常重要。双方约好，长城以南，天子有之，长城以北，单于有之，互不侵犯。长城北面是你的，我们帮助你去统治。后来汉朝有一个使者到了匈奴，匈奴人要求他能够用匈奴的习俗一起祭天，一起发誓，他居然也同意了，双方就祭天然后宣誓，大家互相和好，长城以南，长城以北，互不侵犯。回来以后，一些人要追究他的责任：你居然跟蛮夷匈奴平起平坐，还用他们的习俗，应该杀头。但皇帝说，尽管他违背了礼制，但实际上有好处，无罪。所以汉朝从汉宣帝一直到西汉末年，汉朝跟匈奴边界是安定的，交流是频繁密切的，边疆的城门到天黑还不用关，牛羊遍野。

到王莽执政，他认为不应该跟匈奴平等，首先要改变称呼，把单于称为"恭奴"，甚至骗他们要把皇帝原来赐给他们的印都换掉，重新挑起了汉匈之间的矛盾，从此边境大乱，一直到东汉初年，边境好多郡县都被迫撤退还恢复不了。汉匈的和好和交流也就发生在这一带，当时有几个重要地方，高阙塞、鸡鹿塞等。汉朝的使者、粮食物资就通过那里去往蒙古高原，使双方来往，所以这一带见证了汉朝跟匈奴60多年的和睦相处。讲历史不应该老是只讲汉匈之间的战争，战争的确应该承认，汉武帝为后来的和好奠定了基础，所以双方要平等相处，特别是对于多方面占据优势的汉朝，怎么样采取主动措施才能够做到这一点，这是我们讲的第二个例子。

第三个例子，对于少数民族他们是什么态度呢？其中，非常突出的例子，就是北魏的孝文帝主动汉化，历史上鲜卑族是唯一自觉融进华夏的民族，其他几乎都是被迫的，但他是积极的、主动的。鲜卑早期的历史，到现在很难查考，但是有一个非常重要的证据，就是在北魏建都平城，就是今天的大同以后，曾经派使者到东北去祭祀自己的祖先，就是呼伦贝尔的嘎仙洞。这个洞是我们内蒙古的专家米文平先生发现的，上面刻的字居然跟《魏书》上的原文几乎一致，的确，当年北魏认为这个地方是他们的发祥地。也就是说，我们大致可以认定北魏拓跋鲜卑族（鲜卑分了好几支，主要是拓跋族），他们的确是从呼伦贝尔这一带发源的。

然后在盛乐，就是今天的和林格尔建立了他们的都城，以后强盛了，又从盛乐迁都平城，就是山西的大同。到了北魏孝文帝，为了进一步统治中原，为统一打下基础，同时也有意进一步汉化，所以迁都洛阳。其中重要的转折就发生在从盛乐到平城，也就是发生在这个"几"字弯。当时他要汉化也有很多的阻力，比如说他迁都洛阳以后，很多人不愿意，找各种借口要回平城，甚至要回盛乐，连他的儿子太子都对此不满。他的儿子身材高大，长得很胖，一到夏天就受不了洛阳太热，在其他人的挑唆下，竟然擅自要逃回北方。后来孝文帝痛下狠心，为了巩固他的措施，把太子废了，又打击了保守的贵族势力。他的汉化彻底到什么程度呢？他迁都洛阳其实大臣都是反对的，他的借口是要平定南方，带着几十万大军一路南下，当时连天下雨，道路泥泞，到了洛阳之后，他居然说继续南下，所以大臣跪在他面前说皇上不要南下了，这样不行的。然后他说我既然做了这么多，总要有个结果吧。你们既然不愿意南下，那么我就迁都洛阳，这样逼着大臣们都同意了。因为当时洛阳也是废墟，需要重建的。迁都洛阳以后，他不断地实行汉化的措施，比如他规定衣服全部换成汉装，全部要汉化。他规定大臣在公众场合，上朝的时候，30岁以下的不许再讲鲜卑话。当时大臣们往往还想死了以后葬到北方，他就下令死了以后就葬在洛阳，并把籍贯全部改掉，本来都是北方人，也给改成河南洛阳人。我们现在河南洛阳这么多人，好多都是鲜卑人改的，籍贯都改掉了，改籍贯改姓，他自己拓跋氏带头改姓元。元是什么意思？大哉乾元，元是老大，皇帝就改姓元。到了唐朝时候，宰相就有元载，诗人有元稹，姓元的其实都是鲜卑人。金朝的时候，北方最有名的诗人元好问，就是拓跋氏后人。皇帝带头，所有的北方民族，鲜卑族和其他族通通改姓，所以不要以为张、王、李、赵都是汉人的专利，有的就是改的。姓也改了，籍贯也改了。接下来更加彻底，要求自己的皇室成员和汉族通婚，他自己拓跋家族带头和汉族四个大姓，如清河崔氏、荥阳郑氏等，他选四家跟自己通婚，这一号召，鲜卑人和汉族，大臣们纷纷通婚，以后这个民族就完全融合进汉族了。当时，大臣们都争论，我们自己这个民族传统就不要了？他曾经跟他们讲，你们以为我愿意这样做吗？这是不得已的，你们是想永远在沙漠里面永远没有文化好，还是我们这样比较好？所以作为一个民族，鲜卑已经完全融在汉族中间了。我们中华民族就是这样，以华夏为基础，融合大量的其他民族，所以，今天的汉族是人口最多的单一民族，不只是来自黄帝，还来自很多这样的源泉，其中比较明显的就包括鲜卑。那么对于匈奴来说，现在我们56个民族有没有匈奴？匈奴到哪里去了呢？除了少部分人西迁，其他人早就融合到汉族了，比如说内迁的匈奴从东汉以后，首先从蒙古迁到内蒙古跟陕西北部，然后再迁到山西北部，他们后来起兵的时候就宣称自己姓刘。为什么姓刘呢？说我们祖先曾经跟刘邦是结拜兄弟，我们也姓刘，以后就姓刘了。到了孝文帝时匈奴基本上都改姓了，更不要说鲜卑、羯、氐、羌，羌人还有一点，其他的好多民族包括契丹、女真都到哪里去了？其实主要的人口都融合到汉族去了，其中最彻底、最主动的就是鲜卑，这一点也发生在"几"字弯这一带。

下面讲的例子是音乐舞蹈，到现在我们都有这个体会，虽然汉族传统舞蹈看起来雍容大度，但是老实说缺少震撼力，缺少张扬。其他55个民族，包括人口很少的民族，他们的音乐舞蹈往往都有很强的感染力，甚至震撼人心。其实这是必然的，这是因为华夏比较早地发明了文字，尽管在世界上不是最早的。我们现在已经明确的最早的文字就是甲骨文，可以追溯到 3700 多年前，再早我们还没发现。有人提出岩画里面有些文字，龙山文化遗址里有文字，但是这还没得到学术界承认，因为文字需要符合文字适用规定，文字应是可以解读的。比起埃及的文字、泥板文字，有些学者认为是 8000 年前，甚至 10 000 年前，而我们是 3700 年。但是比起其他 55 个民族来讲是最早的，而且华夏发明的文字一开始是方块文字，这是世界上独一无二的，每一个字有自己的写法，而且每一个字有多种含义，又可以组成无数个词组。这样一来华夏人的语言也非常丰富，也就是说人的七情六欲，人的各种想法、各种愿望都可以通过文字语言得到表达。我们去看《诗经》——诗 300 篇，主要都是表达宣泄人的感情的，有表达爱情的、亲情的、友情的、悲情的，但你去看《诗经》里面是不是每一篇都出现"爱"这个字啊？什么爱得你要死，爱得你要命，这些都没有的，都通过文学的手段，有的用比喻，有的用排比、对偶，有的表面是描述动物、描述植物、描述天气，但是把人的感情表达得非常生动。其他民族呢？没有文字，有的很晚才有文字，因为没有文字，他们的语言非常单一，没有那么多花样，但是他们同样是有七情六欲的，需要宣泄表达自己的感情。儒家经典《乐记》里面很早就注意到这个现象了，语言不足，那怎么办呢？通过声音，通过肢体的动作，同样可以宣泄表达自己的感情，甚至非常强烈的感情，这种行为就形成了原始的音乐舞蹈，加上每一个群体都会有一些天才人物，有天赋的人物通过提高创造力形成了他们自己丰富的音乐舞蹈，包括乐器，所以你看我们现在所赞扬的华夏正音、盛唐乐舞，基本上都不是华夏人创造的，都是引进的，特别是从今天新疆往西的中亚、西亚那里引进的，我们现在有些人把我们的民乐叫作国乐，但是要知道今天我们民乐队的乐器可能 90% 都是外来的，不是本地的，古代挂上个钟，放上个石头，这是钟磬，是我们的。比如现在被称为"中国小提琴"的胡琴，就是胡人拉的琴，二胡、京胡、板胡、高胡这些，包括马头琴什么的都不是华夏发明的，都是游牧民族、少数民族发明的，但是他们同样有强烈的表现力，甚至有更强的感染力。我们知道西楚霸王项羽最后的下场，垓下之战他被打败了。当时晚上周围响起一片楚歌，因为项羽的部下都是楚人，他们听到家乡的民歌民谣，引起一部分人强烈的思乡之情，还有一部分人认为周围的人都在唱家乡的民歌，证明家乡已经被汉军占领了，所以项羽的子弟兵都跑了，项羽最后的这些部队被瓦解了，音乐有这么大的能力。但是有一个例子可能大家不大注意，胡人同样也是如此。西晋末年，匈奴的军队包围了晋阳城，即今天的太原。守将刘琨曾经在北方生活，学会了匈奴人的长啸，怎么啸现在也没有留下录音，我想就是像腾格尔唱歌时那些没有词的音调。还有一种说法，他自己学会了演奏胡笳，而且还调教了一支胡笳乐队。他守在城里面等不来救援，马上就要弹尽粮绝，心急如焚，趁着月色走到晋阳城楼上，看到周围城外都是匈奴人的营帐，把这里包围得死死的。这个时候他开始长啸，随着他的啸声的传播，不断地有匈奴人走出营帐，侧耳细听，听着听着有不少人流泪了，他们想念草原上的故乡，纷纷骑上马拨转马头回去了，刘琨凭他的长啸解除了晋阳城的包围。你看胡人匈奴的音乐也具有那么强大的感染力。还有一个因素就是前面已经提到的胡人，为了适应生存和战斗，他们的衣服一般都是紧身的。而汉人华夏，无论男女，尤其是上层贵族，都是宽袍大袖，所以即使表演音乐舞蹈，形体的美、肌肉的美是显示不出来的。所以我们在史书上经常看到这样的记载，皇帝贵族特别喜欢看胡人的女人跳舞，为什么呢？通过她们的舞姿欣赏她们形体的美。总而言之，在音乐舞蹈方面，游牧民族、少数民族、边疆民族有很伟大的贡献，正是这些音乐舞蹈被华夏吸收，才形成了我们国家的传统音乐舞蹈，这些方面应该承认，好多过程也就是在"几"字弯周围发生的。汉胡继承，中原华夏，包括外来的民族，这应该说是我们今天中国文化的一个很重要的源头，一个良性的过程。

如果说前面这些例子还只是跟一部分人有关，那么，接下来这个例子跟我们今天每一个人都有关。我们今天有沙发、凳子，有各种坐具。就是今天的一个小凳子，要知道孔子的时代是没有的，那个时候的人都是坐在席子上面，孔子上课，看《易经》，编《春秋》，都是坐在一张席子上面，要么长跪膝盖着地，要么是盘腿而坐，最后去世了，也是一张席子一卷，这一辈子离不了一张席子。我们有个成语叫席地而坐，就是说连席子都不用，把地当成席，这叫席地而坐，不是铺一张席子。我们有很多词跟席有关，比如我们称领导人叫主席，在历史上就是他坐的席子在主要位置。酒席就是盘腿坐在席子上面，前面的酒菜放在一张案上面，这叫酒席。什么时候开始有凳子坐呢？这个概念也是跟胡人学的，因为北方的胡人平时是骑马的，不骑马的时候怎么办呢？他们习惯于保持骑马的姿势，就是蹲在那里。我 20 世纪 60 年代到淮北，还看到这个情况，当地农民很穷，家里是没有家具的，他们要么躺着要么站着，包括吃饭喝酒聊天，都蹲在那里。那么都蹲在那里有什么特殊情况呢？比如说年纪大的，比如说首领，或者有什么特殊情况的，所以这样最早的时候匈奴人就给首领一个坐具。开始汉人是不知道的，等到了魏晋十六国时期、南北朝时期，汉人看到胡人的首领是坐到床上的，他们把这叫作胡床。这个"床"大家要注意，床不是只供躺的，坐具也是叫床的。史书上记载皇帝坐的叫御床，这个床不是躺的，它只是比平地、比席子稍微高一点，或者把席子铺在上面，这叫御床，都是床。我小时候念李白这首诗，就不理解"床前明月光"，躺在床上怎么举头？怎么低头？后来我就明白，这个床不是躺的，李白是坐着的，他可以"举头望明月，低头思故乡"。所以汉人中的贵族富人，最早当然是贵族官员，也学胡人开始制作简单的坐具，以后发现这也不怎么难，所以这个概念就逐步扩大，到唐朝的时候，普通人都已经有坐具了。事实证明，坐具适应了人类生活的需要，这个概念得到了普及，要是华夏汉人不向胡人学习，那么到现在还是像年纪大的日本人、韩国人一样坐席子。所以我们不要一直以为汉人什么都比别人先进，在这一点上，胡床比席子先进，以后大家都学，坐具就普及了。我们的牧业民族和农业民族是相互学习的，比较多的是农业民族更加适应，但是不是所有的农业民族都比别人先进，至少在这一点上是向别人学习的。

再举个例子，就是婚姻制度与人口。汉朝跟匈奴接触以后，就感觉匈奴很野蛮，怎么野蛮呢？就是不断地要求妇女改嫁。比如王昭君嫁给单于，单于 70 岁了，王昭君嫁给单于以后给他生了孩子，不久单于死了，根据匈奴的规定，她要嫁给新的单于。单于跟其他夫人生的孩子继位了，辈分上是她的儿子，但她要嫁给他，嫁给他之后又生了孩子。如果第二个单于死了，当然这个史书上没有记载，如果说她还活着的话，那还得继续嫁。汉朝人认为这个这么野蛮，甚至有点乱伦了。匈奴人理直气壮：我们就用这个办法保证种姓的繁衍。其实背后的原因是什么？是因为当时匈奴的生存条件非常艰苦，他们的生活方式受到局限，他们没有粮食，一开始自己一点都不种，后来学汉人开始种一点，但是肯定满足不了需要，主要吃肉、乳制品，而且也不是很充足。这种情况下，人均寿命短，人口经常没有办法增殖，所以匈奴千方百计增加人口。不仅对女人这样，对男人也是这样的。这一段历史我们可以注意到，匈奴无论是对俘虏的还是扣留的，或者他打败的汉人都是不杀的，留下来赶快找女人跟他结婚生孩子。比如张骞通西域，第一次出去，因为河西走廊被匈奴占据着，所以离开汉朝不久就被匈奴扣留了。匈奴一问，什么话，你要穿过我的地方，找人来帮你们汉朝置我于死地，不许走，留下，马上找女人跟他结婚生孩子。所以张骞第一次被匈奴扣了十年，在这期间成家生了孩子，但是因为他不忘使命，十年后逃脱。西行至大宛，经康居，抵达大月氏，再至大夏，停留了一年多才返回。在归途中，他希望躲避匈奴，故意从羌人中间走，结果又被羌人抓住了，送给匈奴。照理这样一个人屡教不改，应该杀他，但是还是没杀他，还留着，希望他最好再帮他们生一个。等到一年以后，匈奴自己发生内乱，他才逃脱。这不是孤立的，还有一个例子——苏武。苏武是汉朝的使节，被匈奴扣留，他们不让他回去，因为他坚贞不屈，不肯投降，就把他流放到北海，一般认为就在今天贝加尔湖这一带，跟他讲什么时候公羊生了小羊，他才能回去。后来据说他把信件绑在鸿雁的脚上送过去。后来汉朝和匈奴和好，汉朝把他要回去。但他很不幸，回去以后不久，他的儿子犯了谋反的罪。根据汉朝的法律，谋反罪要灭三族，所以他家里其他人都被杀了。他因为功劳很大，皇上特别赦免了他，但他没有后代了。皇帝有一次见到他就问他，你在匈奴这么多年有没有生孩子，可见这个事很普遍。皇帝知道他有个现在还来往的孩子，就特批,你可以把孩子要回来继承你的香火。所以他才用钱把他的儿子赎回来,他的儿子是他在匈奴的太太生的,取名苏通国,以后就继承他的爵位。所以我跟一些姓苏的同学讲,你们老是讲苏武是你们的祖先,不要忘记你们老奶奶是匈奴人,你们都是汉匈友好的产物。匈奴就是这样的,所以汉朝接受不了,嫁给自己儿子辈的还不只嫁一次,但匈奴认为很正常,用各种办法,包括把汉人俘虏,让他们留下来,为了自己种族的繁衍。是不是这个办法就是落后野蛮的呢?到了北朝的时候,因为经常打仗,人口下降,特别是前方的将士,得不到结婚的机会,皇帝曾经下令在太行山东面那些地方征集寡妇,支援前线。寡妇没有丈夫,到前线配个将士,让他们及时结婚,满足他们的性需要。如果说这还是战时的话,还有一个例子,到了贞观年间,唐太宗下令全国所有寡妇限期改嫁,所有的鳏夫限期重新结婚,并且把它看作地方官政绩的考察指标,这个县里面有多少寡妇统计下来,第二年统计降了多少。你说匈奴的制度野蛮,那唐太宗的这个制度就不野蛮吗?这是行政命令,而且还要考察的,什么原因呢?唐朝初年人口太少,经过战乱,特别是突厥南侵,唐朝人口不够,人口不够哪里来的武力?唐太宗继位不久,突厥南侵甚至打到长安城下,唐太宗不得不亲自出城,骑马跟突厥的可汗对话才把他们劝了回去,所以他痛感人太少,兵力不足,怎么办呢?当时又没有其他办法,所以动脑筋,寡妇可以利用。实际上就像马克思讲的,这是一种生活方式的需要。而且唐朝的公主几乎都改嫁,改嫁一点不丢脸,你去看《唐书》里面的公主传,这个公主嫁了几次,最高的有人查过嫁了五次。一方面这是因为现实需要;另一方面这样一种观念,已经被唐朝所接受。唐朝接受的不是从孔子、孟子传下的观念,也不是从东汉开始讲的女人要守节的观念,而是来自少数民族的促进人口增长、突破原来文化观念束缚的这样一种观念。为什么到了宋朝、明朝、清朝,越来越强调贞节观念呢?的确,从宋朝开始已经不是这么一种观念了,最有名的宋朝的学者讲,女人饿死事小失节事大,饿死了,不过是小事,但失节的罪大了,女人不能改嫁。女人要守住自己的贞操,最简单的意思就是欧阳修讲的那个意思,当时有一个小官员在外面死了,他的太太遵照当时习俗，护送他的棺木回老家安葬，那一天走到河南西面，天快黑了，好不容易找到一家旅馆，结果走进旅馆，伙计一看这女人穿着孝服，后面还有棺材，认为不吉利，让她走，女人一看天快黑了，好不容易找到旅馆，往哪走？站着不肯走。那伙计一把攥住她胳膊，要把她拉出去，结果刚一碰到她，女人就勃然大怒：我女人的手臂，你男的可以随便碰吗？既然你碰过，那这手臂还有什么用？抄起一把斧头，把手臂砍了。这个消息传出，女人受到政府的表彰，最后伙计受到了惩罚，守节守到这个程度。你看包括元朝在内，明朝、清朝政府不断地表彰节妇，给她授牌坊，授牌坊的对象都是丈夫死了的，一直守寡到老，培养儿子成才。有的甚至未婚夫死了，也要为他守节。最极端的例子，童婚，小时候指定的，这样对方死了也要为他守节。那么中国人的观念发生那么大的变化，是不是凭空而来的？其实根据马克思主义的历史唯物主义观点，你要看看社会，社会的情况是什么样的？唐朝的人口最多不到 8000 万，宋朝突破 1 亿，明朝突破 2 亿，清朝突破 4 亿，在这么大量增加的人口面前，本身人口就挺多，还要寡妇改嫁干什么？所以在这种情况下，寡妇要守贞节，女人要守贞节的观念正好符合当时社会的实际需要。所以这样看起来婚姻制度不是农业民族和牧业民族、文明与野蛮的分歧，其实这是社会实际的需要。当匈奴人这种习俗对汉人有益的时候，汉人也会采用，甚至皇帝采用行政命令的方式将它固定下来。而这个变化又是与我们"几"字弯这一带密切相关的。北朝时首先被要求改嫁的寡妇，都是驻守在这一带的，以后随着人口的南迁，这个习俗传到南方，最后唐太宗采取这个措施。唐太宗采取这个措施，为什么社会上没有强烈的反响，是因为大家在人口迁移传播的过程中间不自觉地接受了这个观念。这背后不是一个简单的意识形态，就像恩格斯讲的，繁芜丛杂的意识背后是什么？是基本的社会需要。

下面我还有一个例子，就是元朝蒙古统治者他们建立的行省制度。我们知道，现在我们中国的一级行政区划是省或者相当于省的自治区，这个制度从元朝开始实施。因为它的优越性，因为它符合中国的实际情况，明朝、清朝、中华民国、中华人民共和国一直延续，那么元朝为什么要建立这个行省制度呢？那也是因为蒙古人南下的过程，它首先在这一带遇到的是金朝，那边是西夏。他到了这一带，一方面接触到了金朝，金朝虽然统治者是女真人，但基本上人口还是汉族，是华夏，所以金朝的制度除了一小部分是自己创造的，大部分还是延续前面的宋朝、辽朝的制度。但是金朝有它的特殊现象，特别是到金朝晚期，国内经常发生大的社会动荡，或者发生大规模的叛乱。比如金朝曾经有一个将领带领十几万军队叛变，投奔宋朝。金朝曾发生几次大的灾害，在晚期还面临蒙古的南下，在这个情况下金朝便实行一项临时的制度，派一个官员到地方上去代表朝廷处理这些重大问题，到后来派一个官员已经不够了，开始派一组官员，就像我们今天不是派一个人，是派一个工作组。金朝就从中央机构尚书省派一批官员，分别代表中央的不同部门，到地方处理问题。那么蒙古南下，就学到了金朝这个办法，而且蒙古南下碰到了一个更大的问题，就是它的政治中心远离地方。一开始蒙古的首都就在今天的乌兰巴托这一带，之后的上都在内蒙古，最后迁都到大都，在北京。但它统治的地方已经包括中国的南面，包括缅甸的北部，一度打到越南北部，西边就包括新疆，甚至更西边。在这种情况下光靠朝廷常驻的一些地方官或者中央派一些官员没有办法统治，所以它在金朝晚期的办法上进一步制定新的制度，这个制度就是派行中书省。中央机构叫中书省，相当于我们国务院，然后派一些官员到地方上叫行中书省，就是中书省的工作组、中书省的代表，比如它把今天的湖北、湖南、江西、广东平定了，建立一个湖广行省，就从中央中书省里选一批官员到那个地方去，在那里建立中书省。行中书省简称行省，这个制度实施下来很好，所以除了西藏比较特殊，直接归中央宣政院管，就相当于今天国家宗教事务局管以外，元朝已经把统治的地方都分成一个一个的行中书省，简称行省，这就是我们今天省级制度的来源，现在我们的省有省长，有省政府，省政府里面各机构基本跟中央各部是对应的，而在元朝以前，比如说从秦始皇开始，一个郡就派一个郡太守，其他不派人。元朝在地方执政的不仅是一个省长，其实它是组成跟中央对应的一个省政府，这就是行省制度。到明朝朱元璋认为这个制度很好，只是改了名，称为承宣布政使司，强调是奉皇帝命令，实施中央的制度命令的一个机构。但是一般人，包括一般官员，在非正式场合还是叫行省或者省。清朝也不用这个名称，还是叫行省，简称省，到中华民国正式定名为"省"，我们现在就是"省"。一个制度，它的构成存在那么长的时间，就证明了这个制度是适应社会现实的需要的。当然，这个制度创立汇集了大家的智慧，包括蒙古族、女真族、汉族，甚至包括契丹人，它能成为现实的原创，比较重要的因素就是发生在农牧民族相交的地方，"几"字弯地区也是重要的部分。

下面我要举的例子就是康熙决定不修长城。长城修得最大、保留下来最多、看起来最壮观的是明朝。大家知道，任何突破长城南北的政权是不需要修长城的，相反的话，如果守不住，它就拼命地修长城。唐朝不需要修长城，唐朝的时候长城内外都是它的地方，不需要修长城。到了后来，安史之乱以后，长城南面好些地方也不是它的统治区，修不成长城。相反，明朝建立的时候元朝还存在，元顺帝离开大都在东北、内蒙古继续叫元朝，继续当皇帝，只是几十年以后他们主动放弃皇帝的称号，重新回到蒙古的部落时代。到了康熙年间，有大臣报告，很多地方的长城多年不修了，有的大臣就说好好把长城再修一下，康熙皇帝就批评他们，说："你们太糊涂，蒙古就是我的长城，我修长城干什么，长城内外都是一家，都是归我们统治的。蒙古就是长城，给我守着边疆，我还修长城干什么。"

所以从今天保护长城的角度看，我们多少有些遗憾，但是从中国统一的角度看，不修长城才真正巩固了中华民族之间的团结，巩固了我们的家园。要是康熙还是修长城，要是清朝还把长城作为边界，有我们今天的中国吗？这是康熙的远见卓识，也是他认真总结中国历史的经验。同时，他有他的优势，因为清朝以前，中国历史什么时候牧业民族跟农业民族能够成为一体，什么时候才有中国的大一统；如果农业民族只拥有自己的农业区，肯定不可能有今天我们中国理想的大一统。所以刚才我讲汉宣帝，他就已经开始突破这观念了，长城以北让匈奴自己统治，然后双方友好，实际上扩大了中国的范围。明朝初年就开始修长城，有些地方都是里三层外三层,但是没有用处,由于双方保持敌对的关系,动不动蒙古军队就到长城里面来了。到了清朝,一会就进了长城,包围了北京,清朝最远的一次打到江苏徐州,长城没有多少用处。所以当长城不再作为中国内部的边界,那么倒是一个统一的时期,所以大家可以翻翻我的老师谭其骧教授主编的《中国历史地图集》,中国真正大一统的时期,那都是由牧业民族来完成的——蒙古统治了整个中国,清朝统治了整个中国。本质上的原因是,农业民族的政权往往瞧不起牧业民族,认为这些地方对自己没用,放弃就放弃了,如果占领了就要求向自己进贡,而不大致力于开发;牧业民族统治了整个中国以后,等到他们入主中原,他们就意识到传统文化、农业文化的优越,当然不会再放弃,这样他们才能把农业地区和牧业地区结合起来,这样我们才能有一个真正的中国。

当然,现在西方有些史学家,不管出于什么目的,客观上是对我们不利的,他们强调中国有两个"中国",一个是内亚的"中国",一个是传统的"中国"。这个事实是客观存在的,但是如何解释和理解要特别慎重。尽管各民族之间有过冲突或者战争,甚至互相仇杀,但是最终已经融为一体。像康熙的措施就顺应了历史的潮流和发展,这是一个自然发展的结果,那么最终才形成汉族和其他民族你中有我、我中有你,相互离不开的格局。在这个过程中间,黄河"几"字弯也发挥了很关键的作用,正是由于这一带不断地相互消长,最终边疆与内地、农业与牧业、华夏与少数民族就在这个地方逐渐融合。康熙不修长城象征着中国的统治者已经自觉地要破除界线,两方面合为一体。正式融为一体的时候,我们祖先大一统的梦想才能够成为现实。

其实孔子那个时代,他们的大一统观念是很局限的,只局限于农业民族,局限于华夏。真正的大一统不仅包括传统的华夏,应该也包括我们中国古时候的各个民族。但是很遗憾,一直到清朝还有这个局限性,这就表现在一直没有积极地向北方、东北移民。一块土地不去统治、占有、开发,那么最多只有理论上、地图上的意义,没有实际意义。康熙年间跟俄国人签订了《尼布楚条约》,就规定,清朝的疆界到外兴安岭，但条约签订以后，清朝继续把东北看成自己满洲的后院，不许汉人迁入，严格限制。这个条约签的文本只有三种文本——满文、俄文和拉丁文，连汉文都没有。康熙皇帝一方面不修长城，另一方面，继续把这块地方看成满族自己的家园，连签条约都不用汉文，就用满文，所以这个条约签订以后继续限制人口的迁移，以致俄国人大规模地迁入，顺黑龙江而下，如入无人之地。其实只要有人它就没法占，比如说黑龙江以北有六十四屯，是以前满人就在那里居住的，叫"江东六十四屯"，《瑷珲条约》规定继续归大清管辖。到后来慈禧太后向俄国宣战，慈禧太后以为义和团刀枪不入就利用他们进攻外国大使馆，而且毫无顾忌。俄国看到机会来了，就将江东六十四屯也占了，黑龙江以北完全归为俄国。要是康熙在不修长城的同时，马上想到向东北移民，甚至《尼布楚条约》签订以后，清朝加强移民，那么历史就不是现在这个样子，至少俄国不会那么容易地就占据中国那么大的领土。正因为这样，我们看到走西口对蒙古族开放河套等地区是有重大意义的。我们在座各位在这里定居很久的，绝大多数内蒙古的汉人都是山西人的后裔，甚至中华人民共和国成立后我们能听到内蒙古人讲的汉语，大多数都是山西口音。走西口很艰难，因为直到清朝中期，内蒙古都没有对汉人开放。山西或者陕西北部山多地少，干旱少雨，而内蒙古南部有不少空地，但是这些人不能在当地落户，只能从事季节性农耕，被称为"雁行人"。商人在这一带经商，以这里为据点继续向北。到了19世纪50年代，《瑷珲条约》签了以后，清朝面对着沙皇俄国、日本等外国的侵略才意识到，如果再不移民，这一带迟早被俄国占据，所以开始改变政策，在东北开发的同时，在内蒙古放垦，设置行政机构。这一带的县、厅都是在这个时候陆续建立的，有的建厅，有的把厅升格为县，明确蒙古人还归蒙古管理，汉人由县、厅管理。这一带放垦以后，蒙古王公的土地用租赁或转让的方式分给他们，这一带得到了完全的开发。所以走西口时大青山以南、河套地区的开发，最早都是这些移民自发进行的，都是靠民间而不是官府。他们的开发不仅有经济上的意义，对于维护国家统一也发挥了重要的作用。我们现在讲得比较多的是晋商，做买卖晋商非常重要。但巩固边疆，还是靠这些移民，就是靠这些移民挫败了沙皇俄国策动的"蒙古独立"的阴谋。

我们对"几"字弯应该有一个正确的认识。"几"字弯是黄河的一段，所以我们重视它，必须把它放在全黄河来看，因为它毕竟是黄河以及黄河流域重要的一部分，它的作用、贡献、重要性离不开整条黄河。同样我们的开发利用，也离不开黄河上、中、下游。我们今天看"几"字弯，看它的文化，应该放在中华文明来认识，有些历史的事件和人物发生在这里，但它的背景和作用离不开整个中华文明。即使是在这里发明、创造、产生的新事物，它之所以能够存在到今天，也是因为它在整个中华文明中发挥了重要作用，因为它影响了中原、蒙古和整个国家。元朝的行省制度不只是在这一带实施，还推广到了整个中国。我们作为专业研究的人总结历史经验教训，应该重视弘扬积极的文化，去解释、宣讲，避免用以前的说法引起歧义和争端。历史上民族之间的摩擦以至于冲突也是客观存在的，作为研究者我们不能回避，我们要汲取历史的教训，这为我们今天处理民族关系起到了重要作用。今天我们弘扬传统文化，我们的眼光不能过于局限，认识"几"字弯的历史文化必须放在中华文明的整体中来认识。

最后我来讲几句我们文化复兴和民族复兴的关系。我们现在各地很重视地域文化，也强调树立文化自信，这是完全正确的。但是文化自信不能变成文化自恋、自大、自闭。我们同时也应该知道，习近平主席多次在重要场合表明我们中国的态度，那就是文明互鉴。文明互鉴的前提就是其他文明也有值得我们借鉴学习的地方，所以文化自信应该建立在尊重其他文化自信的基础上面，我们的文化自信跟其他国家的文化自信并行不悖、相得益彰。我们应该对于"几"字弯有文化自信，但是并不是不尊重人家的文化自信。如果从大的方面来讲，我们的中华文明要尊重其他文明，文明之间要互相学习和借鉴。从微观方面来讲，我们对"几"字弯文化的自信也不排斥并且还尊重黄河各流域、各河段，其他地方他们的文化自信。这样才能做到费孝通先生生前一直提倡的"各美其美，美人之美"，要尊重人家的文化，这样才能"美美与共，天下大同",不同文化才能够和谐共处。中央在十九大以来的文件中一直强调中国跟其他国家和地区要发展利益共同体,最终达到建设人类命运共同体的目标。"几"字弯文化和其他文化要加强交流和融合,比如说我们开发旅游和文化资源,不要割裂开来,要跟黄河上、中、下游沟通交流,认识到我们这个地区跟整个蒙古高原、中华文化之间的关系,把费孝通先生倡导的"各美其美,美人之美"作为我们开发利用的原则,这样才能够践行习近平主席对世界各种文明的承诺,促使各种文明之间互鉴和共存共荣。

《黄河·山水的记忆》[①] 序

"黄河之水天上来,奔流到海不复回。"

三十多年前,当我沿着蜿蜒在山西和陕西间的黄河峡谷中的公路溯河而上时,一股滚滚浊流在丛山中奔腾。每当两岸的山岭紧锁,但见水自岩石间涌来,又从山脚下消失。而峰回路转,眼前豁然开朗时,又看到在赭黄色的群山与灰蒙蒙的天空融合的地方,飘游着一根土黄色的带子,当我最终站在壶口瀑布前、在震荡山谷的喧腾水声中仰望倾泻下来的黄河之水时,再也不会怀疑李白的诗句是过分夸张。黄河之水要不是来自天上,何至于有如此巨大的力量。

从遐想回到现实,我不禁想到这样一个问题:当李白写出这首壮丽诗篇时,他是否知道黄河究竟来自何处?

中国最早的地理名著之一《尚书·禹贡》对黄河是这样记载的:

> 导河积石,至于龙门。南至于华阴,东至于底柱。又东至于孟津,东过洛汭,至于大伾。北过降水,至于大陆。又北播为九河,同为逆河,入于海。

尽管对中间一些地名,学者间有不同解释,但对当时龙门以下的黄河经流还是记载得比较清楚的。从龙门以上,却只提了"积石",显

[①] 葛剑雄主编:《黄河·山水的记忆》,青岛出版社,2019年版。

然作者所了解的黄河源就是积石。在相当长一段时间内，今甘肃、青海交界处循化附近就是人们心目中的积石——小积石山。隋炀帝大业五年（609年）在今青海省兴海县东南黄河西岸的赤水城设置河源郡，显然是以这一带为黄河源头所在。

元至元十七年（1280年），元世祖令都实与阔阔出寻找黄河源头。他们的实地考察加上吐蕃人的地理知识，将黄河正源确定在今星宿海西南百余里处。清乾隆四十七年（1782年），派阿弥达率队寻访黄河源，实地考察的结果肯定流入星宿海的卡日曲是黄河正源。1978年，青海省人民政府组织了对河源地区综合考察，再次肯定黄河的正源为卡日曲，并据此测定黄河全长是5464千米。

千百年来，人们只能通过亲历者的记录，想象星宿海的奇异景观和黄河源头这片纯洁的土地，有幸目睹、亲身感受的人屈指可数。而随着国家对三江源的保护，在可以预见的未来，这里将是一片禁区。所幸摄影家郑云峰先生在数十年前留下了黄河源的大量照片，使我们能随着他的镜头，近距离、高清晰、大范围地认识河源，并且能见到一些稍纵即逝的罕见景观。

黄河源于山，依托于山，亲近于山，也塑造着山，直到流出小浪底山谷才与山揖别。但小浪底以下这片大平原也离不开黄河的滋养，因为它本来就是黄河的产物。

在遥远的地质年代，至迟从240万年前，大风不断将北方高原上的沙尘吹来，持续覆盖在广袤的大地，年深日久，在新生代第四纪形成了世界上面积最大、覆盖最厚的黄土高原。流水和降水长期的侵蚀作用，逐渐形成一些河道。水量充沛、落差大的河道产生更强烈的侵蚀和下蚀作用，终于在高原和山岭中切割冲刷成黄河干流，并形成一道道险峻的峡谷。

在山西吉县和陕西宜川县间的黄河干流上的壶口瀑布，据郦道元在《水经注》中记载，正处孟门山下。过了近300年，据唐朝李吉甫所著《元和郡县志》所记，瀑布离孟门山已有1000步（约1475米）。而今天的瀑布已离孟门山5000米，从公元6世纪至今，平均每年后退3米多。

形成瀑布的水流不断冲蚀着河床的下切作用，造成泥沙的流失和岩石的破碎崩落，瀑布的后退是一种普遍现象。但壶口瀑布后退速度之快，却是世界罕见的。

"三十年河东，三十年河西"是黄河在山陕间南部河道频繁变迁的真实写照。明隆庆三年（1569年），黄河直逼朝邑县（今大荔县东朝邑镇）东门，县东三十里的大庆关所在地成了河东。第二年黄河突然东移到蒲州府城（今山西永济市蒲州镇）西门，大庆关回到河西。可是黄河忽然又转向朝邑县，在大庆关与县城间穿过，大庆关又变成了河东。到万历二十六年（1598年），黄河再次向西摆动，大庆关被隔在河东，只能在朝邑县东七里设置新大庆关。近30年间，大庆关在河东河西间变了多次。

黄河水从黄土高原挟带走巨量泥沙，成为世界上含沙量最高的河流。据20世纪50年代实测，黄河多年的平均输沙量达到16亿吨，每一立方米水中的平均含沙量约37.5千克，高时可达590千克，最高时甚至达900千克以上。从黄河形成之日起，泥沙就开始在下游淤积。有史以来记录的黄河下游的大小决溢超过1500次，黄河故道曾北至今天津，南至今淮河故道。可以肯定，华北平原就是来自黄土高原的泥沙在黄河下游不断淤积的产物。

数百万年的沧桑凝练成的黄河山水，依然保持着旺盛的生命力，即使没有人类活动的干预，还在缓慢却实在地演变着。尽管郑云峰先生的镜头记录的只是一个瞬间，却留下了黄河山水的雄奇清秀，浩荡粗犷，瑰丽多姿，似真若幻，朴实平淡，难以名状的恢宏，无法言传的美丽。

留下吧，黄河山水的记忆。

2018年6月

《黄河·往日的记忆》[①] 序

人类的早期历史、世界上的文明古国，大多是与河流联系在一起的。就像古埃及离不开尼罗河，巴比伦离不开幼发拉底河和底格里斯河一样，中国的早期文明、中华民族的主体和中国的形成都离不开黄河。

但是，一条河流对一种文明、一个民族或民族群体、一个国家产生如此巨大而长远的影响，一条河流孕育了一种如此灿烂的文化、一个如此幅员辽阔的国家，那就只能数黄河了。

最近公布的"中华文明探源工程"成果证明：

距今5800年前后，黄河、长江中下游以及西辽河等区域出现了文明起源迹象；距今5300年以来，中华大地各地区陆续进入了文明阶段；距今3800年前后，中原地区形成了更为成熟的文明形态，并向四方辐射文化影响力，成为中华文明总进程的核心与引领者。

其中在黄河流域的山西襄汾的陶寺遗址和陕西神木的石峁遗址，分别发现了面积在280万乃至400万平方米的巨型城址。这些城址内社会分化严重，高等级的建筑周围有高围墙围绕。这一时期，墓葬中反映的阶级分化非常明显，小墓一无所有，或者仅有一两件武器；而大型墓葬的随葬品达上百件，不仅制作精美，而且有表明等级身份的钺。

位于洛阳东郊的偃师二里头遗址，距今3700年左右，是夏代后期的都城。在该遗址的中部，发现了内有多座宫殿的宫城。在与此宫城仅

---

① 葛剑雄主编：《黄河·往日的记忆》，青岛出版社，2019年版。

一路之隔的区域发现的另一个围墙围绕的区域内，发现了制作铜器和绿松石等高等级物品的作坊，生产的铜器非常精致，仅在较高等级的墓葬中随葬。表明这些高等级物品的生产已经被王权所控制，成为表明持有者等级身份的象征物——礼器。此时，中国的青铜文明已经进入一个新的阶段。

从黄河上游到下游，已经被考古学家发现并命名的有河南新郑的裴李岗文化、河南渑池的仰韶文化（包括西安的半坡遗址、临潼的姜寨遗址、河南三门峡的庙底沟遗址）、甘肃临洮的马家窑文化和半山—马厂文化、山东的大汶口文化和龙山文化等。

早期文明如满天星斗，分布于中国各地，黄河、长江中下游以及西辽河等区域都是重要的文明起源地，但黄河流域无疑是最重要、最集中的区域，并最终成为主体。黄河流域不愧为中华文明的摇篮，黄河不愧为中华民族的母亲河。

从旧石器时代到新石器时代，黄河流域始终处于最发达的地位，并非出于偶然。在人类的生产力还非常原始的条件下，自然环境起着决定性的作用。当时黄河流域的气温比现在偏高，原始环境没有受到破坏或干扰，因此大多数地方具有适宜人类生存和生产的条件：地势适中，气候温和，降水充沛，或接近水源但又足以躲避洪水，植被良好但不过于茂密，有足够的动植物供狩猎或采集，土地肥沃而疏松。而在黄河流域之外，尽管在局部地区也不乏如此乐土，却缺少大范围、成片的、拥有综合优势的区域。

夏朝统治的范围基本没有超出黄河流域。商人在取代夏朝之前已经生活在黄河流域，以后的主要统治区也在此范围，晚期才扩展到淮河流域。周人发祥于关中平原，文王（姬昌）建丰邑（今西安沣水西岸）为都城，武王都镐（今西安市西），与丰邑相近。周武王灭商后，大规模分封诸侯，以后在其子成王初年又分封了一次，周族及其联盟的人口扩散到各地，周天子的统治区也随之扩大。但除了少数诸侯被封在淮河流域，其余的封地都在黄河流域。公元前770年，周平王东迁雒邑（今河南洛阳），周人由关中平原向伊洛平原进行了最大的也是最后的一次迁移。到公元前 3 世纪末，秦朝的疆域已经扩展到珠江流域、辽河流域，但直到公元 13 世纪中叶，全国性的政治中心才离开黄河流域。

从周边向黄河流域的移民始终持续，特别是从北方、西北和东北。匈奴、鲜卑、乌桓、羯、氐、羌、丁零、突厥、回鹘、昭武九姓、高丽、百济、契丹、奚、女真、党项、回、蒙古、满等，都有大量人口内迁，有的甚至基本内迁，并最终融入汉族和其他民族。如随着北魏孝文帝迁都洛阳，大多数鲜卑上层家族定居于洛阳一带，都改了汉姓，此后就以河南洛阳为籍贯，死后也葬于洛阳。

与此同时，黄河儿女不断迁往四方，最多的是南迁至淮河流域、长江流域、珠江流域。从战国后期、两汉之际、东汉末至三国、永嘉之乱至东晋、安史之乱至唐末，直到靖康之乱至南宋末，一次次大规模的南迁将华夏文明越传越广，越传越远，改变了中国的人口、经济、文化、民族的分布和结构。到了近代，黄河儿女又迁往东北、台湾和海外。

五千年的文明在黄河流域的大地上留下了无数城市聚落、宫阙陵墓、雄关长城、寺观塔窟、文物瑰宝、艺术珍品，也留下了寻常巷陌、普通民居、田地阡陌、百工作坊、道路津梁。它们有的经历风霜，巍然独存；有的已成倾圮凋零，已成废墟；有的高原陵谷，深藏地下。但先人的记忆永不磨灭，与山水同在，因后人的记忆而长存。

2019 年 1 月

《黄河·我们的记忆》[①] 序

19世纪末,中国经历了"三千年未有之变局",黄河也经历了她形成以来未有之变局。

轰鸣的机器声从新建的厂房中传来,电线杆上的电线传来电子信号,电报电话取代了"八百里加急"。官道被改成公路,驶来的汽车超越了所有人力畜力车辆。铁路通过大桥跨越黄河,也沿着黄河驶往关中。刀枪弓箭换成洋枪洋炮,洋人出现在穷乡僻壤,大清皇帝让位于民国总统。

"天上来"的黄河水照样奔流入海,但这片黄土地和生活在黄土地上的人变了,无论他们是否知晓,无论他们是否愿意。

多数人还是日出而作,日入而息,却也有人在深夜劳作。多数人还是春种夏耕,秋收冬藏,一些人已走进工厂,下了矿井,开动机器,驾着车辆,挥起锤镐。依然种着五谷杂粮,也增加了棉花烟草、花生甜瓜。牧民还在逐水草而居,也有人赶着牛羊北上,原来的牧地种上了庄稼。

闯关东的人浩浩荡荡,走西口的人络绎不绝,往西北的远迁新疆,更有人迁往异国他乡,水、旱、蝗灾民流落四方,也有人进了城镇工矿,还有人当兵吃粮。

男人剪去辫子,年轻妇女不再缠小脚。多数人依然穿粗布麻衣、布鞋土袜,也有人换了西服洋装、皮鞋洋袜。洋油洋灯取代菜油灯草,火绳蜡烛换成洋火洋烛。土纱土布敌不过洋纱洋布,机器产的针头线脑深

[①] 葛剑雄主编:《黄河·我们的记忆》,青岛出版社,2019年版。

入穷乡僻壤。

一种生产方式改变了，不仅使一群人离开工作场所或居住地，也意味着这一工作场所的改变或拆除，一种或多种产品消失，特殊的工具不再需要，专门的技工和技艺断绝。

一个村子的人迁走了，不仅他们的田园会荒芜，住房会倾圮，也许他们拜的菩萨会离开人间，他们爱看的戏班会解散，他们原来说的话渐渐无人听得懂，他们祖上的来历无人知晓。

河上造了铁桥，河里通了机船，羊皮筏子没有人坐了，扎筏子的师傅老了死了，扎筏子的手艺无人传了。何止是扎筏子手艺？当一种手艺派不了用处，挣不了钱，没有人愿意学，父亲传不了爷爷的手艺，孙子已经不知道爷爷的手艺。

当人们解决了温饱，步入小康，突然发现祖辈的传说已经找不到根据，家园的故事已经残缺不全，儿时的记忆依然美好却模糊不清。当他们想到要保留保存时，这一切却行将消失，或已经不见踪迹。

人们并非想回到过去，也不会真的迁回故乡，更不会放弃今天的幸福生活，但都希望过去留下一点实物，哪怕已经残缺，或者只剩下遗址，只是一段文字、一张照片。在对往事的回忆中，人们自然会滤去苦涩，扩大温馨，让回忆慰藉乡愁，让回忆滋润生活，让回忆连接明天。

20世纪80年代起，郑云峰先生就跋涉在大河上下，徜徉于河东河西，在拍摄黄河自然风貌的同时，也拍下了黄河的人文景观，记录了世世代代生活在这片由黄河水滋润的土地上的人，他们的衣食住行、婚丧节庆，喜怒哀乐。也许当时他并没有意识到这一切正在消失，但他肯定没有预料到这一切会消失得那么快。如果他料到了，一定会拍得更多，拍得更全，拍得更细。但就是这些照片，今天已不可能重拍，尽管它们的图像始终会保存在当事人的记忆中。只是那些人中的一部分已经离开，其余的人也在逐渐逝去，而郑先生拍的这些照片将借助现代技术而永存，我们的记忆也得以在这些照片中保存。

2019 年 5 月

浩浩长江

《长江》① 序

在世界十条最长的河流中，只有长江和黄河靠得那么近。它们的源头只隔着一道山脉，它们的流域大部分相邻，下游河道基本平行。

在世界十条最长的河流中，只有中国完整地拥有其中的两条。中华文明正是这两条大河孕育的。

与黄河相比，长江无愧为长者。

长江的形成可以追溯到距今1.4亿年前的侏罗纪时的燕山运动，距今约3000万年，喜马拉雅山强烈隆起，长江流域西部进一步抬高。在地势作用下，原来向西流的古长江开始向东流去，在距今约300万年形成长江。但黄河的形成是在距今115万年的早更新世开始的，到距今10万—1万年的晚更新世，黄河才演变为从河源到入海口贯通的大河。

长江全长6397千米，而黄河是5464千米。长江的水资源总量9616亿立方米，为黄河的20倍。

长江流域面积达180万平方千米，而黄河流域总面积79.5万平方千米，即使是历史上黄河流域面积最大时也无法与长江流域相比。

但黄河拥有一项独特的资源——世界最大的约64万平方千米的黄土高原。

距今8000—3000年的新石器遗址，广泛分布在长江流域和黄河流

---

① 葛剑雄主编：《长江》，青岛出版社，2023年版。

域。距今 5300—4000 年，浙江良渚、湖北石家河与山西陶寺、陕西石峁交相辉映，相继进入古国文明阶段。

在当时的气候条件下，黄河流域的地理环境显示了巨大的优势。气候正处于温暖期，年平均气温偏高，黄河流域温暖湿润，降水充沛，多数农作物不需要人工灌溉。黄土高原和黄土冲积平原土壤疏松，是稀树草原地貌，没有茂密的原始森林，在铁制农具产生之前，使用简单的工具就能开发利用，形成栽培农业。平坦的黄土地连成一片，不仅是当时最大的农业区，还催生了统一的观念和实践。起源于西亚古文明的青铜冶炼和铜器制作、栽培小麦、饲养黄牛和绵羊等新技术首先传入黄河上游地区，沿黄河传播扩散。距今 3800 年前后，以二里头为代表的文明形态已经相当成熟，并向四方辐射文化影响力，成为中华文明总进程的核心和引领者。此后直到唐朝，黄河流域一直是中国的政治、经济、文化的中心所在，是中华民族主体的大部分人口生活、生产、生存的地方。而长江流域由于气候湿热，遍布湖泊沼泽、原始森林，植被过于茂密，疾病流行，无法用简单的工具开发利用。良渚文化盛极而止，三星堆文化不知所终，直到公元前 2 世纪的西汉初期，中原人的印象还是"江南（指湖南、江西一带）卑湿，丈夫早夭"，视长江流域为畏途。

随着气候由温暖逐渐转变为寒冷，黄河流域变得寒冷干燥，降水量减少。农业开发加剧了黄土高原的水土流失，大量泥沙进入中游河道，淤积在下游河道，决口泛滥频繁，黄河多次改道。而长江流域的气候变得温暖宜人，降水充沛，适合稻作农业、蚕桑、茶叶及多种经济作物。

黄河流域是政治中心所在，也是外敌入侵、权力斗争、武装叛乱的争夺焦点。每次出现大规模的战乱，大批人口只能迁往既相对安全又有更大生存空间的南方，长江流域是主要的迁入和定居地。东汉末年和三国期间、西晋永嘉之乱至南朝期间、唐朝安史之乱至五代期间、北宋靖康之乱至南宋末年，数十万甚至数百万的人口南迁，不仅给长江流域增加了大批人力，当地人口迅速增长，促进了农业、手工业和商业的发展，而且传播了先进的文化和技术。唐宋之际，经济重心由北方逐渐转入南方。靖康之乱后，南方的人口数量已经超过北方，并且再未逆转。

明清以来，南方的文化优势已不可动摇。

白居易吟唱"江南好，……能不忆江南"；范成大赞扬"天上天堂，地下苏杭"。北宋末年有了"苏常熟，天下足"的说法，明朝中期变为"湖广熟，天下足"。晚唐的经济实力号称"扬（扬州）一益（成都）二"，明朝的苏州府和松江府承担了全国半数以上的赋税。这一切都产生在长江流域，是长江滋养了这一切。到了近代，当先进的科学技术、新鲜的知识文化由海上传入，长江又提供了便捷的水道，使它们由上海、镇江、南京、芜湖、九江、汉口（武汉）、宜昌、重庆传至宜宾，使这些城市焕然一新，又由支流溯流而上传播。沿江地区同沿海地区一样，取得更快进步，地处江海之会、南北之中的上海成为中国和远东最大的工商城市、国际都会。

中华文明在黄河流域形成和发展，在长江流域巩固和辉煌。当黄河流域遭受天灾人祸时，长江流域提供了广阔和适宜的发展空间，确保中华文明长盛不衰。中华民族由黄河和长江共同滋养，长江和黄河同样是中华民族的母亲河。

江，曾经是长江的专称，就像河是黄河的专称一样，具有无比崇高的地位。大江、长江，说明它之大之长无愧为世界第三、亚洲第一、中国第一。

东晋的郭璞写过《江赋》，北宋的王希孟画过《千里江山图》，当代的音乐家创作了《长江之歌》，电视人拍摄了《话说长江》，古往今来，诗人、作家、画家、艺术家给我们留下了多少描绘、赞颂长江的杰作！

当代摄影家用他们的相机记录长江，在他们拍摄的照片中我们不仅看到了当前长江的万千气象，也看到了已经变化了的自然景观和已经消失了的人文景观。透过这些照片，我们也能憧憬长江无限美好的未来。

我们从他们的作品中精选了数百张，大致按上、中、下游和主题编为三册——《天人合一》《绿水青山》《走向未来》，献给中华民族的母亲河长江。

2022 年 4 月

《三江源·历史跫音》[①] 序

我曾经在青藏公路旁沿着沱沱河畔往上游走去，想尽量接近长江的源头，也曾站在青藏铁路的沱沱河大桥上遥望各拉丹冬，但见白云缭绕着的雪山若隐若现。这一带的海拔已超过4600米，看6000多米的各拉丹冬群峰并不显得很高，却依然遥远而神秘。由于气候寒冷，河水主要来源于冰川。要是没有青藏公路和铁路，这里和各拉丹冬一样，常年无人居住，以致在以往数千年间只是偶然进入历史的记录。

当我到达埃塞俄比亚境内的青尼罗河源头，看到的却是另一番景象。在流入塔纳湖之前，尼罗河只是汨汨流淌的一衣带水。这片高原海拔只有2000米，加上气候温暖，植被茂密，连尼罗河畔都长满野生的纸莎草。人口虽不稠密，也不时有舟楫往来，民居在望。人类最主要的发祥地离此不远，应该不是偶然的。

同样是世界级的大江的源头，却因为自然环境的差异，而在人类生存和繁衍过程中起着不同的作用。尽管人类的生活和生存都离不开水，人类在早期无不逐水而居，却还会选择相对合适的地点，未必离水越近越好，或者必须处于江河的源头。

但是人类对地理环境的了解和认识有一个过程，必然中也有偶然。就像在气候变寒时北半球的人群一般都会向南迁移，却也有人群弄错了方向，误迁向北方。尽管多数人为之付出了生命的代价，也有人被逼找

[①] 白渔主编：《三江源·历史跫音》，青岛出版社，2014年版。

到了御寒的办法，或者发现了比较合适的小环境，最终得以幸存。

由于先民对地理环境一般都没有多少直接经验，更缺乏整体性的了解，所以会做出今人无法理解的选择。在考察了古格王国的遗址后，我不禁感慨，当初这支为逃避覆灭的命运而从雅鲁藏布江流域迁来的部族，只要再往南走一段，就能翻过山口，进入温暖湿润、水量充沛、物产丰富的喜马拉雅山南麓，却定居在这高寒贫瘠的险境。但如果设身处地，作出这样的选择也十分自然——经过长途跋涉终于摆脱了追击的这群人已经疲惫不堪，发现这一带虽然地势更高，却有深厚的黄土，可以掘穴而居，足以抵御严寒，也可维持生计。对于习惯在海拔三四千米生存的人来说，再提高到四五千米也不难适应。当时他们只看到前面挡道的山冈，却根本不知道山口另一边还有一片乐土。而一旦定居，非不得已就不会再迁移。

正因为如此，即使今天看来并不适合人类生存的江河源头，历史上也不乏先民的踪迹，还可能成为一些人群在相当长阶段内的家园。羌、吐谷浑、鲜卑、吐蕃、党项、蒙古等族都曾有人在三江源地区生活。艰险的生存条件也造就了他们超常的生存能力，能化解常人难以克服的困难。与此同时，他们又寄希望于超自然的力量，祈求得到神灵的庇佑，神话和原始信仰应运而生。由于外界对他们知之甚少，亲历其地的人几乎没有，令这类传说更平添了神秘色彩，具有极大的魅力。源于三江源的西王母形象和她无所不能的神力，尽管可能有外来成分，但无疑因当地特殊的自然地理和人文地理环境而变得丰富多彩。中原的华夏诸族更发挥了丰富的想象力，产生了琳琅满目、美玉满阶、神仙游憩、崇高圣洁的昆仑，西王母也成了周穆王专程西巡的拜访对象。

当这种想象上升到信仰时，江河源头就成了主宰河流命运的神的居所。于是在人们足迹所及的河源，无不先后建起了该河神的庙宇，请河神定期享受人们的祭献，以便实现他们安澜永定的期待和风调雨顺、国泰民安的愿景。历来多灾的黄河为国计民生所系，河神自然是国家和民众最应尊奉的神祇。随着黄河下游的决溢改道越趋严重，对河神的祭祀规格也更加隆重，却收不到相应的效益。

到清朝乾隆年间，终于有人悟出其中"道理"——由于祭河神的地方离其居所太远，所以尽管祭仪尊崇、祭品丰赡，河神却无法享受。乾隆四十六年（1781年），黄河在江苏、河南决口，于是次年有了皇帝钦命，阿弥达奉旨率大队人马上溯黄河正源卡日曲，在真正的河源与河神沟通。

惯于在高原游牧的蒙古人对河源有自己的想象和意愿。至元十七年（1280年），元世祖召见都实和他的堂弟阔阔出，要求他们查到黄河发源的地方，要在那里建一座城，供吐蕃商人与内地做买卖，并在那设立转运站，将贡品和物资通过水运到达首都。尽管这座城和转运站始终没有建成，但都实等人将黄河的正源确定在星宿海西南百余里处，并且留下了详细记录。

在人类的早期，在不同的群体、不同的地域之间虽然也不无差异，但在生产力普遍落后的情况下，彼此间在生产、生活上的差距不会很大。就主要由手工创造的物质文明而言，个人的天赋会发挥很大的作用，所以往往不受物质条件的影响，因而在相对穷困落后的社会或自然条件险恶的环境，同样能产生高水平的文化艺术成果。在青海柳湾，出土的彩陶色彩之艳、形制之全、品位之高、数量之多，大大超出了常人的想象，而已经发掘的还只是遗址的一小部分。

在良渚博物馆，我看到过大量精美绝伦的玉器，其工艺之精，比之于用现代工具加工的当代制品也毫不逊色。但据目前所知，那时的良渚人还缺少起码的工具，更没有硬度超过玉的金属工具。有人问我："他们用什么办法，手工钻出如此小的孔？又能使孔径如此圆？"我不知道，但完全相信其可能性。其实，我们所说的良渚，是指一个相当长的年代，就像柳湾一样，都有数百年或两三千年的历史。在这样长的时间和这样多的人中，完全有可能出现一两位或若干位具有超常天赋的人物。如果他们毕生从事某项工作，如制作陶器、玉器，加上多少代人累积的经验，就有可能突破某一难题，创造出某种有效的工具，或制造出某种全新的产品。而当这些制作与一种信仰联系在一起，或者就成为信仰的实践，人的天赋会发挥到极致。

人类留下的艺术瑰宝都是在适当的机遇下，由天才以其信仰创造出来的，在三江源地区也不例外。

现实毕竟比长期无法实现的理念有更持续的作用。在长期的交往与偶尔的亲身体验后，在江河源头生存的人群渐渐明白，自己的居住地远非天堂，在他们可以到达的地方，还有更适宜居住的家园，于是他们持续向河流上中游迁移，积渐所至，汇为数量可观的移民。由三江源地区迁出的羌人，不仅遍布河陇、关中，还远徙关东，深入中原。一旦本地遭遇天灾，或者受到战乱驱使，或者中下游出于种种原因出现人口低谷，求生的本能和上升的欲望会使更多的人在短期内迁离。其中的幸存者和成功的定居者便永远离开了故乡，绝大多数最终融入华夏。也有不少人丧生旅途和客死异乡，或许只有他们的孤魂能与祖先团聚。

历史也会翻开相反的一页，当中下游地区天灾人祸频仍、经历浩劫时，求生的民众会远溯江河，翻山越岭，寻求避秦的世外桃源。试图割据的政客、拥兵自保的将领、乱世称霸的部族首领、揭竿而起的流民难民，纷纷进入以往的蛮荒之地，三江源头出现罕见的兴旺。386年建立的后凉，已拥有今青海东部。397年，河西鲜卑首领秃发乌孤建南凉，并于399年迁都乐都（今青海乐都区），同年又迁至西平（今青海西宁市），地区政权的行政中心第一次离江河源头那么近。西魏大统六年（540年），吐谷浑首领夸吕可汗在今青海湖西岸布哈河河口（今青海省共和县石乃亥乡铁卜加村西南）定伏俟城作为王都。伏俟城作为吐谷浑的王都前后达百余年，是中国历史上最近江河源头的、唯一的区域政治中心。对已在这片土地上长期生存的吐谷浑来说，做出这样的选择是很自然的，因为伏俟城的地理条件的确是该区域内建都的首选。但吐谷浑的兴盛既取决于自身的奋斗，包括阿豺那样的杰出首领，更受制于外部因素。一旦中原统治者开疆拓土，或者强邻崛起，就无法幸存。吐谷浑先败于隋，再破于吐蕃，伏俟城从此废毁。

好大喜功的统治者，或泥古不化的政治家，为了实现"奄有四海"的政治理想和政绩效应，始终以版图中缺少"西海"为憾。西汉平帝元始四年（4年），执掌大权的王莽让青海湖东岸的羌人"献地"，在那里设置西海郡，使汉朝同时拥有东海、南海、北海、西海四个郡。隋炀帝趁吐谷浑败于铁勒之机，败吐谷浑，大业五年（609年）于伏俟城置西海郡，又在更近河源的地方置河源郡（治所在今青海省兴海县东南）。但军事征服是一回事，能否有效地实施行政统治、是否有必要在人口稀少的游牧地区设立经常性的行政机构是另一回事。这两郡如昙花一现，隋朝以后再未重建，直到近代，中央政府才在那里设立正式行政区划。

今天，当历史重新眷顾三江源地区时，它已不仅是人类扩展中的生存空间，也不仅是天然资源的供应者，还是人与自然和谐相处的场所、人类共同珍惜的所剩无几的净土，也是时间与空间为我们保留着的先民的遗产。如果说，先民对它的崇敬和向往更多是出于想象甚或恐惧，今天和未来的人们却是出于理性和追求。江河源头在人类文明中终于有了应有的地位，属于它的时代刚刚开始。

与文字记录相比，以摄影作品反映历史会有不少难以克服的困难。并非所有的历史都留下了可供拍摄的图像，并非所有的图像都能得到正确的解读。无论是历史时期的芸芸众生，还是那时的风云人物，大多骨骸无存。当初的金城汤池、宫室苑囿、闾阎巷陌、村落田畴，至多只留下断垣残壁。山川依旧，人文全非，摄影家如何追溯历史、寻找历史的遗迹、记录历史的回音？

这就要求摄影家具备历史的眼光，善于发现历史遗迹，做出正确的解读，构成最传神的图像，最大限度地显示历史真相。这还需要历史学者的帮助，提供适当的文字说明，特别是一些具有普遍性的图像，要是没有说明，即使专业人员也未必能正确判断。当然，不同的读者会对同样的图像做不同解释或不同理解，欣赏能力和程度也有差异，但都能增加历史知识，增强历史观念，爱三江源的今天，也爱三江源的昨天，更爱三江源的明天。

我欣喜地发现《三江源·历史跫音》已达到这样的目的，于是写下了这些文字。

2012年10月

《三峡·山水的记忆》[①] 序

三峡由瞿塘峡、巫峡、西陵峡组成，西起重庆市奉节县的白帝城，东至湖北省宜昌市的南津关，全长 193 千米。

瞿塘峡西起奉节县白帝山，东至巫山县大溪乡，长 8 千米。西端入口两岸断崖壁立，高逾 500 米，宽不足百米，形同门户。以下江面最窄处不足 50 米，两岸险峰危崖不绝，有的山峰高近 1400 米，江水奔腾回旋，波涛汹涌，惊心动魄。

巫峡自重庆市巫山县城东大宁河口起，至湖北省巴东县官渡口止，全长 46 千米。巫峡谷深峡长，奇峰突兀，层峦叠嶂。日照时间短，峡中湿气蒸郁不散，易成云致雾，云雾千姿百态。其中一段南北两岸各有六峰，形成巫山十二峰，以神女峰最为著名。

西陵峡长 120 千米，自湖北省巴东县官渡口至南津关。滩多水急，其中泄滩、青滩、崆岭滩为著名的三大险滩，还有黄牛峡、灯影峡、崆岭峡、牛肝马肺峡、兵书宝剑峡等景观。长江支流神农溪中的小三峡山青水碧，景色宜人。

是谁造就了鬼斧神工的三峡？自然不是传说中的"大禹开江"，也不是"杜鹃啼血"，而是大自然的伟力。这还得从 2 亿年前（地质学上称为三叠纪）说起，那时今天的长江流域还是一片浩瀚的大海，与古地中海相通。大约在 1.8 亿年前的三叠纪末年，发生了强烈的古印支造山

[①] 葛剑雄主编：《三峡·山水的记忆》，青岛出版社，2017 年版。

运动，使今三峡地区地壳上升，古地中海向西大规模退却。在今湖北西部的黄陵背斜升至海平面之上，隔断了它东面和西面的水体。它西面的一连串古湖泊形成西部古"长江"的雏形，流入古地中海。其东部的众多古湖泊间也有大河相连，形成东部古"长江"的雏形。大约距今 7000 万年，燕山运动使四川盆地和三峡地区开始隆起，巫山和黄陵背斜使两侧顺着坡面发育的河流向相反的方向流去。到了距今 4000 万年的喜马拉雅造山运动，中国西部地区迅速抬升，形成青藏高原和中国西高东低的地势，迫使西部古"长江"的水向东部流去。而更加剧烈的隆起使巫山山脉一带形成裂缝，江水随裂缝不断下切，并产生向下和两侧的侵蚀作用，终于在山脉中冲出一股水道，奔腾而下的江水与东部的水道汇合入海，形成长江干流。两水汇合后，这一带的下切仍在不断进行。由于三峡地段背斜部由坚硬的砂页岩构成，而向斜部由抗蚀力较弱的石灰岩组成，江水下切背斜逐渐形成峡谷，下切向斜处形成宽谷。年深日久，终于形成气象万千的长江三峡。

地质演变还在三峡地区造就了丰富的地质构造和多彩的地理景观，广泛分布的石灰岩层中发育着形态各异的溶洞、天坑、地缝、地下河、暗河、钟乳石、石笋，流经岩盐层的地下水出露为盐泉。

与漫长的地质年代和地质构造的巨大威力相比，人类至多一二百万年的活动显得微不足道，甚至可以忽略不计，但几千年来人类频繁的来往和密集的生产活动还是在山水中留下了印记。

多少无动力的舟船溯流而上，只能依靠纤夫的肩膀和腰背拉着纤绳牵引。纤夫们不得不在悬崖峭壁辟出纤道，纤绳又在岩石上磨出深深的痕迹。

多少人在这里生存繁衍，原始植被被清除，山坡沟壑被平整，出现耕地、农舍、果园，形成道路聚落，建就市井城邑。

为了便利交通，炸掉险滩，削去山头，填平低谷，开凿隧道。

骚人墨客、官员将士，将文字刻在岩石上，把历史凿在峡谷中。为祈求丰收，记载"大有"，白鹤梁上留下了水文记录，虽经千百年浪涛未曾磨灭。

长江截流，高峡平湖，山水更非往昔。

尽管我们短暂的人生经历不了沧海桑田，尽管人类改变不了永远的三峡，我们还是希望给后人留下这片山水的记忆——尽可能完整的三峡原始风貌。

我们的后人可以向地质学家了解这片山水的形成和演变过程，可以从地理学家那里重见地理景观，可以通过文学家和诗人的作品领略自然的风采，也可以从摄影家定格的画面中保持山水的记忆。

郑云峰先生在以往 20 多年的岁月中走遍了三峡地区，拍摄了成千上万张照片，现在从中精选出三个系列，名为《三峡》。

本集是其中的《山水的记忆》。

2016 年春节

《三峡·往日的记忆》[①] 序

三峡和长江支流间的宽谷孕育了东方早期的人类,在一二十万年以前古人类已由三峡出入。在一批批我们还没有命名的古人类零零落落过往之后,大批巴人成为三峡的过客。这批发祥于今湖北西部清水流域和长阳一带的部族,成千上万地溯江而上,穿过三峡,三四千年前,巴人已在江州(今重庆)建都。公元前4世纪巴国被秦所灭后,又有大批巴人出三峡而下,散居在三峡之间,或者返回他们祖先的故乡,或者继续迁徙,似乎神秘地消失了,实际却继续在这一带生息繁衍。

近3000年前,来自荆山(今湖北西北、武当山东南、汉水西岸)的荆蛮"筚路蓝缕,以处草莽,跋涉山林",历尽艰辛,扩展到了长江之滨,在丹阳(今湖北秭归县东南)建都,建立楚国。在向下游扩张的同时,楚人不满足于巫山的朝云暮雨,叩开三峡,与巴人争雄。但从公元前4世纪后,灭了巴、蜀的秦国顺流而下,势不可当,楚人纷纷东迁,离三峡越来越远。

秦汉的一统天下使长江成为它的内河,天府之国的粮食顺流而下,求生存、敢冒险的移民溯江而上。但无情的江水吞噬了无数船舶,多少粮食喂了鱼虾,多少旅客魂断三峡。溯江而上的幸运者成为四川盆地的先民,其中就有西汉文学家扬雄的五世祖扬季,可惜更多的人没有留下他们的姓名。繁忙的水运也使这段峡谷有了"三峡"的美名,至迟在南

[①] 葛剑雄主编:《三峡·往日的记忆》,青岛出版社,2017年版。

朝盛弘之的《荆州记》中已得到记载，并通过郦道元《水经注》的收录而名扬海内。中国的大中学生大概都不会忘记语文课本中这篇隽永传神的美文，它也使我第一次知道了三峡，开始向往三峡的江水、险滩、猿猴和夔门。

　　到了分裂时期，三峡又不得不充当军事壁垒，目睹上下游的腥风血雨，送走一个个枉死的冤魂。楚国的军队曾经应巴国将军巴蔓子之邀而来，帮助他平息内乱，收复失地。但巴蔓子在忠于祖国与信守诺言之间做了人生最磊落而艰难的抉择——割下自己的头献给楚王，作为对楚国的酬谢和失约的补偿，用生命和道义守住了三峡。公元35年，东汉的大军在岑彭指挥下由荆门进至江州，并最终消灭公孙述以成都为中心的割据政权。211年，刘备率领军民入蜀，221年又率蜀军东下伐吴，两年后兵败病死在三峡前的白帝城。280年，晋军分路伐吴，"王濬楼船下益州，金陵王气黯然收"，成为吴国覆灭的前奏。346年，东晋桓温率军西伐，第二年，押送成汉王李势的船只出三峡东归。553年，梁朝宗室武陵王萧纪不顾国难当头，东出三峡，与梁元帝萧绎争夺帝位，两败俱伤。在13世纪南宋与元数十年的战争中，四川和襄阳是两大焦点，三峡则成为南宋的生命线。1357年，徐寿辉的将领明玉珍自今湖北入蜀，次年初克重庆，以后占领全川，称夏帝。1371年，明将汤和溯江西进，明玉珍之子明昇在重庆投降。明末张献忠、罗汝才等转战四川，1641年杨嗣昌率明军进驻重庆，张献忠由川北突围东进，杨嗣昌兵败自杀。1644年，张献忠又溯江入川，1646年张献忠战死，次年余部退入云贵，几年间四川经历了惨绝人寰的战乱屠杀，人口损失殆尽。

　　20世纪30年代，三峡前又出现了中国近代史上最悲壮的篇章，为了抗日御侮，国民政府西迁重庆，各种船只装载成千上万的人员和庞大的机器、物资，以至中国数千年积累起来的国宝，在机器的推动下，在赤身裸体的纤夫的拖拉下，完成了规模空前的大撤退。三峡沿岸筑起了一道道钢铁与血肉的屏障，竖起了一座座新的夔门，抵御着日本侵略者的飞机大炮，拱卫着中国的战时首都，维系着中华民族数千年的血脉。"踏出夔巫，打走倭寇！""夔门天下雄，舰机轻轻过！"镌刻在夔门，昭告于世界，预示着夔门必将成为凯旋之门。8年后，山河重光，大批人员和物资又经三峡东归。

世界上大概没有一座峡谷曾经迎接过如此多的移民和过往的旅人！从巴人、楚人开始的移民潮不时出现在三峡，一次次为富饶的四川盆地注入开发的动力，让饱受天灾人祸的四川恢复生机。在清朝前期的"湖广填四川"中，更有数百万来自湖北、湖南、江西、广东、安徽等地的移民由此西迁，使天府之国在四川重现，并繁衍成今天上亿的巴蜀儿女。

世界上大概没有一座峡谷曾经吸引过如此多的骚人墨客！从李白、杜甫、刘禹锡、白居易、苏轼、陆游直到当代的诗人，只要从三峡经过，都会留下诗词文章。"朝辞白帝彩云间，千里江陵一日还。两岸猿声啼不住，轻舟已过万重山。""无边落木萧萧下，不尽长江滚滚来。""中巴之东巴东山，江水开辟流其间。白帝高为三峡镇，瞿塘险过百牢关。"这些千古绝唱为三峡生色，也因三峡而流传。

从郑云峰先生的摄影作品中我们发现了先人的记忆，这不是凝固的画面，而是永恒的历史。

2016年春节

《三峡·我们的记忆》[①] 序

2002年夏天最热的几天,凤凰卫视"告别三峡"摄制组邀我客串主持在三峡地区的拍摄,在码头上就遇到了正在用照相机告别三峡的郑云峰先生。在以后的几天里,我们或一起或分别记录着即将消失或离去的物和人。

我们走进一座座城镇和村庄,它们有的将被逐渐蓄高的水库所淹没,有的将迁往他处重建,其中的居民已经开始迁移,最终将全部告别故乡。

在始建于明代的大昌古镇,整体搬迁已在进行。水库蓄水后,这里将被上涨的大宁河水全部淹没,因此已选定在8千米外的西包岭下按原样重建。古镇的全貌与每座建筑都被测绘拍照,拆除时每个构件都被编号登记,重建后有望保持原来风貌。我知道这是不得已的办法,国际上也有成功的先例:埃及建阿斯旺高坝时将被淹没前的阿布辛贝神庙、菲莱岛等古迹切割后拆除,在异地重建,重建得到了国际文物考古学界的肯定。但大昌古镇是上千人世世代代生活着的场所,他们的生活和文化能在异地延续吗?我想起2000多年前刘邦曾将故乡丰县全部建筑和居民连同他们喂养的鸡犬整体迁至关中,不仅居民住进了与家乡完全一样的房舍,连鸡犬都找到了自己熟悉的窝。但此后再未见记载,显然丰县的特色并未在关中保持多久。我相信现在的规划和建筑水平,大昌古镇

[①] 葛剑雄主编:《三峡·我们的记忆》,青岛出版社,2017年版。

的整体搬迁难度也不会比阿布辛贝神庙或菲莱岛更大，新址与原地相距不远，自然环境基本相同，但古镇能否复活并延续，我们更寄望于村民具备自觉保持和记忆文化的能力。

在一座已确定为完全搬迁的村里，我发现一位还住在旧屋的70多岁老农，其实他已经签了协议，办了手续，家人已经全部迁走。他告诉我并非不愿搬迁，只是舍不得地里的瓜菜，"等收完了再走也不迟，难道那么快水就涨上来？"我问他是否知道祖上是从哪里迁来的。他毫不迟疑地回答："不都是湖广填四川来的吗？""既然祖上也是迁来的，那就再迁一次吧！""我爷爷就生在这屋里呀！这块地是他祖上开的，种到水涨上来再走吧！"

在大宁河的支流后溪河对岸，我们在公路旁见到了那个至今还喷涌不息的大盐泉。在一间破旧的屋子中，含盐的泉水从山岩中喷出，落在一个中间是个石雕龙头的池中，银河直泻，水花飞溅。当初，这条银河泻下的就是白花花的银子，甚至是金灿灿的黄金。泉源附近就是一座座盐厂，尽管已经停产多年，从盐厂的遗迹还可以想象当年的规模。但如今已是人去屋空，残存的这些设备也已破损，炉灶的一半已经倾塌，木桶的裂缝可以透光，铁锅都已锈蚀，抬头望去，屋顶已可见到天空。出门遥望对岸的宁厂镇，这座当年名震川、鄂、陕三省的名镇寂静得令人窒息。虽然沿河的楼房还在诉说昔日的繁华，但大多已空无一人，青壮年早已离乡谋生，只有老人还舍不得抛弃当年的盐都。由于交通日益发达，运费越来越低，现代化设备生产的海盐逐渐取代泉盐，这里的盐厂已经无利可图。但导致盐厂最终废弃的还是盐泉的先天不足——含硫量过高，对健康不利，以致政府最终下令停产。

盐泉曾经是古代巴人和楚人长期争夺的资源，因其产于巴地或被巴人所垄断而被称为巴盐，以后又演化为盐巴。在这些盐泉中，地处巫溪县宁厂镇旁的这个或许是流量最大、产量最高的。直到20世纪60年代初，宁厂镇还是一个繁荣的盐业中心，所产盐一度行销四川（含今重庆市）、湖北、陕西、贵州，镇上餐饮服务业一应俱全，从事生产、销售、运输的人员超过10万。宁厂镇及其盐业的衰落和最终消失与三峡大坝的建造完全无关，但一段延续3000多年的历史将在我们这一代消失，我们的记忆将如何保存呢？

  当我们结束在三峡的拍摄，匆匆告别三峡时，郑先生和他的相机依然在记录，所以才有了这一本影集。这些照片，相信一定能够引起你的关注、感慨、欣赏、留恋、共鸣，无论是温馨还是苦涩，幸福还是凄凉，满足还是遗憾，深刻还是淡漠，激烈还是平和，因为这是我们共同的记忆。

2016年春节

黄河长江交相辉映　中华文明永葆青春①

在世界各国，只有中国完整地拥有两条世界级的大河。大河跟人类文明有密切的联系，其中影响最大的乃是处于温带的东西流向的河流。尼罗河是唯一的南北向的大河，所以很多东西流向河流的特点和优势它不拥有。这些世界级的大河中间绝大多数都是跨国的，能够完整拥有一条大河的国家已经很少，但我们中国可以说自古以来就完整地拥有黄河、长江这两条大河。它们都处在北温带，在以往气候变迁的过程中都很适合人类的生存和发展。由于气候变化，在距今 6000 年以前黄河流域更加适宜人类生存繁衍，但到了距今 3000 年以后，长江流域则更加适宜人类生存繁衍。前面王巍先生介绍了长江流域的史前考古发现的遗址，包括良渚在内，但我们应当注意到，长江中下游这些早期的文明曙光基本上都没有能够延续、发展下来。有的突然中断了，有的慢慢消失了，而当地现在的文化基本上都是从黄河流域传播过来的。我们至今未能完全了解其中的原因，但有一点是肯定的，那就是气候变化带来的影响。比如说在距今 6000—5000 年这段时间，中国的东部基本上处在温暖湿润的时期，黄河流域降水充沛、气候温暖，长江流域气温较高、过于潮湿。黄河流域，特别是黄河中下游地区，地形地貌主要是由黄土高原和黄土冲积形成的平原。这样的地方，因其土壤疏松，基本地貌为稀树草原，天然植被比较容易清除，在先民只有简单工具的条件下，最

---

① 2023 年 9 月 12 日上午为 2023 长江文明论坛所作讲座的记录稿。

容易得到开垦开发。而且太行山、中条山、伏牛山以东基本上都是大平原，这片平原跟黄土高原之间并不存在完全封闭的地理障碍，所以早期文明在这片地方可以连成一片，得到延续发展，并能快速扩张至周边的地区。这片土地是当时北半球最大的农业区，面积超过了从两河流域到尼罗河下游的肥沃新月形地带的总面积。由于这一片大平原中间没有天然的地理障碍，统治和管理的成本低、效率高，使一些学者和政治家萌发了大一统的思想和观念，逐步形成统一的蓝图。先民通过成片农业区的开发、管理、统治，奠定了中国大一统的基础，通过秦始皇统一六国，在公元前221年成为现实。

小麦在距今4000年左右传入中国，从黄河上游传播至黄河下游。中国北方原来有本土培育的作物，主要是小米和大豆，南方则是水稻。由于小麦更适合北方平原地区的耕种环境，并且可以给人类提供较高的植物蛋白，养活更多人口，这就形成了巨大稳定的农业基础，也使文明的发展进程得到了加速，并且能够稳定持续地发展。

长江流域尽管在10 000年前就已经开始栽种水稻，并且适合各种经济作物的生长，但由于长江流域内有平原、丘陵、湖沼等地形地貌，有茂密的森林和植被，自然环境复杂多样，在生产力不发达的时代，其开发就受到很大的制约。在这个发展过程中，当气候转冷，黄河流域出现了一些不利于人类生活生产的因素：随着降水的减少，黄河流域经常发生干旱；又伴随着气温降低，粮食产量减少。中国长期以来的政治中心——特别是在统一时期——都在黄河流域，故而无论是内部的叛乱、统治集团的争权夺利，或是异族的入侵，都把夺取、占领政治中心作为他们的主要目标。因此，黄河流域战乱频仍，天灾人祸频发。在这个过程中，黄河流域的人口大批南迁，包括统治集团、社会精英、高素质人口和大量的劳动力，持续不断地迁入长江流域，给长江流域输送了大批人才，提供了丰富的人力资源。

黄河流域气候的变化以及农业技术的逐步成熟，客观上也导致更严重的水土流失。黄河流域水土流失的泥沙来源主要是黄河中游，这些泥沙进入黄河以后，由于在晋陕峡谷地区两岸是高山，有山岭的约束，再加上河水湍急，所以这些泥沙不会淤积于河床，而是被河水挟带到了下游。但是进入下游平原地区以后，河道一下子从 200 多米扩展到 2000 米，水势平缓，泥沙就在河床淤积起来。所以在黄河下游形成了世界上罕见的"悬河"现象，淤积的泥沙使河床高于两岸，不得不依靠坚固的堤坝来约束。今天河南开封一带黄河的河床比两岸高出 8—10 米，最高地方河床高于两岸 20 米，这样一条"悬河"稍有不慎就会出现决口泛滥，以至于改道的灾祸。历史上还有一些人为因素，人为地在黄河中下游制造决口，引起改道。因此历史上的黄河曾经在今天天津市一带入海，也曾经进入淮河的下游在今江苏北部入海，黄河水甚至通过运河流入长江。所以到了唐宋以后，黄河流域的经济文化都衰落了。

随着北方人口一次次的南迁，他们在政治、文化、经济和社会的优势地位，使本地的土著逐渐融入了华夏。习近平总书记指出，黄河是中华民族的根、中华民族的魂。我们中华民族的价值观念、我们中华民族的信仰，的确是在黄河流域首先形成的。但随着人口的南迁，特别是上层精英的南迁，这个"魂"逐渐扩散到了长江流域。我们讲黄河是中华民族的根，那是因为我们中华民族的主体华夏是在黄河流域形成的。华夏的"夏"是指最早的夏人，因为夏人并不是一个统一的部族，所以又被称为诸夏。商灭了夏以后，周又灭了商，但是人口的主体始终是夏、诸夏，所以以后商朝人、周朝人也自称"夏"或"诸夏"，因而又产生了"华夏"的名称。"华"的本意是花，形容美丽、高尚、伟大，所以华夏就是赞颂夏人的"章服之美"，也欣赏和赞颂他们的心灵之美，所以产生了"华夏"这个称呼。"华""夏"分别又可以作为"华夏"的简称和代名词。到了晋朝，中原的华夏人更强调自己的原始性。因为东汉以后北方很多牧业民族的人口进入了黄河流域，他们也开始华化、汉化，特别是其中的上层人物、士人，已与华夏无异，所以他们也以"华夏"自称。为了区别于这些新的"华夏"，原来的、主体的华夏就特别强调他们是"中原的华夏"，于是又产生了一个词——"中华"，中原华夏的简称。以后"中""华"也都成为华夏的代名词和简称。由于大批华夏人迁入长江流域，更由于他们在各方面的优势地位，使长江流域的土著人群逐渐在政治上、文化上认同了华夏。可以说,原来在黄河流域的根已经长出了繁茂的主干,它已经延伸到长江流域,以后又包括了我们整个国家。

到了唐宋之际,经济文化重心逐渐南移。长江流域已经从中原人眼中的蛮荒之地逐步变成了人间的天堂。在北宋末年已经有了"苏常熟,天下足"的谚语,说明当时的苏州府、常州府——也就是说今天的长三角包括上海市在内的这块地方,如果农业丰收了,全国的粮食供应就有了保障。南宋的时候又有了"天上天堂,地下苏杭"这样的说法,民间把这句话变成了"上有天堂,下有苏杭",这说明长江下游江南地区在人文、自然各方面都已经处于最适合人类生存发展的环境。到了明朝中叶又出现了"湖广熟,天下足"的说法,湖广就是今天的湖北、湖南,已经成为国家主要商品粮的基地,可以保证全国的粮食供应。而松江"衣被天下",松江府(崇明岛以外的今上海市辖区)生产的纺织品已经足以供应全国。

从明朝已经开始出现了由湖广(今湖北、湖南)向四川,包括重庆的移民。到了清朝初期,四川受到严重战乱的破坏,当时有记录老虎白天在成都城里闲荡,爬上桥、登上楼。南充县好不容易动员几百人迁入,不久就被老虎吃掉一半。这个时候以湖广为主,包括湖北、湖南、江西、福建、安徽、广东的大批百姓迁入四川。朱德在回忆母亲的文章中就讲到,他家是广东韶关的客家人,湖广填川时迁入的。外来人口的迁入使得四川很快得到恢复和重新开发。

这些都可以说明,黄河流域与长江流域在不同的阶段发挥着不同的作用,历史上是交相辉映的。很幸运我们国家拥有这两条大河。有些小国只有河流中的某一段,受到其他段的制约。如果只有一条河流的话,随着这一条河流本身的气候条件变化免不了要出现衰落,但是我们拥有黄河、长江这两条大河。

外来的作物、家畜和器物,像小麦、黄牛、绵羊,包括青铜,主要通过陆路从西部传入中国。到了15世纪以后,外来作物主要通过海上传播进来。比如玉米、红薯、土豆、花生、辣椒、烟草等,由移民把它们从海外带到了长江下游、中游以至上游。现在长江上游那些高寒地区还种着土豆。四川、湖南、贵州都成了所谓的"不怕辣、辣不怕、怕不辣",这些都是外来作物,都是随着移民传入的结果。

到了近代,随着外来文化的传播,新兴的资本主义工商业、科学技术、思想文化,首先传到了沿海。因为有长江沟通沿海和内地,又有了轮船,所以近代工商业和新文化又沿长江传播,近代形成了一批工商、工矿城市和交通枢纽,像上海、南通、镇江、南京、芜湖、九江、黄石、汉口(武汉)、沙市、宜昌、万县(今重庆市万州区)、重庆、宜宾之类的城市。一方面吸收外来的产业,另一方面四川省,包括今重庆市,早期的革命家、中共的领导人,他们也通过长江由上海走向世界,到日本、到法国、到欧洲去学习、寻求真理。

我们可以看到历史上黄河、长江交相辉映,长江、黄河都是我们中华民族的母亲河,都是中华文明赖以生存和发展的最重要的物质条件。

展望未来,从天时上讲喜忧参半,因为这些年大家都在警惕全球变暖。但是作为一个历史地理学者,我可以告诉大家,不必过分担忧。因为到目前为止,就包括我们已经报道的那些极端气候,那些极端灾害现象,其实都没有达到或者超过历史上的极限。比如现在气候变暖,而在商朝后期,在今天河南安阳这一带还生活着野象,说明那时候那里的气候比现在更热,类似云南的西双版纳。如果说到变冷,太湖在南宋时曾经几次结冰,冰面可以行走车马。所以从气候的变化来讲,现在的确存在着这些变暖的趋势,但是从历史的经验、历史的规律来看,它的影响、它的变化主要因素不一定是人类活动,而是自然本身,是地球本身。而对这些方面,包括联合国气候变化的一些专家组,现在世界上其他研究地理和地球表层的科学家,都还没有找到正确的解释。所以我认为,对未来我们应该不可无忧,但是不必过虑。特别是长江处于中纬度地区,理论上比高纬度、低纬度地区更加安全。所以天时完全可以给我们这样的信心:未来的长江文明可以持续地发展,可以继续跟黄河文明交相辉映,筑牢我们中华文明强大的基础。

从地利上讲,今天对于科技、人文、信息、金融、商贸、高新产业以及全球人流而言，内陆和内陆城市已经不存在劣势。例如互联网，地球上每个地方都是一样的条件。同时水运、海运占的比例还在继续增加甚至扩大，它的效益更高，更加符合可持续发展的规律，更加绿色。今天世界上 70% 以上的外贸量都依赖海运、水运，从这一方面讲，长江经济的命脉就在长江及其支流，应该存在着很大的发展余地。

从人和上讲，我研究移民史已经 40 多年了，我们的一个共识就是"人往高处走"，这是不可抗拒的普遍规律。这个高不仅是物质的高，更包括精神的高。所以未来可以说是得人力资源（人力、劳动力）者得天下，世界上最发达的国家就是因为不断地引入人才，才发展到现在的水平。我们现在说的人力资源既包括科学家、高级人才，也包括普通的人力资源，在这方面我们国家，包括我们长江流域不无隐忧。世界上其他国家，以及我国的台湾地区，在经济发展到我们现在这样的水平的时候，早已开始引入外劳来解决人力资源的不足。再加上我们现在人口出现增长率下降的趋势，所以这一点我们要未雨绸缪，要充分考虑到人力资源对一种文明、对未来发展的重要性，适时制定必要的政策，及时采取必要的措施。

在以往，黄河和长江交相辉映，保证了中华文明长盛不衰。在未来，黄河流域和长江流域仍将充分发挥各自的优势，形成合力，使中华文明永葆青春。

大运河　好江南

运河概说[1]

运河,是人工开凿的通航水道,用以沟通不同河流、湖泊、海洋等水域。古代称为沟、渠、漕渠、漕河、运渠。宋代始有运河之称,元明后渐成通称。

中国的先民早就利用水运。三四千年前,包括中原地区在内,各地有很多河流、湖泊等天然水体。但这些水体并不是都能连通的,有的在水位下降时就连接不上,给水运或灌溉带来不便,于是就有人通过挖土引水将它们连接起来,形成原始的运河。在低洼的平原、土壤疏松的地方、水源充足的条件下,临时开凿一条小型、短距离的水道并无多大困难,所以这类原始的小型运河应该相当普遍。只是由于缺乏文献记载,加上这类原始运河与天然水道往往难以区分,其故道已无法鉴别或复原。

随着水运需求的增加和生产力的提高,先民开始在平原和水量充足的水体间开挖距离较长的运河。目前所知最早的运河,是见于《左传》记载的邗沟,公元前486年由吴国开挖,沟通长江、淮河,在今扬州市南引长江水,北过高邮西,折东北进入射阳湖,又西北至淮安北入当时的淮水。中国的大江大河基本上都是东西向的,相互间平行而不连接,水运也无法连通。有了运河,就可以从这条河、这个水系进入那条河、

---

[1] 本文为首次公开发表。

那个水系。有了邗沟，吴国的运粮船就可以从长江进入淮河，又从淮河及其支流运往更远的地方。

  在平原地区开凿沟通两个水系的运河相对容易，如果要穿越高地、丘陵，或者在河流的源头或上游开凿穿过分水岭的运河，就比较困难，甚至还相当艰巨。一方面，要凿开岩石，或要使运河两头保持在一个水平面上，都需要耗费很大的人力物力；另一方面，如果一条运河不在同一个水平面上，就得建造船闸帮助船舶通行，或者用人力控制船舶上升或下降。如大运河的山东段，因济宁至南旺一带要高于两边近40米，必须在运河上逐级建造拦河石闸，蓄水通航，南北两边都需要建20多个船闸。漕船每过一个船闸，都要经过进闸、关后闸、开前闸、等待蓄水或泄水、驶入或被拉入下一个闸段、再关后闸、开前闸这样的过程，而无论由北向南还是由南向北，这样的船闸得通过40多个，耗费了大量人力、物力和水，通行的速度还很慢，效率极低。由于山东运河的通航能力有限，为了确保国家漕运，由南方运河来的一般商旅货物必须在王家营（在今江苏淮安市淮阴区）"起陆"，改为车马陆运。在漕运额度无法完成的情况下，部分漕粮也得起陆，或者在过了这些船闸后再用水运，或者全程陆运至北京。从通州到北京城的通惠河运力也不够，清朝漕粮到通州后也改成陆路运输。

  要维持运河的通航能力，必须有稳定的水源，才能保证河道有足够的水量、水深和航道的宽度。但在降水不足的北方，或在河床有高差的河段，只能由人工蓄水、调水。为了保证会通河的水量，明初从汶上袁口开了一条新河，在沿岸设置安山、南旺、马场、昭阳四个湖作为水柜（水库），将周围的水源，包括山泉水在内，全部汇集起来。每个泉眼都派一名"泉老"管理，确保数百股泉水全部汇入运河。山东本身缺水，但即使农田干枯、生活缺水，作为运河水源的泉水也"涓滴不许旁泄"。另一方面，由于运河本身的宣泄能力有限，汶水宽数百丈，而南旺一带运河宽不过十丈，来水过多又会造成运河的泛滥。

  沟通不同水系有利于通航，大运河沟通五大水系，才能形成由北京到杭州的水运航道。但沟通不同水系也会引起水患水灾，使原来只限于一个水系的灾害扩大到另一个水系。如华北平原上各条河原来都是分流入海的，曹操开平虏渠、泉州渠将不同的水系连接起来，洪水和泥沙也相互流通影响，一些较小的河的下游陆续淤塞，最终形成了海河水系，其他河都成了海河的支流，都集中在海河入海。又如运河沟通了黄河、淮河、长江，黄河水通过运河水道流入淮河，"夺淮"入海，占据淮河下游河道。黄河洪水甚至通过运河流入长江。运河与黄河是平面相交的，黄河水位高，运河水也充足；黄河形成洪水，泛滥决口，运河水量丰富，漕运畅通。所以，为了保证运河漕运，宁可不堵黄河的决口，要等到漕运结束后才堵口筑堤。

每一条运河的开凿和维持，都必须考虑其必要性和可能性。如秦始皇时，出动大军征服岭南，需要为部队运送粮食。但沿着湘江只能将粮食运送到湘江源头，如何运送到岭南呢？因此在今广西兴安县境内开了灵渠，将湘江源与漓江源连接起来，运粮船可以通过灵渠进入漓江，再顺流而下进入珠江水系。溯湘江而上是逆水行舟，过分水岭也得靠一系列船闸控制，通行成本很高。战时运粮不惜代价，平时或商业性运输就不得不考虑成本。而且秦汉时岭南人口稀少，本地生产的粮食和物资足以满足需求，没有从岭北南运的必要。而岭南的七郡对朝廷的贡献物资数量有限，直到东汉前期都是通过海运。东汉中期在南岭开通了"峤道"（山路），成为南北交通运输的干线。由于一直没有需求，灵渠在西汉后就长期废弃，以致唐代的地方官对这条渠道已经一无所知，经一番调查考察后才重新加以整治利用。

而隋炀帝开江南河，尽管是出于巡游的私欲，但因适应经济开发和交通运输的需要，河道所经地区水量充沛，地势平坦，这条运河产生巨大效益，起了不可替代的作用。隋开皇十一年（591年），杭州的治所钱唐县由山麓迁至江干。19年后江南河开通，杭州成了大运河的起讫点，水运可直达洛阳、长安，一跃而成为区域中心、东南都会。元、明、清三代，江南的漕粮也靠这条运河汇集北运。

历代统一王朝的首都都在黄河流域或北方，西汉、隋唐又都在关中，但主要的粮食产地都是在太行山以东、江淮或江南。西汉时长安的粮食供养就离不开关东的输送，武帝时开凿的漕渠提供了水运的便利。隋和唐朝前期，洛阳得运河之便，储存了充足的粮食，而再将粮食运到长安耗费较大。所以在关中粮食歉收或发生饥荒时，皇帝会率领文武百官和百姓至洛阳"就食"，或者长期留驻洛阳，武则天甚至迁都洛阳。安史之乱后，唐朝首都所在的关中地区的粮食和物资主要依靠江淮漕运供应，运河是不可中断的生命线。北宋首都开封的粮食供应区已从江淮扩大到江南，更离不开运河。到了元朝，首都大都的粮食供应几乎完全依赖江南，必须解决两地间的水运问题，于是不惜代价要开通和维护这条大运河。明太祖朱元璋虽建都南京，但还是想将首都迁到北方，一度以开封为北京，后来发现通往开封的运河已经淤浅，漕船无法顺利通行，不得不放弃。明、清两代能定都北京，完全靠大运河这条生命线支撑。可以这样说，没有大运河，就没有北京的首都地位，就没有国家的统一和稳定。尽管局部地区要为之付出巨大的代价，但就国家利益而言，是值得的，必须的。

元朝一直以部分海运取代运河漕运，以海运为主。北京东直门附近地名"海运仓"，就是因为元朝在那里建了一片库房，用来储存从南方运来的粮食。因为都是先海运到天津，再通过通惠河运到积水潭（今什刹海西海），所以这库房被称为"海运仓"，明清沿用未改。但漕运最终还是离不开运河，到了明清更是全靠运河。这是因为当时还没有机器动力船，海上航行只能依靠洋流和风力，加上当时没有天气预报和远程通信手段，海运风险大，无法保证。而粮食是日常需求，对首都的粮食供应关系到国家的统一和稳定，不能冒险。所以尽管漕运一直是国家沉重的负担，运河运输成本居高不下，还是只能全力维持。

太平天国战争一度阻断江南漕运，不得不改走海运。但有了机动海轮，沿海普遍通了电报，海运安全可靠，经济高效，完全可以替代运河。所以在光绪二十七年（1901年）停止漕运，不再要求南方各省运粮食到北京，改为将该运的粮食折算成现金上缴，中央政府通过市场采购。1912年津浦铁路全线通车，南粮北运又增加了一条高效便利的通道，大运河的历史使命已经完成。一旦失去了漕运功能，政府自然不需要再花巨大的人力物力去维护，商业航运也不会再选择山东段运河，这段运河就此废弃。河北段运河不再维护，不久就淤塞断航。但台儿庄以南的运河始终水量充足，河道畅通，至今都是不可替代的黄金水道。

历史上可考的主要运河如下，大致按其开凿或形成的时间先后为序。

邗沟 最早见于文献记载的人工运河。《左传》作邗、邗沟，杜预注为邗江、韩江，《汉书·地理志》作渠水，《水经·淮水注》作邗溟沟、中渎水。故道从今江苏扬州市南引长江水北流，在今高邮市南经武广湖东、陆阳湖西，下注樊梁湖（约为今高邮市北界首湖），东北经今宝应县东南博支湖、县东射阳湖，折西北至今淮安市北末口入淮水。东汉建安中，因"患河道多风"，广陵太守陈登于樊梁湖北口开渠，北接白马湖，东北流抵末口入淮，较原水道更为近直。但魏晋时今淮安市南一段仍须绕道射阳湖，无法直达。东晋永和中，江都水断，曾一度从今仪征市东北欧阳埭引江水为源。大业元年（605年）重开邗沟，一说即开皇七年（587年）所开山阳渎，大致循东汉建安故道，"渠广四十步，渠旁皆筑御道，树以柳"，自扬州直达淮安，不再向东绕道，大致即今里运河一线。唐时改称漕河、官河、合渎渠。

鸿沟 《水经·渠水注》引《竹书纪年》作大沟，"鸿"与"大"同义。战国魏惠王十年（前360年）开凿。自今河南荥阳市北引黄河水南流入圃田泽，又自泽引渠东流经今中牟县、开封市祥符区北，折而南流经通许县东、太康县西，至淮阳县入颍水。连接济、濮、汴、睢、涡、颍、汝、泗、菏等主要河道，在黄淮平原上形成以鸿沟为干线的水道交通网，对促进各地经济、文化的发展产生巨大作用。汉以后称狼汤渠。公元前203年，楚（项羽）、汉（刘邦）相争中议和，中分天下，以鸿沟为界，以东属楚，以西属汉。

狼汤渠 《水经注》作蒗荡渠，一作茛荡渠，又省作渠水，《括地志》作茛荡渠。即战国至秦汉间鸿沟。故道自今河南荥阳市北引黄河水东流，经中牟县北、开封市祥符区南［原经城北，秦王政二十二年（前225年）王贲决渠灌大梁后，主流经城南］，折而南流经通许县东、太康县西，至淮阳县入颖水。魏晋后开封市以上改称汴水，以下改称蔡水（河）。

灵渠 原名澪渠，亦作零渠、秦凿渠。后又名湘桂运河，或兴安运河。在广西兴安县境内。秦始皇三十三年（前214年），为用兵岭南，转运粮秣需要，命史禄开凿，沟通湘水和漓水。全长34千米。工程主要分南渠、北渠、斗门、堰坝等。南渠占总水量十分之三，注于漓江。北渠占总水量十分之七，汇于湘江，故有"三分漓水七分湘"之说。斗门（或作陡门）是建在渠上的集中比降、提高水位的设施。历代屡有改建增设，唐代有18座，宋代增至36座，清代有32座。近代因公路、铁路的修筑，航道功能逐渐消失，成为以灌溉为主的河渠。

漕渠 汉、唐时由长安东至黄河的运渠。西汉元光六年（前129年），大司农郑当时调动数万士卒，由水工徐伯督率开凿。渠道沿终南山（秦岭）而下，长300余里，三年完成。大大便利漕运，并可灌溉农田。开始时以灞水为源，以后开凿了昆明池，又开了昆明渠往东连接灞水，汇合于漕渠。东汉时尚能通航，到北魏时已无水。隋开皇初改从长安（今西安市）西北引渭水为源，又疏浚旧渠道通航，称为广通渠，亦称富民渠。隋仁寿四年（604年）改称永通渠，但习俗仍称漕渠。不久又淤塞。唐天宝初陕郡太守韦坚、太和初咸阳令韩辽先后修治，堵塞渭水作兴成堰，傍渭水东流至永丰仓（即隋开皇中的广通仓，仁寿末年改名，在今陕西华阴市东北），以下合渭水入黄河，规制大略与隋时相同。唐末迁都洛阳，渠道堙废。

阳渠 亦名九曲渠。原系环绕古雒阳城（今河南洛阳市瀍河区）四周的渠道，相传为周公所开。东汉建武五年（29年），河南尹王梁开渠，引谷水注雒阳城，渠成而水不流。二十四年（48年），张纯又从今洛阳市附近堰谷水、洛水东流，过雒阳城，东至洛阳市偃师区东南入雒水（今洛水），以便漕运。其中自雒阳城以东一段亦名阳渠。魏、晋时屡经修治，北魏后废。隋时另修通济渠替代。

白沟 原是黄河在宿胥口决口改道后，在故道上残留的一条小水，在今河南浚县西，发源处接近淇水东岸，东北流至内黄以下；另有一条亦是黄河故道上残留的清河。东汉建安九年（204年）曹操将进攻袁尚，因漕运需要，在淇水入黄河处下大枋木成堰。此后上起枋堰，下合今河北威县以南的清河，皆被称为白沟，成为河北地区的水运干道。至隋炀帝时才为永济渠所替代。故道南段相当于今河南淇河口至内黄县的卫河，亦即隋代所开永济渠的一部分。北段流经今河北大名县西，北流至威县东下接清河，今堙。

平虏渠　1. 东汉建安十一年（206年），曹操为北征乌桓并消灭与其联合的袁尚残余势力，所开凿的运渠。起自呼沱（今滹沱河，故道下游经今河北安平县、饶阳县、献县、青县南，东入海），下入泒水（上游即今沙河，故道下游经今饶阳县北、河间市、任丘市西、文安县、天津市静海区北，至天津市区入海）。故道即今青县至独流镇间一段南运河的前身。一说在今饶阳县西，实为司马懿征公孙渊时所凿，见《元和郡县志》。一说在今沧县东北，为唐姜师度所开。2. 唐神龙三年（707年），河北道支度营田使所开运渠。傍海凿渠，借以避免海运艰险。故道在今沧县东北，首尾起始不详。

泉州渠　东汉建安十一年，曹操为征乌桓、袁尚，与平虏渠同时开凿的运河。因渠道南起泉州县而得名。渠水上承潞河（今北运河前身），下游即今天津市海河，向北经泉州县治（今天津市武清区西南）东，又北经雍奴县（今武清区西北）东，历沼泽地180里，入于鲍丘水（上游即今潮河，下游即今蓟运河入海），合口在洵河口东，称泉州口，在今天津市宝坻区境内。《水经注》记载已涸废无水，仅存故渎。

利漕渠　东汉建安十八年（213年），曹操被封魏公，建都于邺（今河北临漳县西南），开渠引漳水，自今河北曲周县南，东南至今大名县西北、馆陶县西南注入白沟，借以沟通邺都和四方漕运，故名。此后邺都可通过此运河通往河北平原北端。《水经注》中尚有记载，其后变迁不详。

浙东运河　钱塘江和姚江之间西起西兴镇、东至通明坝的几段内河的总称，浙东地区重要水运航道。全长约250里。各段完成时间先后不一：绍兴至曹娥江段见于《越绝书》，至迟东汉时已完成；西兴至绍兴段又称西兴运河,为东晋会稽内史贺循疏浚。曹娥江以东,运河自梁河镇至通明坝。通明坝以下,利用天然河道可达宁波。北宋以后,因钱塘江口沙滩淤涨,外船来华多由宁波取道浙东运河至杭州。

贾侯渠 三国魏文帝时豫州刺史贾逵所开,故名。上承庞官陂(在今河南西华县东北),长200余里。故道约在今河南周口市淮阳区一带。后因川渠径复交错,郦道元著《水经注》时已无法辨认。

破岗渎 亦名破岗埭。六朝建康(今江苏南京市)附近的运道。三国吴赤乌八年(245年)遣校尉陈勋率屯兵三万在句容县(今江苏句容市)和云阳县西城(今丹阳市西南延陵西)间的高阜上开凿渠道,西接淮水(秦淮河),东连运道(今丹阳市以北运河),沟通吴(吴郡)会(会稽郡)。因凿穿岗阜,故名。此后,来往于吴、会的漕船可以避开京江(今镇江市长江段)风涛,由此渎直抵都城建康。南朝梁时避简文帝纲讳,改为破墩渎。后废,另开上容渎。陈高祖时修复。隋灭陈,又废。

桓公沟 或作桓公渎,一名桓水。起自薛训渚(湖名,在今山东嘉祥县附近)引流分南北:北注巨野泽北与济水合,名洪水。南流利用原黄水河道,至方与县(今山东鱼台县西旧城)注入菏水。长300余里。东晋太和四年(369年)桓温伐后燕,因天旱,汴水道绝,凿渠通清河,故名。义熙十三年(417年)刘裕伐后秦时,水军自淮、泗入清河,又加疏浚开阔。为4—5世纪时黄河、淮河间南北水运航道之一。唐以后不见记载。

广通渠 隋开皇四年(584年)因渭水流浅沙深,漕运不便,命宇文恺、郭衍开凿。起自大兴城(今陕西西安市),引渭水东绝灞水,大致循西汉漕渠故道,至潼关(今陕西潼关县东北),连接黄河。建成后漕运便利,还可灌溉农田,名为富民渠。因渠经过渭口广通仓,又名广通渠。俗称漕渠。仁寿四年又改名永通渠。不久淤废。唐天宝初,韦坚又作疏治。

山阳渎 隋开皇七年为沟通江、淮漕运而开凿的运河,因北起山阳县(今江苏淮安市淮安区)境而得名。一说自今淮安市东南流经射阳湖，南经今三垛、樊川、宜陵一线至扬州市江都区东，西折经广陵区南入长江。一说即大业元年所开邗沟。

通济渠 隋炀帝大业元年开。分东西两段：西段起自东都洛阳（今河南洛阳市）西苑，引谷水、洛水，贯洛阳城东出，大致循东汉阳渠故道，至偃师入洛，由洛水入黄河。东段起自板渚（今河南荥阳市北牛口峪附近）引黄河水东行汴水故道，至今河南开封市别汴水折而东南流，经今杞县、睢县、宁陵至商丘东南，行蕲水故道，又经夏邑、永城，安徽宿州、灵璧、泗县，江苏泗洪至盱眙对岸入淮。渠宽40步，渠两旁都开有御道，栽种柳树。因为隋炀帝巡游所用，又称御河。这是隋代所开运河中最重要的一条，对当时和以后唐、宋两代中原和江淮地区间的经济和文化交流发展起了重大的促进作用。唐改名广济渠。唐、宋时通称西段为漕渠和洛水，东段称为汴河或汴渠。

永济渠 隋炀帝大业四年（608年），为便利由中原向河北的军事运输而开凿的运河。动用百万余人，疏浚今沁河下游，南引至黄河，北通涿郡（治今北京市西城区），长2000余里。故道自今河南武陟县沁水东岸至卫辉市一段为沁水支流，即今孟姜女河（天雨有水，平时干涸）。自卫辉市至天津市一段，用清水下接淇水（即白沟）、屯氏河、清河，大致与今卫河相同（自内黄县至山东武城县在卫河西，自武城县至德州市在卫河东）；自天津市至涿郡故城一段用沽水上接桑干水，即今天津市武清区以下北运河及北京市西南郊永定河故道和南苑镇以下凤河。开通后不久，涿郡附近一段即埋废。唐以后，自天津市以南部分即专以清、淇两水为源，与沁水隔绝。宋以后通称为御河。金元以后屡经改道，至明称卫河，径流与今卫河、南运河相通。

江南河 隋炀帝大业六年（610年），为东巡会稽（今浙江绍兴市）而开，自京口（今江苏镇江市京口区）至余杭（今浙江杭州市），800余里，广10余丈，可通龙舟。历代多有修治，是今江南运河的前身，称浙西运河。

胥溪 在今江苏南京市高淳区、溧阳市间，西连长江，东通太湖。本名濑水，因春秋时伍子胥自楚奔吴及其后助吴攻楚都经此河，宋元后称胥溪。原系天然河流，五代后被改造为运河。明初建都南京，胥溪是太湖地区漕运的主要通道。

漕运四渠 北宋建都开封（今河南开封市祥符区），有汴、金水、惠民、广济（五丈）四河通漕运，合称漕运四河。

五丈河、广济河 北宋漕运四渠之一，利用天然河道疏浚引水形成的运道。原以汴水为源，起自开封，东流经兰考县、山东定陶县，至巨野县西北注入梁山泊，下接济水（亦名清河）。因河广五丈得名。定陶附近一段本系菏水西段，其余河段系南济水中下游故道。五代周显德四年（957年）于开封城西疏汴水入五丈河，以通齐鲁舟楫，即此。北宋建隆二年因汴河含沙量高，河中淤泥多，不利通航，故于开封城西汴河上架槽，引金水河为源。开宝六年改名广济河。每年可运送京东漕粮62万石。此后直至南宋建炎初宗泽留守开封时，屡加浚治。金代后被黄河决流所湮。

惠民河 起自新郑县（今河南新郑市），引洧、溱诸水，经尉氏县西，东北流入开封（今河南开封市），折东北出城，经陈州（今淮阳县）入颍。自新郑至开封一段本名闵河，北宋建隆二年（961年）所开。自开封至陈州入颍一段本名蔡河，本以汴河为源，此时导闵水入蔡为源。以后又导潩、洧二水下游经鄢陵、扶沟两县合蔡河，以扩大水源。开宝六年（973年）改闵河为惠民河。京南、京西、淮西一带与开封之间水运交通都取道于此。金代还有航运之利。元初黄河屡次南决夺涡、颍入淮，蔡河久为决流所淤。泰定年间，河床中的淤泥已高出地面。明以后故道湮没，不通舟楫。现仅淮阳以南尚残存一段蔡河。

运河 又称大运河、南北大运河、京杭大运河。元朝修浚利用一部分隋唐以来原有的运河和某些天然河道，又在今山东临清市、济宁市间先后开凿了济州河、会通河，在今北京城区、通州区间开凿了通惠河，因而形成了一条自大都（今北京市）出发，可以经由通惠河、白河、御河（永济渠）、会通河、济州河、泗水、黄河、淮扬运河（邗沟）、浙西运河（江南河）直达杭州的沟通海河、黄河、淮河、长江、钱塘江五大水系的南北大运河。元末山东境内淤废。明永乐初重开惠通河，此后

400 余年除惠通河一段通塞不畅外，其余各段经常通航（局部地段曾改易运道），成为当时南粮北运、公私商旅往来的主要运道。清咸丰五年（1855 年）黄河北徙改由今道出海，运河堤被冲毁，汶水被挟东流，运道涸竭。又因海运兴起，南北商贩日益兴盛，自此原来由江南各省承担的漕粮或者改为折合向朝廷上缴现金，或者改由海运，经由运河北运的只剩一小部分。光绪二十七年（1901 年）将漕粮全部改为折合上缴现金，停止漕运。不久，自黄河北至临清一段运河全部淤成平陆。

济州河 元至元十三年（1276 年）开始在济州（治今山东济宁市）境内修凿的运河，工程间有停歇，到至元二十年（1283 年）完成。北引汶水，东引泗水为源，两水通过洸河和府河汇流于济州城西，分流南北，南入泗水，北汇大清河（今黄河），全长 150 里，即今山东运河南起鲁桥北至安山一段的前身，唯袁口以北故道在今道之西。河成后，南来漕船自淮溯泗，由此河出大清河入海往直沽（今天津市）。6 年后开会通河，因此河与惠通河相接，亦被通称为会通河。

胶莱河 又名胶东河、胶莱新河。在今山东半岛西部，原分为胶河和沽河。胶河源出胶南市铁橛山，北流至莱州市入莱州湾。沽河源出龙口市蹲犬山，南流至胶州市入胶州湾。元至元十七年至二十二年（1280—1285 年），为缩短海运航程，避免绕道成山角，由莱州（今山东莱州市）人姚演建议所开凿的一条人工运河。南起胶州（今山东胶州市）麻湾（今胶州湾），利用沽河河道上溯至今高密市境，向西挖通一段分水岭，接通胶河，北至掖县（今莱州市）海仓口入海。全长 300 余里，因经胶、莱两州而得名。后因功费难成而罢。明嘉靖、万历年间多次复议重开，均因 30 里分水岭难以开通，又需乘潮而运，而沙随潮至，淤浅河道，终未成功。崇祯末犹有人言及，都未能实行。

会通河 北段即今山东运河（南运河）、黄河间的故道，中段即今黄河至昭阳湖间运河，夏镇（今山东微山县）以南至徐州市的南段久已堙塞。始开于元至元二十六年（1289 年），起自今山东梁山县安山西南，北抵临清市，上接济州河引汶水北流，下接御河（今卫河），长 250 余里，命名为会通河。此后由南而来的漕船无须远涉渤海，可经由此河转御河直达大都（今北京）。因地势中间济宁至南旺一带高，南北低，因而在运河上兴建拦河石闸，蓄水通航。到至正元年（1341年），在北起今临清市南至江苏徐州市的运道上建闸29座。另有隘船、进水等闸多座，用于抬高水位，控制水量。此后就将这一段运道，包括安山以北的会通河，安山、鲁桥间的济州河，鲁桥、徐州市间的泗水，统称为会通河。但因水源不足，河道内水量不够，吃水太浅，漕船运时有限，终元一代的漕粮北运还是以海运为主，到元朝末年甚至已完全废弃不用。

到明初，约三分之一河道已经淤断。永乐九年（1411年）命工部尚书宋礼主持开复工程，宋礼采用汶上老人白英的建议，在东平州（治今东平县）东60里戴村（今汶上县东北）附近汶水上筑坝，长5里，拦蓄汶水南下汶上南旺湖。从此南北分流，北上临清入卫河，南下徐州入黄河。又从汶上袁口在旧河以东20里开了一条新河，在沿岸设置安山、南旺、马场、昭阳四个湖作为水柜（水库），将周围的水源，包括山泉水在内，全部汇集起来。在西岸设置陡门（闸门），用以宣泄过量涨水。并陆续增建船闸，使漕船能在河道中上升、下降，通过济宁—南旺这段地势高点。至明末，会通河全线有51座闸，故又有闸河之称。为了增加水库，将鲁中山区西侧的泉源全部引入运河，因而又被称为泉河。河道建成后运道畅通，于是停止海运，每年400万石漕粮完全由运河输送。

以后南段经常遭受黄河决口泛滥引起的淤填，隆庆、万历年间在昭阳湖东开新河，自鱼台县南阳镇至沛县留城接入旧河，长140余里，湖西的旧河逐渐废弃。

隆庆、万历年间，徐州城北茶城运口年年被黄河所淤，有人建议在夏镇、徐州间运河至彭河之间开挖渠道，循泇河下游以通漕运。泇河有东西两源，东泇源于山东费县东南箕山，西泇源于枣庄市东北抱犊崮，二源南流至今江苏邳州市三合村相会，又南经泇口集，东南流，与彭、武、沂诸河交汇，又贯蛤鳗、连汪、周、柳等四湖，至邳州直河口（今江苏宿迁市皂河集西）入黄河。万历二十一年至二十九年（1593—1601

年）间曾再次兴工未竟，三十二年（1604年）总河（河道总督）李化龙又大开泇河，终于完成。新道自沛县夏镇李家口引运河水，东流合彭河，又合丞、泇、沂等水，出邳州直河口入黄河。全长260里，置闸通航。此后运道由泇河经微山湖东，西北直达济宁州，避开了旧道从直河口溯黄河而至徐州的300里风险。当时称为东运河。

清代通称北、中两段旧道及南段新道为山东运河。清末罢漕运，黄河以北随即淤塞，黄河以南仍可断续通航。

通惠河 元至元二十九年至三十年（1292—1293年）由都水监郭守敬主持开凿。起自今北京昌平区附近，修堤筑堰，截温榆河源白浮等泉水，导使循西山山麓西折南，转注入瓮山泊（今昆明湖），东南流入大都城（今北京市城区），穿城东出，至今通州区高丽庄入白河。全长160余里，置坝闸20座。开通后，漕运可直达大都城内的积水潭（今什刹海西海）。明初淤废。其后成化、正德、嘉靖及清康熙、乾隆间曾屡次加以修浚，都因水源只靠昆明湖水，不再远引昌平之内，漕船一般都以城东南的大通桥为终点，故通称为大通河。

胭脂河 明洪武二十六年（1393年），为沟通京师（今南京市）与三吴间漕运，命崇山侯李新凿开胭脂岗，引丹阳、石臼诸湖水会秦淮河入长江，因名胭脂河。永乐时废。故道在今南京市溧水区西。

南运河 京杭大运河的一段。自天津市经河北南部至山东临清市，利用原有卫河加以疏浚而成。清以来相较天津以北的运河（白河）而言，称其为南运河。

中国历史地理中的运河[1]

一、运河的来历

运河大多是人工开凿的水道，天然的水道不叫运河。"运河"是到了近代才有的比较规范的名称，古代的史志上不一定能找到"运河"这一名称，因为它有不同的叫法，有的称渠，有的称沟，有的称渎，例如南京的破岗渎实际上就是运河。

江南的运河比较发达。今天打开江南水乡那些大比例尺的地图，可以发现有些河道很规整，比如就是个直角或方块，其实这些河道在古代有一部分就是人工开挖的。由于江南地势低平，水源丰富，天然的水体很密集，在这里开挖运河比较容易。当年开挖苏伊士运河的时候，由于没有很多仪器，有人担心开成后如果两边水位落差大，将根本没法开船。后来打通以后，红海跟地中海水位相差不是很大。江南运河就不存在这种水位落差的问题，所以运河的开凿和维护既有需要也有可能。但是在中国北方开运河就存在要么没有水、要么两边水位落差很大的问题。《史记》《汉书》里记载，当时汉武帝要在关中开灌溉渠、开运河，有的虽然开成了，但水也流光了，或者有的就没水，所以北方开运河难度很大。

早期的运河有的是直接利用天然水体，比如河道只要稍加整治疏通就可以，有的是天然水体跟人工开凿相结合，有的完全是人工开凿。现

---

[1] 本文原刊于《江苏地方志》2021年第4期。

在一般都讲公元前 486 年开挖的邗沟是中国最早的运河，实际上江南的运河应该比邗沟更早，只是因为邗沟工程量大而且重要，被记录下来而广为人知。

运河对中国特别重要，这是因为中国国土辽阔，空间跨度大，人流物流的需求高。中国的自然河流基本上都是东西向的，黄河与长江、黄河与淮河、长江与淮河它们本身原本都是不连通的，几乎平行出海，那么南北向的水运就要靠开运河来沟通。实际上，早期的邗沟基本上是南北向的，中国历史上重要的运河几乎都是南北向的。

二、运河的功能

人类开运河主要是为了航运，同时也为了水利，有些运河兼有灌溉的功能。

运河的主要功能是沟通不同的河流或水系，如邗沟主要是沟通长江与淮河。还有一条很有名的运河灵渠，当时秦始皇为了支撑到岭南去的几十万军队的粮食供应，将湘江上游与漓江上游打通，船溯流而上，通过灵渠从漓江顺流而下。开凿运河要花费大量人力物力，所以都是为了满足一些特殊的需要。秦始皇开灵渠主要是为了运粮，曹操开平虏渠也是为了运粮。隋炀帝开大运河，其中从洛阳到涿郡（今北京）的永济渠主要是为了用兵，当时有几十万军队要去辽东、朝鲜作战，军队的粮食、其他物资甚至包括人员运输，最方便就是通过水路，所以专门开了这条运河通往东北方向；而东南方向从洛阳到扬州，则主要是为到江都巡游，当然同时也方便了这里的交通。但如果仅仅为了方便交通，隋朝不会投入那么大的人力物力。

现在说起京杭大运河发挥的作用，都讲它沟通了南北，促进了经济发展，但当初这并不是开运河的主要目的。开大运河的主要目的就是解决运粮问题。元朝开始在今天的北京建都，而北京周围没有这么多粮食生产出来，这个问题一直到清朝都解决不了。隋炀帝开的运河，一条是东北走向，一条是西北走向。元朝如果还是用隋朝的运河把江南的粮食运到北京,就得把粮食先运到洛阳,再从洛阳运到北京,不仅绕道费时,也没有那么多的水可利用,所以就在山东利用隋炀帝时开的两条运河并将其打通,这样才形成了京杭大运河。

京杭大运河的主要目的就是解决北京的粮食供应。如果没有这条大运河,北京不可能建都。反过来说,因为元明清都是在北京建都的,所以这条大运河始终要不惜代价地维持。

有人说,为什么不走海上呢?在古代没有轮船,船在海上主要靠风靠洋流,而北京可是等着粮食用的,今年的粮食你没有入库,后面日子怎么过?如果这一年风向不利,万一顺风来得晚或者洋流变了,或是碰到海上风暴,船开不过去或者翻了怎么办?当时没有远距离的联系方式,没有电话、微信、电报,船一旦离开太仓后不知下落怎么办?元朝有一段时间也曾试过海运,最后还是不行,所以是到了清朝末年,有了从外国买来的轮船,同时又有了电报,海运的问题才解决了。因此,如果没有大运河,北京不可能成为首都。明朝、清朝之所以要不惜成本一直维护这个大运河,就是因为要解决北京的粮食供应。

三、首都粮食供应与大运河

保证首都的粮食供应,始终是中国历史上的一个大问题。

西汉刘邦做皇帝的时候,最初定都在洛阳。娄敬(后刘邦赐姓改名刘敬)向他建议,要保证国家的安全,非得定都在关中不可。因为关中是四塞之地,另外当时西汉的主要威胁是北方和西面的匈奴。如果在后方洛阳建都,关中谁去守?你现在到关中去,迫使你的后代始终要加强边防,因为你的首都在那里。刘邦最后采纳了娄敬的建议。但关中最麻烦的就是粮食不够。关中虽然号称"八百里秦川,沃野千里",但今天打开地图看,关中的土地其实很有限,本地生产的粮食养不活那么多的人,因此要把太行山以东的粮食运到关中,主要就是依靠黄河。而这段黄河是逆流而上的,过去只能靠纤夫把船拉上去,还要经过三门峡天险。在修水库以前,三门峡是三个很窄的峡谷,两边都是陡峭的岩石。

三个口门中只有一个门适合走船，而且航道很窄，水流湍急，航道窄的地方只有十几米可用，船到了那里要靠人工飞快地拉上去，一个不小心就翻掉或者撞在石壁上。过三门峡的船好多都翻了，粮食浪费了，人也死了。不过，舍此没有其他运路好走。西汉时期，每年几十万石粮食都要通过黄河漕运才能满足长安的需要。

隋朝、唐初的皇帝为什么经常去洛阳？武则天干脆就把首都搬到洛阳。这是因为洛阳在三门峡的下游，这样就避开了天险。隋朝、唐初的皇帝经常带着文武百官浩浩荡荡去洛阳就食。粮食运到长安，花的人力物力成本太高，而且时间赶不上。而粮食干脆运到洛阳，不过三门峡的话，皇帝带领文武百官和老百姓到洛阳来就地消费反倒比较方便。

考察中国历史上的定都，往往顾了军事就顾不了经济。既能供应粮食，战略地位又好，这样的地方是没有的。首都的人口越来越多，而运粮的矛盾就越来越大。而且粮食的主要产地，也由太行山以东转移到江淮之间，最后转移到了江南。不解决和江南之间的水运问题，首都就没有办法巩固。

唐朝最后三年，皇帝被朱温逼迫迁都洛阳。五代时的后梁、后晋、后汉、后周等以及宋朝，首都都定在开封。为什么不回长安了呢？因为开封有一条汴渠，运粮到开封更方便。中国的首都，唐朝以后往东在洛阳，宋朝在开封再也不往西了，以后就往北移，定在了北京。

明初朱元璋建都南京的原因，主要是他称帝的时候，元朝还占着大都（今北京），并不是朱元璋认为南京作为都城是最理想的地方，他也知道南京太偏南了。等他彻底打败元朝，他就考虑首都放哪。他第一个想到的是西安，所以让太子考察西安的情况。结果考察下来不行，西安周围太穷了，因为唐朝迁都的时候，朱温强迫皇帝下令把长安所有的宫殿住宅全部拆毁，拆下来的木材、石料运到洛阳，长安彻底被毁。朱元璋一看地方不行，就把西安放弃了，他第二个想到的是开封。到了开封，发现汴渠已经废掉了，去开封的船经常搁浅，水运不畅，粮食问题还是解决不了，所以朱元璋也不得不放弃定都开封的想法。在这种情况下，朱元璋干脆把首都建到自己老家，在凤阳营建中都。中都的规模甚至比南京还大，但是就在中都基本建成的情况下，朱元璋又放弃了，因为他发现凤阳周围更穷。首都周围太穷，将来也不行，所以到他儿子朱棣的时候就迁都北京。

元明清三个朝代，从整个中国的战略形势上来讲，北京作为首都是很有利的，因为那个时候主要的战略威胁来自北方。特别是明朝，元朝的残余势力始终在北方。虽然元顺帝逃出大都，但是北元还继续存在了几十年。而且蒙古高原平均海拔 1000 米以上，居庸关下来一马平川。在冷兵器时代，蒙古高原具有天然的优势。这种情况下，明朝把首都建在前沿，迫使国家不断加强边防，所以明朝在边境造的长城高大又坚固。如果首都在南面，边防就会放松。明朝后期，北京城人口已经有 80 万，加上北京附近还驻扎着那么多军队，必须解决粮食问题。某种程度上，元明清三代能够在北京建都，就是靠京杭大运河。

四、运河的代价

京杭大运河的水位南北并不在一个水平面上。运河进入山东，特别是到了最高点的济宁，海拔要升高差不多 40 米，运河水要通过 20 多个船闸，一级一级把它升高。以前没有抽水机，都靠人工控制闸门，船要靠人工拉纤把它一层一层拉上去才能到济宁，济宁北边水位又逐渐下降，又要通过 20 多个船闸一级级降下去。船过船闸，要把上面的水放下来，船才好进来，再爬一层又要把水放掉，所以过一次船要消耗很多水。为了保证水源，当时规定，必须 200 艘船到全了才能开下面一个船闸。如果 200 艘还不满，已经进来的就先等着。40 多个船闸，船队就是这样一个个过闸的。

山东本身缺水，运河山东段的水从哪来？当时，山东的南四湖、江苏的洪泽湖，都是运河的"水柜"（水库），把水蓄在那里，到时候放到运河里。为了保证运河用水，山东下了死命令，凡是哪个船队没有过、今年的漕运任务没有完成，周围的水绝对不许引用，所有附近的山泉水，每一个泉水派一个人管理，叫"泉老"。泉老把泉水管住，保证将泉水全部引进运河，哪怕旁边田野都枯了，老百姓都不许用。航运和灌溉是矛盾的：灌溉需要水，但要确保航运，航运要的水比灌溉要用的水还多。在漕运未满足以前，不许将水用于其他用途。所以运河山东段的运行维护成本相当高。

水源这么困难，为了确保漕运的供应，按照规定，民间商船也是不能使用运河的。民间有时候为了将商品赶快从运河运过去，就给关闸的官员塞钱，把商品混装在漕运船里面，等于是走私夹带。所以，明朝、清朝两个衙门最有钱，一个是修黄河的，一个是管运河的。在这种情况下，这两个衙门的腐败也是最严重的。因为每年有几百万两的财政经费，而且这里面的油水也多，必然滋生腐败。

现在有些人凭想象，以为明清时的人赶考是一路坐船到北京的。当时有这样的人吗？一个都没有的。不要说普通人、读书人，连官员都不允许随便用运河。一般来说，因为江苏水多，江苏段的运河是开放的，但是到了淮安清江浦，到了王家营，再往北就不允许用运河了。非但是普通人，因山东段的运河运力有限，即便是一些粮船也要改走陆路——"起陆"，拉过这段高地再改水运，或者直接从陆路运到通州。所以运河交通一般只是利用江苏和山东南面一段的运河，往北就不能用了。今天的人以为运河开通以后，南北交通发达，这是没有深入研究的人才这样写的。我曾经专门查了一下明清时期人们从南方到北方到底怎么走的历史记录，只查到过一个官员是全程利用运河水路从南到北的，其他都没有全程利用运河水路，都是到中间一段改用车。

大运河打通五大水系，从航运角度看是好的，但从水利角度看则不是这样。黄河、淮河本来没有关系，淮河本来很清，没有泥沙，后来黄河夺淮，有些时候黄河就通过运河冲入淮河。历史上黄河有一段时间从淮河入海，等黄河回到故道以后，整个淮河下游全部淤掉。现在打开地图可以发现，淮河到了洪泽湖以后就没有下游了，下面是人工开的苏北灌溉总渠，还有后来开的新沭河、新沂河等。

明清时期，大运河最大的问题就是和黄河的关系。大运河要穿过黄河再北上，现在南水北调是在下面打个隧道，当时只能把大运河和黄河直接打通。黄河闹水灾的时候，流入运河的水变多，对运河是有利的。但是如果黄河水少，运河的水就要流入黄河，运河就没水了。潘季驯是明朝治理黄河的水利专家，他的治黄方略是"束水攻沙"。黄河漫流，泥沙肯定就沉淀下来。而把两岸堤坝造得比较紧，使黄河的水受到约束，同样的水量往下就有冲沙的力量，可以把自带的泥沙和淤积的泥沙冲走，前期筑堤的水库一下子就可以冲掉好多的泥沙。治黄要束水，运河要放水，束水把水用掉了，那运河就没水了，这个矛盾长期得不到解决。

明清时，为了运河的航运，黄河宁可不堵口，不治理。如果不用运河，没有更好的办法能把粮食运到北京。像明朝，粮食运到北京后，一部分还要再转运到边疆。因此，为了国家的统一和安全，不惜用举国体制来保障运河漕运，不惜让山东、河北做出牺牲。

既然大运河那么重要，怎么后来就废弃了呢？很多人把大运河的废弃与封建统治、腐败联系起来，这种看法是不对的。大运河的废弃是因为它已经完成了历史使命，有了更好的运输手段。首先它维持不下去了。太平天国时期江南这一带都成了战场，运河漕运不通了，清廷迫不得已开始利用海运。后来轮船多了，再加上使用了电报，发现海上运输比漕运方便。既然运河漕运和轮船海运都是一种物流手段，那当然用更加方便、更加廉价的物流手段，所以清朝后来就取消了漕运，江南和沿运河的省份也减轻了负担。本来规定江苏要把多少万石粮食运到北京，浙江要运多少，现在不需要了，只要交税就可以了，朝廷自己采购粮食。漕运这个环节去掉之后，大家都省了很多钱。既然不用运河了，也就没有必要再维持运河上的船闸，没有必要把水引到运河去。首先山东这一段运河就废了，河北一带本来也是缺水的，既然不需要运河了，很多地方也就不往运河放水了。因此，运河的废弃是由于漕运功能丧失，不再需要，而不是因为腐败、管理混乱。等到津浦铁路通了，运河漕运就完全不需要了，天津到浦口有火车，浦口有轮渡过江。清末，津浦铁路与京沪铁路通了之后，上海到北京两天时间就够了。真的要运输粮食的话，通过铁路，成本也降低了。在这种情况下，山东、河北一带的运河就彻底废了。

五、大运河的未来

清末之后，大运河因为已完成了它的历史使命而被废弃。正因如此，今天考虑大运河的未来就要从运河的这个历史过程出发。首先，现在大运河已经申报成为世界文化遗产，它不仅属于江苏、山东，也属于中国，属于人类。遗产是人类留下来的、珍贵的遗存，应以保护为主。物质文化遗产，古建筑做到维修等就行了。非物质文化遗产的保护就更难。一个人不可能长生不老，怎么保存呢？这一点上，一定要处理好非物质文化遗产保护与各地都提倡的活化利用之间的矛盾。非物质文化遗产要活化，但是活化的前提是那个原始的东西始终存在、万寿无疆，所以重要的是保证传承人能够代代相传。

很多地方对运河的开发利用寄予很大的希望，但是千万要注意的是，运河本身并非都具有观赏性。搞旅游要尊重旅游的规律，了解旅游的特点。开发利用运河的地域文化要做一些具体调查。一般来讲，最能体现地域文化的，第一是方言，运河沿线有没有一些方言文化现象，为什么有这些现象？第二是民间饮食。因为官方的饮食、富人的饮食可以不惜代价，但一般的老百姓的饮食离不开当地的地理环境特点，当地没有大米，只好吃麦。古代物流不发达，哪怕移民移到这里，想吃镇江醋，但这里买不到，只好放弃。所以民间饮食最能体现一个地方特色，它必须与当地的物产结合。第三是民居，其原理和前面的饮食一样。还有婚丧节庆、民间信仰等。

和历史上的运河相比，今天的运河已经发生很大的变化，已经不可能再起历史上的作用。现今研究运河文化传承以及开发、发展运河，如果不知道它原来的情况，那么做出的未来规划很可能是完全不可行的，根本不可能有效益。

至于运河的航运功能，山东以南段一直在利用，未来将继续是黄金水道。但山东以北段是否有必要恢复，一定要从实际出发，既要考虑文化遗产和文物保护、环境保护，也要评估经济效益，务必慎重。

大运河历史与大运河文化带建设刍议[①]

2014年，中国大运河成功入选世界文化遗产。2017年2月和6月，习近平总书记两次就大运河保护、传承、利用作出重要指示和批示。为贯彻党的十九大精神，落实习近平总书记重要指示批示，我们应该如何推进大运河文化带建设？

大运河文化带建设的议题很宏大，应注意全面把握。过去很多人对"一带一路"倡议有误解，十九大以后大家才逐渐认识到："一带一路"倡议不是为了重建历史上的丝绸之路，而是为了推动形成全面开放新格局，构建国际利益共同体乃至人类命运共同体，符合这一目标的都属于"一带一路"建设。各地方的"一带一路"建设谋划应当建立在深刻理解其实质、历史背景和自然条件等的前提之上。

同样，大运河文化带建设应当基于马克思主义历史唯物论，实事求是，综合考虑历史背景、地理环境和经济建设要求等，不能仅仅从历史方面考虑，也不能夸大历史或任意想象历史。

一、实事求是探寻大运河历史

中国的运河有悠久的历史，重要的运河不止一条，京杭大运河无疑是其中最重要的，但不应与其他运河，如隋炀帝开凿的运河相混淆。隋

[①] 本文原刊于《江苏社会科学》2018年第2期。

炀帝开凿的运河有两条，一条是从洛阳通往涿郡的永济渠，还有一条是从洛阳通往扬州再连接到杭州的通济渠、邗沟和江南河，两条运河中间并不连通。元朝为了在北京建立全国性的首都，解决运粮问题，才修浚利用一部分隋唐以来原有的运河和某些天然河道，又在山东开凿济州河、会通河，在今北京城区、通州间开凿了通惠河，形成了京杭大运河。

所以我们今天讲大运河、运河，一般就是指京杭大运河；讲运河文化，就是讲这条运河所承载的文化，以及在这条运河沿线形成和长期存在的文化。当然广义的运河应该包括中国历史上存在过及今天还存在的全部运河，广义的运河文化也应以这些运河为存在的基础，但必须作具体界定，不能混淆概念。

京杭大运河的主要功能就是为了保证国家的统一和首都的安全，保障首都和北方边疆的粮食供应。到唐朝后期，太行山以东华北平原生产的粮食已经无法满足首都长安和关中地区的需求，不得不依靠江淮和江南的供应。元朝统一后，北京成为全国性的首都，北京周围和北方无法承担粮食供应，只能依靠江南。而要把数百万石粮食运到北京，当时唯一可行的办法是通过运河水运。元朝也尝试过部分海运，但没有成功。明朝迁都北京，又沿长城设置"九边"，驻扎大量军队，江南的粮食不仅要保证首都的供应，还要调运到北方边疆，运输量更大。清朝疆域空前辽阔，首都北京的功能更强，人口更多，保障粮食供应的任务更重。直到清末海运兴起，基本取代运河，光绪二十七年（1901年）才停止漕运。从历史大势和全局看，元、明、清三朝只有将首都设在北京才是最正确的战略选择，才能最大限度维持稳定和安全。可以毫不夸张地说，没有大运河保证漕运，北京就不可能成为元、明、清三朝的首都；没有大运河，元、明、清的统一就无法维持和巩固。

但为了达到此目的，也付出了巨大的代价。

首先，要使大运河南北贯通，无论如何都绕不开山东这片丘陵，而这片丘陵的海拔比其南北两侧大约要高40米，比一座十层楼房还高些。运河河床要逐渐提高到40米的高程，然后再逐级降低40米。在完全没有机械动力提升工具的条件下，要靠人工将运河水逐级提升，建一座座水闸、船闸加以拦蓄；还得将装载粮食的船用人力拉上这些船闸；然后通过逐级下泄降低水位，粮船逐级下降至正常水位。为此这段运河要建设和维护大批水闸、船闸，常年保持大批修建、维护、操作人员，每次粮船过闸都要耗费大量人力和水量。偏偏山东丘陵长期干旱缺水，为了确保粮船通航，必须维持运河水位水量，所以连周围的山泉水都被引入运河。官府还下严令，只要粮船没有过尽，即使农田干涸，也滴水不得汲取。大运河在河北境内水位虽不需升降，但河北也经常干旱缺水，也只能以确保漕运为主，无法兼顾农业生产。

其次，大运河沟通了海河、黄河、淮河、长江、钱塘江五大水系，固然为通航创造了条件，但也使各水系的灾害相互影响，甚至破坏了正常的水系。各水系的水量、水位、流速、含沙量并不相同，本来都自成体系，内部调节，连通后就不可避免地产生新的矛盾。如海河水系，最早都是分流入海的。自从曹操开平虏渠运粮，加上之后形成的连通各水道的运河，使这些河道的下游逐渐淤塞，形成众水合流于海河入海的格局，一直无法有效消除水灾。中华人民共和国成立后治理海河，不得不重开或新开这些河流下游河道，恢复分流入海。淮河的下游也早已淤塞，治淮工程包括凿苏北灌溉总渠和一系列下游新河道。

在古代不具备建大型渡槽或水下隧道的条件下，大运河必须直接穿越黄河。干旱时黄河水位低，宝贵的运河水会大量流入黄河；只有黄河洪水泛滥时，才能保证运河有充沛水量。明清时，每当黄河水灾或决溢泛滥，往往为了保运河通航而不能及时堵截治理。

至今，大运河江苏段一直保持通航，如今江苏利用运河运输超过历史上任何时段，但大运河山东段和河北段则大多废弃淤塞。

现在有些人一再提出要全面恢复大运河，我很怀疑他们根本不了解这些事实。否则他们为什么不想想，当初不得不付出的巨大代价，不自觉给自然环境造成的破坏，今天还有必要重演吗？

总之，要实事求是了解和研究大运河历史，不要因为历史重要任务与今天的目标不同就回避隐瞒。

二、辩证评价大运河文化，弘扬精华，抛弃糟粕

还有些人想当然地认为，既然大运河那么长，沟通了五大水系，连接北京、天津、河北、山东、江苏、浙江，包括济南、扬州、镇江、苏州、杭州这些城市，包括经济文化发达、人口稠密的地区，肯定在经济、文化的交流和人口的流动中发挥了巨大作用。事实并非如此。因为大运河的基本功能是满足国家的漕运和治理需要，所以在每年的运粮任务完成之前，是不对民船开放的。而当粮船过尽，往往山东段的水也泄得差不多了，可利用的运力相当有限，而且也是官船优先、官方的货物优先。由于山东段的运力有限，多数货物过淮河后就得在王家营"起陆"，改为陆路运输，过了这一段后再走水路。

所以，贪官污吏、勾结官府的商人都利用漕运夹带私货，或让民船混入运粮船，或在漕运过后获得优先通行的机会，要尽快通过这数十座船闸往往离不开徇私枉法、勒索贿赂，由此滋生的腐败屡禁不止，愈演愈烈。依托运河的驿传系统本来是国家治理、政令上通下达、公务往来便捷的途径，结果成了假公济私、超标准享受、人浮于事、敲诈勒索、鱼肉百姓的祸国殃民系统，到明末居然被完全裁撤。运河的维护和运行需要庞大的人力和物力，每年有大量的正常工程和灾险工程，国家投入巨资，自然成为贪官污吏垂涎的肥缺、劣绅猾胥钻营的渊薮。漕运衙门与河道衙门一样，是明清时期最腐败的两个政府部门。同样依托运河与水运形成的食盐产销网络被徽商所掌控。为了巩固自己的垄断地位，徽商以其部分利润建造园林，蓄养艺伎，赞助艺术，附庸风雅，结交官员，因此扬州等地公款吃喝盛行，奢靡成风，青楼林立，"瘦马"闻名。运河沿线也是秘密会社活跃、黑社会猖獗的地带，漕运中的青帮、水运道上的水火帮、码头上的帮派、各色人员中的团伙，因交通的便利、人口的聚集和物资的充足而形成更大的破坏力。

大运河文化中地方服从中央、举国一体、创新文化等精神需要弘扬和提升，而其中腐败、奢靡和秘密会社性质的糟粕应当坚决抛弃。工程、建筑、水利、规划、管理、园林、饮食、书画、戏曲、工艺、风俗

等物质和非物质文化要尽可能加以保护、保存、记录，但在继承发扬时也要有所选择，进行创造性的转化。

三、运用历史唯物论综合研究新时代大运河文化带建设

新时代大运河文化带建设研究应当运用历史唯物论，处理好保护与开发的矛盾、传承与创新的冲突，因地制宜，加强文明互鉴和综合性研究。

第一，大运河交织着世界文化遗产，涉及世界遗产的部分应当加强保护，避免破坏原状的扩建改建。比较矛盾的是，大运河江苏段被称为活的遗产，大部分还是今天的黄金水道，但是太活了，遗产就没有了。这里应当区别对待，被列入世界文化遗产的历史遗迹段不应谋求扩建重建，而是要尽可能保存下来。保护遗产和发展经济、扩大运输发生矛盾时，只能将保护放在首位，另谋发展途径。

国内的文物建筑保护修缮倾向于整旧如新、以假乱真，近年又有另一个极端——修旧如旧。但世界历史文物建筑保护存在一个《威尼斯宪章》，其精神是要"留白"，要求在文物保护修缮过程中，使得古时遗留的建筑部分和为保护遗产新建的部分进行明显的颜色等方面的区分，让建筑新旧部分一目了然。《威尼斯宪章》是1964年5月31日从事历史文物建筑工作的建筑师和技术员国际会议第二次会议在威尼斯通过的决议，包含"任何一点不可避免的增添部分都必须跟原来的建筑外观明显地区别开来，并且要看得出是当代的东西"，"补足缺失的部分，必须保持整体的和谐一致，但在同时，又必须使补足的部分跟原来的部分明显地区别，防止补足的部分使原有的艺术和历史见证失去真实性"，以及"不允许有所添加，除非它们不至于损伤建筑物的有关部分、它的传统布局、它的构图的均衡和它跟传统环境的关系"等条款。

第二，运河文化带的建设不应是简单的复古，而应是创新；不应恢复元、明、清大运河的风貌，实际上也恢复不了，而应着眼于今天和未来，将古代运河文化的精华融入现代的运河带，转换为符合社会主义核

心价值观的新文化。

第三，在不破坏历史遗产的前提下，应合理规划大运河文化带建设中的旅游项目。旅游要满足民众精神和物质享受的需要，但作为一项产业要讲经济效益。要从中国和运河地区的实际出发，不要将运河地区的旅游资源估计过高，对不利因素要有充分的认识。例如，还在利用的运河河道是黄金水道，承担着繁忙的运输任务，能够用于游船的安全水域有限。运河周围现有的景点游客已相当饱和，而多数河段缺乏观赏性。又如有些地方准备发展豪华游船，但水上旅游时间较长，有消费能力的人往往没有时间，有时间的人又往往没有消费能力，所以不能盲目上这些项目。

第四，大运河文化带建设一定要与环境保护、生态平衡结合。运河文化离不开水，但大运河的山东、河北段历来缺水，今天更严重。好不容易通过南水北调输送到北方的宝贵的水不能浪费，用得不好还会破坏环境。现在不少地方滥建水景，动辄"再现运河繁华"，甚至要完全恢复运河故道，根本没有考虑河里的水哪里来，怎样常年维持，更没有认真做过环境评估，很可能造成不可弥补的损失。

第五，大运河文化带建设应当加强经济、文化、旅游、生态等各方面的综合性研究。每个相关学科不应只看到自己的长处。这种综合性研究单靠一个人无法胜任，要依靠群体力量。历史学无法单独解决实际问题，但对解决实际问题又不可或缺。离开历史学研究，领导和其他学科专家就难以获知真实的历史背景和文化精华。而为了提供真知，各个学科的研究人员都应当实事求是，要讲真话，不要为了取悦领导、取悦民众专挑好话讲而隐瞒真相。在建设规划过程中，应当鼓励研究人员探讨风险和可能出现的问题，包容不可行性研究，不能一味地谈可行性。不可行性研究往往更有利于规划方案的完善。

总之，应当在习近平新时代中国特色社会主义思想指导下，根据马克思主义历史唯物论，发扬中共实事求是的优良传统，加强大运河文化带建设的研究和规划。

运河与江苏文化[①]

从历史上讲，大运河分为两个阶段。一个是从春秋时期邗沟逐步形成的，由中国政治中心长安、洛阳沟通到东南的扬州以及杭州。第二个是元朝开通的从首都大都（今北京）到杭州的京杭大运河。不管哪个阶段，江苏都是得益的，大运河对江苏的文化、经济、社会各方面的发展都是有益的。

我们现在研究大运河，作为一种历史现象，它其实有两方面影响，有积极的一面，也有消极的一面。从地理上看，水系的沟通未必是好事。比如说，历史上的海河水系，原来不是连通的，是分流入海，后来由于人为因素沟通了，上游的水一旦泛滥，主要的河道就成为其他河流共同宣泄的地方，时间一长，其他河流的下游就淤塞了。我们在研究运河的时候，往往忽略自然方面的特点。中国的河流基本流向是由西向东的，但是运河为了水运必须沟通南北，必须跨水系才能发挥它的作用。正因为如此，它在便利跨水系的交通运输的同时，把水患也连通了。

开通大运河时，江苏由于地形上的优势——由西向东平缓倾斜，是不需要人工去调节水势的，因此它是受益者。但山东在默默地承担着一切——因为要使大运河南北贯通，无论如何都绕不开山东这片丘陵。而这片丘陵的海拔比其南北两侧大约要高 40 米，运河河床要逐渐提高 40 米，然后再逐级降低 40 米。在完全没有机械动力提升工具的条件下，

[①] 本文原刊于《江苏地方志》2019 年第 1 期。

要靠人工将运河水逐级提升，建一座座水闸、船闸加以拦蓄；还得将装载粮食的船用人力拉上这些船闸；然后通过逐级下泄降低水位，粮船逐级下降至正常水位。第二个问题就是水源，山东恰恰是缺水的地方，所以明朝、清朝为了保证国家漕运，规定在漕船没有过境以前，运河是不能作其他用途的。为了保证运河水位，连山泉水都得引入运河，甚至不惜牺牲农业，连遇旱灾时周围农田也滴水不能用。

还有一个问题就是运河和黄河水患之间的关系。黄河与运河是在同一海平面上交叉的，水位相同。黄河旱时运河也缺水，而黄河洪水泛滥时运河水量也充足，对漕运有利。统治者不得不在两者之间做出选择，为了保运就不堵黄，漕运完成前不堵决口，不修河堤，所以沿黄河地区都受影响，苏北里下河的水灾也与此有关。

既然运河成本这么高，为什么不实施海运，将粮食从南方直接海运到天津，或者从山东运往天津呢？其实并非没有试过，只是没有成功。一个原因是当时还没有轮船，海船本身没有动力，中国沿海没有稳定的洋流，只能靠风力，无法保证安全、及时地运到。另一个原因是当时没有电报、电话等长距离通信设备，粮船在整个航程都无法与岸上联系。首都和沿边军事重镇的粮食供应必须确保，显然不能采用风险如此之高的海运。

但这些不利因素基本与江苏无关，所以江苏是运河最大的得益者。在运河的第一阶段，中国的政治、经济重心在黄河中下游。无论是从长安、洛阳还是开封，要沟通江南，沟通江苏，都可以首先利用黄河、淮河的支流进入淮河，再通过邗沟形成的运河水系到达扬州，进入江南。船一过长江，就进入一个非常畅通的水道体系。清朝末年废除漕运和津浦铁路的通车导致京杭大运河的山东段、河北段淤废，但江苏段运河至今还是黄金水道，运量始终在增长。

两个阶段的运河既沟通了人流、物流，也沟通了南北的文化交流。中国历史上几次重大移民，无论是战国后期、秦汉之际、两汉之际，还是永嘉之乱、安史之乱、靖康之乱以后，主要都是按中原—淮河支流—运河这样的路线南迁的。包括江苏在内的南方是主要得益者，不仅吸收了大量高素质的移民，也因此而使本地的经济、文化水平显著提高，本地的人才也因之产生。如吴郡（治今苏州）人陆逊，在三国时期还是一个地方性人物，但是到了西晋初年，他的后裔陆机、陆云便成为全国知名人物，这无疑与这一带北方移民的迁入引起的经济、文化进步有关。京杭大运河的山东、河北段往往因水量有限，在漕运结束前不允许民船使用，也不许搭载普通旅客，但江苏段河道开阔、水量充足，不受此影响，成为真正的经济、文化交流的渠道。

我们现在讲文化，不能太抽象，要根据马克思主义历史唯物论——文化就是特定的群体在特定的时间和空间范围里长期形成的生活、生产、生存方式，以及在此基础上形成的行为规范、风俗习惯、心理心态、政治制度、伦理道德、价值观念、意识形态等，以及相应的学术、艺术、宗教等。这些都离不开它们赖以存在的物质基础和自然环境。运河文化的物质基础，就是运河及其周边地区。物质基础的变化必然影响甚至决定相应的文化，在外部和内部都是如此。上海本属江苏，与江苏各地通过运河水系与太湖水系相连，有便利的人流物流条件。近代上海崛起为中国新的经济、文化中心，也成为中外交流的中心。江苏通过水运向上海提供了大量物资、资本、劳动力和人才，成为上海资本和移民的重要来源。与此同时，上海也为江苏对外开放和吸收全国、全世界的新文化创造了条件。如清朝废科举后，大批江苏的知识分子和青年学生就是通过上海赴日本和欧美留学，科学技术、新知识、社会主义、马克思主义通过上海传播到江苏各地。江苏的优秀人才在上海成为全国知名的专家学者、政治领袖、企业家、作家、出版家、记者、艺术家，有的又回到江苏活动，提升家乡的经济、文化。

而苏北的衰落，一个重要原因就是大运河中断后，津浦铁路成为南北交流的主流，不再经过苏北。清江浦、王家营曾经与山东的临清一样是天下闻名的大码头，现在大概连地名都不大有人知道了。

总之，我们应当根据马克思主义历史唯物论，发扬中共实事求是的优良传统，尊重历史事实，全面深入研究运河和运河文化，特别要重视地域性的、专题性的研究，以加强大运河文化带建设。

从"苏松常太"到"沪苏锡常"[1]

虽然目前找到的"上有天堂,下有苏杭"(原文是"天上天堂,地下苏杭",见范成大《吴郡志》)的出处是在南宋,但对江南,特别是对苏州、杭州的赞誉在唐朝后期已盛行。天堂的含义不仅是经济富庶,还包括风景优美,生活宜人。这固然离不开适宜的自然环境,更需要坚实的经济基础。当时主要包括农业生产和城市的服务行业。唐代苏州与杭州的治所就在今天的苏州与杭州,杭州的辖境大致与今天的杭州市相当,但苏州的辖境包括除崇明以外的今上海市和嘉兴市,所以与杭州是连成一片的。在"苏杭"这一区域中,"苏"不仅排在"杭"之前,辖境也比杭州大得多。说苏州已成为当时江南之首,应该是没有争议的。

到了北宋末、南宋初,就有了"苏常熟,天下足"的说法,说明苏州(1113年改置平江府,治所、辖境不变)和常州已是南宋最主要的商品粮基地,苏州、常州的丰收就能保证南宋的商品粮供应。因唐代苏州的东部于五代期间分置秀州,南宋苏州已不包括今上海市的南部和嘉兴市辖区。常州的治所即今常州,辖境大致包括今常州市、无锡市和宜兴市。杭州虽是南宋的"行在所"(临时首都),经济的繁荣、服务业的兴盛和湖光山色使其仍能享受天堂的美名,但毕竟耕地有限,农业生产不足与苏、常相比。而苏州的经济地位更加稳固,已居南宋全国之首。

元灭南宋的过程中,江南未发生多少战事,入元后依然是全国经

---

[1] 本文原刊于《探索与争鸣》2019年第2期。

济重心所在。杭州虽失去政治中心的地位，商业、服务业也不无受到影响，但仍属经济发达地区。随着棉花种植和棉纺织业的迅速发展，松江府逐渐成为棉布的主要产地，以致有"衣被天下"之称。松江的经济地位虽难说已列江南之首，但肯定可与苏州、杭州、常州比肩。

明初定都南京（应天府），太祖朱元璋又划定了一个范围极大的京师，包括今江苏、安徽两省与上海市，一度还将已属浙江的嘉兴府大部划入。南京不仅是首都，也是江南的行政中心。尽管朱元璋曾以严厉措施打击江南富户，并将一部分苏州富户强制迁往他的故乡凤阳，但无法改变京师南北悬殊的贫富差距。他曾大力兴建的规模超过南京城的中都，最终不得不停建撤销，重要的原因就是所在的淮北实在太穷。待明朝首都北迁，南京虽在名义上、制度上仍拥有京师的地位，实际却降回到了省级行政中心。由于基本的经济格局没有改变，加上手工业、商业的比重逐渐加大，苏州府、松江府的重要性更加显著。

明朝中期已有"湖广熟，天下足"之说，说明全国商品粮的基地已转移到湖广（今湖北、湖南），但这并不意味着苏常、苏松地区在经济上地位有丝毫撼动。由于耕地开发殆尽、人口密集，苏州的粮食产量甚至已无法满足本地的消费，但发达的商业、手工业和不断创新的服务业却产生了更多财富，使苏州人不仅能购买商品粮，还能获得丰富的商品和商业服务。"苏松赋税半天下"的说法虽说夸张，但"苏松赋税甲天下"，其赋税额度所占比例为全国最高却是不争的事实。从明朝留下的各种赋税钱粮统计数字看，苏州府、松江府承担的赋税额度和实际上缴的米麦钱钞，不仅一直是全国最高，其占比也远远超过了两府的田地、人口在全国所占的百分比。从数字上看，苏松无论赋税总量还是人均的赋税负担均为全国最高，但从各方面的记载看，苏松的官绅百姓的实际生活水准不仅不低，而且还相当富裕舒适。这应该是当地手工业、商业、服务业发达，还有农业以外的财富收入的缘故。因此就经济而言，苏州、松江稳居第一、第二位，始终高于常州府与浙江的杭州府、嘉兴府和湖州府。明朝曾设苏松常镇（镇江府）兵备道，苏—松—常的排序已成定局。

清初改南直隶（南京）为江南省，又于康熙六年（1667年）分为江苏、安徽两省。清朝在各省督抚下设专管财赋和人事的布政使一员，只有在江苏省设二员，一驻江宁（今南京），一驻苏州。这不仅显示了江苏作为全国财赋重地的特殊地位，更说明苏州在财赋征集方面的功能不在南京之下甚至更重要，俨然是与南京并列的江苏省第二省会。清初为加强赋税征集，将一些富庶的县分为二县，同城而治。在苏州府属县中，长洲本与吴县同城，吴县分设元和，吴江分设震泽，昆山分设新阳，常熟分设昭文，所有属县全部分县。常州府治武进分设阳湖，无锡分设金匮，宜兴分设荆溪。二府属县分设的数量和密度都居全国之最。正因如此，在江苏省内所设分守、分巡道时，虽曾在康熙九年至二十一年（1670—1682年）将苏州府、松江府和常州府置为苏松常道，但从康熙二十一年起就将苏州府、松江府与太仓州划在一个单位，为苏松道；而将常州府与镇江府、通州、海门厅划在一个单位，为常镇通海道。尽管两道的驻地分别是太仓和镇江，但苏州府与常州府无论如何都居两道之首，苏州府在全省和全国的排序也在常州府之前。

雍正八年（1730年），苏松太道改为苏松道，驻地由太仓移至松江府上海县。改名移驻的直接原因是原属苏松太道的太仓直隶州改属太（仓）通（州）道，自然不能再作为苏松道的驻地。但间接的原因可以追溯至康熙二十六年（1687年），江海关由云台山（在今连云港市）迁至上海县城。江海关的功能是管辖从乍浦至云台山沿海24个出海口的船舶税收、航政、贸易等事务，由最北的云台山移至偏南的上海，显然是考虑到上海优越的地理位置和区位优势——上海通过黄浦江连接长江口，具有江海之会、南北之中的最佳位置。而通过黄浦江、吴淞江（苏州河）水系，又可连接江苏的苏、松、常、太和浙江的杭、嘉、湖。因此，以后太仓又重新划归苏松道并改称苏松太道，该道的驻地也没有再迁回太仓，以至于人们逐渐习惯于将苏松太道称为沪道或上海道。

当然，使天平完全向东倾斜还是发生在道光二十三年（1843年）上海开埠以后。租界所在的上海县虽始终只是松江府的属县，但租界很快扩大，并演变为一个实际上不受中国政府控制的"国中之国"，到清末民初已是中国最大的工商大都会和经济、金融、文化中心，甚至当时中国最重大的政治活动，如辛亥革命后的南北和谈等都是在上海进行的。1927年国民政府定都南京，上海在政治上的重要性丝毫不减，称上海为中国实际上的政治中心并无不妥。相比之下，一度作为江苏省会的苏州黯然失色，常州更已无足轻重。尤其是在沪宁铁路通车后，沿线城市的地位与影响力就与上海的距离成反比，形成苏—（无）锡—常的递减态势。

由于租界的特殊地位，上海成为列强进入中国的跳板、"世界冒险家的乐园"，也成了中国现代化的实验室。世界上先进的物质和精神成果，如商品、产业、发明、技术、设备、金融、保险、证券、文化、艺术、教育、医疗、卫生、新闻、出版、管理、公益、慈善、制度、思想等，大多先传到上海或由上海引进，试验成功后再向周边传播、推广。

在飞机成为交通运输工具之前，除俄国可以利用铁路进入中国外，其他列强只能通过海运，列强要求中国开放的口岸基本都在沿海，上海无疑是其中最重要、吞吐量最大、连接点最多、腹地最广的口岸。就苏、锡、常以至整个长江三角洲、长江流域而言，上海经常是唯一的对外口岸，无论是货物进出口、人员进出国还是由物质承载的信息，都必须以上海为集散地。对外贸易和涉外活动的产业和人员尽可能集中到上海，自然能获得最大的利益和效益。

苏、锡、常与浙江的杭、嘉、湖一样，为上海输送了大批移民，在公共租界，浙江籍移民居首位，江苏籍列第二；而在华界，江苏籍与浙江籍仍居移民前列，只是前两名易了位。江浙移民中，迁自苏南、浙北（西）的又占多数。这批来自中国近千年来经济文化最发达地区的人口为上海提供了较高素质的人力资源，包括基础好、适应性强、善于开拓创新的各类人才，还带去了大量财富资本。尽管这些人力资源和资本在上海获得了前所未有的发展机遇，并且最终带动了原籍所在地的长足进步，但在一段时间内却拉开了两地的差距，形成上海的绝对优势。

上海的龙头地位最终排定了苏—锡—常的次序。明清期间，无锡一直是常州府属县，雍正二年（1724年）分设金匮县，1912年合为无锡县后属苏常道，1927 年废道后直属江苏省。但在民国年间，无锡已经有"小上海"之称，1934—1937 年已成为无锡行政督察区专员公署驻地，1949 年 4 月无锡解放后即设无锡市，1953 年成为江苏省辖市，至 1983 年通过"市管县"体制管辖了原属苏州地区的无锡县、江阴县与原属镇江地区的宜兴县，在行政区划上与常州市平起平坐。而在经济社会各方面的发展，无锡已全面超越常州，无论在江苏还是全国，都形成苏—锡—常的序列。

当上海成为区域中心和发展引擎时，无锡与上海的距离较常州近成为一项不可取代的优势。无论是水路还是陆路，特别是唯一的交通大动脉沪宁铁路，无锡都比常州近至少 40 千米。在一个自给自足的农业社会，这一点无足轻重。但到了近代工业社会，特别是在本地的发展离不开上海时，人流、物流都能节约的成本和时间是相当可观的。更重要的是，无锡主动将上海作为主要的发展方向和空间，在经济、文化、社会各方面结为一体，复制、移植上海的模式和经验，形成本土化成果。

更关键的是，无锡主动向上海发展，实际形成经济和利益共同体。如荣氏企业，从一开始就将重点放在上海，最大限度利用上海在原料、市场、劳动力、人才、资本各方面的优势，产业由面粉扩大到棉布、纺织以至金融，成为当时国内最大的民营家族企业。荣氏家族留在无锡的企业和资产，不仅使无锡的工业与上海同步发展，也促进了无锡的市政、社会各方面的现代化。文化教育方面也显示了这种互动关系。如著名的无锡国专（今苏州大学前身），其创始人唐文治虽是太仓人，但此前先在上海任上海高等实业学堂（今西安交通大学、上海交通大学前身）监督（校长）12 年，并兼任高等商船学堂（今大连海事大学、上海海事大学前身）监督 10 年。无锡国专的很多师资聘自上海，很多生源也来自上海，1939 年起在上海办了分校，由唐文治亲自主持，直至上海解放。

由苏杭、苏常、苏松、苏松常到沪苏锡常，经历了上千年时间，但最后一轮变化还不到 200 年，显然是两个前所未有的因素起了革命性也是颠覆性的作用——资本主义方式的工业化和国际影响。

从吴淞江到苏州河[①]

1843年上海开埠后,来到上海的外国人逐渐增加。当他们了解到从黄浦江的支流吴淞江可以通向苏州,就将这条河称为"苏州河"(Suchow Creek)。1845年11月,英国驻上海领事巴富尔与驻上海的苏松太道(上海道)宫慕久签订了《上海租地章程》,确定将洋泾浜(今延安东路)以北、李家厂(今北京东路)以南、黄浦江以西之地830亩作为英国人居留地,称为英租界。次年又明确西界定于界路(今河南中路)。1848年11月,英国领事阿礼国与上海道麟桂签订协定,将英租界西界扩展到泥城浜、周泾浜(今西藏路),北界扩展到"苏州河",租界面积扩大到2820亩。大概是因为英国人提出要求时就使用了"苏州河"这一名称,协定文本采用,而没有用这条河的正式名称吴淞江。这是"苏州河"这一名称首次出现在官方文件中,但当时的上海人大多还不知道这个名称,更不会用它取代吴淞江。之后,租界当局编制发行的上海地图将吴淞江北新泾至黄浦江一段标注为苏州河。随着租界发展成为上海这座新兴城市的主体,租界人口成为上海市民的大多数,苏州河完全取代了吴淞江下游,并且随着市区的扩大由北新泾向上游推移。时至今日,大多数上海人已经不知道吴淞江了。

其实,吴淞江的历史不仅比上海的历史长得多,而且要比这一片土地上的任何聚落的历史都要长。更确切地说,有了吴淞江,才有了它流

[①] 本文为首次公开发表。

域的人类文明，才有了包括上海在内的聚落，并最终发展为中国最大的工商城市。

吴淞江古称松江，因地处吴郡而被称为吴松江。吴郡始建于东汉永建四年（129年），虽然西汉初就因会稽郡的治所在吴县（今江苏苏州市）而称之为吴郡，但普遍使用应在吴郡设置之后，所以吴松江的名称应形成于2世纪前期。之后又因作为水的专名，松字旁被加了三点而为淞，一般就写为吴淞江，或称为淞江。吴淞江的水来自太湖，太湖古称笠泽，因而吴淞江又有了笠泽江的别称。文人雅士更因太湖水源出于天目山东麓松柏茂密的山丘，又称之为松陵江。

相关的专家学者都认为，松江就是《尚书·禹贡》中的"三江"之一。《禹贡》成书不晚于战国后期至西汉初，那么松江至迟在公元前2世纪初就已存在。至于包括松江在内的"三江"的确切位置和走向，历来聚讼纷纭，莫衷一是。其实，这本来就是一个不可能有标准答案的问题。因为从太湖往东至海是一片冲积平原，中间只有少数几个残留的山丘。这片平原的尽头当时刚刚露出海面，在渐次成陆的过程中还没有形成茂密高大的植被，大多数地方人烟稀少，尚未被开发利用。当年的太湖还没有任何堤坝之类的人为约束，湖水自然汇聚在平原上相对低洼的地方，在重力作用下流向更低的地方，最终入海。年深日久，平原上形成了若干条由太湖入海的水道，其中主要的三条获得了东江、娄江、松江的名称，被称为"三江"。在先秦时期，这些水道都还没有堤坝的约束，加上这片平原几乎没有坡度，水道的比降极低，太湖来水大时自然会泛滥至水道两旁，而来水少时又会形成淤积，这些水道的位置和走向变化频繁，在本来就没有详细确切的记录的条件下，后人根本无法复原。秦汉以降，吴淞江两岸及其流域居民和聚落逐渐增加，开发程度不断提高，水道趋于稳定，直接和间接的记载也陆续出现，有的留存至今，使我们对各阶段的吴淞江有了更多了解。

东晋的史料中出现了"沪渎"这个地名，《晋书·安帝纪》：隆安五年（401年），"孙恩寇沪渎，吴国内史袁山松死之"。袁山松抵抗孙恩战死的地方沪渎就靠近吴淞江的入海口，此后吴淞江的下游被称为

"沪渎"。沪（滬）字来源于扈，本意是一种用竹子制作的捕鱼工具。估计是当地人在吴淞江下游靠近入海口普遍使用扈这种渔具，使这段河道获得了"沪渎"的别称。

由于太湖来水充沛，河道深广，很多河段一望无际，像烟波浩渺的湖泊，"可敌千浦"，到唐朝时河道还有 20 里宽。便利的航运条件与丰富的水源滋养了沿岸聚落，在支流青龙江汇入吴淞江之处形成的聚落青龙在唐朝建镇。青龙镇的故址在今青浦区北部白鹤镇东境，往东可沿沪渎出海，往西可达苏州，往南通过顾会浦到松江镇（未来的华亭县治），也可通过青龙江连通以南各地。优越的地理位置、便捷的水运和周围丰富的物产，使青龙镇日益繁荣。南宋绍兴初年在此设置市舶务，使其成为重要的外贸港口。镇上还先后设置过茶务、盐务、酒务等机构，说明这里也是茶、盐、酒的集散地和交易中心。极盛时有三十六坊、二十二桥、十三寺院、七塔、三亭，号称"烟火万家"，蔚然江南巨镇。

北宋庆历八年（1048 年），吴江的吴淞江上建成一座数十孔的长桥——垂虹桥，方便了陆路交通，却在一定程度上阻滞了水流。加上对沿江土地的盲目开垦、对人工堤岸的约束，吴淞江水道变得狭窄，这又加剧了泥沙淤积。由于吴江南的太湖口日益淤塞，吴淞江的源头改到了瓜泾口。青龙镇以西的白鹤汇和以东的盘龙汇两段河道曲折，下游日渐淤塞，行水不畅，每到多雨季节极易泛滥成灾。北宋时先后废弃白鹤汇和盘龙汇，在其北另开新河，拉直水道，使太湖水经新河直流东泻，水患减少。但随着沿海新成陆地不断扩大，青龙镇离出海口距离越来越远。又因海潮顶托，吴淞江泥沙淤塞，海船溯流而上已很难到达青龙镇，外贸衰落，南宋乾道二年（1166 年）市舶务被废。

到明嘉靖二十一年（1542 年）设置青浦县时，青龙镇虽已盛况不再，毕竟还是一个吴淞江畔的旧镇，因而被选为县治。但之后屡遭倭寇侵扰，嘉靖三十二年（1553 年）县废。万历元年（1573 年）青浦县复置，县治迁至唐行镇（今青浦镇），青龙镇被称为"旧青浦"，从此沦为一个小集市。

在青龙镇以东，吴淞江的下游有一条支流名为上海浦。10 世纪后期形成一个聚落，因靠近上海浦而得名上海。由于得上海浦与吴淞江的航运、水利之便，在北宋天圣元年（1023 年）的史料中已经有了"上海务"的记录。至迟在熙宁十年（1077 年），上海务已是秀州的 17 个酒务之一，说明上海是酒的集散地和交易中心。至迟在南宋咸淳三年（1267 年），上海已置为镇。按照宋朝的制度，只有在"烟火繁盛处"需要设置监官"掌巡逻盗窃及火禁之事"方称为镇，可见上海的户口、经济都已达到规定的指标。这一发展趋势并未受到改朝换代的影响，元至元二十九年（1292 年）划出华亭县东北的 5 个乡设立上海县，县治就设在上海镇。

吴淞江下游航运的颓势却在加剧。元世祖至元十四年（1277 年）在上海镇设置了市舶司，即元朝管理中外商船和对货物征税的专门机构。宋朝先后设置过 7 个市舶司，其他 6 个分别在广州、泉州、温州、杭州、庆元（今宁波）、澉浦（今属浙江海盐县），足见上海在内外贸易中的重要地位。值得注意的是，当时浙江沿海设置的市舶司相当密集，还要增加上海，显然是这一带贸易量和征税量大，确有需要。而无论外贸内贸，都离不开吴淞江及其支流的水运功能。但吴淞江上下游的淤塞日益严重，上游来水减少，"两岸漫沙，将与岸平，其中仅存江洪，阔不过二三十步，深不过三二尺"；下游"入海口故道，潮水久淤，凡湮塞良田百有余里"。到大德二年（1298 年），上海市舶司显然已无法维持，只能并入庆元。至元末，下游自江口河沙汇嘴至赵屯浦约 70 里，淤积的滩涂几乎将河道淤平。

但太湖的来水并没有减少，特别是在内涝和多雨时节，已经变得浅狭的吴淞江水道越来越难以及时有效地将水排入大海，经常泛滥成灾。明永乐二年（1404 年）夏原吉主持治水，鉴于下游河道已无法恢复，放弃了治理，而在中游将吴淞江水引至浏河口入长江，又开范家浜引淀泖水由黄浦出海。由于由范家浜经黄浦入海的水道更加顺畅，而大水量的冲刷又使黄浦下游河道加深加宽，从此黄浦成为吴淞江的入海通道，吴淞江成为黄浦江最大的支流。到明朝中期，北新泾以下的吴淞江改从宋家浜在今外白渡桥以下的位置入黄浦江，延续至今。

黄浦江—吴淞江水系的形成，为黄浦江、吴淞江流域提供了一个连通长江的出海口，奠定上海"江海之会，南北之中"的水运枢纽地位。清初在江苏、浙江、福建、广东四省设立海关，管理自江苏连云港至浙江乍浦沿海20多个河口的江海关本来设于云台山（今江苏连云港市东北），康熙二十六年（1687年）迁至上海。

在上海开埠前，港口主要集中在县城外的黄浦江岸线，吴淞江还在县城郊外。当英租界扩展到苏州河边，苏州河就成了新城市的边界。随着美租界的设立和此后与英租界合并为公共租界，加上华界的闸北的城市化，苏州河成了新兴的大都市的内河。一座座新建的桥梁和渡口将南北两岸连成一片，上海话中出现了"浜南""浜北"这两个名词，分别表示苏州河南北两个城市区域。

尽管苏州河已成为黄浦江的支流，市区段宽度不足百米，在上海由一个江南县城发展成为中国和远东最大的工商城市与国际大都会的过程中却发挥着不可替代的特殊作用，成为上海的自然和人文地理环境中不可或缺的组成部分。

开埠之初，整个上海县的人口不过50余万，城镇人口估计不过一二十万，但到20世纪初市区人口已突破100万，半个世纪后已高达600万。增加的人口中大部分是外来移民，其中苏南、浙北的移民又占了很大比例，而这些移民迁入上海市区往往离不开黄浦江—吴淞江（苏州河）水系。在汽车、火车尚未普及时，太湖流域和江南的移民大多直接乘船，由苏州河进入上海，或者由黄浦江转入苏州河登岸，因为黄浦江岸的码头一般停泊海轮、大船，内河客轮、小船只能停在苏州河边。即使在公路铁路开通后，便宜、方便的水运仍是多数人的选择，在水道密如蛛网的江南水乡，水运可以到达离家最近的码头，甚至直达家门。已经在上海定居的移民，也通过苏州河与家乡保持着密切的来往。1956年夏天某晚，我在家乡浙江省吴兴县南浔镇（今属湖州市南浔区）的轮船码头上了湖州—上海班轮，天亮时已进入黄浦江，看到了传说中的大轮船和高楼。船从外白渡桥下驶入苏州河，停在河南路桥前南岸的码头，我随大人上船，从此成了上海人。

迁入上海的人口中，富人、外国人、知识青年、有一技之长者、甘冒风险者、有亲友投靠者，会以租界或越界筑路地段为定居的首选；其他人，特别是穷人、难民、灾民、苦力往往只能先在华界安身。因为两地的房价、房租、生活费用相差很大，产业构成也不相同。西藏路以西的苏州河，就是租界和华界的天然界线，由此划定的浜南、浜北就像两个世界。苏北发大水、闹饥荒后，一些灾民摇着一只小船，由运河入长江，过江后直摇到苏州河，将船靠在苏州河边，或者找一条支流小河停船。之后找一块空地，弄些竹子、茅草搭一个"滚地龙"（一种低矮简陋的茅草房），就此安家。男人拉黄包车（人力车）、三轮车，到码头扛包，在工地做小工，拾垃圾（收废品）；小姑娘到苏州河边的纱厂当童工。在苏州河畔和闸北形成了几片苏北移民的聚居区，到1965年我成为闸北区的中学教师时，我们学校的近半生源就来自这些聚居区。在那里，在上海出生的学生也只会讲苏北话，不会讲上海话。

上海开埠后，新建筑成片建造，大楼高楼拔地而起，工厂作坊如雨后春笋。苏州河水运提供了最便宜的物流成本、最便捷的物流手段。特别是那些机器、原料、产品体重量大的工厂企业，像机器厂、面粉厂、纱厂、布厂、丝厂、造纸厂、建材厂、仓库、堆栈，无不竞争苏州河边的土地和厂房，以便让货船直接停靠最近的或自己的专用码头。因此大量产业工人汇聚在苏州河边，成为中共办夜校、发动罢工、组织工人运动、扩大革命力量的红色基地。

西藏路以东的苏州河两岸都属公共租界，浜南、浜北的差别并不大。苏州河与黄浦江交汇点外白渡桥更是上海的黄金节点，外滩的高楼大厦逐渐向桥北延伸，也沿着苏州河向西扩展。银行、领事馆、豪华酒店、高档公寓、写字楼、邮政局、俱乐部、电影院、博物馆、报馆、教堂、医院鳞次栉比，在那里工作和生活的人，除了服务人员和警察，就是洋人、富人和"高等华人"。北岸西段的大片仓储建筑也都是钢筋水泥建造，坚实稳固，分属各大银行、大企业。在这些建筑的后方，是大片石库门建筑或新式里弄，是上海人口最稠密的居民区。再往南，就是最繁华的"十里洋场"——南京路。由此产生的地名不计其数，有典雅的，也有通俗的；有中文的，也有外文的；有含义深厚的，也有莫名其妙的。

"一·二八"事变，日本侵略军突袭闸北，狂轰滥炸。"八一三"事变，日寇全面入侵，中国军队奋力抵抗，闸北沦为战场，被日寇破坏殆尽，工厂、民居荡然无存。直到20世纪五六十年代，闸北恒丰路与共和路相交处还被称为"三层楼"，因为淞沪抗战后，这里是唯一残存的一幢三层楼房。中国军队坚守的最后一个据点——四行仓库，就处于闸北的东南角，东面与公共租界仅一路之隔，南濒苏州河与租界隔河相望。淞沪抗战结束后，西藏路以西的苏州河成了阴阳界。河南成为暂时未被日军占领的"孤岛"，利用它的特殊条件，中国和世界的各种政治力量、利益集团在那里活动和较量。中共通过各种途径、以各种方式领导和坚持抗战；高官富豪巧取豪夺，醉生梦死；芸芸众生艰难求生，朝不保夕。

1949年5月27日，红旗插上了苏州河畔的上海邮电大楼，从此苏州河的历史展开了新的一页，苏州河迎来了她重新焕发的青春。

经常有人问我：上海的母亲河究竟是苏州河还是黄浦江？

最早滋养今天上海市辖境这片土地和人群的是吴淞江水系和黄浦江水系形成前的诸多河流。到吴淞江成为黄浦江的支流，形成黄浦江—吴淞江（苏州河）水系后，这一水系提供了上海生存、发展直到成为国际大都会的基本资源和条件。吴淞江要不被引入黄浦江，就避免不了逐渐淤塞的命运。如果没有吴淞江水的注入，当年的大黄浦也不可能形成通向长江口的黄金水道。所以，苏州河及其前身吴淞江和黄浦江都是上海的母亲河。

天堂杭州 ①

我 1945 年出生于浙江省吴兴县的南浔镇（今属湖州市南浔区），祖籍是绍兴。1950 年初，父亲带着不满 5 岁的我回绍兴，往返都途经杭州，并住过两三天。这是我第一次见到这座城市，至今印象中还有当年的拱宸桥、城站（火车站）、钱塘江大桥、六和塔、西湖、灵隐寺、岳坟等。上学后有了些地理知识，知道杭州是浙江省的省会城市，省长周建人是鲁迅的弟弟，他们又都是我们绍兴人。还有浙江大学，听说中学老师中有读过浙大的，小学生是没有机会认识的。大人们提得最多的还是上海，去得最多的也是上海，连我的父母也先后去上海谋生，在稍能安居后就将我迁至上海上学。不过，"上有天堂，下有苏杭"这句话却是镇上人普遍认同并不时提及的，所以也是我自幼形成的常识。

重访杭州已是 20 世纪 80 年代，我成了大学教师，当了先师季龙（谭其骧）先生的助手。先师祖籍嘉兴，但谭氏的祖坟在杭州灵隐寺后的山上，先师少年时每年都会随族人去杭州扫墓兼游玩。1946 年他随浙江大学复员回杭州，家住长寿路 1 号，到 1950 年秋转复旦大学任教。从 1940 年 3 月他应聘到播迁贵州的浙江大学，与浙大的不少教授同事 10 年，患难与共，感情深厚。几次陪他去杭州开会、作报告或主持答辩，只要稍有余暇，他都会访友怀旧，谈及往事，有不胜今昔之感。20 多年来，我虽未在梅家坞品新茶，未在虎跑汲泉水，但每年都少不了有

---

① 本文原载于葛剑雄：《悠悠我思》，广西师范大学出版社，2022 年版。

友人馈赠的上品龙井，或在湖畔居楼上饮茶，连在东航航班的万米高空也能享受我预订的龙井茶水。我也曾在西湖畔小住，孤山间探梅，阮公墩夜游，河坊街观光，文澜阁访书，西泠社读碑。近年有机会泛舟西溪，更觉别有一番滋味。还有频繁的各种会议、论坛、讲座、报告、课程，拜动车、高铁、高速公路所赐，往往当天往返而有余，怪不得已有人大胆预测，杭州会与上海连成一片。

尽管我一直在体验"天堂"的生活，但明白"天堂"的来历，还是在从事历史地理研究之后，特别是读了先师的相关论著后。

杭州被称为"天堂"至少有千余年时间了。但在两千多年前的秦朝，杭州一带不过是南方一个普通的县，在中原人眼里还相当落后。

秦始皇三十七年（公元前210年），他在出游时"过丹阳（今安徽当涂），至钱唐，临浙江"。这个"钱唐"就是今天杭州的前身，在今杭州城区西湖以西北灵隐一带，而"浙江"就是今天的钱塘江。一个聚落从形成到成为县城是需要相当长一段时间的，由此可推断，"钱唐"这个聚落的出现还会更早。

但是从秦汉到南朝这800多年间，钱唐一直默默无闻，甚至还不如周边的其他县。这是由于钱唐虽位于钱塘江边，却已经濒临海滨。那时钱唐以东的土地还没有成陆，今天的杭州湾也尚未成形。连接钱塘江两岸的渡口在钱唐的上游今富阳一带，因此钱唐并不处于主要的交通线上。今天的杭州城区，很多地方也没有成陆，钱唐是一个山中小县，到自己辖境内的交通也不方便，怎么可能得到发展？

钱唐之停滞落后还与江南的人文地理格局有关。春秋时吴越相争，双方的都城和中心分别在吴（今江苏苏州）和会稽（今浙江绍兴），到战国时越国灭吴国，越又迁都于吴。楚国奄有江东后，吴离楚国的都城寿春相对较近，晚期又是执掌楚国大权的春申君黄歇的封地，继续维持着地区中心的地位。因此秦朝设会稽郡，辖境虽包括钱塘江流域和山阴县（原越都会稽），重心还是在北部，郡治也设在吴县。西汉的会稽郡治所一直在吴县，尽管武帝灭东越、闽越后，会稽郡名义上的辖境已扩大至今福建省。东汉期间会稽郡一分为二，北部的吴郡沿用吴县为郡治，南部的会稽郡以山阴县为治所，处于二者之间的钱唐还是没有机会。除了人口分布、开发过程和历史渊源的因素外，主要还是钱唐在交通和区位上的劣势阻碍了其发展。无论是首都长安、洛阳，还是原来的郡治吴县和以后的扬州刺史部驻地历阳（今安徽和县）都在北边，与钱塘江南的陆路交通都不方便，反是由沿海到山阴的海路更加便捷。直到东汉末年，中原士人南迁避乱，相当一部分人还是由海路直驶交州（今越南北部），或者是由会稽入海南下。

东晋、南朝以建康（今南京）为首都，钱唐与政治中心的距离大为缩短。"今之吴、会，昔之三辅"，钱唐所在的会稽郡已与汉代的"三辅"（京兆、左冯翊、右扶风三个中央直属行政区）之于首都长安一样成为建康的近畿之地。但会稽郡的治所还是在山阴，而离建康更近的乌程（今浙江湖州）已成为吴兴郡的治所。由建康而南的移民沿太湖西的丘陵地带扩展，在东晋和南朝期间新建了好几个县，并越过钱唐向南、向东发展，僻处山中的钱唐并未受益。

开皇九年（589年）隋灭陈，改钱唐郡为杭州，从此有了杭州这个名称。当年将郡治迁至余杭，第二年又迁回。到开皇十一年（591年），杭州和钱唐县都迁治至柳浦以西，即今凤凰山麓的平原，有了充足的发展余地。隋灭陈后，将六朝都城建康城"平荡耕垦"，彻底毁灭后变为农田，将原来在建康的扬州治所迁至广陵（今江苏扬州）。之后才在石头城置蒋州，恢复了丹阳郡，但只辖三个县。而在杭州建的余杭郡却辖有六县，在江南地区的地位相对提高。

更大的机遇出现在20年后，隋炀帝开江南运河，由京口（今江苏镇江）至余杭（即杭州改称），长800余里。江南运河是隋炀帝开凿的大运河的一部分，由京口过长江，通过邗沟连接淮河，由通济渠可至洛阳，向西经广通渠可达长安，向东北由永济渠可达涿郡（今北京）。在一个以水运为主的时代，杭州成为大运河系统的起讫点，可以连通钱塘江、长江、淮河、黄河水系，到达首都及其他重要城市，杭州在全国的地位显著提高。

据《乾道临安志》记载，唐初的贞观年间（627—649年），杭州的户口已有 11 万人。到唐朝中期，杭州已被称为"东南名郡"，白居易更将杭州列为江南第一，"江南列郡，余杭为大"。杭州的繁荣得益于唐朝发达的海上和内河贸易，杭州成为与广州、扬州齐名的通商口岸。而促使杭州城市人口增加和城市扩大的一个重要因素，则是居民的饮水困难得到有效的解决。由于杭州城所处的平原处于江海之交，有些地方成陆未久，地下水咸苦不能饮用，只有在山麓地带凿井方可获得甘泉，因而水源不足。唐大历年间（766—779 年），刺史李泌在今涌金门、钱塘门之间分别开了六个水口，引西湖水入城，形成六个井。白居易任刺史时又加开浚，使城市有了充足的饮用水源。本来杭州在夏秋之际易发生干旱，影响农业生产，白居易在西湖筑堤，利用湖水灌溉农田千余顷。白居易还写了不少题咏西湖风景的诗篇，如《钱塘湖上春行》《春题湖上》《余杭形胜》诸诗。离任后，还不时追忆怀念，写下了《留题天竺、灵隐两寺》《西湖留别》《九日思杭州旧游，寄周判官及诸客》《忆杭州梅花因叙旧游，寄萧协律》《答客问杭州》等篇。随着这些名作的流传，西湖的美景名闻天下，逐渐吸引四方文人雅士和游客。到北宋时，天下一流诗人苏轼（东坡）两次任职杭州，写下更多佳句名篇。"杭州巨美，自白（居易）、苏（轼）而益彰"，这两位地方官兼诗人对杭州的贡献实在不小！

　　唐末五代时期中国陷入战乱分裂，杭州却获得了意外的机遇，更上一层楼。907 年，钱镠称吴越王，以杭州为都城。吴越国传了 72 年，其版图最大时不仅包括今浙江全省，还拥有今上海市和江苏苏州市境，南至今福建福州。此前钱塘江是浙西、浙东的分界线，江两岸分属不同政区，浙西的中心在今苏州，浙东的中心则在今绍兴，杭州的地位还不能与它们比肩。自钱氏将浙西、浙东合为一体，国都杭州自然成了共同的中心。持续的战乱还使其他重要城市受到毁灭性破坏，如长安、洛阳、扬州等。南唐的都城金陵（今南京），由于后主李煜没有向宋朝主动归降，亡国后残破不堪，到北宋时只留下"颓垣废址，荒烟野草，过而览者，莫不为之踌躇而凄怆"。而由于吴越主动效忠，纳土归降，杭州秋毫无损，笙歌依旧。

至唐朝后期，江淮财赋已成为朝廷的经济命脉，包括杭州在内的江南地区的经济实力虽已超过北方，但地方的赋税收入全部上缴朝廷，几乎没有给当地留下发展的余地。吴越国既得免于战祸，又摆脱了对中原朝廷的赋税负担，能够大规模兴修水利，疏浚河道，设置闸堰，建筑江堤海塘，为农业稳产高产创造了条件。杭州作为都城，获益最多。如杭州东南滨海地区以往常被潮水淹没，而防海大塘是土筑，年久失修。钱镠时用巨石大木重筑，自六和塔至艮山门，称为捍海塘，使杭州城脱离海潮之患。又在杭州北郭建有清湖等堰，江干有浙江、龙山二闸，城东有大小二堰，这些闸堰调节江、湖、运河间的水流，控制水量，兼顾水运水利。北宋端拱年间（988—989年）在杭州设置管理海运的衙门——市舶司，此前全国只有广州设有市舶司，而明州（今浙江宁波）、泉州（今福建泉州）和密州（今山东诸城）置司都还在其后，显然得益于水利建设形成的通海优势。

北宋期间，杭州已上升至"东南第一州"的地位。随着农业、手工业和商业的繁荣发展，天圣（1023—1032年）、熙宁（1068—1077年）间，杭州所收商税、酒曲税居全国第一，比首都开封还多。苏轼说："天下酒税之盛，未有如杭者也。"显然并非夸张。

北宋亡后，高宗赵构于建炎三年（1129年）从扬州渡江，到达杭州后即升杭州为临安府。至绍兴八年（1138年）以杭州为行在所（皇帝在首都以外的驻地），正式确定为临时首都，直到德祐二年（1276年）元军灭宋入城。这138年间，杭州从"东南第一州"跃居南宋的"天下第一州"，成为当时中国乃至世界最繁华的都市。杭州市区已扩大到城外，就在定都后3年的绍兴十一年（1141年），都城以外人烟繁盛，南北已距30里，为此设置了右厢公事所。乾道三年（1167年），因城东西户口繁夥，警逻稀疏，分别设置东西厢都巡检使各一员。到了宋元之际，"杭城之外城，南西东北，各数十里，人烟生聚，民物阜蕃，市井坊陌，铺席骈盛，数日经行不尽，各可比外路一州郡"。城外的居民比城内的还多，所占范围比城内还大。大街上的买卖昼夜不绝，半夜三四更时游人才逐渐稀少，到五更钟鸣，卖早市的已经打开店门。到近代还是西湖风景区和乡村湿地的天竺、灵隐、西溪,远至安溪、临平,当时都是城区,民居、商铺与寺观错杂,陆游诗中"西湖商贾区,山僧多市人""黄冠(指道士)更可憎,状与屠沽邻"就记录了这种现象。北宋时杭州已号称"十万余家",《梦粱录》称南宋时"不下数十万户,百十万口",应接近事实。《马可·波罗游记》的描述虽不无夸大,但当时的杭州是世界上人口最多的城市是毫无疑问的。

南宋杭州还产生了一种文化史上的特殊现象——方言岛,即在吴方言区的包围之中,杭州城区却流行以河南话为基础的北方话,直到今天还有遗存。宋室南渡后,大批北方移民南迁,由于100多年间没有返回故乡的机会,就此在南方定居。杭州作为临时首都,不仅定居着皇室、官员、将士,也吸引了大批士人、商贾、僧道和流动人口。很多原在开封的店铺、娱乐场所、寺观也纷纷在杭州重开,其中不少人就迁自开封。尽管开封人与北方人在杭州居民中未必占大多数,但由于这些上层移民及其后裔拥有权力和财富,掌握着主流文化,不仅他们自己继续讲北方方言,而且促使原住民,特别是必须为北方移民服务的人及城内的其他居民学讲北方方言。年深日久,杭州成了北方话的天下。南宋亡后,北方话在杭州风光不再,却根深蒂固,流风余韵至明朝犹存。直到今天,杭州方言中的儿化音还很明显,如小丫儿(小孩)、黄瓜儿等。

特别幸运的是,到元朝灭宋时,蒙古统治者已经认识到农业文明和汉族传统文化的重要性,元世祖忽必烈在事先颁发的《兴师征江南谕行省诏》中已要求保护农商,维持民生。加上南宋皇室在元军逼近时主动投降,杭州没有受到什么破坏,在元朝依然保持着昔日的繁盛,因而被马可·波罗惊叹为"天城""世界上最美丽华贵之城"。至元二十一年(1284年),江浙行中书省的省会由扬州迁至杭州,辖境包括今浙江、福建二省与江苏、安徽二省的江南部分和江西省的鄱阳湖东部分,杭州依然是东南第一州和全国最大、最繁华的城市。由于元朝时海运畅通,杭州也是外国商人聚居的城市,当时人提到钱塘,往往与"诸蕃""岛夷"连称。在元顺帝至正(1341—1368年)初年到过杭州的阿拉伯人伊本·白图泰的笔下,崇新门内荐桥附近多为犹太教徒和基督教徒,而荐桥以西为伊斯兰教徒聚居区。

明太祖洪武十四年（1381年），划定浙江布政使司，辖境基本即今浙江省，杭州成为省会与杭州府治所在。杭州虽然又回到了区域中心、省会城市的地位，但"人间天堂"的盛名不减当初，是丝绸之都、鱼米之乡，人文荟萃，名人辈出，其经济、文化水准一直居全国前列。

不过与南宋时的巅峰相比，杭州在全国的地位还是有所下降，并且显现了一些不利因素。

一是城市经济逐渐衰退。由于城内外运河年久失浚，填为沟渠，物资流通受阻，城内物价上涨。元延祐三年（1316年）、至正六年（1346年）虽曾两次大加疏浚，但城内河高而钱塘江面低，诸河疏浚不深，仍与江潮隔绝，完全靠西湖水补充，水深不足3尺，只有宋时的一半。城南一带本是杭州最早的市区，因河不通江，水运不继，城南商业日渐萧条。明洪武年间（1368—1398年）一度浚深龙山、贴沙两河，在河口建闸限潮，为船舶提供了出江通道，但不久又淤塞。

一是天灾人祸不断。杭州居民稠密，民居连绵，大多是木构板屋，砖瓦房也不多。不少人家设有佛堂，昼夜香烛，通宵点灯，悬挂纸幢经幡。一旦失火，延烧成片，难以扑灭。吴越显德五年（958年）城南失火，延烧至内城，共烧毁19 000家。南宋期间，城区大火21次，每次损失都在万家以上。其中嘉泰元年（1201年）三月二十八日的大火延烧军民51 400家，绵亘30里，经4个昼夜才扑灭。但那时系首都所在，人力财力充足，会全力重建，能很快恢复。元至正元年（1341年）四月十九日，杭州大火，"毁官民房屋公廨寺观一万五千七百五十五间"，烧官廨民庐几尽，以致"数百年浩繁之地，日就凋敝"。至正十九年（1359年）十二月，朱元璋遣常遇春进攻杭州，"突至城下，城门闭三月余，各路粮运不通"，"一城之人，饿死者十六七。军既退，吴淞米航辐辏，借以活，而又大半病疫死"。这次围城使杭州人口损失过半，元气大伤。

明清以降，杭州在江南的区位优势不断遇到新的挑战。永乐后首都虽已北迁，但南京仍为陪都，在清朝又是两江总督驻地，政治地位都高于杭州。扬州处于运河与长江交汇处，地近淮盐产区，是漕运和盐运中枢，经济地位举足轻重，无可替代。苏州是清代江苏巡抚驻地，是太湖流域的政治、经济中心，科第鼎盛，人文荟萃，与杭州不相上下。明代为防御倭寇侵扰，封锁沿海口岸，加上杭州内河与钱塘江隔绝，从此彻底丧失通商口岸的地位。而宁波有优越的海港，又有运河可通，成为浙江主要通商口岸。上海开埠后，迅速发展成为中国最大通商口岸和远东最大城市。上海强大的经济辐射能力，和以上海为基础的新兴工商业，使杭州的传统手工业和商业更趋衰败。

咸丰十年（1860年）、咸丰十一年（1861年）太平军两次攻占杭州，至同治三年（1864年）初在清军围攻下撤出，杭州在连年战乱中损失惨重。战前杭州府有370余万人，战后的同治四年（1865年）全府土著户口仅存72万，损失人口300万，高达80%。尽管这300万人中也包括因种种原因逃离或迁出杭州府者，但其中大多数是在这场空前浩劫中被杀死、饿死、病死，在逃亡途中横死或自杀的。杭州的名胜古迹和图书文物也受到很大破坏，著名的文澜阁被焚毁，收藏于阁中的《四库全书》大多散佚缺损。战后人口的恢复和增长主要依靠外来移民，故而杭州城与府属县城的人口结构发生很大变化。土著中精英外流严重，土著人口比例甚低。而由于附近的嘉兴、湖州两府与江苏的苏州、常州两府同样人口锐减，不可能就近输出，新迁入的移民大多来自浙东和浙南、苏北、淮北和河南，大多是底层贫民。

1927年国民政府定都南京，杭州再次接近政治中心。由南京至杭州的公路京杭国道建成后，更拉近了杭州与首都的距离。当时的国民党要人多为浙江籍，当时有"湖南人当兵，广东人出钱，浙江人做官"之说。又称"湖州的中统，江山的军统，奉化的侍卫官"，因主管党务的陈立夫、陈果夫兄弟是湖州人，主持军统的戴笠是衢州江山人，蒋介石本人是宁波奉化人，江浙人大受重用。浙江省省长一度由党国元老、功臣、蒋介石的盟兄南浔人张静江担任，张氏创办的西湖博览会续办至今。蒋介石下野蛰居之时，奉化一时成为实际权力中心。但晚清以来，上海已成中国政治中心，在国际交涉中更加重要，非杭州和浙江所能动摇，沪宁铁路的功能远非京杭国道所能替代。1937年抗战军兴，杭州陷于日寇，上海的"孤岛"却持续到了太平洋战争爆发，成了陪都重庆以外的特殊政治中心。

1949年解放军占领南京后挥师南下，杭州再次演绎吴越国归宋故事，毫发无损。国民党当局宣布为保护西湖名胜古迹，杭州为不设防城市，国民党部队主动撤退。不管蒋介石或国民党当局出于什么目的，这都是值得称道的爱国爱乡之举，应载入杭州史册，为后人铭记。

浙江人文荟萃，历史上杭州更是名人辈出。但到了近代，随着政治权力、财政金融、市场资本、工商产业、教育设施、新闻出版、科学技术、学术研究、文化艺术越来越集中于上海、北京、南京、天津、武汉、重庆、香港等城市，再加上受到欧美发达国家影响，杭州的上层人物、社会精英和有为青年纷纷外出求学求职，杭州籍的国内、国际名人的事业成功，几乎都在外地或外国。

1949年后，中央集权、计划经济和意识形态不断加强，更加剧了这种趋势；"左"的政策、重理轻文、重政治轻经济的措施也推波助澜。中华人民共和国成立后浙江大学历史系暂停，组织教师学习马列政治，先师谭先生仍安心学习，认真接受。但一年后历史系正式宣布撤销，教师改教公共政治课，谭先生不得不自谋出路，接受复旦大学聘书。据说全国著名大学中撤销历史系的仅此一家。竺可桢校长等科学家大多调往北京，成为中国科学院的领导和中坚。1952年院系调整，浙大元气大伤，文科、医科全部分出，理科名教授大多调出。1981年5月中国科学院重开学部委员大会，400名新老委员（后改称院士）中出自旧浙大者46名，而新浙大无一人入选。复旦大学10名学部委员，8名出自旧浙大，包括先师在内。到20世纪70年代末，"人文荟萃"只是老一辈杭州人偶尔发思古之幽情，留在杭州的学者名流凋零殆尽，比之于南方其他省会城市，杭州的人文资源与环境已无优势可言。

在各种场合，常有记者问我："你到过国内外不少城市，你心目中最好的是哪一座？""如果让你选择，你会住在哪里？"特别是在杭州，我知道他们最希望我给出的答案是杭州。不过无论他们如何诱导，我始终没有做过具体的回答,而是说:"这要看用什么标准。""人生的不同阶段有不同目标,如读书、工作、谋生、休闲、养老,不同的目的会有不同的选择。"有人直截了当地问我:"你认为杭州是人间天堂吗?"我也会坦率地回答:"在现代世界,已经找不到大家都认同的天堂,但杭州肯定是相当大一部分人的天堂。"

在物资匮乏的年代,物质生活是选择的主要标准,人们追求的是吃饱穿暖,生活安定,高于平均水平的地方就是天堂。"苏常熟"产生的粮食就能使"天下足","鱼米之乡,丝绸之府"就可称天堂。我读小学时知道"苏联的今天就是我们的明天",而苏联的生活就是"楼上楼下,电灯电话"。土地改革后,东北农民向往的天堂是"三十亩地一头牛,老婆娃娃热炕头"。"大跃进"时,广大农民的天堂目标是"撑开肚皮吃饱饭,跑步进入共产主义"。

在社会动荡、战乱频仍的年代,"不知有汉,无论魏晋"的世外桃源是天堂,人们首先选择的是能暂避战祸、保全性命的地方,如果还有能享受生活,或者过得比原来还好的地方,那更是天堂无疑。当年北宋的皇族、官员、名流、富商好不容易逃出开封,终于在杭州定居,在"山外青山楼外楼"的美景中过上了比在开封还奢侈舒适的笙歌诗酒生活,怎能不把杭州当汴州、当天堂呢?当杭州的难民逃入上海租界,不仅不再担心太平军与清兵的杀戮劫掠,富人因投资而获利,穷人因劳作而得以温饱,青年因求学而成功,上海无疑成了他们的天堂。

但当人们已无衣食之忧,更无战乱之虑时,必定更关注精神生活和未来世界,就很难找到共同的天堂了。从政者会选择首都或政治中心,或者有利于仕途的岗位。从商者贵在商机,逐利而来,随利而去。求学者追求学府名校,从教者钟情于优质生源,科学家看重研究设施与条件。崇尚自然的人寻找天然环境,享受生活的人不仅需要蓝天白云、青山绿水,还要有生态食品和丰富文化。显然没有哪一个地方能集中所有的有利条件,所以没有哪一个地方能成为今天和未来所有人的天堂。

改革开放为中国城市的多元发展开辟了广阔的前景,也为中国人提供了更多的选择,现代交通缩短了距离,无所不在的信息首先实践了"天下一家"的理念。马云选择了杭州，世界互联网大会选择了杭州附近的乌镇。并非政治中心的杭州，在 G20 峰会召开时成为全球的焦点。更多的人能便捷轻松地欣赏西湖风景，享受杭州生活，而不必离开自己的天堂。杭州人也可以向全国、全球发展，而继续生活在故乡天堂之中。

有些条件已经变了，或者在可以预见的未来会变，甚至会大变，无疑会使杭州具有更大的吸引力。今天我们讲的杭州，早已不限于历史上的杭州城或今天的杭州城区，而是包括十区、一市（县级）、二县的杭州市行政区域。即使只指城市，也已跨钱塘江两岸，已经或将要连接萧山、余杭、富阳、临安。欣赏自然风光已不限于西湖一隅，享受亲水、山居已不必局促于城边或近郊。随着高速公路、城市轨道、高铁、高速航道、跨海大桥的建成和网络化，一小时生活圈、当日旅游圈的范围也不限于杭州本身，定居于此的人固然可以随时去观黄山云海，享上海时髦，品舟山海鲜，流动来此的人也能如此。而当智力、信息、创意、服务成为生存和发展的主要手段时，职场与家居、商务与社交、工作与休闲、学习与娱乐之间的界限会模糊以至消失。得风气之先的城市或地区无疑会使这些变化来得更快。

但有些条件是不会变的。物理空间和距离不会变，人为的缩短总要付出越来越大的代价。无论速度提得多快，最短的距离总是第一选择，但这与舒适的工作和生活环境往往不可得兼。尽管人的寿命一般都在延长，但属于一个人的绝对时间也不会变，只能是按不同的生活方式作出不同分配。气候、地貌等条件的变化更非人类所能控制，与人的一生相比，它们的改变微乎其微。人们只能调整自己的期望值去适应，或者听其自然。

正因为如此，在杭州能否过上天堂的生活，杭州生活的幸福度能否提高，既取决于杭州的发展，也在于你自己对生活方式与态度的选择。

至于杭州过去的天堂，已被载入历史，成为中国和世界历史的一部分，成为全人类的文化遗产和自然遗产，是永恒的，也是不可替代的。

中华文明中的江南文化[①]

我们讲的江南文化,并非只是江南地区的某种具体的文化,而是指江南地区以往产生的一切物质的和精神的财富的总称,即江南的文明形态,是中华文明的一部分。因此,只有将江南文化置于中华文明之间,才能作出正确的认识和评价。

无论是狭义的江南还是广义的江南,在中华文明的早期就已与其核心区域中原地区连成一体,春秋战国期间是吴、越、楚的疆域,秦统一后一直置为郡县。自泰伯迁吴,来自江南的言子(偃)成为孔子的弟子,吴越争霸并扩张到中原,楚国东扩至春申君封地吴,江南地区已全面接受来自中原的华夏文化。但直到西汉初年,江南还是经济、文化上的落后地区,政治上的边缘区域。"江南卑湿,丈夫早夭"的状况虽主要指长江中游,但下游的情况也大致相同。由于当时气温偏高,降水量大,加上沼泽低地遍布,原始植被尚未清除,丘陵山区尚未开发,中原人士视之为畏途,甚至宁愿将在江南的封邑换成中原较小的,为调往中原不惜自愿降低级别。江南还是安置东越、南越降人和移民的地方。直到东汉前期,负责督察江南地区的扬州刺史还轻易不敢渡长江。

两汉之际和东汉末年至三国期间,逃避战乱或投奔地方割据政权的士人迁入江南,有些人就此定居,战乱平息或重新统一后不再返回北方。永嘉之乱后形成空前规模的南迁,并且一直持续到南北朝中期。由

[①] 本文原刊于《中国社会科学报》2019年第10期。

于东晋与南朝都以建康（今南京）为首都，江南地区相当于"昔之三辅"，既是皇族贵戚、世家大族、文武高官、士人名流的主要定居地，也是此期间南方高层人物和人才的聚集地。到南朝后期，江南土著在政治和文化地位上已打破北方移民集团的垄断，江南也因兼容二者而成为南朝境内的政治和文化高地。

安史之乱后的人口南迁持续至唐末五代，虽因范围更大、数量更多而将移民迁入、定居地区扩大到江西、湖南和岭南，但江南依然因地理优势和交通便捷而成为移民的主要定居地，特别是其中的上层和富裕移民。

靖康之乱后的南迁一定程度上重复了永嘉之乱后的南迁模式，并且更加强了江南的地位。由于交通条件和军事、政治态势的影响，这次更大规模的南迁的主流是由以开封为中心的中原迁往东南地区。南宋定都临安（今杭州），使江南成为政治中心所在，也是来自中原的上层移民的定居地和南宋全国高层人才的汇聚处。由于南宋持续了一百多年，相继的元朝又由非汉族统治，南迁移民的后裔基本上没有返回北方，就此在江南定居，或分徙南方各地。由于宋金之际、金元之际北方遭受严重破坏，蒙古灭金期间更受空前浩劫，人口锐减，直到明初亦未能恢复，南方与北方在经济、文化上的差距越拉越大，再未逆转，而作为南方核心的江南的优势从此确立，保持至近代。

明清以降，江南已成人文渊薮，人才辈出，科甲鼎盛，三鼎甲人数居全国首位。学术、文学、音乐、戏曲等各方面，江南均居全国前列，江南文化的综合优势地位在华夏文明区中已难撼动。一个最新的例证是，以市（地）级行政区统计籍贯或出生地，两院院士中以苏州市居首位；以省级行政区统计，江苏省、浙江省居一、二位。

自然地理条件的变化也有利于江南的开发。西汉以后进入了一个气温相对偏低的阶段，江南的气候由湿热变得温和，降水量由偏多转为充足，多数地方成为宜居环境。一次次外来移民提供了大量劳动力，使土地得到充分的开发和利用。运河将密集的天然水道连成网络，使江南拥有机械交通工具出现前最发达的交通运输系统。粮食、经济作物和天然资源为手工业和商业提供了丰富的原料和商品，密集的人口、富庶的生活和便利的水运造就繁荣的市镇和发达的市场。一般认为在唐宋间中国经济的重心已经南移，对此结论或许还有争议，但要说到宋代江南已成全国经济重心所在，则是毫无疑义的。

虽然目前找到的"上有天堂，下有苏杭"（原文是"天上天堂，地下苏杭"，见范成大《吴郡志》）的出处已在南宋，但对江南，特别是对苏州、杭州的赞誉在唐朝后期已盛行。天堂的含义不仅是经济富庶，还包括风景优美、生活宜人。这固然离不开适宜的自然环境，更需要坚实的经济基础。在当时，主要是农业生产和城市的服务行业。到了北宋末、南宋初，就有了"苏常熟，天下足"的说法，说明苏州和常州已是南宋最主要的商品粮基地，苏州、常州的丰收就能保证南宋的商品粮供应。随着棉花种植和棉纺织业的迅速发展，松江府逐渐成为棉布的主要产地，以致有"衣被天下"之称。

明朝中期已有"湖广熟，天下足"之说，说明全国商品粮的基地已转移到湖广（今湖北、湖南），但这并不意味着苏常、苏松经济地位的下降。由于耕地开发殆尽，人口密集，苏州的粮食产量甚至已无法满足本地的消费，但发达的商业、手工业和不断创新的服务业却产生了更多财富，使苏州人不仅能购买商品粮，还能获得丰富的商品和商业服务。"苏松赋税半天下"的说法虽不无夸张，但"苏松赋税甲天下"、其赋税额度所占比例为全国最高却是不争的事实。从明朝留下的各种赋税钱粮统计数字看，苏州府、松江府承担的赋税额度和实际上缴的米麦钱钞，不仅一直是全国最高，其占比也远远超过了两府的田地、人口在全国所占的百分比。从数字上看，苏松无论总量还是人均的赋税负担都是全国最高的；但从各方面的记载看，苏松的官绅百姓的实际生活水准不仅不低，还是相当富裕舒适的。这应该是当地手工业、商业、服务业发达，还有农业以外的财富收入的缘故。可以毫不夸张地说，到明清时期，江南的物质财富也已居于华夏文明之首，与此相应的商品经济、文化产业、服务行业、市场意识、工匠精神、商业文化、饮食文化、市民文化也得到发展和提升，大多为全国之最。

1843年上海开埠，并迅速发展为中国与远东最大的工商业城市和国际都会。江南为上海提供了最多的人力资源和资本，上海为江南人才、资本与江南文化提供了最大的发展空间和通往全国、走向世界的途径，江南文化也成为在上海形成的海派文化、红色文化的重要源泉。江南传统文化中的重信然诺、商业道德、精益求精与西方的法治意识、商业精神、技术规范、管理模式相结合，形成有上海特色的职业道德、契约意识和工匠精神。近代上海是中国开放性和现代化的实验室，而江南就是这个实验室的延长和扩展。

江南文化植根于江南大地和中华文明，从中获得存在和发展的资源。而江南文化的发展也丰富壮大了中华文明，在中华文明的创新和开放中曾经发挥了引领作用。

历史：传统与现实

中国历史的传统及其现实意义 ①

很高兴有这个机会跟大家在这里做一个交流。首先我来汇报一下自己这些年学习、研究的体会。那就是传统和现实，历史研究跟历史应用之间的关系。中国的传统史学发展到今天，有一些传统得到了延续，有的已经根据实际发生了变化。所以我认为讲清楚这些关系，也许有利于我们更好地从事历史研究，也能够使我们更加理解为什么当前对历史的运用要采取这样的措施。

一

我想在座的各位至少是历史的爱好者，或者是从事这方面研究的，或者是在自己的研究中经常要运用到历史研究的成果。我们的历史是怎么形成的？当初我们的祖先留下历史的记载究竟是为了什么？历史这个学科究竟是怎么产生的？我想对我们今天来讲，大家公认的历史记忆，还是从有了文字开始。

在有文字以前，我们今天讲的历史，也就是当时的人想要记录或者总结的已经发生的事情，只能以口耳相传的方式传播。以前有一个所谓

---

① 2017 年 5 月 22 日在湖南大学岳麓书院内中国书院博物馆报告厅所作讲座的记录稿，有删改。

结绳记事的年代，就是当时人怕自己忘记，往往有一件需要向他人、后人传播的事就在绳子上打一个结作为记号。有的事情比较重要，就把结打得大些；有的事情小一点，就把结打得小些。这样以后的人看到这个结就知道代表什么，以便相传。在非洲有些地方的老人，他们没有年的概念，他们只记得发生过几次洪水。有些人说一百岁、两百岁，他不记得，只记得一年发生两三次洪水，就以为两三年了。各个国家都是如此，都有一种特殊的记忆符号或者模板。但是有了文字以后，那么最有效的，就是拿文字记录。

现在的历史学界，特别是历史学界以外的人认为，我们以前对文字以外的信息重视不够。但是到目前为止，离开了文字，完全依靠符号、图画、图像，恐怕还不能够比较具体地记录历史。那么历史记录在什么地方呢？在没有纸、没有类似书写材料的条件下，记录历史是很困难的。比如甲骨文往往是记载在牛的肩胛骨或者龟板上，古人最初用这个来记录历史。后来就算已经有了一些书写材料，比如说竹简、木简、纺织品，又考虑到记在这上面的文字、符号很容易消失，或者载体本身容易霉变，禁不住火烧、水淹，所以古人往往把一些他们认为最重要的内容铸造在青铜器上，或者刻在石头上，形成所谓的金石文字。金是金属，如青铜，不是黄金。

今天我们有一些大的青铜器被称为国之重宝，一方面固然是它本身的物质价值很高，因为在古代要铸造一个大型的、纹饰精美的青铜器并不容易，比如我们前两年参加湖南"皿方罍回归"活动，就知道这么一件精美的青铜器要做好是不容易的；另一方面更重要的是一部分青铜器上直接记载了重大的历史事件，这更加体现青铜器的价值。所以当时人经常把青铜器称为国之重宝，要求"子子孙孙永宝用"（商周青铜器铭文末尾常用语）。

大家现在通过屏幕看到的这件青铜器是我们国家的一级文物——考古学家把它命名为"何尊"。尊，指装酒的器皿。但众所周知，这件青铜器的价值已经远远超出了它本身物质层面的价值，因为它上面有一段记录了历史的铭文，这段铭文中有四个重要的字——"宅兹中国"，这也是目前为止能见到的最早的"中国"两字。"宅兹中国"的意思就是把中国当作我的家、我的住处了。这段铭文上记录了周武王攻克了商朝的首都之后，举行了隆重的仪式向上天报告：我现在就把中国当我的家了，占有了中国，统治了那里的民众。接着又写道，王迁回了他祖宗的发祥地成周，重新实施武王的礼仪制度。联系上下文，我们可以知道迁都成周的王就是周武王的儿子周成王。这篇铭文不仅是现在能够找到的最早的"中国"的来源，更重要的是记载了西周初期周成王迁成周的这段历史，时间应该是公元前11世纪后期。这就反映出来当时的人究竟是出于什么目的才千方百计、不惜工本地要保留下来那些内容。

我们讲到历史的起源，首先要看当时人为什么要记。难道是为了让我们今天的教授有点事做，或者是留下一两件甚至是再多一点文物，或者是给我们戏说、穿越找到一个由头？显然不是。既然如此，他们为什么要记？记给谁看？何尊铭文记载武王占领了商朝的首都以后首先是向天报告，让天知道。所以其实最早的记录不是给我们看的，是向天报告。有些有了早期信仰的民众，则是向神或者祖宗报告。因此早期的历史记载是为了向天、神或者祖宗报告事情。

那么由谁来记录呢？一般人无法直接跟天、神、祖先沟通，所以很多群体，包括中国、外国，一些原始的民族、部落，都是由巫师负责记录历史。巫师就是沟通人与天、人与神之间关系的人。巫师一方面是记录史实，另一方面也是向天、向神求助。比如殷墟出土了许多甲骨文卜辞，这些卜辞大多用于占卜吉凶。从卜辞内容来看，大小事宜都会占卜以问天、问神。比如有一条卜辞记载：晚上天阴了，还能不能打到象呢？这说明是国王或者贵族要去狩猎大象，但是到了傍晚，天阴下来了，所以才问今天打不打得到大象。卜辞问的就是这么一件事。这里负责占卜问天、问神的就是巫师。很多卜辞里面都是对一些大事甚至小事的占卜，相当于今天的算命、打卦，有的则是拿龟板烤一下，通过分析上面的纹路做出解释。沟通的对象也是天、神，而不是人。由巫师负责记录，跟崇拜的对象请示、汇报、沟通。

中国的文字发展比较快、内容比较复杂，使得记录一些复杂的事物成为可能。随着记录的内容越来越繁杂，巫与史开始分家，出现了专门记录历史的专职人员。"史"的象形文字就是一个人拿着一个记录的板。从这里也可以知道那时候的文字载体是"史"，由一个人负责。后来由于需要记录的内容更多了，所以又有了你负责记什么、他负责记什么的分工。尔后为了有比较规范的记录，就有了一个标准的配置，即国君或者统治者身边至少有两个史官，所谓"左史记言，右史记事"（《汉书·艺文志》）。

那个时候记录没有电脑，记录的速度比较慢，比如汉朝就是拿着竹简记录。怎么办呢？由一个史官专门记录国君说了什么，另一个史官专门记录国君到了哪里、见了什么人、做了什么事。这些记录的内容按照规定都要放在一个密封的柜子里面，等到国君死了，或者他不再担任国君了，再当众把它打开，表示平时积累的资料都在里面，没有弄虚作假。然后根据这些把历史整理出来。比如孔子整理的历史，在鲁国当时叫作《春秋》，英文翻译为"chronological"，就是指以时间为序，是春夏秋冬。注意，《春秋》不是孔子本人记录的，是他整理的史料，而这些史料又是当时的国君死了以后由史官整理出来的。孔子根据史官已经整理成文的记录，又用自己的价值观念和标准进行删节加工，把它整理出来，有了现在看到的《春秋》。

为什么要那么认真、隆重、一丝不苟地整理这些史料呢？因为这是要跟天报告的。古人敢欺天吗？包括国君在内当然都不敢欺天。正因为这样，国君认为记录他的历史是对天负责的，而且当时的人也认为如果自己将来死了，离开这个世界以后，就到另一个世界去了，所以秦汉时期对死者的观念是"事死如事生"，对死人就像对活人一样。当时人担心死后留下的不良记录被老天爷知道后，受到惩罚——有的可能是惩罚本人，有的可能是祸延子孙。也正因为这样，至少在春秋战国以来，就已经非常强调历史记录的真实性。但是这个真实性从一开始就包含了一种价值观念。它更重视的是一种价值观念、价值取向，而不仅仅是一种简单的事实，或者说对于事实的结论性的内容。

有一个例子，就是孔子曾经赞扬董狐的典故。董狐是晋国的史官,孔子赞他"古之良史也,书法不隐"(《左传·宣公二年》)。这里的"史"是名词,指的是史官。孔子为什么赞扬董狐是一位良史呢?因为他记录的时候绝不隐瞒。

这个故事的背景是什么呢?当时晋国的首相(即正卿,是春秋时期部分诸侯国的执政大臣兼最高指挥官)叫赵盾。当时晋国的君主晋灵公荒淫无道,不好好管理国家,喜欢带领一帮人吃喝玩乐,甚至跑到王宫前面的高台上看下面的行人走过,然后用弹弓攻击行人,打得下面的人奔逃,晋灵公和随从哈哈大笑,以此取乐。又比如厨师给晋灵公做熊掌,晋灵公嫌熊掌没有熟透,就把厨师杀了。杀了厨师以后,怕事情暴露,就派人把厨师的尸体混在菜叶堆里偷偷运送出去,结果被赵盾识破了。赵盾多次规劝晋灵公,晋灵公非但不改,还对他心生不满,于是派人刺杀赵盾。刺客半夜到赵盾府中,发现虽然天还未亮,但赵盾已经整整齐齐穿好朝服坐在府中打瞌睡等待上朝。刺客不忍心刺杀这么一位为国尽忠的良臣,但又不能违背对晋灵公的承诺,据说进退两难之间,刺客只能撞槐树而亡。为什么是据说,因为这个记录找不到证据。刺客临死之前没有碰到第二个人,那时候没有电话,也没有录音工具,刺客也没有留下遗书,旁人怎么知道他怎么死的呢?也许刺客是突然心脏病发作,也可能是摔了一跤,甚至是赵家的人把他杀了以后伪造现场,这些都有可能。但是刺客自杀的重点不在刺客本身,而是要显示赵盾是个好官。故事到这里还没结束,赵盾深知晋国容不下他,于是出逃了。赵盾这一走,他的弟弟赵穿干脆就带人在桃园把晋灵公杀了,然后再迎赵盾回晋国执政。

所以晋灵公之死,赵盾是负有一定责任的。史官董狐记录这件事的时候,记"赵盾弑其君"(《左传·宣公二年》)。"弑"是以下犯上,非常严重的罪行,其他的还有子弑母等。这一记载对赵盾影响很大,因为赵盾相信上天知道这件事以后,将来不仅是赵盾本人,赵盾的全家和后人都将不得安宁。所以赵盾就问董狐为什么这样记载。董狐义正词严地质问赵盾:"请问你是不是正卿?"赵盾答:"是。"董狐再问:"你今天出逃,有没有跨过晋国的国境?"赵盾答:"没有。"董狐又问:"你回来以后有没有惩处杀害国君的凶手?"赵盾答:"没有。"董狐于是答道:"你作为正卿,逃亡的时候没有跨过国境,回来后又不处罚弑君者,你不是主谋谁是主谋?"

这背后其实涉及当时人的两条界线。一是"亡不越竟(境)",就是赵盾出逃但没有离开国境,就仍然是正卿,还要对国家事务负责;二是"反不讨贼",就是赵盾回来后没有讨伐弑君者,那么赵盾作为责任人,就需要对弑君这个行为负责。赵盾因此也就成为了弑君者,董狐也坚持了史官秉笔直书的原则,孔子也因此赞扬董狐是个坚持原则的优良的史官。孔子所谓"书法不隐"实际上主要是根据价值观念判断史实。

还有一个就是"崔杼弑其君"的例子。崔杼是齐国的一个大夫,但他杀死了齐庄公。齐庄公比晋灵公更荒唐,他不仅勾引崔杼的妻子,与之通奸,还让崔杼的妻子把崔杼的官帽偷带给他,然后再在朝堂上大肆宣扬。这对崔杼来说是奇耻大辱,于是崔杼要求妻子把齐庄公骗到家中,暗中杀死。被杀之前,齐庄公连连求饶,表示愿意去宗庙请罪,在大臣面前给崔杼道歉。但是都没有用,崔杼还是把他杀了。崔杼杀死齐庄公情有可原,但是根据当时的价值观念,国君再荒淫无耻,他也是国君,而崔杼是他的下属,就不能弑君,这不符合礼法。所以齐国的太史就记录"崔杼弑其君"(《左传·襄公二十五年》)。崔杼要求史官改掉这句话,史官因不答应被杀,职位由史官的弟弟继承。史官继承比较困难,当时都是子承父业或者兄终弟及。比如司马迁是史官,他的父亲司马谈也是史官。这是因为史官有很多经验和材料都是口头相传的,而且还需要掌握天文、历法等知识。而齐国的这位太史兄弟三人都做史官。大哥死后,老二来了,崔杼问老二准备怎么记录。答曰:"崔杼弑其君",又被杀。接着老三来了,崔杼再问他准备怎么记。答曰:"崔杼弑其君。"崔杼这时候开始害怕了,因为他心里明白,上天也许会因为他杀害史官三兄弟而更加降罪于他。就在崔杼准备对付老三的时候,在齐国南面有另一个史官南史氏已经在赶往首都的路上,他听到这个消息,打算如果崔杼把太史三兄弟都杀了,他将继续写下"崔杼弑其君"。

崔杼自己也知道史官杀不尽，只好允许这样记载。

那些史官为什么这么坚持？当然我们可以简单解释为一种职业道德。但是深层次的，他们在考虑什么？就是"不可欺天"，因为欺天，自己就要受到惩罚。比如文天祥的《正气歌》里面举了一系列他自己心中的"天地有正气"的典范，其中就谈到齐太史。这样一种"史德"也就成为我们中国传统文化很重要的部分。"史德"不仅是一种职业道德，更是一种对事业、信念的忠诚，不惜以生命作为代价。

二

大家也看到，我们从一开始记录历史就认为观念要重于事实，这是因为当时已经形成了一种"天人合一"的观念，虽然"天人合一"几个字是后来才总结出来的。我们今天给"天人合一"比较积极的解释，一般是指人跟自然的和谐相处。但是它的本意是强调君权神授。天子、君主的权力来自神或天，所以皇帝被称为天子，是上天在人间代表。天派他下来，他的权力也来自神授、天授，所以历史记录重要的任务之一是解释天命。天命可以简单理解为一个朝代兴起是因为上天把使命交给了他，并且肯定会有很多吉兆，以至于皇帝的出生都可以证明他是天的化身或者是天派下来的代表。相反，如果一个朝代衰落了，这个皇帝身死或者统治被推翻，主要还是归咎于他已经失去了天命。"天之所厌"，是天或者神对他有所不满，就会出现种种凶兆，很多就反映在人事或者自然现象上。天文其实也是用来解释天命的，这一点很重要。比如说《史记》里面记载周朝的祖先是后稷，后世称他为"农神"。那他是怎么出生的呢？据说后稷的母亲姜嫄到郊外游玩的时候踩到一个巨人脚印，回来就怀孕了。姜嫄因踩到巨人脚印而怀有后稷，这证明后稷是神的后代，因此后稷能够开创西周，成为西周始祖。

这个记录其实也有现实的根据。古代中国曾经也经历过母系社会，当时的人因为还没有足够的医学知识，看到婴儿从母亲肚子里孕育出生，所以就崇拜母亲。不单是古代中国，世界上很多民族都曾经历过母系社会和生殖崇拜。而且因为当时还没有形成一夫一妻制度,组建家庭,往往是群居、群婚,所以古籍记载当时的社会存在"民知其母,不知其父"(《庄子·盗跖》)的现象。即便是孩子的母亲也不清楚孩子的父亲是谁。这样的社会背景下,后稷就很容易被附和为神的孩子。也许这个故事完全是编出来的,也许不是编的。可能后稷刚出生的时候,就与常人有异,或者特别强壮,这也可能导致姜嫄相信这是神的孩子。

如果说这个故事还比较符合早期原始社会的实际情况,那么《汉书·高帝纪上》记载的汉高祖刘邦出生的故事,我认为完全是为了证明刘邦建立汉朝乃天命所归。有关刘邦的出身,史书都承认——"细微",就是草根。到什么程度呢?父亲和母亲的名字都没有流传下来。刘邦后来做了皇帝,尊其父亲为太上皇,称他父亲为太公,太公就是尊称,并没有名字;而他的母亲就称为刘媪,就是刘大妈、刘大娘,也没有什么名字。

据说刘媪回家的路上,走累了,就在一个池塘边上躺着睡着了。(改革开放以前,我到北方的农村,也经常可以看到躺在地上休息的这种情况。)这个时候,电闪雷鸣,风雨大作。刘邦的父亲在家里看到妻子还没回来,就去找她,走到那一看,结果发现一条龙在妻子身上翻滚,把她带回家后,就发现她怀孕了。这样一来,刘邦就成为了龙的后代。当然,这样的故事,后面的朝代就很少用了,但是在当时,大家还是认可了这个解释。后世也有,比如赵匡胤出生的时候就是红光满室,这个也没有录像或者照片,有人这么说,大家也就都这么说了,以后的帝王出生吉兆也多是这类情况。除了证明刘邦出生传奇之外,还要为他造势、造舆论。比如,说他的鼻子生得很高,耳朵可以碰到肩,两手垂下过膝盖,最神奇的是说刘邦左边大腿上有七十二个黑点。古人公开穿短裤的情况是很少见的,那史官怎么知道刘邦腿上有七十二个黑点呢?但这种情况史官依然很认真地记录下来,并且记录在正史之中,实际上就是为了证明统治者的合法性。

我们现在看到二十四史和其他正规的史料,甚至有些档案里,都记载了好多祥瑞，吉祥的征兆。有的是天文方面，比如说刘邦的部队打进咸阳的时候，天上出现了五星连珠的奇观；有的说某某出兵的时候，紫气东来（我不知道紫气是不是指雾霾或者沙尘暴）；还有的记录某地产了灵芝，某地出现了嘉禾——一般而言庄稼只结一个穗子，双穗为嘉禾，还因此把这个地方改名为嘉禾；更夸张的还有看见龙尾、麒麟之说。另一方面，史料中也记载了灾异。昏君上台了，这个朝代要亡了，就出现各种灾异。有的是短期的，有的是长期的。短期的，像太阳黑子、日食，甚至日全食。如果将出现日全食，史官一定要预报。这是令人非常恐慌的事情，因为太阳象征皇帝，日全食就等同于掩盖了皇帝的光辉。太阳黑子出现了的话，一般解释为皇帝有过错。中国也是世界上最早记录太阳黑子现象的国家，但这不是为了科学研究，而是史官记载下来以警告皇帝。日食、月食、地震都是上天的警告。

中国对地震的记录也很早。非常巧，中国史料上记载的第一次地震，就是夏朝的最后一任君主夏桀统治时期出现的。下一次比较大的地震，正好是西周最后的君主周幽王统治时期出现的，并且西周都城附近的岐山也出现了山崩，这些都预示这个王朝气数将尽。可见天文与人事紧密联系。所以如果史官看到太阳出现黑子不报，或是没有预测到日食，或测得不准，都是欺君的死罪。为什么中国古代的天文跟相关的数学一枝独秀呢？这都是出于现实的需要。为了应对这些灾异现象，重视上天的警告，皇帝需要过一段苦日子。比如皇帝以前吃饭可以欣赏音乐歌舞，现在不允许；山珍海味也不可以吃，要减膳，吃简单的食物；要禁欲，不能亲近女色；要素服，不能穿华丽的衣服；要住在光线暗的房间里，闭门思过，思考自己哪里做得不好，以致太阳都被遮住了。皇帝有时还要公开表态，必要时要下"罪己诏"承认自己对不起上天，还要号召大臣直言极谏。所以汉朝时如果碰到日食，大臣就可以直言极谏，皇帝不能反驳，骂得再厉害也得容忍。天文跟人事就这样联系起来了。所以官方记录历史，最关心的其实是统治者到底是得天命还是不得天命。

所以中国历史上，除了前四史，有的史书还是个人编纂的。但实际上像司马迁、班固等都是依靠官方的材料，都是史官。这以后，一个朝代灭亡后，新朝做的第一件大事，就是要开馆招揽人才，由高级官员，如丞相一类的人主持修前朝史。修史不是为了总结经验教训，而是要证明前朝的灭亡是天命已失的结果，同时证明本朝兴起乃天命所归。内容包括本朝的开国皇帝怎么出生、怎么发达，出现了多少祥瑞，前朝统治者统治期间又出现了多少灾异。用今天学界流行的话讲，就是修史者要证明当前统治者的政治合法性，证明某种历史规律，如"多行不义必自毙"，或者"天之所厌"。这不是通过讲其他道理，而是通过对历史事件的选择、记录和解释来完成的。所以在这种情况下面，记录历史，价值观念重于事实。至少从孔子开始，已经开创了这样一种记录历史的原则。比如孟子说"孔子成《春秋》，而乱臣贼子惧"（《孟子·滕文公下》）。我们知道《春秋》不是孔子写的，而是由鲁国历代史官记录下来，最后由孔子改定。

为什么孔子有那么大的能耐？因为春秋笔法。如果孔子给这个人、这个事用了一个褒义词，这个人简直像穿上华丽的贵族的服装、戴上华丽的帽子那么荣耀；如果孔子用了贬义词，这就比被刀劈斧砍还严重。因为如果一个人得到了肯定，在当时的观念里，他死后到另一个世界都很荣耀，而且子孙都能得到余荫；反过来如果被孔子用了贬义词，那他死后在另一个世界就不得安宁，而且会祸延子孙，这就很严重了。所以孔子不是根据事实，而是根据价值观念来决定褒贬。再者，孔子明确提出，对尊贵、贤能的人的错误或缺点要掩盖起来，即《春秋》为尊者讳，为亲者讳，为贤者讳"（《公羊传·闵公·元年》）。意思就是评价一个人要看他的主要贡献，支线问题要帮忙掩盖，不要直接记录，如果这样还不行，干脆就直接删掉。当时孔子有个原则叫"至于为《春秋》，笔则笔，削则削"（《史记·孔子世家》)，意思是该记则记，该删则删。一根简，如果这段不好，就拿刀砍掉或者削掉。现在看到有些竹简、木简是断的，实际上可能是削的。我们今天看到的《春秋》，可以肯定其中相当一部分内容已经被孔子删掉了。这就是春秋笔法。

比如《春秋·僖公二十八年》记："天王狩于河阳。"天王是周朝的天子，河阳是一个地名，"狩于河阳"就是在河阳这个地方举行狩的仪式。现在我们一般把"狩"理解为打猎、狩猎。其实"狩"是当时天子、贵族所举行的隆重仪式。一般选择在每年秋冬之季，因为这时的庄稼已经收获了，百姓比较空闲，准备祭品也比较容易；动物准备过冬也积累了大量脂肪，比较肥美。这时选个黄道吉日，带上仪仗队、警卫，隆重地吹吹打打，从城里来到猎场。大家先打猎，打完了把其中一部分猎物祭天祭祖，然后享用祭品，玩乐，这叫"狩"，这是个很隆重的仪式。照理说这没有什么疑问，但是事实根本不是这么回事。"狩于河阳"实际上是一些专横跋扈的诸侯，他们在河阳地方举办盟会，然后通知周天子去参加。这属于以下犯上了，天王是最高统治者，诸侯没有资格指挥天王。天王去不去？得去。到了东周的时候，周天子已经名存实亡了。周天子的存在完全是依靠这几个强大的诸侯，他不敢不去。这件事对周天子来讲是奇耻大辱，孔子认为这件事太重要，不能不记。但若如实记，就等于承认周天子是被诸侯召唤，不得不参加盟会。这既违背了孔子的价值观念，也损害了天王的威望。于是孔子就用了这个"狩"字。孔子这种记录历史的办法也为后世所沿用。

　　我们在二十四史中看到"狩"字，不要以为君主很神气。比如北宋灭亡以后，北宋最后两个皇帝宋徽宗和宋钦宗被金兵俘虏押送到黑龙江。宋朝的史书就记载——"二帝北狩"，意思就是两个皇帝去北方打猎去了。实际上在那里坐井观天、受尽屈辱，记为"狩"。所以大家以后看到"狩"字，千万不要认为那么庄严隆重。又比如清朝，慈禧太后让义和团去进攻北京的外国大使馆，结果非但没有攻下来，还导致八国联军进攻北京，慈禧带着光绪皇帝仓皇出逃。当时的报纸和清史记载"太后西狩"，意思是太后去西边打猎去了。这些例子说明中国的历史记录，至少从孔子的时代开始，所强调的是政治的合法性。实际上这是政治建设最高的服务方式，其他都是具体的，要证明本朝的政治合法性，才是最重要的，这才是中国以前修史的观念。

　　这种观念也有它进步的一面，而且往往能够起到非常积极的作用。比如唐太宗的时候要修前史。照理隋朝就应该修隋朝以前的政权的历史。事实上隋朝以前，南方、北方的政权历史编修程度不一。由于隋朝持续的时间太短，还没来得及为前朝修史就灭亡了，所以唐朝的史官任务很重，不但要修隋朝的历史，还要修隋朝以前，实际上从晋朝开始未得到官方承认的政权的历史。

史官碰到难题了，因为隋唐大一统之前长期存在南北分裂的局面，比如南方是东晋、宋、齐、梁、陈；北方先是十六国，后是北魏，后又分裂成东魏、西魏，后来又演变成北齐、北周。在这样的情况下，一些大的政权都企图将来能统一全国，都把自己称为"中国"，而把对方称为伪政权，而且用很不礼貌的词汇。比如北方政权骂南方政权为"岛夷"——逃到海岛上的野蛮人，不配做"中国"人；南方政权也骂北方为"索虏"——头发扎起来的强盗，我们才是"中国"。大家都说自己是"中国"，对立政权则是伪政权、反动派、野蛮人。这就给唐朝史官修史造成了许多麻烦。史官讨论了很久都没办法决定，最后请示唐太宗。唐太宗下令二史并修，北方政权修一部《北史》，南方政权修一部《南史》，双方都是"中国"，都是平等的，统治者都是皇帝，都不是伪政权。

我们现在事后来看，唐太宗这个决定很有智慧，当得起"英明"二字。首先，唐朝当然要肯定自身政权的政治合法性。唐朝的政权来自北方，唐朝继承隋朝，隋朝继承北周，所以不能否认北方政权的合法性。但是他也不能否定南方政权。因为到唐太宗统治的时候，原来南方政权统治过的地方和人口，约占当时唐朝的一半。如果唐太宗把唐朝差不多一半的人，都称为伪政权统治过的民众，不承认南方政权是中国历史的一部分，对唐朝的统治和长治久安没有好处。所以他从国家一统的角度出发，认为既然统一了，就要维持"中国"的统一，包括分裂时期也承认大家都是"中国"的一部分。分裂是暂时的，任何历史时期，分裂政权都是历史上的中国的一部分。所以唐太宗在《南史》《北史》中都肯定他们是正统，统治者都是合法的皇帝。

中国经历过这么多天灾人祸、改朝换代，从一开始就有"中国"的概念，并且这个概念得到延续，离不开历代史官长期的维护。皇帝可以姓李、可以姓赵，政权可以改名称，从秦汉到明清。但是，他们统治的一方被称为"中国"，始终没有变过。所以唐太宗采取这样的方法修南北朝史，实际上维持了一个中国的概念，这个概念在以后都得到了延续。比如元朝统一中国以前，南方是南宋，北方是金朝；时间再往前推，北方是契丹或辽，南方是宋。元朝是怎么处理这段历史呢？三史并修，《辽史》《宋史》《金史》。每一个朝代不管他们当时分裂，元朝都承认他们是"中国"，都是正统，都可以修正史。

历史虽然不是简单的重演，但会有很多相似之处。我们可以看看这几十年来大陆和台湾的情况。我第一次到台湾去感受很深，比如像火车，我们大陆分特快、快车、慢车，台湾分自强号、复兴号、莒光号。莒光取自"毋忘在莒"。这个成语出自《吕氏春秋·直谏》："使公毋忘出奔在于莒也。"春秋时齐国内乱，公子小白和鲍叔牙出奔于莒。以后公子小白当了国君（齐桓公），鲍叔牙提醒他不要忘了出亡莒时的艰难。后来蒋介石于1952年1月视察金门岛时为守岛部队题词"毋忘在莒"，以示鼓励和诫勉。"毋忘在莒"的政治意义可见一斑，甚至连火车都是用这个来命名的。如果我们简单地这样记录20世纪五六十年代的历史，中国当然是分裂的，那时候谁都不承认对方是中国。但是如果今后我们修这段历史，还会分"岛夷""索虏"吗？其实还不用等修史，胡锦涛主席早就已经改变了"海峡两岸"的提法。以前我们强调台湾是中华人民共和国的一个省，这当然是事实。为了更有利于统一，胡锦涛主席提出了"大陆和台湾同属一个中国"。所以我相信今后我们修这段历史，肯定会采取唐太宗的处理方式——大家都属中国。

在这种情况下，历史还是要维持它当时的价值观念，最典型的例子就是清朝。清朝最初为明朝修史的时候就强调天命。清朝初年有一个解释说，明朝不是亡于大清，而是亡于流寇。李自成领导的农民起义军才是压垮明朝的最后一根稻草，清军入关剿灭李自成政权，是为明朝遗民报了"君父之仇"，明朝遗民照理应该感谢清廷，而不是奋起反抗。但是明朝遗臣认为清军剿灭李自成政权后，理应回到长白山去，但清军非但不走，还继续南下，所以当然不会感谢清廷。清廷对此的解释则是天命所托,上天认为明朝气数已尽,天之所厌,清朝取代明朝乃应天命。因为当时明朝灭亡不久,如果说崇祯皇帝荒淫无道,老百姓不能接受——事实上崇祯皇帝也不是昏君,而且崇祯皇帝的结局也颇为惨烈。李自成叛军攻破内城,守兵和大臣四散,最后崇祯皇帝见时局已经无法逆转,便带着太监从神武门出,爬上景山自杀了。自杀前,还留下遗诏,要李自成不要伤害百姓。死后披发遮面,以示无颜面见祖宗。由此可以看出,崇祯皇帝还是一个负责任、心系百姓的君主。如果清朝说他荒淫无道,百姓是不会接受的。而清朝一本正经为崇祯皇帝发丧、致哀、安葬,就表示不是皇帝不贤德,而是明朝天命已尽。所以这段历史就是要证明清朝乃天命所归。

但是等到清朝稳定下来,清朝发现,还是要维持中国传统的价值观念。到了乾隆年间,清朝开始准备修国史。乾隆皇帝专门下令编纂《钦定国史贰臣表传》(简称《贰臣传》),"贰臣"就是叛徒,专指服务于两个王朝的臣子。将带头投降的洪承畴、后来的钱谦益,凡是投降清朝的明朝大臣,统统列入《贰臣传》。乾隆皇帝还做了重要批示,说这些人虽然对大清朝"不无微功",功劳还是有一点的,但毕竟"大节有亏",所以还是不能称为榜样。相反地,乾隆皇帝把那些抵抗清朝而死的明朝忠臣,列入"忠臣传"——《钦定胜朝殉节诸臣录》。不但在中央这样做,还通知各地在编修地方志时,将那些凡是因抵抗大兵、对抗清朝而死掉的人,无论是战死、自杀、被杀,官员统统列入《忠臣传》,老百姓全部列入《义民传》,女人全部列入《节妇传》。所以我们去看扬州、嘉定的地方志,就可以看到忠臣一大批,都是为抵抗清朝服毒自杀或者被杀,节妇也很多,如王氏投缳自杀、李氏跳井自杀等。甚至还公开了袁崇焕之死的真相。我们知道"己巳之变"的时候,崇祯皇帝命袁崇焕守北京,打退了清军的包围,随后袁崇焕进一步督师对抗清军,清军打不过他。最后清朝用反间计,故意让人泄露伪造的袁崇焕与清军秘密来往的信件。崇祯皇帝本就生性多疑,明朝大臣之间的利益集团又有斗争,最后判定袁崇焕和清军勾结之罪。袁崇焕被施凌迟之刑,千刀万剐,当时北京老百姓信以为真,十分憎恨袁崇焕,纷纷观看行刑,啖之血肉。到乾隆年间公开了这个秘密,为袁崇焕平反,说他是明朝的忠臣,在北京为他建庙祭祀。

这些可以说是乾隆皇帝很有智慧的措施。中国古代社会,在首都以外的地方,民间始终有一种长期延续的价值观,这是中国传统文化以及传统社会结构的基础。到了明清之际,一些地方有声望的乡绅、明朝退休在家的官员,这些知识分子因为抵抗清朝被杀、自杀,或者是家产丧失,并且他们的子孙也都被当成"反革命家族"的成员,长期抬不起头。而那些投降清朝的人则成为新贵。但乾隆修史则使得抵抗清军的忠臣都得到肯定,那些曾经因抵抗清军而被压抑的江南地区的乡绅等得以重新扬眉吐气,传统的价值观念也得到延续。

太平天国兴起后,成功地镇压太平天国运动的既不是满族的将领和八旗兵,也不是蒙古的将领和骑兵,而是曾国藩、左宗棠、胡林翼、李鸿章等汉族知识分子和他们组织、训练的乡土武装力量。但是曾国藩他们不是为了保卫一个异族的皇帝,而是为了捍卫中国的传统文化、价值观念。曾国藩在《讨粤匪檄》里讲得很清楚,太平天国用暴行摧残、破坏中国的传统文化。当时太平天国把儒家经典称为"妖书",规定知识分子不许看"妖书";把孔庙烧毁,将孔孟牌位扔进粪坑;勒令读书人要么加入太平天国,要么就被杀死。所以曾国藩这篇文章讲,孔子孟子、我们的祖宗在九泉之下痛哭,我们现在如果再不起来捍卫我们传统的这一切,还有什么脸再去见祖宗?

大家想想,如果清朝没有注意继承中国的传统文化,得不到中国知识分子的认同,会有这样的情况吗?当这一批知识分子发动起来,产生的精神的感召力量是相当强大的。同时,他们还及时地利用了西方的先进武器,比如后来李鸿章就请洋人组织洋枪队、常胜军。曾国藩也注意到发展新的武器、枪炮、军舰,中国的第一艘蒸汽机轮船就是在曾国藩驻在安庆期间,由中国人自己造出来的"黄鹄"号。后来这些都应用在镇压太平天国运动上。曾国藩本身也不会什么武术,如果大家去看他留下的文集,会发现行军打仗的内容都不是主要的。他主要依靠的是文化的感召力,以及对当时中国社会、对家乡的父老百姓,甚至对他的敌人的这样一种精神的、道义的力量。这能够实现的前提是他们已经认同了清朝皇帝是一个合法的统治者,清朝是一个得天命的朝代。所以历史起到了这样的重要作用。

是公众引领史学，还是史学引领公众①

对于现在大家讨论较多的公共史学（有的人称其为公众史学），如果将其解释为历史科学、历史学科怎样面向公众、引领公众、为公众服务，以及怎样加强历史学的应用功能，在这一点上，我是赞成的，而且我认为也是很必要的。但现在的社会上，包括一些媒体，甚至在史学界内部，有些人有意无意地把公共史学扩大化，将其抬高到不适当的地位，一定程度上与历史学的民粹化现象混淆起来了。所以我们必须明确，是公众引领史学，还是史学引领公众？

应警惕史学民粹化的现象

现在的确出现了一种史学民粹化的现象或倾向。其实这并非中国所特有，外国包括一些西方发达国家也有这种倾向，只是程度不同而已。这一倾向首先表现为，一些人认为真正能够研究历史、能够解决大问题的，不是历史学专家，不是象牙塔里的学者，而是民间的非专业人士。他们往往曲解"高手在民间"这一说法。其实，"高手在民间"的意思，是民间也有高手，而非只有民间才有高手。要是高手都在民间，还要专

---

① 2020年7月14日下午，参加《探索与争鸣》编辑部和华东师范大学历史学系合作主办的"大众历史文化变革的新挑战：当代历史学何以凝聚文化认同感"主题圆桌会议时的发言。

家干什么？如果民间真有水平高于专家的高手，在一个正常的社会，肯定会被及时转化为专业人士。即使因特殊原因留在民间或保持业余状态，那么衡量他的水平和研究成果也得使用专业标准，而不会存在另外的"民间标准"。何况这毕竟是个别现象。

史学民粹化的倾向，还表现为随意泛化历史，将所有涉及过去的内容都当成历史，自以为了解过去就有资格谈历史，甚至评论、研究历史。如一位著名作家曾经用《水浒传》中的内容批判宋朝的腐败，一位非专业人士以自己的采访和"考察"为基础重构秦朝历史等。

根本不存在什么公众对史学的冲击

这种倾向的危险性，不仅体现在某个具体问题上，实际上它最终指向的问题是：历史学和历史研究靠谁引领，是靠"民间高手"，靠所谓"公众"，还是靠历史学界？

从政治上讲，中国的传统，就是主流的历史都由当时的主流价值观引领，由正统政治来解释。而从学术上讲，当然应该由历史学界的专业人士，经过专业训练，通过符合学术规范的研究，来得出结论并进行普及传播。

我一直认为，历史是后人对已经发生过的事、对已经存在的人，对过去，有意识地、有选择性地记录和研究。根据什么意识，由谁来选择呢？应该是在正确的历史价值观的引领下由历史学家来记录和研究，而从来不是由什么"公共史学"来引领，我们专业历史工作者不能轻易放弃自己的责任。

其实，根本不存在什么公众对史学的冲击。所谓"冲击"的表面现象，无非是媒体或网络制造出来的"热点"或某些人的自娱自乐、自我炒作，而史学界对此其实波澜不惊甚至毫无兴趣。另一方面，史学界也不怕冲击，因为真正的历史记录和研究成果是经得起冲击的。

要正确地认识、分析当前所谓的"历史热"

我们要正确地认识、分析当前所谓的"历史热",不要在"历史热"面前自作多情、盲目乐观。当前的"历史热"很复杂,一方面的确反映出公众对历史很感兴趣,但大多数人感兴趣的并不是真正的历史,而是贴着历史标签的故事、小说、段子、戏说,或者是某某人在媒体上的表演。甚至连报考大学历史系的学生,也不知道自己要学的是什么。有家长反映孩子喜欢历史,报考历史系的理由却是"金庸的书他全看过"。

其中,一部分人感兴趣的只是历史知识,或者是猎奇。对此,我们应该因势利导,肯定他们对历史的兴趣,但下一步应该是积极引导。也许引导的结果是,有人发现你们所讲的原来不是我喜欢的历史,感兴趣的人减少了,热度消退了,其实这是好事。当初中央电视台开设《百家讲坛》栏目,早期我曾经帮他们筹划,也邀请我去主讲。他们根据市场调查对我说:"你不管怎么讲,你要明白,你面对的这些听众、观众,70%是初中以下文化程度的。"所以我后来很奇怪,有人在《百家讲坛》一讲,就变成著名学者,难道70%是初中以下文化程度的人肯定你,你就非但成了学者而且是著名的了吗?在所谓"历史热"的情况下面,到底是要维持表面的"热",维持自己那些粉丝或者吸引更多人来听你的课、买你的书,还是要坚持历史学本身的科学性、历史学本身的学术意义、历史学本身的价值观,从而对大众进行引领?

还有很多人的"热",是要求历史学家把历史演绎成故事,甚至要变成游戏,然后一并称之为历史。以前一些家长、教师批评电子游戏《王者荣耀》,说里面把荆轲变成女性,把华佗改为下毒师。这样的批评本来很正常,但有一句话却使我吃惊——"要是这样的话,今后我们的孩子还怎么学历史?"难道学历史只能通过游戏吗?难道玩游戏的目的就是学历史?这些家长和教师自己是怎么学习历史的呢?所以我在一篇评论文章最后写了一句话:"一个民族不重视历史是可悲的,但一个民族只能通过玩游戏来学历史,那不是更可悲吗?"

还有一部分"热",是利用历史为商业利益服务,甚至为不可告人的目的服务。比如现在网络上好多内容都打着讲历史的旗号，有的根本就是胡编乱造；有些表面看是很愉快或耸人听闻的内容，实际上是违背我们国家的根本利益、违背我们的外交政策、违背我们的基本价值观念的。所以我们对此要警惕，有些人利用"历史热"，打着历史的旗号，其实表现出的是史学民粹化的倾向，是要把历史的解释权、历史学的教育职能，从我们专业学者、专业机构这边争夺过去，让它变成一种纯粹的商业利益，或者达到他们本身的政治目的。就像现在的美国，难道真的是公众在传播历史？其实完全是由政治势力操纵的，完全是为解释历史价值观的这批人所操控的。比如现在有人讲，华盛顿本人家里也有很多黑奴，美国的开国领袖都有不光彩的另一面。这些难道是今天才知道的吗？这在美国早已不是什么秘密，但为什么以前不提，今天却成了政治口号，甚至要付诸激烈行动呢？显然这不是公众自然自发的结果，更不是什么公众史学的成果。

因此，专业史学工作者要做好引领工作。在任何社会，特别是在现代社会，对历史的解释权，对历史本身的研究，绝对不能因为存在像现在这样一种表面的"历史热"，就觉得应该让公众主导。公众可以参与进来，但不能只看到表面的"历史热"而去迎合公众，而是应该由我们专业史学工作者做引领工作。而从政治上讲，对历史的解释、应用，完全应该服从当前的政治。现在，我们一方面要把公众史学放在一个恰当的地位，另一方面，要始终坚持正确的方向。专业的历史研究机构、专业的人员，不能放弃我们自己的责任、我们的价值观念、我们的立场。

科技新进展与历史研究[①]

现在我们可能都感受到，人工智能已经在多方面对我们的学习、生活造成了冲击，今天我要谈的主要就是科技的新进展对我们历史研究到底起什么作用。前段时间有人在北京做了一个实验，让两个人和一个机器人同时接受电视访谈，然后看他们的采访效果，结果，看画面的人知道哪个是人，哪个是机器人，可听声音的人没有分辨出来。机器人技术已经非常发达了：很多新闻报道的稿子都是机器人写的，法院也开始引进机器人，一些简单的判决书都可以由机器人独立完成。我在想，我们历史领域可能早晚也要引进机器人，比如教历史，机器人的普通话肯定比我标准，讲的内容也保证不会错。更不要说制造业，我曾经到一个大的制造业工厂去参观，他们说现在很多工作都是机器人在做，因为机器人对工作环境的要求不高，还可以 24 小时连续工作。

面对以上种种，我们就在考虑，机器人到底能不能超过人类，这个趋势我们应该怎么对待？其实从表面上看，机器人已经超过了人类，比如世界上段位最高的棋手已经在阿尔法狗面前认输了，但这是不是就代表机器人已经具备了人的思维能力了呢？幸好没有，因为现在阿尔法狗的程序是程序员写的，还并不是自主思考的结果。到目前为止，人工智能只进入了物理阶段，它还没有进入化学阶段，更没有进入生物阶段，人工智能要进入生物阶段进而具备人脑的功能，我个人认为，这将是一

[①] 2018 年 5 月 5 日为华中科技大学历史研究所所作讲座的记录稿。

个很漫长的过程。但即使是现在，人工智能也已经对我们的生产、生活产生了很大的冲击。

在考虑人工智能能不能运用时，我们要看它的综合效益，特别是它的社会效益，比如历史上曾出现的工人捣毁机器的运动，就是短时间内机器的大量推广而造成的后果。我们现在也面临这个问题：如果送货的无人机普遍推广，那么中国一半的快递小哥就将面临失业；现在无人驾驶汽车技术取得了重大突破，在运用上已经没有什么困难，但是如果我们过快地采用它，全世界这么多专职司机到哪里去呢？类似的例子有很多，比如我以前在复旦大学图书馆当过7年的馆长，图书馆就面临这个问题：我们馆以前有一个很大的部门，20多个馆员专门干什么呢？为新书编码。现在就不用，全世界都有一个系统，直接在网上就把编码输入了，现在书商都能供应已经贴好编码的新书。所以在我当馆长期间，编码的这个部门就被撤销了。有一年美国图书馆协会的一个副会长来上海做报告，说不久以后传统图书将会消失，大家都将会在电脑终端上进行阅读和学习，这一度引起很大的恐慌，特别是我们馆里一些学历不高的中年馆员，都在担心下岗问题。我说你们放心，至少在我当馆长期间不会让你们下岗。为什么呢？因为机器确实可以解决一些问题，但是还有些东西是完全没有必要用机器的，这都是人为促进消费的结果。比如有次一家企业要送给我两台自助借还机器，每台价值30万元！我问为什么，他们表面说得好，敬重你啊什么的。这不是很明显吗？你要了人家一台，后面还要不要呢？我让副馆长去考察：这个机器售价30万元，每年的维护费用3万至4万元，寿命10年。可仔细一看，这就是一个简单的自动售货机，只是把放饮料改成了放书，而且它对图书本身和摆放要求得还很严格，一不小心就卡壳了。花好几十万元的机器我们需要吗？雇一个人比它便宜得多，效率不知高多少。以前还有好多人要求我们图书馆要24小时开放，我就说你们都要有休息日，我们图书馆怎么就不能有呢？现在都有网络，在任何时间、任何地点只要登录进去就可以看书，何必非要到图书馆？两年以后大家都同意我了。我讲这些想说什么呢？就是我们不一定要跟着科学技术的发展走，你要看采用它的目的是什么，也要看它对我们这门学科、这个社会的综合效益怎么样。比如现在我们什么事情都喜欢做 PPT，难道没有 PPT 你们就听不懂我的话吗？英国一些传统贵族学校和名牌中学是禁止使用 PPT 的，他们就认为传统教育的每个环节都有其独特的益处。对这种观点，我是同意的。

应该承认，科学技术的进步总体上是促进社会发展的，但是社会发展还有它自身的规律。比如我们在环境恶劣的流水线上推广机器人就是有必要的，然而那些人可以做、成本也不高的工作，还运用机器人就是在剥夺我们劳动者的饭碗，更何况有些机器人的知识产权还在别人手里呢！更深一步想，我们人存在的价值是什么？有人试想过：我躺在床上机器人就把所有事情都做好了。难道你要躺一天吗？不要以为什么都不做就是一种幸福。挪威是世界上最富裕的国家之一，人均年收入在 8 万美元以上，但是它的自杀率在发达国家中也是最高的，从摇篮到坟墓什么事情都是政府安排，如果自己再找不到生活的乐趣，那活着还有什么意义呢？社会进步难道就只包括生活条件进步、物质条件进步吗？精神要不要提升，怎么样才算提升？还有，随着科学技术的发展，原来不可能的事情变得可能了，我们原来认识的界限就可能被突破，你怎么应对呢？比如说大家以前都反对人有灵魂，可现在科学家正在研究暗物质——虽然现代仪器暂时还没办法把它探测出来，但是四川凉山有个实验室就在地下 2000 多米的地方研究它——如果暗物质被发现了，那么灵魂就不可能是附着在暗物质上吗？

我们研究历史到底是为了什么？周振鹤老师说历史是介于科学与人文之间的学科，我很认同这个说法。从科学部分来讲，任何科学研究的结论都必须符合两个条件，一是可验证，二是可重复。比如说我们研究马克思，马克思的存在、他的著作等，这都是属于科学部分；另一方面，对马克思主义的理论贡献、它要达成的最终目标等问题的研究，这都是人文的部分，因为这些是无法验证的。比如说共产主义一定会实现，可能我们有生之年都看不到，怎么验证呢？霍金对物理学做出了很大贡献，有些人就说为什么他不能获得诺贝尔奖呢？很简单，他讲的很多都是一种可能，这些可能有的甚至需要几十亿年才能得到验证，因而从科学的角度出发，他是没办法被承认的。

人文学科有其自身特点，现代科技对人文学科的研究有一定帮助，但还是不能代替长期形成的研究范式。比如说对移民史研究有影响的基因测试，前段时间曹操墓被发现以后，复旦大学就有老师宣称他们可以通过基因手段来确定这个人是不是曹操，我当时就跟其中一个人讲，这是不可能的。因为基因比对的前提是你首先要找到标准的曹操后人，可这个样本不同于族群样本，实际上找不到，找到了也未必被"曹操后人"所承认。还有，现在很多人都说自己是孔子的后代，孔家人认同孔子，真的仅仅是因为血缘的关系吗？这是文化认同，你用基因测试也是行不通的。可见，一旦牵扯到人类社会，它就不仅仅是科学鉴定的问题。

在移民史研究中，人类迁徙作为一种社会现象，它就不是简单的科学事实，这需要科学与人文的结合。又比如说，现在人类学一般认为最早的人类起源在非洲的埃塞俄比亚高原，如果说我们也是由黑人进化来的，从人文方面来讲，很多人就接受不了。此外，总是有人跟我说，为什么不把人类学的这些研究成果运用到移民史上呢？我说完全没有必要，因为我们研究的是最近2000年，特别是最近1000年的移民问题，前面的跟我们没有任何关系。

我们现在运用一些科学技术，不是在用技术，而是在炫耀技术，这其实解决不了问题。当初电脑才出来，就有人宣称用电脑计算出日本在新石器时代有多少人。我说这是骗你的，即使他研究出来，怎么验证呢？另外一个例子——大数据，我当初也想设计一个运算方法，然后把移民有关的数据都编入特定的程序里面去，这样电脑就可以自动推算出一个结果。可后来我也放弃了，为什么呢？运用现代科学技术，我有两个衡量标准：首先，它最后的精确度有没有其他方法加以验证；其次，它的结果有没有意义，能不能改变一个重大的学术论断。我发现大数据在历史研究中还是没有太大必要，因为我们掌握的数据不够，而且很多都是二手甚至三手数据，盲目运用的结果就是置信度越来越低，误差也会越来越大，到最后还是需要我们人来做出判断和取舍，这是没有必要的。还比如天气预报，它是大数据的典型，现在相当一部分大部头的电脑都用在这上面，复杂的卫星云图用高速计算机几秒钟就可以被计算出来，但是它算出来的只是一种可能，最后的取舍也还是需要人根据历史经验去做出判断。为什么我们历史气候资料重要呢？就是这个原因。

另外说一点，现在大家都在说气候变暖，我个人是不怎么赞同的，因为完整的气候资料全球都只有100多年的历史，你怎么能轻易下这个结论呢？大数据的应用可以提高现有计算的精度，但它主要适用于当代社会，适用于原始数据很全、很正确的情况，在数据本身不全、不正确的情况下，它是无法弥补空缺的。还有个问题，如果我们花了很大精力去运用科学技术解决问题，最后却只是微小地修正了现有研究结果，那研究还有意义吗？我投资几十万甚至上千万，用很多助手，结果研究出原来某人书里说这里移民最少10万，可我算出的是11万，而且同样无法验证，那有多大意义？在科学不断发展、新的技术不断涌现的情况下，我们人文学科要看到现代科技的真正意义，既要明确自己的研究目的，还要考虑综合效益，谨慎地去采用新技术，不要忘记自己的社会责任感。当然，有些科技我们还是要运用，比如GPS（全球定位系统）、无人机拍摄等，这都是有益于我们学术进步的。

总的来说，我个人还是认为，我们传统的研究方法并没有过时，出现新技术时我们不要一拥而上，还是要看它的实际效果是否经得起时间的检验。好了，我要讲的就是这些，感谢大家的聆听。

百年文人与近代中国

——《百年文人：清晰或模糊的背影》[1] 序

2019年6月3日上午，梁由之兄如约光临我在复旦大学光华西楼的办公室，午间我们还约了骆玉明兄餐叙。由之兄透露了他一个大计划——编一部《百年文人》，邀玉明与我作序。他说："文人大多非文即史，或文史兼通，你们两人一文一史，分别作一篇序最合适。"面对由之兄解读中国百年巨变的历史担当和学术热忱，我无法推辞。但考虑到此事的难度，我又不敢漫应。我一再与他讨论从百年中选出代表性人物的可行性和已有作品的可选性，但他成竹在胸，说明早已充分考虑，并已有大致方案，预计两年内可有成果。我只能应允，在他拟定具体人物和大致作品后再看能否写出有感而发、至少自己以为有新意的文字。

因疫情影响，两年多来我们一直没有见面的机会，想来他的工作进程必定也会受到疫情影响，但去年6月20日收到他发来的终选目录，列出拟收入的6卷人物目录。今年7月3日收到他的邮件，告诉我这项浩大的工程有望在年内完成，并附来了卷二的终选目录、人物简介和简要评述。至此，由之兄的编选意图和原则已经十分清晰，部分样稿也已成形，我也找不到推却的理由了。

---

[1] 梁由之主编：《百年文人：清晰或模糊的背影》，湖南人民出版社，2024年版。

一

以往历史学界有一个长期争议的问题：是英雄创造历史还是人民创造历史？其实，这不是非此即彼的选择，因为英雄与人民并非两个完全对立的概念。历史当然是全体人民共同创造的，但如果没有英雄，历史绝不会被创造成后人所了解的那样。人民当然是创造历史的真正动力，但这动力恰恰是通过人民中的先进分子、杰出人物即英雄才能发生作用，才会显示那么大的影响，出现那么大的后果。人民是英雄的根基所在，没有人民的支持，英雄何以存在，又岂能成功？即使按照阶级斗争的理论，个人之所以能成为英雄，就是因为代表了大多数人民的意志和利益，至少是最大限度地协调了不同阶级阶层的利益，形成一个最大限度的合力的结果。这道理其实历史学家都明白，他们何尝不想了解、研究历史上的人民，特别是芸芸众生？但能够找到的史料和证据几乎都属于英雄，包括无名的英雄个体，而有关人民这个群体的史料和证据不仅极其有限，而且都无法落实到具体的个体。所以如果想用人物来反映历史，能找到的人物、能有足够事迹的人物都只能是"英雄"，无论其归属于哪个阶级、阶层、国家、种族。

但到了近代，随着书写、记录手段的普及，新闻和出版的发展，音像记录的形成，人民中的普通群体或个人都留下了更多的信息，对近代历史的研究已有可能更关注于人民，而不仅仅是英雄。但如果要通过人物来反映历史、代表历史的话，无疑还是要选择英雄。尤其是在有限的选择条件下，如10个、100个、1000个，不可能也不应该选择毫无代表性、形象模糊、作用不明显、影响微小的普通人。

二

由之选的是文人。但对"文人"，未必有一个公认的、明确的定义。最新版的《辞海》"文人"条：①《诗·大雅·江汉》……按，谓周之先祖；②读书能文的人。曹丕《与吴质书》："观古今文人，类不护细行。"第一条是专指，显然不适用于今天。第二条是泛指，但能否符合由之的标准呢？看来也未必符合。

由之已发给我的材料中，没有关于"文人"的定义或他的选择标准。回忆以往我们的交谈讨论，也没有正式的结论。但我体会属于由之选择范围的"文人"，显然并非只是"读书能文"，而是指主要从事人文或社会科学的人，从事文化教育活动或文化教育事业的人，以及以自己的人文或社会科学成果服务社会、影响社会的人。正因为如此，单纯的自然科学家、工程技术人员、艺术家一般也不被视为"文人"。

在近代社会，一个人既可能兼资文武，也可能跨越文理，同时从事人文和科学，具有多种身份，发挥多方面的作用。这些人是否能列为"文人"，就要看他们是否同时符合上述"文人"的标准，或者他们的人文或社会科学成果及其对社会的影响是否足够大，至少要不逊于同时代的其他文人。如丁文江，他的主要专业和身份是科学家——地质学家，是中国地质事业的奠基人。他同时也是教授、社会活动家、企业家，还当过北洋军阀任命的淞沪商埠督办公署总办，相当于设置在租界以外的上海市市长。他在历史学、地理学、人类学、考古学、传统科技文献整理和科学普及等方面的贡献和社会影响，使他同时被公认为一位杰出的文人。又如王云五，多次从政，担任要职，还曾担任国民政府的经济部部长和行政院副院长，被中共列为第15号战犯。但他在教育、出版、文化、社会科学取得的成就、做出的贡献举世公认，他自学成才的成功例子足以激励后代，将他列为"文人"毫无争议。

三

由之兄最终选定156人。从第一位王闿运（1833—1916）到最后一位林燕妮（1943—2018），生年跨110年，卒年跨102年，都足百年之数。

由之兄没有告诉我他的具体选择标准，我只能自己忖度。我想，应该是在这百年间在各自的领域最有代表性，且成就最高、影响最大的人。问题是，这些标准是否存在客观性？

本书的副题是"清晰或模糊的背影"，所谓"背影"，我想是指一个人给后人留下的印象。实际上，由之兄对每一位人物，都是从已发表的传记、评论、研究、回忆、纪念、叙述等文章中选出来的，或全文，或节选，其中只有5篇是由之兄自己的作品，占总数不足1%。被选录篇数最多的人物是鲁迅，共19篇（17篇加存目2篇）；其次是汪曾祺16篇（13篇加存目3篇）；胡适14篇（11篇加存目3篇）；陈寅恪15篇（10篇加存目5篇）；傅斯年13篇（10篇加存目3篇）；梁启超、徐志摩12篇，王国维12篇（10篇加存目2篇），沈从文12篇（9篇加存目3篇）；周作人、殷海光11篇；钱锺书、张爱玲10篇，郁达夫10篇（8篇加存目2篇）；章太炎、张荫麟9篇，丁文江9篇（7篇加存目2篇），林语堂9篇（7篇加存目2篇），金庸9篇（6篇加存目3篇）；康有为8篇，冯友兰8篇（4篇加存目4篇）；萧红、黄裳7篇，蔡元培7篇（6篇加存目1篇）。如不计存目，这24人的排序为：鲁迅17篇，汪曾祺13篇，梁启超、徐志摩12篇，胡适、周作人、殷海光11篇，王国维、傅斯年、陈寅恪、钱锺书、张爱玲10篇，章太炎、张荫麟、沈从文9篇，康有为、郁达夫8篇，丁文江、林语堂、萧红、黄裳7篇，蔡元培、金庸6篇，冯友兰4篇。

此外，收录5篇以上的还有：茅盾、老舍、冯至、施蛰存、徐訏6篇，张季鸾、李劼人、郭沫若5篇加存目2篇，顾颉刚、吕思勉、闻一多、丁玲、舒芜、三毛5篇加存目1篇，汤用彤、邹韬奋、巴金、吴晗、曹禺、古龙5篇。

最少的几位只收录了1篇。

但这绝非字数的排序，因为每篇的字数悬殊。我检索了多数已有字数统计的各篇，发现最少的仅291字，最多的竟有39 679字。如果统计出每个人被收录的字数，肯定不会与篇数的排序一致。

尽管由之兄不可能也不必要从现存的材料中按比例选取，但却受到现存材料的制约。即使他自己想补充，也限于此书的断限。而且每人被选取的篇数多少，大致也符合其社会影响的大小，是具有客观性的。

但作为由之兄个人的成果,当然免不了或必须有其主观性。譬如他有的选择标准,我就不能理解,或者不敢苟同。

有梁漱溟,却没有与梁并称为"三圣"的马一浮、熊十力。有林燕妮而无刘以鬯。刘被称为香港"文化教父",即使在文学创作方面,至少也不在林燕妮之下。如果是因为此书断限的话,除非严格规定为2018年5月31日(林逝世日),否则刘逝世于同年6月8日,只相差8天,完全可以稍作变通。但李敖逝世于同年(3月18日),没有时限的问题,却也未被收录。无论如何评价,李敖总还属"文人",他的存在和影响总不会低于已被收录的三毛。这只能用由之兄的主观性来解释。

又如,诗人中有朱湘、卞之琳、穆旦,却没有艾青,我就很难找出为由之兄解释的理由。或许也是客观条件所限,找不到由之兄满意的有关艾青的"背影"的现存材料。没有田汉、夏衍、周扬,或许也是出于这一原因。但张中行既有长期从事语言编辑的贡献,晚年也有大量文章问世,更不乏传记、评论、回忆、故事流传,未被选入显然完全是由之兄的主观原因。

另一类情况或许比较复杂,很难断定是客观性还是主观性的结果。陈独秀是中共创始人之一、早期领袖,他对新文化运动的贡献和他本人的学术水准称得上是杰出的文人;吴敬恒(稚晖)是中央研究院首批81位院士之一,当选时毫无争议;戴季陶早期信奉传播社会主义思想,曾参与中共建党,之后转为三民主义理论家。这三位在"百年文人"中都应有一席之地。他们何以落选,只能以后有机会时直接向由之兄请教了。

还有几位,以我的寡闻陋见,或者以往只知其名而不知其事,或者是由于个人的特殊际遇才得知其人,或者是在目录中第一次见到,当然不知道由之兄将他们选入的理由。

但这些都无损于本书的价值,恰恰是由之兄的特色和贡献所在。既然是他个人的成果,当然要体现他自己的价值观念、判断原则、衡量标准、学术理念、思想感情。代表性更体现在多样性之中,"英雄"与

"人民"并重，以"英雄"为主而兼顾"人民"，何况是已经留下了姓名和事迹的"人民"。

四

要记录或反映以往一百年的中国和中国历史，当然应该有全面、完整、详细、准确、如实的历史著作和相应的资料汇编，还应该有各方面、各专题、重要人物的专门史和资料书。除文字以外，还应该包括图像、音像、音频、视频、实物、遗物，中国以内的和中国之外的。这些都只能由政府、专门机构、团体、项目组、企业来承担，作为个人，只能选择其中某一局部或方面，或者只能侧重于某一角度。由之兄选择了文人，自然是出于他自己的条件和偏好。如果由其他人来选，肯定不会选出同样的这 156 个人，或许会选哲人、学人、武人、艺人、僧人、道人、奇人、逸人，或许会选科学家、政治家、思想家、军事家、外交家、企业家、慈善家。选择哪类人、哪些人，完全应该出于他们个人的理由，不必也不可能有共同的原因，或普遍接受的标准。

要说哪一种选择，或选择哪一类人、哪些人更能反映历史，这纯粹是一个无解的问题，找不到一个标准的、能被多数人接受的标准答案。因为某一段历史就是在某一特定的时间和空间范围内所有的人共同创造的，英雄固然不能缺，少了人民也不行。即使少了一个普通人，也会因此而不完整，只是影响太小，非特殊情况下显示不了。要说具体的人物所起作用的大小，少数是可以比较的，多数却无法比较，因为他们的作用和影响不能互相替代，也不存在一个统一的标准。

以杭州（城区，包括今杭州市全部辖区）这个空间范围、历史舞台为例，百年间多少人物在那里活动，成为这座历史舞台的演员（粗体字为本书不列人物）：

光绪十六年（1890 年），章太炎到杭州诂经精舍学习。

光绪三十四年（1908 年），陶行知考入杭州广济医学堂。

宣统元年（1909 年）8 月，鲁迅归国，任杭州的浙江两级师范学堂生理学和化学教员，兼任日本教员铃木珪寿的植物学翻译。

1913年，李叔同受聘为浙江两级师范学堂音乐、图画教师。1914年加入西泠印社。1918年在虎跑定慧寺出家。

1914—1919年，丰子恺在杭州求学，成为李叔同、夏丏尊学生。1946—1949年在杭州居住。

1915年，徐志摩毕业于杭州一中。

1915年，曹聚仁考取浙江省立第一师范学校，1921年毕业。

1918年，柔石考取浙江省立第一师范学校，1923年毕业。

1922年8月29—30日，**陈独秀**在西湖主持中共中央执行委员会特别会议，决定在孙中山改组国民党后，中共党员以个人身份加入国民党，实行国共合作。

1923年，胡适在杭州休养时与表妹曹诚英发生婚外恋情。

1929年，朱生豪被嘉兴秀州中学校长推荐保送之江大学，1933年毕业。

1933年，郁达夫移居杭州，创作大量文学作品，主编《散文二集》，并任浙江省政府参议。1936年2月离开。

1934—1937年，**茅以升**任钱塘江大桥工程处处长，主持修建我国第一座公路铁路兼用的现代化大桥钱塘江大桥。1937年12月23日，茅以升亲自设置炸药炸断大桥，1948年3月大桥修复通车。

1936年，竺可桢任浙江大学校长，1937年随校迁离。

1945年，金庸曾在杭州《东南日报》暂任外勤记者。

1946年，浙江大学复员，竺可桢续任校长至1949年。谭其骧随浙江大学复员杭州，任史地系教授，至1950年。1946年**马一浮**返回杭州，续任复性书院主讲，1953年任浙江文史馆馆长，至1967年逝世。

其中对百年中国影响最大的，无疑是本书未列人物陈独秀之主持中共中央执行委员会西湖会议。国共合作、北伐战争就是这次会议的结果。如果没有这次会议，国共合作可能会推迟，或者采用另一种方式，历史就会重写。而陈独秀这个文人，恰恰是在扮演着政治活动家、政党领袖的角色，而不是在新文化运动中冲锋陷阵的北大文科学长、教授，《新青年》创刊者和主编。

其次，应该是竺可桢任浙江大学校长期间两度在杭州的13年。仅举一例，1981年中国科学院召开恢复学部后的第一次学部委员大会，400位学部委员（后改称院士）中原浙大的师生有46位，而新浙大尚无1人。复旦大学的10位学部委员中有8人来自原浙大。

其中可以量化的事件是由未列人物、工程技术专家茅以升主持的：1937年，从钱塘江大桥通车到被炸毁的89天间通过了多少列火车、多少辆汽车，使多少吨物资、多少人在日寇占据前逃离杭州；1948年3月恢复通车后产生了多少经济效益和社会效益，大桥的设计建筑技术在全国或国际居于何种水平。

其他大多数文人，尽管其中颇多以后国内的一流或顶级人物，但在杭州的活动很普通，就是几位当教师的也没有太大的影响，都还属于"人民"。但显而易见，他们以后能成为"英雄"并非与此"人民"阶段无关。如章太炎、陶行知、丰子恺、徐志摩、曹聚仁、柔石、朱生豪都是在杭州求学，一定程度上决定了他们此后的经历和成就。鲁迅要是没有在杭州任教，要是没有在一年后就去绍兴中学堂当教员兼监学，他的历史或许会改写。李叔同要是没有在杭州任教，或许就不会在虎跑定慧寺出家，或许不会在1918年出家。就是只在《东南日报》短期当过外勤记者的金庸，要是没有这段经历，要是在《东南日报》的工作延长了，或许以后就没有机会进《大公报》，又被派驻香港，或许就不会有写武侠小说并在香港出版的机会了。

先师谭其骧先生在杭州期间是浙江大学史地系（后改为历史系）的教授，开了几门课，发表了几篇论文。1950年应复旦大学之聘离开杭州，是因为浙江大学停办历史系，他不愿转入其他系讲公共课。如果浙大历史系不停办，他就不会离开杭州，或许重编改绘杨守敬《历代舆地图》的事不会找他，或许复旦大学就与《中国历史地图集》无缘了。

就是完全是文人的个人行为，也可能对某个人物（不限于文人）、某段历史产生影响。如胡适要是不来杭州会见表妹曹诚英，或者见了而不产生恋情，或者最终与她结合，新中国很可能失去一位杰出的女农学家，沈阳农学院就不会有这位教授。

  所以我尊重由之兄的选择，赞赏由之兄的独特的选题和选择标准，祝贺这项重大成果问世。

2022 年中秋于上海浦东寓所

由地理读历史

——《三国地理》^① 序

《三国地理》是《三联生活周刊》策划的《地理中国》中的一种，是在地理环境中讲三国历史。或者，用主编李鸿谷先生的话说："写作者面对空间或地理现实的此刻，去追索曾经的彼时，其间由想象达成两层时空的贯通，是创造出个性化叙述的机会。"

由一批新闻人——文字记者和摄影记者——去追索曾经的彼时，他们合适吗？能胜任吗？

记录并探求事物的真相，是新闻与历史最大的共性。新闻的记录和探求对象是刚刚发生、依然存在或正在进行的事物，所以以现场实地即时的观察、记录、报道为主，查阅以往的记录，了解历史背景为辅。历史是记录和总结过去已经发生并有了结果——永久性的或阶段性的——的事物，自然只能以搜集、鉴别、整理迄今为止已有的记录和史料为主，相关地点的考察调查为辅。新闻求快求新求具体，信息来源越密切越接近越好。历史要等待事物的结束，至少要告一段落，或进入稳定状态，要讲究信息的正确和完整，要与记录的事物保持一定的距离——时间、空间、利益、情感上都要有最低限度的距离。

所以，新闻与历史之间的差异并不仅仅在于时间，"昨天的新闻就是今天的历史，今天的新闻就是明天的历史"这句话至少是相当片面

---

① 刘怡等著：《三国地理》，生活·读书·新知三联书店，2023年版。

的，因为并非所有的新闻都能成为历史，甚至可以说，绝大多数新闻是不可能成为历史的。因为绝大多数新闻记录或报道的，只是一个大事物的某一个点、某一侧面、某一过程、某一阶段、某一个人、某一个群体。即使是综述性的、结论性的报道，由于时间、空间距离太近，也不可能真正做到全面、完整。而且，任何新闻报道都离不开新闻人的观察和记录方法、意识形态、价值观念、个人和群体的利益，不可能做到完全客观公正。有的新闻只有一定的时效，过了时效就没有任何价值。有的新闻本来就是出于某种目的而制造的假象，在真相大白后就起不了作用。而历史就是对过去有意识、有选择的记录，即使对已经证明是正确的新闻，历史的记录者和历史学者也必然会根据自己的历史学理论和方法、价值观念、族群和国家利益、信仰做出选择，决定取舍。选择的必然性还有技术上的原因，任何历史记录、档案、书籍都有一定的容量，针对不同读者或使用者的历史必定要有相应的容量。即使是完全正确的新闻记录，也必须根据历史书的篇幅容量进行选择。其他学科、其他应用方式在使用新闻记录时，也必定有自己的选择。创作历史小说的作家在选择新闻时，首先考虑的自然是能否编出吸引人的故事，而不是内容是否真实，信息是否准确。

陈寿开始撰写《三国志》时，西晋刚灭了吴国，离东汉末年动乱爆发也不过百年，当时留下的很多"新闻"记录还在。但他显然有自己的选择，并未完全采用。到裴松之为《三国志》作注时，这些"新闻"还有部分存在。裴松之显然并不完全赞成陈寿的选择，但他自己也没有正确选择的把握，或者不便对陈寿的原文做出修改，只能采用注的方式，保存这些已经成为史料的"新闻"，让后人自己做出选择和判断。对同一件事，同一个人，裴注中往往会有两种或多种截然不同的说法。这既为史学家提供了继续研究的便利，也留下了一些永远无法找到答案的千古难题。在裴松之以后，基本没有再见到有新的"新闻"或史料发现。但面对同样的记载，史学家的选择和评价贬褒各异，同时贬褒程度也不同。如对曹操，陆机指责他"虐亦深矣"，习凿齿称之为"篡逆"，刘知几斥之为"罪百田常，祸千王莽"，东晋的梅陶却赞扬他"机神明鉴"，司马光在《资治通鉴》中用了"知人善察""识拔奇才""决机乘胜,气势盈溢""雅性节俭"等词做了高度评价,几乎是完全肯定。

至于写小说、编戏曲、讲故事,选择的余地就更大了,"新闻"、史料中没有的还可以充分发挥自己的想象力和创造力,根本不需要什么事实根据。就是创作者认为的事实,也只是他们心目中的事实,与历史上是否真有其事完全无关。《三国志》当然是罗贯中创作《三国演义》的主要根据,但对裴注中引用的那些"新闻"和史料如何选择,就完全是按照他自己的原则和标准。对《三国志》和前人留下的"新闻"和史料中没有的内容,他照样可以描绘得栩栩如生、有声有色。由于罗贯中杰出的写作和近乎完满的描述,《三国演义》在中国和世界的影响远远超出《三国志》。就连多数自以为了解三国历史的人,他们的三国知识也不是来自《三国志》,而是《三国演义》。

正因为如此,尽管已经有了无数对三国历史的讲述、解释和研究的成果,《三国地理》的问世还是有其独特的意义,能够满足相当大一部分公众的需要。

我原来唯一的担心,是这些未必受过历史学专业训练的新闻人能不能对《三国志》《三国演义》中的"新闻"和史料做出适当的选择和解读。看了书稿,我完全放心了。他们提前做了扎实的功课,更重要的是他们请到了最合适的老师,对每个专题都请到了该领域最有影响力或做过最深入研究的专家学者,或认真研究了他们的论著,或做了详尽仔细的采访。对专家中的不同意见或观点,他们不是简单做出自己的判断,而是如实介绍给读者,相信更能激发读者的好奇心和想象力。

任何历史事物、历史现象都存在于特定的空间范围——地理环境,并必然受到这一地理环境的影响或制约。要正确地理解、复原、重构三国的历史,要讲好三国的故事,必须了解近二千年前这一特定的地理环境,这正是历史地理学的研究对象。

地理环境是在不断演变的,历史时期的绝大多数地理现象今天已经不再存在,或者已有了很大改变,所以相关的信息难以通过实地考察、现场观测来获得,只能依靠历史文献和前人的记录。但只要基本条件具备，实地考察、现场观测还是最有效的研究手段，特别是对一些变化较小的自然地理要素，以及在证伪和排除方面。

地理环境一般分为两个方面——自然地理环境和人文地理环境。

自然地理要素大多比较稳定，所以自然地理环境一般变化不大，演变较慢。但在特殊条件下，变化也会非常迅速剧烈，如火山爆发、地震、海啸、飓风、暴雨、洪水等，完全可能在短期间甚至瞬间改变局部地区的地形地貌。同样的自然条件下，有些地理要素比较容易发生变化，如沙漠、沙洲、沙岸、沼泽、黄土高原、冲积平原、河口三角洲等。像山脉、山岭、峡谷、岩层、岩岸、受山脉约束的河道等，二千年来不会有多少变化，所以《三国志》中涉及的地名、景观和环境都能通过实地考察重现重构。如秦岭、秦巴山区、汉水上游的自然环境与《三国志》的时代相比变化不大，诸葛亮六出祁山、姜维屯守、邓艾灭蜀的路线和地点基本可在现场复原。发生夷陵之战的长江两岸的自然环境也基本不变，从地形地势和水陆交通路线判断，战场在南岸的结论更有说服力。而《三国演义》将战场放在北岸，显然不符合当时的地理环境。尽管对赤壁究竟在哪里，学术界还没有取得一致意见，但真正的赤壁只有一个，二千年来不会改变。比较麻烦的是要确定赤壁之战的地点和范围，因为这一带的长江宽度注定了江中和岸边会不断形成沙洲，这些沙洲又随时在发生变化，我们既无法复原这些变化，也不可能以其中某个沙洲或它所处的位置作为某一时期的地理坐标。由于黄河下游多次改道和无数次的决溢，像官渡之战和其他发生在黄河改道、泛滥区的重大事件，当时的地形景观已荡然无存，留下的所谓"遗址遗迹"基本都是后人的产物。

至于人文地理要素，不用说过了近二千年，就是数十上百年后也未必能保留下来，更不会没有变化。读完全书，我们可以看到，在他们行踪所及记录下来的人文景观中，已经看不到三国时期的原貌原物，真正的文物只是凤毛麟角，其中不可移动的或未被移动的文物即便还有，要是没有相关的史料记载，也无法复原它们的本来面目了。所以，《三国志》涉及的历史人文地理，主要得依靠史料考证。但是实地考察还是不可或缺的，因为同一地点古今的变化、变化的程度，不仅是历史地理研究的一部分，也有助于对曾经发生在这里的历史事物、历史事件的理解。而古今对比，本来就是相当多的读者了解历史和历史地理的要求。我们还不难发现，各地对三国历史人文地理景观的复原，除了出于自己的想象，更多的还是来源于《三国演义》。这也说明《三国演义》对公众和民间的影响要比《三国志》大得多。关羽从《三国志》中一个次要人物，逐渐演变为关公、关圣、关帝这样的全国性神灵，在很多他根本没有到过、当初没有任何影响的地方产生了那么多后人制造出来的遗址遗迹，有的已成为文物古迹，这一过程已经远远超出了《三国志》和《三国演义》本身，成为中国历史的一部分，本书的考察记录有助于对这一过程的了解和理解。

2022 年 3 月 29 日于浦东寓所

旧史新义

"书同文，车同轨"的历史意义[①]

"六王毕，四海一"，对秦始皇以武力统一，并通过建立郡县制实行中央集权的重大意义，历史早已做出正确的评价。但真正的统一不是仅仅依靠武力和政治制度就能完成和巩固的，离不开经济、文化、社会各方面的政策和措施。正是因为秦始皇在这些方面也制定了一系列政策，并大力实施，又得到西汉以降历朝的延续，统一之势虽不无反复却再不可能逆转。

一、书同文

"书同文"就是在文化上实行统一的重要政策。

灭六国后，再经过开疆拓土，秦朝的疆域东至于海、朝鲜半岛西北，西至临洮（治今甘肃岷县）、川西高原、云南大部，北至阴山，南至今越南西北。在此范围内，虽以诸夏（华夏）为主体，但还生活着戎、胡、夷、狄、蛮、三苗、百越各族或其后裔，没有完全通用的语言。就是在诸夏内部，也存在无数种方言。有的方言之间差异极大，以致无法通话。语言是人际交流的工具，在声音无法远距离传送的古代，只能应用于人之间的直接接触交流。由于地理环境的阻隔，多数情况下

[①] 本文为首次公开发表。

缺乏交通工具，绝大多数人没有与外人直接接触交流的机会，他们使用的语言只能在一个很小的范围内流通，时间长了，必定会与外界的语言产生差异，并且日渐扩大。直到近代，特别是在南方山区，往往隔一座山、一条河、一个村，相互就不能通话。就是在中原交通比较便利、人口流动比较多的地区，各国各地的方言也有明显的差别。西汉初刘邦封他的爱子刘肥为齐王，干脆根据方言区划分国界，规定百姓说"齐语"（齐方言）的地方就全部划归齐国。从西汉末扬雄的《輶轩使者绝代语释别国方言》可以看到，尽管已经过近二百年的统一，当时还存在那么多方言，而不同方言间的差异，足以引起交流中的误解。

在没有语言复制和传播手段的时代，再专制集权的君主和政权也无法制定公布标准语言，要统一语言是完全不可能的。所幸中国早就有了甲骨文，到战国后期甲骨文已演变为篆书和早期的隶书，可以作为国家治理、社会信息和人际交流的通行工具。但当时各国各地的书写格式并不一致，连一些常用字都有不同的写法。原来在一国内部流通问题不大，到统一后就不利于政令的上通下达，更不利于以文字为手段的社会信息和人际交流。所以，秦始皇二十六年（前221年）"初并天下"，在"分天下以为三十六郡"的同时，就下令"一法度衡石丈尺，车同轨，书同文字"；其实施范围"地东至海暨朝鲜，西至临洮、羌中，南至北向户，北据河为塞，并阴山至辽东"。在二十八年（前219年）的琅邪台刻石中称："普天之下，抟心揖志。器械一量，同书文字。日月所照，舟舆所载。皆终其命，莫不得意。"既显示了秦始皇对"同书文字"的重视，也说明这项政策已在全国得到实施。

书同文字，就是所有的字必须用标准笔画和格式，使之成为全国通行的交流媒介，不至于因为同一字的不同写法或笔画、格式上的差异而引起歧义和误解。与由朝廷颁布标准的度量衡器一样，当时也颁布了标准文字样式范本，供全国遵守。秦始皇巡游中在峄山、鲁、泰山、琅邪台、之罘、之罘东观、碣石、会稽等地留下长篇石刻文字，在歌功颂德的同时，也给公众提供了"书同文字"的范本。推行标准文字的另一途径，是遍布各地的"吏"——基层公务员。三十四年（前213年）得到秦始皇批准的实施措施中有"若欲有学法令，以吏为师"的规定，儒生向吏学的不仅是法令条文，也包括书写公文的标准文字隶书。西汉以降，无论是已定型的隶书，还是新演变的楷书，都有官方认定的标准。个人或民间的简体字被称为"俗字"，被排除在正式流通传播系统之外，保证了汉字的规范性。尽管多数人不能识字断字，但从朝廷到地方的各级官吏和基层的办事人员通过标准汉字保证政令的上通下达、信息数据的申报核查、风土人情的采访报告，儒生士人通过标准汉字传承文化、研讨学问，耆老乡绅通过标准汉字执行乡规民约，族长宗老通过标准汉字教化约束子弟，完全不受方言不通的影响。诗三百篇、诸子百家、古文、汉赋、唐诗、宋词、元曲、话本、杂剧、小说、八股文、邸抄、报纸通过标准汉字传播。

"书同文字"的范围早已扩大到非华夏少数民族聚居区，标准汉字被用于朝廷或地方政府与所辖部族、属国、羁縻政区、土司之间往来公文、互通信息的媒介。朝鲜自 6 世纪脱离中原王朝后，大多数时间保持着藩属国地位，汉字始终是其官方文字。尽管李氏朝鲜世宗大王创造了字母文字，但只是"训民正音"，作为汉字的注音，在民间通用，史书、官方文书、传统典籍仍沿用标准汉字，直到 20 世纪。越南自 10 世纪独立后，沿用标准汉字至 20 世纪。即使在拉丁字母拼写的越南文逐步推广后，标准汉字依然是官方文字，到 1945 年才废除。作为明清的藩属国，琉球一直以标准汉字为官方文字，还不断派王子、大臣到中国学习。在被日本吞并前，琉球所有的史书、典籍、文书、档案都使用汉文，这些"宝案"大多还保存在日本。

标准汉字还传播到海外，为外国所参考或采用。日本不仅大量借用汉字、以汉字的偏旁构成"五十音图"而完善了自己的文字，还直接学习和使用汉文，始终拥有着一批能熟练使用汉字、精通中国传统文化的学者和专业人士，并把汉字作为最正式的官方文字。直到近代，日本天皇的重要文告还是先以汉字写定再译为日文，直到上一任天皇，年号"平成"（1989—2019 年）还是直接从中国典籍中找的。中国也因此而受惠，从唐宋至晚清，出使日本的中国使臣、出访日本的学者、到日本传经弘法的中国高僧,即使不懂一句日语,以汉字"笔谈"也能交流无碍。明治维新后日本全面翻译西方书籍,翻译人文社会科学和自然科学的术语几乎全部使用汉字,中国人心领神会,照单全收。

不妨设想一下,如果当初秦始皇没有采取"书同文"的政策,或者没有切实执行,那么战国时期流行的多种不同的文字书写方式还会继续流传,相互间的差异会越来越大,加上完全不同的读音,最终会形成不同的文字系统。由于本来就存在无数种方言,全国就不会产生通用的语言文字。在缺少一种普遍的人际交流工具的情况下,统一就会名存实亡,或许早就分裂为不同的国家。一旦被推行一种强势的外来语言,本土语言必然会被取代。公元前6世纪的波斯帝国范围内有多种语言,至今还留下了伊朗语系的塔吉克语、普什图语。美国占领菲律宾时,该国内使用80多种语言。美国调来数百名教师推广英语,结果英语成为菲律宾的官方语言和通用语言。

二、车同轨

"车同轨"就是制定车辆的两侧车轮之间距离的统一标准,是秦始皇一系列标准化措施之一,与统一度量衡一样,具有普遍性的重要意义。

战国时期,车已经是主要的甚至是唯一的陆路交通工具,但各国各地的制作标准不统一,地形地势也不同,车两侧车轮间的距离不同,对道路宽度的要求不一,已有道路的宽度自然不会一致。国家统一以后,车辆交通就会遇到麻烦,轨距宽的车遇到太窄的路就无法通行。新修道路会遇到标准问题,如果按窄轨距的标准修建,轨距宽的车辆无法通行;如果按宽轨距的标准修建,难免造成浪费,特别是在一些修建成本高的地段,如栈道、谷道、隧道、桥梁、人工路基等。

由于"车同轨"的实施,秦始皇在全国修建的驰道、驿道有统一的宽度和标准,为以后各朝所沿用,使中国一直保持着全国统一的道路系统,对经济、文化、国防和国家统一的意义不言而喻。汽车传入中国后,各地修建的第一条公路都是利用现成的官道、驿道改建的。

世界上的铁路至今没有实行统一的轨距标准,有标准轨、宽轨、窄轨,不同轨距间的转换成为制约铁路交通运输的主要不利因素,不仅耗费大量人力物力,还严重影响运输效率,提高物流成本。20世纪60年代,中国大量物资要通过铁路运往越南,由于中国的铁路是标准轨,越南的铁路是窄轨,火车无法直接驶过边境,只能在凭祥翻装,卸下全部货物,再装上停在窄轨上的列车。高峰时,十多万装卸工日夜抢运。

由于中国和欧洲使用标准轨,而苏联、蒙古使用宽轨,火车进出苏联就得两次变轨。1990年我乘北京—莫斯科列车去苏联,车到二连浩特后,旅客全部下车,列车驶入变轨区后,车身由液压器顶升,下面的底盘、车轮换成宽轨型号,连接线路、管道,完成后旅客重新登车,全部过程需要两个多小时。我乘莫斯科—柏林列车去欧洲,车到苏联边境时旅客不必下车,但同样由液压器将列车抬升,更换底盘、车轮,连接线路、管道,花费一个多小时。

曾属苏联的哈萨克斯坦、乌克兰、白俄罗斯等国的铁路至今还是宽轨,中欧班列驶出新疆就进入宽轨,货运列车不能用顶升车厢换底盘的办法,只能全部翻装。集装箱还能整箱吊装,散货就更费力费时。列车变轨成了中欧班列的瓶颈,而离开这一宽轨系统时还得再变一次。

要是秦始皇当时没有实行"车同轨",在中国境内这样的"变轨"可能就不止一次,不知要持续多少年。

三、以十月为岁首

在秦朝之前,存在着三种历法——夏历、殷历、周历。夏历以建寅之月即正月为岁首,殷历以建丑之月即十二月为岁首,而周历以夏历的建子之月即十一月为岁首。春秋战国时,各国采用不同的历法,如鲁国用周历,楚国用夏历,鲁国人过新年时,楚国人离新年还有两个月。秦始皇统一后就做出规定,全国都以建亥之月即夏历十月为岁首。考虑到夏历比较适合农事,春夏秋冬四季和月份的安排仍然根据夏历。

有了统一的岁首，就有了统一的行政时间表和政治日程。如当时一项重要的制度"上计"——由县向郡逐级上报户口、农业收成、治安的年度统计数据。为了保证在岁首前能汇总到中央，以便在岁首的典礼上向皇帝奏报，规定各县要在八月完成本县的调查统计。

　　有了统一的岁首，全国各地的新年和重要节庆的时间表也统一了，真正有了"普天同庆""普天同乐"。到汉武帝太初元年（前104年）改以夏历正月初一为岁首，新年和重大节庆又平移到新的时间表。此后至清朝末年的二千多年间，除了四次共30年例外：王莽初始元年至地皇四年（8—23年）、魏明帝青龙五年至景初三年（237—239年）、武则天载初元年至圣历二年（690—699年）和唐肃宗上元二年（761年）曾以十一月为岁首外，有1985年是以正月为岁首的。

　　这一制度还传至朝鲜、越南、日本，并一直得到沿用，直到近代这些国家改行公历。

　　不难设想，如果一个国家没有一个统一的岁首，没有一张统一的行政时间表和政治日程，不在同一个时间过最重要的节日，统一还能不能维持长久。而这一点，秦始皇和他的谋臣在二千多年前就考虑到了，并且采取了果断的措施。

厓山之后[1]

1279年3月19日（宋帝昺祥兴二年、元世祖至元十六年二月癸未），宋元在厓山（今广东江门市新会区南海中）海上决战，宋军溃败，主将张世杰退守中军。日暮，海面风雨大作，浓雾弥漫，张世杰派船来接宋帝出逃。丞相陆秀夫估计已无法脱身，先令妻子投海，然后对9岁的小皇帝赵昺说："国事如此，陛下当为国死。"背着他跳海殉国。

7天后，海面浮起10万余尸体，有人发现一具穿着黄色衣服、系着玉玺的幼尸，元将张弘范据此宣布了赵昺的死讯。消息传出，完全绝望的杨太后投海自杀。张世杰被地方豪强劫持回广东，停泊在海陵山（今广东阳江市海陵岛），陆续有些溃散的部众驾船来会合，与张世杰商议返回广东。此时风暴又起，将士劝张世杰弃舟登岸，他说："无能为力了。"张世杰登上舵楼，焚香祈求："我为赵家已尽了全力，一位君主死了，又立了一位，如今又死了。我之所以不死，是想万一敌兵退了另立一位赵氏后裔继承香火。现在又刮那么大的风，难道是天意吗？"风浪越来越大，张世杰落水身亡。

至此，南宋的残余势力已经全部灭于元朝。

一年后的元至元十七年（1280年），被俘的宋将张珏在安西以弓弦自缢而死。此前张珏曾为宋朝固守合州，元将给他送去劝降书："君之

---

[1] 本文原刊于2015年7月11日的腾讯网《大家》专栏，原题为《不可说厓山之后再无中国》。

为臣，不亲于宋之子孙；合之为州，不大于宋之天下。"（你不过是宋朝的臣子，不比皇室的子孙更亲；合州不过是一个州，不比宋朝的江山更重要。）但张钰不为所动，直到部将叛变降元，自己力竭被俘。

另一位宋朝的忠臣文天祥，于宋祥兴元年（元至元十五年，1279年）十二月被元兵所俘。他坚贞不屈，以各种方法自杀，或有意激怒元方求死。被押抵大都（今北京）之初，文天祥仍求速死，但言辞中已不否认元朝的既成地位，在自称"南朝宰相""亡国之人"时，称元朝平章阿合马为"北朝宰相"。此后，文天祥的态度发生了微妙的变化，据《宋史·文天祥传》，在答复王积翁传达元世祖的谕旨时，他说："国亡，吾分一死矣。倘缘宽假，得以黄冠归故乡，他日以方外备顾问，可也。若遽官之，非直亡国之大夫不可与图存，举其平生而尽弃之，将焉用我？"如果说《宋史》系元朝官修而不足信，王积翁有可能故意淡化文天祥的对抗态度，那么邓光荐所作《文丞相传》的说法应该更可信，传中文天祥的回复是："数十年于兹，一死自分，举其平生而尽弃之，将焉用我？"但除了没有让他当道士及今后备顾问二事外，承认元朝已经取代宋朝的态度是一致的。

而且，在文天祥被俘前，他的弟弟文璧已在惠州降元，以后出任临江路总管。据说文天祥在写给三弟的信中说："我以忠死，仲以孝仕，季也其隐。"明确了三兄弟的分工。实际上，文氏家族的确是靠文璧赡养，文天祥被杀后，欧阳夫人是由文璧供养的，承继文天祥香火的也是文璧之子。这更说明，根据文天祥的价值观念，他是宋朝的臣子，并出任过宋朝的丞相，宋朝亡了就应该殉难，至少不能投降元朝当它的官。但他承认元朝取代宋朝的事实，包括他的家人、弟弟、妻子在内的其他人可以当元朝的顺民，甚至出仕。也就是说，在文天祥心目中，这是一场改朝换代，北朝战胜南朝，新朝取代前朝。

另外一位宋朝的孤忠的基本态度与文天祥相同。

曾经担任宋江西招谕使的谢枋得，曾五次拒绝元朝征召。在答复那些奉命征召的官员时，谢枋得说得很明白："大元制世，民物一新。宋室孤臣，只欠一死。枋得所以不死者，以九十三岁之母在堂耳。""世之人有呼我为宋逋播臣者亦可，呼我为大元游惰民者亦可，呼我为宋顽民者亦可，呼我为皇帝逸民者亦可。""且问诸公，容一谢某，听其为大元闲民，于大元治道何损？杀一谢某，成其为大宋死节，于大元治道何益？"也就是说，他承认宋朝已亡，元朝已立，只要元朝不逼他出来做官，他愿意当一名顺民，不会有什么反抗的举动。但元福建参知政事魏天祐逼他北行，他最终只能在大都绝食而死。

态度最坚决的是郑思肖，在宋亡后他依然使用德祐的年号，表明他不承认元朝，希望能等到宋朝的"中兴"。但到"德祐九年"，即文天祥死后次年，他也不再用具体的年份记录，证明他对复国已完全绝望，实际已不得不接受元朝存在的事实。不过，像郑思肖这样的人在宋遗民中亦属绝无仅有。

这一方面固然是由于元朝已经拥有宋朝全境，除非逃亡越南或海外，宋朝遗民只能接受既成事实，即使他们心中不承认元朝。另一方面，宋朝从一开始就没有能统一传统的中国范围，早已习惯了与"北朝"相处，并且实际上已经将它们看成中国的一部分。宋朝与辽、金的关系，如果从名义上说，宋朝往往居于次位，如不得不称金朝皇帝为"大金叔皇帝"，而自称"大宋侄皇帝"。宣和二年（1120年）宋朝与金朝结盟灭辽，端平元年（1234年）与蒙古联合灭金，都已将对方视为盟国或敌国。所以，在宋朝的忠臣和遗民的心目中，只会是厓山以后无宋朝，却不会是厓山以后无中国。

那么，厓山以后的元朝和元朝以降的各朝是否还是中国呢？

首先我们得确定中国的定义。

目前所见最早的"中国"两字的证据是见于青铜器"何尊"铭文中的"宅兹中国"。从铭文的内容和上下文可以断定，这里的"中国"是指周武王灭商前的商朝都城，即商王所居。自然，在周灭商后，周朝首都就成了新的"中国"。显然，那时的中国，是指在众多的国中居于中心、中央的国，地位最高、最重要的国，当然非作为天下共主的天子所居都城莫属。

但从东周开始，随着周天子权威的不断丧失以至名存实亡，随着诸侯国数量的减少和疆域的扩大，到战国后期，各诸侯国已无不以中国自居。到秦始皇灭六国，建秦朝，中国就成了秦朝的代名词，并且为以后各朝所继承，直到清朝。1912年中华民国建立，中国成了国号的简称和国家的名称。在分裂时期，凡是以正统自居的或以统一为目标的政权，包括少数民族入主中原所建政权，或占有部分中原地区的政权，都自称中国，而称其他政权为岛夷、索虏、戎狄、僭伪。但在统一恢复后，所有原来的政权中被统一的范围都会被当作中国。如唐朝同时修《北史》《南史》，元朝《宋史》《辽史》《金史》并修，以后都已列入正史。

蒙古政权刚与金朝对峙时，自然不会被金朝承认为中国，它自己也未必以中国自许。到与南宋对峙时，蒙古已经灭了金朝，占有传统的中原和中国的大部分，特别是以"大哉乾元"得名建立元朝后，蒙古统治者已经以中国皇帝自居，以本朝为中国。就是南宋，也已视元朝为北朝，承认它为中国的北方部分。到元朝灭南宋，成了传统的中国范围里的唯一政权，无疑是中国的延续。就是文天祥、谢枋得等至死忠于宋朝的人，也是将元朝视为当初最终灭了南朝的北朝，而不是否定它的中国地位。

所以，就疆域而言，元朝是从安史之乱以后，第一次大致恢复了唐朝的疆域。尽管今新疆的大部分当时还在察合台汗国的统治之下，西界没有到达唐朝极盛时一度控制的阿姆河流域和锡尔河流域，但北方和东北都超过唐朝的疆界，对吐蕃的征服也使西藏从此归入中国，元朝疆域达到了中国史上空前的辽阔，远超出了以往的中国范围。在此范围内已经没有第二个政权，要说元朝不是中国，那天下还有中国吗？明朝的中国法统从哪里来？

如果将中国视为民族概念和文化概念，的确主要是指自西周以降就聚居在中原地区的诸夏、华夏，以后的汉族及其文化，而周边的非华夏、非汉族（少数民族）被视为夷狄，称为东夷、西戎、南蛮、北狄，它们的文化自然不属中国文化。华夏坚持"夷夏之辨"，"夷夏大防"是重要的原则，并一再强调"非我族类，其心必异"。但是随着华夏人口的不断扩展，非华夏人口的持续内迁，华夏或汉族的概念早已不是纯粹的血统标准，而成了对地域或文化的承认，即凡是定居在中国范围或者被扩大到中国范围内的人，无论以什么方式接受了中国文化的人，都属于中国。

当成吉思汗及其部族还活动于蒙古高原时，当蒙古军队在华北攻城略地后又退回蒙古高原时，他们在中原的汉、女真、契丹、党项等的心目中自然不属中国，他们也没有将自己当作中国。但当忽必烈家族与他的蒙古部族成了中原的主人，并且基本在传统的中国定居后，蒙古人在元朝拥有比其他民族更高的地位或更大的特权，占人口绝大多数的汉人不得不接受他们为中国人。而当蒙古人最终成为文化上的被征服者时，连他们自己也以成为中国人为荣了。尽管这一过程因人而异，因地而异，即使自觉坚持蒙古文化的人，只要在元朝覆灭后还留在明朝境内，他们的后人也不得不接受主流文化，最终被"中国化"。

东汉以后，大批匈奴、羌、氐、鲜卑等族人南下或内迁，广泛分布于黄河中下游各地，还形成了他们的聚居区。三国期间，今陕西北部、甘肃东部和内蒙古南部已经成了"羌胡"的聚居区，东汉与曹魏已经放弃对那里的统治，撤销了行政机构。西晋初年，关中的"羌胡"已超过当地总人口的一半，匈奴已成为山西北部的主要人口，辽东成了鲜卑的基地。此后的十六国中，由非华夏（汉）族所建的占14个，在战乱中产生数百万非华夏流动人口。但在总人口中，非华夏各族始终处于少数，并且随着他们不断融入华夏，在总人口中所占的比例日益降低。

从十六国中第一个政权建立起，"五胡"各族的首领无不以本族与华夏的共主自居，几乎完全模仿以往的中原政权，移植或引进华夏的传统制度。有的政权虽然实行"一国两制"，在称王登基的同时还保留着部族制度，但随着政权的持续和统治区的扩大，特别是当它们的主体脱离了原来的部族聚居区后，部族制度不可避免地趋于解体。到北魏孝文帝主动南迁洛阳，实施全面汉化后，尽管出现过多次局部的反复，鲜卑等族的"中国化"已成定局。

东晋与南朝前期，南方政权与民众都将北方视为异域，称北方的非华夏人为"索虏"。但北方政权逐渐以中国自居，反将南方人称为"岛夷"。随着交往的增加，双方有识之士都已承认对方为同类，有时还会作出很高的评价。如北魏永安二年（529年），梁武帝派陈庆之护送元颢归洛阳，失败后陈庆之只身逃归南方。尽管当时北魏国力大衰，洛阳远非全盛时可比，还是出乎陈庆之意外，在南归后他说了一段发人深省的话：

> 自晋、宋以来，号洛阳为荒土，此中谓长江以北，尽是夷狄。昨至洛阳，始知衣冠士族，并在中原。礼仪富盛，人物殷阜，目所不识，口不能传。所谓帝京翼翼，四方之则。如登泰山者卑培塿，涉江海者小湘、沅。北人安可不重？

经过东晋、十六国、南北朝期间的迁徙、争斗和融合，到隋朝重新统一时，定居于隋朝范围内的各族，基本都已自认和被认为是华夏（汉）一族，尽管其中一部分人的"胡人"渊源或特征还很明显，他们自己也不隐讳。在唐朝，突厥、沙陀、高丽、昭武九姓、回鹘、吐蕃、靺鞨、契丹等族人口不断迁入，其中的部族首领和杰出人物还被委以重任，授予高位，或者赐以李姓。血统的界限早已破除，相貌的差异也不再成为障碍。唐太宗确定《北史》《南史》并修，就已肯定北朝、南朝都属中国。皇甫湜在《东晋元魏正闰论》中更从理论上明确："所以为中国者，礼义也。所谓夷狄者，无礼义也。岂系于地哉？"陈黯在《华心》中说得更明白："以地言之，则有华夷也。以教言，亦有华夷乎？夫华夷者，辨在乎心，辨心在乎察其趣向。有生于中州而行戾乎礼义，是形华而心夷也。生于夷域而行合乎礼义，是形夷而心华也。"

从蒙古改国号大元到元顺帝逃离大都凡98年，蒙古人进入华夏文化区的时间也不过100多年，还来不及完全接受中国礼义，也不是都具有"华心"。但已经发生变化，并越来越向礼义和"华心"接近，却是不争的事实。如元初的皇帝还自觉地同时保持蒙古大汗的身份，但以后就逐渐以皇帝为主了。元朝皇帝孛儿只斤·妥懽帖睦尔（明朝谥为顺帝）逃往上都（今内蒙古正蓝旗东闪电河北岸）后，已经失去了对全国范围特别是汉族地区的统治权，照理最多只能称蒙古大汗了，但他还是要当元朝皇帝，继续使用至正年号，死后庙号为惠宗。此后又传了两代，才不得不放弃大元国号、年号这套"礼义"，重新当蒙古部族首领。

如果将中国作为一个制度概念，那么蒙古从入主中原开始就基本接受和继承了以往各朝的制度。到了元朝，在原金、宋统治区实行的制度和汉人地区实行的并无实质性的变化，但更趋于专制集权，权力更集中于蒙古人、色目人，从宋朝的文治、吏治倒退，并影响到此后的明朝、清朝。另一方面，从治理一个疆域辽阔、合农牧为一体的大国需要出发，元朝的制度也有创新，如行省制度，以后为明、清、民国所沿用，直到今天。

从中国这一名称出现至今近3100年间，它所代表的疆域逐渐扩大和稳定，也有过分裂、缩小和局部的丧失；它所容纳的民族与文化（就总体而言，略同于文明）越来越多样和丰富，总的趋势是共存和融合，也有过冲突和变异；它所形成的制度日渐系统完善，也受到过破坏，出现过倒退；但无论如何，中国是始终延续的，从未中断。从秦朝至清朝，无论是膺天命还是应人心，统一还是分裂，入主中原还是开拓境外，起义还是叛乱，禅让还是篡夺，一部二十四史已经全覆盖。总之，无论厓山前后，都是中国。

宝船远航

——郑和究竟为何下西洋 [1]

郑和为什么要下西洋？按照《明史·郑和传》的说法，"成祖疑惠帝亡海外，欲踪迹之，且欲耀兵异域，示中国富强"。

第一个目的是寻找建文帝朱允炆的下落，实际是毫无根据的。据成书最早的明朝官方史书《成祖实录》记载，朱允炆是在燕王朱棣（成祖）的军队进入京师（今南京）后，在宫中自焚的。但民间一直有他削发为僧、从地道中逃脱的传说，并逐渐演变为完整的故事，清初谷应泰作《明史纪事本末》，有《建文逊国》一卷作详细记述。但建文帝流亡海外的说法，此前并无线索，以情理度之亦不可能。建文帝生于洪武十年（1377年），一直未离开宫禁，建文四年（1402年）被推翻时才25岁，毫无社会经验，更无海外联系，在没有可靠的外力支持下怎么可能逃亡海外？如果朱棣真的怀疑他未死，必定会立即大规模搜捕，何至于在官私史料中一无所录，连谷应泰也编不出什么具体情节？在国内也没有留意寻访追捕，怎么会查到海外去呢？退一步说，即使有建文帝逃亡海外的传闻，却没有任何对国内造成威胁的迹象，对朱棣而言，让建文帝终老海外不是更好的解决办法吗？再说，如果建文帝真流落海外，秘密寻访或许会有所得，如此兴师动众，岂不是预先警告他继续

---

[1] 本文原载于葛剑雄：《葛剑雄写史——中国历史的二十个片断》，上海书店出版社，2022年版。

远遁吗？

至于第二个目的"耀兵异域，示中国富强"，这是历来帝王用事海外的普遍心态，只是从来没有哪位皇帝会花费如此大的人力、物力、财力，接连六次（第七次是其孙宣德帝所为）下西洋，并且越驶越远，到了此前从未到过的东非。首次下西洋距永乐帝篡位成功不过三年，而且在此前的永乐二年（1404年）已经派宦官马彬使爪哇、苏门答腊，李兴使暹罗，尹庆使满剌加、柯枝等国，如此急迫，显示还有其特殊目的。

要说"耀兵"，总得与军事形势有点关系，而当时在军事上对明朝稍有关系的（实际还谈不上威胁）无非是蒙古、安南（越南）、日本，永乐帝都已分别处置，但于永乐三年至五年（1405—1407年）郑和、王景弘的首次下西洋经过的却是占城、爪哇、旧港、苏门答腊、南巫里、古里，是经今越南南部至印度尼西亚群岛，或许还到了锡兰（今斯里兰卡）。而永乐五年至七年（1407—1409年）的第二次下西洋到了锡兰，航线与第一次大致相同，显然也与军事无关。

近年有学者提出，郑和下西洋或许是永乐帝军事大战略的一部分，是为了联络西亚，对付蒙古。此话貌似有理，实际却经不起推敲。如果当年汉武帝派张骞出使前对西域的形势还全然不知，那么在明朝初年，对蒙古、西域的地理已经了如指掌。从成吉思汗西征，到元朝与蒙古四大汗国形成，亚欧大陆已连成一体，元朝与西域之间的交通往来已相当频繁。永乐帝难道还不知道，如要从战略上牵制或包抄蒙古，西域（今新疆和中亚）才是关键，何必舍近求远，绕那么大的圈子？离蒙古越来越远，根本沾不了边。

明朝当然要考虑制约、防范蒙古，所以在永乐之前的洪武二十九年（1396年）已经派陈诚往西域撒里畏兀儿（今青海省西北），建安定卫、曲先卫、阿端卫。永乐十一年（1413年），诏令中官李达护送帖木儿国王沙哈鲁派遣的使者回国，随行人员中有典书记陈诚、李暹。陈诚、李暹回国后撰成《西域行程记》《西域番国志》，进呈御览。永乐十四年（1416年），陈诚护送哈烈、撒马尔罕、俺都淮等国朝贡使臣回国。永乐十六年（1418年），陈诚护送哈烈沙哈鲁、撒马尔罕兀鲁伯派遣的朝贡使阿尔都沙回国。如果永乐帝真要为了对付蒙古而实施什么外交甚至军事战略，已经有足够的机会。

而且在郑和前三次下西洋采取的有限的军事行动，都是针对沿途或当地的敌对势力，从未离岸深入。从第四次开始，已经没有任何军事行动。

那么郑和究竟为什么下西洋呢？这要从永乐帝朱棣夺取政权后的形势来分析。

洪武三十一年（1398年）闰五月明太祖朱元璋去世，将帝位传给了皇太孙朱允炆（建文帝）。建文元年（1399年）七月，朱元璋第四子燕王朱棣在北平（今北京）举兵"靖难"，至四年六月兵临京师（今南京），建文帝于宫中自焚，朱棣入城即位。尽管朱棣顺利夺取政权，但如何取得合法性成了最大的难题。因此，他立即以利诱和威逼手段争取建文帝的重臣、文学博士方孝孺的合作，条件就是为他起草登极诏书，企图将自己的篡夺行为解释为周公在兄长周武王死后辅佐侄儿成王。方孝孺严词拒绝，被灭十族（九族加朋友弟子）。接着朱棣宣布革除建文年号，称"洪武三十五年"，取消了建文帝的合法性，以次年为永乐元年（1403年），表明自己直接继承太祖皇帝。永乐九年（1411年）下诏重修《太祖实录》，据吴晗考证，这次和以后的重修，目的都是篡改有关史料，证明太祖皇帝生前早已属意于这位四皇子，因而取代建文帝完全合法。

尽管朱棣在这方面不遗余力，显然收效有限。如永乐元年曾下令禁"亵渎帝王圣贤之词曲"，限五日送官烧毁，"敢有收藏的，全家杀了"。这些词曲亵渎的对象如系历代帝王，大可不必在即位伊始就如此严禁。朱元璋时实行严刑峻法，不大可能再有亵渎他的词曲流传，最大的可能就是民间因同情建文帝而流传有亵渎朱棣的词曲。朱棣的内心始终是空虚的、恐惧的，因为天下人都知道建文帝合法继承皇位又被他以武力推翻的过程。尽管他可以销毁证据，篡改史实，但这三年多的历史空白是无法填补的。

历代帝王往往通过发现"祥瑞",编造图谶,证明自己"天命所归"。但这主要用于起事开国,或篡夺之前,而朱棣是事后弥补,即使能骗后人,却骗不了当世人。所以他不得不乞灵于另一途径,制造梯航毕集、重译贡献、万国来朝的盛况,向天下臣民证明自己才是膺天运、继大统的真命天子。这才是朱棣派郑和率领史无前例的庞大船队、2万多名士兵,"多赍金币","以次遍历诸番国"的目的。

果然,郑和的船队返回时,"诸国使者随(郑)和朝见",还带回大批各国的"贡品",尽管提供的"回赐"远高于这些物品的市价。有的国还专门派遣使者,如永乐五年,满剌加使者来朝。六年(1408年),浡泥(今文莱)国王麻那惹加那携家属、陪臣150多人来朝,两个月后病逝于南京,但这丝毫不减弱扩大"万国来朝"影响的效果。国王一行在福建登陆后,一路受到沿途州县隆重接待,到南京后皇帝多次赐宴,死后以王礼葬于安德门石子岗,并寻找入中国籍的西南夷人为国王守墓,每年春秋两季由专人祭扫。永乐九年,满剌加王拜里米苏剌率妻子、陪臣等540多人来朝。永乐十五年(1417年)苏禄国(今菲律宾西南)东王、西王、峒王携家眷、官员共340多人来朝,从福建泉州登岸后,沿途受到隆重接待,又派专使在应天府(南京)宴请接风,又陪同北上,到北京后朱棣亲自款待。使团留京近一月,三王辞归,又派专人护送。至山东德州时东王病殁,建陵隆重安葬。

郑和带回来的"贡品"中如果有见于古籍记载的"瑞兽",或者中国从未见过的珍禽异兽,其作用更非同寻常。如永乐十七年(1419年)郑和第五次远航返回,带回的贡品中就有阿丹国所贡麒麟(长颈鹿),木骨都束(今摩加迪沙)所贡花福禄(斑马),足证圣天子的声威无远弗届,也证明大明已是千古未有的太平盛世,一向声教不及的远人才会贡献如此珍贵的瑞兽。皇家画师奉命绘图记载,文武百官观赏后恭呈颂扬诗文。

这些活动直接和间接的影响遍及明朝各地,一定程度上抵消了民间对朱棣的负面印象,增强了政权的合法性,也使朱棣自我陶醉。正因为如此,郑和的船队才会一次又一次出发,并且越驶越远,直到东非。

这也证明了郑和的船队曾经到达南极洲、美洲的所谓"新发现"纯属无稽之谈。既然郑和远航的目的是号召和组织"万国来朝",是为了扩展大明的声威,他的目的地自然是有人有国的地方,实际上他正是循着阿拉伯人已经开辟的航路和积累的知识,由近及远,一个国一个国地拓展的。他不需要也不可能去一个事先一无所知或已经知道没有人的地方,或者远涉重洋去发现新大陆。这与以探寻新航路、殖民地、土地、资源、人口为目的的西方殖民者、探险家、航海家是完全不同的。

由于郑和下西洋的档案在宣德年间就被全部销毁,这样的推测已经找不到直接的文献根据,但还是可以找到直接的证据。

宣德六年(1431年),郑和第七次下西洋出发时,分别在浏河天妃宫(在今江苏省太仓市浏河镇东北)和长乐天妃行宫(在今福建省福州市长乐区西)立了《通番事迹》碑和《天妃灵应之记》碑。前者立在当地天妃行宫的墙壁中,湮没无存,但在明人钱谷所辑《吴都文粹续集》卷二十八《道观》中录有碑文。后者至今保存在长乐区的吴航小学内,碑文内容与《吴都文粹续集》所录前者内容大同小异。摘录相关内容如下:

> 皇明混一海宇,超三代而轶汉唐,际天极地,罔不臣妾。其西域之西,迤北以北,固远矣,而程途可计。若海外诸番,实为遐壤,皆捧琛执贽,重译来朝。皇上嘉其忠诚,命和等统率官校旗军数万人,乘巨舶百余艘,赍币往赉之,所以宣德化而柔远人也。自永乐三年奉使西洋,迄今七次,所历番国,由占城国、爪哇国、三佛齐国、暹罗国,直逾南天竺、锡兰山国、古里国、柯枝国,抵于西域忽鲁谟斯国、阿丹国、木骨都束国,大小凡三十余国,涉沧溟十万余里。观夫海洋,洪涛接天,巨浪如山;视诸夷域,迥隔于烟霞缥缈之间,而我之云帆高张,昼夜星驰,涉彼狂澜,若履通衢者,诚荷朝廷威福之致,尤赖天妃之神护佑之德也。
> ……
> 一、永乐三年,统领舟师,至古里等国。时海寇陈祖义,聚众三佛齐国,劫掠番商,亦来犯我舟师,即有神兵阴助,一鼓而殄

灭之，至五年回。

一、永乐五年，统领舟师，往爪哇、古里、柯枝、暹罗等国，王各以珍宝、珍禽、异兽贡献，至七年回还。

一、永乐七年，统领舟师，往前各国，道经锡兰山国，其王亚烈苦奈儿，负固不恭，谋害舟师，赖神显应知觉，遂生擒其王，至九年归献。寻蒙恩宥，俾归本国。

一、永乐十一年，统领舟师，往忽鲁谟斯等国。其苏门答剌国有伪王苏斡剌，寇侵本国。其王宰奴里阿比丁，遣使赴阙陈诉，就率官兵剿捕。赖神默助，生擒伪王，至十三年归献。是年满剌加国王亲率妻子朝贡。

一、永乐十五年，统领舟师往西域。其忽鲁谟斯国进狮子、金钱豹、大西马。阿丹国进麒麟，番名祖剌法，并长角马哈兽。木骨都束国进花福禄并狮子。卜剌哇国进千里骆驼并驼鸡。爪哇、古里国进縻里羔兽。若乃藏山隐海之灵物，沉沙栖陆之伟宝，莫不争先呈献，或遣王男，或遣王叔、王弟赍捧金叶表文朝贡。

一、永乐十九年，统领舟师，遣忽鲁谟斯等国使臣久侍京师者，悉还本国。其各国王益修职贡，视前有加。

一、宣德六年，仍统舟师，往诸番国，开读赏赐。驻泊兹港，等候朔风开洋。

由于碑文是向天妃呈报并感激、祈求庇佑的，自然不敢编造，所以除了有些用词难免夸张外，其余内容都应属实。可见下西洋的主要目的是"宣德化而柔远人"，特别是第五次下西洋，取得"藏山隐海之灵物，沉沙栖陆之伟宝，莫不争先呈献"的成就，导致"或遣王男，或遣王叔、子弟赍捧金叶表文朝贡"，这才是永乐帝所求。当然，碑文不会也不可能点破永乐帝的最终目的——增强、稳定他的政治合法性。

而碑文记录下西洋途中的军事行动时，都强调其被动性，事非得已，并都是适可而止，对敌外分子宽大处理，完全看不到对"耀兵"的渲染。

这些都使我对自己"郑和为什么下西洋"的推断更有把握。

阅读中国

《天下泰山》[①] 序

《史记·封禅书》："自古受命帝王，曷尝不封禅？""（舜）岁二月，东巡狩，至于岱宗。岱宗，泰山也。……五月，巡狩至南岳。南岳，衡山也。八月，巡狩至西岳。西岳，华山也。十一月，巡狩至北岳。北岳，恒山也。皆如岱宗之礼。中岳，嵩高也。五载一巡狩。"显示出泰山在帝王心目中不可替代的重要性，以及泰山在"五岳"中的独尊地位，绝非偶然。

泰山脚下的泰安市岱岳区大汶口镇发现的文化遗址，是大汶口文化的命名根据和标本。大汶口文化分布在东至黄海之滨、西至鲁西平原东部、北至渤海北岸、南至江苏淮北一带，距今6500—4500年，延续约2000年，是山东龙山文化的源头。大汶口文化遗址中多见夹砂或泥质红陶，早期以红陶为主，晚期发展为轮制陶器，出现硬质白陶。中期以后已出现制作精美的玉器，能满足高级祭祀的需要。

龙山文化的发现地也离泰山不远，在山东历城县（今属济南市章丘区）龙山镇。龙山文化的年代为公元前2500—前2000年，距今4000多年，分布于山东、河南、山西、陕西等省。

在龙山村东北的城子崖遗址，其范围南北长500余米，东西宽400余米，面积约22万平方米，可分为周代城址、岳石文化古城、龙山文

[①] 葛剑雄主编：《天下泰山》，山东画报出版社，2022年版。

化古城上中下3层。中层为岳石文化古城，即黑陶文化期城，其形制与下层龙山文化古城一致，在层位上相互衔接，不存在间歇层，是一座时跨龙山、夏代两阶段的早期城址。下层为龙山文化城址，平面呈近方形，东、南、西三面的城垣比较规整，北面城垣弯曲并向北外凸，城垣拐角呈弧形，城内东西宽约430米，南北最长处530米，面积约22万平方米。

根据《竹书纪年》等古籍记载，夏朝的都城有过多次迁徙，其中最接近泰山的是第三个都城帝丘，在今河南省濮阳县西。商人进入黄河流域后，有过频繁的迁徙。离泰山最近的一次是相土迁于东都，就在泰山脚下。另两处较近的是亳，在今山东曹县东南；蕃，在今滕州市。商朝建立后的迁徙中，离泰山最近的一次是南庚迁于奄，在今曲阜市；比较近的是祖乙迁于庇，在今郓城县东北。

了解这些史实，我们就不难理解，为什么"受命帝王"都要去泰山封禅。所谓封禅，按照唐人张守节《史记正义》的解释："此泰山上筑土为坛以祭天，报天之功，故曰封。此泰山下小山上除地，报地之功，故曰禅。"实际就是祭拜天地，答谢天地庇护的功德。之所以选择在泰山顶上建土坛祭天，是因为在这一带泰山最高，离天最近，最容易让天接受，并得到天的回应。而祭天、答谢天的前提，自然是帝王自认为已经"受命"，所以这不同于一般的祭祀，而是帝王已经获得天命，即政治合法性的象征。否则，就没有举行封禅的资格。

可以推断，封禅典礼的雏形出现在大汶口文化的后期。夏、商、周的统治范围不断扩大，统治者已经离开泰山，但他们还保持着这样的记忆。另一方面，在他们的统治范围内还找不到一座可以替代泰山的高山。

至迟在战国后期，五岳的概念已经得到确立。随着学者们地理知识的扩大，已经知道泰山并非五岳中最高的山，更不是天下最高的山。但泰山对"受天命"的重要性已经成为一种传统，直到清朝也没有改变。另一方面，在天下名山中的确找不到这样一座在平原上拔地而起、卓然不群、气势磅礴、庄严稳重，而帝王不难到达又可能登临的山峰。

一种礼仪习俗一旦升华为崇拜和信仰，就会超越时空，产生永恒的价值观念和精神力量。自古以来，泰山就是国家的形象和意志，就是天人合一的标志，就是国泰民安的象征。

孔子出生在曲阜，周游列国后长期在曲阜教育弟子三千，编定《春秋》，研究《周易》，实践儒家学说。孔子"登泰山而小天下"，泰山的名称和形象因此而光大。孔门的颜回、曾参、仲由（子路）、孟轲等都出生在泰山附近，孔门弟子长期在曲阜一带求学问学，在洙泗之滨传习实践，泰山也成为儒家学说和儒学传统中的文化符号。临淄的稷下学宫曾汇聚诸子百家，是当时天下的学术中心，泰山成为学者心目中最显著的事物，它的实体和象征意义同样演变为各家各派的文化符号。随着儒家文化和其他各家文化的扩散和传播，泰山的形象、概念和内涵也随之扩大。

历代帝王的巡狩驻跸，封禅大典和祭祀的举办，宗教和民间信仰的传播，名人墨客的登临题咏，专家学者的鉴赏研究，众多游客的观赏，芸芸众生的生存，宫观寺庙的兴建，善男信女的膜拜，阶梯道路的开辟，树林花草的栽种，依托泰山累积成丰富的物质文化和多彩的精神文化，创造了多项最高纪录。

泰山文化与泰山本身一样伟岸挺拔，刚毅坚贞，卓尔不群，气象万千，是齐鲁文化不可或缺的部分，在中华文明中的地位与泰山同样重要。

大自然造就了壮丽秀美的泰山，先民的敬畏和呵护使泰山青春常驻，人与自然的和谐相处形成泰山独特而多样的景观，留住了绿水青山。

在泰山山脉426平方千米、玉皇顶以下1545米的空间之内，有高峰绝顶，峭壁深谷，峻岩巨石，险峡邃穴，绵延岗峦，蜿蜒径路，飞瀑流泉，苍松翠柏，奇花异草，飞禽走兽；有高门巍阙，梵宫道观，精舍秘境，学院书斋，法书名画，甘泉新茶，佳酿醴酒，茅庵草庐，村落民居，耕作樵采，乐天安命，仁人志士，蓄锐养精，硕儒名彦，授业传道；有帝王碑碣，名人题咏，前贤留痕，后人追慕，重器异宝，古迹文物,断垣残壁,荒烟蔓草;有春意秋肃,朔气薰风,旭日皓月,朝晖暮霭,银河星空,轻风淡云,轻霜薄雾,惊雷骤雨,狂飙大雪。

一座泰山就是一本博物志,一具万花筒,一曲交响乐,一座大花园,一部名人录,一卷历史书,一处文化和自然的世界遗产、人类瑰宝。

对泰山,前人已经留下卷帙浩繁的文献史料、公私记载。摄影技术传入后,又产生了大量照片。今天,专业摄影师和普通游人都会用照片保留自己的泰山记忆,创作自己心目中的泰山形象。山东画报出版社从中精选了部分照片,还组织创作了一些照片,汇编为这部《天下泰山》。有幸忝为主编,谨以我所知的泰山为序。

2001 年 10 月

《天下泰山》分篇引言[①]

五岳独尊

泰山并非最高,在五岳中也不居中,但"直通帝座",离天最近。帝王之所以不远千里而来,因为天人合一的标志,举行封禅大典和国家祭祀无可代替的合适场所。

泰山就是国家的形象和意志,就是国泰民安的象征。

造化神秀

泰山的峰,既有险峻壁立,也有雄奇多姿。
泰山的谷,既有深邃峭岿,也有平缓施展。
泰山的风,或作狂号怒吼,或作微拂轻扬。
泰山的云,或作锦鳞五色,或作浮光一片。
泰山的雪,时而晶玉厚积,时而柳絮飞舞。
泰山的水,时而飞瀑直下,时而清溪静流。
泰山的树,铁骨虬筋者有之,妩媚可人者有之。
泰山的花,瑰丽雍容者有之,淡雅清幽者有之。
造化神秀,气象万千。

[①] 葛剑雄主编:《天下泰山》,山东画报出版社,2022年版。

大自然造就了泰山，泰山人守护着泰山。

国泰民安

"泰山岩岩，鲁邦所詹"，鲁国将泰山视为可靠的国界。

公元前201年，汉高祖刘邦封功臣列侯，发表誓文："使河如带，泰山若厉。国以永宁，爰及苗裔。"泰山，这块举世无双的砥石，与奔流浩荡的黄河，成为江山永固的象征。

泰山之石，坚实稳固，刚正辟邪，承载国家根基。

泰山之人，艰苦卓绝，矢志无贰，支撑民族脊梁。

天下之泰山，"泰山"遍天下。

国泰民安，中华民族千古的祈愿，曾经寄托于泰山。

今天，国泰民安已是中国的常态，但我们永远崇敬泰山。

绝顶一览

孔子"登泰山而小天下"，杜甫"会当凌绝顶，一览众山小"。

登上泰山顶，俯视众山，齐鲁大地无限风光。

升上更高处，祖国河山铺开壮丽图卷。

今天，中国人已经攀上珠峰，定位地球；行走太空，探索宇宙。

世界尽收眼底，未来就在面前。

"山水中国·湖泊系列"① 丛书序

湖泊是陆地表面洼地积水形成的比较宽广的水域，是地球上一种重要的水体形态。地球上湖泊总面积约 250 万平方千米，占陆地面积 1.8%。中国湖泊众多，有 24 800 多个，其中面积在 1 平方千米以上的天然湖泊有 2800 多个。

在人类文明的进程中，湖泊有其独特的作用。在今天和未来，湖泊依然与人类社会密切相关。

从最早的人开始，要生存就需要基本的水量，如果不能摄入最低限度的水量，生命就无法维持。在尚未具备生产能力时，人只能通过采集或狩猎获得植物、动物或某些天然物质为自己提供食物。这些动物、植物的生存同样离不开水。所以一个人类群体维持生存所需要的水量，远远超过他们自己的饮水量，更多的是这些动物、植物所需要的水量。当人从采集、狩猎过渡到自己生产，无论是从事农业还是牧业，也都离不开水的供给。

与其他获得水的途径相比，利用天然水体的水是最普遍、最有效、最便利的办法。河流无疑具有最大的优势，但同等水量的湖泊也可以满足同样数量人口对水的需求。在特殊条件下，湖泊还能起到河流不能起的作用，湖泊所处的位置和环境往往起重大的甚至决定性的作用。

首先是湖泊所在地的气候。在尚未能用人工手段有效地保暖、防

---

① "山水中国·湖泊系列"丛书由云南教育出版社于 2022 年出版。

寒、去湿时，人的生存环境，如气温、湿度、风力、降水量等都不能超出人体适应的上限和下限。处在寒带和热带的湖泊都不合适，只有处在温带的湖泊才能为早期人类所利用。其次是地形、地貌。海拔太高的地方空气稀薄，含氧量低，不适合人类生存，那里的湖泊周围长期停留在蛮荒时代。处于沙漠、岩溶地貌、过于茂密的植被、崎岖险峻的山区中的湖泊，一般也不会被早期人类所选择。再次是土地等初级资源，特别是土地。人类踏进文明门槛的前提是能够生产养活自己的食物，但无论是从事农业还是牧业，都需要一定量的土地，而牧业比农业需要更大面积的土地。所以濒湖区域或湖泊附近是否有足够的土地，往往是它能够吸引和容纳多少人口的关键。一些湖泊会因淤积形成湖积平原，会成为就近人口的首选。在完全依靠人工取水或灌溉的情况下，湖水能否被有效利用往往取决于湖泊周围的一些自然因素，如有没有稳定而高差小的湖岸，湖水量是否稳定并在安全的范围内，湖泊与需水区域的距离，用水区域的蒸发量和渗漏量，等等。水量本身也是一项重要因素。在某种生活、生产、生存方式下，一个特定的人类群体的最低需水量必须得到保证，否则这些人中的一部分只能迁离，或者必须找到新的水源来弥补不足。如果水量过多，特别是在短时间内或突然间增加，往往会造成湖水暴涨，威胁濒湖人口与产业的安全。所幸就湖泊而言，这样的概率并不高。

一个面积较大的湖，如果周围及附近的其他条件合适，也可能产生一种文明，成为这种文明的物质基础。特斯科科湖位于海拔2000米的墨西哥谷中心，周围是完全封闭的火山和山峰，没有外流河，降水和融水完全汇聚在谷底，形成面积达5400平方千米的高山湖。早在12 000年前这里就有人类居住，到公元前1200年已经形成城市。在公元前200年，这座特奥蒂瓦坎城已有20平方千米面积，数万人口。在公元前100年前后，已经能以300万吨巨石建成梯形金字塔建筑物。在4—7世纪的繁荣时期，人口达到约20万。13世纪阿兹特克人进入谷地，在湖面修建"浮动园地"，增加耕地面积，积累人口和财富。15世纪前期，阿兹特克人控制了西至太平洋、东至墨西哥湾、南至尤卡坦半岛、北至格兰德河的广阔土地，直到 16 世纪初为西班牙所灭。正是特斯科科湖孕育滋养了美洲三大文明之一的阿兹特克文明。

中国已经被发现的旧石器时代、新石器时代的文化遗址中，有一部分就处于濒湖区域或者湖泊附近，特别是在湖畔高地上。因为这样的地方既便于就近用水，又能规避水患。《尚书·禹贡》中提到的湖泊、与湖泊有关的平原以及湖泊的功能就有：大陆既作，雷夏既泽，大野既潴，彭蠡既猪，震泽厎定，云土梦作乂，荥波既猪，被孟猪，至于猪野，至于敷浅原，至于大陆，东汇泽为彭蠡，九泽既陂……显示它们在华夏文明早期所起的作用，也记录了先民对它们重要地位的追忆。

水运是早期人类最重要的交通运输手段，湖泊也提供了适当的条件。即使是封闭的内陆湖，也是沿湖、穿湖最便捷的航路。由于湖水一般比较平静，湖中航行相对安全。有较大河流汇入的湖、外流湖在水运中的作用更大，与大江大河相连的大湖无不成为航运中心或枢纽，还能发挥调节水量、保证通航的功能。洞庭湖之于长江和湘、资、沅、澧，鄱阳湖之于长江和赣江，南四湖、洪泽湖之于京杭大运河，都构成这样的机制，起着重要的甚至是不可替代的作用。这一功能必然也在军事上得到运用，这些湖泊的名称一再出现在军事史的篇章中就绝非偶然。

经济史、文化史、区域开发史所记录的重大事件和发展过程中，有不少能看到湖泊的影响，甚至是决定性的作用。《禹贡》记录的"导水"成果中，一部分就是那些湖泊得到治理利用的结果。北宋末年"苏常熟，天下足"和明朝中期"湖广熟，天下足"的背后，都离不开太湖等江南湖泊和洞庭湖等长江中游的湖泊的贡献。"天上天堂，地下苏杭"（范成大语，后演变为"上有天堂，下有苏杭"）的物质基础就缺不了苏杭一带众多的湖泊。"江南鱼米乡"，无论是鱼还是米，相当大一部分就产在湖里或湖畔。就连咸水湖泊，往往也起着举足轻重的作用。地处中条山北麓、三晋大地上的运城盐池，春秋战国时就盛产食盐，是华北重要的内陆盐资源。陕西定边的花马池，曾经为陕甘宁边区的食盐供应和经济开发做过特殊贡献。

湖泊本身就有一定的观赏性，在与雪峰、冰川、高山、峻岭、丘陵、坡地、瀑布、流泉、森林、草原、花木、鸟兽、蓝天、白云、朝霞、余晖、和风、细雨结合后，构成更加多彩的景观。实际存在或出于想象的湖，早已进入早期的神话和先民的遐想。瑶池在西王母所居的昆仑山上，袅袅秋风中飘下木叶的洞庭湖是湘夫人的居所，也走出了为柳毅传书的龙女。青藏高原上既有神湖，也有鬼湖。高僧可以根据神湖水中的倒影，打卦后发现灵童转世的踪迹；虔诚的信徒会叩着长头转神湖积累功德，却要远离鬼湖以驱除灾祸。以人造景观的点缀，配上必要的服务设施，湖泊和湖滨就成为风景名胜、休闲旅游胜地，云梦泽、昆明湖、太液池、曲江池、太湖、西湖、大明湖、玄武湖、北海、东湖、南湖、白洋淀、微山湖、阳澄湖、天池、滇池、洱海、抚仙湖、镜泊湖、青海湖、赛里木湖、纳木错，不胜枚举。这些湖泊早已成为中国人生活、生产、生存的构成部分，也是中国文化、中国历史、中华文明不可或缺的一部分。

大多数湖泊是天然形成的，如地壳地层下陷形成的构造湖，火山爆发后形成的火口湖，冰川运动形成的冰川湖，水流被拥堵形成的堰塞湖，石灰岩水蚀形成的岩溶湖，海湾被封闭形成的潟湖，河曲被淤塞形成的牛轭湖，风蚀洼地积水形成的风蚀湖等。少量的人工湖则是由人为因素造成的，如为饮水、灌溉、防洪、发电、航运等需要而用人工造成的湖，为观赏而开挖的景观湖，以及因人为阻塞河道、毁坏堤防、改变水源等无意造成的人工湖。有些人工湖是利用天然湖已有的条件而建成的，有的是在天然湖的基础上扩大而成。

但只要有了人类和人类活动的存在，即使是纯粹的天然湖泊，也避免不了与人类的互动关系。一方面，湖泊为人类提供了或多或少的生活、生产、生存的条件和环境，另一方面，人类活动必然不同程度地加剧湖泊的发育和演替过程。例如，湖蚀崖、湖蚀平台、三角洲、湖滨平原、湖岸沙堤、沙坝、沙嘴、沙岛、湖岸沙丘，都可能因人类活动的影响改变原有的自然演替消长的节律和程度，而人类活动对湖泊的富营养化影响最大。人造景观和人工设施不可避免会打破湖泊的天然平衡，对鱼类和水生物的捕捞摄取会导致生物链的断裂和水生态的失衡，围湖造田造地直接缩减了湖泊的面积和水量,甚至使其完全消失。但在人类自觉的、科学的呵护下,一些湖泊也能延缓不利的演替过程,甚至重新焕发出生命力。

先秦以来就见于记载的大陆泽、圃田泽、巨野泽、荥泽、澶渊、黄池、逢泽、菏泽、雷夏泽、巨定泽,而今大多已不见踪影,有的连地名也没有留下。北宋时绵亘数百里的梁山泊,到清初已成一片平畴。烟波浩渺的洞庭湖、鄱阳湖、太湖,湖面都有过较大幅度的变化。在 20 世纪 50 年代的大比例尺地图上,江南地区和长江中游还有许多大大小小的湖泊,对照今天的地图,很多湖泊已不复存在,地图上有的湖名实际已是一个农场或乡镇。大规模的围湖造田,沿湖建房,竭泽而渔,盲目发展水上旅游、水上餐饮,不仅加速了湖泊的富营养化和污染,而且直接导致一些湖泊消失,工业污染更使有的湖泊直接死亡。另一方面,黄河改道与人工治理又先后形成了总面积达 1200 平方千米的南阳湖、独山湖、昭阳湖、微山湖和面积达 2000 平方千米的洪泽湖。工业化以来,中国在江河上建了数以千计的水库,三峡水库就是面积超过 1000 平方千米的人工湖。但其中一些设计并不合理,又不注意环境保护的人工湖,明显加剧了生态不平衡,影响了物种多样性,造成泥沙淤积,环境污染。

改革开放为中国湖泊演变史开创了新的篇章。中国人民不仅越来越认识到人类与自然和谐相处的必要性和重要性,而且具备了前所未有的强大物质力量来实践正确的理念。退耕还湖、退地还湖,休渔禁采,理顺水系,治理环境,修复生态,控制开发利用的规模,使大多数湖泊得以恢复原貌,休养生息。在整体环境得到整治、生态得到修复的前提下,大多数湖泊的正常机制得以运行,有望"延年益寿"。作为"绿水青山"的重要构件,湖泊的合理利用已列入从中央到地方的总体生态规划之中,将在现代化强国建设中占据应有的地位,也必然会为人类呈现更美丽的景观,提供更丰富的物质和精神资源,发挥更合理的作用,与人类长期共存共荣。

湖泊的历史既是自然史、科技史,也是人类史、文化史,不仅需要专家学者的研究，也应该让广大民众了解。湖泊的故事，既是科学，也是文学；既有知识，也有情趣。但迄今为止，还缺乏既符合科学原理、能反映专业研究成果、富有知识性和趣味性，又受普通读者欢迎的雅俗共赏的读物。有鉴于此，著名水科学家郑晓云教授组织撰写、主编了这套"山水中国·湖泊系列"丛书，分期出版，第一期推出的有《滇池传》《白洋淀传》《汉城湖传》《玄武湖传》《太湖传》《西湖传》《洱海传》《抚仙湖传》《万绿湖传》《洞庭湖传》10 种。

这些书的作者，都是水科学家、生态学家、水利或环保专家、地方史专家、文化学者、高级记者、水利工程师或工程管理者，他们不仅有高水平的研究成果或调查考察资料，而且对所撰述的湖泊有长期的观察经验和深入细致的了解。通过他们生动的文笔、平实的话语、清晰的概念、精确的数据，将这些湖泊的前世今生娓娓道来，相信必定能受到读者的喜爱。

2021 年 12 月

《路桥上的中国》① 序

筚路蓝缕　驿传九州

五千多年来,我们的先人,沿着他们自己或前人开辟的道路,走到了淮河流域、长江流域、珠江流域,直到南海诸岛;走到了辽河流域、松花江流域、黑龙江流域,直到外兴安岭;走到了汉中盆地、四川盆地、云贵高原、横断山脉,直到青藏高原;走到了河西走廊、天山南北、伊犁河谷、阿姆河流域,直到咸海之滨;走到了蒙古高原、贝加尔湖,直到西伯利亚;最终缔造了曾经拥有1300万平方千米辽阔疆域,至今还拥有960万平方千米国土、14亿人口的伟大国家。

筚路蓝缕,以启山林。还在茹毛饮血、刀耕火种的岁月,先民用简单的工具,或者仅仅凭借血肉之躯,开辟出一条条道路,连接起越来越大的地域。

黄帝"披山通道,未尝宁居。东至于海,登丸山,及岱宗。西至于空桐,登鸡头。南至于江,登熊、湘。北逐荤粥,合符釜山,而邑于涿鹿之阿"(《史记·五帝本纪》)。其活动范围东至今黄海,西至宁夏南部,南至洞庭湖北部,北至河北、陕西北部。

周人的始祖后稷(弃),被舜封于邰(今陕西武功县西南)。他的儿子不窋走到戎狄间(大致在今甘肃庆阳一带),不窋的孙子公刘走到豳

---

① 葛剑雄主编:《路桥上的中国》,山东画报出版社,2021年版。

（今陕西旬邑县西），古公亶父渡过漆水和沮水，翻过梁山，走到岐山下的周原（今岐山县境），文王（姬昌）走到丰邑（在今西安市沣河西岸），开创周朝的武王走到镐（在今西安市西）。

"周道如砥，其直如矢。"在周朝，主要的道路修得像磨刀石一样平整，像射出的箭那么顺直。当时已经有了专门负责修筑和维护道路的机构，道路的好坏成为官员政绩和诸侯治乱的指标。春秋战国时期，中原的道路四通八达，小河上架起桥梁，大河边设立渡船，井陉、崤山的险道凿通，秦岭巴山间架设千里栈道，蜀道虽难也已通行。由于车、马是当时主要的陆路交通工具，绝大多数道路都可供车马行驶。

公元前221年秦朝的统一使原来各国间的道路连成一体，为了适应中央集权制度的需要，又修通了由首都咸阳出发连接全国大多数郡治的驰道。标准的驰道宽50步（约今69米），每3丈（约今7米）种一棵树。秦始皇巡游从咸阳出发，涉及今陕西、甘肃、河南、山东、江苏、浙江、安徽、江西、湖北、湖南，他经过的道路都按最高标准修筑维护。

西汉奠定了中国疆域的基础，西汉末年的疆域东至于海，西至巴尔喀什湖、帕米尔高原，北至阴山、辽河下游，南至今越南南部，全国的道路系统从首都长安连接各郡治。西域都护府管辖今新疆和相邻的中亚约200万平方千米的范围内数十个政权，由首都长安和都护府治所（乌垒城，今新疆轮台县东北野云沟）至各国的道路都有精确的里程记录。唐朝时，从长安出发的道路，最北曾到达蒙古高原以北的安格拉河，最南到达今越南中部，最西到达阿姆河流域，最东到达朝鲜半岛南部。18世纪中叶清朝完成统一，全国的道路网北起唐努乌梁海（今俄罗斯图瓦）、外兴安岭，南至海南岛南端，东起库页岛，西至巴尔喀什湖、帕米尔高原。

早在西周时，渭河上建起了浮桥，以后黄河、长江上都出现了浮桥，将两岸的道路连成一体。东汉初就在褒斜道上开凿了近16米的隧道，东汉中期开通了穿越南岭的峤道。隋朝建成的赵州桥是世界上年代最久远、跨度最大、保存最完整的单孔坦弧敞肩石拱桥。公元前3世纪始建的褒斜栈道，到近代还在使用。20世纪前期修建的第一批公路，大多直接利用历代延续的驿路官道。1876年英国人在中国建设了14.5千米的第一条窄轨铁路，33年后，中国人自己设计施工，建成了201千米高水平的京张铁路。1937年，茅以升设计建成中国第一座双层式铁路、公路两用桥。抗战期间，中国几乎完全依靠人力在短时间内建成了甘新（兰州—乌鲁木齐）公路、乐西（乐山—西昌）公路、滇缅（昆明—缅甸腊戌）公路、中印（史迪威，云南—印度雷多）公路。

时代新路　高速驰骋

中国行进在大路上。

中华人民共和国成立后，战争的硝烟尚未消散，铁路已经在向前延伸。解放军进军西藏途中，《歌唱二郎山》的歌声就已响起，川藏公路已经修到二郎山。中国道路、桥梁史上多少个第一就此产生，所有空白几乎都已被填补，如砥如矢的大道已经不是诗人的夸张，四通八达路网已经覆盖绝大部分国土。

改革开放以来，中国的大路越来越宽广，越来越伸展，越来越高效，越来越舒适。多少先人的梦想，多少工程师的追求，多少科学家的预言，首先在中国实现。多少个第一，多少个世界之最出现在中国的道路——最长的高速公路，最长的沙漠公路，海拔最高的铁路，海拔最高的隧道，桥隧比最高的公路，最长的铁路隧道，最长的公路隧道，里程最长的高铁网，最长的跨海大桥，最长的高铁桥，最长的公铁两用桥，跨度最大的斜拉桥，跨度最大的悬索桥……在此文写完时，几项新纪录又将产生。

作为历史地理学者，我有幸亲历进藏行程，见证历史巨变。1987年我第一次进藏，上午汽车从格尔木驶出，一路颠簸，傍晚经过五道梁时多数乘客已出现高原反应。刚大修整治过的公路，因气温升高引起冻土路基变形，很多路段已无法通行。半夜车过沱沱河时不得不停车，等候刚修成的便道放行。2006年青藏铁路通车，清晨我从格尔木坐车出发，驶过昆仑山隧道后，经过了世界上最长的 550 千米冻土区，通过世界上最长的高原冻土特大桥——全长 11.7 千米的清水河特大桥，穿过世界上海拔最高的冻土隧道——海拔 5010 米的风火山隧道，在世界上海拔最高的车站——海拔 5068 米的唐古拉站短暂停留。车厢里有弥漫式供氧，乘客毫无高原反应。我沿途拍摄了念青唐古拉山的雪峰、切布玛湖的碧波、那曲草原的绿茵、拉萨河谷的新貌，傍晚安抵拉萨车站。

中国行进在大路上。

中国的道路通向世界，通向未来。一条条公路、铁路连接一座座国门，一座座大桥飞越界河，一座座隧道打通障碍，中国的道路为世界道路网提供枢纽，为"一带一路"构建骨架，为利益共同体输送动力，为人类命运共同体疏通脉络，为未来描绘蓝图。

我想起了年轻时唱的歌："我们走在大路上，意气风发，斗志昂扬。""我们的道路多么宽广，我们的前程无比辉煌！"

中国行进在大路上，向着未来，向着世界，向着胜利的方向！

2021 年 2 月

《广西历史地理研究丛书》[①] 总序

历史地理学是研究历史时期的地理状况的一门学问，历史地理反映的是历史时期地球表层的自然和人文要素的空间分布及其演变的过程和规律。人类文明的起源和发展、人类历史的进程都离不开当时的地理环境，通过研究历史地理了解这一环境的重要意义不言而喻。中国历史地理学的研究对象是中国历史时期的自然地理和人文地理，是中华文明赖以起源和发展的物质基础，是中华民族形成和壮大的共同家园，是了解和理解中国历史进程的关键所在。

20 世纪 80 年代以来，中国历史地理学的研究取得长足进步，不仅产生了像《中国历史地图集》那样里程碑式的巨著，也完成了一系列历史自然地理、历史人文地理和综合性的论著，填补了在目前条件下能填补的空白，已基本形成中国历史地理学的体系。但中国历史地理涉及 1000 多万平方千米的空间和 3000 多年有文字记载以来的时间，若没有区域性的历史地理研究成果，全国性的研究必然会存在诸多空间和时间上的空白。此外，全国性、整体性的研究，往往只能择其大端，述其概要，无法全面顾及区域性的、局部性的现象或演变过程，即使它们对于某一区域而言是关键性的、决定性的。一种产生在某一区域的地理现象或景观，一种发生在某一区域的演变过程，在全国性的研究成果中，或许只能显示其中某个片断，或者仅仅是其中某一阶段。

[①]《广西历史地理研究丛书》由广西人民出版社于 2024 年出版。

文献考证是中国历史地理主要的研究手段。限于体例和篇幅，全国性的文献记载只能着眼全局，以记载全国性的内容为主，对区域性的内容不能不有所省略，甚至完全不予记录。但区域性文献，不仅会有更详细的记载，而且还可能提供可资考证的不同记录，有的甚至是相关内容的唯一出处。对于近百年来的人文地理现象，当地还可能保留着未曾搜集整理的口碑资料，足以弥补文献的缺漏。就调查考察而言，一些局部的、较小的自然地理演变往往不为全国性的、综合性的自然地理考察所注意，却是区域历史自然地理的重要证据。一些未被记录的历史人文地理的遗址、遗迹、遗物，也可能在现场被发掘或发现。

中国历史地理是由各区域的历史地理构成的，所以有些区域历史地理问题的研究就是中国历史研究的一部分，有的甚至是全国性的、整体性的研究中唯一的、独特的部分。这些问题的研究如能深入，如能找到正确的答案，就是中国历史地理研究的重大突破和进展，就是中国历史地理学的进一步优化和完善。

以广西壮族自治区的范围而言，秦朝疆域的界线划在哪里，就取决于象郡郡治的位置定在哪里。由于两条最早的史料说法不一，象郡的位置一直有在广西境内和今越南境内两种意见。先师谭其骧先生在主编《中国历史地图集》时，采用了广西境内说，将象郡郡治临尘定在今广西崇左，因而秦朝的边界最南端就画在今越南海防附近。《中国历史地图集》正式出版不久，《历史地理》就收到持不同观点的论文，作为刊物主编的谭先生立即予以发表。在谈及此事时，谭先生说："关于象郡郡治的两种说法都有史料依据，虽相互矛盾，但不能相互否定。我取广西说只是认为相对比较合理，图上这样画比较稳妥，也不是有十分把握。如果将来找到更可靠的根据，完全可以改。"

这条界线不仅是广西的界线，也是历史上中国的重要界线，因为它曾经是中原王朝内部政区间的界线，以后又成了中原王朝的边界。在南越国时期，或许它是南越不同政区间的界线，或许并不存在这条界线。到汉武帝统一南越后，它大致成为交趾刺史部内部郁林郡、合浦郡与交趾郡之间的界线。到唐朝，这条界线大致还是岭南道内部不同政区间，即安南都护府与其他州之间的界线。但到10世纪吴权脱离中国，这条界线就成了南汉政权与越南吴朝之间的界线，也就成了以后宋、元、明、清的边界。但在明初的永乐五年（1407年）至宣德三年（1428年）间置交趾布政使司，这条界线又曾成为明朝不同政区之间，即广西与交趾两个省级政区间的界线。所以研究清楚这条界线在不同历史时期的具体走向，不仅是广西历史地理的重要题目，也是中国历史地理不可或缺的重要环节。

这也有利于解决历来有争议的重大问题。如"侬智高之乱"究竟是宋朝国内事件还是外敌入侵，宋朝与越南李朝之间边界的具体走向、广源州的位置和归属，就是做出正确判断的前提。

《汉书·地理志》附刘向《域分》和朱赣《风俗》："自合浦徐闻南入海，得大州，东西南北方千里。"这是从广西到海南岛的海上交通路线的最早的明确记载。又称："自日南障塞、徐闻、合浦船行可五月，有都元国；又船行可四月，有邑卢没国；又船行可二十余日，有谌离国；步行可十余日，有夫甘都卢国。自夫甘都卢国船行可二月余，有黄支国。""自黄支船行可八月，到皮宗；船行可二月，到日南、象林界云。黄支之南，有已程不国，汉之译使自此还矣。"这是迄今为止史料所载最早、最具体的对外海上交通路线。《后汉书·循吏传·孟尝》也提到孟尝任合浦太守时"且南海多珍，财产易积，掌握之内，价盈兼金"。证明在东汉后期，还有大量珍贵的商品从海上输入，所以合浦的地方官掌管着巨大的财税收入。尽管今人对其中一些古地名的今地有不同的判断，但这条路线的存在确定无疑，并且已经得到大量考古发掘和研究成果的支持。但这条海上交通路线究竟是何时形成的？是为了满足汉武帝的好大喜功、王莽"欲耀威德"的需要，还是起着经常性的作用？合浦、徐闻这两个海港的腹地有多大，有什么输入的产品和可供输出的产品？西汉以后的情况如何？诸如此类，如果广西的历史地理研究能够取得成果，自然也是对中国历史研究的新贡献。

秦始皇命史禄开凿沟通湘江和漓江的灵渠是中国运河史上的大事，早已列入历史课本，可谓尽人皆知。由于原始史料极其有限，也由于对相关的历史地理问题从未作过深入研究，大多数人，包括一些历史学者和历史地理学者，都想当然地认为，从此就有了一条连接南北的水路通道。国家提出"一带一路"倡议后，有人就提出恢复灵渠，作为重开"海上丝绸之路"的延伸，并希望以此推动广西的"一带一路"建设。我曾问其中一位学者："要是灵渠真有那么大的效益，为什么到唐朝时连当地的官员都不知道灵渠在哪里，经过一番考察才发现早已淤废呢？"其实，《后汉书·郑弘传》说得很明白："建初八年，代郑众为大司农，旧交趾七郡贡献转运，皆从东冶，泛海而至，风波艰阻，沉溺相系，弘奏开零陵、桂阳峤道，于是夷通，至今遂为常路。"直到建初八年（83年），包括今广西在内的交趾七个郡与中原的交通运输主要还是靠海运，即从南海沿海岸经过福建、浙江，进入杭州湾或长江口，再转陆路运输。而在郑弘建议下开通桂北、湘南翻越南岭的山路后，才以这条陆路交通为主，根本未利用过灵渠。所以即使有良好的愿望，有为现实服务的热忱，如果不了解历史地理的实际，想当然地"复原""重构"，难免事与愿违，甚至适得其反。

1987年冬，先师谭其骧先生应广西领导和历史学者之邀，至南宁、崇左、龙州、大新及中越边境考察，与相关专家座谈交流，还做了学术报告，我有幸随行。在此期间，谭先生经常与当地学者、耆旧探讨一些长期得不到解决的历史地理问题。他寄希望于当地学者的深入研究，也寄希望于新史料、新证据的发现。

多年来，广西和全国其他地区的专家学者对广西历史地理研究已经取得了显著的成果，发表了一批有全国性影响的论著，如《广西历史地理》等。现在，广西壮族自治区党委宣传部高度重视贯彻落实习近平总书记的系列重要指示精神，决定启动"广西优秀传统文化出版工程"，并委托广西人民出版社策划、出版《广西历史地理研究丛书》。这套丛书规模大，门类全，品种多，不仅有综述性的广西历史地理著作，而且有自然、政治、经济、文化、军事、交通、城市、人口、旅游等历史地理各个分支，还有《中国南方历史地理考论》《明代广西卫所体制与地方社会》《清代桂林交通与区域社会》《经略边地：明清时期壮族地区的开发与改土归流》等专题性著作。在此基础上，还将及时进行学术成果通俗化的转化，编著一批普及性的读物，讲好广西的历史地理故事。这套丛书的问世，将使广西的历史地理研究形成一个完整的体系，也将使中国历史地理学研究更加全面、完善。

全国历史地理学界和我热切地期待着！

2023 年 12 月

《名家人文地理》丛书① 序

"风烟俱净，天山共色，从流飘荡，任意东西。自富阳至桐庐一百许里，奇山异水，天下独绝。水皆缥碧，千丈见底，游鱼细石，直视无碍。急湍甚箭，猛浪若奔。夹岸高山，皆生寒树，负势竞上，互相轩邈，争高直指，千百成峰。"（吴均《与朱元思书》）

读了这样的文字，富春江的奇山异水历历在目，令人目不暇给，心旷神怡。

古人早有"卧游"之乐，足不出户就能饱览大好河山。用文字描述自然景观早已成为中国传统文化的一项内容，从先秦的《诗经》至成书于公元6世纪的《水经注》，后人都可以通过其中隽永传神的文字，体会当时瑰丽多姿的自然景观，像盛弘之《荆州记》中对三峡的描述已成为传诵千古的名篇。

不过，自然景观的变化一般比较缓慢，在不受人类活动影响的条件下更是如此。所以古人描述的自然景观，大多能够保存下来，今天我们还能到实地观赏。即使由于人类活动与自然变迁的原因而使人产生沧海桑田的感觉，毕竟还有踪迹可寻。相比之下，人文景观就没有那么幸运了。因为人文景观固然离不开自然环境，但更依赖于人和人的活动，所

---

① 《名家人文地理》丛书首辑包括《与鲁迅看社戏》《与周作人乘乌篷船》《与茅盾养春蚕》《与丰子恺侃缘缘堂》（均为浙江文艺出版社2004年版）和《与俞平伯忆西湖》（浙江文艺出版社2007年版）。

以都将随着特定的人或人群的离开而消失。即使他们的活动场所依然存在，也会因物是人非而失去当初的风貌。正因为如此，要了解和研究历史人文地理，离不开当事人直接或间接的记录，离不开历史文献。例如，要是没有《战国策》《史记》等书的记载，今天我们面对齐国都城临淄的废墟时，至多只能复原出这座城市的规模、形状、布局等物的方面，怎么能想象出战国时"临菑之途，车毂击，人肩摩，连衽成帷，举袂成幕，挥汗成雨，家殷人足，志高气扬"（《史记·苏秦列传》）这样繁荣兴盛的生动景象呢？

而且，与自然环境的变迁相比，人类活动的变换更迭不知要快多少倍。同样的地理舞台上，已经上演过多少人间的悲喜剧，也不知有多少风流人物和芸芸众生在上面现身和消失。这个舞台的变化可以以千年、万年甚至亿年为单位计算，但舞台上的人和事最多只能以年为单位，而在关键阶段，每时每刻都会出现新的变化，有时天翻地覆只在顷刻之间。对自然景观来说，或许有一两次记录就能满足相当长时期的需要，而对人文景观而言，每种记录一般只能代表一个特定的时间，很难相互替代。真正的历史人文地理景观是留不住的，即使是记录的片断也弥足珍贵，出自文学大师、杰出学者手笔的更属文化瑰宝。

一般来说，自然地理景观可以用纯客观的标准来描述或计量。如用数据来反映高度、面积、体积、形状、结构、性质、温度、湿度、压力、浓度、密度等，可以用图像来记录，也可以用不带感情色彩的语言来描述或形容这些景观。然而，对于人文地理景观，尽管也可以找到一些客观的标准和计量的途径，但更多的或者主要的还是通过人们的感受。所以同样的景观，在不同人的笔下，完全可以写成各种各样的文章，甚至会有截然相反的说法。即使是同一个人，对同一种景观，在不同的年代或不同的场合也会有不同的反应。而且，由于观察能力和兴奋点的差异，不同的人会注意不同的局部或细节。但后人要比较全面地了解或复原一种景观，正需要尽可能多的局部或细节。最先进的三维拍摄技术可以最逼真地显示一种景观的外貌，甚至穿透表面显示其内部的结构和变化，但至今还无法揭示人文景观所蕴含的情感、思想和意境。

对以往人文地理景观的记录和描述,既是研究历史地理的主要依据,也是重要的人文资源,其中一部分还是优秀的文学作品,是人类文化遗产的一部分。这些文字还是了解作者心态情感的途径,是研究作者的依据。我们每当阅读到这些文字,不仅可以观赏已经远去的人文景观,还能伴随作者的情感去体验昔日的文化。一篇在目,一卷在手,虽仅以管窥天,以蠡测海,亦其味无穷。

浙江山水锦绣,物阜民丰,人文荟萃,名人辈出,历史人文景观极其丰富。通过浙江文艺出版社编辑的这套《名家人文地理》丛书,读者可以与鲁迅观社戏,与周作人乘乌篷船,与茅盾养春蚕,与丰子恺侃缘缘堂,与俞平伯忆西湖。编辑的视野已扩大到全国,其余各辑将陆续问世。浙江是我的故乡,但离乡已45年,何况以我的年龄,早已无缘目睹大师们的见闻,所以同样迫切期待着这套新书。是为序。

2003 年 12 月 26 日于上海

《江南景观史》[①] 序

地理学中的"景观"是一个外来的概念。对于它的定义、来历、在西方和中国传播应用的过程，安介生教授在本书的"通论篇"中已经讲得很清楚了。"景"和"观"这两个字在汉字中出现得很早，而且是文言中的常用字。但将两个字合起来当作一个词用，似乎直到近代翻译西文 landscape 时才形成。《汉语大词典》释词一般会收最早的出处，但在此词下只引了当代散文家秦牧的句子。我在网络上检索，也没有发现更早的例证，看来这个词就是为了翻译 landscape 才由译者造出来的。此词造得极妙，我叹服它既贴切又传神。

我进入历史地理专业后才结识"景观"一词，逐渐明白它的意义和作用，感到它在中国历史地理的研究中有广阔的应用前景。无论是中国历史地理的哪一个分支，一般都缺乏量化的、纯客观的资料，绝大多数情况下又无法通过实地考察加以弥补和验证，现代地理学建立在定量分析和观测数据基础上的研究方法难以应用，或者得不出可信的结论，而景观的概念和相关理论倒有很强的适应性。因此我在向研究生讲授"历史地理学的理论和方法"一课时，将"景观理论"与"区域理论"并列，希望引起研究生的重视。

我对"景观"的理解，"景"是指客观存在的地理要素的表层形象，包括自然的、人文的、社会的，或兼而有之，或合而为一；"观"是指

[①] 安介生、周妮:《江南景观史》，江西教育出版社，2020 年版。

人类特定的个体或群体对"景"的感受和印象。"景"本身包罗万象，巨细毕现；但"观"却因人的主观意图的差异以及时间、空间、观察途径或手段的不同，产生不同的结果。一般情况下，不同的人都会自觉不自觉地从纷繁的表层摄取自己以为最主要的、最有代表性的、最符合自己需要的地理要素的印象。这种印象是多维度的、全方位的，以平面视觉为主，也包括立体的，还可能包括听觉、触觉、嗅觉、味觉等。地理学家则试图用学科规范来观察、描述、显示、概括，甚至重构或解构这些地理要素，形成典型的、理想的又符合科学原理的"景观"。

所以，尽管这一概念是近代才传入中国的，我们的前辈先贤、古代的文人学者，早已不自觉地应用了这一原理，将他们观察、感受、阅读、想象的具体的或抽象的事物，概括、归纳、演绎为他们心目中的"景观"。

如一般认为成书于战国后期的《尚书·禹贡》，对"扬州"这一空间范围的描述是"筱簜既敷，中夭木乔。厥土涂泥"。在众多的自然地理要素中选择了大大小小的竹子、遍野的草、高大的树和低洼积水的土地。在此基础上归纳出的人文地理要素，是"田下下，赋下上错"。土地的评估属最低一等，但贡赋却列为"下上"（九等中的倒数第三）。

《史记·货殖列传》引述西汉初年对江南（指今长江以南湖南、江西一带）的概念和印象"江南卑湿，丈夫早夭"。前者是对自然要素的概括，地势低洼，气候潮湿。后者是对人文、社会要素的高度形象化，成年男子都活不长。仅仅八个字，却让中原人将江南视为畏途，望而却步，以致给贾谊这样的杰出人物以强烈的心理暗示，果真导致他夭折的后果。

但到白居易描述江南（大致即今江南），已是冠以"江南好"的完全不同景观："日出江花红胜火，春来江水绿如蓝。"所取的只有两种自然地理要素——刚升起的太阳、初春的江水，但完全是观察者个人感受的结果——"江花"（江面的波浪在朝阳映射下似绽放的花朵）、"红胜火"、"绿如蓝"并不是客观的定量定性分析。

诗人对杭州的描述则是自然要素与人文要素交织："山寺月中寻桂子，郡亭枕上看潮头。"自然要素只是月亮和潮水，人文要素则有山寺、桂花（显然是人工栽培的）、郡亭、枕上，但两者是在特定的时间和空间交错的——所寻的桂花生长在山间的寺内,而且是在月色皎然的夜晚;看潮头的感觉是从郡亭的枕上产生的,或许也是在晚上,实际是通过澎湃的涛声感受到的。

对"吴宫"的追忆则纯粹出于诗人的想象:"吴酒一杯春竹叶,吴娃双舞醉芙蓉。"当年的吴宫早已杳无踪影,但诗人还是从想象中选出他自己认为最有标志性的要素——既不是断垣残壁、荒烟蔓草,也不是画栋雕梁、歌台舞榭,而是一杯吴酒、两位吴娃。另两项看似具体的自然要素——竹叶、芙蓉,却只是用来形容前者,所以具体中又含着抽象——吴酒的颜色像春天的竹叶,吴娃的舞姿如沉醉在春风中的芙蓉,都留给读者极其丰富的想象空间。

古人类似的景观描述和记录各地都有,但江南由于形态丰富的自然、人文、社会地理要素,一直吸引着外来的和本地的文人学者的注意。特别是唐宋以降、明清两代,传下无数可作景观记录和研究的资料,只是迄今为止尚未引起相关领域的专家学者的重视,因而还未产生与之相称的研究成果。

近年来,江南和江南文化成为研究的热点,大批新的论著问世。其中虽也不乏以"景观"为名,但按照学术意义的景观研究撰写景观史,安介生教授和他的学生周妮合著的《江南景观史》实属首创。出版之际,要我写几句话。

介生于1991年入复旦大学研究生院,从我切磋学问。获硕士、博士学位后成为我的同事,从事移民史、民族史、历史民族地理、山西地方史、社会史等方面研究,已出版多种有影响的专著,最近还为我主编的《中国移民史》增补了第七卷(清末至20世纪末)。如今又在历史地理研究领域开出《江南景观史》这一新枝,我为学科发展庆,也为介生的学术成绩庆。

我祖籍浙江绍兴,出生于浙江吴兴县南浔镇(今属湖州市南浔区),长期生活在上海市,都不出江南。翻阅此书,倍感亲切,更在学术之外。

2020年端午后一日于上海浦东寓所

《绍兴市志（1979—2010）》[①] 序

1981年7月25日，我随先师季龙（谭其骧）先生在太原出席中国地方史志协会成立大会。先师应邀发表演讲，对地方志与地方史的关系作了精辟的阐述，着重说明：

> 地方史是以记叙过去为主的，而地方志则是以记叙现状为主的。主题不同，各有各的侧重。
>
> 地方史主要记叙该地区几千年来人类社会的活动，即使记录了自然现象，侧重点也是它们对人类社会的影响。地方志是对自然和社会两者并重的，对社会现象的记录也与地方史不同，不是用纪事本末体，而是用书志体。
>
> 地方史主要依靠史料，地方志主要依靠调查采访。
>
> 编地方史主要由史学工作者承担，编地方志则需要有经济学者、社会学者、史学工作者、地学工作者等多方面的通力合作。

三十多年来，先师的这些论述已经得到方志学界与相关学术界的充分肯定，并且已为全国普遍新修地方志的成功实践所证明。如今，全国绝大多数行政区完成了首轮修志，一部分行政区已经进入第二轮经常性

[①] 绍兴市地方志编纂委员会办公室编：《绍兴市志（1979—2010）》，浙江古籍出版社，2018年版。

的定期修志。中国悠久的修志传统，改革开放以来新修方志的经验，方志学界与相关学科的研究成果，都使我们有把握将新修方志定性为特定行政区域的百科全书。

那么，方志与一般的百科全书有什么区别？在发达地区，一些行政区域已经有了自己的百科全书、"大典"，为什么还要修方志呢？

首先，方志有明确的地域性，即严格按照行政区划界定的范围，而一般的百科全书，包括以行政区域为范围的百科全书都要以百科之"科"为特点。为了保证一个"科"或具体条目的相对完整和全面，往往无法将论述的内容限制在某一政区。同样，方志，特别是新修方志，有明确的时间性，即其记载的内容必须以某一设定的年代为限。即使为说明历史背景或保持叙事的完整，有时免不了要追溯以往，也必须以设定的时间范围为主，只能给予有限的篇幅或字数。但百科全书的"全"，不仅是指内容、条目上的全，还必须保证内容或条目本身的全，应该从头到尾，有始有终。在内容的选择上，方志更强调本地特色。在兼顾学术、学科的原则和程序的情况下，更注意以地方性的标准作出选择取舍，确定轻重缓急。

其次，方志必须保证其资政和教化的功能，而百科全书的主要功能是学术和应用。这并不是意味着方志不讲学术，或不重视应用，而是说，在方志修纂的全过程中，始终要将资政和教化的功能放在首位。当这两个功能与其他功能或需求发生矛盾，或不能兼顾时，优先保证这两个功能的实现和完善。例如，无论是方志还是百科全书，都会受到篇幅、字数的限制。在设计框架、设定范围、拟定章节条目、安排次序、分配字数时，百科全书着眼于学科的完整、内容的全面、条目的系统，以学术标准区别主次，以使用者的需要考虑取舍。方志则必须保证资政、教化的主旨有充分的表达，相关内容有完整的记载，全书都要遵循基本的政治原则和价值观念，也不能为了迎合某些评论者的标准和某些读者的需求，或者一味强调通俗性、可读性，放弃或弱化政治原则和价值观念。

再者，百科全书需要多大的篇幅，完全可以根据本身的需要和可能决定,即使是专题性的百科全书,也可以出很多卷,很多万字。但方志作为地方政府编纂出版,并定期增补再版的正式出版物,其篇幅和字数应遵守国家的相关规定,大致与本政区的层级和面积相称。

近年来,随着信息科学的发展,技术的飞速进步,大数据、云计算的运用,各种网络平台、地方性的数据库、统计资料、检索工具、年鉴等如雨后春笋般涌现,有人认为地方志已没有修纂的必要。还有人认为只要将已有的全部方志制作成数据库,今后不仅可以便捷地检索利用,还可以根据其他数据的变化而自动更新,其功能可以取代新修方志。且不说目前离普遍运用这些新技术尚有不小的距离,要将这些理念完全变为现实更需时日,即使到了这一天,方志与数据库也是相得益彰,并行不悖,而不是相互排斥、非此即彼的。我相信,科学技术越发达,个人的多样化的需求越能得到满足。信息越丰富,数据越浩大,专题的、限制性的、个性化的选择越重要。在可以预见的未来,方志的功能和价值不可能也不会被其他信息产品所替代。

正因为新形成的知识和信息、随时产生的海量数据不可能自动形成方志合适的内容,所以方志有定期续修的必要。从图经、方志的修纂普遍化的时代开始,历朝都有定期续修的规定,清朝已形成六十年一修的制度。但由于天灾人祸、改朝换代等因素的影响,也由于对方志的作用认识不足,自清末、民国以降,很多地方志得不到及时续修,或者草草续修,留下缺陷或空白,直到20世纪80年代才全面恢复。现在离上一次修志又有三十多年时间了,盛世修志、续修,此其时矣!

不过,与历史上的续修相比,这次续修具有特别重大的意义,甚至不啻一次重修。因为上次修志时国家甫经十年浩劫,疮痍未复,地方人才凋零,财力有限,往往收罗未尽,采访不周;或者事属草创,经验不足,体例不明,标准不一。虽已拨乱反正,但在解放思想上仍然存在许多顾虑,或心有余悸,或遗毒未尽,或故步自封,或长期闭塞,特别是对传统文化的价值普遍缺乏正确认识,对各地的物质文化遗产和非物质文化遗产重视不够,因此修成的方志还存在不少缺陷。而且大多数地方离上次修志已逾百年,其间迭经战乱破坏,文献荡然,文物残破,绝非短期内或一次性所能续成。就一些新设政区和新开发地区而言，本无旧志可续，完全是白手起家，更属不易。总之，这次续修或多或少承担了对前志补缺、纠偏和完善的任务。

另一方面，在以往三十多年间，中国大多数地方发生的变化和取得的进步，远远超过了以往的三百多年，甚至三千多年，改革开放成就之大，影响之深，发展之快，产生的新生事物之多，值得记载的范围之广，形成的信息和数据之巨，都是史无前例的，都有待于对续修的方志加以总结和记录。为了适应新时代新形势对方志的要求，方志修纂的理论需要丰富和深化，体例有待扩展和完善，采访、记录、储存、编辑、检索、传播、运用的手段都应不断创新，及时更新。

前一部《绍兴市志》出版于1996年，是全国首轮修志中的优秀成果。正如乡前辈陈桥驿先生所评价的："《绍兴市志》的修纂，动员力量之众，收集资料之多，采访范围之广，编辑成稿之谨，在绍兴方志史上，实为前所未有，是以其成就卓著，殊非偶然。""在绍兴这个历史文化名邦之中，文献浩瀚，佳志如林，而新修《绍兴市志》不仅足以承先启后，而且堪称后来居上。"尽管已有典型在前，新编《绍兴市志（1979—2010）》还是百尺竿头，更进一步，既继承了前志的严谨和规范，也体现了从实际出发面向未来的创新性。

任何地方志都应有断限，特别是承续前志，并按规定年限续修的新志。但从完善方志的功能，最大限度地发挥方志存史、资治的作用出发，断限不应是绝对的"一刀切"，而要妥善解决前后衔接，使一些跨断限的重大事件、制度、人物、系列留下相对完整的记载。首轮《绍兴市志》下限时间为1990年，《绍兴市志（1979—2010）》作为续志，时间断限原则上承接前志，但为完整反映绍兴改革开放的整体脉络，时间上限上溯至1979年，下限至"十一五"规划的最后一年2010年，部分内容如大事记、人物传及专记为尽可能完整体现事物发展情况，延伸至2015年，在记述断限内续志与前志有十二年时间交叉或重合。

本着"明古详今"的原则，对续志时间断限内的两个不同时间段（1979—1990年，1991—2010年）的内容采取了不同的原则。对

1979—1990年时间段内容的记述,力求写出新意,避免对前志的简单重复,尽可能精练浓缩,简洁明了。对1991—2010年时间段的内容则要求相对详细,力求完整。

对必须增补的内容,无论属前志的遗漏,还是前志截稿后才产生的内容,如"拾遗人物""抗战时期绍兴地区人口和财产损失情况调查"等,本志并未设置专门篇章,而是采取明补与暗补、集中补与分散补相结合的务实灵活的办法,将需要增补的内容融于正文之中。

《绍兴市志(1979—2010)》紧扣改革开放的主题、绍兴的自然和人文地理环境,具有鲜明的时代特征和地方特色,并据以安排篇章结构和记述内容,通过升格、前置、专记及新创体例等做法突出重点。围绕"古城"特点,在城乡建设等相关卷章反映绍兴对古城保护与开发并重的原则与实践。设《社会科学》卷展示绍兴人文社科研究,特别是越文化研究的成果。设《文化遗产》卷,以克服原有"文物"内容变化不大的不足,突出展示绍兴丰富的非物质文化遗产。设《姓氏 家谱》卷,以体现绍兴历史文化底蕴深厚的特点。设《精神文明创建活动》《风俗 方言》等卷以表现绍兴社会风貌的剧烈变迁。设《居民生活》卷展现绍兴人民生活水平和质量的提高。结合改革开放的时代背景,注重对经济发展内容加以记述,经济内容占到全志文字的四分之一以上。设《建筑业》《旅游业》等卷体现绍兴的产业特色。设"专业市场""民营经济"等章节体现绍兴的经济模式。专设"经济体制改革"一章集中反映绍兴改革开放的历程。对信息化、能源、开发区等新兴事物单独设卷叙述以反映改革开放成果。在政治方面,将通常的《政法》一卷内容分拆为《公安 司法行政》卷和《审判 检察》卷两部分,以体现改革开放后法治建设不断完善的历程。同时,吸收运用最新的学术成果,安排各类附记和专记于全志各部分,丰富记述主体内容,体现绍兴地方特色。设《附录》以收录重要文献和专题,以补充志书正文之不足。

这些新的体例和篇章或许还不够成熟,个别设置也不无可商榷之处。但处于这样一个伟大的时代,面对绍兴市波澜壮阔的改革开放大潮,方志工作者能不锐意创新,博采兼收,奋笔疾书,编纂出一部适应时代需要、使绍兴人民满意的新志吗？

我虽出生于浙江吴兴县南浔镇（今属湖州市南浔区），但祖籍绍兴，先父离乡谋生，在南浔安家。1950年春节，我还不满五岁时第一次回到故乡，重回绍兴已是五十一年后。但绍兴话是我熟悉的方言，霉干菜、萝卜干、咸菜汤是家常菜，绍兴的旧事、"沙地"的生活和早已迁居于外地的亲戚都是长辈和客人经常聊的话题。等到自己有了阅读能力，看了不少与绍兴有关的书籍文章，总觉得其中的绍兴属于遥远的过去，或者是其他人的绍兴，就连鲁迅笔下的绍兴也离我心目中的故乡很远。等我自己从事历史地理研究，亲炙先师季龙先生（浙江嘉兴人，远祖迁自绍兴）与友人谈论绍兴，多次聆听陈桥驿先生讲述绍兴，我才逐渐明白绍兴本身的时间、空间、社会差异和各自的意义，进而思考为什么在同样的地理环境下会产生如此大的差异。

自从人类开始关注地理环境，就一直在争论地理环境对人类活动是否起着决定性的作用。尽管"地理环境决定论"一度被政治化，被引向极端，受到严厉批判，几成绝迹，但"南橘北枳""南船北马""一方水土养一方人""人杰地灵"始终是方志的不变的主题。其实，即使是唯心论者也不会绝对否定地理环境对人类活动的影响，问题是影响到了什么程度以及是否具有决定性，特别是如何解释在基本相同的地理环境里，为什么会产生完全不同的文化？人类的活动为什么会有如此大的差异，甚至截然不同？

例如，同样在地少人多、人均自然资源不足的条件下，绍兴人选择当师爷，徽州人外出经商，山东人闯关东，闽南人迁台湾，广东人下南洋，还有些地方的人外出乞讨，或就近当土匪。就是在绍兴，能当师爷的也是少数人，多数人只能开沙地，打锡箔，还有像先父那样外出"学生意"。幼时在南浔镇见过宁绍会馆，说明当地的绍兴移民数量颇多。北京有山（阴）会（稽）会馆，可见也有不少绍兴籍官员、学者、商人在京城谋生。可见只要人类对地理环境的利用尚未达到极限，就可具有相对无限的创造力，何况这一环境还可能扩大到本地以外！

翻阅这部新志，我更加坚定了这一观点。2010年，绍兴工业总产值达 8623.87 亿元，是 1978 年数十倍；1988 年建成的柯桥轻纺市场发展成为全国纺织品交易中心和亚洲最大的布匹市场；1996 年绍兴自营外贸出口总额突破 5 亿美元，到 2010 年已达 210.89 亿美元；2010 年，绍兴城市化率达到 58.58%；1999—2010 年，城镇居民人均可支配收入从 8589 元增长到 30 164 元；1980—2010 年，农村居民人均纯收入从 239 元增长到 13 651 元。与此同时，2010 年人均公共绿地达 15.2 平方米，森林覆盖率达 54%，空气质量优良天数达到 333 天，"五水共治"初战告捷，天更蓝，水更清。在同样的地理环境内，绍兴人民创造出了有史以来最伟大的业绩，同时对自然的索取日益减少，将环境保护得更好。

感谢绍兴市的方志工作者！祝贺《绍兴市志（1979—2010）》问世！祝福父老乡亲幸福安康！

2017 年 9 月 20 日

《贵阳市白云区志（2001—2015）》[①] 序

2016年，我供职的复旦大学历史地理研究中心与贵州省贵阳市白云区地方志办公室（白云区档案馆）共建了一个"档案与方志学白云科教工作站"。2018年1月，白云区方志办邀我考察参观，并做了一次讲座。利用这次机会，我与方志办的同仁就新修《贵阳市白云区志（2001—2015）》（以下简称《白云区志》）交换了意见，对正在进行的修志工作有所了解。当年8月，工作站召开《白云区志》区级评审会。我因正参加上海年度书展的活动，不克到会，只能提出几点书面意见和建议。稍后得知初审顺利通过，志稿正进行最后的修订完善，准备报复审和终审。9月14日，中国地方志指导小组公布了"第五届全国地方志优秀成果（年鉴类）"的通报表扬，《贵阳白云年鉴（2017）》是6部区县级特等奖年鉴之一。这使我对《白云区志》的质量更有信心。现在，《贵阳市白云区志（2001—2015）》即将正式出版，要我写上几句话，我欣然应命。

一部高质量的优秀地方志的产生离不开两方面的条件：编纂者的主观努力，原始资料和该政区的客观条件。《白云区志》两方面的条件都具备，可谓乘天时，得地利，聚人和。

一个政区要编纂出内容充实的志书，必须有丰富的原始资料，或者

[①] 贵阳市白云区地方志编纂委员会办公室编:《贵阳市白云区志（2001—2015）》，新华出版社，2010年版。

在继承前志的既定阶段中本身存在值得记载的事件、人物等社会现象和自然现象。在历史上，白云区袭自清代、民国的贵筑县，虽属省会所在的贵阳府，但经济、文化、社会各方面落后，连一部方志也没有留下。到清末辖有9个县级政区的贵阳府，也仅有道光二十年（1840年）的一部府志传世，共108卷。相比之下，我的出生地浙江省吴兴县南浔镇（今属湖州市），清朝的镇志就有二部，共50卷，民国镇志一部，60卷。其他历史文献的差距可想而知。这一方面是清代、民国的贵筑县文化落后所致，另一方面也说明在相当长的年代里当地值得记载的社会现象和自然现象有限。

《白云区志》所记载的虽仅短短的15年，却是当地史无前例的大发展阶段，产业、经济、文化、社会、环境、民生等各方面都发生了翻天覆地的变化，新生事物层出不穷，优秀事迹不断涌现，杰出人物风云际会。地方志的资源取之不尽，用之不竭。新闻报道、原始资料、文件档案一应齐全，相关数据完整准确，信息检索迅速及时。3000多年来的史官、1000多年来的修志人，谁能有如此天时良机？

地方志的记录范围是一个特定的政区。自秦始皇在全国范围推行郡县制以来，最基本的、最稳定的政区是县。传世的宋元方志，明、清、民国所修的方志，直到中华人民共和国成立以来所修的地方志，其中数量最多、体例最规范完备的也是县志。一般来说，在第二轮修志时，县志的创新余地已经有限。

白云区虽是一个县级政区，但与一般的县有很大差别，具有诸多其他县级政区鲜见的特点。虽然民国年间和中华人民共和国成立初就有了白云区的建置，但这只是县的下辖单位。1959年为适应国家工业化的需要，作为"大跃进"的产物，县级政区白云镇（区）成立，至1962年又因经济建设调整而撤销。1973年又因贵州铝厂等企业恢复建设，白云区复置，但所辖全系人民公社和农场。1975年起新设多个街道办事处。1982年成为贵阳市三个郊区之一，2000年列为贵阳市城区第二个市级次中心，2011年纳入贵阳市中心城区，成为贵阳市6个中心城区之一，也是科技部命名的国家可持续发展实验区。在全国2000

多个县级政区中，这样的建置与功能的变化，如果不是绝无仅有，也是相当特殊的，是高速工业化和城市化的反映，也是改革开放创新发展的结果。

白云区的建置这样一个发展过程，从形式到实质，对方志的编纂工作既是机遇，又是挑战。政区的变革为新志从体例到内容的创新和调适提供了巨大的空间，不正是前所未有的地利吗？

白云区的广大方志工作者、《白云区志》的编纂者在省、市方志办的指导下，充分发挥各单位协作人员的积极性，又与复旦大学历史地理研究中心等专业机构合作，广泛联系、请教区内外的专家学者，听取各方面的咨询意见，可谓广聚人和，形成修志合力，结出丰硕成果。

2020 年 6 月

《常州历史地理图志》[①] 序

早期的地方志称为"图经",顾名思义,是由文字和图构成的。图也包括一般的图画,但主要应是地图。从宋元到明清的地方志保持了这一传统,一般都有辖区的各种地图。地图对于读者了解一个地方的自然地理和人文地理的作用不言而喻,特别是对非本地的读者,往往只能通过地图才能正确理解相关的文献记载或文字描述。

但在清末民初新式地图传入之前,这些地图都不设经纬度,没有比例尺和图例,大多更像是抽象化的景观图画。加上受到印刷技术和书籍篇幅的限制,图像的质量不高,能够显示的内容有限。因此,除了专业人员,对普通读者来说实用价值不大,更不能像今天的地图那样用之于旅行观光、采访考察、规划设计。

这些地图或图画上记录的都是当时的地名或景观名称,而不少地名改了名,搬了家,或不复存在,或已湮没无闻。有的景观名称今天已不知道其含义,更无法确定它的位置或范围。要使一般读者能使用这些地图,还要使这些地图具有实用价值,就得编出古今对照的历史地图,将这些地图上的地理要素移植到标准的今地图上。

早在公元3世纪后期,西晋的裴秀就编成《禹贡地域图》18篇,这是见于记载的中国最早的历史地图集。与他大致同时代的杜预,将《左传》记载的相关内容画成《盟会图》,这很可能已经采取古今对照的

[①] 张戬炜、薛焕炳编:《常州历史地理图志》,复旦大学出版社,2023年版。

方式。至唐贞元十七年（801年），贾耽绘成一幅三丈三尺长、三丈宽的巨幅《海内华夷图》。他的一个重要创举是"其古郡国题以墨，今州县题以朱"，即图上古代地名用黑色而当代地名用红色的"古墨今朱"标识法，既便于古今对照，又解决了历史要素与今要素混淆不清的矛盾。清末民初的杨守敬，编绘成了一套完整的中国历史地图集，最终完成的《历代舆地图》共线装34册，起自春秋，迄于明代，全部采用朱墨套印，古今对照，见于《左传》《战国策》《史记》和各史《地理志》（《郡国志》等同类志）的可考地名基本都已收录上图。但是直到1982年谭其骧主编、全国百余位专家学者共同研究编绘的《中国历史地图集》8册全部正式出版，才有了完全按照现代测绘制图标准编绘印制的、古今对照的历史地图集。这部地图集上起原始社会，下迄清末，包括20个图组、304幅地图和约70 000个地名，不仅包括疆域、政区、地名，还显示了古今变化较大的河流、湖泊、海岸线等自然地理要素。近些年来，一些省、市也编制了各自的历史地图集，一些专题历史地图集如气候、地震、灾害和中国通史、近代史、太平天国、抗日战争等历史地图集也陆续问世。

尽管如此，要充分利用地方志和地方史料中的地图还相当困难。因为这些已经出版的历史地图或地图集都是以全国或全省为范围的，如《中国历史地图集》中的总图都是全国性的，分幅图一般也是相当于今天一个省的范围。有的图即使使用较大的比例尺，今天一个市、县的辖区在地图上能够显示的范围也很有限，可承载的地名一般只有古代的县级政区名，至多还有若干县以下的重要地名；可供对照的今地名一般也只有今天的县级政区名和几个县以下的重要地名。有些古地名对于当地来说非常重要，但放在全国、全省的范围内就不那么重要，或者根据这些地图集的编纂体例无法收录，或因技术条件（如图面容量有限）不得不删除。现有的历史地图集一般都有标准年代，即在一个朝代或一个历史时期只选择一个有代表性的或资料比较完整齐备的年份编绘成地图。如《中国历史地图集》中明时期分幅图用的标准年代是万历十年（1582年），清时期分幅图选的标准年代是嘉庆二十五年（1820年），如果有一个县、一个州是在万历十年后设置而在嘉庆二十五年前已经撤销，即使存在了200多年，在地图上也不会显示。一些河流、湖泊等自然地理要素，受到文献资料、考察记录和比例尺的限制，不可能画得完全准确和细致。

最好的办法自然是各市、区、县都编自己的历史地图集，但并不现实，因为历史地图的编绘需要专家学者进行长期深入的研究和调查考察，需要投入大量人力物力，多数地方不具备这样的条件，或者需要较长时间的准备。另一方面，如果对已有的成果不加以推广利用，不仅造成重复劳动和浪费，而且还达不到这些已有成果的水平。

由常州大学国学研究院和常州市规划设计院合作，张戬炜、薛焕炳主编的《常州历史地理图志》（以下简称《图志》）充分利用已有历史地图的成果，以本地规划设计部门准确的实测地图为底图，发掘地方文献史料，结合实地调查考察，在较短时间内高效率地取得这项成果。

该书的历史部分和历史地理要素一般直接采用《中国历史地图集》中相应的图幅或相应部分，在此基础上，根据史料记载和编者的研究增补一些本地重要的地理要素。由于有了《中国历史地图集》确定的点、线、面作为坐标和框架，增补部分定位的准确性有了基本保证。如在《中国历史地图集》对宋、明、清时期政区定点定位的基础上，画出宋朝及明清时期的坊厢、乡境。《图志》的底图都采用近年新编制出版的实测地图，比例尺较大，地名较多较密。使用者在进行古今对照时，对历史地名的定位能更精确。特别是本地的使用者，能方便地用自己熟悉的本地小地名进行对照。清末以来的地图都由编者在实测的今地图上编绘，由于常州历史文献、方志资料、规划设计、实测地图相当丰富，加上编者谙熟乡土历史地理和地域文化，这些地图不仅精确细致，而且富有地方特色，具有很大实用价值。如画出了元朝大德年间的城南渠、明朝嘉靖年间的大运河和2008年的大运河，复原了城中、城南、城北、白云溪流域、青果巷流域的水系，城区1910—1970年湮灭的河流和消失的桥梁。编绘了古迹、园林、牌坊、寺庙、明清书院、民国学校和近代工业企业等专题地图。六朝士族名流曾在境内大量建墅，《道光武进阳湖合志》中收录的带"墅"地名还有86个，编者在《2010年代常州市区村墅》一图中画出了50多个。

我深信，《常州历史地理图志》的问世不仅会受到常州市的历史地理、地方史志、文化艺术、文物考古、旅游、规划、测绘、园林等各界，党政部门和广大民众的欢迎，也为各地利用地方志和古地图资源编绘实用的历史地图提供了经验。

是为序。

2019年1月

《笕桥镇志》① 序

先师季龙（谭其骧）先生一直认为，地方志与地方史属不同类型，因而具有不同功能。地方史属专门史，是一个特定地方的历史；而地方志属百科全书，是一个地方包罗万象的全面记载。地方志包括地方史，地方史却不能包括地方志，至多只能涉及该地的历史及与历史有关的若干方面。正因为如此，地方志的功能和作用并非其他类型的地方性著作所能替代。

地方志的编纂需要有专门人才，还需要动用不菲的人力物力，一般只有县级政区方能具备，大多数乡镇无此条件，所以历代朝廷功令只规定县志必须定期修纂。限于篇幅和采访条件，乡镇的资料和各方面状况不可能都载入县志，作为县的百科全书，县志难以承载一乡一镇百科全书的功能。两宋以降，一些经济文化发达或拥有专门人才的乡镇已有乡镇志问世，至明清时成绩更为显著，江浙一带已蔚然成风。乡镇志的编纂和流传促进了当地经济文化的繁荣，扩大了该地的知名度。传世的乡镇志保存了很多独特的、详细而确凿的史料，其中相当一部分已成为唯一来源，有的是传世史料中独一无二的类型，有的涉及以往从未涉及的方面，乡镇志的价值不言而喻。

但即使是在经济文化相对发达的时代和地区，真正内容丰富、质量上乘而又能传世的乡镇志还是少数。一方面，本乡镇的人才毕竟有限，

---

① 笕桥镇志编纂委员会编：《笕桥镇志》，中华书局，2016年版。

本乡镇的人才中愿意并能够踏踏实实为本地编纂志书的人更少。另一方面，编成的志书未必能出版，也未必能引起外界的重视，能够流传至今的只能是其中的一小部分。

改革开放以来，我国大多数乡镇经济发展迅速，面貌焕然一新。尤其是发达地区的乡镇，不少乡镇的经济实力已超过一般的县市，文化教育水平也不输城市，编纂新志的条件已经具备，出版传播更不成问题。但并非所有的乡镇政府都能重视，也并非所有的乡镇都能找到称职的主编和编纂人员，因而新编乡镇志无论是数量还是质量都有待增加和提高。所以我在翻阅这部150万言的《笕桥镇志》，并得悉评审专家一致认为此书体例完备、资料翔实、观点正确、文风严谨时，不胜欣喜。

我祖籍浙江绍兴，出生于浙江吴兴县南浔镇（今属湖州市南浔区），就在钱塘江东西、浙东、浙西均属故乡。自幼得知笕桥之名，少时就知有笕桥机场，从事历史地理研究后也接触过与笕桥相关的论著和资料，读《笕桥镇志》时不仅倍感亲切，也更体会到乡镇志作为地方百科全书的意义。

就宏观而言，笕桥作为一个千年聚落，又处于中国近千年来的经济文化发达地区，不仅积累了大量地方史料，而且境内的遗址遗物和口耳相传的故事保留了很多未见于其他记载的资料。笕桥地属良渚文化范围，有新石器文化遗址，民间有防风氏的传说和民俗遗存，笮湖据说是秦始皇巡游到过的地方，走马塘是汉代修筑的钱塘江第一条江堤，无论民间传说与当地学者的观点是否正确，涉及的都是全国性的或更大区域内的历史。笕桥与西湖的形成有何关系，《水经注》所记浙江是否流经本地，钱唐西部都尉治所究竟在何处，这些千百年来聚讼纷纭的难题，本地的详细记载或许能提供独特的或关键性的证据。

就微观而言，某些在全国、全省、全县未必能有详细记录的事物，在《笕桥镇志》却因其在本地所占的重要地位、所起的关键作用、所产生的重大影响而得到最大篇幅的记载，留下最详尽的资料。例如，在杭州改用萧山机场后，知道笕桥机场的人越来越少。要不是纪念抗日战争，知道笕桥航校的人就更少。今后的中国抗战史、空军史、民航史上固然不会没有笕桥机场、笕桥航校，但对它们百科全书式的最详尽的记录大概只有《笕桥镇志》能够提供。

传世乡镇志中，属浙江省者占有重要地位。新编《笕桥镇志》使我深信，浙江重视乡镇志的优良传统必定能发扬光大，而新编的乡镇志必将产生更丰硕的成果。

2006 年 7 月 18 日

《南浔古今地图集》[①] 序

　　一个人要了解一个地方，最重要的当然是亲身经历。如果能亲自到那里去，或者在那里生活一段时间，才有了解的可能。一般来说，亲身经历、亲自了解的时间越长，越深入，自然了解的情况越多，越真实可靠。

　　但是中国那么大，世界那么大，并非所有的地方自己都到得了的。就是到了那里，最多能看到现状，对那里的过去还是无法直接了解的，还得通过以往留下的文字、数字、图像、音频、视频或实物直接地了解。清初的顾祖禹足迹不出家乡，编了一部《读史方舆纪要》，涉及天下的地理状况、军事险要。有人看了很佩服，说："你写的比亲身经历过的人所知道的还详细精确。"顾祖禹依靠的就是历史文献、地方史志，或许还有地图。其中记载的很多内容，肯定在清初已属历史，亲身经历者自然无法直接了解。

　　我1945年出生在浙江省吴兴县南浔镇，今属湖州市南浔区，1956年随父母迁居上海，此后与家乡的联系不断。我幼时的记忆力较强，对1950年代的南浔有清晰的印象，包括很多细节，对长辈老人告诉我的事也都记得。有一次唐长孺先生（历史学家，嘉业堂主人刘承幹的外甥）与我谈南浔往事，先师季龙（谭其骧）先生不禁提醒他："他那时

[①] 陆剑、沈正中、屠国平主编：《南浔古今地图集》，中国地图出版社，2020年版。

几岁？怎么会知道！"唐先生却说："他知道，说得不错。"

但当我看到一本1930年代由一位小学老师带领一群小学生编的调查报告《南浔研究》时，才发现我有些记忆是错的。如有些人名、地名，因为从小听到的是南浔方言，或者长者用其他方言（如先父是绍兴人，先母家里是徽州人）说的，我记下的文字是错的。有些知识或内容也与事实有很大出入，《南浔研究》作为规范的、第一手的调查报告当然比我听到的间接的、甚至有意无意失实的传闻可信可靠。

当我翻阅一张南浔的旧地图时，我才发现有些地理要素、方位，特别是桥、河、港、漾，我的知识和记忆也是错的。我想，一方面是由于这些要素是在不断变化的，旧的知识和记忆即使没有错，也不会一直符合变化了的事物。另一方面，有些涉及空间的因素用语言或文字难以表达准确清晰，只有地图才能胜任。

在我从事专业研究以后，就更明白历史文献（包括地图）的价值了，对故乡南浔的了解和理解更多是来自历史文献，得之于历史和历史地理的研究。不过，大多数古镇只有文字记载，却没有古地图或旧地图，有的只是在所属的县志所附地图中显示几个地名和图画式的河流、山峰、城池、寺庙，甚至到民国年间还没有一张像样的地图。而南浔和所属的乌程县、归安县、吴兴县既有深厚的经济文化基础，又得风气之先，清代后期的方志中就有了详细准确的传统地图，清末民初已经有了建立在实测基础上的新式地图，到20世纪30年代更有了现代化的实测户地段图。《南浔镇实测户地段图》和《南浔研究》调查报告，放在同时代世界上任何同类市镇聚落中都是先进水平，今天的学者凭借这一套地图和一册调查报告，完全可以取得世界一流的研究成果。

现在陆剑、沈正中和屠国平先生将分散在档案馆、图书馆、测绘部门和各种书籍资料中的古今南浔地图收罗殆尽，汇编成书，正式出版，使这些有价值的地图和资料能为专业的和非专业的广大读者所知所用，其意义不言而喻。读了卷首陆剑、屠国平所撰《南林浔溪成长记》，我认为他们已经受这些地图之益。陆剑并未受过历史学和历史地理学的专业训练，以往的写作集中于南浔的名人望族、经济文化，但这篇《南林浔溪成长记》却抓住南浔这个聚落形成和发展的关键因素——河流、聚落、农业、商业、民间信仰，从它们的空间变化入手，对南浔近千年的历史做了具体而生动的讲述。广大读者自然会从使用这部地图集中取得各自的收获。

对《附录》中所收的浙江省、长江三角洲、南浔和相邻地区的专题地图，刚看到图名时我怀疑收录标准是否过宽。翻阅以后，我倒觉得编者用心良苦。在这些地图上，南浔固然只有一个点，却足以显示南浔的特殊地位以及它在更大的地理空间中的作用和影响。如在民国年间浙江省的公路、电报线路、长途电话线路、银行分布处，南浔虽仅为镇、区，却是从不缺席的。这无疑比文字叙述更直观，也更有说服力。

我也希望以本书的问世为契机，收藏这些地图和资料的机构能向公众开放，进而将它们数字化后供公众下载，做到物尽其用。湖州市和南浔的专家、领导有建立"南浔学"的宏愿，不妨从这些小事做起。

2020 年 3 月

《桃花溪村志》① 序

地方志是一个地方的百科全书，应全面记录当地自古至今的自然、人文、社会各方面的情况。在已有前志或定期修志的地方，为避免重复，新修的地方志只需要衔接前志或补前志之遗漏。纯属新志则必须从头修起，将本地形成聚落或政区的时间作为起点。完整的地方志系统构成一个地方的全套百科全书，成为国史主要的资料来源和基本数据库。

自郡县制形成以来，中国行政区划的基本单位一直是县或县级，但县以下历来有亭、乡、里、聚、镇、市、都、图、屯、堡、寨等基层单位，而在广大乡村，村落始终是其基本构成。一部完整的县级方志，必须包括该县级政区的全部乡、镇级基层单位，资料的采集不能遗漏下辖的每一个村落。

清代方志学家章学诚认为，根据《周礼》记载的《周官》制度，"而知古人之于史事，未尝不至纤悉也"，"是于乡遂都鄙之间，山川、风俗、物产、人伦，亦已巨细无遗矣"，"盖制度由上而下，采摭由下而上。惟采摭备，斯制度愈精，三代之良法也"。但直到清代，朝廷功令规定的修志单位都只到县级，传世的镇志、乡志、村志、山志、寺志如凤毛麟角，并都属私修。就是现在新修方志和第二轮修志，国家规定也只到县级政区。2006年5月18日国务院公布的《地方志工作条例》明确规定的地方志系列是"省（自治区、直辖市）编纂的地方志，设区的

---

① 《桃花溪村志》编纂委员会：《桃花溪村志》，浙江人民出版社，2019年版。

市（自治州）编纂的地方志，县（自治县、不设区的市、市辖区）编纂的地方志"。还规定"以县级以上行政区域名称冠名的地方志书、地方综合年鉴，分别由本级人民政府负责地方志工作的机构按照规划组织编纂，其他组织和个人不得编纂"。可见政府对县以下的乡镇志、村志的编纂并无要求，且不属官修范围。

这是因为到目前为止，绝大多数乡镇，尤其是村，还不具备单独修志的必要性和可能性。无论是一个行政村（组）还是自然村落，面积不大，人口有限，自然、人文、社会各方面历史和现状的各要素中值得专门记载的内容不多。即使有，也完全可包括在县志或上一级政区的方志中。所以，村是县志编纂过程中采访采集的对象，但不足以也不必要单独编成志书。凡是在本县有代表性的或知名度的内容信息，肯定能够包括在编纂成的县志中。大多数村也缺乏编纂成志的基本资料和数据，如对于本村的来历、得名、形成和演变找不到可靠的记载或合理的说法，对面积、田亩、户口、产业等除了现状外没有最低限度的数据积累，没有在村外有影响的人物，未发生过在村外有影响的事件，或者找不到与本县其他村稍有不同的特点特色。另一方面，编纂地方志是一项专业性很强的工作，需要有受过专门教育训练，又有一定实践经验的专业人员。尽管现在九年制义务教育已经普及，但要在村民中找到合格的地方志编纂人员几乎没有可能。就是在县范围内，有限的专业编纂人员任务繁重，也不可能再承担编纂村志的工作量。按专业要求编纂村志，需要一定的经费，如果正式出版花费更大。由于村志不属国家修志的范围，不可能获得政府拨款。要不是集体经济实力雄厚，村民中有热心公益的富户，即使有了村内村外的修志人，还是修不成志，或者修成了也出版不了。

但是无论是为了保存文献信息，还是出于资政教化的目的，为一些有特色又有条件的村修志实属必要。因为县志的容量和字数有限，从村里采访采集来的资料信息必定会被选择、改编、简化、删削，原始资料信息得不到保留，其中一些不可能长期存在或再生的就此消失。或者按照当时的编纂体例还进不了县志，按当时的认识水平还看不到其重要性，如有些非物质文化遗产尚未列入保护名录，相关人物尚未被确定为传承人，有些古建筑未被登记，有些遗址、遗物未被认定为文物，但等到下一次修志时，有些人物已经去世或丧失记忆能力、传承能力，有的建筑物已经倒塌毁坏，有的遗址遗物已经不复存在，有些口碑资料已不可复原。在传世的数量极少的古代村志中就有这样的例子，康熙二十四年（1685年）《杏花村志》（属池州府贵池县）中就载有一件洪武四年（1371年）村民郎礼卿家的完整户帖。这是根据明太祖朱元璋于洪武三年（1370年）一月二十六日颁发的圣旨在全国普遍清查户口的产物，每户都有一式两份，一份由官府存档，一份由户主保管。因为太普通了，传世的明代县志中都未收录样本。而到了今天，留下的实物和记载的样本只有几件，其中之一却保留在一部村志中。还有些资料信息，虽然对村外影响不大，但对于本村在外地的移民、海外游子和他们的后裔，却是维系乡情、慰藉乡愁、了解家乡、寻根问祖不可或缺的资源。

浙江古称鱼米之乡、人间天堂、人文渊薮，既重视修志的传统，也多修志的专门人才。改革开放以来，浙江得风气之先，伴随着新农村建设的开展，首批新修村志应运而生。2004年10月，时任中共浙江省委书记的习近平同志在考察江山市凤林镇白沙村时，鼓励村民把《白沙村志》继续编修下去，把新变化写入新村志。孙达人教授等专家学者热情关注、积极指导新村志的编纂，各地方志办对具备条件的村志编纂也给予支持和指导。2016年11月17日，中国地方志指导小组办公室根据国务院办公厅印发的《全国地方志事业发展规划纲要（2015—2020年）》的精神，发布《中国名村志文化工程实施方案》，部署在中国历史文化名村、经济强村、新农村建设示范（试点）村及其他特色村编纂一批新村志，出版"中国名村志丛书"。在《中国名村志文化工程实施方案》的指导和推动下，一批质量高、影响大、社会效益好的名村志已经入选首批丛书出版。

正是在这样的形势下，《桃花溪村志》的编纂得到中共杭州市临安区委宣传部和区方志办的支持和指导，有幸成为临安区第一部公开出版的村志。这就是这部村志所得的天时。

桃花溪村的地利也为这部村志的编纂提供了丰富的资源。

这片处于浙皖交界的天目山脉中，占地19.3平方千米的山地，森林覆盖率达84.62%，有崇山峻岭、奇峰异石、飞瀑流泉，有中国最古老、最完整的火山口之一，还有塘、湾、坳、沟、坡等多种地貌。生物资源丰富，多样性突出，拥有多种珍稀、濒危植物和野生动物，保存着华南梅花鹿在中国最大的野生种群。山溪两岸自古多桃树，春来桃花遍野，桃花溪村以此得名。

桃花溪村的历史可追溯至唐元和年间（806—820年）黄檗希运禅师等在千顷塘营建佛寺，其沿革可考至北宋太平兴国四年（979年）昌化置县，桃花溪两岸的掉石岭、戴家、童家社、庄边、西坑、广竹园、阳山、小九岭各村相继形成，距今已逾千年。至2016年，已有8个自然村10个居民小组。有常住人口268户814人，20个姓氏。

地处村域的千顷关曾是古代的战略要地，也曾是红色根据地的屏障。1930年后，中共基层组织和中国工农红军皖南游击队在此组织发动群众开展武装斗争，1949年5月，桃花溪村和龙井桥村等村民兵配合中国人民解放军浙西支队，参加解放昌化县城的战斗。中华人民共和国成立后，从桃花溪村大山中走出了一批能工巧匠、劳动模范、党政干部、优秀党员、专业技术人员。桃花溪村已获杭州市级文明富裕村、浙江省特色旅游村、浙江省农家乐特色村等荣誉称号。

作为一个普通山村，桃花溪村称得上人杰地灵，完全够得上编一部内容丰富的新村志。

将这样一个美好愿望变成现实，自然要靠人和。

2017年3月17日，刚从领导岗位退休的朱霞生同志邀集在临安的几位同村退休干部商量纂修村志事宜，得到一致赞同，确定由桃花溪村在外工作人员组成编辑部，义务编写，聘请胡法源同志负责文字统筹、把关。4月，村"两委"研究决定修编《桃花溪村志》，确定编纂委员会成员，委托朱霞生同志全权负责组织、协调工作。5月12日，由胡法源与自愿报名修志人员18人组成编辑部。在村"两委"的动员和支持下，至18日即正式启动编纂工作。

全体编纂人员不辞辛劳，千方百计在村内外、区内外搜寻资料。召开座谈会11次，参与者130多人次，走访干部、村民100多人次，对重要资料和数据反复核实。编辑部分3批于2017年11月、2018年2月和6月完成初稿。前后召开14次编辑部会议，逐章逐节讨论，提出修改意见。分3批印发稿子，请村干部和村民审查，分两次请专家审稿。经两度寒暑，数易其稿，增删打磨，终于成稿付梓。

这样一部得天时、地利、人和的村志，自然无愧于一部名村志。时值国庆七十周年，《桃花溪村志》正是献给祖国的一份厚礼。

历尽千年沧桑，桃花溪村这个普通山村已成世间桃源，村民们的富足安逸早已超出了当初桃花源中人的梦想，如今又有了有史以来的第一部村志。我为桃花溪村庆，为桃花溪村民庆，为《桃花溪村志》庆，为我们伟大的祖国庆！

2019年10月

文化何以自信

文化自信与文明互鉴[1]

恩格斯在马克思墓前的演说中指出:"马克思发现了人类历史的发展规律,即历来为繁芜丛杂的意识形态所掩盖着的一个简单事实:人们首先必须吃、喝、住、穿,然后才能从事政治、科学、艺术、宗教等等。"[2] 根据马克思主义历史唯物论的观点,一种文化就是一个特定的人类群体在特定的地理环境中长期形成的生活、生产、生存方式,在此过程中产生的行为规范、风俗习惯、价值观念、意识形态、宗教信仰等,以及相应的物质与精神产物。

中华五千年文明的起源和发展完全证实了这一历史唯物主义的论断。中华文明探源工程的结论告诉我们:距今 5800 年前后,黄河中游(山西襄汾陶寺、陕西神木石峁)、长江中下游(浙江余杭良渚)、西辽河(辽宁牛河梁)出现文明起源迹象;距今 5300 年以来各地陆续进入文明阶段;距今 3800 年前后,中原地区形成了更为成熟的文明形态(河南偃师二里头),并向四方辐射文化影响力,成为中华文明总进程的核心区与引领者。

---

[1] 2024 年 7 月 8 日下午为深圳市委党校(深圳行政学院)2024 年第 8 期知行学堂所作专题讲座的记录稿。

[2] 中共中央马克思恩格斯列宁斯大林著作编译局编译:《马克思恩格斯选集》第三卷,人民出版社,2012 年版,第 1002 页。

文明的曙光出现在黄河中游、长江中下游和西辽河流域，不是偶然的。由于人类早期生产力低下，只能使用简单的工具，对自然条件的适应性有限，必须选择比较适宜的自然环境，尽可能利用天然的生活、生产、生存条件。在五六千年前，这些地区的气候、水文、植被、土壤、地貌、地形等都是比较适合人类生存和发展的，例如气候温和，降水或水源充沛，便于用水又能规避洪水，土壤肥沃疏松或容易开垦，物产比较丰富多样，能就近获得建筑材料，便于与外界的交通等。

地理环境为人类早期文明的产生和发展提供了必要的条件，但在一定的范围内，并没有规定或限制文明发展的类型和程度。在同样的条件下，人群中的天才人物和杰出分子往往能发挥特别大的作用，把对地理环境的利用推到极致。传说和史籍记载中的黄帝、炎帝、神农、伏羲、尧、舜、禹都对中华文明的形成和进步起过巨大的推动作用。

早期中华文明如满天星斗，但有的逐渐暗淡，有的戛然而止，有的迁徙无常，唯有黄河中下游地区渐趋成熟，日益壮大，形成中华文明的核心区和引领者，并逐步扩大到全国各地。主要原因在于黄土高原和黄土冲积的平原地势平缓，土壤疏松，表面植被容易清除，使用简单的工具就能开垦耕种，能形成大规模的连片农业区，生产出足够的粮食和物资供养一个政治实体的全部人口，进而构成统一国家的物质基础。公元前1世纪的西汉，已经将疆域扩展到当时的全部宜农地区。与今天中国的领土比较，未包括在西汉疆域的大致只有青藏高原、内蒙古高原和东北地区。而西汉未将它们囊括在内的主要原因，并非缺乏军事实力，而是在当时条件下这些地区无法进行农业开发或者不适合农业人口居住。

随着人口的扩散和迁徙，以黄河流域为基地的诸夏（华夏）民系的生存空间不断扩大，或者因与其他民系融合而实际增加了华夏民系的人口数量及居住地，最终发展成中华民族的主体、世界上人口最多的民族——汉族。以黄河流域为核心的华夏文明也逐渐覆盖全部农业地区，并最终为牧业地区所接受。正因为如此，北方牧业民族曾多次建立自己的政权并入主中原，甚至统治全国，但军事上的征服者最终成为文化上的被征服者，毫无例外地接受了华夏文明。

地理障碍使中华文明远离其他主要文明，因而在整体上没有受到外来文明的影响，保持了持续的、稳定的发展。大航海带来了西方文明，帝国主义的大炮轰开了清朝的大门，中国遭遇了3000年未有之变局。但中华文明不仅没有灭绝，更没有中断，而是浴火重生，迎来了新的复兴。

5000多年的历史充分证明，中华文明发源于这片土地，植根于这片土地，最适合中国的地理环境和在这片土地上生活、生产和生存的人。中国由封闭到被迫开放，到积极自主开放；中国由封建专制社会转变为半殖民地半封建社会，通过革命进入新民主主义社会、社会主义社会；由农业社会过渡到工业社会，由以农村为主到快速城市化。在这过程中，中国文化不断更新，显示了强大的生命力。这样的文化当然值得我们自信。

文化自信的另一个理由，是中华民族善于向其他民族、其他文明学习，能够不断吸收其他民族、其他文明的长处。用历史唯物主义分析，由于世界各地不同的地理环境千差万别，利弊并存，由此孕育的文化不可能十全十美，也不可能在所有的方面都保持先进。总体上先进的文明、文化，都是不断自觉地吸取其他文明的精华、学习其他文化的长处的结果。

中华文明探源工程的研究结果证实，中华文明自形成之初，就广泛吸收了外来文明的影响。如源自西亚、中亚等地区的小麦栽培技术，黄牛和绵羊等家畜的饲养技术，马的驯化、饲养和改良，以及青铜冶炼技术逐步融入中华文明之中，并被改造生发出崭新的面貌。如青铜，由主要用于制造工具演变为制造礼器，一方面使铸造技术更加完善、更为精湛，另一方面赋予青铜器更多的精神价值，使之成为艺术、文化、历史、制度、信仰的载体。

一些源于外界的产物、知识、技术、观念、科学、宗教，被学习、引进、吸收，已经成为中华文明、中国文化的一部分，以致我们长期忽视了它们的真正源头。如一直被视为传统文化时间系列指标的"天干地支"，根据西晋时郭璞的《尔雅注》，它们都有一个奇怪的别名：甲——

阏逢，乙——旃蒙，丙——柔兆，丁——强圉，戊——著雍，己——屠维，庚——上章，辛——重光，壬——玄黓，癸——昭阳；寅——摄提格，卯——单阏，辰——执徐，巳——大荒落，午——敦牂，未——协洽，申——涒滩，酉——作噩，戌——掩茂，亥——大渊献，子——困敦，丑——赤奋若。这些词，除了个别能从字面理解外，其他用汉字的意义根本是无法解释的。唯一的可能是它们本来就来自另一个语系，只是用汉字记录了它们的发音。早已有学者注意到，巴比伦的黄道十二宫形成的时间早于中国的地支，而地支中某些别名的读音与巴比伦的发音非常接近。

如果说这个问题还需要寻找新的证据深入探究的话，大量其他文明、其他文化早已中国化并被视为中国文化的一部分已是不争的事实，国人已习以为常。外来的佛教因为成功地中国化而被中国民众当作本土信仰，禅宗更被文人视为一种中国文化。近代日本人用汉字翻译了大多数西方科学和人文的词汇，中国几乎照单全收为现代汉语词汇。

有学者注意到，夏朝的兴起与小麦的传入和推广同步，商人的崛起与战车的引进密切相关。十六七世纪以降，来自美洲新大陆的烟草、番薯（红薯）、玉米、马铃薯（土豆）、花生、辣椒传入中国，并且很快普及。17世纪初明朝的人口接近2亿，19世纪中叶清朝人口已超过4亿，占总人口一半以上的增量人口大多是由这些新作物养活的。今天中国已是世界上唯一的能够生产全部工业产品的国家，但这些产品大部分并非原产于中国或由中国人发明的。中国是世界上最大的商品出口国，但这些商品大多曾经是中国从外国进口的，改革开放以来才开始学会生产。

"文明互鉴"就是不同文明之间可以相互借鉴，其前提就是承认其他文明有值得借鉴、学习之处。正因为如此，我们在确立文化自信的同时，也要尊重、欣赏其他文明、其他文化的自信。这就是费孝通先生曾经倡导的"各美其美，美人之美"，在文化自信的同时，尊重他人的文化自信；在赞美自己的文化时，也赞美其他文化，这样才能"美美与共，天下大同"，不同文化、不同文明才能和谐相处，发展成人类命运共同体。

文明互鉴不应该停留在理念上，更不能只是一句口号。我们需要认真了解、理解和研究其他文明——特别是世界上主要的文明——有哪些方面值得我们借鉴或学习。即使是我们不能接受的价值观念、意识形态、宗教信仰、社会制度，也要实事求是承认或肯定它们的历史作用和现实影响，给予充分的理解和必要的尊重，避免无谓的争论。不应将利益之争拔高到文明之争，诱发或激化文明之间的冲突。

全面正确地理解文化自信，真正确立了文化自信，中国才能进一步深化改革开放，走向世界，复兴的中华文明必将在世界发挥更大的影响，为人类作出更大的贡献。

经济全球化与文化多元化应该并行不悖[①]

经济全球化是一种不可避免的趋势，必然会促进世界经济的加速发展和更密切的联系。在这一过程中，各个国家、地区间的文化交流也会越来越密切，而且随着物质条件的改善和信息技术的进步，文化的传播将更加迅速有效，因而各种文化之间会加速影响和融合。从这一意义上说，文化也存在一种全球化的趋势。但文化的全球化与经济的全球化不仅是两个不同的概念，也有完全不同的内容。文化的全球化意味着全世界的各种文化都不能再孤立地发展，都面临着其他文化的影响和挑战，而且，各种文化中先进的、开放的、积极的因素会越来越多，在本质上越来越趋同，它们之间的交流也会越来越频繁，甚至会与本身的变化同步进行。但这绝不意味着各种文化间的差异会逐渐消除，甚至会形成一种全球一致的文化。相反，不仅文化的多样性会长期存在，而且还将继续向多元化发展。

首先，经济活动的运作并不需要以文化的一致为前提。在以往半个多世纪中，发源于西方的生产方式、经济制度、管理模式、商业行为和物质文明已被东方国家成功地移植，但这些国家的文化并没有完全西方化。即使一些国家的文化已经相当西化，但同时也使这些经济活动不同程度地本土化了。而且，对于经济发达国家来说，它们最关注的是自己的经济活动的效益，而不是这些经济活动对其他国家文化的影响，它们

---

① 本文原刊于《世纪》2001 年第 1 期。

完全没有必要以改变对方的文化为前提，为目的。相反地，为了便于对方接受，它们往往会迎合对方的本土文化，以减少经济活动的成本，提高投资的收益。

其次，由于自然环境和历史人文环境的差异，即使经济活动完全相同，物质条件达到了相同的程度，文化上的差异依然会长期保持。文化的变化和发展固然离不开经济基础，但文化的发展并不一定与经济的发展同步，既能超前，也可滞后，所以差异会永远存在。国家之间、地区之间都如此，发达国家和地区之间、欠发达国家和地区之间无不如此。北美、西欧、日本、大洋洲之间在经济上并没有太大的差异，但在文化上的差异是显而易见的，并没有日益缩小的趋势。

再者，物质文明的发达，不仅促进了人口的迁移，也使迁移人口有条件保持原有的生活方式和风俗习惯，而不必像以往那样，必须入乡随俗。移民所携带的外来文化未必不如迁入地的本土文化，但以往由于受到物质条件的限制，移民往往缺乏继续保持自身文化的基本条件。另一方面，强势移民，如外来入侵者、统治者往往通过政治权力或经济上的压力强制迁入地的人接受外来文化。无论哪一种结果，实际都是在强制同化的同时毁灭了一部分文化。未来政治的进步和经济的发达，使移民与土著都有可能作更加理性的选择，而不必一味土著化，或者不得不屈从于外来的强势文化。

还应该看到，物质生活的改善必定会使人类更加关注精神生活，比较充实的物质生活使人们有条件、有意愿去追求不同于本土或不同于以往的文化。更多的余暇时间使更多的人有更多的机会到外地和外国旅游，更多地接触和了解其他文化。更加开阔的视野、比较开放和宽容的观念，会使人们更容易接受外来文明，更能容忍不同的文化。曾经在地球上无数次出现的消灭异族、清除异教、灭绝异文化的惨痛史实将不会重演。

在古代，一种文化要为外界所知，往往要经历相当长的年代。例如，以秦汉为代表的东方文化与以罗马帝国为代表的西方文化，从兴盛到衰落，都处于互不了解、互不交流、相互之间毫无影响的状态。中国人真正了解西方文化，要晚至19世纪以后。世界上一些曾经相当发达的文明，直到它们走向灭绝也没有能够让外界了解，至今还有很多不解之谜。但现在，发达的信息传播手段使全球各种文化及其最新的发展都能显现在世人面前，人类将拥有前所未有的了解、比较、引进和学习其他文化的优越条件和便利手段，选择的余地也更为广阔，一些原来鲜为人知、不受重视的文化有可能获得与主流文化同样的竞争机会。

新的文化发展将更注重个性，注重地域、民族、时代特色，因此在旧的文化差异消除的同时，又会产生新的差异；在不同的文化融合为一体的同时，会分化或衍生出新的文化。不可否认，由于西方文化在世界上的强势地位，以及西方国家，特别是美国拥有强大的物质基础，在相当长的一段时间内，西化、美国化成为一种主要的潮流。但与此同时，美国文化、西方文化本身也在发生变化，包括在不断吸收东方的和其他地区的文化。试看今日的美国文化，究竟有多少是它的先民从英国或欧洲带去的？多少是从其他民族学来的？又有多少是新发展和变化出来的？

但文化的多样性不能成为保护落后文化、拒绝先进文化和闭关锁国的理由。文化多元化是进步和发展的产物，而不是简单地保留现状，更不是复旧。中国文化只有通过改革开放，不断吸取世界文化的精华，才能取得真正的进步，在世界上发挥更大的影响，成为未来世界多元文化中重要的一元。

文化的全球化意味着一种文化独霸世界或几种文化瓜分世界的历史将一去不复返。我们既然反对西方文化的霸权，就意味着绝不能以东方文化或中国文化去取代西方文化，而是希望东西方文化和其他文化平等相处、和平竞争。"三十年河东，三十年河西"的说法没有跳出此消彼长、你死我活的轮回观念，不符合人类社会的发展趋势。我们所期望的中国文化的伟大复兴，是指中国文化在经历了一段落后屈辱的历史后恢复到它应有的地位，能在世界上发挥更大的作用，能与中华民族在世界上的地位相适应，而不是倒退到秦汉与罗马帝国的两极时代。正因为如此，文化的全球化与经济的全球化一样，既是挑战，也是机遇，就看我们如何把握。

文明互鉴　美美与共①

4000多年前，来自西亚的青铜冶炼技术传入中原，又传播到西南，三星堆的先民以他们丰富的想象力和独特的创造力铸成这批青铜器。尽管我们现在还不知道三星堆人来自哪里，去了何方，但这批青铜器已成为中华文明的瑰宝。

300多年前，来自湖北、湖南、江西、福建、广东等地的移民迁入四川，他们带来了源于南美的辣椒。四川逐渐成为中国辣带的中心，辣椒与本土的花椒结合形成川菜的特色，麻辣也成为成都人的日常口味。

154年前，在中国生存了数百万年的大熊猫首先在四川穆坪被外国人发现，并深受人类喜爱。中国人爱熊猫，保护熊猫，在文化中注入熊猫元素，形成熊猫文化。今天熊猫已经作为中国的友好使者走向世界，熊猫文化成为中国文化的组成部分。熊猫与功夫——两种中国元素被运用于好莱坞电影，风靡世界。

这三个例子证明了人类文明之间、不同文化之间交流借鉴更能增强我们的文化自信，对中华文明的自信。

近年来的考古发掘和相应学科的研究成果已经充分证明，中华文明已经有5000多年的历史。中华文明发源于这片土地，植根于这片土地，它最适合中国的地理环境，以及在这片土地上生活、生产和生存的人群。在这过程中，中华文明持续发展，不断更新，显示了强大的生命

---

① 2023年9月20日为首届金熊猫国际文化论坛所作演讲的记录稿。

力。以华夏为主体，融合众多其他民族，结成中华民族大家庭。中华民族善于向其他民族、其他文明学习，能够不断吸收其他民族、其他文明的长处。正因为如此，其他年代更久远、曾经更辉煌的文明古国都已成历史陈迹，而中华文明岿然屹立，长盛不衰，中国的历史从未间断。特别是改革开放以来，中华民族以坚定的步伐走向世界，中华文明以崭新的面貌呈现于世界。中华文明、中国文化当然值得我们自信！

用历史唯物主义分析，由于世界各地不同的地理环境千差万别，利弊并存，由此孕育的文明不可能十全十美，也不可能在所有的方面都保持先进，更不一定具有普遍的适应性。总体上先进的文明、文化，都是不断自觉地吸取其他文明的精华、学习其他文化的长处的结果。2000余年前佛教传入中国，经过漫长的本土化后，佛教成了中国文化的一部分。1000多年前日本引入中国的汉字，到了近代日本人用汉字翻译西方人文学科和社会科学的名词术语，几乎全部被中国直接采用。

2014年3月27日，习近平主席在联合国教科文组织总部发表演讲时提出："文明因交流而多彩，文明因互鉴而丰富。"[①] "文明互鉴"就是不同文明之间可以并且应该相互借鉴，其前提就是承认其他文明有值得借鉴、学习之处。正因为如此，在我们确立文化自信的同时，必须尊重、欣赏其他文明、其他文化的自信，就像要求外国人尊重我们的文化自信一样。文明互鉴不应该停留在理念上，更不能只是一句口号。我们应该认真了解、理解和研究其他文明——特别是世界上主要的文明——有哪些方面值得我们借鉴或学习，并且应该有借鉴或学习的具体行动、具体成果。

文化自信与文明互鉴并行不悖，相得益彰。各种不同的文化和文明之间，就应该像费孝通先生所说的那样，"各美其美，美人之美，美美与共，天下大同"。全面正确地理解文化自信，真正确立了文化自信，中国才能进一步深化改革开放，走向世界，复兴中的中华文明必将在世界发挥更大的影响，为人类作出更大的贡献。

[①] 习近平:《习近平著作选读》第一卷，人民出版社，2023年版，第228页。

传统文化的现代转换

——以孝道为例①

要完成中国的文化复兴，实现中国梦，需要集中一切资源，调动一切积极因素，而传统文化就是一项主要的资源，也最有利于调动国人的积极因素。但传统文化也有其局限，如果不深入探究其精神实质，不区别精华与糟粕，一味模仿复古，就只会起消极作用。如果不注意创造性转化，也不能适应现代社会的需要。

一、为什么传统文化必须实现现代转换

恩格斯在马克思墓前的演说中指出，"马克思发现了人类历史的发展规律，即历来为繁芜丛杂的意识形态所掩盖着的一个简单事实：人们首先必须吃、喝、住、穿，然后才能从事政治、科学、艺术、宗教等等"②。任何一种文化，都是一个群体在自己的生产、生活、生存的过程中形成和发展的，都离不开某种特定的生产、生活和生存方式。一旦这些方式发生变化，特别是整个社会整体性的变化，必然导致相应的物质

---

① 据 2015 年 11 月 29 日在中宣部文艺局召开的"中国梦与中华优秀传统文化"座谈会上的发言稿整理。
② 中共中央马克思恩格斯列宁斯大林著作编译局编译：《马克思恩格斯选集》第三卷，人民出版社，2012 年版，第 1002 页。

生活和精神生活的变化，经济基础的变革必然导致上层建筑的变革。

中国的传统文化产生、发育、完善于以小农经济为主的农业社会，由于这一社会长达二三千年，传统文化也得以长期延续。但当中国进入工业社会后，传统文化在很大程度上已经不再适应。即使是其中某些依然能起积极作用的精神因素，其物质层面和具体内容也不得不进行转换。在后工业社会、信息社会迅速成为现实时，如不进行这种转换，传统文化与当代文化之间的断层将无法填补，必定造成传统文化的迅速消失。

其次，中国的传统文化本来就存在脱离社会大众、脱离实际的先天不足。以其主体儒家文化为例，一向主要作用于精英和统治阶层，而不是草根和大众；注重观念和理论，而不是社会实践；局限于华夏（汉族），而不包括"蛮夷"。实际上，很多儒家的理论和观念即使在当初也没有完成或实施与现实的结合。特别是在儒家学说取得独尊地位后，儒家学者习惯于将符合主流意识的社会现象和民间一切美德都归功于儒家的教化，越来越强调精神层面，更加忽略了这些观念的社会功能。如对孝道，片面强调"父为子纲"，倡导愚孝，甚至制造出虚伪、愚昧、残忍的"二十四孝"。

所以，今天我们不仅需要正确理解传统文化的精神实质，肯定它在历史上曾经起过的积极作用，还要考虑如何使它适应现实的需要，使之形成社会实践。一旦转换成功，就能在中国产生巨大的效益，解决其他文化无法解决的难题。

二、孝道的本质

孟子在评价舜结婚的事情时说："不孝有三，无后为大。舜不告而娶，为无后也，君子以为犹告也。"（《孟子·离娄上》）这段话的意思很明白，所以君子认为他做得对，保证有后比事先告知父母更重要。舜结婚前没有告知父母，是因为怕不结婚会无后，这样做等于告知了父母。可见孝道就是要保证家庭有后，而无后就是最大的不孝，这是当时君子们的共识。这是因为在先秦时代，由于生产力不发达，人口普遍营养不良，医疗保健水平很低，妇女婚龄晚，人口有偶率低，产妇和婴儿死亡率高，产妇哺乳期长，人口平均预期寿命短等各方面的不利因素，要保证每个家庭都有后很不容易，要使一个家族人口繁衍更加困难。

《易传》称"有万物，然后有男女。有男女，然后有夫妇。有夫妇，然后有父子。有父子，然后有君臣。有君臣，然后有上下"，也是将家庭及其生育繁衍作为君臣关系的前提和基础。而《说文解字》将"孝"字解释为："善事父母者。从老省，从子，子承老也。"更多是从文字结构的角度出发，因而只是应用了孝道的普遍要求之一，属表层现象，而非精神实质。另一方面也应该看到，到了《说文解字》问世的东汉时代，随着物质条件的进步和人口总量的增加，无后的矛盾已不如春秋战国时那么尖锐，因而社会对孝道的要求更多注重于精神层面。

汉朝标榜"以孝治天下"，不仅皇帝的谥号都带"孝"字，更表现在采取了一系列政策奖励保证百姓有后。如汉高祖七年（前200年）就下令："民产子，复勿事二岁。"[1] 即免除家里生了孩子的户主二年徭役，作为对增加人口者的奖励。汉惠帝六年（前189年）又下令："女子年十五以上至三十不嫁，五算。"[2] 对三十岁还不出嫁的妇女征收五倍的人头税作为惩罚。东汉章帝元和二年（85年）下诏："令云：'人有产子者复，勿算三岁。'今诸怀妊者，赐胎养谷人三斛，复其夫，勿算一岁，著以为令。"[3] 即在原有对生育家庭给予三年免人头税的基础上，再增加奖励孕妇三斛谷子，丈夫免除一年人头税，条件比西汉初更加优惠，奖励的力度更大。对生育的奖励措施一直为历代统治者所沿用，如唐贞观三年（629年）曾下诏："妇人正月以来产子者粟一斛。"[4]

另一方面，为了使妇女能早婚早育，法定婚龄定得很低。北周建德

---

[1]《汉书》卷1《高帝纪》。
[2]《汉书》卷2《惠帝纪》。
[3]《后汉书》卷3《章帝纪》。
[4]《新唐书》卷2《太宗纪》。

三年（574年）、唐开元二十二年（734年）和北宋天圣年间都曾将法定婚龄降至男十五岁、女十三岁①，自南宋至清代的法定婚龄都是男十六岁、女十四岁。

在特殊情况下，统治者甚至会采取极端措施，而不顾某些伦理道德标准。如西晋武帝规定，女子年满十七岁还不嫁的，由官府配婚。②北齐后主竟下令将"杂户"中二十岁以下、十四岁以上的未嫁女子统统集中起来配婚，家长敢隐匿就处死。③唐太宗贞观元年（627年）曾颁布《令有司劝勉庶人婚聘及时诏》，规定："宜命有司，所在劝勉，其庶人之男女无室家者，并仰州县官人，以礼聘娶，皆任同类相求，不得抑取。男年二十，女年十五以上，及妻丧达制之后，孀居服纪已除，并须申以媒娉，命其好合。""刺史、县令以下官人，若能使婚姻及时，鳏寡数少，量准户口增多，以进考第。如其劝导乖方，失于配偶，准户减少，以附殿失。"④不仅要求对符合条件的男女强制婚配，还作为官员政绩考核的重要内容。

早在汉代，对一些地方普遍存在的杀婴现象，有的地方官已采取严厉措施，严禁杀婴，甚至规定与杀人同罪⑤。宋代也曾多次制定法令严禁民间"生子弃杀"，高宗时甚至还规定："杀子之家，父母、邻保与收生之人，皆徒刑编置。"⑥

由于孝道必须保证"有后"的观念深入人心，成为社会的共识，甚至可以打破种族与政治的界限。张骞首次出使西域时被匈奴扣留了十余

---

① 《周书》卷3《武帝纪》，《新唐书》卷52《食货志》，《玉海》卷65。

② 《晋书》卷3《武帝纪》：泰始九年"冬十月辛巳，制女年十七父母不嫁者，使长吏配之"。

③ 《北齐书》卷8《后主纪》：武平七年二月"括杂户女年二十已下十四已上未嫁悉集省，隐匿者家长处死刑"。

④ 《唐大诏令集》卷110。

⑤ 如《后汉书》卷77《酷吏传·王吉》：为沛相，"生子不养，即斩其父母"。又见卷67《党锢传·贾彪》。

⑥ 《历代名臣奏议》卷8《论举子钱米疏》。

年，他始终忠于国家，"持汉节不失"，但并不拒绝匈奴配给他的妻子，并且"有子"[①]。另一位汉使苏武出使匈奴，被扣押19年，历尽艰辛，坚贞不屈，多次以死抗争，但也娶了匈奴妻子。归汉后苏武的儿子因罪被杀，丧失了继承人。汉宣帝怜悯他，问左右："（苏）武在匈奴久，岂有子乎？"可见汉人滞留匈奴而娶妻在当时很正常。苏武报告："前发匈奴时，胡妇适产一子通国，有声问来。"请求用金帛赎回，得到宣帝批准。以后苏通国随使者来归，被封为郎，成为苏武的合法继承人和苏氏家族的传人。[②]

在天翻地覆、国破家亡之际，中国人总是将家族的延续放在重要地位，当作尽孝的实际行动。在研究中国人口史时我发现，往往每当战乱一结束，就会迎来人口迅速增长，原因之一就是在战乱之中、颠沛流离之际，育龄妇女的生育并未停止，甚至为了保证有后而加紧生育、多生育。即使个人因忠于国家而无法尽孝，也会通过家族的努力或特殊手段争取忠孝两全。例如南宋的忠臣文天祥，自己舍生取义，杀身成仁，为宋朝尽忠，但允许其弟文璧出仕元朝，为家族尽孝，保证文氏家族的绵延。[③]

早在公元初，汉朝已经拥有6000万人口，以后多次遭遇天灾人祸，人口数量曾急剧下降，但每次都能得到恢复，并且不断增加，在12世纪初的北宋末突破1亿，17世纪初的明代接近2亿，在1853年超过4.3亿。中国的人口数量始终在世界人口中占有很高的百分比，汉族一直是世界上人口最多的民族，虽然有多方面的原因，但孝道无疑起着独特而重要的作用。孝道的本质是维系家族的精神支柱，保证家族和社会的繁衍，所以才有"不孝有三，无后为大"的说法。孝道的继承和弘扬，使先民一代又一代，自觉或不自觉地尽可能生育，尽最大努力抚养后代，

[①]《汉书》卷61《张骞传》。
[②]《汉书》卷54《苏武传》。
[③] 何隽：《文天祥首肯文璧降元及其原因》，《文献》1995年第1期，第99—104页。

还积极与外族通婚,争取外族的同化和融合。

三、孝道的现代转换

今天,现代化国家和发达地区都面临着生育率降低、人口数量下降、老龄化加剧的难题,随着国民收入的提高、社会保障的稳定、信息交流的便捷、职业竞争的激化、家庭观念的淡薄,这种现象日益严重,找不到解决的办法。一些国家企图通过经济和法律手段加以缓解,但事实证明,经济手段作用有限,对衣食无忧的中产阶层更无计可施。而法律只能保护已有的生命,却无法强制人们生育。

今天,中国也面临着这样的难题,在一些发达地区和城市,人口已多年处于负增长。晚婚晚育、不婚不育、丁克家庭已占相当比例,并有扩大的趋势。如果仅仅讲物质因素和现实需要,这类现象是很难改变的。例如,如果说生育是为了"养儿防老",随着社会保障体系的建立、养老服务的社会化、人均寿命的延长、老人健康条件的改善、人际交流的便捷、文化生活的丰富,的确已经没有必要。如果计算生育和抚养一个孩子的直接和间接的成本,在绝大多数情况下,无法得到政府和社会的补偿。即使生育和抚养的成本全部由社会承担,甚至再给予额外补贴,对只考虑个人的自由、身材的健美、生活的舒适、职场的竞争、对成功的追求的人也无济于事。

如果将传统的孝道转化为现代的价值观念,即保证家庭和社会的繁衍是每一个人的义务,更是青年不可推卸的责任。如果我们的后代从小就受到这样的教育和熏陶,将孝道融入逐渐确立的基本价值观念,以后就会将家庭和睦、生儿育女、尊老爱幼看作人生不可或缺的内容和应尽的责任,不会仅仅从个人的幸福考虑,或者从物质方面斤斤计较。那么这种孝道就能在中国发挥独特的巨大作用,有望解决现代化过程中至今无法解决的难题。

传统的孝道也有其历史性的局限,需要在转换过程中摒弃,并且在实践中继续消除其影响。

一是"无后"的"后"原来只指男性，不包括女性。所以如果生了女婴，无论连生了几个，非但不能被当成"后"，而且会被视为不吉不祥，当成家族的不幸或遭受的惩罚。富贵人家往往因此而溺杀女婴，以隐瞒真相。贫困家族则为了保证未来的男婴能得到供养而溺杀并不需要的女婴。无男性"后"也是休妻和纳妾的合法理由。由此造成中国人口长期存在的高性别比，实际上降低了人口的有偶率、生育率和净繁殖率，成为中国人口增长率始终不高的原因之一。

在实施计划生育政策阶段，这一陈旧的观念依然在起作用，特别是在农村和贫困地区，多数家庭往往要生到有男孩子为止，成为一孩政策的最大阻力。如果这一观念不改变，连续生育两个女孩的家庭也会坚持生第三胎，对女性的歧视也难以消除。

二是将生育和抚养的责任全部推给女方。在传统社会，不能生育的责任一般都由女方承担，既有医学知识的局限，也有男尊女卑观念的影响。所以即使在当代，一些男性还不愿共同承担起生育的责任，在遇到障碍时不积极配合，轻易放弃生育的可能性。

传统社会对男性的要求只是负经济供养和教育之责，而将抚养子女的重担完全交给女性。在女性基本留在家庭内的农业社会，这样的分工有一定的合理性。到了现代社会，特别是在女性与男性拥有同样的职业选择和社会地位时，这样的分工既不合理，也不人性，必须改变。

读书是个性化的事情
——《同舟共进》访谈

纸质书仍有无法替代的优势

《同舟共进》：读书成为人们的自觉精神需求，事关一个民族的精神成长。您如何评价今日国民阅读的现状？

葛剑雄：读书事关国民总体素质的提升和民族精神的成长，我是很赞同这句话的。浸润书香、全民阅读是我们所积极倡导和追求的，但事实上不可能要求每一个人，或者大多数人都能自觉地做到这一点。随着社会经济生活的进步，大家在物质生活改善的情况下，也更加重视精神生活，尤其是随着近年来媒体能力的扩大、加强，图书出版的盛况空前，我们在阅读面和阅读量上有了巨大的进步。但是对于这种情况，也不能盲目乐观，因为读书还要看读的是什么书，或者如何读书、为什么而读书，毕竟并非凡是读书都能提高我们的精神境界。

比如有的书是知识性的，而有的书是娱乐性的，读完这些书，想马上获得精神上的提升，有点不太现实。但从另一方面看，这些书也可以丰富大家精神生活，至少是有益无害的。所以我觉得，总体而言，国民在阅读方面的进步还是很大的。至于已经达到了一个怎样的水平，还需要我们做全面而具体的调查研究，如果仅是统计出每年人均读书多少本，这也只是反映了阅读量，再深入一点，其实还可以分析我们读的是什么书。

所以我总是善意地提醒大家，读书多本身是好事，当然也不要把它与精神境界的提升画上绝对等号。另外，也不要把国外的高阅读率太当一回事。举个例子，以前都说日本人很好学，说在上班的火车上大家都在看书。我在日本待过一段时间，我注意到，其实大多数人看的都是些卡通漫画书，读书大都是为了消磨时间。

《同舟共进》：在互联网时代，人们的阅读习惯已经发生改变，阅读方式也日益多元，您认为在今天纸质化阅读还重要吗？人们是否仍需要传统意义上的读书？

葛剑雄：一方面，手机、电脑这些现代化的通信工具，给人们快速、及时的阅读提供了很好的媒介。另一方面，从传播渠道来讲，互联网、新媒体确实有纸质书不能替代的优势。比如，我在复旦大学图书馆馆长任上时，采购的包括数据库等在内的数字化资源，在图书馆的经费支出里已占比很重，将近一半。又比如，我现在要查一篇论文，如果只靠纸本的话，会面临不少困难。现在只要在电脑前轻轻一敲，几千万的论文库里，任何一篇都可以随便检索，这无疑节省了大量的时间成本、物质成本，提高了获取知识的效率和效益。

但是我们读书，不仅仅是为获得信息，也不仅仅是为求知识。那么，当我们不带类似目的来读书的时候，纸质书还是有它很大优势的。比如现在有些已经退休的人，他读书既不为评职称，也不为写论文，他实际上更多的是追求一种精神生活。像复旦图书馆里就有几位常客，一位90岁的退休干部，每天骑自行车来，门一开就到，中午吃饭时间再走，读书已然变成了他精神生活不可分割的一部分。

所以说，从信息传播的角度看，数字化产品、信息替代纸质图书，是不可避免的趋势，应该说，这也是人类发展史上的巨大进步。但是从人本身对精神追求的角度讲，那么读纸质书作为一种文化、一种乐趣，它是会永远存在的，并且有它特殊的魅力。就像现在人工智能也可以写书法，但如果对书法艺术造诣有追求的话，真正最富有创造力、最富有吸引力的，还是手工书写的作品。

《同舟共进》：互联网的确开启了新的阅读技能和思维，但也有人认为我们因此正在丧失深度阅读与深度思考的能力，当下的阅读正变得碎片化、快餐化。对此您怎么看？

葛剑雄：这得取决于一个人阅读的目的是什么。如果仅仅是为了娱乐，为了普及知识，碎片化也没什么关系。实际上，现在层出不穷的新事物太多，每个人的时间、精力和能力是有限的，能够汲取的无非是一点一滴，对自己专业以外的知识，只能是若干碎片。好比把一个花瓶打碎了，至少每一个碎片都是花瓶的一部分，即使我今后不可能完全拼合出来，但大体的印象不会错。所以，我是反对一概排除碎片化阅读的。

但现在的问题不是碎片化，而在于有些根本就是垃圾。比如讲个历史的小故事或某个知识点，每次几百个字，或者每次只讲5分钟；唐诗鉴赏，每次分析一首，或者只解释最经典的一句。如果这些内容能保证是真实的、正确的，那也很好，日积月累，无形中扩大了知识面，但现在网上充斥着各种各样的信息，比如某些平台上打着"正史"旗号的东西，不乏胡编乱造或断章取义，要么是戏说，要么是歪曲历史。这才是应该引起我们警惕的。

当然，在研究领域，或者要系统地掌握某一门专业或某方面的知识，是绝不能只停留在"碎片化"的。比如要了解中国的通史，哪怕是阅读电子产品，也必须找到一部全书。要做研究，更应该认认真真查原始资料，因为研究最终肯定要对经典有提高，这才叫研究。我对自己的专业、自己的研究生，都是这么要求。

根据需要来读书

《同舟共进》：能简单地谈谈您的读书经历和成长的关系吗？

葛剑雄：每个人的人生历程不同，所处的社会状况也很不一样。今天的孩子，可以自主地选择读哪本书，或者他的父母、老师引导他读哪本书，但我们以前根本不具备这样的条件。读书于我而言，或许是天性使然。还没上学时，我就对书、报纸，对一切有文字的东西都很感兴趣。以前我生活的小镇上，旧报纸的用处很大，比如，窗户漏风了，玻璃没有了，墙面不干净了，都会糊上一张旧报纸，我就很喜欢去看上面的文字，虽然看不懂，但是仍看得津津有味。

记得有一次，舅父从平湖师范回来，带给我们几本连环画报，我高兴极了，不知看了多少遍。念小学时，姐姐进了初中，她的课本就成了我的读物，只要她在家，我就从她的书包里翻书看，特别是文学课本。看到《论语》中"学而时习之，不亦说乎"这一段，我就觉得很有意思，尽管当时有些字还念不出来，或者念错了，更不懂得是什么意思，我却把它背了下来。

小时候家里的经济状况很紧张，那时学校附近办了街道食堂，家里就给了我一些饭钱。这是我有生以来第一次拥有可供自己支配的钱，只要吃饭时不买菜，打一碗不收菜票的汤，就可以省下 5 分或 1 毛钱，可以在书摊上借一本书看上几天。一年下来，附近书摊上的书差不多全看完了，就开始动买书的脑筋。第一本看中的是《唐诗三百首》，在书摊上见到时已经散了架，我整理了一下发现并无缺页，就买下了。

念高中时，我曾在书摊上淘到一本朱墨套印的《六朝文絜》，记得大概花了两块钱。不要小看这 2 块钱，当时读高中付的伙食费是 8 块钱一个月，这已占了一周伙食费。如今这本书已是拍卖价高达数万元的珍品。这本书，我一直保存，它给我带来的乐趣，绝不是 2 块钱，或者今天多少万的代价所能替代的。

自己第一次能自主掏钱买书，我记得很清楚，是在 1964 年 9 月。那年我高中毕业，因病不能参加高考，留在了母校市北中学接受师资培训。第一次领到十几块的津贴，我赶快跑到书店，买下了心仪已久的书——一套王力主编的《古代汉语》。

除了买书，我也常常去借书。现在的阅览条件较以往好多了，1957 年我进了上海的初中，按规定，初中生可以到上海图书馆看书。我进初中的第一件事就是去上海图书馆，那时的上海图书馆就在现在的上海历史博物馆，进入这样一个知识的殿堂，我简直不敢相信，有这么多的好书可以自由借阅。当时初中生只能在里面看，不能外借，我一有空就去那里看书、抄文章，回去再背。一次，我去借《三国志》，管理员说：小朋友，你是想借《三国演义》吗？我说我要借《三国志》，我想知道三国的历史。管理员非常惊奇，说：你竟然能看这样的书。

后来我姐姐进了技工学校，技校的学生证可以办外借卡，我就让她办了一个，用她的卡外借，但每次都要由她写一张委托书。这样就可以将想认真读的书留在家里慢慢读了。像邓广铭的《稼轩词编年笺注》看了两星期，又到图书馆续借了一次。

《同舟共进》：有哪些书籍对您的影响较大，背后又有怎样的故事呢？

葛剑雄：很难说哪一本书对我的人生有激励的作用，只能说，不同时期的我往往被不同的书所吸引，因而引起对某一方面的兴趣。尽管这本书或许在今天看来很普通，但在一个人的成长过程中，它曾经起到很大的作用。

记得念小学时，我曾经看过一本书叫《丁丁坐火车》，讲一个小朋友从上海坐火车到北京，沿途经过大桥，上轮渡过长江，火车里还有餐车、卧铺。印象很深，我到1966年第一次乘火车去北京时还在一一核对。初中时，我也曾对关于探险和极地旅行的书爱不释手。当时不可想象，有一天还能亲自踏上这些看起来遥不可及的地方。

2000年时，我参加了中国第17次南极考察队，在南极长城站待了2个多月。2003年，中央电视台和凤凰卫视邀请我担任《走进非洲》节目的嘉宾主持，我们坐着越野车，从直布罗陀海峡到埃及，再一直南下，最后到肯尼亚，一共经历了8个国家、90多天时间。别人问我从前有没有过这样的愿望，我回答：不能说没有，其实一直都有，只不过以为这是个梦。

如果说有什么读过的书是让我非常震撼的，《牛虻》算是其中一本。那时我读初三，书是借来的，我花了差不多一整晚，到天亮时才看完，实在难以描述那种读完后心满意足的感受。书里有一段情节发生在牢房里，父子间的那场谈话，给我思想上的冲击非常大，那种复杂的对人性、对爱情的描述，还从未在其他书本上看到过。今天大家再看《牛虻》，可能觉得这个故事没什么了不得，但有的书在特定的场合看，它的意义就不是其他书所能代替的。

20世纪70年代初，周恩来总理曾命一些学者翻译外国历史、地理、人文社科著作，供干部内部阅读，还将中学教师也列入干部范围，于是我又逮着机会大量阅读了国外的历史、地理名著，包括丘吉尔、阿登纳、朱可夫、李光耀等人的回忆录或传记，以及《光荣与梦想》等书，还有大量国外的历史、地理书都是那个时候看的。

至于专业上面的书籍，在我念研究生时，谭其骧老师在这方面给予了很多的指导。入学那年他一直住在华东医院，在医院大厅给我们上课，坐在沙发上给我们讲《汉书·地理志》。那里人来人往，很嘈杂，后来改在附近上海辞书出版社的一间工作室。我按照谭先生教的方法，认真读《汉书·地理志》，就这样一步步走进学术领域。

所以，我的看法是，读书是非常个性化的事情，每个人的情况都不尽相同，要从自己的实际出发的，先明确自身的程度，再选择自己想要了解的领域、可以接受的内容去阅读。初学者不要去啃难题，要循序渐进。

我曾在一篇文章里面提过，当初大家一窝蜂都要看霍金的《时间简史》，我一直没看，我去问一个北大的哲学博士，要他老实告诉我，这本书看得懂吗，他说看不懂，我说那我更看不懂了。我想，一个哲学博士都看不懂，我去凑什么热闹。古往今来，世界上的经典、原典太多了，现在经常是这样的，某位名人推荐，这本书非读不可，大家就盲目跟风，纷纷买回去，但有几个人能真正读完呢？读书，还是要根据需要来读。

所以，凡是碰到他人让我开书单、推荐书，我是一概拒绝的。从专业性、政治性上来讲，推荐书目是有用的，但从实现个人的人生目标来讲，要相信自己的选择，不要去随便相信人家的推荐。

读书方法不拘一格

《同舟共进》：有人认为读书要追求速度和重点，有人认为应该慢慢读、细细品。您的私人化的读书方式是什么？有什么好的阅读方法可以推荐给大家吗？

葛剑雄：在进入学术领域前，我的阅读方法基本是随机的，兴趣也较为多样，这样在无形中或客观上积累了比较广泛的知识，但同时也有一个缺点，就是知识不够系统化。曾经有不少人问我，你是怎么自学成才的？这其实不是好事，这是不得已，我其实很羡慕那些正规上大学的。正因为如此，念了研究生以后，我就尽量通过读书来弥补这方面的不足。

我从不喜欢做读书笔记，因为我的记忆力还是比较强的，但走上学术道路后，有些书我还是会反复地看。所以，我主张根据不同的目的、不同的心态来看书，如果是要搞科研，那就认真研究你能够找到的这方面的书、论文和资料，这样才可能找到正确的方向。如果纯粹出于乐趣，把读书看成人生的享受和需求，自己认为怎么好，只要身心愉悦，能得到满足就可以了。

读书的方法是不拘一格的，可以精读，可以泛读，有的只要看看前面的目录就行了。但有一条需要强调，研读专业性的书籍，一定要全面而深入，序、跋、引言、后记等，一个都不能漏，为什么？因为这些内容都很有价值，可以帮助我们更好地了解作者、了解写作背景，比如序言中常常会总结这个领域前人做出过什么成果、对全书的精髓之处进行点拨，后记里常会对某些过去的错误做出纠正，对一些内容做新的补充或修订。如果你没有留意这些信息，就很可能会误读书本、误解作者，或者漏了重要的内容。

《同舟共进》：您最近经常读哪方面的书呢？

葛剑雄：一年来，我写了本《黄河与中华文明》，看的基本是与此相关的历史资料，另外还要运用许多数据和专业地图，要核对别人的各种观点等。至于专业以外，坦率地讲，别人送我的书都来不及看，往往只是拿到时翻一下。

这几年，上海市文史研究馆编了一套口述历史的丛书，作者有的是前辈，有的是朋友，看看身边的人的人生经历，会感觉格外亲切、有意思。特别有几位我比较熟悉的，会从头到尾仔细看。平时不管多忙，对历史的、文化的、纪实类的书，我总是感兴趣的，就算没时间看，至少也要翻翻，浏览一下。不过，偶尔我发现里面某些内容与事实不符，或找到漏洞了，大概率也就不会再继续读下去。

图书馆如何更好地为读者服务

《同舟共进》：您曾担任复旦大学图书馆馆长，您如何理解图书馆在高校中所扮演的角色？它发挥了怎样的作用？

葛剑雄：我在复旦大学图书馆当了7年的馆长，这7年，恰恰是我形成和巩固关于读书观点的时期。有人对我说，你在图书馆工作太幸福了，坐拥书城，有这么多书可看。我告诉他，实情是担任馆长后，我看书的时间更少了。

图书馆的意义有三个方面，其一是为读者提供知识和信息。但人类已经积累的知识海洋浩瀚无比，这就要求读者和图书馆都得学会选择。

我曾经有个研究生，入学半年以后，我问他在做什么，他说：老师，我天天在图书馆看书。我问他看什么书，他答：复旦大学图书馆的书真多，我没有看过的太多了。我赶紧告诉他，从明天开始不许再去了，否则不要说学位论文写不出，毕业都会成问题。我们以前总爱说"开卷有益"，多多益善，但现在的书实在太多，信息量太大，如果你读书的目的不明确，只知道一味地看，那么很可能到最后劳而无功，一事无成。

古代常用"学富五车"形容一个人学问好、知识渊博，这话放到今天，绝对是行不通的。因为古代的车是牛车、马车或小板车，所载的书是帛片、竹简的手抄本，"五车书"实在太少，可能还不及现在的一个 U 盘。所谓"读书破万卷，下笔如有神"，一卷书实际上就数十百页，字又大，今天很多人看过的书，早就"破万卷"了，这个知识量并不大。古代的知识结构比较简单，更多的是讲究融会贯通，但今天的学问越分越细，必须有所取舍，将精力集中在某一个方面。

对图书馆来说，也是如此。我当馆长时深有体会，复旦的藏书、品种还没有完全统计出来，但是如果把一些复本都去掉，大概有两三百万种。这两三百万种放在全球的大学的图书馆里面，算是比较少的——哈佛大学的总藏书量是 1600 万种，有的一种本身就包括成百上千册。我国每年新增加的出版物也有 60 万种左右，只看目录恐怕都"过"不完。

所以，要办高水平的图书馆，并不在于书的多少，你要追赶世界一流图书馆的藏书量，是非常困难的，书永远也订不完。这就要求图书馆应在力所能及的范围里，向读者提供尽可能丰富的获取知识和信息的途径，能让大家在最少的时间内完成最大化收益。比如图书馆对读者的疑问要及时做出回应，完善图书存放的方式等，总之就是要为读者提供各种便利。

图书馆的第二个意义在于对学术引领。我上任馆长以后，对复旦图书馆做过一番调查，结论是我们的图书馆管理还处于初级阶段。比如我们图书馆的咨询，最多是这本书在哪里，怎么拿出来；不少人的观念也还停留在"图书馆不过是一个存放书的地方"。

学术的引领包含：比如根据不同的阶段，引导本科生看什么书，又给博士生提供什么最新的信息。真正先进的大学图书馆，它们的馆员不仅可以告诉来咨询的人最新的学术动态，如果对方想做某方面的研究，还可以给他提供相关资料。美国有些名校的学生要写论文，他们常常不找自己的导师，而是去找图书馆馆员。

三是精神的引领，起到人文精神、人文追求的引领作用，这个要求就更高了。图书馆是进行学术研究活动的重要场所，世界上一些好的图书馆都有供大家讨论、举行公共活动的地方，包括组织学术领域的专家讲座，请某些重要人物来跟大家交流，还有各种书展、图书的推介活动等。

总而言之，高校图书馆的作用远不只是借书、还书业务，它还应该体现为一种知识结晶、一种文化。所以现在的高校图书馆，我个人觉得，应该针对这三个方面来发挥作用，而不是去追求一些抽象、空泛却不切实际的目标。

《同舟共进》：这三点总结得很好。在图书馆的品牌建设上，您有什么好的经验可以分享吗？

葛剑雄：品牌建设，当然是图书馆最重要的无形资产之一，同时也是图书馆建立未来竞争优势的基础。说到底，就是每一个图书馆如何从自身实际出发，更好地为读者服务。

但同时我们也要量力而行。比如当时有人提出来高校图书馆应对外向公众开放，我说这完全是外行话，非但不专业，而且不现实。因为第一，高校图书馆在建筑设计上没有考虑到向公众开放的容量，大多不具备这个条件。只为了看两本普通书、看看日常的快报杂志就跑到学校图书馆来，这明显是资源浪费。而且高校开放图书馆，会带来一系列问题，包括诚信问题、社会治安问题等。

第二，解决公共服务问题的办法有很多，比如可以对图书馆实行联动化、网络化管理，图书馆的建设应该像公园一样。当然，对于特殊的需求，比如对公共图书馆没有的书、街道图书馆没有的书，我们可以提供借阅服务。

又比如提倡图书馆24小时开放，我认为也没有必要。网上流传一张凌晨4点钟哈佛大学图书馆坐满了人的照片，这明显是伪造的，我在哈佛待了一年，没发现有这样的情况。哈佛大学有100多个图书馆，有的相当于我们院系的资料室，但并不是全天候开放的，真正24小时开放的，只有法学院的图书馆，这是它的传统。有些院系还给教师和学生配一把钥匙，你可以随时使用资料室，这都是建立在信任的基础上的。

那些24小时开放的书店也是，引导人们读书不能靠夜间营业吸引读者，而应遵循人们正常的生活节奏，营造读书氛围要从实际出发，而不是单纯地追求形式。全世界的24小时书店几乎都关门了，事实证明，现代社会绝大多数人已经没有这样的需求，对个别特殊需求完全可以用书店以外的途径满足，不必为此浪费资源。

我任馆长期间，还要求图书馆在法定节假日期间闭馆。我的理由是：第一，国家设立节假日，就是希望人们休息、娱乐的；第二，馆员有宪法保障的休息的权利，特别是一些特殊的传统节日；第三，通过调查我们发现，其实节假日期间来馆的读者很少，馆员甚至比读者都多；第四，读者如果有特殊需要的，我们可以单独提供服务，比如我们有24小时的热线电话；第五，如有科技攻关、外事需要、政治任务的，我可以破例为个人开放。为了这个事情，我给学校打报告，征求各方意见，得到赞成。几年下来，全校师生都没有意见。

又比如图书馆抢座位的问题。在我当馆长期间，复旦图书馆只有2000个座位，而同类学校普遍有7000到8000个座位，但我们并没有出现抢座、排队之类，这都与我们的有效疏导有关。图书馆人太多怎么办？我们给每位复旦师生开通一个网络地址，可以在任何场合使用图书馆的数据库等信息。对于那些到图书馆来自习的学生，我就跟教务处商量，能否在冬季、夏季，天气比较寒冷或者炎热的时候，多开一些有空调的教室，这样一来可以减轻图书馆的负担，同时也给学生创造一个适宜的学习环境。后来教务处公布，只要一个教室坐满70%的人，就开另一个新的教室。这样就把问题解决了。

同时我们还要强调保护学生的利益。有学生的手机在阅览室被偷了，后来录像显示，保安正在和一位老师说话，小偷没刷卡就进去了。我说这样的话，这是我们图书馆失责造成的读者损失，应该赔。但如果保安要赔几千块钱，压力太大，弄得人家下岗了也不好。我说我们来赔，费用由我来付，不能用公款。

所以，我总结，图书馆最好的品牌就是最大限度地、人性化地为读者服务，同时又要注意，在当前的条件下，千万不要脱离实际把公众服务无限扩大化，追求一些表面的效应。

秦、两汉时代：
中央集权统一帝国的巩固和延续

（前221—220年）

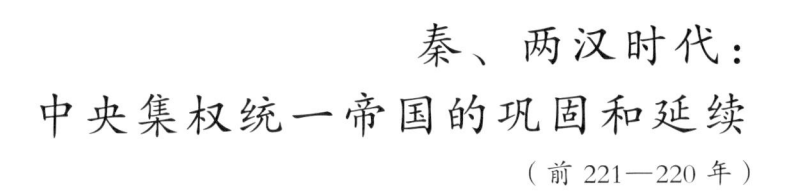

① 本文系姜义华主编的"面向21世纪课程教材"《中国通史教程》第一卷《先秦两汉时期》（刘泽华主编）第四章《秦、两汉时代——中央集权统一帝国的巩固和延续》，复旦大学出版社2005年版。

秦汉时期（前221—220年）共441年，在中国历史上占有极其重要的地位，对此后的历史发展产生了深远的影响。

秦朝是中国历史上第一个中央集权的统一帝国，存在的时间很短，但它的制度基本都为汉朝所继承，并进一步完善。从秦始皇开始的皇帝制度一直延续到清朝覆灭的1911年，在这2000多年间，中央集权制度也没有实质性的改变。

秦朝的统治范围大大超过了此前的夏、商、周，也大于战国后期各诸侯国的总和。汉朝进一步开疆拓土，形成了空前辽阔的疆域。此后的中原王朝的疆域，尽管不时有此盈彼缩的变化，但长期稳定的行政区域基本没有超出汉朝的范围，所以说，中国统一的地理基础是秦汉时期奠定的。

秦朝的疆域已经包括了不少非华夏民族的聚居地区，汉朝的统治扩大到南方、西南、西北和东北众多的非华夏民族聚居区，设立了不同形式的行政机构，形成了多民族的国家。尚处在汉朝统治之外的民族与汉朝之间尽管不乏战争和争夺，但交流和融合始终不绝。而在统一国家中的长期共处，使以华夏诸族为主体并融合了其他民族的汉朝人民最终结合为一个民族，并发展成为中华民族的主体，这个民族以后被称为汉族或汉人，即得名于汉朝。

在此期间，中国大部分地区形成了发达的农业文明，农业、手工业、商业和科学技术的发展产生的物质基础，使人口达到了创纪录的6000多万。尽管秦始皇实行文化专制，但春秋战国百家争鸣的流风余韵并未绝响。在儒家学说逐渐成为主流思想的同时，其他文化领域依然丰富多彩。汉朝国力强盛，在中国历史上与唐朝并称为"汉唐盛世"。

社会的不同阶级、等级、利益集团主要是政治与经济交互作用的产物，皇帝—贵族—官僚群体是整个社会结构中的主干。不同阶级、等级、利益集团的矛盾、冲突引起了社会程度不同的震荡。广大农民与下层的反抗斗争推动了历史的变革。

以皇帝为中心的权力系统，既是维系统一的中枢，又凌驾于社会之上并支配社会。它既对社会进行某种程度的合理性整合，又经常戕害整个社会。不同阶级和利益集团之间的矛盾同这个权力系统往往交织在一起，全国性抗争、起义主要是它的暴虐造成的。

秦朝的影响已远播西方，一般认为，英语与很多西方语言中"中国"一词即来源于"秦"的译音。汉朝是中国历史上最开放的朝代之一，通过陆上和海上的交通线与其他各国有着广泛的交往，在向外传播文明的同时，也引进吸收了外来文化，使汉朝成为东方的文明中心。

第一章　统一帝国的建立和延续

在这个时期，社会几经大的动荡，政权几经更迭，但秦朝建立的中央集权制度和统一国家始终延续，显示了历史发展的必然趋势。

第一节　"二世而亡"的秦朝

"秦王扫六合，虎视何雄哉！"公元前 221 年，秦军攻入临淄，齐王建投降，齐国被灭，战国的割据局面至此结束。秦王政立即采取了一系列加强集权的措施，建立了中国历史上第一个中央集权的统一帝国——秦朝。他为自己确定了始皇帝的称号，树立了绝对皇权，希望他开创的帝国能经二世、三世而传至万世。

一、第一个中央集权帝国

统一之初，秦始皇就否定了多数大臣提出的分封建议，在全国推行郡县制。在对秦国的官制调整扩充的基础上，秦朝设置了比较完整的中央机构，集中处理政务，并由皇帝裁决。郡、县二级地方行政机构的主要官员由中央任免和调动，负监察责任的郡监直属于中央的御史大夫。以秦国的法律为基础，制定了统一的、更加严厉的法律。同时，秦朝还严密了户籍制度，使各级政府能随时掌握人口和土地的具体情况，便于征发租税徭役。

秦始皇以原秦国的制度为标准，整齐划一全国各地的政治、经济、文化以至社会生活方面的制度。如命李斯等人以秦国的小篆和隶书统一全国的文字；废止各国形制轻重不一的货币，规定黄金为上币，以镒（二十两）为单位，圆形方孔铸有"半两"文字的铜钱为下币；以商鞅时制定的度量衡标准器统一全国的度量衡，规定六尺为步，二百四十步为亩；还统一了车轮间的宽度。

为了防止六国贵族的复辟和割据，秦始皇将缴获的武器和没收的民间武器销毁，在咸阳铸成钟、鐻（悬钟的架子）和十二个各重千石的铜人；将天下豪富十二万户迁至咸阳一带，将六国的贵族旧臣迁至关中、边疆或便于控制的地区；拆毁内地的城墙和关隘，修建了由咸阳通往全国主要地区的驰道。

秦始皇派蒙恬率大军收复了被匈奴侵占的赵国旧地，在河套以南设置了郡县，移民定居，还将战国时燕、赵、秦所筑长城连接为西起临洮（今甘肃岷县）、东至辽东（今朝鲜半岛西北沿海）的长城。秦军先后征服了闽越、南越，在东南沿海和岭南设置郡县，使移民与当地越人杂居。

秦始皇的专制统治还扩大到思想和文化领域，三十四年（前213年）下令："史官非《秦记》皆烧之。非博士官所职，天下敢有藏《诗》、《书》、百家语者，悉诣守、尉杂烧之。有敢偶语《诗》《书》者弃市。以古非今者族。吏见知不举者同罪。令下三十日不烧，黥为城旦。所不去者医药卜筮种树之书。若欲有学法令，以吏为师。"[①] 次年，又在咸阳将儒生、方士中的"犯禁者"四百六十余人坑死，并通告天下。尽管一些藏匿在民间的学者和书籍得以幸存，但造成的破坏极其惨重。

秦始皇在首都咸阳和关中仿照六国的宫殿建筑了大量宫殿，又扩建了宏伟富丽的阿房宫，在骊山建造自己的陵墓。他还多次巡游各地，在许多地方刻石纪功，在泰山封禅，派人出海寻仙人求不死之药。这些固

[①]《史记》卷6《秦始皇本纪》。

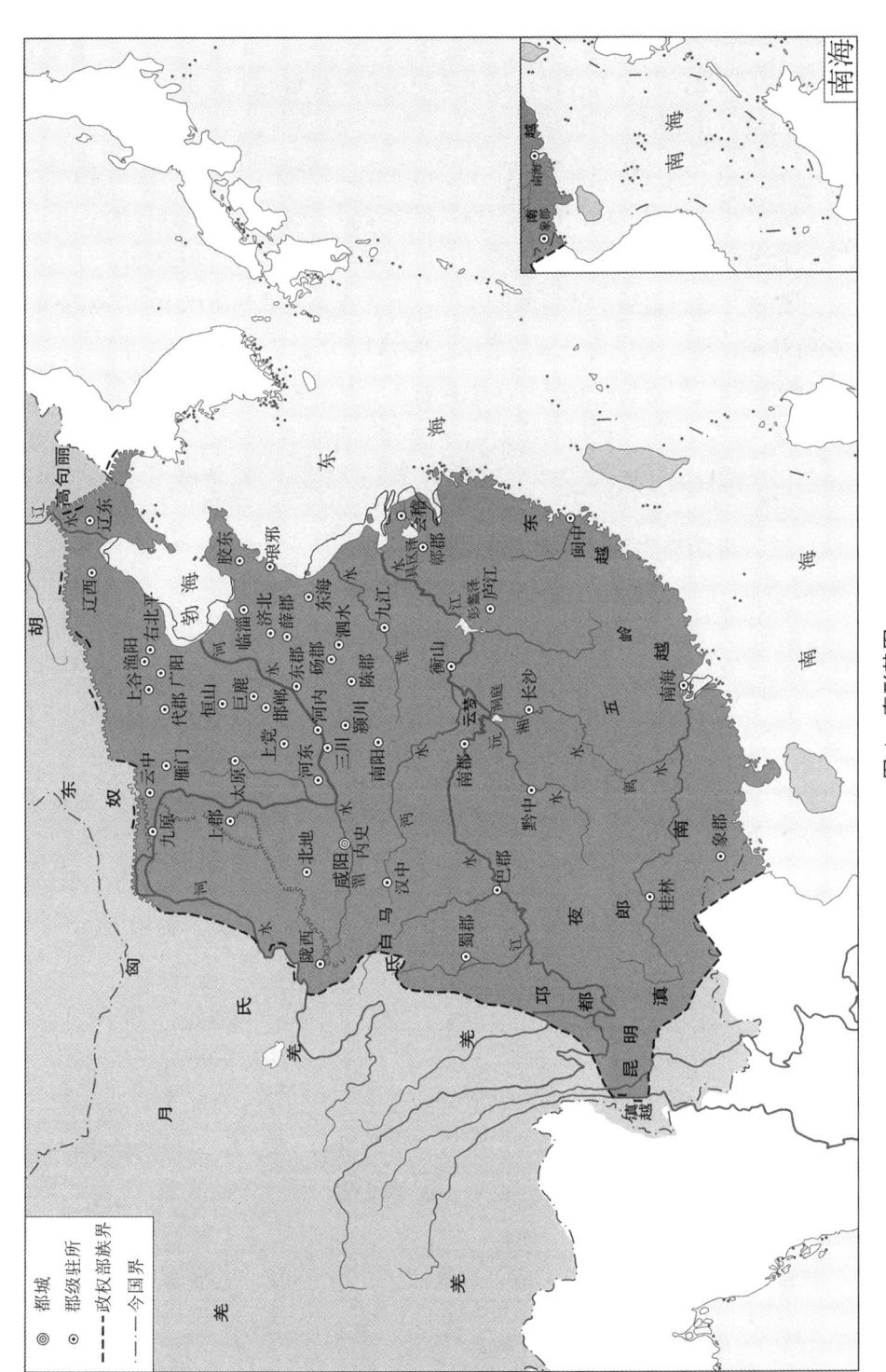

图 1 秦形势图

然是为了满足他的穷奢极侈,更主要的还在于显示他生前和死后至高无上的权威,并试图永久延续下去。

对秦始皇的评价历来毁誉参半,但他创建的制度却并未因为秦朝的灭亡而终止,他巩固统治的手段也被很多统治者效法,甚至连他的文化专制政策实际上也被反复运用,只是手法有所不同而已。毫无疑问,秦朝的疆域是通过血腥的战争才形成的,但其成为汉朝和历代中原王朝统一的基础,最终发展为今天的中国。"书同文"尽管是强制推行的,不无负面影响,但对促进和维护一个拥有无数种方言和民族语言的国家的长期统一是必不可少的措施,对以汉字为共同媒体的东亚文化圈的形成也起了决定性的作用。

二、秦始皇之死——危机的爆发

秦朝建立后,为了维持庞大的军队和官僚机构,不断进行大规模的军事行动和巡游,完成浩大的国防工程和宫殿、陵墓、道路等土木建筑,在短短的十几年间,征发了巨大的人力和物力,造成劳动力严重不足,物资匮乏,人民生活极度贫困。秦朝的赋税徭役已经超过了人民负担的极限,只能靠严刑峻法强制实施,使大批百姓被杀或被罚为罪犯,迫使成千上万的人逃亡山林。六国贵族、旧臣和儒生们的不满情绪越来越大,把希望寄托于秦始皇的死亡和秦朝的瓦解。专制集权使秦始皇既不愿意也不可能了解实际情况,及时调整政策,因而阶级矛盾和社会矛盾日益尖锐。

公元前210年,秦始皇在巡游途中病死于沙丘(今河北广宗西北)。由于他一直指望长生不老,并"讳言死",从未考虑过后事的安排,也无人敢提出建议,长子扶苏和大将蒙恬远在北方边疆,丞相李斯没有获得明确授权,给宦官赵高造成了制造阴谋的机会。赵高以威胁利诱手段取得了李斯的合作,迫使扶苏自杀,囚禁蒙恬,挟少子胡亥即位,为二世皇帝。

胡亥登上帝位后非但不能"缟素而正先帝之过",改弦更张,反而

"更始作阿房宫，繁刑严诛，吏治刻深，赏罚不当，赋敛无度"。[1]如果说，秦始皇还能以自己的绝对权威和铁腕手段来捂住火药桶的盖子的话，他的死去在实际上已经打开了这个盖子，只待导火线的点燃了。

三、陈胜、吴广起义和秦朝的灭亡

秦二世元年（前209年）七月，九百名戍卒遇雨停留在大泽乡（今安徽宿州市东南），无法如期到达目的地渔阳（今北京密云西南），面临死刑威胁。屯长陈胜（陈涉）和吴广率领戍卒杀掉押送的军官，以扶苏和楚国故将项燕的名义，号召起兵反秦。附近农民纷纷斩木揭竿响应，起义军声势日盛。六国贵族旧臣、"群盗"、儒生游士或投奔陈胜，或乘机自立。陈胜在陈（今河南淮阳县）自立为王，号"张楚"，出兵三路攻秦：西路以吴广为"假王"，西攻荥阳；北路以武臣北进赵地，以周市夺取魏地，又进军齐地；南路以邓宗攻九江，以召平攻广陵。吴广军不利，又加派周文西进。周文军进抵咸阳附近的戏（今陕西临潼东北）时，已有车千乘、卒数十万。秦二世派章邯率在骊山修陵墓的刑徒为兵应战，击败周文。

武臣占领邯郸后，自立为赵王，又派韩广略取燕地，韩广也自立为燕王。齐国旧贵族田儋在齐地自立为齐王，击退周市。周市在魏地立魏国旧贵族魏咎为魏王，自任魏丞相。刘邦与萧何、曹参等起兵于沛县，称沛公。楚将项燕之子项梁与项梁的侄子项羽（项籍）起兵于吴（今江苏苏州）。而陈胜却自我陶醉，疏远故旧，丧失了时机。章邯军连败周文，周文自杀；又逼近荥阳，吴广被部将所杀。章邯进抵陈，陈胜败退，被御者庄贾杀害。

陈胜部将吕臣率"苍头军"收复陈，杀了庄贾。项梁、项羽率八千人渡江而西，与刘邦等拥立楚怀王的孙子为楚怀王，都盱眙（今江苏盱眙东北），不久又迁至彭城（今江苏徐州）。尽管章邯不断取胜，但反秦势力此伏彼起，日益高涨。楚怀王与诸将约定："先入关中者王之。"

---

[1]《史记》卷6《秦始皇本纪》。

李斯等大臣劝秦二世采取缓和局势的措施，但在赵高的陷害下，二世反将李斯下狱。赵高诬李斯谋反，将他处死灭族；又指鹿为马，验证是否完全以他的是非为是非，以控制群臣，使二世成为傀儡。项羽在巨鹿（今河北平乡西南）大破秦军，成为诸侯的统帅。章邯战败投降，被项羽立为雍王，率降兵西进。刘邦在攻占宛（今河南南阳）后，乘虚而入，越过武关，逼近关中。赵高唯恐二世得知真相后自己权位不保，迫使二世自杀，立其侄子婴为王。子婴设计杀赵高，但这时刘邦已进驻咸阳附近的灞上。子婴回天无力，于公元前206年出降。刘邦入咸阳，秦朝亡。

第二节　从群雄逐鹿到西汉的建立和巩固

"秦失其鹿，天下共逐之，于是高材疾足者先得焉。"[①]在陈胜、吴广揭竿而起后，各种反秦武装风起云涌，参加者有农民、戍卒、贾人、"罪犯"、"盗贼"，也有秦朝的降将、地方守令、基层官吏、博士、名流、儒生，还有六国宗族、旧臣、故将、贵族后裔，势力大小悬殊，目的迥然不同，在推翻秦朝时他们愿意或不得不联合起来，随着秦朝的覆灭，他们之间的冲突和争夺就成了主要矛盾，特别是在那些志在夺取天下的首领之间。无论谁取得最后胜利，都只能是专制政权的继承者，从这一点上说，他们之间并没有本质上的区别，只是取决于谁最有夺取政权的能力。但早日结束分裂割据，无疑是历史的进步。

一、楚汉之争和西汉的建立

刘邦虽已先入关中，但自知不具备与项羽争夺的实力，听从谋士建议，在封存了秦朝的宫室府库后，退回灞上；又宣布废除秦朝的苛法，约法三章，在短期内赢得了人心。不久项羽在新安（今河南新安之西）坑秦降卒二十万，率军入关，驻于鸿门（今陕西临潼东北）。刘邦至鸿

[①]《史记》卷92《淮阴侯列传》。

门与项羽相会，虽脱险而归，但不得不承认项羽的盟主地位。项羽意在东归，又不愿意留下秦朝的基地，就烧毁咸阳的宫殿，掠走珍宝美女，杀降王子婴，使咸阳成为废墟。他自立为西楚霸王，都彭城；立刘邦为汉王，统治巴、蜀、汉中（今秦岭以南的汉中盆地和四川盆地），都南郑（今陕西汉中市）；封秦朝降将章邯为雍王，司马欣为塞王，董翳为翟王，统治秦国故地，阻挡刘邦东进；又调整诸侯王的辖地，将自己的亲信封于各王国的善地，而将原来的王改封于各国的边地。这样，除了项羽自己的统治区外，还有十八个王国并存。项羽表面上尊楚怀王为"义帝"，迁都于郴（今湖南郴州），并在途中将他杀死。

六国旧贵族起兵的目的是复国和占据更多的土地，项羽的分封自然引起诸侯的不满，不久战火复燃，项羽废杀韩王信，田荣逐走齐王田都，杀胶东王田市，自立为齐王，又攻杀济北王田安。燕王臧荼杀辽东王韩广，吞并了他的封地。

刘邦不得不接受项羽背约的事实，为消除项羽的疑虑，还烧毁部分栈道，以示无意返回关中。经萧何推荐，汉王刘邦破格起用原属项羽的下级军官韩信，举行隆重仪式拜为大将，起兵还定关中，围章邯于废丘，司马欣、董翳降汉。刘邦还都栎阳（今陕西临潼东北），巩固关中，又多方出击，扩大了势力范围。项羽忙于镇压齐地的反抗，兵力受到牵制。刘邦为义帝发丧，以此为旗号联合诸侯讨伐项羽。汉军一度攻占彭城，但以后遭到楚军反击，大败而归，连刘邦的父亲、妻子都被楚军俘虏。但刘邦注意巩固后方，任用贤能，利用敌方内部矛盾，如离间项羽与谋士范增的关系，招降了项羽的大将英布，因此尽管有过多次失败，还是逐渐占据了优势。汉四年（前203年）九月，汉、楚间停战议和，划鸿沟为界。项羽撤兵后，刘邦立即发动进攻。汉五年（前202年）十二月，楚军被围垓下（今安徽灵璧东南），项羽突围南逃，至乌江（今安徽和县东北）被汉军围困，自杀身亡。

天下逐鹿的结果，是刘邦取得最后胜利和汉朝的正式建立。汉高祖五年（前202年）二月，刘邦在汜水之阳（今山东定陶境内）即皇帝位（公元前202—前195年在位），定都雒阳（今河南洛阳）。刘邦出身"细微",所以能够在短短几年间当上皇帝,并且开创汉朝,除了主要对手项羽的决策错误外,还在于他能顺应人心,任用人才,随时纠正失误。张良、萧何、韩信、曹参、陈平、周勃、樊哙、郦食其、陆贾等都有过人的才干,刘邦掌握全局,用其所长,使他们如鱼得水,建功立业。

秦汉的更迭证明,尽管农民起义在推翻旧政权的过程中会起很大的甚至决定性的作用,但新政权的建立离不开一位杰出的领袖和一个强有力的领导集团。刘邦及其骨干部属基本都来自社会底层和政权的基层,他们比较了解民间疾苦和旧政权的弊病,与旧政权和统治集团没有什么利害关系,在改革旧制度和建立新体制时较少阻力。富有朝气和活力的新政权,一般都是由这样一个集团建立的。

二、强本弱末和消灭异姓诸侯

刘邦即位后,戍卒娄敬劝他迁都关中,张良表示赞成,刘邦立即西迁。由于咸阳已成废墟,只得另建新都长安。为了达到"强本弱末"(或称"强干弱枝")的目的,刘邦采纳娄敬的建议,将关东六国旧族及"豪杰名家"共十余万人迁入关中,将潜在的反抗势力置于严密控制之下,并使关中人口增长,经济文化地位迅速提高。

在楚汉之争中,韩信为刘邦立下了赫赫战功,夺取了大片土地,拥有众多兵力;彭越和英布等也有举足轻重的地位。为了争取他们投入对项羽的最后一击,刘邦不得不以封他们为诸侯王作交换条件。西汉初有七个异姓诸侯国,占有大片土地。刘邦自然难以容忍,但这些诸侯又不愿主动取消,冲突在所难免。从汉五年(前202年)起,刘邦先后俘获了反叛的燕王臧荼,击败了投降匈奴的韩王信,亲自出兵镇压与匈奴勾结、自称代王的陈豨。刘邦在灭楚不久即夺了韩信的兵权,将他改封为楚王,接着又废为淮阴侯,至十一年(前196年)以"谋反"罪杀韩信和彭越。英布起兵反叛,兵败后被杀。到十二年(前195年)刘邦去世时,异姓诸侯只剩下一个安分守己的长沙国。

异姓诸侯大多并无"谋反"的动机和事实,与匈奴联合或公开反叛往往也是刘邦处置失当或有意激化的结果，但他们作为潜在的敌对势力，影响了汉朝的统一，威胁着刘邦身后政权的稳定。刘邦的手段固然残酷无情，但政权却因此而巩固了。

在消灭异姓王的过程中，刘邦又分封子弟，建立了九个同姓诸侯国，诸侯国的封地占了国土的大部分。

三、吕后专权始末

刘邦死后，继位的刘盈（惠帝，公元前195—前188年在位）软弱无能，刘邦的妻子吕后（吕雉）专权。刘盈死后，吕后立少帝，以太后身份临朝称制，成为汉朝的实际统治者。吕氏执政期间，吕氏家族的势力也迅速扩大。公元前180年吕后死，太尉周勃、丞相陈平与宗室刘章等起兵杀诸吕，迎刘邦之子代王恒（文帝）继位。

吕后执政期间，"萧规曹随"，主要政策都因循未改，从司马迁称赞她"政不出房户，天下晏然"[①]看，她对日常事务并未多作干预。她在世时抬升吕氏、贬斥刘氏和她死后诸吕被杀，都是统治集团内部的权力之争。但在当时条件下，吕氏取代刘氏既无可能，也不得人心，只会增加社会的混乱，刘氏恢复权力更有利于政权的稳定。

四、吴楚七国之乱的平定和"推恩"的实施

在异姓诸侯国基本被消灭后，同姓诸侯的势力却恶性膨胀。面对这样的形势，汉文帝接受贾谊的建议，增加诸侯国的数量，分散诸侯国的力量。文帝十六年（前164年）齐国被分成七国，淮南国被一分为三。景帝前元三年（前154年）进一步实行"削藩"，将楚国的东海郡、赵国的常山郡、胶西国的六个县收归朝廷。当动议削吴国的豫章郡和会稽郡，早就心怀不满的诸侯国终于发难，以吴王濞、楚王戊为首的吴、楚、赵、胶东、胶西、淄川、济南七国以"清君侧"，即杀主张削藩的晁错为名起兵叛乱。景帝以周亚夫（周勃之子）为太尉迎战，又听从袁

[①]《史记》卷9《吕太后本纪》。

盎的建议杀了晁错，试图平息吴、楚等王的不满，但吴、楚等国并不休兵。周亚夫一向治军严明，曾屯兵细柳（今陕西咸阳东北），文帝前往劳军，营卫因未接到将令而禁止擅入。周亚夫到洛阳后得游侠剧孟，认为"若得一敌国"。他坚守不出，以逸待劳，伺机大破叛军，仅三个月就平息了叛乱。吴王逃至江南被杀，楚王自杀，其他诸王分别自杀或被杀。景帝乘势收回各国支郡，诸侯王不得复行治国，不得再自行任命官员和自行征收赋税。从此，王国只能有一郡之地，诸侯王只能"衣食租税"，即靠朝廷规定的数额收取该国的田税作为自己的俸禄。地方行政由朝廷另派国相治理，国相还负有监察国王的使命。至此，国与郡除了名称不同以外，作为行政区域的地位和性质已经基本相同。

汉武帝为了进一步削弱诸侯国的势力，采纳了主父偃提出的"推恩"办法：诸侯王须将皇帝的恩泽"推"（扩散）给自己的子孙，提名封他们为侯，但所用的封地得从王国中划出。由于置为侯国后，这块封地就得归相邻的郡管辖，所以侯国置得越多，王国剩下的面积就越小。诸侯王一般都妻妾成群，子孙众多，原来只有太子、太孙才能继位，现在都能封侯。恩推得越广，王国留下的地方也越少。到西汉末年，不少王国只剩下三四县，分封出来的侯国一般也只有几百户。推恩法实行以后，诸侯王国再也不能构成对朝廷的威胁。

军事镇压可以平息一时的叛乱，而制度的改革能从根本上改变分封的性质，防范割据分裂的可能性。

第三节　国力恢复、极盛和中兴

秦汉之际的连年战乱和大饥荒造成了"米石五千，人相食，死者过半"[①]的严重后果，使新建的汉朝面临着人口锐减，生产力破坏，经济凋敝的局面。当时"民亡盖臧，自天子不能具醇驷，而将相或乘牛

[①]《汉书》卷24《食货志》。

车"①，财政的窘迫和物资的匮乏可想而知。

一、"文景之治"

经济的恢复事关汉朝能否维持，所以在楚汉战争结束后，刘邦就采取了军人复员，减免劳役，鼓励流民回归，恢复被迫为奴婢者的平民身份，奖励生育等措施。但由于朝廷的直接统治区范围有限，加上对异姓诸侯和匈奴的战争不断发生，成效不大。

文帝（刘恒）在位期间（公元前180—前157年），废除了秦朝留下的"收孥相坐"之律和"诽谤妖言"之罪②，取消了几种肉刑。他重视农业，本人生活比较节俭。吕后执政时激化了与南越王赵佗的矛盾，文帝即位后采取怀柔政策，恢复了边境的安宁。对匈奴的侵扰也以防守为限，并尽可能继续保持"和亲"。

景帝（刘启，公元前157—前141年在位）基本上维持了文帝时的政策，农业生产得到发展，百姓的租税负担也继续有所减轻。经过七十余年的休养生息，到武帝（刘彻，公元前141—前87年在位）初年，出现了安定繁荣的局面："国家无事，非遇水旱之灾，民则人给家足，都鄙廪庾皆满，而府库余货财。京师之钱累巨万，贯朽而不可校。太仓之粟陈陈相因，充溢露积于外，至腐败不可食。众庶街巷有马，阡陌之间成群，而乘字牝者傧而不得聚会。守闾阎者食粱肉，为吏者长子孙，居官者以为姓号。故人人自爱而重犯法，先行义而后绌耻辱焉。"③这就是历史上称之为"文景之治"的结果。

"文景之治"固然是出于巩固统治的需要，也与当时的统治者基本都信奉黄老学说，主张"无为而治"有关，但有利于社会生产的恢复和发展，为汉朝的强盛奠定了物质基础。

---

① 《汉书》卷24《食货志》。
② 《汉书》卷4《文帝纪》。
③ 《史记》卷30《平准书》。

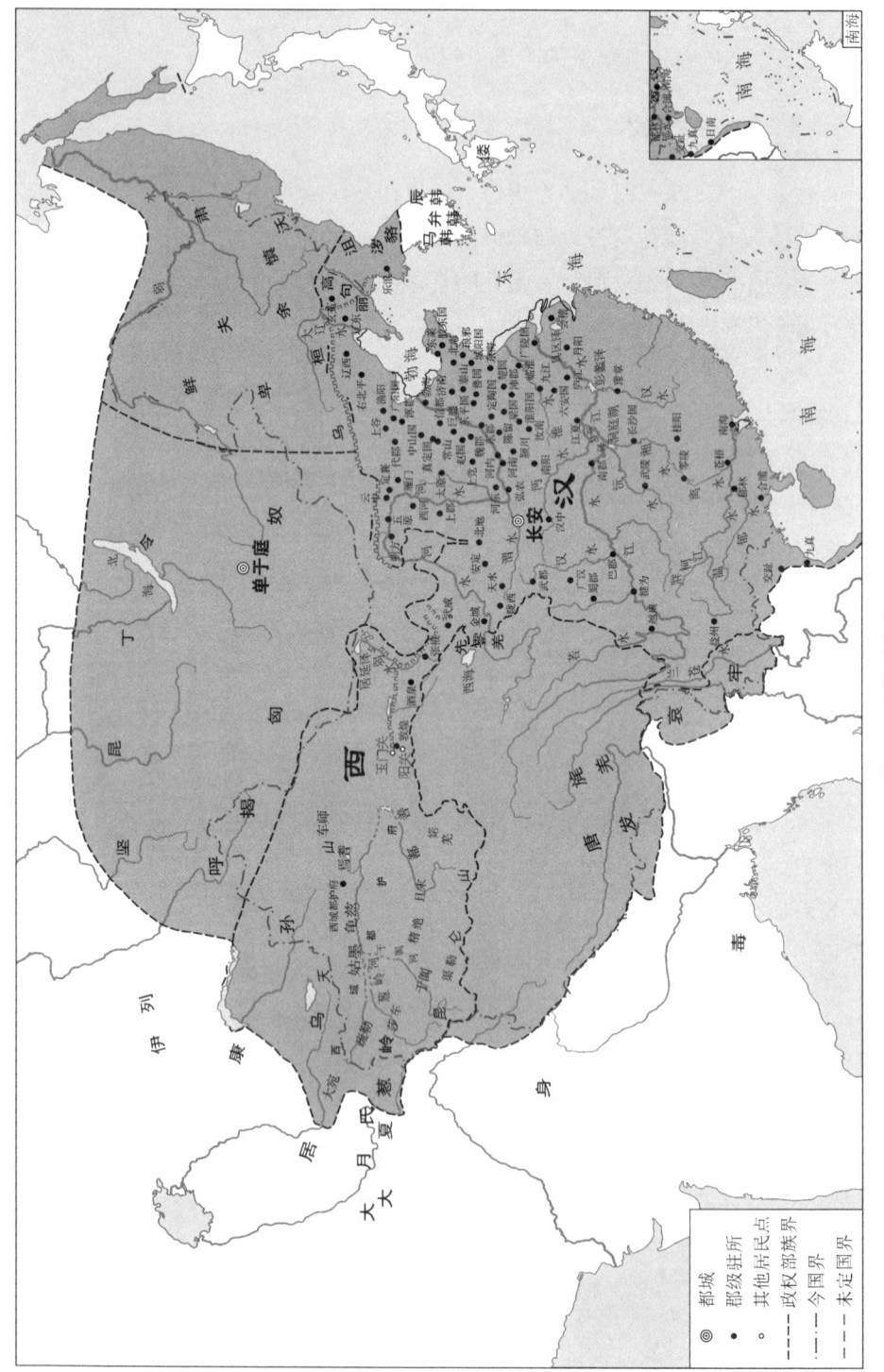

图 2 西汉形势图

二、极盛的汉帝国

汉武帝十六岁继位，在位五十四年，不仅是汉朝在位时间最长的一位皇帝，也是中国历史上罕见的既有雄才大略又长期在位的君主之一。

凭借丰富的物资和稳固的统治基础，汉武帝进行了一系列开疆拓土的大动作。他改变对匈奴的和亲政策，发动反击，不仅收复了秦末汉初的失地，还夺取河西走廊、湟水流域等地，打通了与西域的交通。在西南夷地区，汉朝扩大了行政区域，将众多少数民族纳入自己的统治。自秦末以来保持着割据状态的东瓯、闽越、南越政权先后被灭，改置为郡县。灭卫满朝鲜后，朝鲜半岛北部成为汉朝的政区。西汉的疆域达到极盛。

汉武帝进一步削弱同姓诸侯，除了用"推恩"缩小诸侯国的封地外，还以列侯"酎金"（贡献给宗庙助祭的黄金）不合规格为由大批剥夺他们的爵位。他扩大监察制度，设立了十三州刺史和司隶校尉，加强了对京畿地区、地方政府和豪强的纠察。他采纳董仲舒的建议，罢黜百家，尊崇儒术，并建年号，改正朔，订历法，进一步从思想上、理论上、制度上巩固皇权，加强文化统治，对此后两千年的中国社会产生深远的影响。

三、危机和中兴

连年的战争、大规模的工程、巡游求仙和挥霍浪费，耗尽了历年的积蓄，加重了人民的赋税负担，使生产力遭受严重破坏。官僚豪强的兼并和剥削导致大批农民破产，沦为奴婢、佃客、佣工或流民，阶级矛盾和社会矛盾激化。为了弥补空虚的国库，武帝实行统一货币、盐铁专卖和平准、均输制度；还发动算缗和告缗，直接剥夺商人和手工业者的财富，甚至公开卖官鬻爵；又任用酷吏，实行严刑峻法。武帝晚年常病，迷信多疑，一直怀疑有人用巫术诅咒他，任用江充追查"巫蛊"，无辜受害者数以万计。江充诬陷太子刘据，太子杀江充，调兵自卫，武帝误信太子谋反的报告，调兵镇压，造成大批兵民伤亡，太子兵败自缢，其母卫皇后也自杀。

面对国内和宫廷内的重重危机，末年的武帝有所悔悟，下《轮台诏》，对政策作了调整，停止对外用兵，并采取了一些恢复农业生产的措施。更重要的是，他临终前立幼子弗陵为太子，为防止吕后的事重演，杀其母钩弋夫人，又破格提升霍光为大将军、大司马，遗命霍光等辅政。汉武帝晚年面临的形势与秦始皇后期非常相似，但他这些关键性的步骤使他没有成为第二个秦始皇，也使汉朝避免了一场重大危机。

昭帝（刘弗陵，公元前87—前74年在位）即位时仅八岁，霍光执政。此后霍光又消灭了政敌，独揽大权，但他忠于职守，调整了武帝时的政策，减轻百姓负担，使国力逐渐恢复，赢得了喘息的机会。

昭帝死后，霍光立武帝之孙昌邑王贺为帝，但不足一月又废胡作荒淫的昌邑王，立武帝曾孙（戾太子刘据之孙）、平民刘病已为帝（汉宣帝）。霍光的废立不无个人目的，但事实证明他的选择是正确的。六年后霍光死，宣帝（即位后改名询，公元前74—前48年在位）亲政。他来自民间，比较了解百姓疾苦，重视吏治，强调法制，任用人才。他不拘泥于儒家学说，杂用霸王之道，大致做到了"吏称其职，民安其业"[①]。他一方面积极经营，最终完成了对西北的开拓，于神爵二年（前60年）设置了西域都护府；另一方面，在匈奴呼韩邪单于归降时保持了匈奴的自治地位，维持了汉与匈奴间的和平。

由于农业丰收，边境安定，国力的恢复由昭帝期间开始，到宣帝期间汉朝中兴，成为西汉最辉煌的年代。

第四节　王莽代汉与改制的失败

宣帝以后，西汉又逐渐陷入了危机，外戚轮流执政，政治黑暗，吏治腐败，终至不可救药。外戚王莽取代汉朝，并锐意改制，但回天无力，以覆灭告终。

[①]《汉书》卷8《宣帝纪》赞。

一、走向崩溃的西汉

宣帝在消灭霍氏势力的同时，开始重用外戚，临终又令外戚与大臣共同辅政，继位的元帝（刘奭，公元前48—前33年在位）崇信儒术，优柔寡断，大权旁落，外戚与宦官勾结，完全控制了朝廷。成帝（刘骜，公元前33—前7年在位）即位之初，就以舅父王凤为大司马大将军领尚书事，此后王氏兄弟相继执政，一门十侯、五大司马，权倾一时。哀帝（刘欣，公元前7—前1年在位）以外藩继位后，以外戚丁氏、傅氏取代王氏。他在三年间换了四位大司马、四位丞相，最后竟任命自己的同性恋伙伴董贤为大司马，而董贤毫无能力，在哀帝突然去世时束手无策，元后（元帝之妻，成帝之母）临朝称制，废董氏，王氏又控制朝政。

元帝以后，豪强地主因不受打击约束而日渐膨胀，土地兼并更加严重。成帝、哀帝时，黄河泛滥，天灾严重，激化了阶级矛盾，社会秩序混乱，人心惊恐不安。成帝、哀帝无子造成的继承危机更加剧了统治集团内部的权力斗争，西汉的崩溃已经到了不可挽回的地步。

二、王莽代汉

王莽（前45—公元23年）是王凤的侄子，父亲早死，使他在家族中处于不利地位，但他生活节俭，发奋读书，奉侍孀母寡嫂，抚养侄子，结交英才，乐善好施，赢得了一片赞誉，也受到执政的伯父和姑母王政君（元后）的重视。成帝绥和元年（前8年）出任大司马后，王莽依然谦和俭朴，善待部属和宾客。成帝死，哀帝即位，王莽罢官就国，杜门自守。当儿子王获杀死一名奴婢后，他逼王获自杀。这些都使王莽成为众望所归的"救星"。

哀帝死后，王莽复职，迎立中山王之子八岁的刘衎为帝（平帝，公元前1年—公元5年在位）。王莽秉政后，颁布了一系列优待退休官吏、功臣后裔、宗室和士人的法令，大规模扩大太学，增加博士名额，录用各地征集来的人才，对灾民大力救济，并带头捐出私田钱物。在社会出现种种末世景象的情况下，王莽的作为无疑令人耳目一新。从西汉中叶起流行的"五德终始"、符命之说，更使人们相信汉朝天命将终，王莽是代汉的圣人。元始五年（5年）平帝死，在颂功德、献符命的高潮中，王莽立两岁的孺子婴为帝，自己代行皇帝之权，称"摄皇帝"，改元居摄。至居摄三年（8年），王莽宣布即天子位，改国号为新。尽管出于汉朝的史料不可能对王莽有公正的记载，但也可以看出他代汉的过程相当顺利。

三、托古改制的失败

为了给自己的政策和法令披上合法、合理的外衣，王莽充分利用了儒家经典和阴阳五行学说，附会《周礼》，实行托古改制。由于西汉后期严重的政治腐败和尖锐的社会矛盾长期得不到解决，儒家经典中描绘的古代制度成为人们的理想，王莽的托古改制迎合了当时的社会思潮。但王莽过于迷信儒家经典，将理想当成现实，确定了完全脱离实际的过高目标。他既缺乏合理的改革方案，也没有推行到底的决心，很快以失败告终。

土地和奴婢问题是矛盾的焦点。新始建国元年（9年），王莽在诏书中历数秦、汉以来的社会弊病："兼并起，贪鄙生，强者规田以千数，弱者曾无立锥之居。又置奴婢之市，与牛马同栏，制于民臣，颛断其命。""常有更赋，罢癃咸出，而豪民侵陵，分田劫假。厥名三十税一，实什税五也。父子夫妇终年耕芸，所得不足以自存。"他宣布："今更名天下田曰'王田'，奴婢曰'私属'，皆不得卖买。其男口不盈八，而田过一井者，分余田予九族邻里乡党。故无田，今当受田者，如制度。敢有非井田圣制，无法惑众者，投诸四裔，以御魑魅。"①

重新分配土地，不仅遭到大地主豪强的激烈反对，也受到小土地主的抵制。实际上官僚地主并未停止土地和奴婢买卖，因而被处罪的不计其数，他们反对王莽更激烈。三年后，王莽只得下令："诸名食王田，

---

① 《汉书》卷99《王莽传》。本目以下同。

皆得卖之，勿拘以法。犯私买卖庶人者，且一切勿治。"经过这一反复，农民和奴婢受害更深。

为了抑制商人对农民的过度盘剥，制止高利贷，控制物价，改善财政，王莽在始建国二年（10年）下诏实行"五均六筦"。所谓"五均"，即在长安、雒阳、邯郸、临淄、宛、成都等城市设五均司市师，管理市场。各城设交易丞五人、钱府丞一人。工商各业，向市中申报经营，由钱府按时征税。每季度的中月由司市官评定本地物价，称为市平。物价高于市平，司市官照市平出售；低于市平则听民买卖；五谷布帛等生活必需品滞销时，由司市官按本价收买。百姓因祭祀或丧葬无钱时，可向钱府借贷，不收利息，但分别应在十天或三个月内归还。因生产需要也可贷款，年利不超过十分之一。所谓"六筦"，是由国家对盐、铁、酒、铸钱、五均赊贷实行统制，不许私人经营；控制名山大泽，对采集者征税。这些政策不无善意，也不无可取之处，但与当时的经济体制有相当大的冲突，很难成功。由于缺乏有力的行政机构，王莽只能依靠富商大贾来推行，反而给了他们搜刮百姓的机会，结果是人民的负担更加沉重，受到刑罚的吏民也越来越多，而政府的财政状况日益恶化。

王莽还屡次改换货币，以小钱顶大钱，造成经济生活的混乱，加速了人民的破产。为了限制盗铸，他规定"一家铸钱，五家连坐，没入为奴婢"，以致没为官奴婢的人"以十万数"。

王莽对行政制度的各个方面，包括中央和地方各级官制、官名、行政区划、地名，都作了更改。还恢复了五等爵，滥加封赏，而官吏的俸禄却毫无着落，只能听任他们向百姓榨取。

对周边的少数民族，王莽也采取了一系列错误政策。如为满足他拥有"四海"的虚荣心，胁迫羌人"献"出土地，设立西海郡；强迫各族接受污蔑性的称号，改匈奴为"恭奴"，改单于为"善于"，改高句丽为"下句丽"等；还随意改变西汉以来的惯例，挑起边境冲突，引起了少数民族的反抗，不仅导致大规模的镇压战争，而且丧失了不少领土和对西域的控制。

改制完全失败，新朝只存在了十五年。

第五节　东汉的建立

在王莽代汉的过程中，汉朝宗室无力反抗。王莽改制失败，"人心思汉"便成了推翻王莽政权的民心基础，恢复汉朝也变成各种反抗势力的旗号。由于农民起义军缺乏富有号召力和组织才能的领袖，宗室刘秀脱颖而出，最终消灭群雄，建立东汉。

一、赤眉、绿林起义和新朝覆灭

最先对王莽政权发动反抗的，是受害深重的北方边民。不久，各地相继出现农民暴动。天凤四年（17年），荆州饥荒，新市（今湖北京山东北）人王匡、王凤聚集数百人于绿林山（今湖北大洪山）中，各地流民纷纷投奔，数月间达到七八千人，被称为绿林军。地皇二年（21年），荆州牧率军镇压，绿林军出山迎击获胜，部众扩大到五万余人。次年绿林山瘟疫流行，绿林军分路出山，一支西入南郡（治今湖北荆州江陵），称下江兵；一支北上南阳，称新市兵。平林人陈牧等率众响应，称平林军，其中有西汉宗室刘玄。另有宗室刘𬙂、刘秀兄弟"自发舂陵子弟，合七八千人"[①]，在南阳舂陵、宛城起义，组成舂陵军，与下江兵合作。绿林军为扩大影响，拥立刘玄为皇帝，恢复汉朝，称更始元年（23年）。王莽派数十万大军阻击，前锋十多万人围绿林军于昆阳（今河南叶县）。刘秀说服众将坚守，自己突围求援，后以三千援兵击毙敌军主帅，与城中合兵，取得大胜。昆阳大捷后，绿林军兵分两路，一路北上攻克洛阳，一路西入武关，直取长安。长安民众暴动，王莽被杀。更始二年（24年）初，更始帝迁都长安。

赤眉军是由琅邪人樊崇发动的，最初在莒县（今属山东）起义，在泰山、北海（今山东境内）一带活动。地皇三年（22年），王莽派廉丹等率十多万军队镇压起义军，起义军为在战斗中与敌军相区别，将眉毛涂红，因而被称为赤眉军。赤眉军在成昌（今山东东平境内）击败王莽

[①]《后汉书》卷14《宗室四王三侯列传》。

军，杀廉丹，势力大振。更始帝在洛阳时，樊崇等曾接受封号，但因受到排斥，又脱离了更始。当时赤眉军部众想返回故乡，军心不稳，为防止瓦解，樊崇等决定西攻长安。更始三年（25年），赤眉军在华阴立汉宗室刘盆子为帝。而更始内部一片混乱，演变为兵变火拼。九月，赤眉军攻入长安，刘玄等先后投降。

二、刘秀的崛起和东汉的建立

刘秀是汉景帝之子长沙王发的六世孙，南阳郡蔡阳县（今湖北枣阳西）白水乡（舂陵）人，其父刘钦当过南顿（今河南项城西）县令，其母为南阳郡豪族樊重之女。刘秀曾去长安求学，因才识过人而受南阳士大夫器重。

更始元年刘縯为刘玄所杀。为了避免刘玄的疑忌，刚在昆阳之战中立下大功的刘秀谨慎地不居功自傲，不为长兄服丧，终于化险为夷，继续得到刘玄的信用。

刘玄在洛阳时，派刘秀镇抚河北。刘秀收编地主武装，消灭农民起义军和敌对力量，在河北建立基地，在赤眉与更始厮杀之际，刘秀乘机遣部将攻城略地，扩大势力。更始三年六月，刘秀在鄗（今河北柏乡县北）南即皇帝位（25—57年在位），改元建武，恢复汉朝，史称东汉或后汉，刘秀死后被称为光武帝。同年十月，刘秀定都洛阳。

建武三年（27年），赤眉军的主力在离长安东归途中向刘秀投降。建武五年（29年），北方大部分地区已为东汉所有。建武十年（34年），刘秀消灭了割据陇西的隗嚣。建武十二年（36年），消灭了最后一个割据政权的公孙述。至此，除了一些边疆地区外，全国重新统一。

在各种势力纷纷以恢复汉室作号召时，刘秀作为汉朝宗室的一员，无疑具有相当大的优势。宗室中缺乏强有力的竞争对手，刘秀得以脱颖而出。但刘秀确有过人之处，且善于用人，集合了一批文武人才。刘秀称帝时，他所拥有的土地和兵力还相当有限，更不如其他割据势力和起义军的总数。但他运用不同的策略，各个击破，以少胜多。汉明帝永平三年（60年），在南宫云台为邓禹、吴汉、耿弇、冯异等功臣画像纪念，称为"云台二十八将"，他们在刘秀统一全国的过程中，都发挥了重要的作用。

第六节 东汉的兴衰

光武帝实行"务用安静"①的政策，"以柔道行之"②。他注意减轻赋税徭役，提倡节俭，放宽刑法，释放奴婢，并省郡县，精简官吏，任用良吏，打击豪强，使社会趋于安定，经济得到恢复。明帝（刘庄，57—75年在位）、章帝（刘炟，75—88年在位）、和帝（刘肇，88—106年在位）时，基本继承了光武帝的政策，同时对诸侯王加强控制，防范外戚专政，所以政治尚称清明，社会秩序比较稳定。在此期间，南匈奴降汉南迁，东汉初的失地收复；北匈奴被击败，西域都护府重新建立。东汉至于全盛。

但即使是在东汉的全盛时期，也没有能再造西汉的辉煌。就推翻王莽政权而言，东汉是一个新王朝；然而从恢复汉朝来说，东汉只是西汉的延续，这就使东汉政权缺乏振兴和改革的优势。南阳宗室和豪强集团的支持是刘秀成功的因素之一，也是他一个沉重的包袱。和帝以后，东汉初就预伏的危机很快暴露出来，而且日益严重。

一、豪强地主势力的膨胀

光武帝是依靠地主豪强的支持才登上帝位的，特别是他故乡南阳一带的宗室、豪族，是主要的依靠力量。东汉初，官僚豪强拥有大量土地，为了逃避赋税和徭役，他们大多凭借权势隐匿不报。户口隐漏的现象也相当普遍，其中一部分就是隐匿在官僚豪强名下。建武十五年（39年），光武帝下诏"度田"，令"州郡检核垦田顷亩及户口年纪"③，就是

---

① 《后汉书》卷76《循吏列传》。
② 《后汉书》卷1《光武帝纪》。
③ 同上。

为了将隐漏的土地和户口清查出来。但从朝廷到地方的官员和豪强地主勾结起来，以"度田"为名，对农民实行苛刻的清丈，连屋前屋后的零星土地也要计算，而对豪强却百般优待庇护，百姓怨声载道。光武帝得知后，将有舞弊行为的十余名高官处死，但"郡国大姓及兵长、群盗处处并起，攻劫在所，害杀长吏。郡县追讨，到则解散，去复屯结"[①]。光武帝只能采取变通办法，"度田"不了了之。

连开国皇帝也无法触动豪强地主的根本利益，以后的皇帝就更无能为力了。正因为如此，东汉期间豪强地主的势力越来越大，被他们隐匿的田地和户口也越来越多，转嫁到在籍的农民头上的负担必然越来越重，东汉的国力也就越来越弱。

二、外戚与宦官交替擅权

章帝死后，就接连出现少主继位、母后临朝、外戚秉政的局面。这一方面是由于皇帝死时还没有儿子或儿子太小，另一方面是因为太后和外戚都想继续掌权，故意选幼主继位。而少主一旦成年，不愿再当傀儡，要设法摆脱太后或外戚的控制，只能依靠身边的宦官，通过发动宫廷政变夺回权力，清除外戚。作为酬劳，宦官往往接替外戚掌权。

和帝十岁即位，窦太后临朝，其兄窦宪执政。和帝十四岁时与宦官策划，清除窦氏。和帝死时二十七岁，不满周岁的幼子刘隆（殇帝，106年在位）继位，邓太后临朝，其兄邓骘执政。次年八月殇帝死，邓太后立和帝之侄、十三岁的刘祜（安帝，106—125年在位）为帝，继续临朝。安帝二十八岁时趁邓太后死去，利用宦官废外戚邓氏。安帝死时三十二岁，废太子刘保已十一岁，皇后阎氏与其兄阎显迎立一位幼儿刘懿（少帝，125年在位），阎后以太后身份临朝，阎显执政。数月后少帝死，宦官孙程等十八人拥立刘保（顺帝，125—144年在位），杀阎显，幽禁阎太后。顺帝死时，两岁的太子刘炳（冲帝，144—145年在位）即位，梁太后临朝，其兄梁冀任大将军。次年冲帝死，梁冀立八岁

[①]《后汉书》卷1《光武帝纪》。

的刘缵（质帝，145—146年在位）为帝。一年多后质帝死，梁冀又立十五岁的刘志（桓帝，146—168年在位）为帝，梁太后一直临朝，梁冀也继续执政。桓帝亲政后与宦官合谋灭梁氏。桓帝死时无子，窦皇后之父窦武迎立十二岁的刘宏（灵帝，168—189年在位），次年宦官曹节、王甫等劫持灵帝，下诏逮捕窦武，窦武兵败后自杀，窦太后被幽禁，宦官掌权。

外戚、宦官交替擅权一次次重演，制造出一次次权力斗争，使大批文武官员和无辜平民成为牺牲品，导致政治黑暗，吏治腐败，人才凋零，国势衰落。

三、清议之风与党锢之祸

东汉后期，官僚士大夫中出现了"清议"之风，即评议鉴品人物。善于清议的名士往往成为士大夫的领袖，他们的贬褒左右着舆论，影响着士大夫的进退。清议起了激浊扬清、发扬正气、揭露黑暗的作用，但往往失之偏激，矫枉过正，甚至故作姿态，哗众取宠，名士中混杂了不少沽名钓誉的伪君子。聚集着来自全国各地士人的太学，很自然地成为清议的中心，而当权的宦官集团是清议的主要目标。清议又与朝廷的权力斗争、外戚与宦官之争交织在一起，最终演变为桓帝、灵帝时发生的"党锢"案件。

延熹九年（166年），司隶校尉李膺与范滂等"党人"被捕，不久又牵连陈寔等二百余人被捕，在逃人员在全国被通缉。至次年六月，"党人"才被释放回乡，但受终身禁锢。

建宁元年（168年）窦武败后，"党人"领袖陈蕃等被杀。宦官对"党人"疯狂报复，于次年诱骗灵帝下诏逮捕李膺、范滂等百余人，全部非刑处死，将他们的家属流放边疆，并在全国追查，因此而被杀、被关押和被迫逃亡的有六七百人，受牵连者更不计其数。大多数"党人"都从容就义，只有少数人躲藏逃避，许多人不惜全家被杀，掩护"党人"。直到中平元年（184年）黄巾起义爆发，灵帝害怕"党人"与张角合谋，才实行大赦。

党锢案显示了士人的道义和人格的力量,也暴露了东汉选举制度的弊端和政治的腐败。入仕是当时士人实现自己的抱负、建功立业的唯一途径。但除了极少数贵族和世家子弟外,获得举荐的机会微乎其微。由于举荐的主要标准是"孝""廉"等道德规范。士人们往往过度注重名节,甚至矫情作伪。他们在政治上追求过高的目标,不顾实际可能,缺乏灵活的策略和实施的本领。当皇帝和皇权已成为"天命"的体现时,士人要批评皇帝的唯一根据只能是"天意",但实际取决于皇帝是否愿意接受。正直的士人可以义无反顾地与邪恶势力抗争,可以置生死荣辱于不顾,但一旦皇帝作出裁决,就只能逆来顺受。服从皇权就毫无独立人格可言,保持独立人格就无法实现自己的价值,是士人们不可回避的两难选择。

四、黄巾起义

外戚窦氏败后,宦官势力完全控制了朝廷大权,而灵帝却忙于在后宫寻欢作乐,又千方百计聚敛钱财。当时多年的"羌乱"虽得以平定,但动用了大量兵力,对羌人残酷杀戮,连年用兵耗费巨大,造成国库空虚。北方的鲜卑、乌桓不断侵扰边境,西南的板楯蛮、南方的江夏蛮等也因地方官的残暴而奋起反抗。连年的党锢案使士人与朝廷离心,除少数依附于宦官势力外,大都对汉朝已丧失信心,如幸免于难的党人领袖郭太认为,汉朝已是"天之所废,不可支也"[①]。

灵帝初,钜鹿人张角传播"太平道",声势日盛,司徒杨赐建议灵帝捕杀张角,灵帝不以为意。张角的徒众迅速增加到几十万,遍布八州,并已进入京师,甚至渗透到宦官中间。光和六年(183年),张角等宣布"苍天(代表汉朝)已死,黄天当立,岁在甲子,天下大吉"[②],约定于次年三月五日同时起事。次年正月,张角弟子唐周向朝廷告密,潜伏在洛阳的马元义等一千余人被杀,起义被迫提前。二月,张角与其

[①]《后汉书》卷68《郭太列传》。
[②]《后汉书》卷71《皇甫嵩朱儁列传》。

弟宝、梁称天公、地公、人公将军,以黄巾为标志,起义军在八州同时爆发,并迅速得到各地响应。

朝廷一方面赦免党人,另一方面起用卢植、皇甫嵩、朱儁等调兵镇压。张角等在军事上并无充分准备,又缺乏统一指挥,虽在初起时取得一些胜利,不久就被分头击破。张角被围广宗(今河北威县东),十月皇甫嵩破城,张角已死,张梁战死。十一月,皇甫嵩攻下曲阳(今河北晋州西北),张宝战死。十二月,宛城(今河南南阳)的黄巾军被攻破。尽管黄巾军的主力在九个月间就被镇压下去,但余部仍在各地坚持,张鲁以"五斗米道"为基础建立的政教合一政权在汉中存在了二十多年。

黄巾起义是中国历史上第一次通过原始宗教的形式发动的农民起义,有其特殊意义。在"天命"观念和谶纬学说盛行的情况下,用"黄天"取代"苍天"的口号和宗教的形式很容易发动下层民众,但一旦受到挫折,信众的希望破灭,就会迅速瓦解。由于缺乏明确的政治目标,不少黄巾军被曹操等收编,成为军阀割据的工具,然而与下层民众的生存相结合的"五斗米道"却因有广泛的基础而长盛不衰,以后随着张鲁部众的内迁而传播,最终发展成为道教。

五、曹操的崛起和三国鼎立的形成

在镇压起义和黄巾军余部的过程中,一些将领和地方官乘机掌握了军政权力,形成与朝廷抗衡及其分裂割据的基础。但起义在短期内被镇压,却使灵帝和宦官更加无所顾忌,灵帝敛天下田,每亩十钱,用以修宫室,铸铜人,公然卖官鬻爵,还在西园造万金堂藏钱。

中平六年(189年)灵帝死,刘辩(少帝,189年在位)即位,其母何太后临朝,太后弟何进执政。出身"四世三公"的袁绍劝何进杀尽宦官,他犹豫不决;又劝太后罢黜宦官,改用士人,太后不允。为对太后施加压力,何进接受袁绍建议,召董卓军进京。八月,宦官先发制人,在长乐宫将何进杀死。袁绍等攻杀宦官,张让等劫持少帝出走,被追迫后投黄河自杀。董卓率军进入洛阳,废少帝,立陈留王协(献帝,

189—220年在位），自任相国，控制朝政。初平元年（190年），关东州郡起兵讨伐，推袁绍为盟主。董卓逼献帝与洛阳一带数百万人口西迁长安，但董卓实际控制的范围有限，统一的东汉政权已不复存在。

关东军大都为保存实力，不敢与董卓决战，仅曹操进至荥阳汴水（今河南荥阳东北）后败退，不久因粮尽而全部退回。袁绍、袁术、曹操、孙坚、公孙度、公孙瓒、刘表、陶谦等各据一方，相互攻伐争夺，其中曹操迅速崛起。

曹操曾以骑都尉率军与皇甫嵩、朱儁大破黄巾军波才部，屠杀数万人，初平三年（192年）收降黄巾军三十余万、男女一百余万口，选精锐编为"青州军"，军事实力大增。

初平三年，董卓被司徒王允计杀，但其旧部又杀了王允，仍控制着朝廷。不久，董卓旧将自相冲突，献帝逃出关中，转辗回洛阳。但洛阳已成废墟，百官饥困。曹操出兵迎献帝至许（今河南许昌东），改元建安，从此取得了"挟天子以令诸侯"的政治优势。曹操先后消灭了北方各地的割据势力，特别是在建安五年（200年）的官渡之战中重创袁绍，到建安十一年（206年）基本统一了北方，次年又大破乌桓。

兴平二年（195年），孙坚之子孙策渡江南下，开始割据江东。建安五年孙策遇刺身亡后，其弟孙权继续扩展。刘备在北方战败，于建安五年投奔割据荆州的刘表，屯兵新野（今河南新野）。建安十二年（207年），刘备三次至襄阳隆中（今湖北襄阳西）访诸葛亮，接受其取荆、益，联孙权的战略设想。

建安十三年（208年），曹操率军南下。孙权用鲁肃、周瑜计，联合刘备相抗，在赤壁（今湖北蒲圻西北）击败曹军，曹操被迫北撤。此后刘备占有巴蜀、汉中和西南，孙权控制了长江中下游大部分地区和南方，形成三国鼎立的局面。建安二十五年（220年），曹丕迫使献帝禅位，名义上的汉朝至此结束。

第二章 中央集权制度的确立与多民族统一帝国的形成

秦汉时期是中国政治制度史上的重要阶段,由秦始皇建立的中央集权制度经过汉朝的不断完善,成为中国延续两千多年的政治制度。秦朝的疆域不仅包括了战国时的全部诸侯国,而且增加了大片非华夏族地区。汉朝在少数民族地区设置了正式的行政区或特殊的行政机构,中国作为一个统一的多民族的国家大体成形。

第一节 中央集权政治体制确立

中央集权制度是以皇帝为中心的、自上而下逐级保持绝对服从的政治体制。皇帝具有至高无上的权威和不受制约的权力,中央政府只是皇帝的办事机构,只对皇帝负责,而地方政府必须完全听命于中央政府。秦汉建立的就是这样的中央集权制度。

一、帝制的确立和巩固

秦王嬴政统一中国后,为了显示自己至高无上的地位,将传说中的三皇五帝的尊号集中于一身,称始皇帝。还规定自己死后皇位由子孙继承,"后世以计数,二世三世至于万世,传之无穷"[①]。从此,皇帝成为

[①]《史记》卷6《秦始皇本纪》。

中国最高统治者的名称，本来可以随意使用的自称"朕"变成了皇帝专用之称，"玺"也由一般的印章名词变成了皇帝的玉质大印的专称。他制定的一整套朝仪和文书制度，处处体现了君尊臣卑的原则，保证了皇帝的绝对权威。例如取消谥法，不准下一代皇帝为上一代皇帝谥名号；皇帝的命令称为"制"或"诏"，文字中不准提到皇帝的名字，文件中遇到"皇帝"等词语时必须抬头顶格等。这些都突出了皇帝神圣不可侵犯，强调了国家最高权力的不可分割性和不可转移性。

秦始皇根据五行学说，宣扬秦取代周是以"水德"取代周的"火德"。水德是黑色，相应的数字是六，所以秦始皇下令："更命河曰德水，以冬十月为年首，色上黑，度以六为名，音上大吕，事统上法。"①"衣服旄旌节旗皆上黑。数以六为纪，符、法冠皆六寸，而舆六尺。六尺为步，乘六马。"②黑色成了最主要、最流行的颜色，而六或六的倍数也变为最常用的数字。

刘邦灭秦之初，曾废除了秦朝繁琐的礼仪，因此在称帝之初，朝廷礼仪毫无规矩，"群臣饮酒争功，醉或妄呼，拔剑击柱"③。博士叔孙通乘机建议制定朝仪，得到了刘邦的批准。经过叔孙通及其学生的辅导排练，汉七年（前200年）十月（岁首）朝会时严格按新仪执行，"自诸侯王以下莫不振恐肃敬"，使刘邦真正感受到了"为皇帝之贵"。④叔孙通制定的朝仪"颇采古礼与秦仪杂就之"⑤，既突出了秦仪对皇帝的尊崇，也使之更符合儒家的礼制，在汉朝一直沿用。

汉武帝提倡儒学的目的之一，就是利用儒学神化皇帝，进一步巩固皇权，董仲舒的"天人合一"和"春秋大一统"理论对帝王专制的必要性和必然性作了论证，因而备受重视。为了强调"汉为土德"，完全

---

① 《史记》卷28《封禅书》。
② 《史记》卷6《秦始皇本纪》。
③ 《史记》卷99《叔孙通列传》。
④ 同上。
⑤ 同上。

不同于秦的水德，汉武帝在太初元年（前104年）改定了礼制和历法："正历，以正月为岁首，色上黄，数用五，定官名，协音律。"① 此前的公元前114年，武帝追定了在位后的年号，称为一元、二元……五元。次年以汾阴（今山西万荣西南）出土宝鼎为由，以当年即公元前113年为元鼎四年，并追定此前的年号为建元、元光、元朔、元狩、元鼎。从此，以祥瑞为年号成为制度，也成为皇帝登位后不可或缺的措施。

从秦始皇到汉武帝，帝制日益加强，最终在理论和制度上得到确立，在中国延续了两千年。

除了开国皇帝之外，在一般情况下，皇位都应由太子继承，而太子应是皇帝的长子。但实际上，皇帝所立太子不一定是长子，继承皇位的也未必是太子。

由于太子是皇帝的法定继承人，所以皇帝本人、大臣、外戚出于各自的利益，往往会有激烈的争夺，在不同情势下可以采用"立长"（立最年长的儿子）、"立嫡"（强调嫡出，即在皇后所生的儿子中挑选）、"立贤"（以德才为挑选标准，不问嫡庶长幼）这样不同的原则。皇帝自己没有儿子时，可以选择近支宗室立为太子。如生前未立太子又没有儿子，就只能在近支宗室中选择人直接继承帝位，这往往成为各种政治势力争斗的机会。

尽管皇帝拥有至高无上的权力，但并非不受一定的制约。制约一是来自儒家经典和公认的伦理方面的道义压力，一是来自前代皇帝的成规、成文法律和传统压力，大臣们往往用"天命""孝道""祖宗成法"作为对皇帝"直言极谏"的根据。事实上，由于疆域辽阔，治理浩繁，皇帝鞭长莫及，也不可能有效、及时地了解或管理各地、各类事务，他要通过庞大的官僚机构掌权，就必然要反过来受到官僚机构的制约。

虽然并非每个皇帝都过穷奢极侈的生活，但皇帝和皇室的开支却占了财政收入的很大一部分。这些开支用于他们的饮食、被服、器物、舆马、医药、乐府戏乐、后宫费用，以及宫室苑囿等游玩射猎场所的建

---

① 《汉书》卷6《武帝纪》。

造和维持，祭祀，赏赐，而宫殿、陵墓的建造和维修是最大的一项开支。西汉时，皇帝直接拥有大量土地和山泽、陂池、市肆，由少府负责经营管理，收入供皇帝私用。而需要重大开支，如建造陵墓时，则由国库拨款；少府有积余时，也能调拨国库。东汉开始，将少府的收入纳入国库，皇帝的开支也由国库支付。但以贪财著称的汉灵帝为了给自己敛钱，竟公然在西园卖官。

皇帝妻妾众多，西汉武帝时规定后宫的宫女数额为三千，元帝时皇后以下增加到十四级，东汉初才简化为三级。[①] 能得到皇帝宠幸的只有少数几位后妃，但她们在人格上完全依附于皇帝，决定她们命运的是皇帝的好恶，其他后宫女性更只是皇帝的私人奴隶，完全没有人身自由。

帝制的建立和皇权的高度集中，使最有机会接近皇帝的人——后妃、外戚、宦官——在政治生活中起了异乎寻常的作用。

受到宠幸的后妃往往能影响皇帝的判断和决策，还可能为外戚争得破格的封赏。皇帝去世后，其皇后成为太后。如果新君的生母是妃子，一般也能被尊为太后。在皇帝年幼或软弱无能时，太后或操纵皇帝，或直接执政，实际上取代了皇帝。汉武帝在立幼子弗陵（昭帝）为太子后，立即杀了他的母亲，就是为了防止出现母后主宰幼主的局面。

后妃的亲属被称为外戚，一般都能获得一定的爵位和赏赐。在后妃特别受到宠幸时，其父兄往往成为权倾朝野的大臣。一旦太后听政，外戚的地位便进一步提升，成为实际执政者。在皇帝亲政或太后去世后，这一支外戚常常被打击以至诛灭，但新的外戚又会重复这样的过程。西汉前期的皇帝比较注意约束外戚，东汉光武帝也曾规定后族、外戚"不得封侯与政"[②]。西汉后期和东汉大部分年代还是经常出现外戚执政，特别是在皇帝幼小时。

宦官本来只是皇帝及其家属的私人奴隶，一般出身低微，有的还来

---

① 《后汉书》卷10《皇后纪》序。
② 《后汉书》卷2《显宗孝明帝纪》。

自罪犯，加上都受过阉割，身体和性情特殊，受人鄙视。但一部分宦官最有接近皇帝和后妃的机会，能对他们施加影响，也有在宫廷中控制皇帝、发动政变的可能，成为政治势力利用和争取的对象。尤其是年幼的皇帝，一直生活在宦官的包围之中，往往把他们当作自己的心腹，委以重任，或依靠他们来清除外戚，使宦官的势力恶性膨胀。东汉中期后，皇帝曾多次利用宦官从外戚手中夺回政权，或被宦官控制来对付外戚。也有一些宦官利用接近皇帝的机会，反映实情，调解政治矛盾。此外，还有宦官专心进行发明创造，如蔡伦改进了造纸技术，使纸的生产得到普及。

二、中央政权

秦始皇实行专制集权政策，国家的权力完全集中在中央政权；而在中央政权中，权力又完全集中在皇帝本人，大臣和政府机构只能起执行作用。

秦国本来设有相邦（西汉初改称相国）或丞相，其职权为"掌丞天子，助理万机"①，是国君以下最重要的官职、最高的行政长官。为了防止其权力过大，一般都设左、右二相，使他们相互制衡。秦始皇为了缩小相权，一方面将"天下之事无大小"的决定权控制在自己手里，另一方面将原来由丞相执掌的兵权划归太尉，而实际上又长期不任命太尉，由皇帝亲自掌管。新设置的御史大夫为御史之长，地位仅次于丞相，"掌副丞相"，可以过问丞相的全部事务，还拥有丞相所没有的监察权，甚至其下属的御史也可由皇帝委派处理其他要事。这种权重位低的安排，既能制约丞相的权力，又不会形成新的权力中心，长期为汉朝沿用。如汉朝的重要诏令，或由丞相、御史大夫共同签署，或由皇帝直接下达御史大夫，再由御史大夫交丞相办理。

此外，中央政权还设有博士数十人，经常在皇帝左右，接受咨询，参与讨论军政事务。另设诸卿，其中奉常，"掌宗庙礼仪"，是负责与祭

---

① 《汉书》卷19《百官公卿表》。

祀有关活动的各机构的首长。郎中令,"掌宫殿掖门户",是皇家警卫长,下属的郎中即宿卫皇宫的警卫。卫尉,"掌宫门卫屯兵",指挥守卫宫门的驻军。中尉,"掌徼循京师",负责京师的巡逻和防卫。将作少府,"掌治宫室",管理宫廷建筑。太仆,"掌舆马",负责管理皇室的交通工具。廷尉,"掌刑辟",负责司法。典客,"掌诸归义蛮夷",主管国内少数民族事务和接待外国使者。宗正,"掌亲属",管理皇族内部事务。治粟内史,"掌谷货",主管农业和粮食等农产品的储备、调运。少府,"掌山海池泽之税,以给共(供)养",主管皇室私家财富,有众多的下属机构和官员。[1]

西汉初中央机构基本沿袭秦朝,但由于汉高祖以后的几位皇帝或软弱无能,或年纪较轻,或以外藩即位,相权逐渐加重,丞相往往独揽各项大权。因此,到汉武帝时就在以丞相为首的中央机构之外,另设了一套可直接听命于皇帝的官僚系统,即所谓"中朝"。秦朝曾在皇宫内设置尚书,有尚书令、尚书丞,本来只是用于皇帝与丞相间的传达联络,尚书令地位很低,是六百石的小官。汉武帝有意识地扩大尚书的职权,使之成为皇帝的机要秘书和谋划机构,尚书令的级别也提高到千石。同时,武帝还重用"天子之宾客"[2],即侍从之臣。这些人身份各异,本来不担任中央机构的职务,因皇帝委以侍中、散骑、常侍、给事中等头衔,可以出入禁中,随侍皇帝左右,参与国事。一些皇帝的心腹大臣,如大司马、大将军、太中大夫、光禄大夫等,也被加上侍中、给事中的头衔,直接听命于皇帝。这样,就形成了一个以尚书令为主的,由侍中、给事中、常侍等"宾客"和大臣组成的中朝。中朝秉承皇帝旨意,决定大政,掌握实权,是真正的决策班子,而以丞相为首的"外朝"只负责处理和执行一般政务。由于开始时中朝并不是正式的机构,也没有固定的编制,很难确定设置于哪一年,但一般都以元朔五年(前124年)为形成的标志,因为当年汉武帝任命侍中出身的卫青为位于丞相之

---

[1]《汉书》卷19《百官公卿表》。
[2]《汉书》卷64《严助传》师古注。

上的大将军，而同时任命的丞相公孙弘破天荒地不具有列侯爵位，这自然意味着将军作用的提升和丞相地位的下降。到成帝时，正式设置尚书五人，一人为仆射，为尚书之首；四人分四曹，分别负责处理某些方面的事务；组成了中朝的日常办事机构。

其他机构的变化不很大，有的只是名称不同或职权范围有所增减。如太尉名义上还是掌管武事的最高官员，实际并不常设。武帝后改设大司马，也不常设，多数年代没有正式机构，成为虚衔。御史大夫，成帝时改为大司空，分行丞相职权，与丞相、太尉并称"三公"。奉常，景帝时改称太常。郎中令，武帝时更名光禄勋，职权扩大，属员增加到一千多人。廷尉，景帝时更名大理，后一度又恢复廷尉之名。典客，景帝时改名大行令，武帝时更名大鸿胪。治粟都尉，景帝时为大农令，武帝时更名大司农。随着皇帝私产的增加，少府的机构也日益膨胀。

王莽时将"三公"改为大司马、大司徒、大司空。东汉光武帝为进一步削弱三公的权力，名义上还是以太尉（大司马改称）主管军事，但无具体职权；改大司空为司空，只管重大的水利工程；改大司徒为司徒，只管民政。三公的权限大大缩小。另设将军，地位与三公相等。与此同时，进一步加强尚书台的权力，扩大其机构：尚书令外，另设尚书仆射一人为副，下设六曹（吏曹、二千石曹、民曹、三公曹、南北主客曹、中都官曹）分管各类事务，每曹设尚书一人，下辖侍郎六人、令史三人。另有左右丞各一人，直属尚书令。"虽置三公，事归台阁"[1]，尚书台成为皇帝直属的中央决策和施政机构，而三公、九卿完全降为尚书台的办事机构，三公或大将军只有经皇帝加"录尚书事"后才能参与中枢决策。光武帝还规定在朝会时，为尚书令、御史中丞和司隶校尉另设专座，称为"三独坐"，以示优宠。

从武帝时出现"中朝"，到东汉正式组成尚书台，有效地防止了在皇权以外形成以丞相为中心的另一个权力中心。但在集权制度下，一旦皇权衰落，控制了尚书台的权臣同样能像以往的丞相那样飞扬跋扈，东汉

---

[1]《后汉书》卷49《王充王符仲长统列传》引《昌言·法诫篇》。

中期以后外戚、大将军的擅权专政就是在"录尚书事"的名义下实行的。

三、地方政权

秦朝幅员辽阔,加强地方政权势在必行。地方政权是中央政权的延伸,是中央政权的基础,所以同样体现了皇权至上的原则,都是逐级服从于上一级政府。地方政府只对中央政府负责,没有任何自治权力。

秦朝中央以下的一级行政区划是郡,其最高行政长官是郡守,负责军事和治安的长官是郡尉,另有监御史负责监督官吏和百姓。郡守的下属是丞,协助管理郡中的行政及刑狱。

秦灭六国后,在全国推行郡县制。以后随着疆域的扩大和局部的调整,到秦朝末年全国共有约四十八个郡[①]。首都咸阳所在政区虽然命名为"内史"而没有用郡的名称,但性质与郡完全一样。

西汉和东汉的大部分年代内,郡也是一级行政区划。汉朝的郡级政区增加了王国所属的支郡(西汉前期)和王国,其行政首长称国相,还兼有监察国王的职责。西汉一度将在少数民族聚居区新设置的郡列为"初郡",给予豁免赋税或其他优待。景帝时将首都附近地区划为三个郡级政区,合称三辅,武帝时改名为京兆尹、左冯翊、右扶风,它们的治所都设在首都长安城内,长安即属京兆尹管辖。东汉迁都洛阳后,三辅仍沿用不改,但首都洛阳所在的河南郡及其长官改称河南尹。景帝中二年(前148年)郡守改称太守,郡尉改称都尉,一直沿用至东汉末。西汉在边疆郡太守下增设了一名长史,负责军事。东汉初将这些郡的丞和长史合并为长史一人,国相所属的丞也改为长史。东汉初撤销了内地各郡的都尉,其职权由郡太守行使。但在边疆地区还增设了若干个相当于

[①] 2002年6月,在湖南龙山县里耶镇古城址一号井发现有文字的简牍,随后出土简牍约36 000支。发掘者和部分研究者认为,简牍主要是秦代洞庭郡迁陵县的部分行政文书档案,出土文书的城址可能即迁陵县治。但洞庭郡的建置却不见史籍记载。参见湖南省文物考古研究所等:《湖南龙山里耶战国——秦代古城一号井发掘简报》,《文物》2003年第1期,第4—35页。

郡级的属国，也有辖县，由都尉为行政长官，下设丞二名。安帝时因发生"羌乱"，为了防卫西汉的陵园，又在所在的右扶风和京兆尹设置都尉。两汉的郡级政区经常保持在百余个。

西汉时，州刺史或州牧对郡太守或国相只有监察权，无权黜退。从东汉开始，刺史在纠察的同时，有权进行调查并给予撤职处分。从建武十一年（35年）开始，刺史不再亲自进京，而是通过上计吏奏事，在地方上有了固定的治所。至此，州刺史或州牧从中央官变成了地方官，实际成了郡太守或国相的上司。黄巾起义后，四方多事，朝廷于中平五年（188年）派重臣出任州牧，集中地方事权，原来作为监察区的十三个州部逐渐成为郡以上的一级行政区划，分别管辖所属的郡、国。

秦朝的二级行政区划是县或道，后者设置于边远的少数民族聚居区。县、道都归郡（包括与郡同级的内史）管辖。根据制度，户口满一万户的县设县令，不满一万户的县设县长。县令（长）下设丞、尉，县丞协助县令管理民政。县尉负责全县的军事和治安，包括极其繁重的徭役征发，战时还要率本县组成的军队出征，因此可以有二至四人。丞、尉以下还有一些"少吏"，如县司马、县司空、令史、敦长、士吏、假佐等，是办事人员和下级军官。各国在旧县的基础上进行局部调整，加上新设置的，秦朝设了近一千个县。

汉朝的县级单位增加了侯国和邑，分别是列侯的封国和皇太后、皇后、公主的汤沐邑，其长官称相，职权与县令（长）相同。尉一般减为一人，东汉时规定大县设尉二人，小县一人。西汉初开始，皇帝或太后陵墓所在的县（陵县）直属太常管辖，元帝时才分属所在的郡级单位。西汉末年全国有一千五百多个县级行政区。

县以下的行政机构是乡和里，治安组织是亭。乡的职能主要是摊派徭役，征收田赋，查证本乡被告的案情，参与对国家仓库中粮食的保管。乡中设三老、啬夫、游徼，分别负责"教化""听讼，收赋税"和"循禁贼盗"[①]。里是乡以下一级，设里典（本名里正，避秦始皇讳而

[①]《汉书》卷19《百官公卿表》。

改），行使与乡相同的职责。有些乡还设有专门管理农业生产的田典，参见湖北云梦睡虎地出土秦简《田律》。亭是都尉、县尉的派出机构，属于治安系统，与乡、里没有隶属关系。亭设亭长一人，其正式名称可能是"校长"，下属有"亭父""求盗"各一人，主要负责治安管理和追捕盗贼，还接待过往官员、为官方采购和输送物资、传递文书等。所谓"十里一亭"虽然未必严格，但由于亭兼有驿传功能，相互间的距离不会太远。

汉朝县以下的机构没有大的改变，只是里典恢复为里正，东汉时在乡一级设置了乡佐，分管了啬夫原先征收赋税的职责。

第二节 主要制度

为了维持中央集权体制的具体运转，秦朝建立了与中央政府相配合的各种机构和各项日常制度，这些机构和制度基本都为汉朝所沿用，并逐步完善，趋于稳定。

一、监察和选举

秦始皇设置御史大夫，其主要职责之一是监察，成为全国最高的监察长官。但御史大夫还兼有副丞相的职责，既是监察官，也是行政官，这说明在权力高度集中于皇帝的情况下，监察制度从一开始就是不完整的。

西汉时的御史大夫也不是专职的监察官，其主要职责包括监察和执法两个方面，成帝时更名为大司空。御史大夫的下属有中丞等，职责是"掌图籍秘书，外督部刺史，内领侍御史员十五人，受公卿奏事，举劾按章"[1]；因在宫中办公，是皇帝近臣，常可与御史大夫抗衡。成帝以御史大夫为大司空后，其职权就为御史中丞所取代，另置御史长史。东汉期间统一为御史中丞，但划归少府管辖。与秦朝一样，汉朝中央政府的

---

[1]《汉书》卷19《百官公卿表》。

监察系统也显得薄弱,这是因为在君权集中的情况下,皇帝更注重于亲自监察和百官间的相互监察。另一方面,皇帝对自己随心所欲的施政或贵戚宠臣的胡作非为也不愿意有正常的监察。

与中央政府不完整的监察制度相反,中央对地方政府的监察从一开始就十分明确。秦朝在每个郡设有"监",负责监察一郡的吏治。西汉初罢郡监,文帝时以监察御史司察诸郡,前元十三年(前167年)因御史多有违法失职,改派丞相史(丞相的僚佐)"分刺"(分区刺举)诸郡并监察御史,称为"刺史",但没有常设官员。武帝元封五年(前106年),除了近畿七郡外,全国的郡被分为十三部,每部置一刺史,负责监察一部的官吏和强宗豪右,从此成为常制。征和四年(前89年)又设置司隶校尉一职,负责京师百官和近畿七郡的监察,全国形成十四个监察区。东汉初省朔方刺史部,并入并州,又改交趾为交州,成为十三部。

刺史的监察范围严格限制于"六条":一是,豪强大族田宅超过规定,以强欺弱,以多压少;二是,郡太守不遵奉诏书,不执行制度,损公肥私,假公济私,侵犯百姓利益,贪污搜刮;三是,郡太守不及时审理案子,随意量刑,轻易杀人,对百姓残暴,引起不满,利用灾异,造谣惑众;四是,郡太守选拔任用不公正,凭个人感情重用坏人,埋没人才;五是,郡太守的子弟倚仗权势,接受地方豪强的请托;六是,郡太守违反规定,讨好、依附豪强,接受贿赂,影响法令的实施。还明确规定,不是这六条范围内的事务一律不许过问。[①] 刺史只能向朝廷举报,不能直接处理,他们没有固定的办公地点,有事随时返回京师报告。刺史的监察对象是二千石的郡太守,但自己的级别只有六百石。这种权大位低的设置和对刺史的各种规定,显然是为了保证他们绝对听命于朝廷和监察的独立公正。

司隶校尉(司隶)虽然只负监察地方的职责,但因为监察对象包括京师和百官,又常驻京师,参加朝廷的重大活动,地位非常重要,东汉

---

① 《汉书》卷19《百官公卿表》师古注引《汉官典职仪》。

后更是如此，所以往往由外戚、重臣担任。

东汉开始，刺史部逐渐有了一部分地方政府的职能。由于光武帝不信任三公，授权刺史可独立处理郡国事务，如对守、相进行赏罚等。原来刺史只能督察守、相，顺帝时规定幽、并、凉三州刺史督察范围扩大到县的丞、尉一级。东汉中期以后，刺史常率郡县兵镇压变乱。但直到中平五年（188年），刺史的主要职能还是监察机构。

自商鞅变法废除了世卿世禄制后，在秦始皇以前就形成了一整套对官吏的任免制度。如规定官吏必须服从调遣，调动时不得带随员，不称职或违法的官吏给予免官或"废官"（终身不得任用）的处分等。①

秦国的爵制本来是表示等级身份的，主要用于奖励军功，又称"军功爵"。秦始皇时规定的爵位有二十级：一级曰公士，二上造，三簪袅，四不更，五大夫，六官大夫，七公大夫，八公乘，九五大夫，十左庶长，十一右庶长，十二左更，十三中更，十四右更，十五上造，十六大上造，十七驷车庶长，十八大庶长，十九关内侯，二十彻侯②。第七爵"公大夫"以上属高爵，地位与县令相等。无爵者则称为"士伍"，一定的爵级是当官吏的优先条件，也可用于有罪时抵刑。秦始皇时，军功已不是赐爵的唯一条件，如三十六年（前211年）被迁往北河、榆中的三万户就都获得了"拜爵一级"的奖励。爵也不再成为任命官吏的必要条件，不再与官位的高低挂钩。

汉朝沿用了秦朝的爵级，但由于爵已经不是任命官吏或封侯的先决条件，除了汉高祖时曾对公大夫以上的人给予优待外，以后仅有抵刑罚的作用，赐爵也越来越普遍，如即位、改元、立太子、出现祥瑞等都是给全国百姓赐爵的理由。爵可以通过向官府捐粮食获得，还以每级千钱的价格公开出卖。至此，爵位与选官制度已无关了。

对地方官的考核通过两方面的途径：一是由郡监或朝廷临时派遣的

---

① 参见湖北云梦睡虎地出土秦墓竹简中《置吏律》《除吏律》等有关条文。
② 《汉书》卷19《百官公卿表》；高敏：《秦的赐爵制度试探》，载氏著《秦汉史论集》，中州书画社1982年版。

御史到各地进行，一是由各行政区通过"上计"逐级汇报。从出土的秦简可以了解到，在郡、县二级都有好几位负责计事的官吏，每年到了规定的时候，县官就要将有关的各类数字和内容上报到郡，郡汇总后，要派专职官吏上报到朝廷，其内容至少包括户口、土地、田赋及其他军事、民事资料，朝廷据此对地方官进行考绩。由于秦始皇以十月为岁首，上计年度的截止期也定为九月底。

汉朝沿用了上计制度，并且更加严密、规范。各县级单位由县丞或县尉负责上报于郡、国，郡、国则由郡丞或长史负责上报朝廷。报告的内容主要是"户口垦田，钱谷入出，盗贼多少"[①]，此外还有宗室名籍、边郡屯戍区的赋钱出入、行政区划、各地的谷价等项目和临时增加的项目。由于各县在八月下乡统计核对时正好避开了农忙，各郡国要集中到首都也需要时间，所以在改以正月为岁首后，上计年度仍以九月为断。

西汉时由丞相接受上计，并配有专职官员负责，御史协助丞相进行考核。东汉时名义上仍由司徒主持，实际上已由尚书中的三公曹具体负责了。皇帝还经常直接召见上计吏，了解地方官的政绩。汉朝的郡太守不能自己进京奏事，只能刺史去；东汉时连刺史也不能离开治所，只能通过上计吏，所以上计吏在官吏考绩中起着重要的，甚至是决定性的作用。但随着政治的腐败，这种考核制度越来越流于形式。

西汉为了扩大官吏的来源，网罗人才，又新辟了几种途径：

察举 即由公、卿、列侯、刺史、郡守、国相等推举人才，再经中央政府考核任以官职。汉高祖下过"求贤诏"，要求地方官向朝廷推荐"贤士大夫"。文帝时曾要求大臣和地方官推荐"贤良方正能直言极谏者"，表彰"孝悌""力田""廉吏"，但没有制度化。武帝元光元年（前134年），下令每郡、国举孝、廉各一人。不久，根据董仲舒的建议，规定各郡、国每年要向朝廷推荐一次，所举者必须有"孝"或"廉"的事迹著称于乡里，有固定名额。元朔元年（前128年）又下诏重申要求，规定对不按时举荐的官员将以"不敬"论罪，给予免职处分。除孝

[①]《后汉书》志28《百官五》胡广注。

廉外，察举的科目还有"秀才"（东汉时因避光武帝刘秀讳，改为"茂才"）、"贤良方正"、"贤良文学"、"明经"、"明法"、"至孝"、"有道"、"尤异"、"治剧"等，但除孝廉每年都察举外，其余大多不是定期举行，所以孝廉是入仕的主要途径。有时皇帝亲自召见当年的孝廉、秀才进行考察，以决定如何任用。东汉建武十二年（36年）规定三公每年举茂才四人，州刺史每年举茂才一人，从此也成定制。至东汉和帝时规定，各郡国每二十万人口举孝廉一名，不足二十万的郡每两年一名，不足十万的郡每三年一名。以后对人口少的边郡又作了照顾。

征召 皇帝直接征某人来朝廷，亲自召见提问，如满意就授予官职，武帝时成为制度。征召的对象有政治、经济、文学等各方面人才，不拘一格，甚至包括方士。征召的人数很少，为显示皇帝礼贤下士，沿途待遇优厚，礼仪隆重。少数主动应征，要求上书言事的人，沿途官府必须负责接待，即所谓"公车上书"。如上书内容得到皇帝赞赏，也可授予官职。

博士弟子 从博士弟子中挑选。元朔五年（前124年）根据公孙弘建议，为博士官置弟子五十人，由太常从年满十八岁、品貌端正的百姓中挑选，然后每年进行考试，"能通一艺以上，补文学掌故缺，其高第可以为郎中、太常籍奏"①。昭帝时名额增加到一百人，宣帝时翻了一番，成帝时一度达到三千人，东汉人数也不少，但能补为官吏的人并不多。

上计吏 东汉时上计吏常被留在朝廷为郎，或被任为县令，实际上已与孝廉的地位相当。东汉时，不少刺史、太守、三公都是上计吏出身。由于留在朝廷的计吏太多，延熹年间达到七百余人，不得不暂停，但以后又恢复。

这些选举途径的对象都是士，即知识分子或儒生。

在秦朝，百姓只能"以吏为师"，私家教授属于非法。汉朝私家教授非常盛行，个人自学更不受限制，所以从理论上说，无论贫富贵贱都

---

① 《汉书》卷88《儒林传》。

可以识字读书，史书上不乏出身贫贱而发奋读书获得成功的例子，但有机会被选拔为官吏的人毕竟是少数。

这些荐举方法扩大了官吏的来源，也给平民百姓提供了入仕的可能，使一些杰出人才脱颖而出。但推荐与否完全由地方官决定，是否任用则全凭皇帝的好恶。被荐人才虽有各种类型，但主要标准还是儒家的理论和实践，东汉时更局限于经义和"孝道"，然而由于政治腐败，官员上下勾结谋私，"举秀才，不知书；察孝廉，父别居"的丑闻比比皆是。把持了荐举权的世家豪族、高官大吏培植私人，安插子弟，往往形成"门生故吏遍天下""四世三公"的局面。

二、法律与刑罚

秦始皇统一后，继续执行秦国的法律，"事皆决于法"。同时通过"一法度"，将秦国的法律推行到全国[①]。湖北云梦睡虎地出土的秦简提供了大量法律文书，证明当时已具有比较完整的法律制度。

秦的法律主要有四种形式，即法律条文，对律文的解释，地方政府发布的文告，审理案件的准则、案例和对法律文书格式的规定。就内容和功能而言，秦律主要用于加强和巩固君主的专制集权，保护私有财产，维护等级制度、赋税徭役制度和社会秩序。

秦朝的法律极其严酷，法网严密，轻罪重刑，相应的刑罚也非常残酷，见于记载的就有"隶臣妾""鬼薪""白粲""斩左止""劓""宫""笞""黥""弃市""腰斩""车裂""戮""枭首""剖腹""囊扑""烹""绞""蒺藜""坑""从死""籍没""连坐""参夷""诛三族""诛九族"等二十多种。当时徒刑的刑期可任意延长，因而刑徒越积越多。刑徒完全没有人身自由，又被迫从事最繁重的劳动，待遇还不如一般农耕奴隶。秦始皇出于大规模兴建宫殿、陵墓、长城、驰道等需要，不断随意增加处罚条款，扩大刑徒数量。

公元前206年刘邦进入咸阳后，就宣布废除秦朝苛法，"约法三

[①]《史记》卷6《秦始皇本纪》。

章":"杀人者死,伤人及盗抵罪。"① 尽管这三条法律也保护了原有贵族和统治阶级的生命财产不受侵犯,但还是受到普遍拥护。由于刘邦控制咸阳的时间很短,"约法三章"实际并未实行。而且过于简单的法律也无法适合实际需要。西汉初萧何采用了秦律中适用的部分,制定了比较简单的"九章律"。但秦朝的不少苛法实际还在执行,所以汉初的几十年间,还在不断废除或改变。汉文帝时实行了两项重大改革:一是废肉刑,即将黥、劓、刖左右趾分别改为笞三百、五百。但以后发现受刑者往往还没有被打满规定的数目就已死了,保全了脸、鼻子、脚趾却丧失了生命。因而景帝时将笞数减到二百和一百,同时规定了刑具和用刑方法:"笞者,棰长五尺,其本大一寸,其竹也,末薄半寸,皆平其节。当笞者笞臀,毋得更人。"另一是规定了徒刑的期限:"罪人狱已决,完为城旦春;满三岁为鬼薪、白粲。鬼薪、白粲一岁,为隶臣妾。隶臣妾一岁,免为庶人。隶臣妾满二岁,为司寇。司寇一岁,及作如司寇二岁,皆免为庶人。其亡逃及有罪耐以上,不用此令。前令之刑城旦春岁而非禁锢者,如完为城旦春岁数以免。"②

汉武帝时,由于对外不断用兵,对内加重了赋役征发,阶级矛盾激化。为了强化统治,武帝任用张汤、赵禹等大量修订和增补法律,"增律五十余篇"③,"律令凡三百五十九章,大辟四百九条,千八百八十二事,死罪决事比万三千四百七十二事。文书盈于几阁,典者不能遍睹"④。这样繁琐的法律以后还在不断增补。

经过武帝时的修订和增补,西汉的法律形成了"律""令""科""比"四种稳定的形式。律,是法律中最主要、最稳定的形式,包括各方面的专门法律。令是皇帝发布的诏令,常用于更改或补充律文,解决某一具体问题。科,汉初由萧何首创,本来是在法律条文中所列依

---

① 《史记》卷8《高祖本纪》。
② 《汉书》卷23《刑法志》。
③ 《魏书》卷111《刑罚志》。
④ 《汉书》卷23《刑法志》。

律应科刑罚的部分,称为科条,逐渐成为一种独立的法律形式。比,即决事比,是经过朝廷批准,具有法律效力的断事成例或断案判例,数量最多。

武帝时还出现了一种特殊的法律形式——"春秋决狱",即以《春秋》一书的内容作为判断案件的根据,甚至还扩大到其他儒家经典,即以"经义"作为法律。由于《春秋》和"经义"远不像法律条文那样明确严密,对它们的解释具有很大的随意性,并且过于强调罪犯的动机,所以实际上给了执法者随心所欲的权力。自董仲舒之后,儒家学者竞相以经义解释法律,到东汉时,"诸儒章句十有余家,家数十万言。凡断罪所当由用者,合二万六千二百七十二条,七百七十三万二千二百余言"①。这类章句和断案,显然已经成为汉代法律的重要组成部分。

汉律和有关法律文件奠定了中国传统法律体系的基础,它包括刑事、民事、行政各方面的成文法,基本适应了社会的需要,并在总原则不变的前提下,通过更改或补充的方式,不断增加新的内容。这一体系一直延续到清朝的《大清律》,对维护专制统治和等级制度、保障社会秩序起了积极作用。但这一体系没有司法独立的保证,司法权与行政权往往不分,当法律有碍皇权和专制统治时就会成为一纸空文。法外施刑的现象也相当普遍。

三、兵役和国防

秦至西汉初年,兵役制和徭役制合而为一,男子起役的年龄是十五岁,止役年龄为六十岁(有爵位者为五十六岁)。汉景帝以后,法律规定二十岁或二十三岁起役,至五十六岁止役。但实际上,在边地戍卒中,往往有幼至十五六岁或老至六十多岁的,说明这一法律并未严格执行。

在服役年龄间,每人应服兵役两年,称为正卒,第一年在本郡接受训练,为材官(步兵)、骑士、楼船(水军),另一年或在京师当卫士,或在边郡当戍卒。但在战时的征发,或者战事旷日持久时,服役期满往

---

① 《晋书》卷30《刑法志》。

往得不到更替，征发已服过兵役的人也很普遍。此外，每人每年要戍边三日，不愿去的可纳钱三百，叫作过更。但实际上，以后已演变成为一项按丁口征收的税种。每人每年还要在本郡国服一个月的徭役，不愿服役的可纳钱二千，叫作践更。

宗室、功臣、官吏的家属和后代可以免除兵役，称为复或复除。爵位在五大夫以上的人，本人也享受复除的优待。皇帝还可以给一些有代表性的人物或特殊身份的人复除，如三老、孝弟力田、博士弟子、通一经者、高龄老人的子孙、汉高祖故乡沛县的百姓等。复除可以是终身，也可以限于若干年内。在朝廷财政困难时，还容许百姓出钱买爵位以换取复除。复除范围越来越广，加上官吏、豪强逃避兵役，造成兵源不足。

武帝时，大规模的军事行动持续不断，兵源却因流民增加而严重不足，因而采用招募的方式，即从百姓或少数民族中募集，或者在刑徒及死刑犯中招募，这些人被称为弛刑或弛刑徒。以后，将死刑犯减罪发往边疆服兵役的做法成为惯例。此外，还可以将某些类型的罪人征发当兵，称为"谪发"，如武帝天汉四年（前97年）"发天下七科谪"，就包括一些莫名其妙的类型："吏有罪一，亡命二，赘婿三，贾人四，故有市籍五，父母有市籍六，大父母有市籍七，凡七科也。"[①] 还征发过"恶少年"及被告劾而逃亡过的人。

少数民族也是士兵的重要来源，特别是在西汉后期和东汉时期，见于记载的有胡骑、越骑、羌骑、匈奴、楼烦、义渠、羌胡、鲜卑、乌桓、胡兵等，在西域的战争还征发过乌孙、楼兰等国的兵力。其中一部分来自战争中的降俘人员，一部分是在边疆地区或内迁人员中招募。

西汉初，军力分散于全国各地，各郡、国由郡尉或中尉主管军事，统领本地的正卒，进行军事训练。每年秋季，郡太守举行正卒的检阅，称为都试。皇帝发郡国兵时，用铜虎符为验，否则不得发兵。京城驻有南北二军。北军守卫京师，士卒主要由三辅选调，由中尉率领；南军保

[①]《汉书》卷6《武帝纪》注引张晏曰。

卫皇宫，卫士多由三辅以外郡国选调，由卫尉率领。南军二万人，武帝即位后减为一万人。此外还有一些侍从皇帝的郎，由郎中令率领。首都的兵力有限，而且由于卫士是轮流服役的，战斗力很难保持稳定。这样的配置，自然不能适应加强中央集权的需要，起不到强干弱枝的作用。元鼎六年（前111年），武帝创建了屯骑、步兵、越骑、长水、射声、虎贲、胡骑七校尉，隶属北军，常驻京师。加上原来的中垒校尉，合称八校尉，每校的兵力为数百至千余人。建元三年（前138年），武帝设期门军；太初元年（前104年）设羽林军；前者约一千人，后者七百人，选三辅及陇西、天水、安定、北地、上郡、西河六郡"良家子"充当，归郎中令掌管，以备宿卫。以后又选战死者的子孙养于羽林军中，从小加以训练，称为"羽林孤儿"，以加强宿卫力量。羽林、期门在军事系统中居于重要地位，不少文武官员都出身于羽林、期门。八校尉和羽林、期门的建立，使京师有了强大而稳定的常备军，到宣帝时已能派往边境作战了。

武帝开疆拓土后，在边境驻有大批屯田兵，如在上郡、朔方、西河、河西屯田的戍卒就有六十万，西域今新疆境内也设有屯戍区。这些戍卒除负责日常防卫外，还进行垦荒耕种，有些屯田区的粮食自给有余。

东汉的军事制度与西汉大致相同，在首都洛阳一带也驻有重兵。光和七年（184年）黄巾起义爆发时，在洛阳四周的函谷等八关设置都尉，称"八关都尉"。中平五年（188年），又设西园八校尉，由宦官蹇硕统率。但在镇压起义的过程中，地方军阀势力膨胀，终于演变为分裂割据。

四、赋税和财政

秦朝征收的土地税包括田租和刍藁（田租附加税，藁一作稿），分别以禾稼和刍藁上交，前者是谷物，后者是秸秆、枝叶、干草等，用作饲料或燃料。税率很高，具体数额不详。其他赋税也由于横征暴敛，以致"头会箕敛"，已经完全不顾原有的赋税制度。根据《汉书·食货志》

的说法，百姓的实际负担已超过其收入的三分之二。

汉代的赋税主要有几个方面：

田租，即土地税，西汉初曾按"十五税一"和"三十税一"的比例征收，景帝二年（前155年）"令民半出田租，三十而税一"[1]，即按常年产量征收三十分之一的租税（一说以田亩征收），从此成为定制。在实际执行中，各地一般都按固定的额度征收，而不考虑纳税土地的具体产量。东汉初的几年一度实行"什一之税"，但至建武六年（公元30年）即恢复"三十税一"。建初元年（76年），山阳太守秦彭建议将田地按肥瘠分为三等，按定额征税，得到朝廷批准，推行全国。[2]在特殊情况下，田租也可以得到减免，如遭受灾害或发生饥荒，皇帝的故乡或巡幸所经，出现祥瑞或喜庆等，有时还特许豁免历年欠税。

田租的正税以外，还有附加税，称为刍稿或稿税。即在征收谷物以外，再要交纳秸秆，用作饲料、燃料或建筑材料，秦始皇时已实行。汉代经常征收，东汉后期还征过多种临时性的附加税，如中平二年（185年）每亩加收十钱[3]。

算赋、口赋，即人头税。汉高祖四年（前203年）规定："民年十五以上至五十六出赋钱，人百二十为一算，为治库兵车马。"[4]对商人和奴婢则加倍征收，每人二百四十钱。惠帝六年（前189年）还规定，"女子年十五以上至三十不嫁"，就要征收五倍算赋[5]；也可能是从十五岁至三十岁分等级累进的，最高为五倍。整个汉代对算赋的减免并不多，一般仅限于一地、一事或部分人口，全国性的减免只限当年。湖北江陵前期汉墓出土一批田租算赋竹简，所载数量表明比以后规定要重许多。口赋又名口钱，是"敬奉"皇帝的，征收的对象是七岁至十四岁

---

[1]《汉书》卷24《食货志》。
[2]《后汉书》卷76《循吏列传·秦彭》。
[3]《晋书》卷26《食货志》。
[4]《汉书》卷1《高帝纪》注引如淳曰。
[5]《汉书》卷2《惠帝纪》。

的青少年，可能起征于西汉初。本来的定额是每人每年二十钱，武帝时增为二十三钱，又将起征年提前到三岁，直到元帝初元元年（前48年）才恢复为七岁起征[①]。口赋的减免一般也限于部分地区，全国性的减免仅限于极个别年份。但因为口赋总额远比算赋为少，所以往往减口赋而不减算赋。

在少数民族聚居地区或"初郡"（边远地区新设立的郡），人头税可以采用较少的定额，或改以实物征收，或在一定年限内全部免收。

自汉宣帝至西汉末年，全国征收到的人头税每年四十余亿钱[②]，这大概是汉代的最高额。

此外，商人要按交易额交市税，对高利贷利息要征贳贷税，货物过关要收关税，未实行盐铁专买时产地要按产量交税，武帝时还开征算缗钱（财产税）、牲畜税。

除了赋税外，朝廷的收入还来自属于皇帝私产的山泽、园池、苑囿和公田、江湖陂海的出产或税收，卖官鬻爵和赎罪的收入以及诸侯王、列侯和各地的贡献等。

朝廷的支出主要用于皇室的开支、官吏的俸禄、行政经费、军队和军事开支、祭祀活动等，少量用于农田水利、文化教育和灾荒赈济等。

在皇室开支中，宫殿陵墓的建筑和维修是最大的一项。对贵族、外戚、宠臣的无度赏赐，耗费也很大。如汉文帝曾将铜山赐给邓通，听任他自由铸钱。哀帝对董贤的赏赐，使他在三年多内积累的财产超过四十三亿钱[③]，超过了全国一年的人头税收入。

随着疆域的扩展和国防线的延伸，军费的开支也不断增加，但更大的开支还是战争，特别是旷日持久的战争。如东汉永初元年（107年）开始的十余年"羌乱"，耗费二百四十亿钱[④]。

[①]《汉书》卷72《贡禹传》。
[②]《太平御览》卷627《治道部》引桓谭《新论》。
[③]《汉书》卷93《佞幸传·董贤》。
[④]《后汉书》卷87《西羌传》。

秦汉时人非常重视祭祀,范围也很广,除了对祖先宗庙外,还包括天、地、山川、神祇、神仙、帝王、圣贤和各种崇拜物。西汉哀帝时,全国列入经常性祭祀的场所有七百余个,每年共祭祀三万七千次[①]。东汉时才有所减少。但皇帝临时性的封禅、求仙浪费更大,如汉武帝五次封泰山,到处巡游祭祀、求仙,对自称能获得不死之药的骗子栾大的赏赐就超过十亿钱。

西汉初的开支比较节俭,经过七十多年的积累,国库充实。武帝时"外事征伐,内事兴作",耗尽了储备,财政出现危机。元狩年间,他任用大盐商东郭成阳、大冶铁家孔仅为大农丞领盐铁事,任用洛阳贾人子桑弘羊主持预决算,推行统一货币的措施,实行盐铁官营和均输、平准制度。

汉初以来铸造的钱币质量低劣,大小、轻重不一,影响社会生产和交换;允许私铸也给诸侯王、富商、豪强非法牟利的机会。建元元年(前140年),武帝下令禁止私铸,废除通行的四铢钱,改行三铢钱。建元五年(前136年)废三铢钱,恢复四铢钱[②]。元狩四年(前119年),造"白金"(银)、"皮币"(白鹿皮),强制王侯贵族使用,回收他们手中的金钱。次年下令郡国铸五铢钱,但盗铸之风不减,因此而被处死的吏民达数十万人,币制仍不稳定。元鼎四年(前113年),武帝取消郡国铸钱权,由水衡都尉所属的钟官、辨铜、均输三官垄断全国铸币,现行钱币全部废止,由各地销毁,将铜料送三官,统一铸造新的五铢钱,又称三官钱。由于三官钱币值与实际重量相等,工艺水平高,盗铸得不偿失,伪币基本绝迹,中央政府从此完全控制了铸币权,三官五铢钱长期通行。

汉初盐铁任私人经营,政府仅设官征税,富商豪强获取暴利,政府收入减少,还成为割据势力对抗中央的资本。元狩五年(前118年)实

[①]《汉书》卷25《郊祀志》。
[②] 李祖德:《论西汉的货币改制:兼论西汉的"重农抑商"政策》,《历史研究》1965年第3期,第83—98页。

行的盐铁官营方案是：煮盐、冶铁由国家专营，所得收入用以补充赋税。由官府招募盐户，为他们提供煮盐的"牢盆"和一定的生活费用，产品由官府收购发卖。严惩私营盐铁，违者斩左趾。不产铁的郡置小铁官，管理铁器专卖。次年即在各产区选用家产富裕又熟悉盐铁生产管理的人任盐官、铁官。到西汉末年，全国在二十七郡设有三十六个盐官，在四十郡设有四十八个铁官[①]。

"均输法"在元鼎二年（前115年）开始试行，元封元年（前110年）与"平准法"一起推向全国。均输、平准制度，即由大司农在各地设均输官，专门负责管理调度征发郡国的各种物品，随市买卖。经过这样合理的流通，最后把真正需要的物品输入关中。大农在京师设平准官，接受均输货物，按长安市场价格涨落情况收购或抛售，以调节市场供求，平抑物价。

这些政策的实施使大司农控制了盐铁生产和主要的货物买卖，打击了商业投机，剥夺了富商大贾的一部分利润，政府增加了收入，也使物价不至暴涨暴落。但官营造成盐、铁价高质劣的弊病，百姓买不起铁器，只得"木耕手耨"，买不起盐，只得淡食；均输、平准也未能收到平抑物价的效果。官家的刻剥也不亚于私营，甚至更坏。

元狩四年，武帝又采取了直接剥夺大商贾和高利贷者的措施——"算缗"和"告缗"：规定商人及手工业者无论有无市籍，其借贷、买卖、储存货物及商业利润，都必须自行申报，每二千钱收一算（一百二十钱）。手工业者的营业税率为每四千钱一算。车船征税，轺车一乘一算，商人轺车二算，船五丈以上一算。商人有产不报或申报不实，罚戍边一年，没收财产。有市籍的商人及其家属不许占有土地，违者没收。对"告缗"（揭发）者，发给没收财产的一半作为奖励[②]。元狩六年（前117年），令杨可主持告缗，结果是，"得民财物以亿计，奴婢以千万数，田大县数百顷，小县百余顷，宅亦如之。于是商贾中家以上

[①]《汉书》卷28《地理志》。

[②]《汉书》卷24《食货志》。本目以下同。

大氏破"。

"算缗"和"告缗"使国库一时充足，暂时满足了武帝的需要，但也抑制了正常的商业、手工业，破坏了市场，加重了人民的负担。

汉武帝实施这些政策，是以强大的中央集权为基础的，尽管遇到了各种阻力和反抗，还能够强制推行。王莽不具备这样的条件，却要实行类似的政策，结果只能以失败告终。

汉代的赋税收入主要是为了保证皇室、各级政府的开支。在王朝建立之初，皇室和政府机构规模不大，开支也比较节约，实行"轻徭薄赋"，还能适应财政开支。但随着皇室和官僚人口的增加、机构的膨胀、军费的暴涨，远远高于国民产值的提高，因此赋税的比例必然会越来越高，而特权阶层逃避赋税负担和征收不公更加剧了矛盾。所以无论统治者如何调整政策，都无法从根本上解决问题。

五、土地制度

秦始皇将"六合之内"都视为"皇帝之土"[1]，汉高祖刘邦也将国家看作自己的"产业"[2]，从理论上说，全国的土地都属皇帝所有，皇帝可以无条件地使用、赏赐、转让、没收。另一方面，从战国后期开始就存在着"私田"和土地买卖，并且得到法律有限的承认和保护。但这种土地私有制实际是不完全的，只是使用权的私有，或者说是一种租赁权，所以都要向皇帝交纳田租。一旦皇帝需要，就可以无条件地征用或调拨。同时皇帝还直接拥有大量的"公田"或"官田"，由政府经营管理。由于皇帝没有必要也不可能大量收回土地的使用权，使用权也没有明确的年限，且可以买卖，所以在当时人的心目中土地王有与土地私有可以浑然并存。

秦始皇三十一年（前216年），"使黔首自实田"[3]，即命令全国平民

---

[1]《史记》卷6《秦始皇本纪》。
[2]《汉书》卷1《高帝纪》。
[3]《史记》卷6《秦始皇本纪》，《集解》引徐广说。

（包括农民和没有爵禄的地主）向政府如实申报自己占有土地的亩数，以便政府作为征收田租（土地税）的依据。秦汉之际的战乱使很多人离开了自己的土地，汉高祖五年（前202年）下诏："民前或相聚保山泽，不书名数，今天下已定，令各归其县，复故爵田宅。"①这实际上是以法律的形式把战国以来就普遍存在的土地私人使用权固定下来了。西汉没有计口授田，但在土地兼并严重，无地少地农民越来越多的情况下，武帝后也采取"假民公田"或"赋民公田"，将一些国有土地分配或租赁给他们。由政府募集或安置迁至边疆的移民，显然也得到了政府分配的土地。自耕农还通过开垦荒地扩大自己的耕地。自耕农的土地拥有量一般是每户百亩左右，但不同地区的差别很大。

诸侯王、公主、列侯的封地、封邑内的地主和自耕农仍然拥有土地的使用权，所不同的只是他们的租税不是交给朝廷，而是交给封君作为俸禄。另外，他们还有自己的私田。

秦汉时期的土地运动相当频繁，运动的方式有权力分配，如封赏、籍没、赋予；有强力侵夺；有买卖；名义上是自由的，但促成买卖的原因多半是非经济的，如横征暴敛所逼，强力干预造成市场失常等，或混合性的"强买""贱买"，如萧何就曾"强买"民田。无偿侵占或以贱价强买他人土地是违法行为。但由于法律并没有严格执行，或者根本没有执行，结果兼吞日益严重，土地向官僚、地主、商人、豪强集中，占有成百上千顷土地的大地主比比皆是。他们的土地有的雇佣佃农耕种，有的由奴婢、家僮耕种。为了抑制兼并，朝廷也采取"限田"及清查"田宅逾制"，但收效甚微。

在遭受天灾人祸或不堪赋税重负的情况下，自耕农只能卖掉土地，或者背井离乡，听任土地荒芜，或被豪强兼并。这些流民往往成为地主的雇农，或沦为奴婢。

私用土地以外的土地，无论已垦未垦，都属于公田或官田。已垦的土地包括前代继承下来的官田、由士卒新垦辟的农田、官府没收的私

---

① 《汉书》卷1《高帝纪》。

人土地和无主土地。据《汉书·地理志》记载，元始二年（2年）全国"定垦田八百二十七万五百三十六顷"。这应该是指官方能统计到的全部土地的亩数，但具体的分类统计不详。东汉的实际垦田可能超过此数，但由于隐漏严重，官方的统计数始终低于此数。

六、交通运输和驿传

要在一个疆域辽阔的帝国中维持统一和中央集权，便利畅通的交通运输是必不可少的条件，也是巩固统一和中央集权的重要措施。

秦始皇统一后就修建了以咸阳为中心的驰道，其干线向东通往今山东半岛和河北、辽东，向南通往长江中下游。驰道宽五十步，路基高出地面，两旁植树。三十五年（前212年），秦始皇又下令筑由咸阳通向北部边疆的"直道"。据文献记载和遗址实测，直道起于云阳，经今陕西淳化县北秦明光宫遗址而北，至子午岭，循岭向北，至定边县南，折东北，经内蒙古乌审旗北、东胜西南，渡黄河而达包头西南秦九原郡治所，全长约七百千米。此外，秦朝还整修了通往西南边疆的"五尺道"和连接岭南的"新道"。

内河、运河、近海沿岸的交通也是主要的运输手段。秦始皇三十三年（前214年）使监禄开凿灵渠（在今广西兴安），沟通了湘江和漓江。从文献记载可以肯定，黄河、淮河、长江和珠江四大水系与邗沟、鸿沟等水道都可通航，冶县（今福建福州）、会稽（今浙江绍兴）、琅邪（今山东青岛市黄岛区西南）、黄县（今山东龙口东）之间都有沿海航线。秦始皇巡游的足迹遍及今陕西、甘肃、内蒙古、山西、河北、河南、山东、江苏、浙江、安徽、江西、湖北、湖南等省（区），足见当时交通运输的发达。

随着疆域的扩展，西汉以长安为中心的道路网也延伸到边疆各地。如武帝开西南夷时，首先就征发巴、蜀二郡（约相当于今四川东、中部）的士兵从僰道（今四川宜宾西南安边场）向牂柯江（今北盘江和红水河）筑路。在河西走廊归入版图后，由长安通往河西四郡和玉门关、阳关的道路迅速开通，以后又延伸到西域都护府所属各国。《汉书·西域传》载明的各国至长安、至阳关、至都护府的里程，就是对这一道路网的记录。在陆路交通一时不能畅通的岭南和交趾（今越南北部、中部），开辟了由东冶（今福建福州）转运的海路。

但海运不够安全，所以到东汉建初八年（83年），郑弘主持开通了零陵（今湖南永州市零陵区）至桂阳（今广东连州）间越过南岭的道路①，形成内陆的水陆联运路线。由于水运运量大，费用低，内地可以利用水运的路线不断得到开辟。如东汉初曾利用温水（在今北京昌平、通州至天津武清一带）运粮②，建安年间曹操曾在今河南浚县西南将淇水引入白沟，在今河北青县至天津静海一带开平虏渠，以通粮道③。

秦朝的驿传制度已相当完备。据《晋书·刑法志》所载《魏律序》，秦朝有厩置、承传、副车、食厨等有关驿传的法律，湖北云梦睡虎地秦墓出土的竹简证实了这一点。

汉代进一步完善了驿传制度。当时，用车传送称"传"，用马传送称"驿"，步递称"邮"，三种通称为"置"。在交通要道一般每隔三十里左右置一驿，即供应人夫车马和食宿的交通站。驿设传舍，供息宿，对各级来往人员及其随从的膳食和驿马的饲料都有一定标准。持有官府颁发的"符""传""过所"的旅客都可在传舍止息。驿与驿之间，或不设驿的一般道路上，则由亭兼管文书传递。文书传递的方式、期限、里程都有严格的规定。皇帝征召名士、方士时，可乘传；吏民告急上变时，也可要求借用轺乘至京师。由于驿传不能随便使用，有的官僚、贵族还自设私传。

驿传效率很高。西汉时，从金城（今甘肃永靖西北）到长安的公文往返只需要七天，东汉时皇帝的玺书一昼夜可传千里。张骞通西域后，亭障一直延伸到盐泽（今罗布泊）。驿传加强了首都与各地、内地与边疆的联系，提高了行政效率，促进了经济文化的交流。但统治者也利用

① 《后汉书》卷33《郑弘列传》。
② 《后汉书》卷20《王霸列传》。
③ 《三国志》卷1《魏书·武帝纪》。

驿传满足自己的享乐，如东汉时令南海（今广东东部）献龙眼、荔枝，十里一置，五里一候，造成使者继路，成为弊政。

第三节　疆域的扩大和多民族国家的形成

秦汉时期开疆拓土的主要方式是军事征服，或者是以军事实力为后盾的招抚，但疆域的巩固离不开有效的统治，需要政治、经济和文化方面的条件。疆域的扩展必然导致民族成分的扩大、多民族国家的形成和民族间的融合，尽管各民族都为之付出了巨大的代价。

一、秦汉与匈奴的战争

匈奴是蒙古高原上的游牧民族，在战国后期结成了酋邦类型的部落联合体。匈奴以畜牧为主，过着逐水草而居的生活。在遇到自然灾害时，匈奴人只能以迁徙为手段，或者向南进入农业地区，掠夺当地的人口、牲畜和财物。久而久之，匈奴人养成了以骑射优势南下掠夺的习惯。

战国末年，匈奴利用秦忙于灭六国的机会，占据了"河南地"（河套，因在黄河的北支即今乌加河以南得名），对秦朝构成威胁。秦始皇三十二年（前215年），蒙恬率三十万大军抗击匈奴，攻占了河南地。次年，秦军又渡过北河（黄河的北支，今乌加河），夺取了高阙（今内蒙古杭锦旗东北）、阳山（今狼山）、北假（今河套以北、阴山以南、大青山以西），构筑亭障，保障了河套的安全。秦始皇迁入了一批罪犯，在黄河两岸设置了四十四个县（一说三十四县），重新建立了九原郡。为了防御匈奴的侵扰，秦始皇在秦、赵、燕三国长城的基础上，筑成一道西起临洮（今甘肃岷县）、东至辽东（今朝鲜半岛西北海滨）的万里长城。

但匈奴的军事实力并未受到多大打击。秦二世元年（前209年），冒顿自立为单于，建立了强大的军事政权，不久就向周围的部族发起进攻，"大破灭东胡王，而虏其民人及畜产"，"西击走月氏，南并楼烦、白羊河南王",号称有"控弦之士三十余万"。①匈奴尽管实际兵力没有那么多,但精于骑射,长于袭击,加上有"得人以为奴婢"的刺激,战斗力很强。当时正值汉军与楚军对峙,匈奴不仅夺回了被蒙恬攻占的土地,还南侵至离长安七百里的地方,不时侵扰北部边区。

汉高祖七年(前200年),刘邦率三十万军队进攻匈奴,被冒顿围困在平城(今山西大同西北)东南的白登山,七昼夜无法脱身,只能派人贿赂单于阏氏(夫人),才乘机突围。匈奴此后经常在边境掳掠人畜,汉军缺乏抗击的实力。刘邦采纳娄敬的建议,以宗室女为公主,嫁给单于,每年馈赠絮缯酒食等礼物,并开放边境互市。这种和亲政策为汉朝换来了暂时的安宁,但匈奴仍不时侵扰边境,掳掠人畜,毁坏庄稼。文帝十四年(前166年),匈奴南下萧关、朝那(今宁夏固原西南),游骑迫近长安。

元光二年(前133年),武帝策划反击,将三十万军队埋伏在马邑(今山西朔州)一带,命马邑人聂壹出塞,以出卖马邑城为名,引诱匈奴上钩,以便一举歼灭。单于入塞后觉察汉军的企图,中途撤回。此后匈奴加剧入侵,汉朝北部从今陕北至辽宁西部无不受到骚扰掳掠。

元光六年(前129年)开始,汉军连续发动进攻。元朔二年(前127年),卫青领兵出击,收复了河南地。汉朝在那里设置了朔方(治今内蒙古杭锦旗北)和五原(治今包头市西北)二郡,并修缮蒙恬所筑城塞,使边界恢复到阴山山脉一线。第二年又暂停了在西南的经营,集中力量筑朔方城,进一步巩固边防。

元狩二年(前121年),霍去病率汉军主力自陇西远征,过焉支山(今甘肃山丹境),深入匈奴之境千余里。同年夏,霍去病又从北地(今宁夏一带)出击,逾居延海(在今内蒙古额济纳旗),南下祁连山。匈奴浑邪王杀休屠王,率四万余人降汉。汉朝的疆域扩大到整个河西走廊和湟水流域,先后设置了武威(治今市)、张掖(治今市西北)、酒泉(治今市)、敦煌(治今市西)和金城(治今甘肃永靖西北)五郡。原

---

① 《史记》卷110《匈奴列传》;《汉书》卷94《匈奴传》。本目以下同。

来聚居在这一带的羌人被驱赶到更西的地区,他们与匈奴的联系被隔断了。河西走廊的丧失,使匈奴在经济上也遭受巨大损失,他们唱道:"亡我祁连山,使我六畜不蕃息。失我焉支山,使我嫁妇无颜色。"①

元狩四年(前119年),卫青、霍去病率十万骑和大量步兵分别从定襄、代郡(今内蒙古东南)出发,向漠北穷追匈奴,单于率残部向西北远徙,从此"漠南无王庭"。汉军占据了朔方以西的大片土地,保障了河西走廊的安全。尽管汉匈在西域的争夺还没有结束,但匈奴对汉的威胁基本解除了。

汉宣帝神爵二年(前60年)开始,匈奴内部分裂,演变为五个单于并存,相互争夺,不久形成北单于郅支与南单于呼韩邪对峙的局面。严重的自然灾害更加速了匈奴的衰落。宣帝甘露二年(前52年),南单于被北单于打败后降汉。黄龙元年(前49年),北单于率部西迁,以后在康居国东部郅支城(今哈萨克斯坦江布尔)被杀。南单于降汉后,汉朝给予优待,宣帝使匈奴在"臣服"的名义下实际维持了独立政权的地位。汉朝没有趁机扩大领土,汉、匈间仍然以长城为界,边境的和平保持了六十年。

公元8年王莽代汉后,对匈奴采取了狂妄的污蔑性政策,引起匈奴的反抗。东汉初,北方的割据势力依附匈奴,使匈奴乘势南侵。光武帝无力对抗,不得不放弃了河套至今山西、河北北部的疆域,将当地行政机构和百姓内迁。

建武二十二年(46年),匈奴发生严重旱灾、蝗灾,赤地数千里,人畜大量死亡。乌桓乘机从东面进攻,迫使匈奴北迁,内部发生分裂。建武二十四年(48年),匈奴分为南北二部,南单于降汉,第二年汉朝将内撤的八个郡迁回旧地,匈奴边界恢复到西汉后期的态势。南单于在蒙古高原无法立足,于建武二十年(44年)入居云中(今内蒙古托克托一带),不久又迁至西河郡美稷县(今内蒙古准格尔旗西北)一带,接受汉朝的监护,同时助汉守边,汉朝每年供应南匈奴大量财物、粮

---

① 《史记》卷110《匈奴列传》注引《西河旧事》。

食、布帛、牛羊。

北匈奴控制着西域，不时侵扰河西和北方边境，掳掠南匈奴和汉人。南匈奴中也有些人与北匈奴勾结。为了断绝南、北匈奴间的交通，汉朝设置度辽将军，在五原曼柏（今内蒙古达拉特旗东南）一带屯兵。永平十六年（73年），汉军分四路出击，窦固、耿忠一路追至天山、蒲类海（今新疆巴里坤湖），夺回伊吾（今哈密之西）。北匈奴不断有人南下归汉，接连发生内乱、饥荒，四面受敌，"南部（南匈奴）攻其前，丁零寇其后，鲜卑击其左，西域侵其右"[1]。永元元年（89年），窦宪、耿秉率军大破北匈奴，北单于逃遁，降者二十余万，汉军直达燕然山（今蒙古国杭爱山），刻石纪功而还。永元三年（91年），汉军围北单于于金微山（今阿尔泰山），北匈奴彻底溃败，离开蒙古高原西迁。4世纪70年代，匈奴出现在欧洲，建立了强大的匈奴帝国[2]。

游牧民族与农业民族之间的冲突和战争，说到底是一场生存斗争。由于游牧民族所处的地理环境和生存条件较差，而战斗力较强，所以往往会采用侵扰抢掠手段。西汉前期，汉朝在军事上处于劣势，不得不对匈奴实行和亲；在军事实力增强时，改而以武力对抗入侵，进而主动出击，都是合理的、必要的。但汉朝无法长期占领匈奴地区，也不可能对游牧民族实施有效的治理，只有在军事胜利后寻求与匈奴和平共存的途径。由于汉宣帝审时度势，实行了正确的政策，创造了汉匈关系的黄金时代。相比之下，东汉接纳南匈奴入境的做法使双方都付出了过多的代价，却并没有换来边境的安宁。

二、西域都护府的建立与"三通三绝"

当西汉的疆域扩展到河西走廊时，人们就将走廊西端玉门关和阳关以西称为西域[3]。天山山脉横亘于西域，将它分为南北二部。高山、戈

---

[1]《后汉书》卷89《南匈奴列传》。
[2] 齐思和：《匈奴西迁及其在欧洲的活动》，《历史研究》1977年第3期。
[3] 狭义的西域是指葱岭（帕米尔高原）和今巴尔喀什湖以东，即今新疆和相邻的中亚地区；广义的西域则泛指中亚、西亚以至其西一切地区。以下的西域都用狭义。

壁、沙漠又将一片片绿洲、河谷相互隔离,交通线漫长而艰险,因此形成了数十个语言不一、互不统属的小国。这些国最大的有数十万人口,小的才数百人,一般都是数千至数万。天山以南的国大多以城郭为中心,兼营农牧业、手工业、商业,被称为城郭诸国;少数处于游牧状态,没有城郭。天山以北的国还是以游牧为主,但也有一些城郭。

西汉初,匈奴迫使原来居住在敦煌、祁连山和河西走廊的月氏、乌孙西迁后,又征服了西域诸国,在天山以北设置了僮仆都尉。汉朝夺取了河西走廊后,虽然打通了与西域的交通,但匈奴仍控制着西域,所以汉使常受到阻拦和劫掠。元封三年(前108年),汉军破楼兰(今新疆罗布泊西北)、姑师(今吐鲁番盆地内)。元封六年(前105年),汉朝又以宗室女嫁给乌孙王。太初元年(前104年)、三年(前102年),汉将李广利两次出征大宛。李广利的出征并不完全必要,又耗费了巨大的人力物力,但客观上打破了匈奴对大宛的控制。此后,汉朝在轮台(今新疆轮台东南)、渠犁(今库尔勒西南一带)驻兵屯垦,开始设置行政机构。

但汉朝与匈奴在西域的争夺并没有结束,特别是天山以北各国还受到匈奴的威胁,不敢完全服从汉朝。又经过多次战争,到宣帝神爵二年,汉朝才取得决定性胜利,完全控制了天山北路,设置了西域都护府。都护府的治所设在乌垒城(今新疆轮台的东野云沟附近),其辖区包括自玉门关、阳关以西的天山南北,直到今巴尔喀什湖、费尔干纳盆地和帕米尔高原以内的范围,初期有三十六国,以后增加到五十国。西域都护府既是汉朝的军事驻防区,也是一个特殊的行政区。一方面它与内地的正式政区不同,不设置郡、县,依然保留原来的国,汉朝一般不干预他们的内部事务,但掌握他们的兵力和人口等基本状况;另一方面,都护代表朝廷掌管这些国的外交和军事权,可以调动他们的军队,决定他们对外的态度,必要时还可以直接废立他们的君主,甚至取消某一国。可见,西域都护府同样是汉朝疆域的一部分。

初元元年(前48年),汉朝在车师(今新疆吐鲁番东南)设置了戊己校尉,管理屯田和防务。

新王莽天凤三年（16年），匈奴重新控制西域，内地与西域交通断绝。东汉初，一些西域国家多次寻求汉朝的保护，请求重建都护府，但光武帝限于实力，一再拒绝，各国只得降服于匈奴。明帝永平十六年（73年），汉军进攻匈奴，打通了与西域的交通线，派班超控制了鄯善（今新疆若羌一带）、于阗（今和田一带）等国，并于次年重置都护府，恢复了对西域的统治。但北匈奴势力依然强大，汉军并没有稳定的优势，章帝建初元年（76年）撤销了都护府和戊己校尉，召回班超。建初三年（78年）又撤回了伊吾的屯田。疏勒（今喀什市一带）、于阗等国的国王坚决挽留班超，继续服从汉朝，因此西域的大部分仍在汉朝控制之下。班超留在西域，利用汉朝的威望，运用灵活机智的策略，使依附匈奴的国越来越少，基本保持了天山南道的畅通。和帝永元三年（91年），在汉军的打击下，北匈奴西迁，西域都护府再次恢复，班超出任都护。永元十四年（102年）八月，这位在西域奋战了三十年的英雄回到洛阳，一个月后病卒。

继任者没有接受班超的忠告，措置不当，激化了与各国的矛盾，受到各国攻击，安帝永初元年（107年）都护府又不得不撤销。汉朝的撤退使残留在阿尔泰山的北匈奴卷土重来，占领伊吾，劫掠河西。一些西域国再次寻求汉朝的庇护，经过激烈辩论，朝廷于延光二年（123年）任班超之子班勇为西域长史，驻柳中（今鄯善西南），长史府的职能与都护府相同。班勇击退匈奴的残余势力，使汉朝再次恢复了对西域的统治。与西汉后期相比，控制有所削弱。由于乌孙已成为独立政权，葱岭（帕米尔高原）以西地区也脱离了汉朝的统治，汉朝的西北界退到了今天山山脉西段以南。东汉末年，汉朝已无力控制西域，长史府不复存在。

三、对百越的征服

秦王政二十四年（前223年），秦将王翦灭楚后，继续南下，进入今浙江南部和福建，征服了当地的越人。秦朝在这一地区设置了闽中郡，以冶县（今福州）为郡治。

秦朝末年，东南原闽中郡境内的越人君长恢复自立，并起兵助汉。汉高祖五年（前202年），闽越首领无诸被立为闽越王，在今福建以闽江下游为中心建立了闽越国，都东冶（今福州）。汉惠帝三年（前192年），封勾践后人摇为东海王，以东瓯（今浙江温州）为国都，所以又被称为东瓯王。这两个政权名义上服从汉朝，实际上并不受约束。汉朝廷面临内外敌对势力，无暇旁顾，只能容忍。

汉武帝建元三年（前138年），闽越围攻东瓯，东瓯向朝廷求救。武帝立即派严助率会稽郡的军队渡海前往救援，闽越军队闻风解围。东瓯怕汉军撤退后闽越会卷土重来而要求内迁，于是大部分东瓯的越人迁至江淮之间。

建元六年（前135年），闽越王郢进攻南越边境。武帝在接到南越告急后，命王恢和韩安国出兵。闽越王之弟馀善杀郢后向汉军投降，但汉军无法久驻，武帝还是保留了闽越，立馀善为东越王，又封原闽越王无诸之孙繇君丑为越繇王。

东越王馀善还是反复无常，汉灭南越后，馀善公然自称"武帝"，向汉朝边境发起进攻。武帝派韩说、杨仆等分四路攻入闽越，元封元年（前110年）攻占东越（闽越），馀善被部下所杀。闽越人大部分被迁往江淮之间，迁出地几乎成为无人区。直到西汉后期，遗留下来的越人逐渐出山定居，才重新在今福州设立了冶县，在今浙江台州椒江一带设立了回浦县，隶属于会稽郡（治今江苏苏州）。但由于越人外迁，又没有新的移民迁入，这一带一直地广人稀，东汉末年才有新县的设置。

南岭以南广泛分布着百越诸族，大约在秦始皇二十九年（前218年），秦朝出动了数十万大军分几路进攻，其中由尉屠睢率领的主力越过南岭，攻占番禺（今广州）。但越人在丛林中继续抵抗，还采用夜袭、以逸待劳、断绝粮食供应等战术，使秦军疲于奔命，损失惨重，尉屠睢也在夜战中被杀。三十三年（前214年），秦始皇派史禄开凿了连接湘江和漓江的运河——灵渠（在今广西兴安境内），开辟了通向岭南的水路，保证了粮食供应。秦军再次南下，夺取了今广东、广西和越南东北一带，设置了南海、桂林和象郡三个郡。秦始皇为部队补充了一批妇女，以便将士就地定居。接着又把一批戍卒和罪犯安置到岭南，并让他们与当地的越人杂居，以加速民族同化，扩大统治基础。

原来担任秦朝龙川县（治今广东龙川县东）县令的中原人赵佗，在秦末代理南海郡尉。秦亡后，赵佗起兵并吞了南海、桂林、象郡，在公元前206年自立为南越王。公元前181年前后，南越灭安阳王，扩展到今越南北部和中部，直到北纬13°的今巴江一带。汉高祖十一年（前196年），派陆贾出使南越，封赵佗为南越王。赵佗接受了汉朝的封号，不再自称皇帝，但依然保持着独立地位。吕后执政时，与南越的关系一度紧张，此后南越与汉朝一直维持着藩属关系，贸易不断。

赵佗死后，南越王对汉朝一直服从，但由于国内大臣的反对，始终没有到长安朝见。元鼎四年（前113年），武帝召南越王兴及太后入朝。第二年，反对并入汉朝的南越丞相吕嘉杀了国王、太后和汉使，发动叛乱。当年秋，汉军分五路进攻，主攻的两路于元鼎六年（前111年）进占南越的都城番禺，俘获吕嘉。汉朝在南越属地设置了九个郡，其中的交趾、九真和日南三郡都在今天越南的中、北部，珠崖和儋耳二郡在今海南岛上。

由于地方官暴政引起当地民族的对抗，汉朝在海南岛的统治一直无法稳定。昭帝始元五年（前82年），儋耳郡并入珠崖。但当地民族的反抗依然很激烈，地方政府难以维持，因而在元帝初元三年（前46年）又不得不撤销珠崖郡，行政机构和人员全部内迁。虽然大陆政权在岛上的行政机构长期没有恢复，但民间的往来并没有停止，大陆人民还不断迁往岛上，使人口逐渐增加，开发范围日益扩大。

随着境外林邑国的扩张，东汉疆域的南端从今越南富安省南界退至承天省南界。

四、对西南夷地区的统治

秦始皇时，秦朝以成都平原为基地，向西、北两面扩张到了今大渡河以北和岷江的上游，占据了邛（今四川荥经一带）、笮（今峨边一带）、冉（今松潘一带）、駹（今茂县之北一带）等部族的地区。向南又整修开通了一条"五尺道",从今四川宜宾延伸到云南曲靖,并在沿线控制了不少据点,设置了一些行政机构。但在秦亡后,这些行政机构都撤回了,西汉初期一直没有恢复。

建元六年(前135年),唐蒙在南越得知从夜郎的牂柯江(今北盘江和红水河)可以通向南越,就上书武帝"通夜郎道,为置吏"[1],以便利用其兵力征服南越。武帝派唐蒙率兵进入夜郎,夜郎王归汉。为了向西南开拓,大约在元光五年(前130年),武帝征发巴、蜀二郡士兵从僰道(今四川宜宾西南安边场)向牂柯江筑路,并新设了一个犍为郡,治所就设在僰道。在这种情况下,"西夷"的邛(今四川西昌一带)、莋(今四川盐源一带)的君长请求归属,汉朝在那一带新设了十几个县。但由于筑路工程非常艰巨,加上汉朝正忙于对付匈奴,一度取消了部分新设的县。元狩元年(前122年),汉朝恢复了对"西南夷"的开拓。经过几年的经营,川西高原和云贵高原上的部族,如邛都、莋都、冉駹、白马、且兰、夜郎等都已纳入汉朝的统治,在这些部族的地区新置了越巂(治今四川西昌东)、沈黎(治今四川汉源东北)、汶山(治今四川茂县北)、武都(治今甘肃陇南市武都区东北)和牂柯(治今贵州黄平西南)五郡。两年以后的元封二年(前109年),又在滇王的统治区建立了益州郡(治今云南昆明市晋宁区东),以后降服昆明,将其属地并入了益州郡,汉朝的西南界扩展到今高黎贡山和哀牢山一线,并与今澜沧江流域和缅甸东北部的哀牢人有了交往。武帝末年撤销了沈黎郡,宣帝地节三年(前67年)又撤销了汶山郡。这两郡的辖境大都并入了相邻的蜀郡,所以疆域并没有什么减少,但对当地部族的统治相对放松了。东汉永平十二年(69年),哀牢王接受内属,汉朝设置了两个县,又从益州郡划出六县,合并设置了永昌郡。汉朝的疆域不仅已包括今云贵高原的全部,而且辖有今缅甸东部。

在长江中游、珠江流域和越南红河流域的今湖南、湖北、四川、广东、广西和越南境内,散布着很多少数民族,东汉时泛称为"蛮"或

---

[1]《汉书》卷95《西南夷两粤朝鲜传》。本目以下同。

"南蛮"。还因居住区的不同而予以不同的名称,如今湖南境内有武陵蛮、零陵蛮、澧中蛮、溇中蛮、长沙蛮等,在今湖北、四川、陕西境内有廪君蛮、江夏蛮、沔中蛮、巫蛮、板楯蛮等。秦和西汉时,由于南迁的汉人基本居住在郡、县的治所、交通线附近或平原地区,与一般住在山区或边远地区的蛮族相安无事。东汉以后,南方的汉族人口增加,开始向周边扩展,与蛮族发生冲突。随着行政区域的扩大,地方官吏也要将蛮族列为统治对象,贪官酷吏更要压榨搜刮。东汉期间的"蛮乱"就是在这样的背景下发生的,一般都由地方官吏加以镇压,只有出现大规模"蛮乱"时才由朝廷调兵。尽管"蛮乱"不断,社会的进步和民族的融合始终在缓慢地进行着。

在长江中下游和东南沿海的今湖南、江西、安徽、江苏、浙江、福建境内,还散布着大量越人,被泛称为"山越"。山越一般僻居深山,与汉人很少来往,汉朝的地方政府也还没有进入山越地区。直到三国时期,据有江南的孙吴政权才用武力驱赶山越出山。

五、朝鲜四郡的设置与东北诸族

西汉初年,中原人卫满率领数千人进入朝鲜半岛,建立了自己的政权。这时朝鲜的疆域大致包括今辽宁东部、吉林西南和朝鲜半岛的西北部。元封二年武帝用兵朝鲜,次年朝鲜投降,汉朝设置了玄菟、乐浪、临屯、真番四郡,辖境南至今汉江流域。

昭帝始元五年,撤销了朝鲜的临屯和真番二郡,将它们的辖境放弃了一部分,另一部分并入了乐浪郡。元凤五年(前76年),又将玄菟郡的东部放弃,治所也从朝鲜半岛上迁到了今辽宁新宾以西。

由于受到当地秽貊人和马韩人的压力,光武帝时放弃了乐浪郡在单单大岭(今朝鲜北大峰山脉)以东的七个县。原来分布在鸭绿江上游的高句丽逐渐摆脱了汉朝的统治,随着高句丽的兴起和扩张,玄菟郡的辖境也完全放弃,郡治迁到了今沈阳西,辖有从原辽东郡辖境中划出的数县之地。

除了高句丽外,在东北地区还有夫余、肃慎、挹娄、秽貊、沃沮等族，散布在黑龙江流域和松花江流域直到日本海沿岸。乌桓、鲜卑都是东胡的一支，秦末汉初，在匈奴的打击下东迁，鲜卑人居住在今大兴安岭东西，乌桓人居住在今西辽河和沙拉木伦河流域。

东汉初，招引乌桓入居塞内，为汉朝侦察匈奴、鲜卑的动静，并在上谷宁城（今河北张家口市万全区）设立护乌桓校尉，管理乌桓、鲜卑事务。东汉末年，乌桓王蹋顿势力强盛，内地躲避战乱的二十余万户吏民投奔乌桓。

北匈奴西迁后，鲜卑向西扩展，取代了匈奴，残留的十余万匈奴人也自称鲜卑，与鲜卑人融合。2世纪中叶，檀石槐统一鲜卑各部，"南抄缘边，北拒丁零，东却夫余，西击乌孙，尽据匈奴故地"，控制了"东西万四千余里，南北七千余里"的广大范围，并在弹汗山（今河北尚义东南）建庭。①檀石槐分鲜卑为东、中、西三部，连年侵扰东汉边境。灵帝光和年间（178—184年）檀石槐死，鲜卑重新分裂，势力衰落。

六、羌人的反抗与内迁

羌是中国古老的民族之一，曾经广泛分布于西北地区。战国初，羌人逐渐由射猎转为农业和牧业。秦末汉初，匈奴势力南下，羌族臣服于匈奴。汉武帝夺取河西走廊后，在今甘肃永登境内筑令居塞，隔断了羌人与匈奴的交通。羌人大感恐慌，与匈奴联兵攻令居塞，围枹罕（今甘肃临夏西南），被汉朝出兵征服。宣帝时，羌人强行越过湟水，地方官无法阻止，汉朝派去处置的义渠安国肆意以武力镇压，导致羌人在神爵元年（前61年）春起兵围攻金城郡。宣帝调兵六万，起用老将赵充国，采用军事镇压与分化瓦解结合，并屯田积谷，至次年五月平定。汉朝将投降的三万多羌人安置在金城属国，其中一部分以后逐渐内迁。

王莽末年，羌人大量移居入塞，与汉人杂居。由于经常受到官吏和土豪的欺压，他们不断反抗。东汉初屡次派兵镇压，并将羌人迁至陇

---

① 《后汉书》卷90《乌桓鲜卑列传》。

西、汉阳等郡和关中三辅地区。

安帝永初元年（107年），金城、陇西的羌人被征发。羌人害怕远戍，到酒泉时纷纷逃跑。沿途郡县发兵堵截镇压，羌人相聚反抗，西北各地的羌人一齐响应，东攻赵、魏（今河北西南和河南北部），南入益州（今甘肃和陕西南部、四川），甚至逼近洛阳，汉朝出动重兵，耗费巨资，直到元初五年（118年）才基本平息。

顺帝永和元年（136年）后，各地羌人又相继反抗，历时十年。桓帝延熹二年（159年）后羌人的反抗又不断发生。一次次的"羌乱"和汉朝的镇压，造成了生命财产的巨大损失，使关中和西北各郡一蹶不振。但同时也使羌人大量内迁，到东汉末，羌人已成为关中非汉族中的主要成分。

七、秦汉的极盛疆域

公元前210年秦始皇去世时，秦朝已经拥有北起河套、阴山山脉和辽河下游流域，南至今越南东北部和广东大陆，西起陇山、川西高原和云贵高原，东至朝鲜半岛北部的辽阔疆域。能在这样大的范围里建立起一个统一国家，在中国历史上还是第一次。

经过长期开拓，西汉的疆域向西扩展到了今巴尔喀什湖和帕米尔高原，东至朝鲜半岛中部，西南包括今云贵高原全部和缅甸的一部分，南边达到今越南中部，成为中国历史上疆域范围最大的王朝之一。尽管东汉的疆域比西汉时有所收缩，但经过秦和西汉的开发，边疆地区基本得到稳定。除了西域以外，秦汉疆域的基本范围大致就是当时适宜农业生产的范围，因此能够供应当地的人口，维持经常性的行政机构。

秦汉疆域的形成是春秋战国以来，各国、各族人民长期交往，经济、文化的交流日益密切的结果；是生产力发展，人们克服地理障碍的能力加强，交通条件得到不断改善的结果；秦汉强大的军事实力和大力开拓的决策也是不可或缺的因素。秦汉的疆域构成了以后历代中原王朝疆域的主体，成为中国统一的地理基础。

不可否认，秦汉的开拓主要是以武力征服为手段，但在当时的历史条件下，其积极作用仍大于消极作用。统一而辽阔的疆域有利于先进的物质文明和精神文明的传播，有利于地区开发和经济发展。此后，尽管疆域时有盈缩，内部时有分裂，但这一范围始终是中国的主体，说明它的形成符合历史发展的规律。

八、少数民族的内迁和民族融合

在秦汉期间，除了月氏、乌孙二族的主体西迁外，其他少数民族基本都有内迁。

在西汉与匈奴的战争中，大批匈奴人因被俘或归降而被迁入汉境，大部分被安置在边疆地区的属国，"因其故俗"①，依然过着游牧生活；少数被安置在内地，逐渐融合于汉族。有的还担任汉朝大臣或将领，如受汉武帝遗命辅佐昭帝的金日磾（日磾读为 mì dī），就是匈奴休屠王的太子，以后金氏繁衍为著名的士族。东汉时入居塞内的南匈奴，一度有三万四千户，二十三万七千三百人②；还有很多散居各地的南匈奴人和北匈奴降俘人员未列入统计。长期定居后，匈奴人开始从事农业，以后又渡过黄河进入今山西，在汾水流域定居。匈奴的上层人物迅速接受了汉族文化，到东汉末年已与汉族士人无异；而底层贫民则被作为奴婢，大量掠卖到中原各地。

由于匈奴曾经活动于东北亚至中西亚的辽阔地带，征服过很多民族，有些民族的人口也随匈奴而内迁，如丁零、鲜卑、羯和西域诸族。

一些乌桓人在东汉初就被编入"宿卫"，以后又有乌桓人被征入汉军。③建安十二年（207年）曹操击败蹋顿后，乌桓人基本都被内迁，精善骑射的乌桓人被编入军队，成为"天下名骑"。

东汉后期，鲜卑活动于北部边疆，一些部族开始迁入西北地区和辽东等地。

---

① 《汉书》卷55《卫青霍去病传》。
② 《后汉书》卷89《南匈奴列传》。以下同。
③ 《后汉书》卷38《度尚列传》。

氐人原来居住在今陕、甘二省与四川接界处，汉武帝时被迁至西北，东汉初又迁回，以后常与羌人一起迁移，东汉末有很多氐人迁入关中。

被汉武帝内迁的越人，最远到达了河东（今山西省西南），还有一些被征入拱卫京师的部队。至西汉末年，被迁至江淮间的越人已经完全融入汉族。

另一方面，随着汉族移民迁入新开发区和边疆地区，当地的少数民族逐渐被在经济、文化上占优势的汉族所融合，如在岭南、南方山区、西南、河西走廊等地。

在汉族融合其他民族的同时，少数民族的文化也丰富了汉族文化，如在骑射、稻作、畜牧、音乐、舞蹈、服饰、饮食等很多方面都可以看到非汉族的影响。

秦、汉都是多民族国家。在东汉的疆域内，生活着百越、南蛮、西南夷、东胡、西域各系的诸多民族和匈奴、羌、氐、鲜卑、乌桓、丁零、羯等族。

第四节　秦汉帝国与世界

秦汉时期是中国历史上最开放的时代之一。秦汉的物质文明和精神文明传播到当时世界的主要文明区，外来文明也在中国产生深远的影响。

一、张骞通西域和甘英出使

在西汉以前，秦国故地与西方的联系可能已经存在，但没有形成稳定的交通线。建元三年（前138年），汉武帝为了联络西迁的大月氏夹击匈奴，招募出使大月氏的使者，汉中成固（今陕西城固）人张骞以郎官身份应募，率领一百多名随行人员出使。在经过匈奴地区时，张骞一行就被扣留，直到十年后才伺机逃离，继续西行，到达大宛（今费尔干纳盆地一带），又经康居（约在今巴尔喀什湖和咸海之间）抵达大月氏

（今阿富汗北部）。但大月氏人已在此安居乐业，对向匈奴报仇毫无兴趣，张骞逗留一年多仍不得要领，只好返国。归途中又被匈奴扣留，一年后才趁匈奴内乱逃出，于元朔三年（前126年）回到长安。

尽管张骞没有能完成联络大月氏的使命，但他为汉朝提供了大量前所未闻的信息，也在西域传播了汉朝的情况。司马迁《史记·大宛列传》中有关西域的记载，就是根据张骞的见闻编写的。

元狩四年（前119年），张骞第二次出使，以招引乌孙人回河西故地，并联络西域各国。张骞率领三百将士，携带大批财物到达乌孙（今伊犁河流域和伊塞克湖一带），正值该国内乱，乌孙人也不愿与匈奴为敌，但愿意与汉朝联系，派使者随张骞于元鼎二年（前115年）回长安。张骞派副使前往大宛、康居、大月氏、大夏、安息、身毒、于阗、扜弥等国（今中亚哈萨克斯坦、阿富汗、巴基斯坦、印度等和我国新疆西部），以后也陆续带各国的使者返回。此后汉朝与西域各国的使者、商人往来不绝。

张骞两次出使虽然没有达到军事上的目的，但建立了汉朝与西域各国的直接联系，"丝绸之路"从此开通，将东西方两大文明中心连接了起来。

东汉永元九年（97年），西域都护班超派甘英出使大秦（罗马帝国）。甘英到达条支国的海滨（今波斯湾）准备渡海时，安息的船员说："海水广大，往来者逢善风三月乃得度，若遇迟风，亦有二岁者，故入海人皆赍三岁粮。海中善使人思土恋慕，数有死亡者。"[①] 安息人阻止汉朝与罗马帝国直接来往，是为了垄断丝绸转口贸易的利益，甘英的懦弱使中国失去了一次与罗马直接联系的机会。

二、丝绸之路的开通

"丝绸之路"的名称是德国地理学家李希霍芬在1877年出版的《中国》一书中首先提出的，指两汉时期与中亚河中地区及印度之间，以丝

[①]《后汉书》卷88《西域传》。本目以下同。

绸贸易为主的交通路线。以后的研究成果又将这条道路的西部延伸到地中海西岸和小亚细亚。

中国的特产丝绸传入中亚和印度，远在秦汉之前，但直接的贸易道路却开始于张骞第二次从西域返回以后，不过直到神爵二年（前60年）西域都护府建立后才保持畅通。

丝绸之路以长安为起点，西上陇坂，通过河西走廊，出玉门关或阳关，穿过白龙堆，到达今罗布泊西北的楼兰。至此分南北二道：北道向西沿今孔雀河至渠犁（今新疆库尔勒），经乌垒、轮台、龟兹（今库车）、姑墨（今阿克苏）至疏勒（今喀什）；南道经鄯善扜泥城（今若羌），西南沿今车尔臣河经且末、扜弥、于阗（今和田）、皮山（今皮山一带）、莎车（今莎车）至疏勒。东汉迫使北匈奴西迁后，开辟了"北新道"，即由敦煌北至伊吾，西经柳中、高昌壁、车师前部交河城（均在今吐鲁番盆地），越天山，经焉耆、龟兹，再循北道至疏勒。自疏勒西行越葱岭，经今费尔干纳盆地，渡阿姆河，直到地中海滨。由此沿地中海西南行，可达犁靬（亦称黎轩，今埃及亚历山大）。自疏勒直接西穿阿莱高原，经今阿富汗，也可与上述一路会合。另一条沿南道从皮山西南，经悬度（今达丽尔）、罽宾（今阿富汗喀布尔）至乌弋山离国（今锡斯坦），东汉时称为"罽宾乌弋山离道"。以后或沿陆路西行至波斯湾，或南下至今巴基斯坦卡拉奇出海。

丝绸之路不仅用于丝绸贸易，西域的葡萄、石榴、苜蓿、胡豆、胡麻、胡瓜、胡蒜、胡桃、香料、珠玑、皮毛、良马、橐驼等源源东来，中原的工艺品、金属制品、铁器、纸由此西运；西域的音乐、舞蹈、杂技、佛教和佛教艺术与中原的打井、铸铁、农技都由此而传播交流。

张骞在大夏时，曾见到过产于今四川盆地的邛杖和蜀布，并得知这些物品是通过身毒（印度）运到大夏，说明这一交通路线至迟在公元前126年就已存在了。汉武帝曾派使者从蜀地分四路寻找通往身毒的道路，但由于当地民族不合作，只到达了滇（今云南滇池一带）。由四川盆地通往今云南的道路早在公元前221年就已开通，这条"身毒道"实际上就是民间一直在使用的由云南经今缅甸通向印度的交通线。东汉永元九年，掸国国王雍由调与汉朝联系；永宁元年（120年），雍由调将海西（大秦）的幻人（杂技演员）献至洛阳①。罗马人经今缅甸入境，证明的确存在着一条由今四川、云南经缅甸、印度通向西方的重要道路。

三、海上交通

由中国大陆通往朝鲜半岛的航路早已存在，战国后期至秦朝已成为相当便捷的交通线，所以在半岛的北部和南部都有大批在当时迁入的移民。

尽管徐福定居于日本的传说还没有完全得到证实，但可以肯定早在秦朝以前，从中国大陆通往日本列岛就已存在多条航路，秦汉时从今辽东半岛、山东半岛、浙江、福建都可驶往日本。东汉建武中元二年（57年），倭奴国的使者到达洛阳，光武帝赐以印绶。②1784年，这枚"汉委奴国王印"在日本九州福冈县糟屋郡志贺町出土，完全证实了这一记载。

《汉书·地理志》还记载了西汉与南方海外的航路：

> 自日南障塞、徐闻、合浦船行可五月，有都元国；又船行可四月，有邑卢没国；又船行可二十余日，有谌离国；步行可十余日，有夫甘都卢国。自夫甘都卢国船行可二月余，有黄支国，民俗略与珠崖相类。……自黄支船行可八月，到皮宗；船行可二月，到日南、象林界云。黄支之南，有已程不国，汉之译使自此还矣。

对这些地名的今地有不同的理解，文中的一些内容也还难以正确解释，但大致可以肯定，当时从今越南中南部、广西沿海、雷州半岛出海，可以通向东南亚和南亚各地。东汉延熹九年（166年），"大秦王安

---

① 《后汉书》卷86《南蛮西南夷列传》。
② 《后汉书》卷85《东夷列传》。

敦遣使自日南徼外献象牙、犀角、玳瑁"①。虽然这完全可能是罗马商人使用了使者的名义，但毕竟是罗马帝国与汉朝的首次正式交往。"使者"显然是从海路经日南进入汉朝的。

---

① 《后汉书》卷88《西域传》。

第三章　以华夏为中心的社会物质文明

尽管自然环境的变化一般是缓慢的，但秦汉时代的自然环境和今天相比有很大差异。只有了解了秦汉时期的自然环境和社会状况，才能正确认识和评价当时的物质文明和精神文明。汉朝的极盛疆域（含西域都护府辖区）已超过 600 万平方千米，最高人口数已超过 6000 万，能够使这样一个疆域辽阔、人口众多的国家保持稳定和繁荣，前提就是以华夏为中心的社会物质文明已经居于当时世界众多文明发展水平的前列。

第一节　自然环境

秦汉时期，农业已成为主要的产业，但在北方、西北和一些边疆地区，牧业依然占有很大比例。农牧业产品还为手工业和商业提供了大部分原料和商品。自然环境的变迁与农牧业分布、产量的增减和手工业、商业的发展有密切的关系，也影响到社会的治乱和国家的兴衰。但人类的活动也在影响自然环境，例如大规模的农业开发破坏了自然植被，在生态环境脆弱的地区，如黄土高原，就引起了严重的水土流失，造成黄河下游水患的加剧。

一、由暖变寒的气候

从春秋时期开始，气候曾逐渐变暖，并且一直持续到公元前 2 世纪。《史记·货殖列传》反映的是自战国后期开始到公元前2世纪初的情况，其中描写了经济作物的分布状况："蜀、汉、江陵千树橘，……陈、夏千亩漆，齐、鲁千亩桑麻，渭川千亩竹。"蜀、汉、江陵相当于今四川、陕西汉中盆地和湖北江陵县一带，陈、夏大致即今河南中部、南部，齐、鲁相当于今山东大部，渭川指今渭河中下游。与今天的分布比较，当时这些植物生长范围的界线都比今天更北。又如汉武帝元封二年（前109年）堵塞黄河决口时，曾"下淇园之竹以为楗"①。淇园在今河南淇县，淇园的竹子在春秋时就已闻名，《诗经·淇奥》就有"绿竹猗猗""绿竹如箦"的描写。淇园的竹子能在大规模堵口时用作"楗"（打入水中的竹桩），说明当时还能长得相当粗大，这也大大超过了今天竹子在天然环境正常生长的北界。

但就在公元前2世纪后期，气候已出现转寒的趋势。如武帝元狩元年（前122年）十二月大雨雪，"民多冻死"②。元鼎二年（前115年）三月大雪，"平地厚五尺"。三年（前114年）三月水还结冰，四月雨雪，造成关东十余郡"人相食"。到公元前1世纪后期，寒冷的空气已经开始袭击黄河流域。当时一种著名的农学著作《氾胜之书》记载在长安（今陕西西安市）、洛阳一带在九月下旬可能出现霜冻和防御的办法，而现代这一带的初霜日期平均在十一月初；当时冬小麦的播种期在九月上旬，现在为九月底，相差近20天。元帝永光元年（前43年），"三月陨霜杀桑；九月二日，陨霜杀稼，天下大饥"。异常的霜冻造成了严重后果，这证明气候已经开始变冷。

气候变寒的趋势到公元3世纪前期还在加剧，所以整个东汉期间都是一个气候较寒冷的阶段。如灵帝光和六年（183年）冬，"大寒，北海、东莱、琅邪（约相当于今山东中、东部）井中冰厚尺余"③。三国魏黄初六年冬十月（225年11月18日后），魏文帝率十万大军到达广陵

---

① 《史记》卷29《河渠书》。
② 《汉书》卷27《五行志》。以下同。
③ 《后汉书》志15《五行三》。

故城（今江苏扬州西北），由于这一年气候特别寒冷，这一带的河水结冰，以致船只无法进入长江。①可见要比现在的气温低不少，这大致可以反映东汉末年的气候情况。

与气候的变冷相应的，是湿润气候逐渐变得干燥，公元前1世纪以后，水灾相对减少，旱灾相对增加。

在这样的气候条件下，黄河流域虽然已经显示出生态环境的弱点，但依然是最适宜的农业区。随着气候的变寒和由湿润转为干燥，长江流域和南方的优势逐渐增加，促进了南方的开发。

二、自然灾害及其影响

中国的大部分地区受到季风影响，经常容易发生水旱灾害。在干旱条件下又容易引发蝗灾，对农业生产造成巨大危害。其他一些灾害，如地震、山崩、大风、大火、螟害、疾疫（传染病）、牛疫等也具有很大的破坏性。

秦汉帝国的广大幅员和在正常情况下保存的粮食储备，使政府具有一定的抗灾能力。如果灾害发生在社会安定、政治清明的年代和交通便利、行政机构健全的地区，及时有效的救济多少能减轻灾害的损失；反之损失就会加重。如果灾害与战乱同时发生，由于统治者无暇旁顾，行政机构瘫痪，交通断绝，粮食和物资短缺等原因，后果便极其严重。

灾害还具有心理上的影响，在"天人合一""受命于天"这类观念的控制下，人们对灾害的恐惧远远超过它的直接破坏力，往往把灾害看成上天对统治者或人世的警告和惩罚，这不仅会使人们在灾害面前无所作为，而且会引发或激化统治集团内部以及阶级之间的矛盾和斗争，导致社会动荡、农民起义以至改朝换代。

据《史记》《汉书》《后汉书》有关纪、传、志统计，在前后404年间，发生水、旱、蝗灾的年份有133个，占总数的33%，平均3年就有一次。但由于史料缺乏和没有统一的计量标准，所列内容还是很不完

---

① 《三国志》卷2《魏书·文帝纪》。

整的，如秦朝和汉高祖时期就没有找到确切的灾害记录，但从一般规律判断，这30年间不可能没有灾害。灾害发生的频率和烈度是不均衡的，它们对社会的影响自然也因时而异，但政权更迭、权力斗争、战争和动乱往往就发生在严重的自然灾害发生之后。

三、黄河的决溢改道

黄河中下游地区是秦汉时代经济文化最发达、人口最稠密的地区，黄河是否安流是关系到国计民生的重大问题。

战国中期，各国在黄河下游大规模筑堤，使黄河下游有了固定的河道。由于黄河上中游流经黄土高原，河水的含沙量很高，河道固定后泥沙堆积加快，到公元前2世纪中叶，开始出现频繁的决溢。

西汉见于记载的决溢有9次，其中8次发生在魏郡、清河、平原、东郡境内（今河南北部、河北南部、山东西部）。最严重的一次是武帝元光三年（前132年）河水在东郡濮阳瓠子口（今河南濮阳西南）决口，洪水东南泻入巨野泽，由泗水经淮水入海。这是历史记载中黄河第一次夺淮入海。由于丞相田蚡的封邑在河北，河水向南决口对他有利，所以阻挠堵口，使洪水泛滥遍及16郡，历时20余年，直到元封二年（前109年）才将决口堵住。①

不久黄河又在魏郡馆陶境内向北决口，冲出一条深广与黄河相似的汉道屯氏河，北流至勃海郡境内才与黄河干流汇合，起了分流作用。元帝永光五年（前39年），黄河又在清河郡灵县（今山东高唐之南）决出一条汉道鸣犊河，分流已有70年的屯氏河从此断流。但鸣犊河排水不畅，分洪作用不大，因此在以后的三四十年间，魏郡以下河道又发生多次决溢，造成多次严重灾害。②

新始建国三年（11年），黄河在魏郡元城（今河北大名东）以上决口，泛滥至清河郡以东数郡。河水东流使王莽在元城的祖坟不受到威

---

① 《汉书》卷29《沟洫志》。
② 《汉书》卷29《沟洫志》，卷28《地理志》。

胁，因而他不主张堵口，①水灾延续近 60 年，造成黄河史上第二次重大改道。直到东汉明帝永平十二年（69 年）才出动数十万人工，在王景的主持下对下游河道进行治理，次年形成了一条新河道。王景根据新始建国三年决口后几十年来冲成的河道趋势，随着地形的高低，勘测了一条从荥阳（今河南荥阳东北）到千乘（今山东高青东北）海口的新河道，通过疏浚壅塞、裁弯取直、修筑堤防等措施，对新河道进行了比较全面的整治。在某些险工地段上设置减水口门，汛期洪水可由上一口门泄出，洪峰过后，经过在堤外沉淀的清水由下一水门归槽。②这样就起到了减水、滞洪、放淤和清水冲刷的作用，减缓了河床淤积的速度，提高了防洪标准。王景治河后固定的河道是从长寿津（今河南濮阳县西旺宾一带）循古漯水河道，经过范县南，在今山东阳谷西与古漯水分流，经今黄河和马颊河之间，至今利津县境入海。这条河道保持了近 600 年。从此直到唐朝中期几百年内，黄河水患大大减少，下游河道比较稳定。尽管主要原因是中游植被的恢复导致河水含沙量相对下降，但王景的治理也是不容否认的重要作用，王景是一位杰出的水利专家。

四、植被的变迁

由于在秦朝以前存在过一个相当长的气候温暖湿润的阶段，加上大多数地方还处于没有开发或人口稀少的状态，在秦和西汉初期，各地普遍分布着茂密的天然植被，很多地方保持着原始森林。

成书于战国后期的《禹贡》称，兖州的植被为"厥草惟繇，厥木惟条"，称徐州"草木渐包"。兖州大致指今华北平原中部，徐州指今华北平原南部，说明这些地区的天然植被发育良好。当时湖泊众多，沼泽植被分布较广，从《诗经》的记载看，在黄土高原的东南部，如北山（今陕西岐山）、梁山（今陕西韩城、黄龙一带）、渭河上游以西和汾河下游，都有森林、沼泽等植被，有的地方林木还相当茂密。《山海经·五

---

① 《汉书》卷 99《王莽传》。
② 《后汉书》卷 76《循吏列传·王景》。

藏山经》所载说明,在今陇东、陕北等山地以及中条山、霍山、吕梁山等山地都有良好的天然植被,拥有多种树木和竹类。今吕梁山一带直到南北朝后期,还有大量木材运出,供洛阳等地的建筑之用。① 太行山及其以东的山地丘陵长期为森林所覆盖,直到 4 世纪初,滹沱河洪水还曾将许多可供修建宫殿用的大树冲漂到下游,② 这说明此前这一带有丰富的森林植被。

史料记载和孢粉分析都证明,豫西、豫中、辽东、山东的山地丘陵都曾有过茂密的森林。由于气候温暖、雨量充沛、人口稀少,秦岭及其以南的山地丘陵普遍分布着原始森林,平原也有良好的植被覆盖。

黄土高原的西北部、今大兴安岭的南段、呼伦贝尔草原、东北平原、内蒙古高原的天然植被以温带草原为主,但因地形、气候的不同而具有明显的内部差异。如大兴安岭的中段和南段、东北平原、阴山山地③、渭河上游④等地是草原和森林的过渡地带,草原外兼有森林,而草原的北部和西部毗邻荒漠地带的地区,其植被具有草原兼荒漠的特点。草原的西北和青藏高原、帕米尔高原是广阔的荒漠地带,植被稀少。

随着人口的增加和开发地区的扩大,天然植被不断受到破坏。尤其是在黄河中下游地区,到西汉后期,平原上已少有林木,相近的山地丘陵上森林也越来越少。冶炼和修建宫殿、陵墓的需要更加剧了森林的砍伐,由此引起的水土流失已经为有识之士所注意,贡禹曾指出:"斩伐林木亡有时禁,水旱之灾未必不繇此也。"⑤ 东汉中期,相当于今河北西部和山西相邻部分的常山、钜鹿、涿郡和中山国已经无法满足中山王修陵墓所需要的黄柏木,只能向其他州郡征调。⑥ 秦朝和西汉中期对西北的大规模移民,加速了黄河中游的植被破坏,使水土流失日益严重,沙

---

① 《周书》卷 18《王罴列传》。
② 《晋书》卷 104《石勒载记》。
③ 《汉书》卷 94《匈奴传》:阴山"东西千余里,草木茂盛,多禽兽"。
④ 《汉书》卷 28《地理志》:"山多林木,民以板为室屋。"
⑤ 《汉书》卷 72《贡禹传》。
⑥ 《后汉书》卷 42《中山简王焉列传》。

漠也有所扩大。

但当时的破坏程度还不是很大，自然条件也适宜植被生长，所以比较容易恢复。东汉开始，随着西北少数民族的内迁，黄河中游的农业区植被得到恢复。又如董卓焚毁洛阳后，这一带荒废了30年，到魏黄初元年（220年）时已经"树木成林"，必须重新"斫开荒莱"。①从4世纪初滹沱河能冲下木材看，太行山区的森林也还存在。除黄河中下游以外，大多数地区的人口密度还很低，对天然植被的破坏很少。

第二节 人口

在特定的生产力和生产关系条件下，一定自然环境能够产生一定数量的人口；而一定数量的人口，也反映了一个特定的时间和空间范围内文明的水准。西汉和东汉都创造了前所未有的人口纪录，正是社会进步的表现。另一方面，人口的数量、质量、再生产、分布、流动与社会的治乱有密切关系。但由于史料和数据的缺乏，对当时人口情况的不少方面还无法复原，无从研究。

一、缓慢增长和急剧下降：人口数量的变化②

对战国中叶人口数量，一般估计为2000万至3000万。③秦始皇统一时由于经过了一系列大规模的战争，人口数量应更少。从西汉初的人口数量和秦朝设县的数量推测，这些对战国时人口数的估计显然都偏低。

---

① 《三国志》卷27《魏书·王昶传》。
② 葛剑雄：《西汉人口地理》，人民出版社1986年版。
③ 范文澜《中国通史简编》（修订本）第二编（人民出版社1964年版）、郭沫若主编的《中国史稿》第二册（人民出版社1979年版）估计为2000万，管东贵《战国至汉初的人口变迁》（载台湾《中央研究院历史语言研究所集刊》第五十本，1979年）估计为2500万，梁启超《中国史上人口之统计》（载《饮冰室合集》第二册，中华书局1989年版）估计为3000万。

经过秦汉之际的连年战乱和同时发生的自然灾害,到公元前202年汉朝建立时,人口总数已下降至1500万—1800万。

西汉期间的人口数量的变化可分三个阶段:

第一阶段,自汉初至武帝初。随着经济的恢复与发展,人口也以较快速度增加,年平均增长率达10‰—12‰,在武帝初增加到约3600万。

第二阶段,武帝中、后期。由于先后对匈奴、东瓯、西南夷、南越、东越、朝鲜和西域用兵,人力物力消耗极大。加上武帝好大喜功,奢侈挥霍,国家元气大伤,人口锐减。多年出现零增长或负增长,人口降为约3200万。由于流民、逃亡和"盗贼"增多,户口的减少更为严重,出现了"户口减半"[①]的现象。

第三阶段,昭帝初至平帝元始二年(2年)。武帝晚年,采取了一些恢复农业生产的措施,昭帝时内外安定,农业丰收,20年间以年平均12‰的速度增长,宣帝地节元年(前69年)已有约4000万。此后增速趋缓,至哀、平间达到顶峰,元始二年约有6000万人口。

此后的若干年间,人口可能还会略有增加,但很快就因天灾人祸,特别是战乱的加剧而导致人口锐减,东汉初的人口谷底估计为3000多万,比高峰时减少了近一半。[②]

经过东汉初的恢复,在光武帝建武中元二年(57年)以后的80年间,朝廷采取过一些有利于农业生产、稳定社会秩序、奖励人口增殖的政策,社会比较安定,没有发生严重的、持续的灾害,人口有稳定的增长。到和帝元兴元年(105年)户口数为5326万,实际人口估计已经接近6000万。户口登记数与实际人口数间存在一定的差距,这是东汉期间豪强地主和地方官隐漏户口的结果。

从元兴元年至桓帝永寿三年(157年)或更后一些年份,尽管天灾

[①]《汉书》卷7《昭帝纪》赞。

[②] 有关东汉的人口数量,详见葛剑雄:《中国人口史》第一卷第七章第二节,复旦大学出版社2002年版。

迭降，战乱频繁，由于还没有出现全面动乱和特大灾害，人口依然在缓慢增长，所以永寿三年的户口数达到 5649 万，实际人口数应该已突破 6000 万。但到东汉末年，天灾人祸又使人口数量急剧下降。

在秦、汉的疆域以外，还有一些其他民族和政权，如匈奴、羌、西域部分地区、鲜卑、乌桓、东北诸族和青藏高原上的部族，它们的人口数量一般都不超过数十万，少的不过数万人。

有人用"大起大落"来形容中国古代的人口变化，其实并不确切。因为即使在人口稳定增长的阶段，年平均增长率也不过 10‰ 上下，所以人口高峰是数十年以至上百年积累的结果，但天灾人祸却能在短时间内造成巨大的损失，使人口降至谷底。

二、大规模的移民和人口再分布

秦始皇时曾进行了大规模的移民，早在灭六国的过程中，就不断将六国贵族、大姓和"罪犯"迁至巴蜀和西北边区。集中迁移的几次是：二十六年（前 221 年）"徙天下豪富于咸阳十二万户"，以每户五口计，有 60 万人；三十三年（前 214 年），秦朝驱逐匈奴，取得了今内蒙古和宁夏的河套平原和今内蒙古中南部，在那里设置了 44 个新县，于是将来自各地的罪犯迁入，人数至少有 10 余万；三十六年（前 211 年），又迁入了 3 万户；三十五年（前 212 年），为了使自己的陵墓周围有大量人口，也为了疏散咸阳地区的人口，"徙三万家丽邑（今陕西临潼西北），五万家云阳（今陕西淳化西北）"；三十三年（前 214 年）征服南越以后，除了将出征的士兵留驻外，又将"尝逋亡人、赘婿、贾人"和一批妇女迁入，估计有一二十万人。[①] 但随着秦朝的灭亡和匈奴的南侵，除了在巴蜀和岭南的移民外，其他地区的移民或被匈奴掳掠，或逃回家乡，或死于战乱。六国的覆灭和秦始皇时的繁重劳役，驱使沿海地区人口向外逃亡，从辽东半岛和山东半岛向朝鲜半岛的移民一直持续到西汉初年，徐福的种种传说也暗示了当时向海外移民的事实。

[①]《史记》卷 6《秦始皇本纪》；《淮南子·人间训》。

西汉初，关中残破，人口稀少，刘邦迁都的同时就开始实施大规模的移民。此后，为了达到"强干弱枝"的目的，"实关中"一直是朝廷的重要政策。除了直接迁入长安外，更多的移民被迁入"陵县"。每位皇帝生前就开始建造陵墓，并在陵墓附近新建或扩建一座与陵墓同名的县城，迁入移民，称为"徙陵"或"徙陵县"。到汉元帝时，才因长安周围人满为患，移民开支太大等原因而停建陵县。迁入关中的对象主要是六国贵族、豪族、官僚、富户，大多来自关东，累计有近30万人。到西汉末年，移民后裔已有120余万人，占当地人口近一半。"实关中"对于巩固中央政权、削弱地方力量、促进关中经济文化的发展起了重要作用，但也加剧了社会矛盾，一定程度上加重了财政负担。

汉武帝时，关东的人口已比较稠密，一遇灾害就会产生大批流民，西北边疆的扩展提供了移民的条件。元朔二年（前127年），10万人受招募迁入新设置的朔方、五原郡（今内蒙古河套和黄河以南地区）。元狩二年（前121年），汉朝从匈奴手中夺取了河西走廊，两年后关东遭受大水灾，又有流民72.5万人被安置到河西和朔方、新秦中等地（大致相当于今内蒙古南部、山西西北部、陕西西北部、宁夏南部和甘肃中西部）。陆续设置的河西四郡——酒泉、武威、张掖、敦煌和稍后设立的金城郡，其人口基本都是由移民构成的。

此外，汉朝在西北屯田驻守的戍卒一度多达60万，他们的足迹远至轮台（今新疆轮台之东）、渠犁（今库尔勒）、伊循（今若羌之东）、莎车（今莎车县）和车师（今吐鲁番盆地）等地。西北边疆还是安置罪犯的地方。

100多万移民和流动人口迁入西北新开拓的地区，为边疆的巩固和开发奠定了基础。移民大都迁自内地农业发达地区，带去了先进的耕作技术，使迁入地成为新的农业区。移民和戍卒还为汉朝对西域的控制和与西方各国的交往提供了稳定的供应，保证了丝绸之路的畅通。但移民一般都是底层平民或罪犯，文化程度很低，在迁入地也缺乏平等的待遇，所以并没有带来相应的文化进步，个别杰出分子的作用也不易发挥。一部分新开发地区的生态环境相当脆弱，不适合农业生产，过度开垦引起水土流失和沙漠的扩大。

东汉前期一度继续对西北边疆实施移民，但由于缺乏有力的控制，加上羌、南匈奴、鲜卑等族的不断内迁，移民难以定居。到东汉后期，随着行政区的内迁和收缩，今内蒙古南部、陕西和山西北部、宁夏大部和甘肃西北逐渐成为"羌胡"（泛指羌、匈奴等少数民族）的聚居区。

在汉朝与匈奴的战争中，一批汉人因被俘或投降而迁入匈奴。另一些人，或因逃避官府的迫害和赋税，或因躲避战乱而逃入匈奴地区。东汉时，在鲜卑、乌桓、朝鲜等地区，也有不少汉人迁入，数量多达数十万。迁往这些少数民族地区的汉人中，有不少文武官员、士人、艺人、工匠，带去了筑城、种谷、打井、冶炼、铸造等技术，也传播了制度文明和精神文明，促进了这些民族的进步。

西汉期间，对南方的移民在缓慢而持续地进行着。两汉之际，黄河流域曾出现过一次南迁浪潮，有人甚至迁入交州（今越南东北部），但在战乱过后大部分人返回故乡，留下的移民很少。东汉时，迁入长江流域的移民不断增加。特别是长江中游和湘江、赣江流域，人口增长远高于全国平均水平，反映了移民大量迁入的事实。到东汉后期，越过南岭的移民还很少，对今福建的移民也基本没有开始。

总之，秦汉时以行政或军事手段实行的移民规模很大，但都集中在政治中心、军事要地和边疆地区，出于经济开发目的的移民还很少。相比之下自发的迁移进展缓慢，主要集中在东汉后期和长江中下游地区。

在秦朝，关东和关中是人口最稠密的地区，这一格局为西汉所沿袭。

西汉末年全国的人口分布有如下特点：

（1）人口分布很不均衡。以当时的一级政区郡、国为单位，人口密度最高的济阴郡（今山东菏泽、定陶、东明等地）有262（人／平方千米，以下同），而郁林郡（今广西西部）的人口密度仅0.56。

（2）关东人口集中，平均密度约77.6，其中仅鲁西南山区、胶东丘陵和渤海湾西岸人口稀少，其余均接近或超过100。这一地区的面积占西汉疆域（不含西域）的11.4%，人口却占了60.6%。

（3）关东以外虽然没有大片的人口稠密区，但关中平原、南阳盆地、成都平原的人口密度也接近或超过100，其中首都长安及周围100多平方千米内更高达1000以上，为全国之冠。

（4）其余地区人口稀少，但分布上也很不均衡，一些盆地、河谷、平原、江河交汇处、行政中心、交通线旁的人口密度也大大高于周围地区。

（5）长江以南大多数地区人口稀少，尤其是今浙江南部、福建、两广、贵州大多榛莽未辟，人口密度最低。北方则以北部、东北缘边地区和河西走廊的人口密度为最低，但仍高于南方。

东汉人口分布的状况与西汉基本相同，变化最大的是：关中平原和西北地区的人口密度大幅度下降，除长安一带稍高外，其余大都居全国最低水平。长江以南地区的人口密度大幅度以至数倍地增长，但绝对数字还无法与北方相比，最高也不超过20，最低仅不足2。

改变人口分布最有效的办法是移民，因为如果仅仅依靠本身人口的繁殖，发达地区与落后地区的差距往往会越来越大。秦汉时期人口分布的变化主要也是移民的结果。

三、高出生率、高死亡率和低增长率：人口再生产的特点

秦汉时期，妇女的平均初婚年龄逐渐提前。汉惠帝时曾规定：妇女自15至30岁还不嫁，其算赋要累进交至一般人的5倍。[1]这证明当时30岁还未结婚的妇女还大有人在。以后早婚渐成习俗，如宣帝时的王吉就指出，"未知为人父母之道而有子，是以教化不明而民多夭"的现象是由"世俗嫁娶太早"所造成的。[2]内蒙古居延出土汉简中最早的例子是14岁（虚岁），一般是20岁上下，最晚的是27岁。东汉的实例相差不大，尽管也有更晚的，但并没有代表性。

由于"男尊女卑"的观念已相当严重，女婴、女孩的死亡率远高

---

[1]《汉书》卷2《惠帝纪》。
[2]《汉书》卷72《王吉传》。

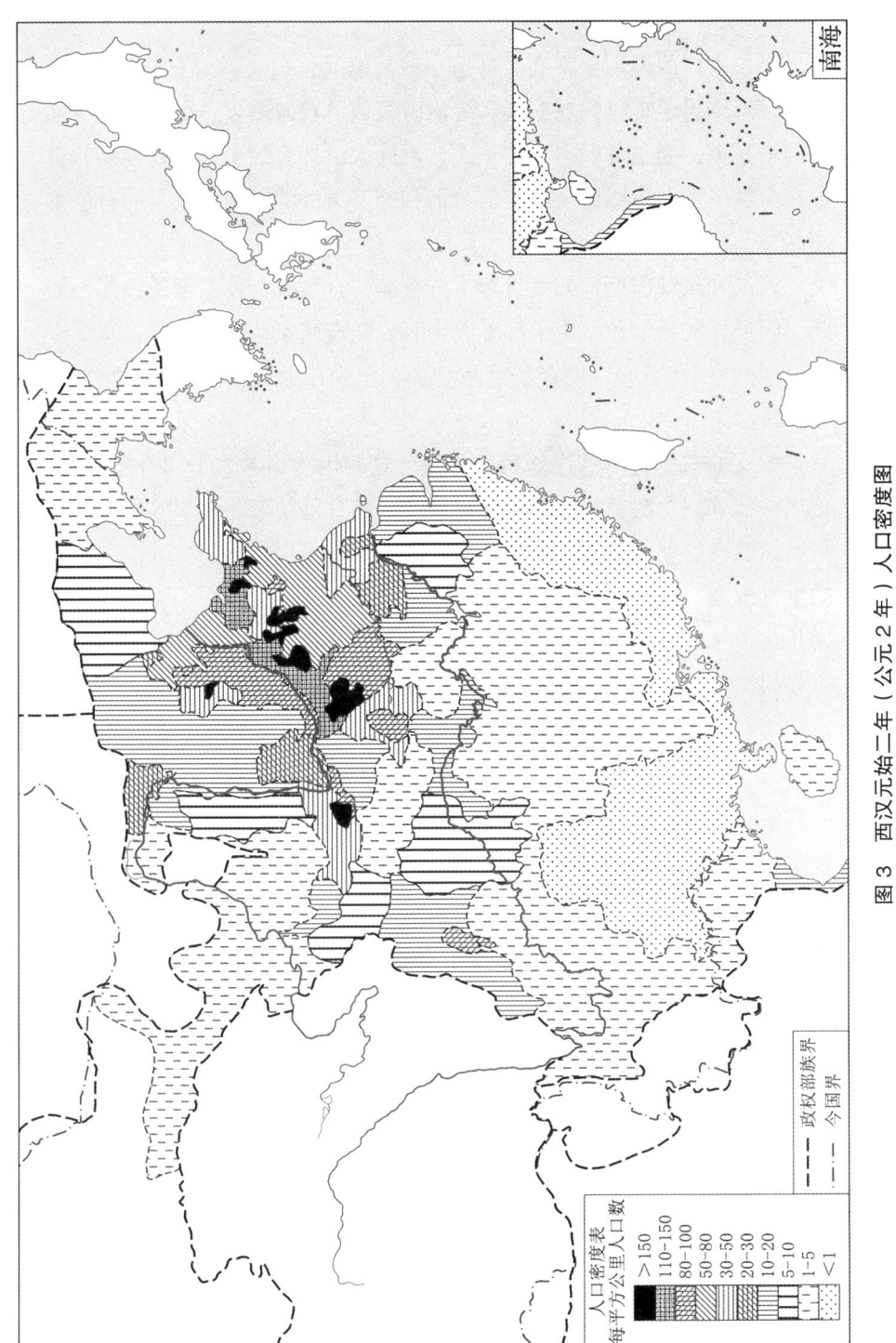

图 3 西汉元始二年（公元 2 年）人口密度图

于男性，人口的性别比很高。甚至在战乱以后，妇女还少于男性，[1]说明当时不少男子难以找到配偶。统治阶级成员普遍多妻，更加剧了性别比的不平衡，如皇帝后宫有数千人，贵族大臣拥有数十、上百妻妾的也不在少数。加上一些地区的迷信习俗和经济条件的限制，人口的有偶率不高。

西汉和东汉前期，妇女再嫁十分普遍，自皇后、公主至平民都是如此，同母异父兄弟和私生子都不以为耻。随着儒家礼教的加强，东汉以后对"烈女""节妇"的宣扬不断增加，至少在上层社会中，再嫁现象显著减少。

妇女的总生育率和净繁殖率不高，这是因为当时人平均寿命很低，相当一部分妇女婚后的性生活无法维持到其育龄结束。产妇的死亡率也很高。赋役制度使大多数男子在青壮年时期必须离家多年，减少了配偶的生育机会。刑法严酷造成不少成年男子被杀或遭受刑罚。婴儿的哺乳期长达3年，使生育间隔相应延长。婴儿及成年前的死亡率超过50%，杀婴的情况相当严重，还存在各种杀婴的迷信习俗。

每对夫妻能抚养成人的子女本来就不多，加上赋役负担重，维持生计不易，所以在子女成人或成家后一般都分居；统治者从征收赋税、分封食邑、登记户口的需要出发，也希望保持小家庭的规模。西汉元始二年（2年）平均每户4.67口，东汉永和五年（140年）平均每户5.13口或5.07口。考虑到一些家庭是三代以上或不止一对夫妻的复合家庭（如父母与已成家的儿子、孙子共同生活的家庭），如果把"家庭"的概念限于指一对夫妻及其未成年的子女这样一个"核心家庭"的话，就肯定达不到5口的规模。东汉的户均口数较高，实际上也是复合家庭增加和户口隐漏导致名义"户"规模扩大（如一位豪强原有家庭成员5人，在本户下隐庇了100人，户口仅登记了10口）的结果。

这些条件决定了当时的人口再生产模式是高出生率、高死亡率、低增长率，除了少数年份外，较长阶段的人口年平均增长率不过7‰左

---

[1]《三国志》卷5《魏书·后妃传》：郭后称"今世妇女少，当配将士"。

右。在天灾人祸严重时，还会出现零增长、负增长，甚至延续多年，使人口锐减。

第三节 农牧业和水利

战国后期出现的农业生产的进步，到西汉时结出硕果，使当时粮食的亩产量达到了在手工生产条件下比较高的水平。直到20世纪初，中国大多数农田的亩产量还与西汉时不相上下。

一、农具的改进和耕种技术的提高

西汉时，铁制农具进一步得到推广，成为主要的生产工具。考古发现证明，西汉时铁制农具的使用已经遍及我国各地。当时常用的铁制农具主要有用于起土的钁和铚，切土和挖土用的臿已成为水利工地的基本工具，如歌颂开凿白渠的民谣中就有"举臿为云，决渠为雨"[①]的描述。铁犁的种类已经很多，有铁口铧、尖锋双翼铧、舌状梯形铧等。西汉时发明了犁壁，并分别制成了适用于向一侧翻土和同时向两侧翻土的不同形状，以适应不同的需要。西汉时还出现了用于耕作的大型犁铧和用于开渠挖沟的巨型犁铧，这些犁铧至少需要两头壮牛才能拉动，生产效率也大大提高。东汉时又产生了短辕一牛挽犁，操作更加灵活，与长辕二牛抬杠式挽犁相比，显然更适合小块农田。犁铧刃端的角度逐渐缩小，比原来的V形犁更为坚固耐用，也更适宜于深耕。此外还有畜拉的铁齿耙、适合铲除杂草的曲柄锄、收割用的钩镰等。近数十年来，在各地已有不少这些农具的实物出土。

西汉初不少农民用人力拉犁。到西汉中期，在中原地区牛耕已经普及，并逐渐扩大到西北边疆，如汉武帝移民边疆，实行屯垦时，都给移民和戍卒配备了耕牛。在养马多的地区也用马拉犁。岭南在汉初已用牛耕，所以南越王赵佗曾要求向汉朝购买铁制农具和牛。汉武帝时，赵过

[①]《汉书》卷29《沟洫志》。

发明了用二牛三人一组的"耦犁",可耕五顷田,比以往每户耕田百亩的水平提高一倍。牛耕不仅提高了生产效率,而且扩大了劳动力,掌握了驾驭技术的少年儿童也能顶替全劳力。但牛也用于运输,所以当战争和官方大工程需要量大时,就会大量征用,造成耕牛短缺,影响农业生产,汉武帝时就多次出现过这样的情况。东汉时,牛耕被进一步推广到原来较落后的地区和边远地区,如南方的九真郡(今越南中部)和淮河流域的庐江郡[①]。正因为牛耕在农业生产中已起了决定性作用,如果发生牛疫就会造成严重的后果,东汉期间就有多次牛疫的记载。

汉武帝时,赵过在总结前人经验的基础上试验成功了"代田法"。具体方法是:在一亩田中开三条深、宽各一尺的圳(小沟),圳之间为垄。将作物播在圳中,待幼苗长出后,逐渐将垄上的土锄入圳中,直到垄被削平。由于幼苗长在圳中,避免了风吹,减少了水分蒸发,不断培土又使作物的根长得很深,有利于吸收水分和抗倒伏。圳与垄每年轮作,以促使地力的恢复。代田法与新式农具配合,能使产量有较大的提高。但代田法适合于干旱、土质疏松的地区,实际是一种轮作,因此只能在关中和西北一些地广人稀的地区和空闲的公田上推广。

成书于公元前1世纪后期的《氾胜之书》记录了另一种精耕细作的"区田法":按照土地的肥瘠程度,分为"上农夫""中农夫""下农夫"三类作区,采用宽幅点播或方形点播。"上农夫"区每方的长、宽、深都是六寸(汉制),区间距离九寸,其余两类每区的大小和间距相应扩大。播种前要深挖作区,增施上等肥料改善土壤;每区点播二十粒种子,种子要精选并经精肥、动物骨粉、药材浸拌处理,使长出的苗能防蝗虫、耐旱;此后还要注意中耕灌溉、松土除草和追肥。据记载,实行区种法的试验田可以获得很高的产量。区种法的出现标志着农业生产已在向高效、精细方向发展,但区种法对肥料、种子和耕作技术的要求很高,需要的劳动力也大大增加,所以难以大面积推广。

东汉时,作物的轮栽已较普遍,复种指数有较大提高,如北方在麦

[①]《后汉书》卷76《循吏列传》。

收后接着种谷子或大豆,而在谷子或大豆收获后又种麦。随着南方开发的扩大,水稻种植面积增加,栽培技术也有了相应的进步,主要成就有移栽稻秧(先将稻谷播入秧田,等长到一定高度后再移栽入稻田)和专门栽种绿肥作物肥田。水稻的品种也很多,还出现了双季稻。从四川彭州出土的东汉陶田看,当时已有了梯田。

秦汉时期的农业生产有了长足的进步,但发展很不平衡。在人口稠密、土地开发余地不大的地区,农民普遍重视单位面积产量的提高,致力于新式农具的推广和耕作技术的改善。而在地广人稀或新开发的地方,依然以广种薄收为主。不少农民因过于贫穷,买不起铁制农具和耕牛,停留在原始的生产方式。

西汉时,一些高产地区的粮食亩产量已经达到六斛四斗(约 268 千克),但大多数地区的产量估计在三斛(约 125 千克)上下。随着疆域的扩展,农业区也有所扩大,粮食总产量有了较大幅度的提高。东汉期间,南方的耕地不断增加,加上牛耕和铁制农具的进一步普及,尽管北方因牧业民族的迁入耕地减少,但粮食总产量仍比西汉时略有提高。

二、农田水利

西汉初期没有兴建大型水利工程,但地方官建成了一些小型项目,如汉文帝末蜀郡太守文翁"穿湔江口,灌溉郫(今四川成都市郫都区)、繁(今彭州西北)田千七百顷"[①]。

到汉武帝时,国家已具有相当大的财力;另一方面,大规模的军事行动和建筑工程征用了大批劳力,必须通过提高农业生产率加以弥补,因而对农田水利产生了新的需求。关中是首都所在,粮食不够自给,离不开关东的漕运,自然成为水利建设的重点。元光六年(前 129 年),经大司农郑当时建议,由水工徐伯设计,调动数万士卒开挖漕渠,3 年后建成。这条渠道从长安引渭水循秦岭山麓东注黄河,长 300 余里,缩短了航程,便利了漕运,使运输量增加,还使沿渠的农田得到灌溉。

---

① 《华阳国志》卷 3《蜀志》。

此后开凿的龙首渠工程更大，万余士卒以 10 余年时间才完成。该渠从今陕西澄城县西南引洛水灌溉今大荔一带农田。尽管没有达到预期的灌溉效益，但开凿过程中却发明了"井渠"技术。由于渠道要从土质疏松的商颜山经过，按常规方法开挖渠岸容易崩塌，施工人员就采用隔一定距离打井，在井下再开凿暗渠的办法，从地下打通了十余里宽的商颜山。深的井达 40 余丈，工程的艰巨可想而知。现在新疆的坎儿井就是采用了这样的方法。

元鼎六年（前 111 年），在郑国渠上游开了六条支渠，用于灌溉渠旁地势较高的土地，称为六辅渠，提高了这条已有 163 年历史的灌渠的效益。太始二年（前 95 年），根据赵国中大夫白公的建议，从谷口（今泾阳西北）引泾水至栎阳（今临潼东北）境内入渭水，长 200 里，灌田 4500 余顷，称为白渠。由于两渠对关中农业生产起了显著作用，获得了百姓的称颂："田于何所？池阳、谷口，郑国在前，白渠起后，举臿为云，决渠为雨。泾水一石，其泥数斗。且溉且粪，长我禾黍。衣食京师，亿万之口。"[1] 此外，关中还建成了灵轵、成国、湋渠等灌溉工程。

在新开拓的边疆地区，为了安置移民，保证屯戍，巩固边防，也进行了大规模的水利建设。从朔方（今河套一带）以西至令居（今甘肃永登西北），"往往通渠置田官，吏卒五六万人"[2]。在朔方、西河、酒泉、河西等郡都引黄河和其他河流灌溉，在河西走廊的张掖郡有千金渠，敦煌郡有籍端水、氐置水"溉民田"[3]。在今内蒙古额济纳旗的居延更是当时重要的屯垦区，也是边疆水利建设最成功的地区之一，在居延出土的汉简中留下了大量有关农田水利的记载，证明当地的农业生产水平已与中原大体相近，粮食已自给有余。

内地的水利工程，如汝南、九江郡引淮水，钜定（在今山东广饶一带）和泰山下的汶水也被引作灌溉，都有万余顷的规模，"它小渠及

---

[1]《汉书》卷 29《沟洫志》。
[2]《汉书》卷 94《匈奴传》。
[3]《汉书》卷 28《地理志》。

陂山通道者，不可胜言"①。地方官中也不乏重视水利者，如召信臣在南阳郡，"行视郡中水泉，开通沟渎，起水门提阏，凡数十处，以广溉灌，岁岁增加，多至三万顷"，还加强管理，制定供水制度，"为民作均水约束，刻石立于田畔，以防分争"。②

汉武帝好大喜功，在"用事者争言水利"③的情况下，有些官员轻易提出方案，夸大效益，结果劳民伤财。如河东太守建议开渠引汾水和黄河水灌溉，吹嘘可以新增农田五千顷，年产谷二百万石以上，但数万人开成的渠道却受到黄河河道摆动的影响，农民连种子都收不回，最后只能废弃。朔方的灌渠经数万人长期施工，花费"巨万十数"，也没有成功。④有的工程建成后，由于缺乏经常性的疏浚和管理，受益时间不长。豪强地主为私利任意霸占、毁坏水利设施的也往往有之。同时，黄河中游（包括关中）的农业开发导致了原始植被的破坏，造成水土流失，所以中游地区水利的效益在一定程度上是以下游水患的加剧为代价的。

东汉期间，除了初期的治河工程外，朝廷缺乏兴建大规模水利工程的实力，农田水利设施大多由地方官建成，如汝南太守邓晨修复鸿隙陂，受益田数千顷⑤。以后太守鲍昱又采用筑"方梁石洫"的办法，使该郡经常被冲毁的众多陂池"水常饶足，溉田倍多"。⑥和帝时，太守何敞又修理了旧渠，增加垦田3万余顷。⑦南阳太守杜诗"修治陂池，广拓土田"⑧，当地人比为西汉的召信臣。顺帝永和五年（140年），会稽太守马臻在山阴（今浙江绍兴市）治镜湖，筑堤350里，溉田9000余

---

① 《汉书》卷29《沟洫志》。
② 《汉书》卷89《循吏传·召信臣》。
③ 《汉书》卷29《沟洫志》。
④ 《汉书》卷24《食货志》。
⑤ 《后汉书》卷15《邓晨列传》。
⑥ 《后汉书》卷29《鲍永列传附子昱》。
⑦ 《后汉书》卷43《何敞列传》。
⑧ 《后汉书》卷31《杜诗列传》。

顷，使当地长期受益。在今安徽寿县南的芍陂，东汉期间也经王景修浚。豪强地主由于占有大片土地，往往能在自己的庄园中修建水利灌溉工程。

三、畜牧业的消长

匈奴境内是最大的畜牧区。此外，乌桓、鲜卑等族也以畜牧为主业。这一片牧业区的范围在河套、阴山山脉以北的蒙古高原，今辽河上游和大兴安岭一带。在鲜卑聚居区以东今东北平原上的夫余等族，即以农业为主。西域东部和天山以北地区也以游牧为主，如婼羌、鄯善（楼兰）、西夜、乌孙等。而尉头，"田畜随水草"，属半农半牧。①

在汉朝的疆域内，到西汉中期，从今山西西南至太行山以西、燕山山脉和渤海湾以北畜牧业很发达。这一范围内的大部分地区已是半农半牧，但也有些地区还是以牧为主，如秦始皇末年，班壹在楼烦（今山西宁武县一带）"致马牛羊数千群"，直到西汉初还"以财雄边"。② 在西北，天水、陇西、北地、上郡"畜牧为天下饶"③，是全国最大的畜牧产地，但也有农业，属半农半牧区。湟水流域羌人聚居区有不少部族从事牧业，在今云贵高原和川西高原还存在着相当广大的畜牧区。

这一布局在西汉期间变化不大。河西走廊原为匈奴所有，汉朝设置郡县后迁入的移民虽以农业为主，但由于"水草宜畜牧"④，畜牧业仍很发达。西汉时在西北边郡设有六个"牧师苑"，分布在北地郡灵州、归德、郁郅三县和西河郡的鸿门县，即今宁夏银川、甘肃庆阳和陕西神木一带。还有一些较小的牧苑，分布范围更广。北部与匈奴接壤地区依然是半农半牧，汉朝刚开拓不久，桥姚就在那里"致马千匹，牛倍之，羊

---

① 《汉书》卷96《西域传》。
② 《汉书》卷100《叙传》。
③ 《史记》卷129《货殖列传》。
④ 《汉书》卷28《地理志》。

万头，粟以万钟计"①。西汉后期，汉匈奴边境"牛马布野"②。

东汉期间，随着南匈奴和其他牧业民族的内迁，西北的牧区逐渐扩大，今内蒙古南部、陕西北部、宁夏、甘肃东北的农业区基本都为牧业所取代，山西北部的牧区也大为扩展。但龙门、碣石以北的其他地区，随着人口的增加，耕地面积扩大，牧业日益收缩，成为家庭副业的一部分。在西南地区，农业也在不断取代牧业。

秦汉时的畜产品，除了直接利用马、牛、羊作为畜力或肉食外，还用于生产裘皮、制革、加工筋角、提取油脂，还有人用牛胃加工成脯。

兽医已成专业，马医张里还因此而致富③。从出土汉简的记载可见，在边塞障燧中藏有不少兽医方，说明当时兽医知识已相当普及，并广泛得到运用。长沙马王堆汉墓出土的帛书《相马经》，是相马技术的理论著作；而在陕西兴平茂陵东侧一号无名冢中出土的西汉鎏金铜马，则是作为相马用的模型，都证明汉代相马技术的发达。在牲畜的饲养技术方面，将饲草铡细、精粗饲料混拌、夜间喂养等合理的方法已普遍得到运用。

第四节 手工业和商业

手工业和商业虽然被视为"末业"，但也是社会不可或缺的一部分。尽管手工业在整个经济中所占的比例还很低，但在一些局部地区，如首都、城市、经济发达地区等，还是相当发达的。而官方的政策一般起着消极的作用，抑制了手工业和商业正常的发展。

一、手工业

汉代的手工业主要有官营、民营和家庭副业三种。

---

① 《史记》卷 129《货殖列传》。
② 《汉书》卷 94《匈奴传》。
③ 《史记》卷 129《货殖列传》。

官营手工业主要是为了满足皇室的生活和享乐，提供皇帝对贵族、高官的赏赐用品；还为政府垄断生产某些专营、专卖产品，如盐、铁、铜、钱币、武器等。少府为皇室制作和采购各类用品，还主管一些重要产品的生产，辖有各类作坊和机构，如考工令、平准令、御府令、尚方令、将作大匠、水衡都尉等，负责生产兵器、染色、织造和缝制衣物、铸造钱币等。此外还在工匠集中的地方或原料产地设置了工官、服官等，如齐地纺织业发达，"织作冰纨绮绣纯丽之物"，设有三服官。西汉末年，在怀、河南、颍川、宛、东平陵、泰山、奉高、广汉、雒、成都等十个郡、县设有工官。

官营手工业中，除了盐、铁、铜等产品供民用外，其余都是专供皇室和官府的，因而并不进入流通领域，也起不到扩大再生产的作用。这些机构和作坊规模很大，集中了能工巧匠，产品工艺精美，但不计成本，不惜代价，开支惊人，对国计民生却没有积极作用。西汉后期的贡禹曾指出："方今齐三服官作工各数千人，一岁费数巨万，蜀、广汉主金银器，岁各用五百万，三工官官费五千万，东西织室亦然。"[①] 就是盐、铁一类产品，在官府垄断的情况下，也普遍出现产品只求完成指标，不适合百姓需要，质次价高，强制销售的现象。"县官鼓铸铁器，大抵多为大器，务应员程，不给民用。民用钝弊，割草不痛。"[②] "铁器苦恶，贾贵，或强令民卖买之。"[③]

民营手工业的主要产品是铁器和铁制农具、盐、酒、纺织品、漆器、陶器等生产、生活用品，主要的产业如冶铁、煮盐、酿酒等，一般也需要掌握可靠的原料产地，并有较大的生产规模，所以大都为豪强富商所经营。但为了适合市场的需要，民营手工业无不注重提高质量，降低价格，改良产品，并注意与商业的配合，使产品及时销售。

家庭手工业主要是纺织，一般由妇女和家庭奴婢担任，产品供家庭

---

① 《汉书》卷 72《贡禹传》。
② 《盐铁论·水旱》。
③ 《史记》卷 30《平准书》。

成员使用，或者用于交换需要的物品，能够投入市场的数量有限。家庭手工业对农民维持自耕农的地位，稳定社会秩序起着积极作用，但这种自给自足的生产方式对商业和市场的发展往往有消极影响。

纺织技术在西汉时已达到很高的水平，丝织品种类繁多，工艺复杂，产品精美。马王堆汉墓出土的织物有绢、纱、罗绮、锦、起毛锦（圈锦）、刺绣等，其中的素纱纬丝捻度每米为2500—3000回，已接近目前电机拈丝每米3500回的水平；起毛锦是三枚经线提花并起绒圈的经四重组织，花型层次分明，外观华丽，要不是有实物发现，就很难想象当时竟有如此高的工艺技术。织物的颜色有20余种，采用了植物和矿物染料，显示了高超的印染技术。《史记·平准书》载，元封元年（前110年）均输帛500万匹，说明每年丝织品的产量很大。由于丝织品限于贵族富人使用，一般百姓大多用麻织品，估计麻织品的产量更大。

东汉时蚕桑产地已扩大到北方边疆、西域、巴蜀和南方各地，纺织品的品种和产量都有增加。蜀地生产的锦和会稽等地生产的越布成为名产，西南的永昌郡（今云南西南部和境外相邻地区）出产以木棉织成的布。东汉末年，马钧发明了高效率的织绫机，将旧绫机的五十综配五十蹑（踏具）、六十综配六十蹑都改成配十二蹑。[①] 印染技术也有进步，染料植物靛蓝和茜草在陈留一带已大量栽种。在新疆的东汉墓中出土的棉布衣物，为棉花的传播提供了线索。

冶金业有采矿、冶铁、冶铜、铸造等部门，生产规模仅次于纺织业。秦朝已有多处铁矿的记载，西汉末年的铁官有49处，实际的产地远远不止。如河南近年发现的汉代冶铁遗址就已超过20处。采掘的方式多样，因矿床而异，如河南巩义市铁生沟遗址中，矿井沿矿床平行掘进，竖井有方形和圆形两种，井下有斜坡形巷道，沿巷道下掘即可进入矿床。竖井可掘至矿床中央或侧面，以选采质量较好的矿石。炼铁的高炉已采用椭圆形炉体，炉体扩大，鼓风技术改进，并开始以石灰石作熔

---

① 《三国志》卷29《魏书·方伎传·杜夔》。

剂。北京大葆台西汉墓中出土的环首刀和簪属铸铁固体脱碳钢，证明这一技术已得到运用。冶铁的燃料主要是木炭或木材，但在一些遗址中已发现残存的煤饼。产量的提高使铁价下降，只有铜价的四分之一。[①]铜的产生规模尽管比铁要小，但铸钱要耗用大量铜材，铜还普遍用于制造武器部件、礼器、乐器和日常器皿。

东汉初，杜诗制成"水排"[②]，即以水力冲击机械轮轴，带动鼓风皮囊产生风力，向冶金高炉加氧。水排的运用为高炉的扩大和炉温的提高创造了条件。而在欧洲，直到12世纪才采用利用水力鼓风的技术。"叠铸"的普遍运用是铸造技术的重大进步。所谓"叠铸"，就是将多层铸范叠起成套，一次性铸造几个至几十个铸件。出土的东汉叠铸陶范的内浇口很薄，采用这种铸范时必须经过预热，才能使铁水流入并分布均匀。这一技术提高了浇注效率，增加了金属的实收率，适宜大量生产小型铸件和浇铸钱币。铸铁脱碳制钢工艺和"炒钢"技术是炼钢技术的重大进步，当时已能根据需要生产出不同含碳量的钢材。还将炒钢经过不断锻打，生产出含碳量高、杂质少、组织均匀的优质钢"百炼钢"。"百炼钢"有严格的工艺标准，以加热锻打折叠的次数分为"卅炼"或"五十炼"等。东汉时铁制的武器、工具、生活用具逐渐普及，无疑是冶金生产进步的结果。

西汉时已有纸的生产，在西安灞桥西汉早期墓等处曾出土麻类纤维薄片或纸片，但这类纸不适用于书写，因此直到东汉以前竹木简和缣帛仍是主要的书写用具。东汉和帝时，宦官蔡伦总结了前人的造纸经验，用树皮、麻头、破布、旧渔网为原料造纸，于元兴元年（105年）获得成功，此后这种"蔡侯纸"大量生产，推广运用。这种纸很快成为主要的书写用具，证明在纸浆的化学处理和漂白等工艺上已有了重大突破。造纸术不仅促进了中国文化的进步，也是中国人民对世界文明的巨大贡献。西晋太康年间（280—289年），造纸术传到朝鲜。隋大业六年

---

① 杨宽：《中国古代冶铁技术发展史》，上海人民出版社1982年版。
②《后汉书》卷31《杜诗列传》。

（610年），朝鲜和尚昙征将造纸术传至日本。唐天宝十载（751年）被大食（阿拉伯帝国）俘虏的唐朝士兵将造纸术传入阿拉伯，以后又由阿拉伯传入非洲、欧洲。

二、商业

《史记·货殖列传》反映了自战国后期至西汉前期商业发展的概貌，从中可以看出商品经济已在社会生活中占有重要地位，各地已有了不少特产进入商品流通领域：

> 夫山西饶材、竹、谷、𬬻、旄、玉石；山东多鱼、盐、漆、丝、声色；江南出楠、梓、姜、桂、金、锡、连、丹沙、犀、玳瑁、珠玑、齿革；龙门、碣石北多马、牛、羊、旃裘、筋角；铜、铁则千里往往山出棋置，此其大较也。皆中国人民所喜好，谣俗被服饮食奉生送死之具也。

这说明，这些商品与人民的日常生活已经有着密切的关系，而且已经形成了"农而食之，虞而出之，工而成之，商而通之"这样一个生产、流通网络。

此外，各地列为商品的还有卮、笋、旄牛、枣、栗、文采、布帛、皮革、鲍、果、布、巇、橘、荻、桑、麻、卮茜、韭，等等。从《汉书·地理志》《盐铁论》中还可证实，服装鞋帽、各类熟食、调味品、饮料、干果、工艺品、珠宝、奢侈品，包括来自边疆和境外的商品，都已进入市场。正因为商业的发达，一些大商人获得了丰厚的利润，拥有巨大的资产。

张骞通西域后，西域和境外各国的商人纷纷前来中原进行贸易。由于特殊的地理环境，西域一些绿洲国农业开发的余地有限，但处于漫长的交通线上，从事商业却有利可图，因而商人们不惜冒着生命危险，来往于汉朝与西域之间，维持着丝绸之路。西域的一些国家也有发达的商业，如大夏国"善贾市"，其都城蓝氏城"有市贩贾诸物"；大夏的市场上就有商人从身毒（印度）买来的邛竹杖和蜀布。① 西域的商人为迎合汉朝的大国心态，也为了自身的安全，都打着贡献的旗号；对这些"使者"，汉武帝往往还给予远远超过货物价值的赏赐。另一方面，汉朝派往西域的使者往往也兼做买卖，但国家在付出巨额开支后并没有得到任何经济利益。正因为如此，在汉武帝以后，汉朝就缺乏开展与西域贸易的积极性，民间商人又不能从事对西域的贸易，丝绸之路的商业利益基本都由西域商人垄断。

汉朝与匈奴、乌桓、鲜卑等族的贸易，都是由官方垄断的"关市"，即在指定的关卡进行物资交换，汉朝供应纺织品和除铁器以外的日用品，匈奴等族以牛羊等牲畜或畜产品偿付。但严禁商人与境外民族贸易，也不许官员、民众私自购买来自塞外的物品，违者要受法律制裁。对南方和西南的少数民族，一度也有贸易限制，但在设置郡县以后就与内地的贸易没有什么差别，并由以货易货的形式逐渐转变为使用货币的交易。

汉武帝后，南海外的商人也以贡献的名义来汉朝贸易。汉朝曾派"译长"与应募者携带黄金杂缯出海购买"明珠、璧流离、奇石异物"，并曾购回"大珠至围二寸以下"。② 这类官方采购自然不惜工本，但对正常的贸易并无什么促进作用，而民间也只能坐待外国商人送货上门。

与西汉时相比，东汉对商人的政策有了很大的转变，对商人限制、歧视的法律效用减弱，商业活动受到更多的保护，政府对盐铁的专卖也有所松弛，因而从事商业的人日益增多，弃农经商者也不在少数。王符在东汉中期称："今举俗舍本农，趋商贾，牛马车舆，填塞道路，游手为巧，充盈都邑，务本者少，浮食者众。""今察洛阳，资末业者什于农夫，虚伪游手什于末业。……天下百郡千县，市邑万数，类皆如此。"③具体数据显然有夸大，但商人的增加和商业的扩大是毫无疑问的。

---

① 《史记》卷123《大宛列传》。
② 《汉书》卷28《地理志》。
③ 《后汉书》卷49《王符传》。

西汉时，除了首都长安和周围的陵县外，主要的商业城市还有洛阳、邯郸（今河北邯郸）、临淄（今山东淄博东北）、宛（今河南南阳北）、成都（今四川成都），被称为"五都"。此外，西汉中期称得上"商贾之所臻，万物之所殖"①的商业城市还有蓟（今北京城区西南）、轵（今河南济源南）、平阳（今山西临汾西南）、陶（今山东定陶西北）、江陵（今湖北荆州江陵）、陈（今河南淮阳）、荥阳（今河南荥阳东北）、阳翟（今河南禹州）、番禺（今广东广州）等②。东汉时的情况大致相同，但洛阳成为全国最繁荣的商业城市，陶则因水路交通线的改变而衰落。

秦汉时的商业活动集中在城市和经济较发达的地区，广大农村主要还是自然经济和实物交换，对商业在整个社会经济生活中的作用不能估计过高。

第五节 区域特点

汉朝设置行政区域进行直接统治的面积已有约400万平方千米，加上西域都护府和周边少数民族地区则超过600万平方千米。自然环境的差异造成了政治、经济、文化、社会等人文因素，而人文因素也反过来影响自然环境的演变。正因为如此，自然地理区域的划分主要根据自然因素，如河西、江南、岭南等；而人文区域则主要决定于人文因素，如行政区划，政治、经济、文化中心，城市和乡村等。但两者相互有关，不能截然分割。我们在了解秦汉社会整体特点的同时，必须充分注意到不同地理区域间的差异。

一、首都和政治中心

从秦孝公十二年（前350年）开始营建，到秦朝灭亡，咸阳（在今

---

① 《盐铁论·力耕》。
② 《盐铁论·通有》。

陕西咸阳东北）经过130多年的陆续增建，已成为一个跨渭水两岸的大城市。秦始皇三十五年（前212年）又大规模扩建渭河南的阿房宫，直到秦亡时尚未完工①。

秦朝灭亡后，西楚霸王项羽的都城彭城（今江苏徐州）一度成为全国政治中心，但为时很短。

汉高祖二年（前205年），刘邦以秦国故都栎阳（今陕西临潼东北）为都。在此后的汉楚之争中，栎阳是刘邦的后方基地和行政中心。高祖五年（前202年）二月，刘邦即皇帝位，定都于雒阳（今河南洛阳东北），不久就采纳娄敬的建议迁都关中。

由于秦都咸阳已成废墟，刘邦与中央机构只得暂驻栎阳，一面建筑新都。新都的位置选在秦朝的长安乡，因而命名为长安。高祖七年（前200年）二月，长乐宫建成，丞相以下迁入长安。以后又建成了未央宫和其他官署，从汉惠帝元年至五年（前194—前190年），分几次筑成了环绕长安的城墙。

建成后的长安城平面呈斗形，四周城墙总长25.7千米，约合60里，总面积约36平方千米②。但城中大部分被宫室所占，民用生活区很小，所以随着人口的增加，在长安周围逐渐出现了一批新的城市——陵县，其中的茂陵县（今陕西兴平东北）的人口到西汉末年已超过长安。西汉后期，形成了一个以长安为中心的人口稠密的城市群。

长安地处关中盆地，地形四塞，易守难攻，对当时经济重心所在的关东而言，具有居高临下的有利地位，便于控制和镇压国内敌对势力

---

① 2002—2003年，中国社会科学院考古研究所等单位对陕西省西安市以西的阿房宫遗址进行了钻探和发掘。基本搞清了阿房宫前殿遗址的布局和范围，并发现了两个值得注意的现象：一是出土了不少秦代板瓦片、筒瓦片，但还未发现秦代宫殿建筑中最常见的也是必不可少的建筑材料瓦当及其残块；二是考古钻探和发掘中未发现阿房宫前殿被大火焚烧的痕迹。参见中国社会科学院考古研究所等：《西安市阿房宫遗址的考古新发现》，《考古》2004年第4期，第3—6页。

② 《中国大百科全书·考古学》"汉长安城遗址"条，中国大百科全书出版社1986年版。

的反抗。西汉的主要外敌是北方的匈奴,将首都建在相对接近于匈奴的关中,既能迫使自己加强防御,也有利于必要时出击。从政治上和军事上考虑,长安自然是最适当的选择。但长安的位置偏于西北,连接东方和南方的交通不便。特别是由于关中平原的面积不大,所产粮食不足以供养首都地区和西北边疆的人口,每年必须从关东输入大批粮食,从黄河、渭河逆流而上的运输非常困难,成为国家财政的沉重负担。

王莽时曾确定以长安为西都,以雒阳为东都,并准备迁都雒阳,但没有能实行。东汉建武元年(25年)二月刘秀称帝,同年二月定都雒阳。刘秀之所以选择雒阳,一方面是由于长安经过战乱后已残破不堪,更主要的还是因为雒阳更靠近自己的故乡和所依赖的政治基地——南阳(今河南南阳盆地一带)。也正因为如此,南阳郡的治所宛县(今河南南阳)在东汉被称为南都。

雒阳从东周开始就是首都所在,有"天下之中"的有利地位,交通便利,商业发达。东汉建都后,又进行了大规模兴建,成为全国最繁华的城市。据考古实测,雒阳城平面呈不规则的长方形,周长约14千米(如减去东汉以后增筑的小城,约12.74千米)。

雒阳周围虽也有些山河险阻,但封闭性远不如关中盆地,不利于防御国内的反抗。尽管东汉大部分没有出现分裂割据,但到关东的州郡联合讨伐董卓时,董卓虽有强兵却不能固守雒阳。伊洛盆地范围狭小,也不如关中平原,粮食和物资的自给程度更低。雒阳离西北边境更远,在防御外敌和经营边疆方面都有鞭长莫及之势。因此,雒阳在军事上、经济上都不如长安,东汉时对西域和西北边疆经常采取守势甚至退却,这与首都的位置离西北边疆过远不无关系。但便利的交通弥补了雒阳的不足,关东的粮食和其他物资可以源源不断地运入,充分保证了首都的需求,所以雒阳在经济上的繁荣程度超过了西汉时的长安。

初平元年(190年),董卓逼汉献帝迁都长安,雒阳作为东汉首都的165年历史就此结束。建安元年(196年)献帝逃回雒阳,但雒阳城已成废墟,无法居留。曹操乘机迎献帝至许(今河南许昌东),此后的24年,许是东汉名义上的首都,实际的政治中心已经转移到曹操的基地邺（今河北临漳西南）。

在首都以外的地区性政治中心一般就是各郡的治所，但在西汉前期还存在一些拥有数郡之地的诸侯王国，这些王国的都城往往成为跨郡的地区性政治中心，如吴国的都城吴（今江苏苏州）、齐国的都城临淄（今山东淄博东北）、楚国的都城彭城（今江苏徐州）等。东汉后期，州刺史的驻地逐渐成为本州范围内的政治中心。

二、经济、文化发达地区及其中心

秦汉时期，在经济中占主导和主要地位的是农业，商业和手工业的发展也是以富余的农副产品如粮食、油料、丝、麻、竹、木、药等为前提的。部分以矿物为原料的手工业如陶瓷、冶炼、盐业等虽可与产地有一定距离，但成品的运输和销售也是一个制约因素，所以一般也是在农业发达地区附近首先得到发展。正因为如此，当时的经济发达地区基本上也就是农业发达地区。

自战国后期至西汉前期，经济最发达的地区是关东。根据《史记·货殖列传》的说法，这一发达地区的西北界是从碣石至龙门，即由今渤海湾北部起，循燕山山脉南麓向西南，再越太行山，历汾水中游而至于黄河岸上的龙门，而其南界应在淮河流域，即淮河和长江之间[1]。《汉书·地理志》所载的铁官、盐官、工官等官营手工业机构，秦汉期间主要的工商业城市，大部分也集中在这一地区。

关东作为主要农业区的地位在秦朝已经确立，秦始皇经营西北，所用粮食就曾取之于黄（今山东龙口）、腄（今山东烟台福山区）、琅邪（今山东临沂大部和潍坊南部一带）[2]，而荥阳（今河南荥阳东北）附近的敖仓，更是积聚了大量关东生产的粮食，由此溯黄河西运[3]。西汉

---

[1] 史念海：《战国至唐初太行山东经济地区的发展》，载氏著《河山集》，生活·读书·新知三联书店1963年版，第132页。
[2]《汉书》卷64《主父偃传》。
[3]《水经·济水注》："济水又东迳敖山北，……秦置仓于其中。"

期间，由关东输往关中的粮食每年至少有数十万石，最多达到 600 万石①。东汉期间，随着南方的开发，关东的地位相对有所下降，但仍然是最主要的农业区。

这一地区以外，也有一些经济发达地区，如首都所在的关中，巴蜀的中心成都一带，河东（今山西西南部）等地，但一般面积不大，经济实力与关东不可同日而语。东汉期间，由于关中的衰落，关东的地位更显得重要。

秦朝统一的时间很短，尽管秦始皇采取了一系列措施，将天下豪富和他们的财富集中到首都咸阳，并推行中央集权，但咸阳的经济中心作用并不明显。长安作为西汉和王莽的首都 200 余年，由于从西汉初就不断迁入了关东的官僚、贵族、高赀富户，每年还有大批粮食和物资输入，集中了大量财富。司马迁在《史记·货殖列传》中称："故关中之地，于天下三分之一，而人众不过什三，然量其富，什居其六。"尽管不无夸大，但以长安为中心的关中是全国财富的集中地，应是不争的事实。在汉武帝加强了对货币和工商业的控制以后，长安的财政中心作用更加突出。但由于长安偏离全国的交通中心，运输不便，加上自然经济是当时的主要成分，长安对全国经济的影响并不很大。

东汉时，洛阳不仅具有政治上的统治地位，而且本身就是全国的交通中心和商业中心，所以成为名副其实的经济中心。

在战国后期，关东也是学术文化发达地区。商鞅变法后，秦国注重农战，崇尚法家，学术文化并没有随着国力的增强而提高，对秦国的政治、经济、文化作出重大贡献的人物几乎都是关东移民。秦始皇的文化专制政策和焚书坑儒，更使儒生、士人逃离，咸阳成为文化沙漠。

根据与学术文化有密切关系的各种因素如著名人物、士人、所出书籍、私家教授等方面的综合评估②，西汉时最发达的五个区域是：（1）齐鲁周卫地区，大致相当于今山东西部和中部、河南东部、江苏西北部；

---

① 《汉书》卷 24《食货志》。
② 卢云：《汉晋文化地理》，陕西人民教育出版社 1991 年版。

（2）河北西部地区，大致相当于今太行山东麓和河南北部；（3）三辅地区，主要集中在关中平原；（4）蜀郡周围地区，主要为成都平原及其周围地区；（5）淮南吴越地区，指淮南和今宁（波）绍（兴）平原以北的浙江和江苏南部。但如果以汉武帝时期为前后分界线的话，那么前期的发达地区还限于关东的三区，三辅和蜀地到后期才进入发达之列。

西汉前期，学术文化还延续了百家争鸣的传统，私学发达，并不存在占统治地位的学说学派。后期则因官方对儒家的尊崇和在长安设立专门培养五经博士的太学，三辅地区的地位有所提升，但全国的学术文化重心始终在齐鲁一带（今山东中西部），政治中心与文化中心并不一致。

东汉的文化发达区域为：（1）豫兖青徐司地区，即东起山东半岛东南，西至今河南西部，北起河南北部，南至淮河的范围；（2）三辅地区；（3）吴会地区，约相当于今江苏南部和浙江北部；（4）蜀地。这一格局是西汉的延续，又有所不同。但就发达程度而言，蜀地已超过了西汉时期，而三辅则有较大幅度的下降，而且一部分三辅籍学者实际已客居洛阳一带。此外，东汉的学术文化出现了向边远地区拓进的趋势，如凉州、并州和南方一些地方已有了明显的进步，出现了一些有全国影响的人物。值得注意的是，关东的影响依然是一项重要因素，这些人物大多有侨居关东或在关东接受教育的经历。

尽管齐鲁周卫地区依然是全国发达地区，但其东部的齐鲁梁宋一带的优势已经丧失，而关东西部的南阳、汝南、颍川、陈留、河南（今河南中南部、安徽西北部）迅速发展，成为全国的文化重心所在。一个重要的原因，是首都洛阳的影响随着儒家文化和官学的强化而不断加强，如太学的人数一度达到3万；同时洛阳地区从西汉以来一直是经济发达地区，又处于交通运输的中心，而齐鲁梁宋地区则由于交通线的改变使经济有所衰退。以洛阳为中心的全国学术文化重心地区与政治中心、经济中心完全一致，其政治、经济、文化互相促进，地位不断加强。

三、城市和乡村

秦汉时的城市一般就是县或县以上政区的治所，即首都、郡治、县治和东汉的州治（设在郡治或县治）。由于郡治都设在县治，县治的数量基本就是城市的数量。汉武帝以后的一些侯国不但范围很小，有的仅一乡之地，而且存在的时间很短，未必能形成城市，所以汉代的城市最多不会超过1500个。如果考虑到一些边疆地区的县治实际上只是一个军事据点，并不具有城市功能，那么只有1000—1200个。还有一些已废的县治或侯国，也筑有城墙，但大都不再具有城市的功能。

古代城市的重要标志是城墙。汉高祖六年（前201年）十月，下令天下县邑筑城。① 一般说来，城墙以内就是城市的范围，但有的城墙很长，所包围的范围内还有大片农田或空地。如汉初的梁孝王将国都睢阳的城墙扩展到70里长②，城中的土地显然不会都加以利用。城市中都有县或县以上行政机构的衙署、仓库、官吏的住宅和士卒的住处。东汉初全国有2000余所监狱③，估计当时每个县治至少有一所监狱，郡治则不止一所。城中还应有祭祀场所如祠、庙。郡治和一些发达的县治设有学校。秦汉时县令、县长在每年八月要"算民"，城中的百姓都要接受调查核对。

随着城市人口的增加，在有些城市的城墙之内无法容纳，已经扩展到了城外。特别是在首都、大城市的近郊，实际已成为城市的一部分。如班固《西都赋》描述了长安郊外的景观："若乃观其四郊，浮游近县，则南望杜、霸，北眺五陵，名都对郭，邑居相承。"可见一座座城市与郊外的"邑居"已经连成一片。《后汉书·郡国志》中记录了洛阳附近好几个聚、城，可能也是城市的扩展。

城市一般都是地区性的商品集散地，大中城市更是地区性的经济中心。大中城市中设有专门用于商业活动的"市"，大城市不只有一个市，如长安有九市。从文献记载和考古发现看，城市中的手工业作坊都比较集中。大中城市有宽阔的大街，小城市的干道也能容纳来往的车辆交

---

① 《汉书》卷1《高帝纪》。
② 《史记》卷58《梁孝王世家》注引《太康地理记》云"城方十三里"。
③ 《汉书》卷23《刑法志》。

会。干道一般铺设了陶质的下水道，或挖了排水明沟，有的还在两旁栽了树木。城市一般都是驿道所经，设有驿站和供过往人员息宿的传舍。

城市人口一般都很稠密。咸阳城的人口一度超过60万，以致不得不适当疏散。西汉中期临淄（今山东淄博东北）的人口曾达到10万户，比首都长安还多。《汉书·地理志》记载了10个县的户数，都在4万户以上，其中长安有80 800户。但县的户数中包括了县城以外的人口，所以城里的人口没有那么多。假定城外居住了1万户，则长安城内就有7万户，按全国每户平均4.67口计，居民在30万以上。① 其他9个城市也有近20万人口。首都和大城市还有很多流动人口，或虽已定居而户籍仍在原籍的人口，所以实际人口比登记数更多。东汉的情况大致相同。不过也有一些县城的人口很少，如西汉时人口最少的县仅一二千户，东汉时西北有一批郡的属县平均每县在千户以下，甚至不足500户。城市的主要人口是贵族、官吏、将士、官私奴婢、商人、手工业主、雇工、士人、游民。

城市以外，除了皇帝或官府所有的宫室苑囿、山泽、牧地外，都属于乡村。按人口疏密和开发程度，可分为"狭乡"和"宽乡"两类：前者人口稠密，土地已全部开垦；后者人口较稀少，人均耕地较多，或者还有大量可垦而未垦的土地。狭与宽是相对的，并无固定的标准。

乡村中主要是农田、牧地和住房，还有公共的祭祀场所。在乡村的基层机构里、亭、乡内，亭有固定的建筑物，供亭长办公、接待过往公务人员息宿或临时拘押人犯。里、乡一般也应该有固定的办公场所。乡村中还散布着一些聚、邑，是人口集中的居民点，有的聚、邑是古城或已废的县治、侯国，有的人口数量不亚于一个小县，但它们没有县一级的机构和功能，至多只相当于一个乡。乡村中的主要人口是农民（自耕农、雇农）、奴婢、徒附，还有贵族、地主、豪强和士人。

官僚、贵族、豪强、地主往往在乡村拥有田庄。如西汉末年刘秀的

---

① 按《汉书·地理志》，长安县的口数是24.6万，但这只是在首都有户籍者，并非全部人口。

舅父樊宏在湖阳（今河南唐河之西）的田庄有田300余顷，"其所起庐舍，皆有重堂高阁，陂渠灌注，又池鱼牧畜，有求必给"①。东汉期间，这样的大庄园更多，"豪人之室，连栋数百，膏田满野，奴婢千群，徒附万计"②。根据崔寔《四民月令》的记载，田庄中不仅有农林牧副各业，而且还设有学校，完全是一个自给自足的小社会。

四、地理区域

秦汉帝国幅员辽阔，内部地理条件差异很大，历史背景不同，形成一个个各具特色的自然和人文区域。主要区域如下述。

中国、中原　就外界而言，秦朝和汉朝都是中国，但在内部，中国的界线是很模糊的。除了黄河流域传统的中国以外，人们往往将南方新开发地区或边疆地区视为非中国；但相对于周边少数民族地区，这些地区的人又以中国自居。总的来说，随着经济文化的发展和开发程度的提高，中国的范围是在不断扩大的，西汉时还不认为是中国的地方，到东汉时可能就成了无可争议的中国范围。广义的中原等同于中国，狭义的中原则专指黄河中下游中心地区。

就文化而言，中国就等于华夏（汉）文化区，所以也是在不断扩大的。

关中（关西）、巴蜀、河西　狭义的关中指"汧（今千河）、雍（今陕西宝鸡市凤翔区之南）以东至河（今黄河）、华（山）"，即今关中盆地。广义的关中指函谷关（今河南灵宝东北）以西、除西域以外的全部汉朝疆域，包括关中盆地在内的今陕西、甘肃、宁夏、四川、贵州、云南及其境外。③对关东而言，关中又称为关西。

关中盆地以西的陇东、陇西曾是戎人地区，又接近边境，百姓富有尚武传统，"习修战备，高上气力，以射猎为先"，"六郡（天水、陇西、

---

① 《后汉书》卷32《樊宏列传》。
② 《后汉书》卷49《仲长统列传》。
③ 《史记》卷129《货殖列传》；《汉书》卷28《地理志》。本目以下同。

安定、北地、上郡、西河）良家子"[1]是汉朝精锐部队的主要来源，也是众多名将所出。"关西出将"，主要指这一地区。

巴蜀即今四川盆地，内部又分两区：蜀以成都平原为中心，巴以江州（今重庆市江北区）为中心。蜀地平原面积大，发展水平远高于巴。巴蜀开发历史悠久，都江堰等水利工程使成都平原拥有发达的农业，战国后期归入秦国后又迁入了大量人口，秦汉之际成为刘邦稳定的后方。巴蜀物产丰富，粮食自给有余，但"四塞"，交通运输不便，难以输出。这一条件使巴蜀在战时成为避难的乐土，也成为割据势力的基地，如两汉之际的公孙述、东汉末年的刘焉、刘备。

河西走廊的汉族移民到西汉中期才迁入，因农耕和畜牧都适宜，定居顺利。由于远离中原，不受战乱影响，加上开发余地大，往往有大量难民、流民迁入。但移民的文化素质很低，当地又缺乏汉文化传统，直到东汉中期才出现文化发展的迹象。

关东、淮南　关东也有广、狭二义，广义的关东泛指函谷关以东的全部范围，狭义的关东一般不包括江淮以南和燕山、碣石以北。

狭义的关东从春秋战国以来就是发达地区，秦汉时期在经济、文化上一直居于全国前列。但关东范围广大，内部又可分为多个亚区，差异不小。如《汉书·地理志》将关东分为魏、周、韩郑、齐、鲁、宋、卫等区和赵、燕二区的一部分。关东总体上说是农业最发达的地区，但各区之间也不平衡，平原、盆地、河谷一般优于丘陵山区，河流中游的平原一般又优于下游。

交通便利、农产品富余、盐铁等资源丰富，为商业、手工业的发达提供了有利条件，而地少人多又驱使更多的人从事商业、手工业。全国的工商城市、手工业中心集中在关东。

关东大部分地区处于黄河及其主要支流的下游，受黄河泛滥、改道的影响很大，水旱灾害也极易造成严重后果。随着人口的不断增加，耕地日益扩大，天然植被砍伐殆尽，生态环境趋于恶化。西汉后期和东汉

---

[1]《汉书》卷28《地理志》。

后期，关东的人口压力已相当严重，粮价往往为全国之最，一遇天灾就会出现大量灾民、流民，阶级矛盾尖锐，农民反抗频繁。

淮南指当时的淮河和长江之间，又称江淮之间，也是吴地的一部分。秦时还比较落后，西汉前期一直是诸侯王的封地，他们利用积聚的财富招引人才，有的诸侯王本人也有很高的文化素养，如淮南王刘安，因而使当地的学术文化出现了超常的繁荣。汉武帝时，至少有十余万越人迁入江淮之间，不仅增加了经济开发所必需的劳动力，还传播了越人先进的稻作技术，为淮南在此后保持比较先进的地位奠定了物质基础。寿春（今安徽寿县）、合肥（今合肥市）因处于南北相交的地理位置而成为地区性都会。

江南、江东 江南或泛指今长江以南，但更多的是指今湖南、湖北的江南部分和江西。由于自今安徽至江苏的长江折向东北，当时称今安徽、江苏的江南部分和浙江北部为江东。但这一区域内的山区还为越人（山越）所据，今浙江南部和福建也是越人地区，都不包括于江南或江东。

这一地区在秦朝以前属楚、越，但不是楚国的中心地，吴国、越国的辉煌已成过去，所以长期比较落后，大部分地广人稀，天然植被茂密，地势低平，气候暖湿，疾疫容易流行，"江南卑湿，丈夫早夭"，被中原人视为畏途。由于土地广，耕作粗放，当地人维持生存并不困难，但不易积累财富。江东有吴、越文化的基础，但与中原主流文化有很大差异，不为中原所重视。

随着中原人口的迁入和本地人外出游学，特别是两汉之际中原上层难民的居留，江东的文化有了较快进步，东汉开始跻入发达行列。东汉期间，江南、江东的人口有了大幅度的增长，标志着该地区的加速开发。农业的发展使江南、江东成为粮食输出地区，但人口密度还很低，经济实力也无法与发达地区相比。

岭南 岭南既可指南岭山地以南今广东、广西、海南和越南，也可仅指两广。西汉灭南越后，该区都属于交趾（交州）刺史部，因而又称交趾或交州。

被秦始皇征服以前，岭南长期是越人聚居区。秦朝迁入的中原移民在人口中占少数，因此一方面传播了中原文化，另一方面也吸收了越人文化，采取越人的生活方式。由于部族繁多，地广人稀，区域内发展极不平衡，而以今红河下游、珠江流域和浔江流域经济较为发达。秦朝和南越期间，珠江流域是地区中心所在。归入汉朝后，由于平原面积大、气候湿热、与内地有海路与水路联系，红河下游成为地区政治、经济的中心。

岭南的农业生产还相当落后，但航海发达，珍珠和海产贸易成为地方官和商人致富的手段。除了在两汉之际和东汉末年有中原避乱人士临时居留外，整个汉代都极少有中原移民迁入，岭南边疆只是作为政治犯的流放地。东汉时，在一些地方官的努力下，农业生产有了一定的进步，交通也有所改善，但尚未摆脱落后地位。

我们在了解当时社会的一般特点时，还应注意研究各区域的特殊条件，才能正确认识当时的真实情况。

第六节 社会阶层

与春秋战国时期的剧烈变革相比，秦汉时期的社会阶层是比较稳定的。除了商人的地位有较大的起落外，其他的阶层所处的地位基本没有什么变化。但由于世袭制、分封制和等级制的影响范围已经有限，所以对大多数人来说，从属于哪一阶层并不固定。

一、诸侯王、列侯、宗室

两汉开国皇帝的兄弟、部分子侄和皇帝的除太子外的儿子，一般被封为王，称为诸侯王或同姓诸侯王。西汉初，还有一些功臣、降将被封为王，称为异姓诸侯王。王国的名称以当地地名命名，如齐、楚、吴、东海、中山等。西汉前期，诸侯王的封地可以包括几个郡，郡一级的行政、司法、财政名义上仍归朝廷管辖，实际往往被诸侯王控制。吴楚七国之乱后，特别是武帝实行推恩法后，诸侯王的封地一般不超过一郡，并且日益缩小，他们只限于享受封地的租税收入，不再有任何行政权，而且在行动上受到各种限制，东汉的诸侯王也是如此。诸侯王的爵位是世袭的，一般由其太子继承，无后时往往被撤销。诸侯王有罪时的处罚包括减少封邑的户数、徙封较差的地方、降为列侯、削除爵位、监禁以至死刑，在统治集团内部的权力斗争中，涉及诸侯王"谋反"的大案时有发生，能够持续几代的王国并不多。诸侯王的收入主要用于个人享用和供养众多的妻妾，皇帝对亲近的诸侯王还有大量额外的赏赐。

汉代列侯的来源有功臣、外戚和王子几类，封邑可以是一县，也可以是一乡，从数百户至数万户不等，特殊情况下可以有几个县或不止一处。功臣侯中有很大的封邑，王子侯的封邑一般很小。封邑称为侯国，以当地的地名或取嘉名命名。列侯只能收取国内民户的租税，不拥有任何行政权。列侯可以世袭，但有罪时往往被削户或废除，所以尽管开国时封的列侯数以百计，多数侯国延续时间不长。

宗室即皇帝或其男性直系亲属的子孙后代。由于后妃、妻妾众多，享有各种特权，生活条件优越，西汉初刘邦兄弟三人，到元始年间（公元1—5年）宗室已有10余万人，其增长率大大高于同期总人口的增长率。朝廷设有"宗正"一职，由宗室成员担任，负责宗室的管理。各地每年上报户口时，要将宗室数另行列出，上报宗正。有罪的宗室，特别是犯了"谋反大逆"罪的，可以被削除族籍，但在一定条件下也可以恢复。秦汉的远支宗室并没有多少特权，对宗室的择业也没有什么限制，与平民无异，其中不乏生活贫困者。

二、官吏、豪强、大族

汉朝的官制基本沿袭秦朝，但数量增加了很多。西汉末年，从最高级的丞相至最低级的佐史，全国共有120 285人[①]。东汉时又有所增加。官吏按其俸禄高低分别职位的高下，其官等称为秩，以所受俸禄的粮食数量命名。除特级万石外，其余分为十六等，最高为中二千石，最低

---

① 《汉书》卷19《百官公卿表》。

为斗食。实际领受的俸禄，万石的大将军、三公每月350斛，中二千石180斛，最低的斗食只有11斛。从东汉延平元年（106年）起，俸禄的发放改为半钱半谷，中二千石每月得9000钱、谷72斛，一百石每月得800钱、谷4斛8斗。① 可见一百石以下的官吏的正常收入是很低的，只能勉强维持一个五口之家的温饱。低级官吏如果奉公守法，生活就会过得相当窘迫。如东汉时一位议曹展允，是一百石以下的吏，无力筹集二三万钱的结婚费用。②

官吏们的生活普遍优裕奢华，是因为他们拥有政治和经济特权，可以用合法或非法的手段获得田宅、奴婢，六百石以上的官员连与他们同居的亲属都可以免除赋役，三百石以上的官员可以免除本人赋役。高级官员还常常能得到皇帝的赏赐，退休后也享受部分俸禄。即使是最低级的吏，由于掌握着征发赋役、处理诉讼、追捕人犯等职权，也有各种获取额外收入的机会。官吏的贪污相当普遍，高官的贪污额动辄千万，甚至高达一亿或数亿。西汉末年的鲍宣曾总结出百姓有"七亡""七死"，其中因官吏贪赃枉法引起的就有"县官重责更赋租税""贪吏并公，受取不已""苛吏繇役，失农桑时"和"酷吏殴杀""治狱深刻""冤陷亡辜"等多种。③ 东汉吏治腐败，官吏对百姓的搜刮榨取更加严重。所以从理论上说，官吏应该是政权的维护者，实际一部分人却在削弱政权，导致王朝的覆灭。

大族和豪强并没有明确的定义或界限，但在秦汉的赋税制度和以小农经济为主的情况下，绝大多数农民不可能具备成为大族和豪强的条件。只有贵族、官员、儒生家庭才有这样的可能，而世家大族更是贵族和高官家族的专利。大家族的形成和存在一般需要三方面的条件：共同的财产、政治上的特权和儒家的伦理观念。豪强主要依靠政治势力和经济实力，一般说来，在中央集权巩固、吏治清明时较难形成和扩大，反

---

① 《后汉书》志28《百官五》。
② 《全后汉文》卷48《助展允婚教》。
③ 《汉书》卷72《鲍宣传》。

之则会迅速膨胀，豪强与大族的结合具有更大的破坏性。

西汉初的豪强和大族主要是六国贵族或其后裔，在关东拥有很大势力。西汉前期，不仅将关东的豪强大族不断迁至关中，将一些大族强制分散，还将打击地方豪强作为地方官的重要职责，所以这类豪强大族逐渐消亡。但一些功臣、列侯、外戚、高官、富商成了新的豪强，一些世代为官的家族繁衍成大族。到西汉后期，朝廷对豪强的打击和限制已形同虚设。

南阳和河北的豪族地主是刘秀的主要基础，所以东汉从一开始就对豪强、大族采取优容政策，对他们的兼并和隐匿田宅、户口，虽曾通过"度田"进行限制和打击，但收效不大，光武帝以后他们的势力迅速膨胀。东汉的豪强、大族无不大肆兼并土地，广设庄园，用各种方式占有大量人口，甚至修筑坞壁，拥有私人武装。一些豪族世代为官，把持地方或中央的选举权，形成"四世三公""门生故吏遍天下"的局面。有的世家大族通过传授经学，拥有数百上千，甚至一万多门徒。还有一些大族聚族而居，人口众多，在地方上左右一切。

东汉的豪强、大族不仅加重了对农民的剥削，加剧了阶级矛盾和社会矛盾，也大大削弱了中央集权，最终导致分裂割据。

三、商人、手工业主

秦始皇对商人的控制很严，商人必须编入市籍。后期的戍边制度规定，有市籍的商贾及其子孙，与犯罪的官吏、赘婿一样，都在谪戍之列。西汉从"重本抑末"出发继承了秦朝限制商人的政策，商人依然有市籍。汉高祖曾规定贾人不得衣丝乘车，还加重他们的租税，一般成年男女的120钱算赋，商人与奴婢一样必须加倍。[1] 但另一方面，"海内为一，开关梁，弛山泽之禁，是以富商大贾周流天下，交易之物莫不通，得其所欲"[2]，商业有了很大发展，大商人应运而生。如蜀临邛卓

---

[1]《汉书》卷2《惠帝纪》注引应劭曰。
[2]《史记》卷129《货殖列传》；《汉书》卷24《食货志》。本目以下同。

氏，利用铁矿冶炼，销区遍及滇蜀，有僮千人。南阳孔氏"大鼓铸，规陂池"，有数千金，可与诸侯王交接。曹邴氏以铁冶起家，借贷行商遍郡国，富至巨万。当时，"起富数千万"。子钱家无盐氏在吴楚七国之乱爆发，关东成败未决的情况下，以千金贷给长安列侯，一年间"息什倍，用此富埒关中"。许多贵族、官僚也从事商业，如邓通、吴王濞利用特权大量铸钱。但一般商人的社会地位很低，所以在致富后，都热衷于追求土地，兼吞农民，形成商人地主阶层。因而抑商法令并未起什么作用，"今法律贱商人，商人已富贵矣"。到汉武帝时，这类商人地主，"大者倾郡，中者倾县，下者倾乡里者，不可胜数"。

为了抑制商人势力，汉武帝不但禁止有市籍的商人拥有土地，还恢复了秦朝的谪戍制度，将有市籍的商人及其子孙都列入谪发对象。但对大量没有入市籍的商人，这些法令就无能为力。算缗和告缗的主要打击对象虽然是大中商人，但同时也造成了经济的衰退。而在实行盐铁官营、均输平准等统制经济的措施时，又不得不依靠一些大商人来主持，使商人、地主、官僚三者结合，所以不到十年告缗就不再实行。

东汉时，商人的市籍不见记载，其法律地位已有所改善。大商人在兼吞土地时更加肆无忌惮，他们与地主已合而为一，官僚贵族从事商业活动的也比比皆是了。

但大中商人的人数毕竟有限，商人中的大部分还是小商人。他们大多出身农民或城市贫民，是抑商政策的牺牲品，既没有兼吞土地的资产，也不能利用金钱来改变自己的地位，与广大农民没有本质区别。

手工业与商业同样属于"末业"，手工业主的地位与商人相似。商人往往兼营手工业，手工业主也自办销售，在多数情况下，两者并没有严格的区别。

四、农民（编户民、佃客、佣工）

农民占总人口的绝大部分，是当时社会生产力的主体，也是军人和劳役的主要来源。他们生产了社会主要财富，为帝国的维持提供了主要的物质基础。正因为如此，他们是户口统计的主体。所谓"编户齐民"

主要是对他们而言，农民是编户民的主体。

西汉初废除了秦朝的苛政，农民的负担大为减轻。原来背井离乡或沦为奴婢、加入军队的农民，都重新获得了田宅和爵位，成为拥有土地和合法身份的自耕农。由于旧的豪强大族受到了很大打击，新的地主势力还不大，土地兼并的现象不多，自耕农的地位比较稳定，促进了西汉前期农业经济的恢复与发展。

但分散的小农经济本身是相当脆弱的，难以抵挡天灾人祸的影响，更无法对抗商人、地主高利贷的盘剥和土地兼并。还在汉文帝时，自耕农就已处于相当穷困的状况，正如晁错所说：

> 今农夫五口之家，其服役者不下二人，其能耕者不过百亩，百亩之收不过百石。春耕夏耘，秋获冬藏，伐薪樵，治官府，给徭役；春不得避风尘，夏不得避暑热，秋不得避阴雨，冬不得避寒冻，四时之间亡日休息；又私自送往迎来，吊死问疾，养孤长幼在其中。勤苦如此，尚复被水旱之灾，急政暴赋，赋敛不时，朝令而暮改。当具有者半贾而卖，亡者取倍称之息，于是有卖田宅鬻子孙以偿责者矣。①

武帝以后，农民的赋役负担更重，土地兼吞日益严重，不少自耕农已丧失土地，成为官家或私人地主的佃客。佃客要向官府或田主交很高的地租，据内蒙古居延出土的汉简，屯田卒向官府上交的租率是每亩四斗，内地的私人地租肯定会更高，可能达到二分之一。佃客的身份依然是编户民，所以还要继续承担国家的赋税，包括兵役和劳役，所以往往因不堪重负而逃亡，成为流民。另一些破产农民成为庸（佣）工，受雇于私人和官府，从事农业、手工业、仆役或官方的劳役。庸工的劳动条件和生活待遇与奴婢并无明显区别，只是还有自由身份，日后有条件时可以返回故乡。

---

① 《汉书》卷24《食货志》。

大量农民的破产不仅破坏了农业生产，影响了社会稳定，大批流民的存在对统治阶级的安全也是严重的威胁，所以统治者也通过减免田租、复除徭役等办法来缓解矛盾，或者采取打击和限制豪强兼并的措施，使自耕农的破产有所抑制，有利于农业生产的恢复和发展，但无法从根本上解决问题。

五、奴婢、刑徒

奴婢可分为官奴婢和私奴婢两种。官奴婢的来源，一是罪犯本人和一些重罪犯的家属，依照当时的法律被没入官府为奴；另一类是战争中的俘虏，如平定吴楚七国之乱，对匈奴、羌的征伐，都曾有数以万计的俘虏被配为官奴婢。还有一些本来是私奴婢，由政府向其主人征集，或因主人犯罪而被没收入官，如在告缗中就有大量商人的私奴婢转变为官奴婢。官奴婢的用途很广，或在宫廷、官府服役，或在皇家苑囿饲养动物，或在边区牧苑养马，或在官府的手工业作坊做工、挽河漕、筑城、修陵墓等。但有相当一部分官奴婢只在宫内或首都服役，由于人数太多，无事可做，西汉元帝时就有10万余人"戏游亡事"，"岁费五六巨万"[1]。他们不仅不生产，还耗费国库，成为社会的负担。官奴婢的总数估计不超过二三十万。

私奴婢的主要来源是破产的农民，或不得不自卖为奴，或被人掠卖为奴，还有的是先被卖为"赘子"，满三年后无钱赎还，沦为奴婢[2]。皇帝常将官奴婢赏赐给贵族官僚，使这些官奴婢转变为私奴婢。出征的将士往往将俘虏隐匿，充当自己的奴婢，或出卖获利。私奴婢的另一个来源是边疆的少数民族，如来自西南夷的僰僮，内迁的匈奴人和羌人，都是富人、官僚购买的对象。拥有私奴婢的人也往往将他们当作礼品赠送给朋友或上司，或像商品一样进行买卖。市场上出卖奴婢，"与牛马同

---

[1]《汉书》卷72《贡禹传》。
[2]《汉书》卷64《严助传》注引如淳曰。

兰（栏）"①，一般每个奴婢的价格一二万钱；有的主人为卖高价，为奴婢穿戴装饰。专营奴婢买卖的商人应运而生，获利颇丰。

尽管法律规定杀死奴婢有罪，但实际上并不严格执行。奴婢的子女仍为奴婢，奴婢与平民所生子女一般也不能脱离奴婢身份。如卫青是其父郑季与阳信长公主的家僮卫媪私通所生，被父亲带回家后，"父使牧羊，民母之子皆奴畜之，不以为兄弟数"②。除了改朝换代时期，官私奴婢中只有极少数人才有获得释放的可能。但官私奴婢中都有少数上层分子或受豪强地主信用的"豪奴"，已成为统治者和剥削者的一部分。

私奴婢除了在主人家中做家务服务，或供主人娱乐外，还从事农业、手工业、畜牧或商业，为主人牟利。虽然史料中不乏个人拥有家僮数百上千人的记载，但一般官员或私人地主不可能有很多奴婢，所以奴婢在整个社会生产中的作用是有限的。

刑徒是经判决后服徒刑的犯人，与官奴婢不同的是，他们有一定的刑期。在一般情况下，刑满后可以得到释放。官府将刑徒用于制盐、冶铁、采矿、伐木、建筑、修桥、筑路、建陵墓，不仅劳动繁重，而且往往具有很大的危险性。还有不少刑徒在官府的手工作坊和边疆地区的屯垦区中服役。据《汉书·刑法志》，西汉后期每年被判死刑以外刑罚的约占总人口的千分之三，如果其中有一半充作刑徒，每年就会有十万余新刑徒，刑徒的总数应有数十万。

第七节　社会生活和风尚

随着生产力的提高和社会积累的增加，秦汉时期的物质生活有了较大的进步。春秋战国时期的社会风尚依然有很大的影响，但皇权的确立、国家的统一、等级制度和儒家礼教的逐步强化，使生活方式和风俗习惯发生了明显的变化。

---

① 《汉书》卷99《王莽传》。
② 《汉书》卷55《卫青传》。

一、居住

皇帝及其家属居住在宫殿内。秦始皇每灭一诸侯国，就要模仿它的宫殿在咸阳附近另建一座，以致在关中有宫室300座，关外有400余座。而直到秦亡也没有完全建成的阿房宫是最大的一座。西汉初在长安建有未央宫、长乐宫，到武帝时又大事兴建，在关中各地建造和修复的宫殿不下数十座。宫中建有殿、台、阁，未央宫中就有40多个。还有供皇室玩赏、游乐、射猎的苑囿，最大的是长安南郊的上林苑，地跨数县。东汉迁都后，也在洛阳城内建筑了大量宫殿，其中的德阳殿规模宏大，不亚于阿房、未央。洛阳城的西南郊也建有上林苑。除首都外，皇帝经常巡游的地方还建有离宫别馆。

秦和西汉很少建楼，宫殿一般建在土垒的高台上。但西汉时宫殿上部的木结构已能保持稳定，东汉时逐渐废弃高台建筑，代之以大量采用斗拱抬梁式木结构的楼阁。墙壁一般用版筑夯土，外涂朱红色细泥沙，或刷成白色，或绘图，或挂上文锦"壁衣"。后宫的温室，墙壁涂上椒，称为"椒宫"。地面除抹草泥外，已多采用铺地方砖和空心砖踏步。砖上涂漆，涂为红色的即称为"丹墀"。建筑物还使用了许多大型金属构件。有的宫殿之间建有封闭式的"复道"或高架的"阁道"。

诸侯王居住在王国都城的宫殿内，有的也有很大的规模，并建有苑囿，如汉初的梁孝王，但一般不能超过规定的限度。

贵族、官僚和富人的府第一般都有坐北朝南、宽敞高大的堂屋和后房，能够通行车马的大门，还有楼阁亭台，院中一般有车房、马厩、厨房、仓库和奴婢僮仆住房。一般民宅是一堂二室（一堂二内），即一间堂屋，二间卧室，大都采用木结构，墙壁用夯土或土坯，屋顶用悬山式顶或囤顶。贫民只能住茅屋草庐，随地取材，用木板、竹子、茅草搭建。更穷的人只能住牛舍、瓜棚或洞穴。

室内铺席，供坐（跪坐），质地则因贫富而异，从粗竹席、草席，直到貂皮、熊皮。当时的床较矮，木制，铺上席，供睡眠。卧具有枕、被、褥。榻比床更矮而窄，也铺席，用于单人或多人坐。当时尚无桌椅，都是席地而坐，席上有几，供人凭几（即半躺半坐）休息。富裕家庭则还有帷帐、屏风、承尘、灯烛、香炉、唾壶、笥（竹箱）和各种器皿。

北方的游牧民族为适应迁徙的需要，住穹庐，即以动物皮毛制成的半圆形顶的帐篷，大小则因身份或贫富而异。但西汉时，在汉人的影响下，匈奴已开始筑城建房，可能有少数人已住进房屋。还有些民族过着穴居生活，如东北的挹娄，"常为穴居，以深为贵，大家至接九梯"[①]。南方的很多少数民族采用干栏式建筑，将住房建在竹子或木材支架上，以避免潮湿和蛇虫野兽的伤害。

二、饮食

秦汉人的饮食以五谷蔬菜为主，平民一般都是一日二餐，即早、晚各一次。富人则一日三餐或四餐，皇帝一日四餐。一般的主食是豆、麦、黍、稷，自西汉后黄河流域已以麦为主，南方则以稻米为主。主要的做法有：饼，将麦磨成面后和水捏成圆形蒸熟，或在火上烤熟，或切成小片在沸水中煮熟，当时还不会发酵。饭，用麦、豆或粟、稷、稻蒸、煮，为便于携带或储存，也做成干饭，穷人常以豆做饭。粥，以麦或豆煮成稀饭。蔬菜有葵、葱、韭菜、白菜、大蒜、芹菜、葫芦、芋头、笋、藕以及由西域传来的胡萝卜、胡瓜（黄瓜）、菠菜等。因豆类丰富，除做成豆羹外，还以豆制成与酱类似的豉。西汉时制成了豆腐，发明者据说是淮南王刘安及其幕僚。

除贵族、富人外，一般人平时很少吃肉，逢祭祀才吃肉。但与先秦时相比，吃肉的人数和次数还是在逐渐增加，反映了生产的进步。肉类主要来自六畜：马、牛、羊、猪、狗、鸡。但马较贵重，轻易不宰杀；牛是农业和交通的主要畜力，官府还不时禁止屠宰；猪、狗是主要肉食，鸡和鸡蛋最为普遍。此外，还食用各种飞禽走兽、野味、鱼类、水产、海味。

[①]《后汉书》卷85《东夷列传》。

烹调方法较多，主要有：羹，以肉类为主煮成的浓汤；炙，以肉类或鱼类烤制；濯，将食物放在沸水中煮熟，或在热油中炸熟；蒸，在封闭容器中用水蒸气将食物煮熟；炮，将兽肉用泥包裹，放在火上烧烤；脍，生鱼肉切细而食；脯，腌制晒干的肉类或动物内脏；腊，将肉类烘烤至干，或烘烤后再晒干；鲍，臭咸鱼。醢，肉酱。鮨，鱼酱。菹，以瓜、菜腌制成的酱菜。

主要的炊具有灶，大致与今农村中烧柴草的灶相似，有灶门和烟囱。煮食物用甑，蒸食物用釜，一般以陶制，也有铜制或铁制。燃料主要用柴草、作物秸秆、豆萁等，也用牛粪。一般餐具如碗、盘、耳杯等都用陶器，富人用漆器，更奢侈的用铜、银、金、玉器。还有各种酒具。进食时用箸（筷）、匙（匕）。因当时没有桌子，碗、盘等放在案上。案大都为木制，有隔水边沿，多为长方形或方形，一般长约1米，宽约半米，"举案齐眉"是极其尊重对方的礼节。富人用的案更大，有的还配上精美的装饰。

饮酒已很普遍，从宫廷到民间，在祭祀、节庆或重大场合都饮酒。妇女也普遍饮酒。[①]但汉朝法律仍然禁止三人以上无故一起饮酒[②]，所以逢登基等喜庆，皇帝常赐"女子百户牛酒，酺五日"[③]，容许百姓聚在一起饮酒。由于酿酒要消耗粮食，遇到歉收，皇帝或地方官常常下令禁止酿酒或饮酒。常用的饮料还有浆，以米粉或面粉调水制成。东汉时，南方一些地方已开始饮茶。

供食用的水果，除了有传统的桃、李、杏、梅、橘、橙、柿、甜瓜、西瓜外，还增加了来自西域的葡萄、石榴，来自岭南的龙眼、荔枝。干果则有枣、栗、菱、木瓜和来自西域的胡桃等。《后汉书》中关于岭南新鲜龙眼、荔枝接力运送洛阳的记载，马王堆一号汉墓中出土的

---

① 如光武帝回故乡时"置酒作乐"，"宗室诸母"都饮至"醺悦"，见《后汉书》卷1《光武帝纪》。又皇帝常赐"女子百户牛酒"。
②《汉书》卷4《文帝纪》注引文颖曰。
③《史记》卷10《孝文本纪》。

甜瓜子,都证明了当时上层人士对水果的需求。而瓜、菜、桑葚、水产等也成为贫民、灾民渡过饥荒的食物。

匈奴等牧业民族的主食是牛羊肉和奶酪,但随着与汉族交换的扩大和引种,粮食已在主食中占了一定的比例。南方少数民族的主食是稻米等谷物,沿海和水网地带的民族较多食用鱼类等水产品。

三、服饰

春秋战国时,等级观念在服饰上已有明显的反映。秦朝以后,自皇帝、百官至百姓的服饰都已有明确的制度,体现了严格的身份和等级差别。东汉时,冠服制度更加严密,以致在《续汉书》中有了专门记载这类制度的《舆服志》。但实际生活中也存在不少不遵守制度的现象,尤其是在非正式场合。如西汉时曾规定商贾、奴婢不许用"绣衣丝履",而实际上富商照用不误,连有的奴婢也穿锦绣丝绸的衣服。另一方面,一些官吏也往往不按规定的级别穿衣,或者不穿官服。

秦汉时的纺织品主要以麻类和丝类为原料。平民一般用麻类、粗纺、本色或单色的料子,富人贵族多用丝类、精纺、彩色织物,织成或绣上花纹、图案,用珠、玉、金、银等加以装饰。

秦始皇规定,衣服以黑色为上,官员的帽子高六寸。皇帝平时戴"通天冠",高九寸。刘邦创制了"刘氏冠",又称长冠,高七寸,宽三寸,以后成为祭服,但臣民也戴。西汉的冠服也尚黑色,基本承袭秦制。东汉时,皇帝的冠服改用红色为上,祭服开始用旒冕。贵族、官僚的冠服一般都讲究峨冠博带、宽衣大袖;妇女则长衣曳地,以示高贵,也为了穿着舒适。上朝、祭祀或公务时所穿衣服的式样、花纹、图案必须符合自己的级别。皇帝的衣服可用日月星辰、山龙华(花)虫、藻火粉米这十二章(种)花纹,三公、诸侯用九章,九卿以下用七章。帽子也有规定,如诸王戴远游冠;皇帝的近臣戴高山冠;文官一般戴进贤冠,但不同等级有不同的梁,公侯三梁,而博士以下的儒生只有一梁;执法的官员戴法冠;武官戴武冠;等等。

常服的式样差别较小。外衣有襟无领,内衣有领,一般人穿圆领,学者穿方领。上身所穿称衣，下身所穿称裳，即裙，上下身连在一起的称为深衣，或袍。单层薄长袍称禅衣，一般为富人、贵族所穿。马王堆汉墓出土的素纱禅衣衣长 128 厘米，袖长 190 厘米，重仅 49 克。襜褕较禅衣宽大，质料厚重，或用皮毛，可作御寒外衣，但只能作日常便服。袍是有夹里的长衣，又称复衣，充以丝绵即成棉袍。内衣，单的称衫，贴身穿，类似今汗衫、背心；夹的称襦。短外衣有襦，是长至膝上的绵夹衣；另一种夹上衣称为袭。下身穿绔（裤子），贵族子弟大都用纨，故称"纨绔子弟"。汉代男子所穿绔有裆，女子无裆，但一般妇女都穿裙。

单底鞋子称履，分别以革、丝、麻制成，穷人一般用麻制，或穿草鞋。履下有木底的称为舄，用于礼仪场合或在湿地行走。以木为主的鞋子称为屐，有的也加上帛面，屐较舄轻便，适宜长途行走。袜子用羊皮、帛、绢等制作，上端系带，一般为白色，祭祀时用红色。当时进门习惯脱鞋，在屋内仅穿袜子。官员上朝也要脱鞋，只有极个别大臣经皇帝特许"剑履"上殿。谢罪时要"徒跣"，即脱去鞋袜，男子还要免冠，女子则要摘去簪珥。

但穷人往往衣不蔽体，更无鞋袜，常年赤脚。有的穿以麻绳编成的衣服，称为"牛衣"。甚至在冬天还无裤子穿，躺在草内御寒。

军人有专用的服装，不同的兵种、级别有不同的式样、颜色。为适应战斗和训练的需要，一般都要求紧身，行动自如，有保护性，内穿战袍，外披铠甲，用料大多是皮革、麻、铁。秦兵马俑为我们提供了当时军服的实例。

犯人的囚服规定为赭色，"赭衣塞路"表示犯人之多。但汉朝在边疆屯垦区的刑徒不一定穿赭衣。丧服都为白色，称为"缟素"。但平民和低级官吏往往穿白衣，戴白帻，所以"白衣"成为庶人或无官职的代名词。

少数民族的服饰种类繁多，但限于物质条件，一般都较简易，用料也较差。北方游牧民族一般都是短衣窄袖，左衽，多用皮毛。与汉族互市后，输入纺织品，上层人士也用丝绸。随着匈奴、羌等族和西域诸族人口的内迁，他们的服饰也影响汉族，东汉末年，汉灵帝特别爱好胡服，京师贵戚竞相仿效。

四、出行

主要的陆上交通运输工具，除马、驴、骡、骆驼等乘骑外，还有车。车有马车和牛车，前者较小，用以载人；后者较大，但速度慢，主要用以载物。但在战争或战后马缺少时，牛车也用于载人，西汉初连将相也乘牛车。平民只图便宜，经常乘牛车。法律规定贾人不得乘马车，但实际上无法加以限制。

车辆与衣冠一样，规格和装饰也有明显的等级差别。皇帝用车称乘舆，由金根车和作为副车的五辆安车、五辆立车组成，安车可坐，立车可立。金根车是皇帝的专用车，皇太后也只在备法驾时才能使用。皇帝的座车用六匹马拉，其余的车用四匹马。皇帝举行最隆重的仪式时用乘舆大驾，由公卿引导，太仆驾车，大将军参乘，用81辆属车，备"千乘万骑"。一般情况下用法驾，引导和驾车、参乘的级别相应降低，属车36辆，仪仗队人数也相应减少。此外还有耕车、戎车、猎车，供皇帝在不同场合使用。皇太后在平时及公主、妃嫔等用各种辎车，四面都有帷帐。皇太子、大臣直到低级官员都乘安车，但车盖、车幡的颜色和尺寸都有不同的规格。官员的夫人参加朝会等活动时可以乘丈夫的安车，加挂帷帐；平时只能乘辎车。皇帝在征召人员进京时，为表示尊重，也用安车。各类车上的花纹、旗幡和装饰的类型都有严格规定。

一般官吏和富人乘轺车，是一种无顶盖、无帷帐的小车，一般立乘。需要坐卧休息，或携带物品时乘辎车或辎车，辎车有篷。

西汉晚期出现了用人力推行的独轮车，称为鹿车。鹿车除用于载物，还供老弱妇孺乘用。诸葛亮用于运粮的"木牛流马"，就是一种经过改良的独轮车，便于在山路行驶。

水上的主要运输工具是船。由于皇帝、官员很少坐船，礼仪制度还没有扩展到船舶上。但秦始皇、汉武帝在巡游中都曾动用过大批船只。当时常用的船长约20米，载重量五六百斛，即25—30吨。据《史记·平准书》记载，最大的"楼船"高十余丈。民间和渔民使用的船当然要小得多，独木舟、木筏、竹筏、皮筏也有使用。在广州发现的一处秦汉造船工场遗址有三个平行的船台，由枕木、滑板和木墩组成，滑道的宽度可以调节，这证明，当时可以同时成批生产不同规格的船只。

贫民限于经济条件，外出时一般步行，负重和长途跋涉时也不例外。

皇帝出行时宿在离宫、行宫，贵族、官员因公外出时可在官方邮驿系统的传舍和亭中休息住宿。各郡在首都设有相当于办事处和招待所的郡邸，接待本地赴京公出人员，有时也可供本地在京人士住宿。东汉时首都设有接待各地公务来京的官吏（如上计吏）的馆舍。各地有私人开设的"逆旅"，供平民住宿，官员因私外出时一般也住逆旅。贫民无钱支付逆旅的费用，只能寻找免费寄宿的场所，甚或露宿。

五、婚丧习俗

除少数例外，婚姻一般是以相应的社会地位和经济实力为基础的。婚仪大致遵照自先秦以来的礼仪"六礼"，即纳采、问名、纳吉、纳征、请期、迎亲，尽管只有少数贵族、官僚能严格执行。

从理论上说，婚姻大事是应由家长决定的，但当时本人还有较大的决定权，甚至女性也能自己择偶，不过婚姻双方的意向明确后还需要媒人作为中介。多数家庭要经过占卜，确定吉凶，才能最后同意。接着由男方送聘礼，其价值、丰厚程度必须与其政治、经济地位相称，至少要为女方所接受。西汉中期以后，聘礼的价格有越来越高的趋势，使很多男方家庭不胜负担。而一些女方家庭以嫁女牟利，甚至出现"一女许数家"的丑闻①。但富人嫁女也会备下丰厚的嫁妆，如卓王孙给女儿文君"僮百人、钱百万"②。最后才是迎亲。

与等级观念和儒家礼教强化后的朝代相比，当时的婚姻还有一定的

---

① 《潜夫论·听讼》。
② 《史记》卷117《司马相如列传》。

自由。如卓文君是私奔与司马相如结合的,但父亲奈何她不得,只能承认现实。孙坚的妻子吴氏可以在家族强烈反对的情况下,自作主张与孙坚结婚。① 寡妇再嫁,男子娶再嫁的寡妇,婚外的性关系,非婚生子女,娶异族妇女等现象不在少数,一般也不会受到舆论的指责。

尽管大多数人是一夫一妻,但由于皇帝、贵族、官僚可以合法地实行多妻制,所以实际上只要有供养能力,平民都可以多妻。一妻多夫的现象较少,但在某些地区依然存在。近亲通婚、长晚辈之间通婚,在上层相当普遍,估计在平民中也会如此。

秦汉时,一般人的观念是"视死如生",将死者看成生命在另一个世界的延续,所以只要有条件,都实行厚葬。

秦始皇即位之初就在骊山(今陕西临潼境内)为自己建陵,"穿三泉,下铜而致椁,宫观百官奇器珍怪徙臧满之。……以水银为百川江河大海,机相灌输,上具天文,下具地理。以人鱼膏为烛,度不灭者久之"。在下葬后就将墓门封闭,"树草木以象山"。② 根据对现存秦始皇陵的考察和测定,这些记载是完全可信的。汉朝的皇帝也都是即位后就开始建陵,并将大量珍宝作为陪葬品埋入陵中。汉武帝在位时间长,到死时他的茂陵中已无法容纳更多的物品,虽经赤眉军发掘,但直到西晋末还"珠玉未尽",连号称节俭的文帝的霸陵和宣帝的杜陵也使盗墓者"多获珍宝"。③ 东汉的帝陵规模较小,不如西汉那样奢侈。诸侯王、贵族、官僚的墓也都有很大的墓室,从已经发掘的长沙马王堆汉墓(列侯)、河北满城中山王墓和江苏徐州楚王墓等均可证实。

棺椁的大小和层数,自天子以下按级别递减。天子要三棺三椁。最高的级别是"黄肠题凑",用于天子、诸侯王,即用黄心的柏木("黄肠")排列在棺外,木头都内向,称为"题凑"。1975年在北京大葆台西汉广阳顷王刘建墓发现了完整的"黄肠题凑",用 15 880 根长方木条

---

① 《三国志》卷50《吴书·妃嫔传》。
② 《史记》卷6《秦始皇本纪》。
③ 《晋书》卷60《索琳传》。

在墓室外回廊内侧堆垒而成。贫民只能用椟（小棺），甚至以席卷尸，或弃之野外。

死者不仅要与生前一样穿上衣服，天子、诸侯王、贵族还要用金缕玉衣、银缕玉衣或铜缕玉衣。目前已发现多种实物，如中山王刘胜墓中一件金缕玉衣，全长188厘米，用玉2498片，均按身体部位设计为不同大小和形状，玉片角上穿孔，以金丝缀连，共用金丝1100克。此外还有各类衣、被、食品、日用品、艺术品随葬。除个别特殊情况外，已不用人殉葬。

人死后，要沐浴饭含，口中放上珠贝玉石。随后发丧（宣布死讯），接受死者亲友吊唁。贵族、大臣死后，皇帝会遣使持节吊祭，特殊情况还亲临其丧，或辍朝三日以示哀悼，或赐东园秘器（棺材）、墓地、钱财、随葬品和仪仗。皇帝停尸的时间自七日至十余日不等，其他人一般要更短。送葬以人多为荣，一般为亲友、邻里，官僚还有下属、门生故吏。皇帝常派羽林军或军车为贵族、大臣送葬，东汉后也有皇帝亲自送葬。当时流行归葬，战死或客死他乡的，一般都要葬回故乡，为此不惜"破家碎业"，千里迎丧或朋友送丧归葬传为佳话。

由于认为死者有知，西汉起为历代帝王名臣墓置守冢户。皇帝死后建庙，陵旁设寝殿，一些太后、皇后、太子也设寝园，供祭祀用。汉高祖已有高帝庙，惠帝时又建原庙。除了在诸陵的宗庙外，各诸侯王都建有太上皇庙，各郡国建有汉高祖的"太祖庙"，汉文帝和汉武帝生前巡幸过的郡国建"大宗庙""世祖庙"。到汉元帝时，在68个郡国有祖宗庙167所，加上京师的宗庙，共有176所。日祭于寝，月祭于庙，四时祭于便殿。寝中每天要上食四次，起居用具一应齐全，宫女们要像生前一样清扫伺奉。庙中每年要举行25次祭祀。合计每年要上食24 455次，用卫士45 129人、祝宰和乐人12 147人，还有大批饲养、屠宰、炊事人员。元帝以后才有所减少。[①] 东汉后，每年正月，皇帝要率百官上陵，并由各郡国的上计吏向先帝汇报各地的谷价等情况。普通人家也

---

① 《汉书》卷73《韦贤传》；《后汉书·祭祀志》。

要经常上冢，外出时要辞墓。东汉后，盛行儿子为父母"庐墓"（居丧期间在墓旁筑庐居住），并以超过规定时间为孝为荣。甚至有人在安葬父母后不封闭墓道，在墓中住了20余年，结果被人发现在此期间居然生了5个子女①，成为对虚伪孝道的极大讽刺。

六、祭祀、信仰、宗教

先秦盛行多神崇拜，各王国、各地的崇拜和祭祀对象极多，秦汉时朝廷作了统一规定，但各地保留的神祇还很多。

秦始皇令祠官确定了经常性祭祀的"天地"名山大川"鬼神"和礼仪。关东有五名山：太室（嵩山）、恒山、泰山、会稽、湘山；二大川：济水、淮水。华山以西有七名山：华山、薄山（衰山）、岳山、岐山、吴岳、鸿冢、渎山（汶山）；水四：河、沔、湫渊、江水。关中及咸阳附近的一些小山川也被列入祭祀。在秦的故都雍，有日、月、参、辰、南北斗、荧惑、太白、岁星、填星、辰星、二十八宿、风伯、雨师、四海、九臣、十四臣、诸布、诸严、诸逑（述）等百余庙，在西县（今甘肃天水市西南）也有数十祠，各地还有名目繁多的祠庙，但其中最受重视的是雍的"四畤"和陈宝祠。②至于各地不归官方祝官奉祀的神祠不可胜数。

汉朝在秦的基础上又有增加，如还在楚汉相峙时，刘邦就在四帝（白、青、黄、赤）之外增黑帝，合为五帝，又下诏："吾甚重祠而敬祭。今上帝之祭及山川诸神当祠者，各以其时礼祠之如故。"定都长安后，又增加了大批祝官和来自各地的女巫，祭祀的对象有包括秦二世在内的20多个。以后各帝继续增加，到汉武帝、宣帝时达到高峰，元帝后才逐渐减少。但由于君臣普遍迷信，一遇天灾、皇帝无嗣或患病，就立即恢复废除的祠庙，所以到哀帝时，全国由祠官奉祀的神祠还有700

---

① 《后汉书》卷66《陈蕃传》。
② 《史记》卷28《封禅书》。本目以下同。

多所，每年祭祀达 37 000 次。①

多神崇拜还反映在人们对巫术、龟卜、占梦、相术、望气的信仰上。如巫术用于"厌诅"，成为宫廷和政坛权力斗争的常用手段，汉武帝时多次发生涉及皇后、太子、丞相等大臣的这类大案，此后及东汉也屡见不鲜。朝廷遇到重大事件仍用龟卜，因而在太史待诏中就有三人专司其职。民间遇事占卜就更普遍。占梦是一种职业，从史料中还保存的一些占梦得到证实的例子看，当时人对占梦的解释一般都很相信。相术十分流行，皇帝、后妃、太子、大臣、大将、名人被相者预言并得到证实的事例比比皆是。虽然其中一部分完全可能出于伪造，但当时人对相术的信仰是无可置疑的。所谓"望气"，就是有人声称可以在天空中望见"天子气""王气""神气""兵气"等，用以预测将发生的事件或出现的人物，尽管更加虚无缥缈，却往往能影响政局。《后汉书·方术列传》列举的方术，还有风角、遁甲、七政、元气、六日七分、逢占、日者、挺专、须臾、孤虚等多种。由于汉武帝喜爱方术，时人纷纷迎合，一时成风。以后王莽擅长伪造符命，汉光武帝又笃信图谶，士人趋之若鹜。

所谓"图谶"，据说是古代圣贤留下的隐含着对历史发展和未来祸福预测的图形或文字，实际都是出于后人的附会和伪造。谶，往往是非常简单的一句话或若干字，需要作符合于作者目的的解释。纬书本是对儒家经典的解释，由于对谶语的解释往往要求助于儒家圣贤，一些专为谶语作注释而伪造的纬书也应运而生，所以人们将图谶和纬书合称为"谶纬"或"谶纬之学"。符，则编造得更加直截了当，假借"天意"制造舆论，如所谓"赤伏符"就三句话："刘秀发兵捕不道，四夷云集龙斗野，四七之际火为主。"正因为图谶在刘秀夺取政权的过程中起过不小的作用，所以他即位后奉之为神明，甚至要将不相信图谶的学者桓谭斩首。东汉一代，图谶和谶纬之学长盛不衰。

方士在先秦就已产生，尤其集中于青、齐滨海地区（今山东半岛

---

① 《汉书》卷 25《郊祀志》。

沿海）。方士的种类很多，神仙家是其中一支。青、齐一带近海多岛屿，海滨又能看到海市蜃楼，在科学不发达的时代就使人们产生了在海上存在着一个神仙世界的幻觉，认为神仙都能长生不老。当时的医学已经懂得了某些药物具有延年益寿的作用，神仙家们因此就认为，神仙之所以能长生不老是服用了某种药物的结果，所以致力于制造或寻求长生不老药。秦始皇为了寻找"不死药"曾多次派方士出海求仙，或设法炼造，耗费巨万，并听从方士建议，自称"真人"，在宫中深居简出，结果自然一无所获。汉武帝时方士又大受信用，他们的手法很多，包括使汉武帝产生幻觉见到已死的宠妃，表演一些似乎不可思议的魔术，还吹嘘可以用丹砂等炼成黄金，使黄河决口堵塞，获得"不死药"等。尽管一些骗子最后黔驴技穷，但皇帝给予的特殊待遇还是使方士人数激增，"齐人之上疏言神怪奇方者以万数"[①]。但方士的炼丹活动客观上促进了化学的发展，讲求养生之道发展了医学原理。

道教产生于东汉后期，其来源很广，与古代宗教和民间巫术、战国秦汉以来的神仙家和方士方术、老庄哲学和秦汉道家学说、古代医学和体育卫生知识都有关系。道教最早的经典《太平经》和《周易参同契》也出现在东汉后期。东汉末年，张角创太平道，自称"大贤良师"，奉侍黄老，用跪拜首过、符水咒语治病争取群众，十余年间聚集了数十万门徒。但随着黄巾起义的失败，太平道也不复存在。尽管太平道的名称可能来自《太平经》，但张角显然没有采用《太平经》的基本思想。"五斗米道"由张修创建于汉中、巴郡一带，前期活动与太平道相似。以后张鲁据有汉中，自号"君师"，实行政教合一；设置义舍，救济和吸引流民，用宗教推行教化。建安二十年（215年），曹操征汉中，张鲁投降，五斗米道的上层人物和大批教徒随移民北迁至关中、洛阳、邺（今河北临漳西南）等地，成为道教在北方流传发展的基础。

佛教产生于印度，而在中国的传播影响巨大。对佛教传入中国的时间有多种说法，比较可信的是《三国志·魏书·东夷传》注引《魏

[①]《史记》卷28《封禅书》。

略·西戎传》的一种，即汉哀帝元寿元年（前2年）博士弟子景庐接受大月氏使者伊存口授《浮屠经》。博士弟子也愿意接受异国使者传经，可见这种信仰在当时已引起社会中层以上人士的注意，可以看成佛教已经传入的证据。

东汉初年，上层人士已有人信奉佛教，如明帝之弟楚王刘英就奉佛。但当时还将佛教视为各种神仙方术的一种，把佛陀依附于黄老进行祭祀。东汉末年，大乘佛教般若学传入中国，来自大月氏和印度的僧人开始大量翻译佛经。初平四年（193年），丹阳人笮融为徐州牧陶谦督广陵等郡漕粮，利用公款大起浮屠寺，造铜浮屠像，用减免徭役的手段招致信徒。①这是目前所见关于佛教造像和大规模招致信徒的最早记载。

第八节　科学技术

对科学技术的探索和研究离不开社会的需求，有依赖于社会所能提供的物质条件。与农业和手工业生产和日常生活关系密切、有利于统治者解释"天命"的科学技术在此时取得了长足进步。

一、天文、历法、数学、地学

天象因与农时有密切关系，早就受到先民的重视。秦汉时，人们普遍认为，天象的变化是天意的表现，与人间的灾异、国家的治乱特别是君主的活动有对应关系，因此对天象的观测和研究一直置于优先地位。但在解释天象时，不可避免地以迷信来迎合统治者的愿望。

长沙马王堆汉墓出土的帛画上方绘有一轮红日，中间蹲着一只乌鸦，表现神话中的"日中乌"，是对太阳黑子现象的艺术描述。《汉书·五行志》载：河平元年（前28年）"三月乙未，日出黄，有黑气大如钱，居日中央"。这是世界天文学界公认的关于太阳黑子的最早记录。

---

① 《三国志》卷49《吴书·刘繇传》。

湖北云梦睡虎地秦墓出土的竹简中有《日书》二种，其中记录了大量天文现象和历法知识；马王堆汉墓出土的帛书《五星占》中有五大行星运行的记载。它们是我国现存最早的天文学研究成果。

形成于周初的"盖天说"，经由《周髀算经》整理，在公元前1世纪形成了一个完整的、定量化的体系。该学说认为天是一个穹形，地也是一个穹形，就如同心球穹，两个穹形的间距是八万里。

汉武帝时，落下闳制成圆仪，耿寿昌用圆仪测定日、月的"视"运动。东汉贾逵在圆仪上加黄道环，改称黄道铜仪，用于测定二十八宿的黄道经度等。浑象则是表演性的仪器，可能是耿寿昌发明的。东汉时张衡制成了漏水转浑天仪（简称浑天仪），是一个直径四尺多的铜球，上刻二十八宿、中外星官以及黄赤道、南北极、二十四节气等，以漏壶流水控制浑象，使它与天球同步转动，以表现星空的周日视运动。"浑天说"可能始于战国，西汉末的扬雄已使用"浑天"一词，张衡作了全面的阐述："浑天如鸡子，天体圆如弹丸。地如鸡中黄，孤居于内，天大而地小。天表里有水，天之包地，犹壳之裹黄。"这不仅是一种宇宙学说，而且是一种观测和测量天体视运动的计算体系，类似现代的球面天文学。

睡虎地秦墓出土的《日书》中已有较科学的记日、月、年的方法。1972年在山东临沂银雀山汉墓中发现的元光元年（前134年）历谱，是我国目前所见最早的完整历谱。汉武帝时，落下闳、邓平、唐都等与司马迁合作创制的太初历，优于同时提出的其他17种历法，于公元前104年颁行，取代了自战国以来一直使用的颛顼历（以365又1/4天为一回归年，又称四分历）。太初历以冬至所在月为十一月，以正月为岁首，以没有中气的月份为闰月，使月份与季节配合得更合理；将行星的会合周期测得很准，如水星为115.87日，比今测值只小0.01日；并首次提出了交食周期，以135个月为"朔望之会"（即每11年发生23次日食），一日食年为346.62日，比今测值大不到0.04日。但它的朔望月和回归年数值偏大，不如四分历精确，到188年后积累的误差就很可观，所以到东汉元和二年（85年）又改用四分历。东汉末年，刘洪在建安十一年（206年）创制的《乾象历》将回归年的尾数降至1/4以下，成为365.2482日，并确定黄白交角和月球在一个近点月（见月）内每日的实行度数，使朔望和日月食的计算都前进了一大步。《乾象历》是我国第一部传世的载有定朔算法的历法。

数学的发展与天文有紧密的联系。由于天文演算的需要，中国第一部算学著作《周髀算经》可能出现在汉武帝时期，但曾由东汉人整理。该书主张"盖天说"，记载了用竿标测日影以求日高的方法，从而认识了勾股定理。西汉的张苍、耿寿昌都整理过古代的算书，《汉书·艺文志》还著录了许商、杜忠两家的《算术》，但都已失传。

《九章算术》定型于东汉和帝时期，曾经长期流传，并经多人修改补充，是秦汉数学成就的集中反映。全书分方田、粟米、衰分、少广、商功、均输、盈不足、方程、勾股九章，汇编了246个算术命题和解法，运用了分数计算、比例计算、开平方、开立方、二次方程和联立一次方程的解法，还提出了负数的概念和正负数加减法等。此书对中国数学发展的影响很大，在世界数学史上也占有重要地位。

秦汉的地学成就集中反映在地图的绘制方面。出土于马王堆三号汉墓的三幅地图，绘制于2100多年以前，时间仅次于天水放马滩出土的秦地图，测绘和制作水平则已大大提高，表示的范围也比放马滩地图大很多，是世界上现存最早的以实测为基础绘制的地图。

其中的《地形图》长宽各96厘米，大致包括东经111°—112.5°，北纬23°—26°的范围，相当于今湖南、广东、广西交界处的潇水流域、南岭和九嶷山一带，主区的比例尺约为1∶17万—1∶19万，表示的内容有山脉、河流、道路、居民点等。图上用闭合曲线并加晕线表示山脉及其走向，与现代的等高线画法相似，比较清楚地显示出南岭山区的复杂地形。水系也绘得比较详细准确，主区的河流骨架、水系的平面图形、河流流向及主要弯曲大体都接近于今图，有些部分几乎没有区别。居民点有80多个，分为县、乡里二级，符号有大小之分，可能是为了表示其人口或面积的差别。居民点之间有道路相连，能够辨认的有20多条。《地形图》能达到如此高的精确度，显然是建立在实测的基础上的。而要在地形复杂的山区测出地物之间的直线距离，靠步测是无法做到的。尽管目前还不能肯定当时采用了什么测量仪器和方法，但这充分显示了当时测量和数学的成就。

另一幅《驻军图》长98厘米，宽78厘米，主区为今潇水流域，比例尺比《地形图》约大一倍，除山脉、河流、道路、居民点外，着重表示了9支驻军的布防、防区界线、指挥城堡等军事要素，是世界上现存最早的军事地图。

当时地图的绘制和研究主要出于军事或政治目的，往往受到官方的严格限制，成果不能普及，技术经常失传。

二、医学

中国医学的完整体系是在秦汉时期建立的。成书于汉代的《黄帝内经》是我国最早的医书，该书包括《素问》和《灵枢》两部分，前者假托黄帝与岐伯的对话，阐述许多生理病理现象和治疗原则，后者则记载针灸之法。西汉时还有《难经》一书，用问难方法阐述《内经》。在马王堆汉墓发现的帛书中有不少医书，其中的《五十二病方》载有医治50多种病的近300个医方，涉及内、外、妇、儿、五官各科；《导引图》绘出44个男女的多种运动姿态。居延出土的汉简中也载有多种医方。

西汉初的淳于意，师事同郡名医阳庆，阳庆"使意尽去其故方，更悉以禁方予之，传黄帝、扁鹊之脉书，五色诊病，知人死生，决嫌疑，定可治，及药论，甚精。受之三年，为人治病，决死生多验"[1]。

东汉末年的张机，字仲景，南阳人，曾任长沙太守。建安年间，南阳疾疫流行，张机宗族病死2/3，其中多数死于伤寒。张机"勤求古训，博采众方"[2]，总结了诊断和治疗两方面的经验，撰《伤寒杂病论》16卷。此书由晋王叔和改编为《伤寒论》和《金匮要略》两种，成为中医学的经典，张机也被称为"医圣"。

---

[1]《史记》卷105《扁鹊仓公列传》。
[2]《伤寒杂病论》。

华佗，沛人，也是东汉末年的名医。他"精于方药，处齐（剂）不过数种，心识分铢，不假称量。针灸不过数处。若疾发结于内，针药所不能及者，乃令先以酒服麻沸散，既醉无所觉，因刳破腹背，抽割积聚。若在肠胃，则断截湔洗，除去疾秽，既而缝合，傅以神膏，四五日创愈，一月之间皆平复"①。证明当时的麻醉技术水平已很高，并已能施行精确复杂的脑外科手术。华佗还模仿虎、鹿、熊、猿、鸟的姿态创造了"五禽之戏"，用于锻炼身体，是最早的健身操。

针灸成为治疗的重要手段，出现了《黄帝明堂经》等比较系统的针灸学专著，东汉时，涪翁、郭玉等以针灸闻名。在河北满城西汉中山靖王刘胜夫妇墓中，发现了"医工"专用的铜盆、铜药匙，还有四根金针、五根银针，保存完好。

马王堆汉墓发现的女尸和江陵汉墓发现的男尸，在地下保存了2000多年，基本完好，显示了惊人的尸体保存和防腐技术，成为世界奇迹。

东汉初编纂成的《神农本草经》记载了365种药物的性能和用途，是最早的药物学著作。睡虎地秦墓竹简中，有大量有关法医学的资料，汉代在审理案件时已进行活体损伤检查和尸体检查②。

三、物理学、化学

中国是地震多发国家，对地震的观察和测定早就引起重视。张衡于阳嘉元年（132年）发明的候风地动仪是汉代物理学的突出成就，比欧洲发明地震仪要早1700余年。地动仪以精铜制成，形如酒樽，圆径八尺，中有立柱，以机械连接八个方向，樽外有龙头八个，口中皆含铜丸，每个龙头下置铜蟾蜍一只，口向上张。如某一方位发生地震，该方向的龙头口中铜丸就会坠落至铜蟾蜍嘴里。某次地动仪西面龙口中铜丸坠落，当地却并无震感，数日后接到报告，铜丸坠下当天陇西曾发生地震，使人们对其准确性有了认识。

---

① 《后汉书》卷82《方术列传·华佗》。
② 贾静涛：《中国古代法医学史》，群众出版社1984年版。

秦汉时对物理学还缺乏理论上的研究，但对不少物理现象已有了准确的记录，对一些物理学原理也有了正确的认识。如成书于西汉前期的《淮南子》中有"悬羽与炭而知燥湿之气"的说法，是天平式湿度计发明的原理。《淮南（王）万毕术》载："取大镜高悬，置水盆于其下，则见四邻矣。"这是利用折光现象制造潜望镜的原理。"削冰令圜，举以向日，以艾承其影，则火生"，符合凸透镜聚焦的原理。《韩诗外传》称"雪花独六出"，指出了雪花呈六角形的特点。《考工记》中"马力既竭，辀犹能一取也"，指出了惯性现象；"钟大而短，则其声疾而短闻；钟小而长，则其声舒而远闻"，是对声学原理的准确概括；"直庇则利推，句庇则利发"，指出耒入土部分（庇）与地平面的不同角度下力矩的变化，是对杠杆原理运用经验的总结。东汉王充《论衡·乱龙》指出："顿牟掇芥，磁石引针，皆以其真是，不假他类。他类肖似，不能掇取者，何也？气性异殊，不能相感动也。"说明当时人对绝缘体经摩擦后带电的现象已有所认识。

西汉时的透光镜是对光学原理的深刻认识和铸造技术完满结合的产物，曾经引起世界科技界的惊叹。这种镜子的外形与普通铜镜无异，但当镜面受到光照后，镜背面的文字竟能透过镜面照射在镜前。当代科学家经反复研究才解释清楚它的原理，并复制出具有同样效果的透光镜来。

秦始皇时方士献"仙人不死之药"，是中国炼丹术的萌芽。汉武帝时，已有李少君炼丹的记录。帝王对黄金的追求，客观上也促进了炼丹术的进步。世界科技史界公认，中国的炼丹术是古代化学实验的摇篮。魏伯阳成书于东汉末的《周易参同契》，是世界炼丹术最早的著作，涉及汞、铅、金、硫等的化学变化及性能，并已认识到物质起作用时比例的重要性，还有对蒸发和结晶过程的描述。魏晋时葛洪《抱朴子》一书所记载的一些实用化学制法，可以看作秦汉以来化学知识的总结。但由于"不死之药"和黄金实际是不可能通过炼丹获取的，所以无法持久，取得的经验非但难以总结推广，而且还被故意蒙上一层神秘的迷信色彩，以致经常失传。